HERMANN HAMBLOCH · DIE BENELUXSTAATEN

WISSENSCHAFTLICHE LÄNDERKUNDEN

HERAUSGEGEBEN
VON
WERNER STORKEBAUM

BAND 13

1977
WISSENSCHAFTLICHE BUCHGESELLSCHAFT
DARMSTADT

DIE BENELUXSTAATEN

EINE GEOGRAPHISCHE LÄNDERKUNDE

VON

HERMANN HAMBLOCH

Mit 48 Abbildungen im Text
sowie 51 Tabellen und 21 Bildtafeln im Anhang

1977
WISSENSCHAFTLICHE BUCHGESELLSCHAFT
DARMSTADT

CIP-Kurztitelaufnahme der Deutschen Bibliothek

Hambloch, Hermann
Die Beneluxstaaten: e. geograph. Länderkunde. —
Darmstadt: Wissenschaftliche Buchgesellschaft, 1977.
(Wissenschaftliche Länderkunden; Bd. 13)
ISBN 3-534-05819-4

Bestellnummer 5819-4

Satz: Maschinensetzerei Janß, Pfungstadt
Druck und Einband: Wissenschaftliche Buchgesellschaft, Darmstadt
Printed in Germany
Schrift: Linotype Garamond, 9/11

ISBN 3-534-05819-4

WILHELM MÜLLER-WILLE
GEWIDMET
ALS ZEICHEN DES DANKES
FÜR DIE FÜLLE DER ANREGUNGEN
WÄHREND VIELER JAHRE

INHALTSVERZEICHNIS

VERZEICHNIS DER ABBILDUNGEN IM TEXT

VERZEICHNIS DER TABELLEN IM ANHANG

VERZEICHNIS DER FOTOS IM ANHANG

BILDNACHWEIS

Aero-Camera: 2, 7, 41. Dienst Publieke Werken, Amsterdam: 32.
Gehlen, H.: 35. Hofmeester, B.: 4, 5, 6, 11, 14, 15, 23, 36.
INBEL: 3, 8, 13, 17, 18, 19, 20, 22, 24, 27, 29, 30, 34, 37, 38, 39, 40.
KLM Aerocarto: 1, 12, 25, 28, 31. Krier, T.: 9. Luchtfoto Aerophoto Eelde: 16.
ONT, Luxembourg: 26. Proess, J.: 10, 21.
Schroeder, M.: 33.

VORWORT

Die Aufgabe, mehr als dreißig Jahre nach dem Erscheinen der letzten in deutscher Sprache abgefaßten Länderkunde der Beneluxstaaten diese Region erneut und zusammenfassend unter geographischem Aspekt zu behandeln, war aus verschiedenen Gründen reizvoll. Einmal galt es, die Entwicklungen nachzuzeichnen, die vor allem auf den Gebieten der Wirtschaft, der Wasserbautechnik und der Verstädterung die räumliche Struktur der drei Länder während einer Generation wesentlich verändert haben. Zum anderen erwies sich das Fehlen einer neueren regionalgeographischen Darstellung unserer westlichen Nachbarstaaten in der akademischen Lehre immer wieder als eine ärgerliche Lücke. Und schließlich lockte gerade die Schwierigkeit, die sich bei dem Vorhaben auftürmte, die Synthese einer Länderkunde von durchaus traditioneller Konzeption zu versuchen, in einer Zeit, in der doch eigentlich nur das Spezialistentum hoch im Kurs steht.

Herrn Dr. W. Storkebaum als dem Herausgeber der Reihe der ›Wissenschaftlichen Länderkunden‹ gebührt daher an erster Stelle Dank für das Angebot zur Mitarbeit, das ich gern angenommen habe. Die Liste aller der Kollegen und Behörden in den Niederlanden, in Belgien und in Luxemburg, denen ich dankbar verbunden bin, weil sie mit Auskünften und Materialien zum Gelingen des Werkes beitrugen, ist zu lang, um hier aufgeführt zu werden. Namentlich erwähnt aber sei die stete Hilfsbereitschaft des Informations- und Dokumentationszentrums für die Geographie der Niederlande in Utrecht unter der Leitung von Herrn Dr. H. Meijer. Die Zusammenstellung des instruktiven Bildmaterials war nur möglich durch die Unterstützung, die ich beim Rijksvoorlichtingsdienst in 's-Gravenhage, beim Institut Belge d'Information et de Documentation in Brüssel und beim Ministère d'État in Luxemburg erhielt und für die erneut herzlich gedankt sei.

Wenn man einen Raum über Jahre hinweg auf Exkursionen besucht und in Seminaren behandelt, so ist auch der Anteil von Mitarbeitern und Studenten am Zustandekommen eines Buches groß. Welche Anregungen bringt oft eine einzige, sachlich fundierte Diskussion! Stellvertretend für alle sei der Dank abgestattet an meinen Assistenten, Herrn Dr. K. Temlitz, sowie an Herrn stud. K. U. Komp und Herrn stud. H. D. Steven. Die Reinzeichnungen der kartographischen Entwürfe besorgte Herr B. Fistarol, der es verstand, auch komplexe Karteninhalte in klarer Differenzierung erscheinen zu lassen und mit dem die Zusammenarbeit eine Freude war. Die endgültige Abfassung des Manuskriptes wurde dadurch erleichtert, daß der Herr Minister für Wissenschaft und Forschung des Landes Nordrhein-Westfalen mir im Winter 1975/76 ein Freisemester gewährte. Für dieses Entgegenkommen sage ich auch hier noch einmal meinen Dank.

Schließlich danke ich der Wissenschaftlichen Buchgesellschaft in Darmstadt für die Geduld, mit der den mehrfach notwendigen Bitten um Fristverlängerung bei der Abgabe des Manuskriptes entsprochen wurde, für die Aufgeschlossenheit gegenüber kleinen und großen Wünschen sowie für die gesamte Drucklegung und Ausstattung des Buches.

Eine Anmerkung gilt noch der Schreibweise von Namen. Im allgemeinen wurden sie so wiedergegeben, wie es in der jeweiligen Sprachregion üblich ist, also: Namur und nicht Namen, Antwerpen und nicht Anvers. Nur dort, wo deutsche Bezeichnungen die hierzulande weitaus gebräuchlicheren sind, hielt ich es für richtig, diese zu verwenden, also: Lüttich, und nicht Liège oder Luik.

Münster/Westf., im September 1976 HERMANN HAMBLOCH

1. EINFÜHRUNG

1.1. Grundzüge von Staat und Raum in der Gegenwart

1.1.1. *Niederlande*

Das nördlichste der drei Beneluxländer war seit 1954 staatsrechtlich gesehen der europäische Teil vom Territorium des Koninkrijk der Nederlanden, wie der offizielle Name lautete. Es umfaßte außer den Niederlanden im engeren Sinn, die im Deutschen oft wenig korrekt als Holland bezeichnet werden, das Gebiet von Surinam (Niederländisch-Guayana) und die Niederländischen Antillen. Alle drei Teile waren autonom; die überseeischen Gebiete sind aber bis zum Ende des Jahres 1975 unabhängig geworden. Es ist abzusehen, daß Surinam und die Antillen jetzt noch viele Jahre lang die Entwicklungshilfe des ehemaligen Mutterlandes stark werden in Anspruch nehmen müssen. Schwierig wird vor allem die Frage zu lösen sein, welche Staatsangehörigkeit ein in den Niederlanden lebender Surinamer beanspruchen kann; derzeit sind das etwa 80 000 Menschen. Ähnlich wie die Indonesier nach 1945, so werfen heute die Bevölkerungsgruppen aus dem südamerikanischen und karibischen Raum, die in den Niederlanden leben, soziale Probleme vor allem in den Ballungsräumen auf.

Das Königreich der Niederlande ist eine konstitutionell-demokratische, erbliche Monarchie, deren verfassungsmäßige Grundlagen aus dem Jahre 1814 stammen, danach aber mehrfach revidiert worden sind. Die Beziehungen zwischen den drei Teilterritorien regelte das Statut für das Königreich aus dem Jahre 1954, in dem die Niederlande und ihre früheren Kolonien sich in einem freiwillig geschlossenen Vertrag zu einem einheitlichen Reich erklärt hatten. Dieses Statut muß geändert werden, nachdem die südamerikanischen Gebiete ihre volle Souveränität erlangt haben. — Mit der Ausrufung der Republik in Indonesien nach mehr als dreihundertjähriger Kolonialherrschaft am 17. 8. 1945 und mit der erst nach längeren Kämpfen besiegelten Unabhängigkeit (1949) war der Außenbesitz der Niederlande, der 1935 noch 1,7 Mill. km² betrug, auf 144 000 km² geschrumpft. Der größte Teil davon entfiel mit 143 000 km² auf Surinam. Es war im Frieden von Breda 1667 im Tausch gegen Neu-Amsterdam (New York) an die Niederlande gefallen. Danach gelangte Surinam noch zweimal, von 1799 bis 1802 und von 1804 bis 1816, in britischen Besitz, kehrte aber beide Male an die Niederlande zurück. Als autonomer Teil des Königreiches unterstand es einem eigenen Gouverneur. Das galt auch für die Antilleninseln, die 1634 Kolonie wurden.

Die Exekutive in den Niederlanden wird von der Krone ausgeübt. Die gesetzgebende Gewalt liegt bei der Krone und bei dem Parlament, den Generalstaaten, ein Name, der auf die ständische Vertretung in der Zeit der burgundischen Niederlande zurückgeht. Sie wurde 1464 zum ersten Male zusammengerufen. Nach der Errichtung der Utrechter Union (1579) bildeten die Abgeordneten der sieben Provinzen die Generalstaaten, im Jahre 1814 ging der Name auf das Parlament über, das aus zwei Kammern besteht. Die 75 Mitglieder der ersten Kammer werden von den Provinzialparlamenten auf sechs Jahre gewählt; die 150 Abgeordneten der politisch wichtigeren zweiten Kammer sind unmittelbar gewählte Volksvertreter. Die erste Kammer hat bei der Gesetzgebung kein Initiativrecht, sondern nur die Möglichkeit der Zustimmung oder des Vetos.

Die Niederlande erstrecken sich zwischen 53° 52′ und 50° 45′ nördlicher Breite sowie zwischen 3° 22′ und 7° 13′ östlicher Länge. Von der Größe her gesehen gehören sie zur Gruppe der mikrotopen Staaten, wie SCHWIND (1972) die Länder zwischen 1000 und 40 000 km² Fläche bezeichnet. Die Grenzlänge zur Bundesrepublik Deutschland beträgt ca. 630 km, die Grenze mit Belgien mißt 450 km. Länger jedoch als beide Binnengrenzen zusammen ist die Grenze gegen die Nordsee. Damit wird bereits die Position des Landes als westlicher Ausläufer des mitteleuropäischen Tieflandgürtels deutlich: ein im Westen und Norden weithin von Depressionen durchsetztes, von Inseln, Buchten, Flußmündungen und Inlandgewässern geprägtes Areal. Keineswegs kann indessen das Bild von Treibhauskulturen, Blumenfeldern und Weiden in den peripheren Marschlandschaften auf den gesamten Raum übertragen werden. Nicht nur, weil im Westen mit der Randstad Holland sich eine der großen nordwesteuropäischen Agglomerationen ausdehnt, vielmehr darf auch nicht übersehen werden, daß ein Drittel der landwirtschaftlichen Nutzfläche der Niederlande ackerbaulich genutzt wird, mit Schwerpunkten in den östlichen Geestländereien und in der südwärtigen Börde. Vor allem aber sind die Niederlande kein Agrarland, wie es hier und dort Prospekte vorspiegeln. In Landwirtschaft und Fischerei waren 1974 nur 6 % der Erwerbstätigen beschäftigt und erbrachten dort 5 % des Volkseinkommens. Für den sekundären Sektor (Bergbau und Industrie) lauten die entsprechenden Zahlen 34 % und 40 %. Im Dienstleistungssektor trugen 60 % der erwerbstätigen Bevölkerung die restlichen 55 % zum Sozialprodukt bei.

Während in vergangenen Jahrhunderten sich Küstenlinie und -länge des Landes häufig im Gefolge von Flutkatastrophen änderten und die Bevölkerung der Bedrohung durch die Nordsee nur mühsam und oft vergeblich Widerstand leistete, sind der niederländische Staat und seine Bewohner in jüngster Vergangenheit und bis in unsere Tage zum Angriff gegen das Meer angetreten. Als 1932 mit der Schließung des Absperrdeiches die Zuidersee aufgehört hatte zu bestehen und in das binnenländische Ijsselmeer verwandelt worden war, hatte man zugleich die Küstenlinie um 300 km verkürzt. Weniger spektakulär verlief die 1969 vollendete Abdämmung der Lauwerssee. Wenn indessen gegenwärtig die Küstenlänge mit ca. 1160 km angegeben wird, wovon 280 km auf die Westfriesischen Inseln entfallen, so ist in dieser Zahl der Umfang der seeländischen Inseln und Halbinseln enthalten. In Seeland wird aber nach der Vollendung des Deltaplanes erneut eine beträchtliche Verkürzung der Küste erreicht sein.

Die deutsch-niederländische Grenze wird von der Bevölkerung hüben und drüben kaum als eine Trennungslinie empfunden, sondern mehr als ein Band mannigfacher Kontakte zwischen zwei Völkern in einer europäischen Region. Ähnlichkeiten und gleichsinnig ablaufende Prozesse, die das Landschaftsbild ändern, sind weitaus häufiger als scharfe Unterschiede. Diese Ländergrenze ist von ihrem Charakter her weit eher eine Begegnungslinie, wie sie PENCK (1917) als Zusammenwachsgrenze klassifizierte. Für die Durchlässigkeit der niederländisch-belgischen Grenze bringt VAN WETTERE-VERHASSELT (1965) überzeugende Beispiele.

Landgewinnungs- und Landsicherungsmaßnahmen sind die Antwort der Niederländer auf die Herausforderung durch die Nordsee gewesen, ganz im Sinne von TOYNBEES ›Challenge and Response‹. Der Löwe auf dem seeländischen Wappen, der kämpfen muß, um sich über Wasser zu halten, ist Symbol dafür: Luctor et emergo! Aber diese raumwirksame Tätigkeit von Volk und Staat hat — ähnlich wie bei der schon erwähnten Schwierigkeit, exakte Angaben über die Küstenlänge zu machen — wiederum eine Konsequenz, die sich bei der einfachen Frage nach der Größe des Landes offenbart. So gibt es kaum zwei der üblichen Nachschlagewerke, die die Fläche der Niederlande übereinstimmend angeben. Zu unterscheiden sind drei Möglichkeiten der Notierung (nach dem Stand vom 1. 1. 1975; CBS, 1976): die Landoberfläche ohne die mehr als 6 m breiten Gewässer mißt 33 810 km², das gesamte unter kommunaler Verwaltung stehende Gebiet wird mit 36 948 km² angegeben und das Hoheitsgebiet der Niederlande unter Einschluß der Seearme und Küstengewässer mit 41 160 km². Mit den Einpolderungsarbeiten und den Bauten im Zuge des Deltaplanes änderten sich die Zahlen in der jüngsten Vergangenheit ständig. Der Ausbau der Maasvlakte gegenüber Hoek van Holland zum Europoort und zur Gewinnung von Industriestandorten vergrößerte das Staatsterrain. In Tabelle 1 sind einige Flächenangaben für verschiedene Jahre zusammengestellt. Daraus wird deutlich, warum sich in der Literatur so oft differierende Angaben finden.

Die Bevölkerung der Niederlande am 1. 1. 1975 betrug 13 599 000. Die Bevölkerungsdichte wird üblicherweise auf die Landoberfläche bezogen und errechnet sich dann zu 402 E/km². Das ist ein Wert, der — abgesehen von

Stadt- und Inselstaaten wie Singapore oder Mauritius — von keinem Land der Erde übertroffen wird. Der Anteil der Ausländer an der Bevölkerung liegt bei 2 %. Ebenfalls 2 % der Niederländer sind in Indonesien geboren und wanderten nach dem Verlust der Kolonie ins Mutterland zurück. Unter der naturalisierten Bevölkerung stellen ihrerseits die Indonesier das größte Kontingent.

Die Niederlande sind eingeteilt in 11 Provinzen. Der Nordostpolder, der im Zuge der Trockenlegung der Zuidersee als erster fertiggestellt und als einziger Polder direkt dem alten Land angefügt wurde, gehört zur Provinz Overijssel. Die südlichen Ijsselmeerpolder sind noch keiner Provinz angegliedert. Sie sollen nach Fertigstellung des letzten großen Projektes, des Polders Markerward, eine zwölfte Provinz bilden. Für die Einpolderung von Markerward und die zukünftige Funktion werden aber gegenwärtig immer noch eine Reihe von Alternativen diskutiert. — Jede Provinz hat ein eigenes Parlament mit dem Sitz in der Provinzialhauptstadt (vgl. Abb. 1). Die Mitglieder dieser ›Provinzialstaaten‹ werden auf 4 Jahre direkt gewählt. Umfassendere sachliche Zuständigkeiten haben die autonomen Gebietskörperschaften der Gemeinden unter ihren Bürgermeistern. Die Zahl der Gemeinden ist im Zuge der Kommunalreform freilich gesunken. Im Jahre 1969 waren es noch 935, am 1. 1. 1974 betrug ihre Zahl lediglich 843. Die kleinste Anzahl der Gemeinden (30) entfällt auf die Provinz Seeland; hier gab es relativ viele Zusammenschlüsse bei der Durchführung des Deltaplanes. Im verstädterten Südholland dagegen existieren immer noch 151 Gemeinden, an deren starker Stellung großflächige Eingemeindungen auch im Umland der Agglomerationen scheitern. — Eine Zwischenstellung zwischen den Provinzen und Gemeinden haben die für raumordnerische Zwecke wichtigen ökonomisch-geographischen Gebiete, von denen es 129 gibt. Auf die gravierendsten raumordnerischen Probleme soll hier schon gleich eingangs hingewiesen werden: 1. die Überlastungserscheinungen im Bereich der Randstad in bezug auf die Daseinsgrundfunktionen Wohnen, Erholung und Verkehr, 2. die relativ rückständige Wirtschaftsstruktur im nördlichen Landesteil und 3. die industrielle Neustrukturierung in Südlimburg, die mit der Stillegung der Steinkohlenbergwerke notwendig wurde.

’s-Gravenhage, die Hauptstadt der Provinz Südholland, ist gleichzeitig Regierungssitz der Niederlande. 1593 wurde der Ort die Residenz der Generalstaaten, blieb aber trotz reger baulicher, gesellschaftlicher und politischer Entwicklung das ›größte Dorf Europas‹, weil die übrigen Städte die Verleihung des Stadtrechtes verhinderten, die erst der Bruder Napoleons, Ludwig Bonaparte, als König von Holland vornahm. Indem er zugleich aber seine Residenz nach Amsterdam verlegte, nahm er ’s-Gravenhage wiederum einen Teil seiner Bedeutung. Amsterdam wurde die Hauptstadt des Landes und sein finanzieller und kultureller Mittelpunkt. Es ist aber nicht mehr die ständige königliche Residenz, die in das Schloß von Soestdijk zwischen Amersfoort und Hilversum verlegt wurde.

Von Bedeutung für die Niederlande ist die Tatsache, daß über die der Küste vorgelagerten Hoheitsgewässer hinaus ein Teil der südlichen Nordsee dem Land durch internationale Abkommen zur Nutzung der Lagerstätten des Schelfsockels zugesprochen worden ist (Abb. 1, Nebenkarte). Die Öl- und Gasreserven in diesem Areal reichen aber nach bisheriger Kenntnis nicht an die Vorräte im englischen und norwegischen Nordseesektor heran (SCHULZE, 1975).

1.1.2. *Belgien*

Belgien mit der amtlichen Doppelbezeichnung: Koninkrijk Belgie/Royaume de Belgique ist eine parlamentarische Erbmonarchie. Nach der Verfassung von 1831, die zuletzt 1970 revidiert wurde, steht dem König gemeinsam mit dem Parlament die Gesetzgebung zu, ferner verkörpert er die Exekutive, tatsächlich ist jedoch seine Stellung auf die Repräsentativbefugnisse eines Staatsoberhauptes beschränkt. Das ihm zustehende Vetorecht gegen bereits verabschiedete Gesetze übt er nicht mehr aus. Beide Häuser des Parlaments, der Senat und die Abgeordnetenkammer, haben — anders als in den Niederlanden — die gleichen legislativen Rechte. 106 Senatoren, das ist die Hälfte der Zahl der Abgeordneten, werden direkt gewählt. Eine weitere Gruppe im Senat verdankt ihre Wahl den Provinzialräten der neun Provinzen. Jeder Provinz steht nämlich für je 200 000 Einwohner ein Senator zu. Damit schwankt also die Zahl der von den Provinzen entsandten Senatoren; sie liegt gegenwärtig bei 49. Eine letzte Gruppe von Senatoren wird vom Senat kooptiert, und zwar die Hälfte der letztgenannten Zahl, d. h. derzeit 24. Die Amtszeit der Senatoren beträgt 4 Jahre, ebenso wie die der 212 in direkter, allgemeiner und geheimer Wahl bestimmten Abgeordneten. — Die Verwaltung ist dezentralisiert. Der König bestimmt für jede der neun Provinzen einen Gouverneur; die Provinzialräte behandeln alle Angelegenheiten, die allein die Provinzen betreffen. Die weitere administrative Gliederung zählt 43 Arrondissements und 2359 Gemeinden (1974). Wie in den Niederlanden sind die Gemeinden autonome Gebietskörperschaften. Jedoch ist ihre Zahl trotz der kleineren Landesfläche fast dreimal so groß wie dort. Auch hat sich — im Gegensatz zu den Niederlanden — die Gemeindezahl über lange Zeiträume hin nur unwesentlich geändert. Im Jahr 1961 war die Zahl mit 2663 Gemeinden sogar höher als zu Beginn der Eigenstaatlichkeit Belgiens 1831 (2499). In den letzten 15 Jahren gab es dann häufiger Änderungen am Verlauf kommunaler Grenzen, nicht zuletzt in dem Bestreben, einsprachige Einheiten zu schaffen. Die zur Provinz Antwerpen gehörende Gemeinde Baarle-Hertog liegt als Exklave in den Niederlanden zwischen Breda und

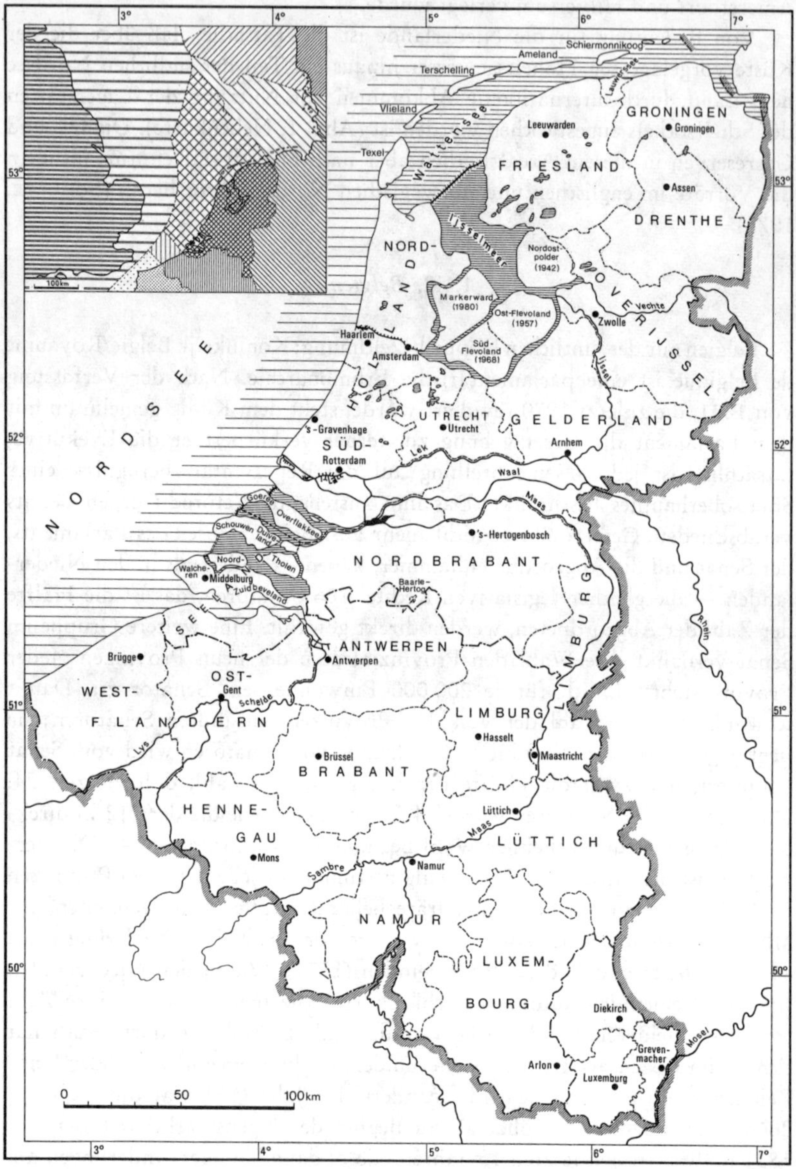

Abb. 1: Übersichtskarte der Beneluxländer (Nebenkarte: Aufteilung des Nordseeschelfes).

Turnhout. Zusammen mit dem niederländischen Städtchen Baarle-Nassau bildet Baarle-Hertog eine geschlossene Ortschaft, aber die Hausnummern haben verschiedene Farben, um die ›Staatszugehörigkeit‹ deutlich zu machen! Die Auswirkungen der Gemeindereform von 1975, die die Zahl der Gemeinden auf ein Viertel reduzierte, sind noch nicht abzusehen.

Belgien erstreckt sich zwischen 49° 30′ und 51° 30′ nördlicher Breite, sowie zwischen 2° 32′ und 6° 24′ östlicher Länge. Zwar weist Flandern mit seinem Dünen- und Marschengürtel gleiche naturräumliche Typen wie der Westsaum der Niederlande auf, indessen beträgt die belgische Küstenlänge zum Ärmelkanal nur 65 km längs einer durchweg glatten Ausgleichsküste, hinter der Depressionen von nennenswertem Flächenausmaß fehlen. So fallen auch die bei den Niederlanden auftretenden Schwierigkeiten fort, zutreffende Flächenangaben für eine amphibische Region zu machen; das belgische Areal beträgt 30 514 km², und das Land zählt damit ebenfalls zu den mikrotopen Staaten. Der Anteil am Schelfsockel ist unbedeutend.

Einleitend sei schon hier ein für die Landesnatur beider Staaten wichtiger Unterschied betont. In den Niederlanden schließen sich an die Gebiete, die ihre Bodenbildung und Reliefformung dem Wirken der Flüsse und der Nordsee im Holozän verdanken, landeinwärts Areale an, deren Gestaltung auf der direkten Wirkung des Eises in der Saalekaltzeit beruht und die daher manche Ähnlichkeiten mit dem niederdeutschen Geesttyp aufweisen. In Belgien reihen sich ostwärts der flandrischen Dünen und Marschen die Sand- und Lößplateaus von Nieder- und Mittelbelgien an, die im Vorfeld der Gletscher entstanden, ohne je selbst vom Eis berührt worden zu sein. Nach Südosten zu erhebt sich mit den Ardennen der Landschaftstyp des waldreichen Mittelgebirges, der seine Entsprechung auf deutscher Seite im Ostflügel des Rheinischen Schiefergebirges findet, aber kein Gegenstück in den Niederlanden hat. Lediglich am Dreiländerpunkt bei Vaals, westlich von Aachen, der zugleich mit 322 m die höchste Erhebung der Niederlande ist, haben diese gleichsam punkthaft Anteil am Mittelgebirge.

Die Grenzlängen Belgiens gegen die Niederlande und gegen den Ausgang der Nordsee wurden bereits genannt, mit der Bundesrepublik Deutschland hat Belgien eine Grenze von 162 km Länge gemeinsam, mit Luxemburg 148 km und mit Frankreich 620 km. Von der Fläche des belgischen Staates entfallen rd. 53 % auf Kulturland und 20 % auf Wald. Die bebaute Fläche unter Einschluß von Industrie- und Verkehrsflächen sowie von innerstädtischen Freiflächen beträgt 23 %. Der Unterschied im Vergleich mit den Niederlanden liegt vor allem im größeren Waldreichtum.

Anders als die Niederländer bilden die Belgier kein einheitliches Staatsvolk. Anderthalb Jahrhunderte nach dem Zusammenschluß zum belgischen Staat ist die Polarität zwischen dem wallonisch-romanischen und dem flämisch-germanischen Volksteil immer noch eine der ersten Assoziationen, die mit Belgien verbunden wird. Die beiden viel gebrauchten Bezeichnungen Flamen und Wallonen sind übrigens pars-pro-toto-Begriffe. Die Flamen im engeren Sinne sind die Bewohner Flanderns, heute wird der gesamte niederländisch sprechende Volksteil so bezeichnet; das Wallonische ist andererseits nur eine neben andern Mundarten im französischsprachigen Teil Belgiens. Die Sprachgrenze, auf die noch näher einzugehen sein wird, verläuft hart südlich einer Linie, die man erhält, wenn man die Städte Kortrijk, Ronse, Brüssel, Löwen, Tongeren und Maastricht miteinander verbindet. Quer durchteilt wird damit die Provinz Brabant. Gerade hier fällt auf, wie diese Linie ein altbesiedeltes, offenes Bördenland durchschneidet und keine Parallelität mit andern, natürlichen Grenzen erkennen läßt. Der Verlauf hat sich seit dem Mittelalter wenig verändert. Ursprünglich reichten fränkische Sprachareale über die Grenze nach Süden, umgekehrt auch gallorömische Sprachgebiete weiter nordwärts, so daß die Grenze eine Ausgleichslinie darstellt.

Mit der vollen Anerkennung des Flämischen als zweiter Amtssprache neben dem Französischen wurde eine gesetzliche Einteilung in Sprachregionen unter Anlehnung an administrative Grenzen notwendig. Zur Region der niederländischen Sprache gehören die Provinzen Antwerpen, Limburg, Ostflandern und Westflandern, sowie aus der Provinz Brabant die Arrondissements Halle-Vilvoorde und Löwen. Zur Region der französischen Sprache zählen die Provinzen Hainaut (Hennegau), Luxembourg, Namur und Lüttich sowie das Arrondissement Nivelles aus Brabant. Schließlich bilden 25 Gemeinden der Provinz Lüttich um Eupen und Malmedy eine deutschsprachige Region, in der Deutsch auch als Amtssprache anerkannt ist und der Kulturautonomie gewährt wird. Der im Januar 1973 gebildeten Regierung gehörte zum erstenmal ein deutschsprachiger Staatssekretär an. Die Spannungen zwischen Flamen und Wallonen halten indessen trotz vielfältiger Schlichtungsversuche an, weil es auf beiden Seiten Extremisten gibt. Die Teilung der Universität Löwen ist ein spektakuläres Beispiel dafür. An der 1425 gegründeten Hochschule konnten alle Fächer in beiden Landessprachen studiert werden. Dennoch erzwang die flämische Nationalbewegung den Auszug der französischen Sektion nach einem Standort südlich von Brüssel, wo nun auf der grünen Wiese im französischen Sprachgebiet die Université Catholique de Louvain aufgebaut wird, während die Katholieke Universiteit Leuven am alten Platz verblieb.

Es ist mehr als ein Kuriosum, wenn man erwähnt, daß ein Arbeitgeber in einer flämischen Provinz mit Bestrafung rechnen muß, wenn er sich mit seinen Angestellten nicht in flämischer Sprache unterhält. Die entsprechende Verfügung geht auf den flämischen Kulturrat zurück, der — ähnlich wie sein Gegenstück in Wallonien — legislative Befugnisse für bestimmte Bereiche besitzt. Den Flamen, die 1932 vergeblich die Einführung der Zweisprachigkeit in ganz Belgien vorgeschlagen haben, war es stets ein Dorn im Auge, daß die Sprache der Direktionszimmer auch in Gent oder Antwerpen das Französische war. — Rechtzeitig zum belgischen Nationalfeiertag am 21. 7. 1974 wurde das Gesetz über die Regionalisierung verabschiedet, danach werden in den Regionen Flamen und Wallonien Regionalversammlungen gebildet, die sich aus Mitgliedern des belgischen Senats zusammensetzen. Im November 1974 traten die Regionalräte in Mechelen und Namur erstmals zusammen. Die deutschsprachigen Ostgebiete sollen im wallonischen Rat eine gesicherte Vertretung erhalten. Alle diese Versuche, die einheitsstaatliche Struktur anzutasten, sind jedoch lediglich in einem Vorbereitungsstadium, da für eine endgültige Regionalisierung, bei der die Räte mehr als nur eine beratende Funktion hätten, die qualifizierte Mehrheit im Parlament fehlt, die für eine so tiefgreifende Verfassungsänderung nötig ist.

Mit 9 788 000 Einwohnern (1975) erreicht Belgien eine Bevölkerungsdichte von 321 E/km². Es zählt damit zu den am dichtesten besiedelten Flächenstaaten der Erde. Der Anteil der Ausländer liegt mit 8 % beträchtlich höher als in den Niederlanden. Schon um die Jahrhundertwende hatte der flämische Bevölkerungsteil ein Übergewicht. Im niederländischen Sprachgebiet lebten ca. 47 % der Bevölkerung, im wallonischen hingegen nur gut 40 %. Bis zur Gegenwart (1974) hat sich dies Verhältnis noch beträchtlich verschoben: jetzt wohnen 56 % im niederländischen Sprachgebiet, 32 % in Wallonien, 11 % der Bevölkerung leben im zweisprachigen Raum Brüssel und knapp 1 % im deutschsprachigen Osten. Vor allem aber beginnt neuerdings der flämische Landesteil mit seinen Wachstumspolen den seit der frühindustriellen Epoche bislang führenden wallonischen Raum zu überflügeln. 1970 verteilten sich nämlich die Industrieinvestitionen wie folgt: 54 % auf Flamen, 35 % auf Wallonien und 11 % auf Brüssel (DE VRIES REILINGH, 1973). Das entspricht fast genau dem demographischen Gewicht der Regionen. Die vordringlichen belgischen Entwicklungsregionen sind folgende Landesteile: 1. das westflandrische Grenzgebiet gegen Frankreich um die Städte Veurne und Ypern, 2. die abseits der Achsen Gent–Antwerpen und Brüssel–Antwerpen zurückbleibenden Räume um Dendermonde, Aalst und Oudenaarde, 3. der größte Teil der Provinz Limburg mit angrenzenden Partien in Antwerpen und Brabant, hier beginnt erst allmählich eine stärkere industrielle Durchdringung, 4. die Räume um Mons, Charleroi und Lüttich mit ihrer problematischen industriellen Monostruktur bzw. dem Übergewicht schrumpfender Industriezweige sowie endlich 5. Belgisch-Lothringen in einer Grenz- und Abseitslage.

Die wirtschaftliche Struktur hinsichtlich der Erwerbstätigen in den drei Sektoren — Landwirtschaft, Industrie und Dienstleistungen — entspricht von den Prozentzahlen her fast genau der niederländischen. Vom Bruttosozialprodukt wurden 1974 in der Landwirtschaft 3 % erbracht, im sekundären Sektor 44 % und im Dienstleistungsbereich 53 %. In der Landwirtschaft wirkt sich im Vergleich mit den Niederlanden nachteilig aus, daß bei hohen Bodenpreisen die notwendige Flurbereinigung sowie die Auflösung von Kleinbetrieben nur langsam voranschreitet, auch ist die Rechtsstellung der Pächter schwach. Die industrielle Entwicklung ist seit 1963 leicht hinter dem Mittel der EG-Länder zurückgeblieben.

Etwa 60 000 Belgier kehrten in den Jahren 1960 bis 1967 der ehemaligen Kolonie Belgisch-Kongo den Rücken und wanderten in das Mutterland zurück. Am 30. 6. 1960 hatte König Baudouin den Kongo in die Unabhängigkeit entlassen. Jahre der inneren Wirren und der Spannungen mit dem ehemaligen Kolonialherren folgten. Nach 1967 jedoch verlief die Entwicklung in ruhigeren Bahnen, und 1970 wurde ein Freundschaftsvertrag zwischen Belgien und der Demokratischen Republik Kongo — heute Zaire — geschlossen. Die Union Minière, die in der Kolonialzeit die Bodenschätze vor allem Katangas ausgebeutet hatte, fand mit der GECOMIN eine Nachfolgegesellschaft, in der erneut Techniker und Ingenieure belgischer Nationalität beschäftigt sind. Für die Belgier ist es erneut attraktiv geworden, in den Kongo zu gehen. Belgische Firmen aus Antwerpen, Brüssel und Lüttich versuchen, sich den kongolesischen Markt wieder zu erschließen, den sie einst inne hatten. Für die Entwicklung des von seinen natürlichen Ressourcen her reichsten Landes in Schwarzafrika ist die dauernde Freundschaft mit dem europäischen Partner, den es an Fläche fast achtzigmal übertrifft, die beste Garantie für einen erfolgreichen Weg.

1.1.3. *Luxemburg*

Das Großherzogtum Luxemburg — Grand-Duché de Luxembourg — ist eine parlamentarische, konstitutionelle Monarchie. Die Verfassung stammt aus dem Jahr 1886. Der Großherzog vertritt als Staatsoberhaupt zusammen mit der Regierung die Exekutive, er hat auch das Recht, Gesetze einzubringen. Er beruft den Ministerpräsidenten und kann das Parlament vertagen oder auflösen, wenn keine Regierungsbildung gelingt. Die Legislative besitzt ausschließlich das Parlament, die Abgeordnetenkammer, deren 59 Mitglieder für 5 Jahre nach dem Verhältniswahlrecht gewählt werden. Neben der Abgeordnetenkammer besteht der Staatsrat als konsultatives Organ des Staates. Seine 21 Mitglieder werden vom Großherzog berufen, teilweise auf Vorschlag des Parlaments. Die Verfassungsänderung von 1948 hob den Status der Neutralität auf. Luxemburg ist — wie die Niederlande und Belgien — Mitglied der NATO.

Das Land liegt zwischen 49° 27′ und 50° 11′ nördlicher Breite sowie zwischen 5° 44′ und 6° 32′ östlicher Länge. Mit nur 2586 km² Fläche ist es das weitaus kleinste der drei Beneluxländer, ein Binnenstaat, der auf einer Länge von 73 km an Frankreich, längs 148 km an Belgien und mit 135 km an die Bundesrepublik Deutschland grenzt. Setzt man übrigens die gesamten Grenzlängen der drei Länder zu ihren Flächen in Beziehung, so fallen in Luxemburg 14 km Grenze auf 100 km², in den Niederlanden sind es 6 km und in Belgien nur 3 km pro 100 km². Die Grenze zur Bundesrepublik verläuft im Norden entlang von Our und Sauer, im südlichen Abschnitt ist die Mosel Grenzfluß. 1956 wurde in einem deutsch-französisch-luxemburgischen Staatsvertrag die Kanalisierung der Mosel beschlossen, seit 1964 ist der Fluß über 14 Staustufen für Schiffe bis zu 1500 t passierbar. Damit ist neben Lothringen und dem Trierer Raum auch die luxemburgische Schwerindustrie um Esch-sur-Alzette an das Rheinsystem angeschlossen. Das Industriedreieck Saar–Lothringen–Luxemburg hat eine bedeutende Stellung in der Stahlproduktion der Europäischen Gemeinschaft. Frankreich hatte die Moselkanalisierung nicht zuletzt als Ausgleich für die Nachteile verlangt, die ihm durch die Rückgliederung des Saarlandes entstanden waren.

Luxemburg hat Anteil an zwei physiogeographischen Großräumen. Im Norden des Landes umfaßt der Ösling mit 32 % den luxemburgischen Anteil an der Rumpfgebirgslandschaft der Ardennen, im Süden nimmt das Gutland 68 % der Fläche des Großherzogtums ein. Dieser Teil ist in seiner Bodenplastik geprägt durch die nordöstlichen Ausläufer der Schichtstufen des Pariser Beckens. Durch das Gutland und durch das Moseltal führen seit der Römerzeit Straßenverbindungen, die den Durchgangscharakter des Raumes verdeutlichen, dessen Mittlerstellung auch in den Sprachverhältnissen zum Ausdruck kommt. Die Grenze zwischen dem romanischen und dem germanischen Sprachgebiet folgt im Nordwesten der Staatsgrenze nach Belgien hin, verläuft dann durch die belgische Provinz Luxemburg und reicht nur bei Esch-sur-Alzette ein kleines Stück und wenige Gemeinden umfassend nach Luxemburg hinein. Die Amtssprache des Landes ist indessen französisch, jedoch ist die Bevölkerung weitgehend mehrsprachig; die Sprache im Gottesdienst ist übrigens Deutsch, auch die meisten Zeitungen erscheinen deutschsprachig. Verbreitet ist noch der alte moselfränkische Dialekt des ›Letzeburjesch‹.

Der Zahl von 357 000 E (1975) entspricht eine mittlere Bevölkerungsdichte von 138 E/km². Die Einwohnerzahl von Ösling und Gutland verhält sich indessen wie 1 : 9 (bei dem erwähnten Flächenverhältnis von 1 : 2). Zahlreiche Öslinggemeinden haben in diesem Jahrhundert 30—50 % ihrer Bevölkerung durch Abwanderung in die wenigen größeren Städte im Gutland verloren. Insgesamt umfaßt die administrative Einteilung 126 Gemeinden in 12 Kantonen und drei Distrikten: Luxemburg, Diekirch und Grevenmacher (vgl. dazu nochmals Abb. 1). Distriktskommissare haben die Aufsicht über die Gemeindeverwaltungen; die Bürgermeister der Gemeinden ernennt der Großherzog.

Bei den länderkundlichen Basisdaten ist auf demographischem Sektor hervorzuheben, daß sich die Altersstruktur in entscheidender Weise geändert hat. Während um 1880 der Altersaufbau geradezu das Paradebeispiel für eine gleichmäßige Bevölkerungspyramide war, ist er heute höchst ungünstig. Der Anteil der jugendlichen Bevölkerung unter 15 Jahren verringerte sich von 1880 bis 1970 von 35 % auf 22 %. Schon lange ist der Wanderungsgewinn der Bevölkerung weit höher als der ständig schrumpfende Geburtenüberschuß. Im Jahre 1974 waren 24 % der Einwohner Luxemburgs Ausländer. — Landwirtschaftlich genutzt werden 52 % der Staatsfläche, davon sind knapp 1 % Rebland. Die Waldfläche beläuft sich auf 33 %. In der Land- und Forstwirtschaft sind 6 % der Erwerbstätigen beschäftigt, auf Industrie und Bergbau entfallen 49 % und 45 % auf den tertiären Sektor. Vom Bruttoinlandsprodukt (1974) erbrachte die Landwirtschaft 4 %, der sekundäre Sektor 56 % und der Dienstleistungsbereich 40 %. Die Landwirtschaft ist voll mechanisiert, nach dem Urteil mancher Fachleute sogar in einem zu hohen Maße. Die industrielle Produktion wäre ohne die hohe Zahl ausländischer Arbeitnehmer und ohne die 8000 Grenzpendler nicht aufrechtzuhalten. Das Arbeitslosenproblem ist in Luxemburg daher gering, zumal die Verträge vieler Gastarbeiter kurzfristig kündbar sind und so ein Regulativ besteht. — Luxemburg liegt etwa auf der Mitte der Strecken Paris–Frankfurt und London–Mailand. Es ist aber nicht nur lagemäßig annähernd das Zentrum der Europäischen Gemeinschaft. Die Haupt- und Residenzstadt Luxemburg, in der fast ein Viertel der Bevölkerung des kleinen Landes lebt, ist Sitz der Hohen Behörde der Montanunion und des Gerichtshofes der Europäischen Gemeinschaft. Für die europäischen Behörden entstand im Nordosten der Altstadt ein eigenes Neubauviertel mit dem Europa-Hochhaus; eine imposante Stahlbrücke über das schluchtartige Tal der Alzette stellt die Verbindung her.

1.1.4. *Die Benelux-Union*

Innerhalb der seit dem 1. 1. 1973 um Großbritannien, Irland und Dänemark erweiterten Gemeinschaft der Sechs nehmen die drei Beneluxländer zwar nur 4 % der Fläche ein; aber die Bevölkerung der drei Staaten macht immerhin fast 10 % der Bevölkerung der Gemeinschaft aus. Nun ist Benelux aber ja weit mehr als eine bequeme Abkürzungsformel für die am nordwestlichen Rand Kontinentaleuropas gelegenen Staaten. Es ist vielmehr das Signet für den ersten Integrationsversuch souveräner Staaten im atlantischen Europa der Gegenwart; in manchen Zügen Vorbild der Europäischen Gemeinschaft — und vielfach fortschrittlicher!

Am Anfang dieser Entwicklung stand die Wirtschaftsunion zwischen Belgien und Luxemburg, die 1921 beschlossen und 1922 in Kraft gesetzt wurde. Der Vertrag hatte eine Laufzeit von fünfzig Jahren, also bis 1972, und ist damit wohl einer der wenigen internationalen Verträge, die am Ende in ein weit umfassenderes Abkommen mündeten. Der erste Effekt der belgisch-luxemburgischen Wirtschaftsunion war, daß am 1. 5. 1922 die Zollschranken zwischen den beiden Ländern fielen, der Inhalt des Abkommens umfaßte aber auch weitere finanzielle und handelstechnische Fragen, ferner eine monetäre Union: der belgische Franc ist auch in Luxemburg gültiges Zahlungsmittel, ebenso umgekehrt, und die Paritäten beider Währungen sind nach außen gleich. Außenhandelsstatistiken beziehen sich seit 1922 meist auf beide Länder gemeinsam. Nach der Weltwirtschaftskrise wurden Zusatzabkommen geschlossen, die Fragen des Importes, des Exports und des Transitverkehrs regelten.

Bei der deutschen Besetzung beider Länder im Zweiten Weltkrieg wurde 1940 die Zollunion aufgehoben, aber 1945 sofort wieder eingerichtet. Und schon während des Krieges gingen nun die Bestrebungen dahin, eine Zoll- und Wirtschaftsunion für alle drei Beneluxländer zu schaffen. Getragen wurden diese Bemühungen von den Exilregierungen der Niederlande, Belgiens und Luxemburgs in London, dort wurde auch am 5. 9. 1944 das Grundsatzabkommen in dieser Hinsicht unterzeichnet. Nach der Rückgewinnung der Souveränität waren weitere Verhandlungen nötig, die erst am 1. 1. 1948 mit einer Zollkonvention abgeschlossen werden konnten, die grundsätzlich, aber zunächst nur theoretisch, die Zollgrenzen zwischen den drei Ländern aufhob. So rasch waren Schranken und auch Ressentiments zwischen den Niederlanden und Belgien eben doch nicht abzubauen. Überkommene Gegensätze seit der Unabhängigkeitserklärung Belgiens im Jahr 1830 und alte Rivalitäten, insbesondere die Konkurrenz zwischen den großen Häfen Rotterdam und Antwerpen, mußten erst überwunden werden. Mit der Eröffnung des Kanals zwischen Schelde und Rhein ging nun aber 1975 doch der alte Traum der Antwerpener Hafenwirtschaft in Erfüllung: eine kurze Verbindung durch die seeländische Inselwelt zum Rhein zu besitzen.

Die am 1. 10. 1949 verkündete Vorunion der drei Staaten, deren Ziel eine umfassende Koordinierung der Wirtschaft war, konnte nur allmählich verwirklicht werden. Erste Fortschritte wurden in einem die Wirtschafts- und Sozialpolitik betreffenden Abkommen im Jahr 1953 erzielt, zugleich wurde eine gemeinsame Außenhandelspolitik vereinbart. 1954 konnte der Kapitalverkehr wenigstens teilweise liberalisiert werden. Ein Abkommen, das den Austausch von Arbeitskräften erleichtern sollte, wurde 1957 angefügt, ein Jahr später wurde der Vertrag über die ›Union Economique Benelux‹ unterzeichnet, der am 1. 1. 1960 voll in Kraft trat und auf fünfzig Jahre geschlossen ist. Damit wurde eine komplette Wirtschaftsunion der drei Länder ins Leben gerufen, mit völliger Freizügigkeit von Personen, Kapital, Waren und Dienstleistungen. Öffentliche Ausschreibungen stehen allen Beneluxfirmen offen, Handelsverträge mit dritten Ländern (außer solchen des Ostblocks) werden gemeinsam geschlossen. Von den Einrichtungen und Organen der

Union ist an erster Stelle das Ministerkomitee zu nennen, dem wenigstens drei Minister aus jedem Land angehören. Die Beschlüsse müssen einstimmig gefaßt werden, jedes Land hat eine Stimme. Das Komitee soll alle drei Monate einmal zusammentreten. Weiter gibt es den Wirtschaftsrat, eine Reihe von Kommissionen, das Generalsekretariat mit Sitz in Brüssel, ein Schiedsgericht, einen konsultativen interparlamentarischen Rat sowie einen beratenden Wirtschafts- und Sozialausschuß. Die Schwierigkeiten, das Abkommen von 1960 in die Realität umzusetzen, waren groß — wenn auch geringer als in der erweiterten Staatengruppe der Europäischen Gemeinschaft. Vor allem lagen sie in der unterschiedlichen industriellen Struktur der Niederlande und Belgiens: dort überwiegend junge, wachsende Industriezweige und viele Betriebe, die stärker auf Konsumgüter und Fertigprodukte orientiert sind, hier kleine und mittlere Betriebe traditioneller Zweige, die vor allem Produktionsmittel und Halbfertigwaren herstellten. Unterschiede im Preis- und Lohnverhältnis kamen hinzu. Es war gerade der Preisunterschied bei einer Reihe von Handelswaren, der die endgültige Verwirklichung der Zollunion, den völligen Abbau aller Zollschranken an den Binnengrenzen, lange verzögerte. Schließlich lag eine der Ursachen für die Schwierigkeiten der Union in den quantitativ kaum faßbaren, dafür aber um so schwerer zu überwindenden Unterschieden in der Mentalität der Belgier und Niederländer sowie in dem daraus resultierenden unterschiedlichen Wirtschaftsgeist. Die in jüngster Zeit sich verstärkende kulturelle Zusammenarbeit erfaßte — was an sich ganz natürlich ist — besonders den flämischen Landesteil. Andererseits wurden dadurch wieder die Empfindungen der 4 Mill. Wallonen betroffen, die sich nun einem Block von 19 Mill. niederländisch Sprechenden gegenübersehen. — Wie dem auch sei, es dauerte jedenfalls bis 1971, dann erst waren die Ziele von 1960, freien Warenverkehr und den Abbau der letzten Zollschranken betreffend, voll erreicht. Immerhin hatte in dieser Zeitspanne die Einfuhr niederländischer Waren nach Belgien und Luxemburg um 240 % zugenommen, während das Importvolumen dort insgesamt nur um 80 % gestiegen war. In umgekehrter Richtung zeichnete sich eine ähnliche Tendenz ab.

Sicher ist ein Grund für die Verzögerungen auf dem Weg zum Zusammenschluß der drei Länder auch darin zu sehen, daß die Benelux-Union 1958 in der größeren Europäischen Gemeinschaft aufging. Zwar ist der Artikel 233 der Römischen Verträge so gefaßt, daß die Beneluxländer bei ihren Bestrebungen, zu einem regionalen Zusammenschluß zu gelangen, nicht durch den EG-Vertrag behindert werden können. Anders ausgedrückt: alles, was dem wirtschaftlichen und politischen Zusammenschluß dient, unterliegt jeweils den weitergehenden, diesen Tendenzen am förderlichsten Bestimmungen des einen oder des anderen Vertrages. Aber es war doch nur natürlich, daß in der ersten Zeit einer mit viel Elan vorangetragenen Entwicklung im Rahmen des größeren Zusammenschlusses die Vollendung des kleineren zurückgestellt wurde. Mit der zunehmenden Krisenanfälligkeit der EG wuchs aber in den Beneluxstaaten wieder der Wunsch, alle vertraglichen Möglichkeiten zu nutzen und gleichsam auf dem Weg zu einer möglichst weitgehenden europäischen Union Schrittmacher zu sein. — Längst ist deutlich geworden, wie schwer es sein wird, bis zum Ende der siebziger Jahre das erste Ziel der EG, die volle Wirtschafts- und Währungsunion der Neun, zu erreichen. Die Erfahrungen, die auf dem Wege zur Benelux-Union gemacht wurden, wobei die Währungsunion bislang nicht realisiert werden konnte, stimmen nicht optimistischer. Aber selbst wenn die EG ihre hochgesteckten Ziele erreichen sollte, die Beneluxländer also von der größeren Gemeinschaft, in die sie eingebettet sind, eingeholt würden, blieben für die Niederlande, Belgien und Luxemburg noch genügend spezifische Aufgaben. Der gesamte Raum um das Mündungsgebiet von Schelde, Maas und Rhein samt den darauf zulaufenden binnenwärtigen Entwicklungsachsen ist gegenwärtig das Zielgebiet einer großen Industrialisierungswelle. Dieser Raum zieht außer europäischen Unternehmen auch amerikanische, japanische und sogar sowjetrussische Werke an. Beide, Belgien und die Niederlande, haben ein leistungsfähiges nationales Verkehrsnetz, aber diese nationalen Netze sind zugleich in hervorragender Weise an die großen internationalen Linien angebunden. Das weiträumige Delta, Großbritannien gegenüber und am Eingang zum Ärmelkanal gelegen, wird immer mehr zum Hafen des nordwestlichen Kontinentaleuropa. Weitreichende Fragen der Landesplanung tauchen damit auf, Probleme der Bevölkerungsagglomerationen und des Städtebaus, Standortfragen der Industrieansiedlung, Aufgaben der Verkehrsplanung, dringende Notwendigkeiten der Wasserversorgung und des Umweltschutzes sind angesprochen. Alle diese Probleme lassen sich kaum im Rahmen der althergebrachten Staatsgrenzen lösen. Die Beneluxländer, die Westeuropa auf dem Wege der wirtschaftlichen Einigung vorangegangen sind, müssen nun auf dem Wege einer supranationalen Raumordnung vorangehen. Das geschieht nicht nur im peripheren Deltagebiet mit der Zusammenarbeit zwischen Seeland und Ostflandern, sondern auch im zentralen Raum der Beneluxländer. Hier wird versucht, die Raumplanung in den niederländischen Provinzen Nordbrabant und Limburg sowie in den belgischen Provinzen Limburg und Antwerpen — dazu das Arrondissement Löwen — zu koordinieren. Ziele, diesen von seiner Lage her zentralen Raum auch zum ökonomischen Zentrum zu machen, dürften aber zu hoch gesteckt sein.

1.2. Raumwirksame Entwicklungen in der Vergangenheit

1.2.1. *Landverlust und Landgewinnung*

Der Norden und Westen der Niederlande, also der gesamte litorale Saum vom Dollart bis zur Scheldemündung, ist in der erdgeschichtlichen Gegenwart, im Holozän, ein Senkungsgebiet. Wenn nun, was hier zunächst als mittlerer Wert genügen mag, in historischer Zeit der Meeresspiegelanstieg in jedem Jahrhundert 15 cm ausmacht, so muß das an einer Flachküste mit niedrig gelegenem Hinterland erhebliche Folgen haben. Einmal für die Gestaltung der Küste und der Flußmündungen, sodann aber auch für den Wasserstand in den weiter landeinwärts gelegenen Arealen, die der Vermoorung und der Seenbildung bei steigendem Grundwasser ausgesetzt sind. So ist das heutige Bild der Landkarte dieses Raumes nur zu verstehen als das Ergebnis der Wirkung von Kräften mit den verschiedensten Komponenten. Auf der einen Seite stehen die hydrographischen Einflüsse, die oft — aber nicht immer — zerstörend wirken, nämlich dann nicht, wenn durch Aufschlickung oder Moorwachstum die Voraussetzungen für eine spätere Landgewinnung überhaupt erst geschaffen werden. Auf der anderen Seite operiert der Mensch mit ständig wachsenden Erfahrungen im Wasserbau und mit immer bewundernswerteren technischen Errungenschaften. Die Maßnahmen zur Landgewinnung sind zugleich aber auch Indikatoren der wirtschaftlichen Kraft und Blüte des Landes. — Der vielschichtige Vorgang der Entstehung der heutigen Verteilung von Land und Wasser soll hier vorab und als Grundlage im eigentlichen Wortsinn behandelt werden, und zwar im wesentlichen für den niederländischen Raum, da die Entwicklung in der schmalen Zone der flandrischen Polder weit weniger kompliziert verlaufen ist.

Die Geschichte der Rückschläge und Siege der Niederländer bei ihrem Kampf um Landgewinnung und Landsicherung ist zugleich auch ein Kapitel der jüngsten Erdgeschichte und der Besiedlungsgeschichte des Raumes. Hier steht jedoch der zeitliche und räumliche Verlauf der Landgewinnung selbst im Vordergrund der Betrachtung. — Das Ansteigen des Meeresspiegels, die sog. positive Strandverschiebung, ist kein völlig gleichförmiger und stetiger Prozeß im Zeitablauf. Vielmehr wechseln Phasen stärkerer Transgression mit solchen relativer Ruhe ab. In diesem Sinn ist die genannte Zahl von 15 cm pro Jahrhundert als Mittelwert anzusehen. Die wichtigsten Transgressionsphasen in historischer Zeit sind zunächst diejenige von 250 bis 500 n. Chr., dann die frühe mittelalterliche von 800 bis 950 n. Chr. sowie schließlich die spätmittelalterliche Transgression von 1130 bis 1500. Es ist wahrscheinlich, daß zur Zeit Caesars die niederländische Küste noch einen recht glatten Verlauf besaß. Aber die eindringenden Römer fanden die Friesen bereits auf ihren Terpen siedelnd, jenen künstlich geschaffenen Hügeln im flachen Marsch-

Abb. 2: Die nördlichen Niederlande im Mittelalter (nach Atlas voor Flevoland, 1970).

land, die ihre Bewohner vor der andringenden Flut schützen sollten. Die Zahl dieser Terpen wuchs im ersten nachchristlichen Jahrtausend ständig, bis sie wie ein dichter Schwarm die heutigen Provinzen Groningen und Friesland überziehen. Aber von der Jahrtausendwende an sind sie nicht mehr weiter erhöht worden, wie das in den vorangehenden Jahrhunderten ständig der Fall gewesen war, um der steigenden Flut Herr zu werden. Jetzt ist nämlich der Zeitpunkt erreicht, wo in Friesland die ersten größeren Ringdeiche geschlossen wurden und damit die Funktion der Terpen erlosch. Welche Veränderungen jedoch bis zum Mittelalter im Küstenverlauf eingetreten waren, zeigt Abb. 2 für die am stärksten betroffenen Gebiete rund um das heutige Ijsselmeer: die damals zur Nordsee hin offene Zuidersee. Vom 14. Jahrhundert an ist es auch möglich, die gesamte weitere Entwicklung der Landgewinnung in einem geschlossenen Bilde festzuhalten (Abb. 3).

Es muß betont werden, daß die Gefahren keineswegs immer vom Meer allein her drohten, sondern auch von den Flüssen, insbesondere vom Stromsystem des Rheines und der Maas. Vor allem hat GOTTSCHALK (1971) in einer Untersuchung über die Meeressturmfluten und die Flußüberschwemmungen vor 1400 gezeigt, daß beide Phänomene in der bisherigen Beurteilung der Quellen oft verwechselt worden sind, daß die Zusammenhänge zwischen beiden manchmal falsch gedeutet wurden. Die verheerendsten Katastrophen nach diesem Zeitpunkt waren die Sturmfluten der Jahre 1421, 1574, 1775, 1808, 1894, 1916 und 1953. Dadurch, daß im Südwesten der Niederlande die großen Ströme und das Meer gemeinsam eine Bedrohung ausübten, war der Kampf um die Landgewinnung dort schwerer, und es kam öfter zu Landverlusten, die bis in die Gegenwart nicht wieder ausgeglichen werden konnten. Stetiger hingegen verlief die Landgewinnung in Friesland und Groningen. Landgewinnung aus dem Meer heraus erfolgte dabei mit der bewährten Methode, daß diejenigen Teile der Marsch, die im Wechselspiel von Ebbe und Flut genügend weit über die mittlere Hochwasserlinie aufgeschlickt worden waren, mit einem Deich gesichert wurden. Der Zeitpunkt, zu dem sie auf diese Weise endgültig dem schon bewohnten, landeinwärts gelegenen Areal zugeschlagen werden, gilt für die Datierung in Abb. 3. Eine zweite Form der Landgewinnung war das Leerpumpen von Binnenseen. Dabei handelte es sich teils um ältere, schon im Mittelalter vorhandene Wasserflächen, teils aber auch — so vor allem in Südholland und bei den friesischen Veenpoldern — um solche Binnenseen, die erst im 17. und 18. Jahrhundert entstanden waren, weil Torf für den steigenden Brennstoffbedarf der Städte in einer solchen Mächtigkeit abgestochen worden war, daß die abgetorften Flächen in das Grundwasserniveau gerieten. Im einzelnen beginnt nun die Interpretation der Abb. 3 im nördlichen Raum.

Im Westen der Provinz Groningen, dort wo die Grenze die Lauwerszee erreicht, läßt die Karte erkennen, wie diese Meeresbucht entlang von Fluß-

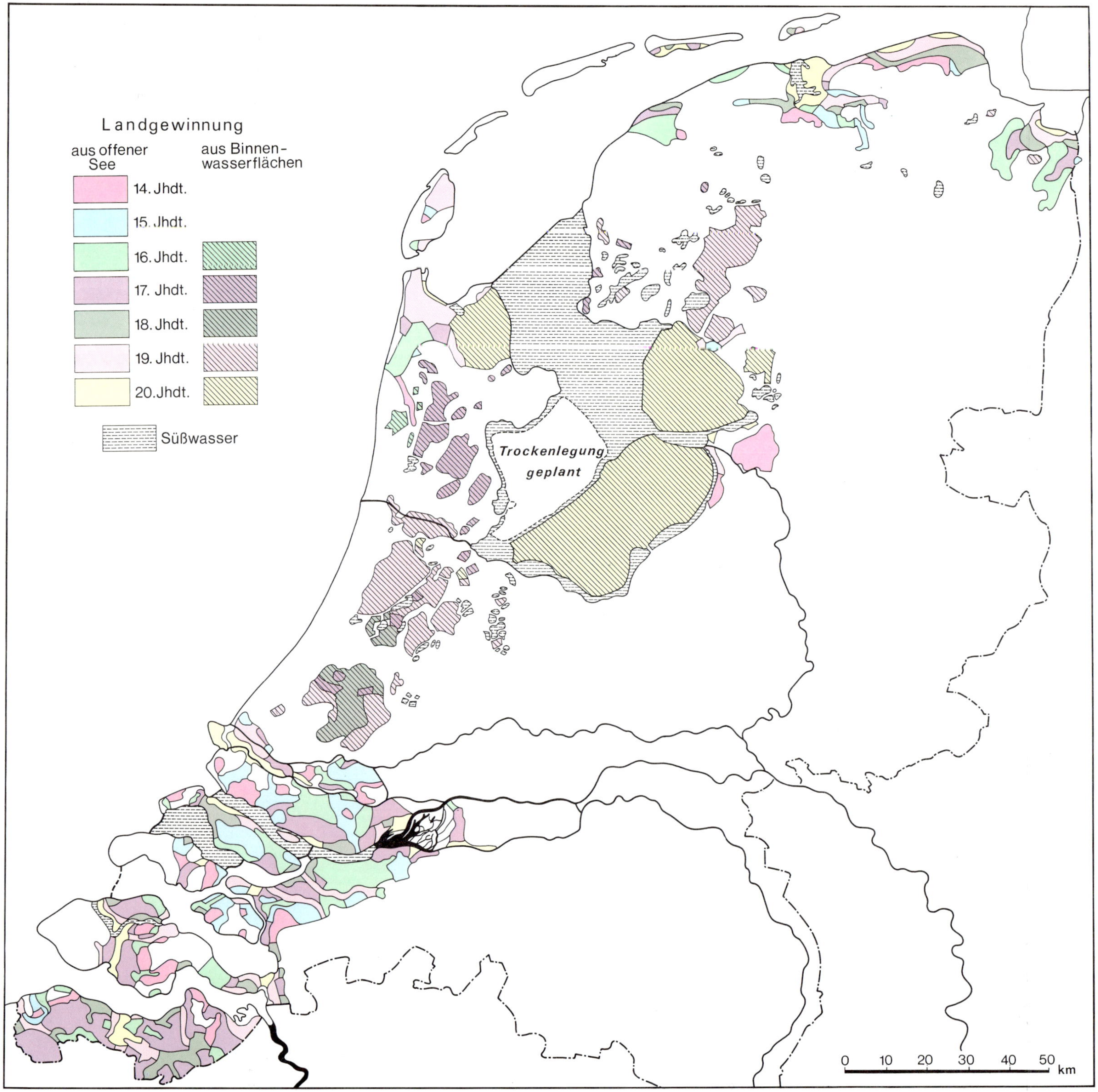

Abb. 3: Landgewinnung in den Niederlanden (nach Atlas van Nederland, mit eig. Ergänzungen).

mündungen weit nach Osten und Südosten landeinwärts gegriffen hat. Ortsnamen wie Munnekezijl, Pieterzijl oder Kommerzijl weisen mit ihrem Grundwort auf die Bedeutung der Siele hin, die hier angelegt waren: Sperrtore in den Flußmündungen, die sich bei Ebbe öffnen, um das Wasser zum Meer hin abfließen zu lassen, und die von der Flut wieder zugedrückt werden, um dann dem Salzwasser den Eintritt zu verwehren. Derartige, anfangs sehr einfach konstruierte Sieltore waren seit dem 10. Jahrhundert in Gebrauch und sind es bis heute noch. Die verlandenden Flußmündungen wurden nach und nach als Kulturland gewonnen, zuletzt das breite und tiefe Reitdiep. Bei der Landgewinnung waren auch Mönche tätig, Klöster lagen in Kloosterburen und Aduard. — Anders als die Deiche am Peizer-, Eelder- und Reitdiep war die Deichlinie im Norden Groningens ein Seedeich, an den sich schon im 14. Jahrhundert ein schmaler Einpolderungssaum anschloß. Aber erst die Landgewinnungsarbeiten des 18. und 19. Jahrhunderts führten zur Eindeichung von größeren Wattflächen, am ausgedehntesten im ehemaligen Mündungsgebiet der Fivel. Diese Arbeiten dauern an: 1941 wurde der Lindhorst-Homanpolder, 1945 der Emmapolder hinzugewonnen, und vor den heutigen Seedeichen dehnt sich bereits wieder das Maschennetz der Lahnungen, die die Aufschlickung verstärken und weitere Landgewinnungen vorbereiten helfen (Foto 1). Ein letztes großes Landgewinnungsgebiet von Groningen stellt die ehemals ausgedehntere Bucht des Dollart dar, die in zwei Armen um einen Sporn höher gelegenen Landes herumgriff. Hier war im Oldambt und im Reiderland während des ausgehenden Mittelalters bei mehreren Sturmfluten und Deichbrüchen ständig Land verlorengegangen. In der Mitte des 16. Jahrhunderts begannen die Anstrengungen, diesen Verlust wieder auszugleichen. Die zeitliche Staffelung der Polder wird aus Abb. 3 sichtbar. Viele untergegangene Terpsiedlungen wurden bei der Trockenlegung wieder aufgedeckt. Mit dem Abschluß des Carel Coenraadpolder war die Eindeichungsperiode hier 1926 beendet.

In Friesland hatte der Deichbau mit Sicherheit schon vor dem Jahre 1000 begonnen. Indessen sind wir auf Vermutungen angewiesen, was in dieser frühen Periode im einzelnen geschah. Sicher verbanden die frühsten Deiche, die man sich kaum anders als niedrige Dämme vorzustellen hat, vor allem jene gerade in Friesland zahlreichen Terpen; bestimmte Deichzüge wurden allmählich verstärkt und entwickelten sich zu den ältesten Ringdeichen. Eine besondere Rolle für Friesland spielte die Middelzee (Abb. 2), die im frühen Mittelalter mit dem Zuiderseegebiet in Verbindung stand und den friesischen Westergo zu einer Insel gemacht hatte. Im 12. Jahrhundert setzte in ihrem westlichen Arm die Verlandung ein, die dann weiter fortschritt. Um 1400 bildete bereits der Hoogedijk zwischen Beetgum und Stiens die Außenlinie gegen das Meer. Der nordwestlich vorgelagerte Oude Bildtpolder hat eine besondere Geschichte. Als Außengroden wurde er bereits vom Kloster Mariengaarde aus bewirtschaftet. Albrecht von Sachsen als Erbstatthalter von Friesland holte am Ende des 15. Jahrhunderts holländische Kolonisten zu Landgewinnungs- und Deicharbeiten heran, die 1508 abgeschlossen waren. So ist dieser Polder bis heute im friesischen Bereich eine Exklave holländischer Mundart. Später wurde die Küstenlinie noch weiter seewärts verlegt. Landverluste auf der friesischen Seite der Lauwerszee, die durch Sturmfluten im 12. und 13. Jahrhundert entstanden waren und bis in das Dokkumerdiep reichten, wurden in der Folgezeit wieder wettgemacht. Heute ist die ehemalige Bucht der Lauwerszee vollständig abgeriegelt. Die Schließung der Meeresbuchten führte jedoch zu erhöhtem Grundwasserstand. Als sich dann im südwestlichen Friesland durch das Torfstechen immer größere Seeflächen bildeten, bestand die Gefahr, daß deren Wasser bei Südweststürmen in die alten Polder der Middelzee gepeitscht wurden. Das machte den Bau von Binnendeichen, den sog. Hemdijken, notwendig. Im 19. Jahrhundert wurden die friesischen Veenpolder im großen Stil durch Trockenpumpen zurückgewonnen. Wenn auch in der Neuzeit die Sturmfluten nicht mehr zu größerem und dauerndem Landverlust führten, so vermochte doch die Flut von 1825 große Teile der Provinz unter Wasser zu setzen, ein Beweis für die Notwendigkeit einer ständigen Sicherung und Verstärkung der Deiche auch in einem Raum mit ältester Deichbautradition.

Der westliche Teil der Niederlande, von ’s-Gravenzande im Süden bis auf die Höhe von Bergen im Norden, hat gegen die See seit alters den Schutz des natürlichen Dünenwalles genossen. Der Binnenrand der Dünen war Leitlinie für die frühe Besiedlung, so wie sich später oft die Siedlungen hinter dem Schutz der künstlichen Deiche zu ducken pflegten. Dennoch sind ostwärts des Dünensaumes seit dem Mittelalter gewaltige Umgestaltungen der Landschaft vonstatten gegangen; denn dieser Raum war im nördlichen Teil von der ehemaligen Zuidersee bedroht und insgesamt eher einer Seenplatte ähnlich. Jenseits des heutigen Nordseekanals wurde schon vor 1300 Westfriesland durch einen Ringdeich geschützt. Desgleichen verlief ein Deich, am Dünenwall bei Petten beginnend, über Alkmaar nach Süden bis auf die Höhe von Beverwijk; er schützte das Altsiedlungsland des Kennemerlandes gegen die durch mehrere Buchten andringende Zuidersee. Teile dieses Deiches bestanden offenbar schon sehr früh, Abb. 3 zeigt einen Streifen ältester Landgewinnung im Vorland. Daneben gab es eine Reihe weiterer, kleinerer Areale, die ebenfalls durch Ringdeiche geschützt waren, wobei man sich aber nun keineswegs die bedeichten Flächen ohne Ausnahme als festes Land vorstellen darf. Auch sie waren bei dem hohen Grundwasserstand von Seen und Sümpfen durchsetzt und trugen wohl mehr einen amphibischen Charakter. Großflächige ›Meere‹ und die Ausstülpungen der Zuidersee beherrschten im übrigen außerhalb der alten Siedlungslandschaften den nordholländischen Raum (vgl. Abb. 2). Der Abschluß dieser Seegatts, der etwa bis zum Jahre 1400 erfolgte, war die Voraussetzung für eine bleibende Landsicherung. Aber der hohe Wasserstand machte enorme Schwierigkeiten, und erst im 17. Jahrhundert konnten die ›Meere‹ von Purmer, Wormer, Beemster und Schermer sowie einige kleinere Polder trockengepumpt werden. Schon früher jedoch, am Ende des 16. Jahrhunderts, war die erste größere Landgewinnung aus der Nordsee gelungen, und zwar nordwestlich des alten Ringdeiches bei Schagerbrug. Weitere Polder schlossen sich an, 1847 wurde der große Anna-Paulowna-Polder eingedeicht und schließlich 1930 der Wieringermeerpolder im Zuge des Ijsselmeerprojektes trockengepumpt.

Weiter südlich konnten im Zusammenhang mit dem Bau des Nordseekanals (1865—72) die Ijpolder trockengelegt werden, die nun nach dem Kanalbau zwischen den bestehenden Ijdeichen und den Dämmen des Kanals lagen. Eine wichtige Rolle bei den Trockenlegungen im Depressionsraum hinter dem Dünenwall spielten die technischen Möglichkeiten. Alle älteren Pumpwerke, auch noch bei der Einpolderung von Purmer, Wormer, Beemster und Schermer, hatten nur die Windkraft, also die vom Wind getriebenen ›Wassermühlen‹ zur Verfügung. Mit Windkraft war in Südholland das Zoetermeer östlich von ’s-Gravenhage trockengepumpt worden, und Windkraft mußte auch für die Trockenhaltung des einmal gewonnenen Landes dienen. Oft hatten dabei die Mühlen das Wasser treppenartig in mehreren Stufen bis in die Ebene der Vorfluter zu pumpen. Aber ausgedehntere und besonders tief gelegene ›Meere‹ wie etwa das Haarlemmermeer konnten erst dann der Landgewinnung zugeführt werden, als elektrische Energie für die Pumpen zur Verfügung stand, so daß Stärke und Stetigkeit der Leistung gesichert waren. Das gilt vor allem für die gewaltigen Pumpwerke, die das Land der Zuiderseepolder aus dem Meer auftauchen ließen, Polder, die 4 bis 6 m unter dem Meeresspiegel liegen.

Schließlich bleibt noch der seeländische Raum zu betrachten. Abb. 3 läßt die wenigen kleinen Inselflächen in mittelalterlicher Zeit erkennen. Von diesen Inseln einerseits und vom festen Land im Osten andererseits ging die Landgewinnung aus. Die ältesten Deiche werden für Tholen in das 7. Jahrhundert datiert. Um 1300 bilden Schouwen, Duiveland und Dreischor noch selbständige Inseln, desgleichen Walcheren. Nord- und Südbeveland ist in mehrere Kerne aufgelöst: ein Archipel, von zahlreichen Scheldearmen, dem Hollandschen Diep und dem Haringvliet im Zuge der Maas zerrissen. Der Fortschritt der Landgewinnung von Brabant und vom Maasland her sowie das Zusammenwachsen der Inseln zeigt Abb. 3 deutlich. Bis in die jüngste Zeit dauerten diese Anstrengungen, so wurde erst 1950 durch den Sloepolder eine Verbindung zwischen Walcheren und Südbeveland hergestellt. Aber die Landgewinnung ging nicht ohne Rückschläge ab. Allein im 16. Jahrhundert bewirkten im seeländischen Raum fünf Flutkatastrophen schwere Schäden (1509, 1530, 1532, 1551 und 1555). Schon vorher hatte die St. Elisabethsflut von 1421 im Bereich des Hollandschen Diep und im Biesbosch große Verheerungen angerichtet. Die Sturmflut von 1953 gab Anlaß für den gewaltigen, heute fast vollendeten Deltaplan, der freilich mehr dem Schutz des Raumes als der Landgewinnung dient.

Eine eigene, in der Landgewinnung zeitlich verschobene Entwicklung machte im äußersten Südwesten Seeländisch-Flandern durch. Einen alten Kern bildete hier im Westen die Insel Cadsand, ursprünglich im Mündungsgebiet der Zwijn gelegen. Über diesen Meeresarm hatte im Mittelalter Brügge Verbindung zum Meer. Die Versandung der Bucht, die für Brügge den Niedergang seiner glanzvollen Blütezeit bedeutete, war die Voraussetzung für die schrittweise Eindeichung, bei der auf niederländischer Seite als letztes Stück im Jahr 1874 der Willem-Leopold-Polder entstand. Auch die Gewinnung der flandrischen Küstenpolder auf belgischer Seite ging schrittweise vor sich, vor allem im 12. und 13., danach dann im 17. und 18. Jahrhundert. Ostwärts von Cadsand bis hin zu den belgischen Scheldepoldern hatte das Land vor allem im 14. Jahrhundert unter Flutkatastrophen zu leiden. 1375/76 entstand im Zentrum, westlich des heutigen Gent–Terneuzen-Kanals, ein großer Meereseinbruch, Braakman genannt. Erst 1952 wurde in diesem Bereich das letzte Stück dem Meer endgültig wieder entrissen. Bis in das 16. Jahrhundert überwog südlich der Westerschelde der Landverlust, erst danach gelangen größere und bleibende Einpolderungen.

1.2.2. *Die Entstehung der Sprachräume*

Welche Bedeutung als geschichtlicher Kraft der Sprache zukommt, ist unter Historikern umstritten. Vielen Beispielen, bei denen sich eine gemeinsame Sprache als einigendes Band manifestiert, lassen sich ebenso gewichtige andere entgegenstellen, wo trotz gleicher Sprache der politische Zerfall nicht aufzuhalten war. Sicherlich sind indessen Sprachgrenzen in der Historischen Geographie Abstraktionen eines Grenzsaumes zwischen Kulturräumen. Wenn nun die Beneluxländer eine so überaus markante Linie wie die romanisch-germanische Sprachgrenze durchzieht, dann erscheint ein Verweilen bei diesem Phänomen angebracht. Einmal nämlich wirft die Entstehung der Sprachgrenze ein Licht auf raumwirksame Prozesse der Besiedlung in Belgien und Nordfrankreich. Neuere Forschungen führten gerade bei der Deutung der Befunde dieser Region dazu, daß die ältere Ansicht einer unbedingten Identität von Sprach- und Siedlungsgrenze aufgegeben werden mußte. Zum andern hat diese Grenze aber nicht nur historisches Interesse. Wenn man bedenkt, welches Gefälle im wirtschaftlichen Potential Belgiens noch im vorigen Jahrhundert zwischen Flandern und Wallonien bestand und welche Zerreißproben bis in die jüngste Vergangenheit der Staat wegen der Gegensätze der beiden Volksgruppen zu bestehen hatte, so scheint es voll berechtigt zu sein, bis in die Gegenwart von raumwirksamen Prozessen zu sprechen.

Im Norden der Sprachgrenze (Abb. 4) unterscheiden wir heute mundartlich ein flandrisches Dialektgebiet, das vom Nordseeküstenbereich landeinwärts reicht und an das sich in den westlichen Niederlanden ein Areal anschließt, in dem die westfränkische Mundart herrscht. Sächsische Mundart wird im Osten der Niederlande, d. h. in Teilen von Groningen, Drenthe, Overijssel und Ostgelderland gesprochen. Das Friesische ist kein Dialekt, sondern eine eigene Sprache, deren Pflege in den Niederlanden mit Erfolg betrieben wird. Die hier herrschende westfriesische Mundart des Friesischen wird noch von rd. 300 000 Menschen gesprochen; in Groningen gibt es eine Professur für friesische Sprache, die auch an den Volksschulen Frieslands wahlfrei unterrichtet wird. Die niederländische Sprache entstand vornehmlich aus dem Westfränkischen, der Sprache der Weser-Rhein-Germanen. Spuren des Nordseegermanischen (Ingwäonismen) finden sich im westlichen Küstenbereich. Dort, wo die Sprachgrenze in den östlichen Ardennen nach Süden umbiegt, reichen die mitteldeutschen Mundarten des ripuarischen und moselfränkischen Dialekts an sie heran. Die picardische, wallonische und lothringische Mundart des Nordfranzösischen stoßen von Süden her gegen die Grenzlinie.

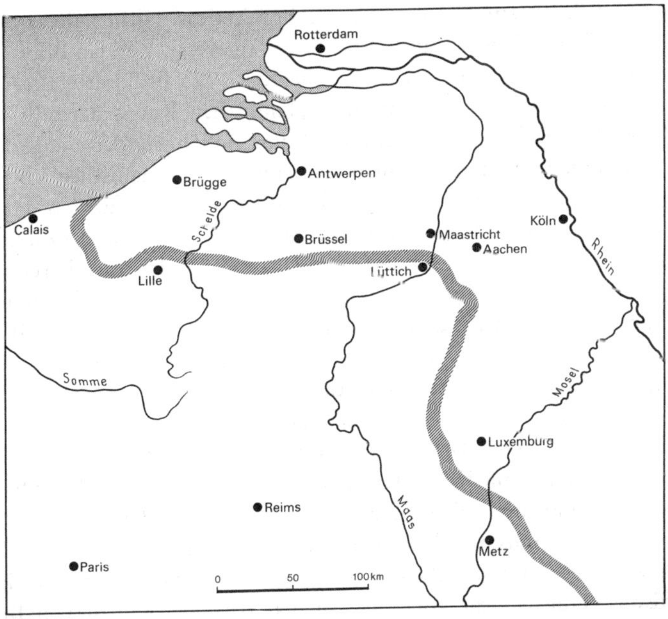

Abb. 4: Die germanisch-romanische Sprachgrenze (nach Westermanns Atlas zur Weltgeschichte, 1956).

Die ältere Deutung der Sprachgrenze ging davon aus, daß beim Vordringen der germanischen Siedler aus dem Stamm der salischen Franken diese Linie im 5. Jahrhundert bei der Völkerwanderung erreicht worden sei. Dem wurde unter Führung von Steinbach und Petri die These entgegengesetzt, daß ›die westliche Sprachgrenze, als Ganzes genommen, keine Siedlungs-, sondern eine Ausgleichsgrenze ist, daß sie also kein unmittelbares Relikt aus der Völkerwanderung, sondern ein erst allmählich zustande gekommenes Ergebnis der kulturellen Wiederabsetzung zwischen der germanischen und romanischen Welt ist, zwischen denen sie recht eigentlich die Gleichgewichtslinie darstellt. Und zwar ist die Sprachgrenze, wie aus ihrem Verlauf am Nord- und Ostrand der alten Siedlungsräume hervorgeht, in Westeuropa ganz vorwiegend eine Rückzugslinie des Germanischen‹ (Petri, 1950/51, S. 41). Dieses heute fast ausnahmslos anerkannte Ergebnis der geschichtlichen Landeskunde lautet, anders formuliert: im Frankenreich wurden zwei Sprachen gesprochen, die lingua theotisca im Osten und die lingua romana rustica im Westen. In der Merowingerzeit herrschte für drei Jahrhunderte zwischen Loire, Somme und Maas Zweisprachigkeit. Etwa um 800 n. Chr. war die Verbreitung der germanischen Sprache etwa bis an die heutige Sprachgrenze zurückgegangen. Die galloromanische Sprache mit dem Superstrat des Fränkischen entwickelte sich im ehemals zweisprachigen Gebiet zum Nordfranzösischen und damit zur Nationalsprache Frankreichs. Nicht zuletzt deshalb wecken diese Fragen ja heute unser besonderes Interesse, weil ein Blick auf die historische Karte zeigt, wie das fränkische Reich des Frühmittelalters einen ersten großen Einigungsversuch im abendländischen Raum darstellt, wobei im südbelgischen und nordfranzösischen Raum die jahrhundertelange Durchdringung und Durchmischung germanischen und galloromanischen Volkstums sich ereignete. Dieser Bereich stellt ein Zwischenland dar, für den das Wort vom Europa, da, wo es am europäischsten ist, in mancherlei Weise zutrifft.

Wie kam es nun zu der geänderten Auffassung, in der Sprachgrenze statt einer eher statischen Siedlungsgrenze eine dynamische Ausgleichsgrenze zu sehen? Einen Beweis dafür, daß die germanische Volkssiedlung über die heutige Sprachgrenze hinaus bis in den Raum um die Seine gereicht hat, lieferte die Vorgeschichte durch die Untersuchung fränkischer Gräberfelder. Ausdrücklich weist Petri darauf hin, daß die Dichte der fränkischen Reihengräber in Wallonien (450 Gräberfelder auf 16 000 km²) vergleichbar mit altgermanischen Stammlanden ist. Das gilt vor allem für den Bereich der heutigen Provinzen Namur und Hennegau mit 250 Gräberfeldern auf 7380 km². Einen weiteren Schluß auf die ehemalige Verbreitung germanischen Volkstums in Wallonien und Nordfrankreich lassen die Ortsnamen zu, die als echte germanische Namenschicht vor allem in den Altsiedelräumen von Brabant und im Hennegau nachzuweisen sind. Die Dichte der Verbreitung fränkischer Orts- und Flurnamen nimmt von der heutigen Sprachgrenze ausgehend nach

Süden zunächst langsam, dann aber immer stärker ab. Sie ist auch — was aufschlußreich erscheint — in den spätbesiedelten Teilen der Ardennen gering. GYSSELING (1947) glaubt, daß die Region um Namur noch im 8. Jahrhundert zweisprachig gewesen ist. Über das tatsächliche Ausmaß des Vorkommens germanischer Namen in Wallonien und Nordfrankreich besteht unter Sprachforschern keine Einigkeit. Das ist keineswegs verwunderlich, weil Ausgleichs- und Assimilationsvorgänge beim Orts- und Flurnamengut in sprachlichen Übergangsräumen auch anderwärts zu beobachtende Erscheinungen sind. Auch an sonstigen sprachgeschichtlichen Zeugnissen läßt sich ableiten, daß in Wallonien die frühe Zweisprachigkeit bis zum 9. Jahrhundert einer romanischen Einsprachigkeit gewichen sein muß, was einer Entgermanisierung gleichkommt. Es ist auch bemerkenswert, daß die Sprachgrenze zugleich die Nordgrenze eines bereits in vorfränkischer Zeit stark romanisierten Gebietes ist, wie man an der Verbreitung römischer Villen ablesen kann. Hier war der Einfluß der gallo-römischen Bevölkerung stärker als der der Franken, die sich als herrschende Schicht, aber auch als Bauern niedergelassen hatten. Dennoch ist PETRI der Ansicht, daß ›für die spätere Sprachzugehörigkeit der altbesiedelten Gebiete nicht bereits ihr sprachlicher Zustand am Vorabend der Landnahme, sondern überall erst der nachlandnahmezeitliche Sprach- und Kulturausgleich entscheidend gewesen ist‹ (1950/51, S. 77).

Wenn man der Bildung der Sprachräume nachgeht, darf man auch eine Tatsache nicht aus den Augen verlieren, die für die historische Siedlungsgeographie von Belang ist, daß nämlich im Frühmittelalter die Besiedlungsdichte insgesamt gering und der Unterschied zwischen relativ dicht besiedelten Altlandschaften und weitgehend menschenleeren Regionen groß war. Für solche ursprünglich siedlungsarmen oder sogar so gut wie siedlungsleeren Räume, die zungenförmig oder inselartig in das Altland reichten, war es entscheidend, aus welcher Richtung in späterer Zeit der Landesausbau vorgetragen wurde. Die sprachliche Zugehörigkeit der Binnenkolonisatoren bestimmte die fernere Zugehörigkeit eben der Ausbauregion. Das gilt vor allem für die spätmittelalterliche Rodungstätigkeit in den Ardennen, die den Vorsprung der Sprachgrenze in diesem Raum erklärt.

1.2.3. *Das Werden der historischen Landschaften und Länder*

Bis zur Teilung des Karolingerreiches im Vertrag von Verdun im Jahre 843 umschloß das Frankenreich, von den Pyrenäen bis zur Elbe–Saale-Linie reichend, auch den Raum der heutigen Beneluxländer. Das Reich Karls des Großen zeigen geschichtliche Atlanten meist mit der suggestiven Kraft einer einheitlichen Flächenfarbe als ein politisches Ganzes. Rund 400 Jahre vorher war unter Clodio Tournai die Hauptstadt des Frankenreiches gewesen. Aber der vorangehende Abschnitt hat gezeigt, wie am Ende der Völkerwanderungszeit sich die Sprachgrenze zwischen germanischem Volkstum einerseits und dem das Westfränkische aufsaugenden Romanischen andererseits zu bilden beginnt und schließlich als eine kulturräumliche Grenze hoher Ordnung unseren Raum durchschneidet — im Westen auf der Höhe der alten Hauptstadt Tournai! Die mittelalterlichen Stämme waren nach einem vielzitierten Wort STEINBACHS geschichtliche Neubildungen im neuen Raum, und die ›Teilgruppen der fränkischen, friesischen und sächsischen Stammesverbände, die wir im Frühmittelalter in den heutigen Niederlanden antreffen, dürften, trotz ihrer Zugehörigkeit zu den ... drei Großverbänden, nach dem heutigen Stand unserer Kenntnis bereits unübersehbare Eigenzüge gegenüber den Stammesgenossen am Niederrhein und im benachbarten Nordwestdeutschland besessen haben‹ (PETRI, 1969, S. 194). Freilich lehnt PETRI wohl zu Recht die Auffassung des großen belgischen Historikers PIRENNE ab, der den eigenständigen Charakter des belgischen Staates schon in der Karolingerzeit begründet sehen möchte. Ein Jahrtausend liegt zwischen dem Vertrag von Verdun und der Unabhängigkeit Belgiens. Und in dieser Zeitspanne gibt es kaum ein Ereignis von historischer Bedeutung für Europa, das nicht im Raum der Beneluxländer seine Spuren — es waren oft blutige Spuren — hinterlassen hätte. Diese Entwicklung soll hier in wenigen Strichen nachgezeichnet werden; denn es bedarf wohl kaum einer Begründung dafür, daß in einer geographischen Landeskunde, deren Ziel die Erfassung und Deutung der gegenwärtigen Raumstruktur ist, auch die wichtigsten Ergebnisse der historischen Landeskunde ihren Platz beanspruchen dürfen, um Gegenwärtiges aus der Vergangenheit heraus zu erklären. Freilich, eine sich progressiv gebärdende Richtung zeitgenössischer Geographie stellt Historisches gern hintan; Geschichtsbewußtsein ist ja aus mancherlei Gründen ohnehin nicht gefragt. Dieser Art des Fachverständnisses ist entgegenzutreten.

Bei der Teilung des karolingischen Reiches im Jahre 843 wurden die flandrischen Gebiete westlich der Schelde als Kronflandern zum Westfrankenreich geschlagen, der ganze übrige Raum der späteren Niederlande und Luxemburgs gehörte zum Zwischenreich, zu Lotharingien, das sich vom Schweizer Jura bis zur Nordseeküste erstreckte und nach einigen Jahrzehnten wechselvoller Geschichte von Heinrich I. als Herzogtum mit dem Deutschen Reich vereinigt wurde (925). So verlief die Reichsgrenze, den Hennegau und Brabant einschließend, entlang der Schelde, sprang etwa auf der Linie Cambrai–Givet an die Maas zurück, um dann nach Süden zu biegen. Dieser Grenzverlauf zwischen dem Reich und dem aufstrebenden Frankreich bestand ohne große Veränderungen bis zum Ende des 15. Jahrhunderts. Die Zeitspanne von der Reichsgründung bis zum Aufstieg Burgunds war für den nordwestlichen Kontinentalraum, der im Überschneidungsbereich der Machtinteressen Deutschlands, Frankreichs und auch Englands lag, die Epoche der Territorialbildungen. Für diese Übersicht mag es dabei genügen, von einer räumlichen Dreigliederung auszugehen. Da erstarken nacheinander im Westen drei weltliche Territorien: Flandern, Brabant und Holland. Die Entstehung einer fast autonomen Territorialherrschaft beginnt in Flandern mit dem Abzug der Normannen 885. Nach diesem Zeitpunkt können die Grafen von Flandern ihre Macht ausdehnen, ohne daß das französische Königtum dem zunächst Einhalt zu gebieten vermochte. Erst später steht Flandern in erbittertem Kampf um seine Unabhängigkeit gegen Frankreich, dabei wirkte der Sieg der flandrischen Bürger über das französische Ritterheer in der berühmten Sporenschlacht von Kortrijk (1301) wie ein Fanal. — Anders diesseits der Reichsgrenze, wo die deutschen Kaiser aus sächsischem und salischem Hause die Macht der Brabanter Herzöge im Vergleich mit Flandern doch einzuschränken wußten. Erst um 1300 steigt Brabant zur Führungsmacht in den südlichen Niederlanden auf, hinter dem die weltliche Macht in den nördlichen Niederlanden, die Grafschaft Holland, an Bedeutung zurückbleibt.

Liegt nun im Westen ein Block weltlicher Territorien, so dominieren im Osten die geistlichen Herrschaften Münster und Osnabrück, die an die Grenze der heutigen Niederlande heranreichen, und namentlich zwischen dem westfälischen Raum und dem Norden der Niederlande bestehen mannigfache Beziehungen. Zwischen diese beiden Blöcke, einen weltlichen Machtbereich im Westen und einen geistlichen im Osten, schiebt sich nun als drittes Glied ein Saum, in dem weltliche und geistliche Territorien im Gemenge liegen. Für unsern Raum sind dabei von Belang die Bistümer Lüttich und Utrecht, das Herzogtum Geldern mit seiner ausgeprägten Territorialpolitik, sowie Limburg und Luxemburg. So zeigt die historische Karte am Vorabend der Machtentfaltung Burgunds ein buntes Mosaik. — In der Zeit der burgundischen Staatsbildung von 1363 bis 1477 werden die Territorien Flandern, Hennegau, Brabant, Lüttich, Limburg, Seeland, Holland, Geldern und das Niederstift Utrecht (samt einigen weiteren, die nicht zum heutigen Bereich der Beneluxländer gehören) vereinigt. Jetzt erst beginnt der Name ›Niederlande‹ für den gesamten heute belgisch-niederländischen Raum (aber nicht für Luxemburg) gebräuchlich zu werden. Am längsten widersetzte sich Geldern der Einbeziehung in das burgundische Reich, erst wenige Jahre bevor die Niederlande 1477 an Habsburg fielen, war diese letzte Eingliederung vollzogen. Auch als Kaiser Maximilian 1512 bei der Kreiseinteilung Deutschlands die niederländischen Provinzen zum burgundischen Reichskreis zusammenfaßte, waren Utrecht und Geldern zunächst nicht dabei, sie wurden erst 1528 bzw. 1543 durch Karl V. hinzugefügt. Damit umfaßte der Burgundische Reichskreis das gesamte Gebiet der heutigen Beneluxländer, als er 1556 bei der Abdankung Karls V. an Spanien überging. Aber diese Zugehörigkeit zum

Reich war doch nur eine formale gewesen; das Reich und die Niederlande waren sich längst fremd geworden. Lediglich die östlichen Niederlande bis hin nach Utrecht machten mit ihren Bindungen an Westfalen, an den niederrheinischen und nicht zuletzt an den hansischen Raum eine Ausnahme.

Wie sehr unter burgundischem Einfluß diese Entfremdung fortgeschritten war, zeigt die Tatsache, daß Deutschland dem 1568 beginnenden Freiheitskampf der Niederlande recht teilnahmslos zusah. Seit 1520 hatte die Reformation in den Niederlanden Einzug gehalten. Antwerpen, Mittelpunkt des Welthandels im Reich Karls V., wurde früh lutherisch. In der Mitte des 16. Jahrhunderts fand über die wallonisch-nordfranzösischen Textilstädte der Calvinismus Eingang. Als die schon unter Karl V. beginnende Unterdrückung sich mit der Herrschaft Philipps II. steigerte und neben den religiösen Freiheiten auch finanzielle und ständische Rechte bedrohte, begann der Aufstand, an dessen Spitze 1572 Wilhelm von Oranien trat. Sein Ziel war die Befreiung aller siebzehn Provinzen, und man mag dem Gedanken nachgehen, wie die Geschichte weiter verlaufen wäre, wenn er dieses Ziel erreicht hätte. Aber die Utrechter Union von 1579 umfaßte nur die acht protestantischen Nordprovinzen Friesland, Groningen, Overijssel, Drenthe, Geldern, Utrecht, Holland und Seeland. 1581 erfolgte die Unabhängigkeitserklärung der Republik der Vereinigten Niederlande, und im Westfälischen Frieden von 1648 wurde sie endgültig anerkannt. Die südlichen Spanischen Niederlande, zu denen auch Luxemburg gehört, fallen in Provinzialismus und Unterdrückung zurück. Die niederländische Einheit ist damit zerrissen, die weitere Entwicklung im Norden und Süden verläuft getrennt. — Für den Norden ist das 17. Jahrhundert das ›Goldene Zeitalter‹ einer großartigen wirtschaftlichen Blüte und zugleiche eine Periode der erfolgreichen Verteidigung des Staates gegen die Eroberungsabsichten Ludwigs XIV. Im 18. Jahrhundert jedoch beginnt die politische Macht der Niederlande durch Kriege mit England und durch das Übergreifen anderer europäischer Konflikte zu sinken. Die Spanischen Niederlande, die im 17. Jahrhundert immer mehr unter den Einfluß Frankreichs geraten waren, fallen 1714 an Österreich. 1789/90 werden unter dem Eindruck der Französischen Revolution die ›Vereinigten Belgischen Staaten‹ ausgerufen; das ist die erste Verwendung des Namens Belgien in der Neuzeit. Aber dies Ereignis war nur ein Zwischenspiel von kurzer Dauer, die französische Revolutionsarmee eroberte Belgien und die Republik der Vereinigten Niederlande, die von 1806 bis 1810 als Königreich Holland unter französischer Vorherrschaft stehen und dann dem Kaiserreich Frankreich einverleibt werden. Nach dem Sturz Napoleons wird auf dem Wiener Kongreß eine letzte kurze Epoche der staatlichen Einheit beider Niederlande und des Fürstbistums Lüttich eingeleitet. Zugleich beginnt die staatliche Sonderentwicklung Luxemburgs, das zum Großherzogtum und zum deutschen Bundesstaat erklärt wird. Im Jahre 1830 erfolgen der Aufstand und der

Abfall Belgiens, der junge Staat besetzt auch die westliche, wallonische Landeshälfte Luxemburgs. Der westliche Teil Limburgs kommt 1839 zu Belgien, das heutige niederländische Limburg verbleibt von 1839 bis 1866 im deutschen Bund. Bei dessen Auflösung im Jahr 1866 wird Luxemburg selbständig.

Betrachtet man abschließend die heutigen Grenzen der drei Staaten daraufhin, wie stabil sie seit der Mitte des 17. Jahrhunderts, d. h. seit dem Ende des Dreißigjährigen Krieges geblieben sind, so zeigen sich auffällige Unterschiede. Als ruhig und konstant erweist sich vor allem die niederländische Grenze im Osten zwischen dem Dollart und dem Rhein. Nur zwischen Rhein und Ijssel fielen zu Beginn des vorigen Jahrhunderts kleinere klevische Gebiete an die Niederlande, im Raum Elten brachte der Zweite Weltkrieg eine Grenzkorrektur. Stabil blieb auch — bis auf die Waldgebiete um Postel und Lommel, die heute belgisch sind — die niederländische Grenze im Süden gegen die Spanischen Niederlande und das spätere Belgien. Ein buntes Mosaik von Grenzverschiebungen zeigen jedoch die Maaslande im deutsch-niederländischen und im belgisch-niederländischen Grenzbereich. Auch die Staatsgrenze zwischen Belgien und Deutschland hat sich in den letzten anderthalb Jahrhunderten mehrfach verschoben, mit wechselnder Zugehörigkeit der deutschsprachigen Gebiete. Die Grenze Belgiens gegen Frankreich, über die französisch-habsburgische Grenze von 1493 nach Nordosten verschoben, spiegelt den französischen Expansionsdrang des 17. Jahrhunderts wider.

1.2.4. *Phasen der wirtschaftlichen Entwicklung*

Am Schluß dieses Kapitels soll über die Territorialgeschichte hinaus das Auf und Ab wirtschaftlicher und sozialer Bewegungen skizziert werden. Sind diese doch einerseits für das Verständnis von Machtzuwachs oder Niedergang politischer Gebilde oft die wichtigste Voraussetzung; andererseits greifen sie über den Raum der drei heutigen Staaten hinaus und verflechten ihn mit europäischen Nachbarregionen und überseeischen Einflußsphären. Schließlich begegnet man, insbesondere im Bild der Städte, den Spuren vergangener Epochen bis auf den heutigen Tag.

Nehmen wir den Stadtbegriff als Stichwort, so ist festzustellen, daß im belgisch-niederländischen Raum vor allem Tournai sich in ungebrochener Kontinuität aus römischer Zeit seine Funktion als städtische Siedlung erhalten hat, bis es unter Clodio im Jahr 440 zur Hauptstadt des Frankenreichs wurde. Die nachfolgende Verlegung der fränkischen Königssitze nach Reims, Soissons, Paris und schließlich nach Orléans zeigt, wie zumindest die wirtschaftliche Bedeutung, die diese frühen Zentralorte auf ihre Umgebung ausübten, sich aus dem belgischen Raum heraus und nach Südosten verlagerte. Prästädtische Kernsiedlungen aus der Merowingerzeit sind aber auch

Maastricht, Huy, Namur und Dinant, die ihre erste Blütezeit als Münz-, Handels- und Zollplätze an den Schnittpunkten von Flüssen und Straßen im 7. Jahrhundert haben. Das Maastal mit seinen Handelsbeziehungen bis hin nach Skandinavien war ein wirtschaftlicher Aktivraum des frühen Mittelalters. Weiter nördlich blühte der von den Friesen organisierte Handel seit dem späten 7. Jahrhundert bis in die Mitte des 9. Jahrhunderts. Dorestad an der Rheinmündung und Staveren an der Zuidersee waren wichtige Kaufmannsniederlassungen. Wein, Honig, Krapp, Gewürze, Seide, Tuche und Salz stellten die Handelsgüter der Friesen dar; aus dem Ostseeraum (Birka) brachten sie Bernstein und Pelze zurück. Auch bei zahlreichen anderen Städten sind frühmittelalterliche Kaufmannssiedlungen nachgewiesen, so für Utrecht, Deventer, Tiel am Waal und für Nijmegen. Seehandelsplätze waren vermutlich auch Beverwijk und Katwijk, mit Sicherheit aber Middelburg. Weiter im Süden sind Antwerpen, Gent, Brügge, Oudenaarde, Brüssel und die schon genannten Maasstädte als Kaufmanns- und Handelsniederlassungen bekannt, freilich in zeitlicher Staffelung. Lüttich und Brüssel treten erst im 10. und 11. Jahrhundert in Erscheinung, wenn man nach den Anfängen des mittelalterlichen Städtewesens sucht. Die Kaufmannsniederlassungen waren nicht allein auf die Versorgung der Burgen ausgerichtet, in deren Schutz und Nähe sie oft entstanden; die Fernhändler befriedigten vielmehr auch die Nachfrage der Grundherren und des Klerus im weiteren Umland, und das bei wachsender Zahl der Stifte und Klöster.

Die Normanneneinfälle des 9. Jahrhunderts — Dorestad wird 834 zum erstenmal angegriffen — haben das Wirtschaftswesen immer nur kurzfristig zu lähmen vermocht. In vielen Fällen wurde durch die Bedrohung von See her das Zusammenwachsen der altstädtischen, befestigten Kerne und der ungeschützten Kaufmannsniederlassungen beschleunigt. So tritt uns in der Zeit vom 9. bis zum 14. Jahrhundert, der Epoche des Aufstiegs der weltlichen und geistlichen Territorien, ein weites Netz von frühen zentralen Orten entgegen. Eine wichtige kulturelle Leistung des 13. Jahrhunderts ist zudem die über die Dialekte hinweggreifende Entwicklung der niederländischen Literatursprache in den Kernprovinzen Flandern und Brabant.

›Diese Leistung ist unmittelbar verbunden mit dem Mündigwerden des niederländischen Bürgertums und erfolgte zuerst in den großen südniederländischen Städten des Mittelalters: Brügge, Gent, Ypern, Löwen. Damit hängt es zusammen, daß die niederländische Besonderheit und Kultur bis zum heutigen Tag und trotz ihrer Impfung durch das Höfische in der Burgunderzeit so ausgesprochen bürgerlichen Charakter trägt‹ (PETRI, 1960, S. 30).

Seit dem 12. Jahrhundert ist im weiteren Raum des Scheldebeckens ein Gewerbegebiet für die Tuchherstellung entstanden, das in Europa seinesgleichen sucht. Längst reicht die eigene Wollerzeugung nicht mehr aus, es wird aus England Wolle importiert. In Gent, Brügge, Ypern und Tournai (von den nordfranzösischen Städten in diesem Zusammenhang zu schweigen) haben privilegierte Großbetriebe ihre Standorte. Im 14. und 15. Jahrhundert gesellen sich Brüssel, Löwen, Mechelen, St. Truiden und zahlreiche kleinere Orte hinzu. Im Norden sind Leiden, Rotterdam, Amsterdam, Utrecht und Haarlem die wichtigsten Orte der Textilherstellung. Im Maastal blüht die Kupfer- und Bronzebearbeitung um Namur, Huy und Dinant auf, in Lüttich wird bereits seit dem 12. Jahrhundert die Steinkohle abgebaut, in kleinen Mengen natürlich und im Tagebau. Die Bevölkerungszunahme ist so stark, daß Flandern zum Auswanderungsland wird, flämische Siedler sind in Sachsen, in der Lausitz und in Böhmen an der Ostkolonisation beteiligt. Der kontinentale Nordwesten mit den Brennpunkten Brügge und Antwerpen wird der führende Raum im Europa nördlich der Alpen, was Wirtschaft, Handel und Verkehr angeht. Im 15. Jahrhundert beginnt dann aber der Niedergang Brügges, als die Zufahrt zur offenen See über die Mündung der Zwijn allmählich versandet. Die englischen und italienischen Schiffe, deren Größe und Tiefgang zunahm, mußten nunmehr Antwerpen aufsuchen: die Stadt übernimmt die Funktion Brügges als großer Umschlagplatz.

Enge Verflechtungen bestehen zwischen Flandern und der deutschen Hanse, allerdings gehörten die flandrischen und holländischen Städte diesem Bunde nie an, im Gegensatz zu den ostniederländischen Orten, allen voran Kampen und Deventer. Überhaupt zeigt sich, daß die Städte südlich der Zuidersee (Harderwijk und Elburg) und diejenigen an der Ijssel (Zwolle und Zutphen) stark mit Westfalen verklammert sind. Die Sonderstellung der östlichen Niederlande wird hier unter anderem Aspekt abermals deutlich. Die Blütezeit der Zuidersee- und Ijsselstädte lag im 14. und 15. Jahrhundert. Sie waren begünstigt durch ihre Lage am hereinkommenden Seeweg vom Baltikum zum Rhein und zugleich an den Landhandelswegen, die sehnenartig im Nordseesektor, wie Müller-Wille (1952) ihn genannt hat, von der holländischen zur deutschen Küste verliefen oder aber binnenwärts nach Westfalen und Hessen führten. Wichtigstes Importgut aus dem östlichen Mitteleuropa war Getreide für eine rasch wachsende Bevölkerung. Die westwärts gelegenen, holländischen und seeländischen Hafenorte dagegen wurden im 15. Jahrhundert zu ernsten Konkurrenten der Hanse, indem sie sich eine Handelsflotte schufen, die die Wurzel der späteren Seemacht Hollands im ›Goldenen Zeitalter‹ bildete. Die an der Nordsee gelegenen Häfen schließlich verdankten ihren Aufstieg in jener Zeit nicht zuletzt der Tatsache, daß bedeutende Heringsschwärme damals die schwedischen Gewässer verließen und in die Nordsee abwanderten; Heringsfang mit größeren Schiffen bot sich also an. Schiffe mit Ladungen von Heringsfässern, Salz, Butter und Tuchen aus Leiden und Utrecht fuhren von der holländischen Küste in die Ostsee. Sie brachten Holz, Eisen und Pech für den Schiffsbau, Getreide für die Bierbrauereien und andere Rohstoffe für zahlreiche städtische Gewerbe wieder mit zurück.

Im 15. Jahrhundert war auch Amsterdams Aufstieg — das Stadtrecht war erst um 1300 verliehen worden — so weit gediehen, daß Philipp von Burgund von der ›ersten‹ in der Reihe der holländischen Städte sprechen konnte. Aber noch steht Amsterdam im Schatten der glanzvollen burgundischen Hofhaltung auf dem Coudenberg der Brüsseler Oberstadt. Mit dem Freiheitskampf der sieben vereinigten Provinzen gegen die Spanier beginnt für den Norden jenes Goldene Zeitalter, das bis über die Mitte des 17. Jahrhunderts währen sollte. An den Grachtenringen ist erkennbar, wie Amsterdam in den Jahren von 1578 bis 1658 siebenmal erweitert wird, es kann nun mit vollem Recht als das Handelszentrum der Welt bezeichnet werden. Die holländische Handelsflotte ist die größte der Welt, ihre Schiffe fahren seit der Entdeckung des Seeweges nach Indien auf allen Weltmeeren. 1602 wird die Ostindische und 1621 die Westindische Handelskompanie gegründet. Es ist die Blütezeit städtischen Lebens und Gewerbes, der Kunst und der Wissenschaft in den nördlichen Niederlanden; zugleich ist die erste Hälfte des 17. Jahrhunderts durch intensive Landgewinnung gekennzeichnet.

In den südlichen Niederlanden besiegelte die Eroberung Antwerpens durch die Spanier 1585 den Niedergang der flandrischen Städte. Große Teile der sozialen Oberschicht verließen wegen ihres Glaubens das Land, nachdem die Spanier ihre Herrschaft errichtet hatten. Die Holländer brachten mit der Sperrung der Flußmündung den Scheldehandel vollends zum Erliegen, den Rheinhandel kontrollierten sie ohnehin. Aber mit dem Rückschlag, den sie im ersten Seekrieg gegen England (1652—54) erleiden, indem sie die Navigationsakte anerkennen müssen, kündigt sich das Ende des Goldenen Zeitalters an. Die Erschlaffung des unternehmerischen Wirtschaftsgeistes charakterisiert den Abstieg der holländischen Macht im 18. Jahrhundert. Bis spät in das 19. Jahrhundert fällt es den Niederländern schwer, den Anschluß an das technisch-industrielle Zeitalter zu gewinnen, den Belgien als erster kontinentaleuropäischer Staat gleich nach seiner Entstehung gefunden hatte. Anknüpfend an die Metall- und Waffenmanufaktur der Maas–Sambre-Furche und gestützt auf die dortigen Lagerstätten von Kohle und Erz wuchs der wallonische Raum zum industriellen Schwerpunkt des Landes heran. Damit ist aber eine Entwicklung erreicht, die direkt zur gegenwärtigen Struktur führt und bei deren Behandlung wiederaufgenommen werden muß.

2. DIE NATÜRLICHE AUSSTATTUNG DES RAUMES

2.1. Geologischer Aufbau und Relief

2.1.1. *Abriß der älteren Erdgeschichte*

Der nordwestliche Rand des kontinentalen Europa gehört zur Kontaktzone zwischen Kaledoniden und Variskiden, wenn man diesen Raum in seiner allgemeinen tektonischen Position betrachtet. Nach neusten geophysikalischen Anschauungen sind hier im Erdaltertum zwei kontinentale Plattenränder aufeinandergestoßen, so daß eine Gebirgsbildung vom Kollisionstyp entstand (Vetter, 1975). In der ältesten Formation des Paläozoikums, im Kambrium, dessen Beginn vor 600 Mill. Jahren angesetzt wird, weitete sich der kaledonische Trog, dessen Kern im britisch-norwegischen Bereich lag, nach Südosten gegen Mitteleuropa hin aus. In den Sattelkernen des späteren Brabanter Massivs, aufgeschlossen zu finden an den Oberläufen der Zenne und Dijle, sowie am Nordost- und Südwestrand der Ardennen treten kambrische Schichten zutage (Abb. 5). In der nachfolgenden Formation des Ordoviziums, das vor 490 Mill. Jahren begann und 60 Mill. Jahre dauerte, gehört der Raum der Beneluxländer weiter zu der großen Synklinale von Nord-, West- und Mitteleuropa; die aus Tonschiefern bestehenden Sedimentationsschichten haben im belgischen Bereich eine Mächtigkeit von insgesamt 1300 m. Am Ende des tektonisch bereits unruhigen Ordoviziums beginnt die Ära der kaledonischen Faltung, die gegen Ende des Silurs mit der ardennischen Phase einen Höhepunkt erreicht. Das Brabanter Massiv wurde konsolidiert und bildete den Südrand des Kontinentalblocks (Old Red-Kontinent), der nun von den Britischen Inseln bis nach Norwegen hin entstanden war. Heute sind die Gesteine des Brabanter Massivs von den Tertiärschichten Mittel- und Nordbelgiens verhüllt. Noch tiefer begraben vermutet man die Falten der Kaledoniden als Fortsetzung des Brabanter Massivs im Untergrund Nordwestdeutschlands. Die Ardennen hingegen fielen in den Zustand eines geosynklinalen Raumes zurück; davon zeugen die Silurschichten und ihre Mächtigkeit, die bis zu 1500 m erreicht. Für den mit erdgeschichtlichen Entwicklungen weniger Vertrauten mag der Gedanke erstaunlich sein, daß im Devon (Beginn vor 400 Mill. Jahren) eine Umkehrung der heutigen Verhältnisse bestand: die in der Gegenwart tief gelegenen und von der Nordsee bedrohten Regionen der Niederlande und Niederdeutschlands waren damals zusammen mit dem Raum der südlichen Nordsee Teil eines großen Festlandsblockes, während das Rheinische Schiefergebirge im Senkungsraum des Devonmeeres, in der sich nunmehr bildenden variskischen Geosynklinale, lag. Im Süden begrenzte die alemannisch-böhmische Insel das Meer der Devonzeit. Die nahezu lückenlose Schichtfolge des Devon, die in den Ardennen zu verfolgen ist und über 5000 m umfaßt, läßt das Ausmaß der Absenkung des Meeresbodens erkennen, auf dem die Abtragungsprodukte aus dem Old Red-Kontinent sedimentierten. Schiefer, Grauwacken und Kalke lösen in der Folge miteinander ab. Der kleine belgische Ort Gedinne lieferte den Namen für eine Stufe des Unterdevon, der französische Grenzort Givet stand für die Benennung einer mitteldevonischen Stufe Pate — Hinweise für die Bedeutung des Gebietes bei der Erforschung der Formation. Die eigentlichen Ardennen, südlich von Condroz und Famenne, lagen im tiefsten Teil der variskischen Geosynklinale, in der sog. rheno-herzynischen Zone; das erklärt die auffallende Schichtmächtigkeit.

Vor 350 Mill. Jahren begann das Karbon. Die Sedimentation setzt sich zunächst im Unterkarbon fort. Kohlenkalke bis zu einer Mächtigkeit von 700 m sind in der subvariskischen Vortiefe, die sich nördlich an die rheno-herzynische Zone anschloß, erhalten geblieben. Gegen Ende des Unterkarbon erreichte das Meer seine größte Ausbreitung, danach trat eine Regression ein, und die sudetische Faltungsphase leitete die Ära der variskischen Gebirgsbildung ein. Die sudetische Phase schuf in unserem Raum die älteren und südlicher gelegenen Gebirgsketten. In der subvariskischen Vortiefe war das Oberkarbon die Zeit der Ablagerung der Kohlenflöze (produktives Karbon), die durch die Inkohlung der Pflanzen und Bäume in den überschwemmten Niederungen und Mooren der Vortiefe entstanden. Sie nehmen allerdings kaum mehr als 3 % der Gesamtmächtigkeit oberkarboner Schichten ein. Die asturische Faltungsphase gegen Ende des Oberkarbon sorgte für die Angliederung an die älteren Ketten. Ein großes Steinkohlenbecken reicht heute aus dem französischen Revier nördlich von Arras über die Borinage und weiter entlang der Sambre–Maas-Furche bis nach Lüttich, nur um Namur auf kurzer Strecke unterbrochen. Der zweite, nördliche Flügel der Kohlelagerstätten erstreckt sich vom Kempenland über Limburg in den Aachener Raum. Im Perm, der letzten Formation des Paläozoikums, beginnend vor 270 Mill. Jahren, wird das variskische Gebirge bereits wieder abgetragen und eingerumpft. Transgressionen greifen von der Nordsee her bis in den Limburger Raum, und Abb. 5 zeigt, daß das Zechsteinmeer bis an den Rand des heutigen Hunsrück gereicht hat. Das Rheinische Schiefergebirge sprang wie ein Keil in das mitteleuropäische Zechsteinmeer vor. Das feuchte, tropische Klima der Karbonzeit war einem arid-heißen Klima gewichen. Die Niederlande, die zu Beginn des Perm noch wüstenartiges Festland gewesen waren, wurden von den Transgressionen des Zechsteinmeeres im Westen und Norden erreicht;

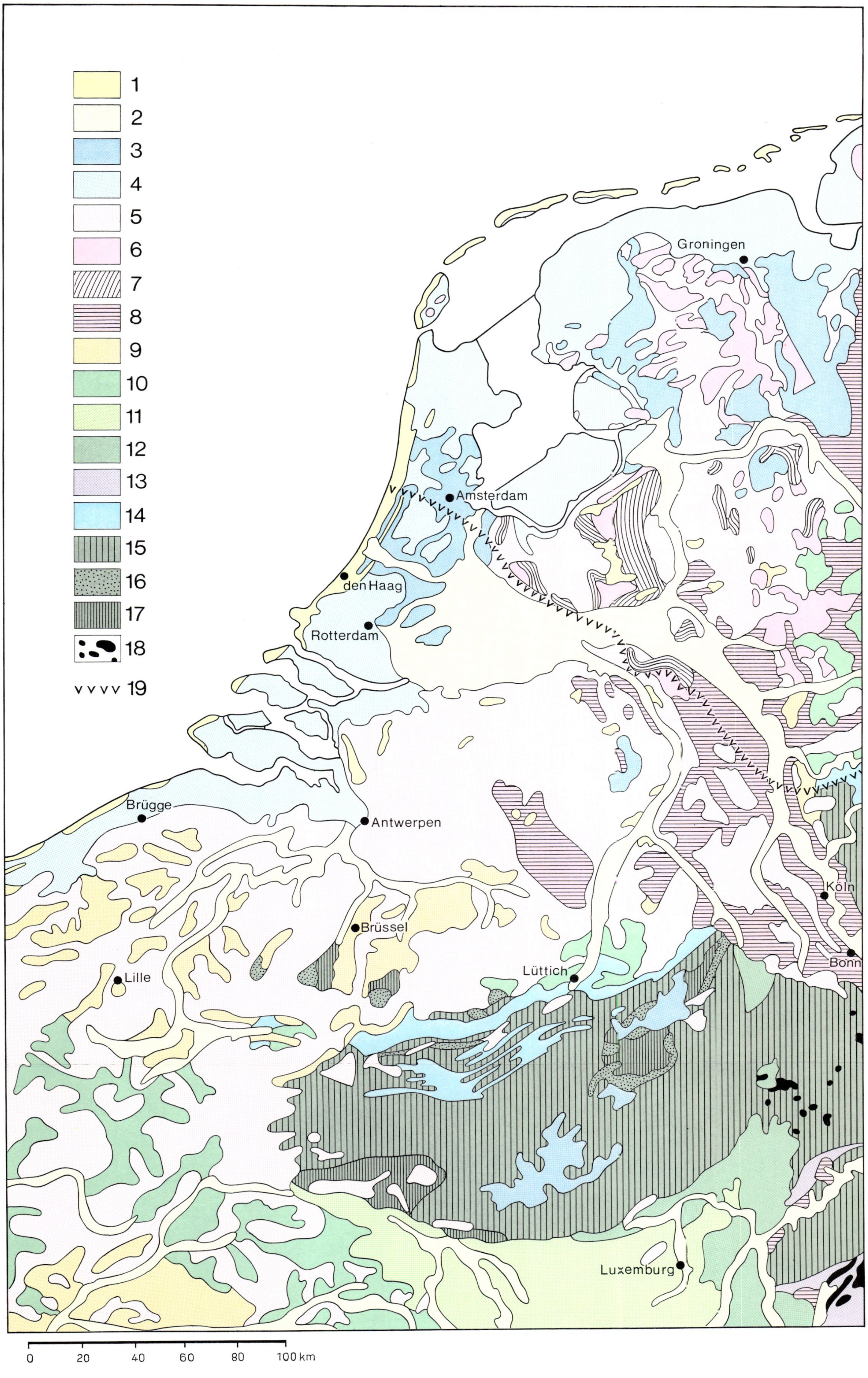

Abb. 5: Der geologische Bau der Beneluxländer (nach den Nationalatlanten und geologischen Kartenwerken).
Holozän: 1 äolische Ablagerungen, 2 fluviatile Ablagerungen, 3 Moorbildungen, 4 marine Ablagerungen. — Pleistozän: 5 Bildungen im Periglazial (Decksand, Löß), 6 glaziale und fluvioglaziale Ablagerungen, 7 Endmoränen der Saalekaltzeit, 8 fluviatile Ablagerungen (Terrassen). — 9 Tertiär, 10 Kreide, 11 Jura, 12 Trias, 13 Perm, 14 Karbon, 15 Devon, 16 Silur und Ordoviz, 17 Kambrium, 18 vulkanische Gesteine, 19 äußerste Eisrandlage der Saalekaltzeit.

die Steinsalzlager in der Twente, in einer Tiefe bis zu 1000 m gelegen, stammen aus jener Epoche der Erdgeschichte.

Auch in der Triasformation, mit der vor 220 Mill. Jahren das Mesozoikum, das Erdmittelalter, begann, wurden (in der Buntsandsteinabteilung) noch Salze eingedampft, die in der Twente sich nördlich an die Steinsalzlager des Zechstein anschließen. Von den triassischen Ablagerungen im germanischen Becken, die bis an die flache Ardennenschwelle heranreichten, sind Reste am östlichen Rand als anstehendes Gestein erhalten geblieben. Die weiten Transgressionen des Meeres in der Jurazeit — ein Meer, aus dem nur die rheinisch-ardennische Insel herausragte — hinterließen Ablagerungen, die im nordbelgischen und niederländischen Raum völlig wieder abgetragen wurden. Die Ablagerungen des gallischen Beckens dagegen bilden das Deckgebirge im französisch-belgisch-luxemburgischen Grenzbereich. Im Lias und Dogger entstanden die sekundären Lagerstätten des lothringisch-luxemburgischen Minettegebietes, von dessen Gesamtareal (111 000 ha) 3670 ha in Luxemburg liegen. — Die letzte Formation des Mesozoikums, die Kreidezeit (Beginn vor 135 Mill. Jahren), brachte abermals weiträumige Transgressionen. Das reiche Planktonvorkommen im Meer der Unterkreide bildete die Ausgangsbasis für die niederländischen Erdöl- und Erdgasvorkommen. In salzreichen und sauerstoffarmen Meeresgebieten abgelagert und von undurchlässigen Schichten überdeckt, konnten sich in diesen Muttergesteinen die Vorkommen entwickeln, die aber oftmals in Speichergesteine weiterwanderten. Das Vorkommen von Salzdomen und von west–östlich verlaufenden Antiklinalstrukturen, die durch die saxonische Tektonik im Untergrund der nördlichen Niederlande entstanden, begünstigte die Bildung von Erdöl- und Erdgasfallen. Die Trennung der nördlichen niederländischen Erdöl- und Erdgasfelder in Groningen von den südholländischen Vorkommen ist eine Folge davon, daß im Mesozoikum eine Landschwelle den mittleren Teil der Niederlande durchzog. — Anstehendes Gestein bilden die Ablagerungen der Unterkreide im Bereich der Beneluxländer nirgends. Die Ablagerungen der Oberkreide dagegen haben sich in Resten in den belgisch-niederländischen Maaslanden erhalten und besitzen Bedeutung als Kalksteinlagerstätten.

2.1.2. *Formung der Oberfläche im Känozoikum*

Zu Beginn des Tertiärs lag Mitteleuropa zum größten Teil trocken, aber vom Nordseebecken her einerseits und aus dem Pariser Becken andererseits griffen bald in mehreren Phasen erneut Transgressionen in die Beneluxländer vor. Aus dem Meer ragte schließlich nur der Ardennenblock als eine flache, tief verwitterte Rumpffläche im Alttertiär heraus. Abb. 5 zeigt die Verbreitung der tertiären Sedimente in Nieder- und Mittelbelgien bis an die Schwelle von Artois. Im Liegenden bildet das Tertiär — in seiner weitesten Ausdehnung sind es eozäne Ablagerungen — ein zusammenhängendes Areal. Die pleistozänen Lößschichten überdecken dieses Tertiärplateau in Belgien auf weite Strecken, während nach Norden und zu den Niederlanden hin das Tertiär immer tiefer im Untergrund versinkt. Damit wird bereits einer der wichtigsten tektonischen Sachverhalte angesprochen, der für die Formung der Oberfläche während der jüngsten Epochen der Erdgeschichte bedeutsam wurde. Die Tatsache nämlich, daß parallel zu der alpinen Orogenese im kontinentalen Nordwesteuropa eine weitgespannte Schollenbewegung entsteht, deren Gelenkscharnier etwa im Zuge der belgisch-niederländischen Grenze verläuft, dergestalt daß die südlich dieser Linie liegenden Bereiche sich heben, der nördliche Teil dagegen sinkt. Daher erreicht die Tertiärmächtigkeit im Untergrund des Niederrheingebietes bis zu 2000 m. Die Hauptbraunkohlenflöze, die aus den tertiären Küstenmooren entstanden, liegen in dieser Bucht, aber außerhalb der Beneluxländer. Die Hebung erfolgte in mehreren Phasen, denen verschiedene Niveaus von Rumpfflächen in den Ardennen zugeordnet werden können. Dabei wurden auch ältere Verebnungen wie die kretazische und die permische Landoberfläche wieder aufgedeckt. Am Südrand der Ardennen, im Ösling, unterscheidet Kienzle (1968) eine Rumpftreppe von sechs Stufen, bevor das Grundgebirge unter den triassischen und jurassischen Schichten des Gutlandes mit einer Flexur untertaucht. Während die Rumpfflächen der Ardennen und die Treppungen an ihren Rändern diskordant über die komplizierten Falten und Brüche der paläozoischen Gesteinsserien hinwegziehen (Abb. 6), besteht im Gutland eine enge

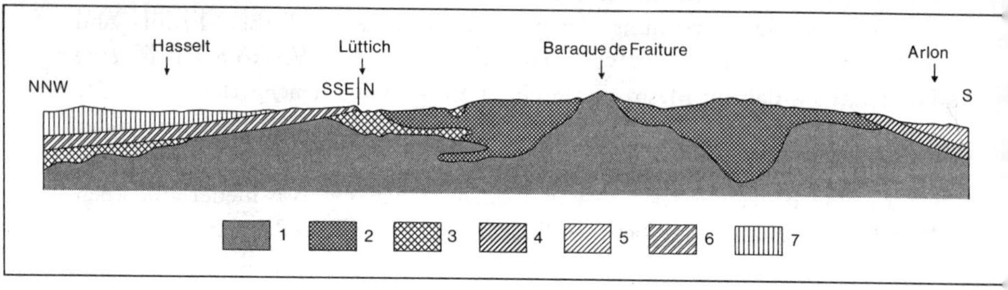

Abb. 6: Profil Nordbelgien-Luxemburg (schematisiert, 10fach überhöht).
1 Kambrium, Silur und Ordovizium; 2 Devon, 3 Karbon, 4 Trias, 5 Jura, 6 Kreide, 7 Tertiär.

Verzahnung zwischen dem Schichtenbau und der Gesteinsbeschaffenheit des mesozoischen Deckgebirges einerseits und den Oberflächenformen andererseits. So blicken, großräumig gesehen, vier Stufenstirnen gegen den Rand des Ösling nach NNW. Als entscheidend für die unterschiedliche Reliefformung im Bereich von Grundgebirge und Deckgebirge erwiesen sich die Klimaperioden des Tertiärs. Schon im trockenen bis wechselfeuchten tropischen Klima des Alttertiärs waren die luxemburgischen Schichtstufen angelegt. Fluviatil und äolisch transportiertes Verwitterungsmaterial verhüllte danach aber die bereits entstandenen Formen wieder. Erst im Gefolge der pliozänen Hebung, im Bereich des Hohen Venns etwa 300 m betragend, traten sie wieder hervor. In den wechselnden Klimaperioden des Tertiärs wurden auch die Ausraumzonen in dem Gebiet von Fagne, Famenne und Condroz geschaffen. Die ältesten nachweisbaren Terrassen der Ardennenflüsse aus dem jüngsten Tertiär sind noch tektonisch bedingt. Das antezedente Einschneiden in den sich hebenden Gebirgsblock beweisen zahlreiche Terrassenverbiegungen. Die Küstenlinie des Pliozän verlief vom Nordrand der Schwelle von Artois in östlicher Richtung bis in den Raum von Maastricht und bog dort nach Norden, um weiter in den Bereich der heutigen Zuidersee zu ziehen. Die tektonische Aktivität, insbesondere die Senkung der Niederlande und eine vergleichsweise schwache Hebung der Ardennen, setzt sich auch noch im Quartär und bis in die erdgeschichtliche Gegenwart fort, jedoch tritt nun mit dem mehrfachen Wechsel von Warm- und Kaltzeiten ein neues klimamorphologisches Element auf.

Die Chronologie des Eiszeitalters sowie die Unterscheidung und Parallelisierung der einzelnen Phasen von Kalt- und Warmzeiten in den verschiedenen Vereisungsgebieten der Nordhalbkugel sind in den Details bis heute kontrovers. Für das nordwesteuropäische Kontinentaleuropa kann aber die Einteilung nach Tabelle 2 weitgehend als gesichert gelten. Die nachhaltige Formung der Oberfläche unseres Raumes im Pleistozän hatte verschiedene Ursachen. Einmal war da der Wechsel zwischen kälteren und wärmeren Klimaperioden mit seiner Wirkung auf das Flußregime. Stärkerer Anfall von mechanischen Verwitterungsprodukten und geringere Erosionskraft der Flüsse führten zur Talverschüttung in den Kaltzeiten, und zur verstärkten linearen Erosion mit der Herausarbeitung von Terrassen kam es andererseits in den anschließenden Warmzeiten, wenn die Transportkraft der Flüsse wieder größer war und zugleich weniger Geröll anfiel. Zum zweiten wirkte das Inlandeis selbst. Bis zur Günzkaltzeit einschließlich gibt es freilich keine Anhaltspunkte für das Vordringen von Eismassen in den nordwesteuropäischen Kontinentalraum. Der klimatische Wechsel von Kalt und Warm kann aber für das Altpleistozän durch den Fazieswechsel der Schichten im Untergrund nachgewiesen werden, insbesondere an ihren faunistischen und floristischen Resten. In der Mindelkaltzeit jedoch drang das skandinavische Eis tief nach Mitteleuropa vor, die Randlage ist über weite Strecken gesichert, nur für die Niederlande bleibt umstritten, ob die Moränenbildungen im Gebiet des Hondsrug mindelzeitlich sind. Eindeutig ist indessen der Sachverhalt für die Saalekaltzeit, deren Eisrandlage beim äußersten Vorstoß der Gletscher Abb. 5 zeigt. Der nördliche Teil der Niederlande unterlag also der direkten

Oberflächenformung durch das Eis und dessen Schmelzwässer. In der jüngsten Kaltzeit, im Würmglazial, bleibt unser Gebiet wiederum eisfrei. Der Gletscherrand verlief von Nordostdeutschland durch Schleswig-Holstein und durch den Nordseeraum nach den Britischen Inseln. Das kontinentale Nordwesteuropa lag im Vorfeld des Eises, im Periglazial, und war dessen klimamorphologischen Formungstendenzen ausgesetzt. Ein dritter Komplex, der mit dem Klimawechsel zusammenhängt, sind die eustatischen Schwankungen des Meeresspiegels. In den Kaltzeiten, wenn erhebliche Wassermengen im Wasserhaushalt der Erde durch die Gletscher gebunden sind, fällt der Meeresspiegel, und zwar in einer Größenordnung von 60 bis 100 m. Damit wird die Erosionsbasis der Flüsse beträchtlich erniedrigt, die Folge ist ein stärkeres Einschneiden. Umgekehrt vermindert sich mit dem Ansteigen des Meeresspiegels in den Warmzeiten die fluviatile Erosionskraft. Diese Wirkungen werden nun im Raum der Beneluxländer noch überlagert von einem vierten Prozeß, der aber nicht — wie die bisher genannten — auf exogenen Kräften beruht, sondern vielmehr auf endogenen: auf der bereits erwähnten Hebung im Süden und der Senkung im Norden. Für den fluviatilen Formenkreis bedeutet das eine Umkehrung der Verhältnisse in Nord und Süd. In den Ardennen und ihren Randgebieten, insbesondere im Gutland, liegen die älteren Ablagerungen der Flußterrassen höher als die jüngeren, in den Niederlanden dagegen tauchen die älteren Schichten unter den späteren weg. Für die Flüsse des Gutlandes nimmt Kienzle (1968) im Pleistozän eine Eintiefung von durchschnittlich 80 m an, die Schichtstufenlandschaft wird zur heutigen Form zerschnitten. In Mittelbelgien wird die tertiäre Fußfläche der Ardennen abgetragen und eingeebnet. Mit dem Kemmelberg bei Ypern (150 m), dem Mt. del'Enclus (145 m) und dem Mt. de l'Hootond (150 m) — beide in der Nähe von Ronse — die alle pliozäne Konglomeratkappen tragen, existiert noch eine Kette von Zeugen für die ehemalige Höhe der Landfläche.

Einen Teil der südlichen Niederlande und Nordbelgiens bedeckte im älteren Pleistozän der große Schuttkegel, den die Flüsse im Bereich des heutigen Maas- und Rheinsystems aufgeschottert haben, nachdem im Rheinischen Schiefergebirge durch die Hebung die Erosionstätigkeit angeregt worden war und nun die Materialzufuhr wuchs. Als fluviatile, pleistozäne Ablagerungen treten diese Schotter in den älteren Terrassen und in einem zusammenhängenden Areal in der Campine noch heute an die Oberfläche (dazu Abb. 5). Im Mündungsgebiet von Maas und Rhein ist dagegen dieser Schuttkegel aus den oben erwähnten Gründen von jüngeren Ablagerungen überdeckt. Hier sind im Untergrund aus dem ältesten Pleistozän noch marine Ablagerungen (Amstelien und Icenien) erbohrt worden (Tabelle 2). Im Taxandrien i. w. S. herrschte dann aber schon weitgehend eine landfeste Phase mit jener Deltabildung von Maas- und Rheinsystem. Stillwasserablagerungen sind aus dem

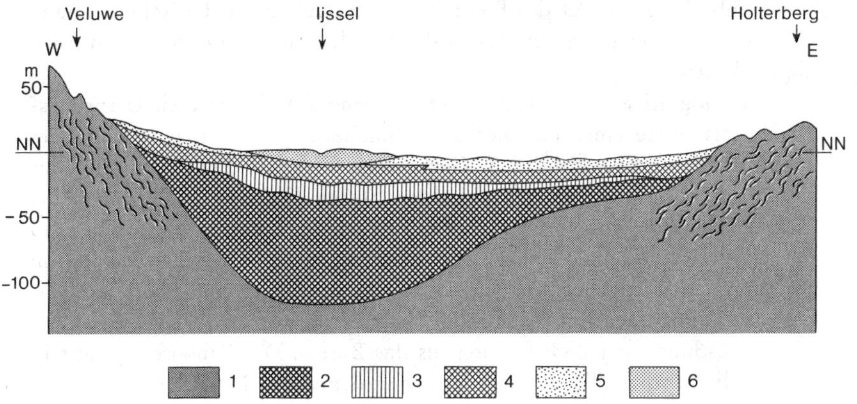

Abb. 7: Profil Nordveluwe-Holterberg (schematisiert, 60fach überhöht, nach DE JONG, 1955, und MAARLEVELD, 1960).
1 älteres Pleistozän, vom Eis gestaucht, 2 fluviatile Ablagerungen der Riß-Kaltzeit, 3 marine Transgression der Eemwarmzeit, 4 fluviatile Ablagerungen der Würmkaltzeit, 5 Decksande der Würmkaltzeit, 6 Ijsselalluvium.

Menapien bekannt. Die Transgression der Holsteinwarmzeit erreichte das nordholländische Küstengebiet nur in einem schmalen Saum. Binnenländische Interglazialablagerungen tragen in den Niederlanden die Bezeichnung ›Needien‹. — Der Eisvorstoß der Saalekaltzeit mit der äußersten Randlage des sog. Amersforter Stadiums formte einen Kranz von Endmoränen in den Niederlanden, die in einzelnen Loben ausgeprägt waren. Fluvioglaziale Schmelzwässer füllten mit ihren Ablagerungen beim Rückzug des Eises die Talungen auf (vgl. Abb. 7), in der Drenthe blieb ein Grundmoränenplateau zurück. Die Transgression der Nordsee in der nachfolgenden Warmzeit griff bis zum Flüßchen Eem südlich der Zuidersee — daher kommt der Name — und bis in das Tal der Ijssel vor (Abb. 7). In der Würmkaltzeit, dem Tubantien nach niederländischer Nomenklatur, gehörte das Gebiet der Beneluxländer zur Frostschutt-Tundra im Vorfeld des Eises. Solifluktionsvorgänge über dem Permafrostboden veränderten das Kleinrelief, vor allem aber verfrachteten die stetigen und starken Winde aus dem damals trockengefallenen Bereich der südlichen Nordsee und den angrenzenden Gebieten Material von den gröberen Decksanden bis zum feinsten Löß nach Süden, wobei das von der Korngröße her feinste Material am weitesten geweht wurde. So finden wir Lößablagerungen bis in die Mulden des Condroz, im Hennegau verdekken Lößschichten bis zu einer Mächtigkeit von 20 m das Tertiär. Die Flüsse füllten die Täler mit den Ablagerungen der Niederterrassen auf, die vornehmlich in den Niederlanden größere Areale einnehmen. Mit diesen Niederterrassenbildungen endet das Pleistozän, und zugleich ist die Reliefformung auch in den höher gelegenen Teilen der Beneluxländer nun im wesentlichen abgeschlossen.

Der endgültige Rückzug des Eises in seine skandinavischen Ursprungsgebiete als Folge einer nachhaltigen Klimabesserung steht am Beginn des Holozän, der erdgeschichtlichen Gegenwart. Zwar wechselt weiterhin der klimatische Charakter in den einzelnen Stufen (Tabelle 2). Nachdem die Allerödzeit schon eine vorübergehende Erwärmung gebracht hatte, gibt es in der Dryaszeit nochmals einen Kälterückschlag, der mit der Erwärmung im Präboreal endgültig überwunden wird. Das Boreal ist eine Phase trockenwarmen Klimas, auch im Atlantikum bleibt es wärmer als in der Gegenwart, dieser Abschnitt ist jedoch feuchter als das Boreal. Das Subboreal gleicht in seiner klimatischen Tönung wieder mehr dem Boreal. Und erst im Subatlantikum wird es kühler und feuchter. Aber diese Klimaschwankungen wirken sich kaum noch morphologisch aus, wohl aber beeinflussen sie die Vegetation. Der Wald dringt seit dem Präboreal in die Tundrengebiete vor. Zugleich stammen aber aus dieser jüngsten Epoche die Ablagerungen und Formen in dem gesamten küstennahen Bereich der Niederlande und Flanderns. Der Meeresspiegel steigt gegenüber dem Niveau während der Würmkaltzeit um 60 m. Eine ganze Serie von Transgressionen (Calais I bis IV und Dünkirchen O bis III) wechselt mit meist kürzeren Phasen der Regressionen ab (Tabelle 2). Die Überflutungen schaffen einmal die weitverbreiteten Ablagerungen älterer und jüngerer Meeressedimente, sie führen zugleich aber im binnenländischen Bereich zum Anstieg des Grundwassers und damit zur Bildung der offenen Wasserflächen und der Moore. Das Ausmaß der Transgressionen und der Landsenkung in den westlichen Niederlanden läßt sich daran ablesen, daß die Oberfläche der pleistozänen Ablagerungen bis zu 24 m tief unter die marinen Sedimente des Holozän taucht. Während der Regressionsphasen fallen Sandbänke im Küstensaum trocken, der Sand wird vom Wind verfrachtet, und es kommt zur Bildung der heute weiter landeinwärts gelegenen Dünen. Die jungen Dünen dagegen entstanden erst im frühen Mittelalter.

2.2. Die Standortqualität der Pedosphäre

2.2.1. *Terrestrische Böden*

Die Vielzahl der bodenbildenden Faktoren, also vor allem die Eigenschaften des Ausgangssubstrates, die Wasserverhältnisse im Boden, das Relief, das Klima, die Vegetation und die Eingriffe des Menschen in die Pedosphäre — sie alle sorgen dafür, daß selbst auf einem kleinen Ausschnitt aus der Geosphäre, wie ihn die Beneluxländer darstellen und in dem kein Wechsel der großen zonalen Klimatypen auftritt, dennoch ein Mosaik von Bodenassoziationen entstanden ist, dessen Vielfalt nur mit Hilfe einer recht weitreichenden Generalisierung in eine systematische Darstellung gebracht werden kann. Bei der großen Bedeutung, die das Zuschußwasser für die Bodenentwicklung in weiten Teilen der Niederlande, nämlich vor allem im Verbreitungsgebiet holozäner Ablagerungen hat, erscheint es geboten, die hydromorphen Böden (semiterrestrische Böden und Moorböden) in der Darstellung von den terrestrischen Bildungen abzutrennen. Zu den letzteren werden diejenigen Bodentypen zusammengefaßt, die im wesentlichen außerhalb des Grundwasserbereiches gebildet werden und deren Perkolation überwiegend von oben nach unten gerichtet ist. Dazu gehören in den Beneluxländern die Regosole, die Podsolböden, die Lessivésböden und die Braunerden (vgl. Abb. 8). Nun bedeutet es freilich bei der außerordentlich starken Schwankung des Grundwasserstandes im Tiefland nicht, daß alle hier unter terrestrischen Böden zusammengefaßten Areale während des ganzen Jahres, also vor allem auch im Winter, bis zu einer Tiefe von 150 cm außerhalb des Grundwassereinflusses bleiben. Dieser Sachverhalt wird aber oft als Definitionsmoment für die terrestrischen Böden benutzt. Gerade für das Areal der Podsolböden ist ein rascher, kleinräumiger Wechsel von höheren und niedrigeren Grundwasserständen typisch, wobei letztlich jedoch die Tendenz zur Bildung terrestrischer Böden überwiegt und somit die Einteilung gerechtfertigt erscheint.

Die Regosole sind Rohböden mit einem sehr schwach ausgeprägten humosen A-Horizont, die im Bereich der Küstendünen und der Binnendünen vorkommen. Die Sandanhäufungen, dort aus dem holozänen Material der Platen im Wattenmeer zusammengeweht, hier aus den pleistozänen Sanden ebenfalls als äolische Akkumulationen entstanden, sind jung; die Zeit, die zur Bodenbildung zur Verfügung stand, war kurz. Die Küstendünen, die über lange Strecken von Flandern bis nach Friesland natürliche Deiche bilden, veränderten sich noch im Mittelalter erheblich, und auch die Binnendünen wurden in historischer Zeit zusammengeweht, vor allem als Folge der Vegetationszerstörung durch den Menschen im Zuge der Ackerlandausdehnung. Vielfach finden sich mehrere schwach humose Profile übereinander, als Zeugen häufiger Überwehungen. Für die agrare Nutzung spielen diese Sandfelder kaum eine Rolle.

Die Podsolböden sind an sandiges und sandig-lehmiges Substrat gebunden. Sie sind — wie auch die Regosole — durchweg in einem Ausgangsgestein gebildet worden, das allochthon ist. Für die Podsolböden handelt es sich dabei um die glazialen Ablagerungen der Grund- und Endmoränen in den nördlichen Niederlanden einschließlich der Geestkerne der Inseln, um die fluvioglazialen Sande und Lehme, um die höher gelegenen Terrassenablagerungen und um die Decksande, die bis nach Flandern und Limburg reichen.

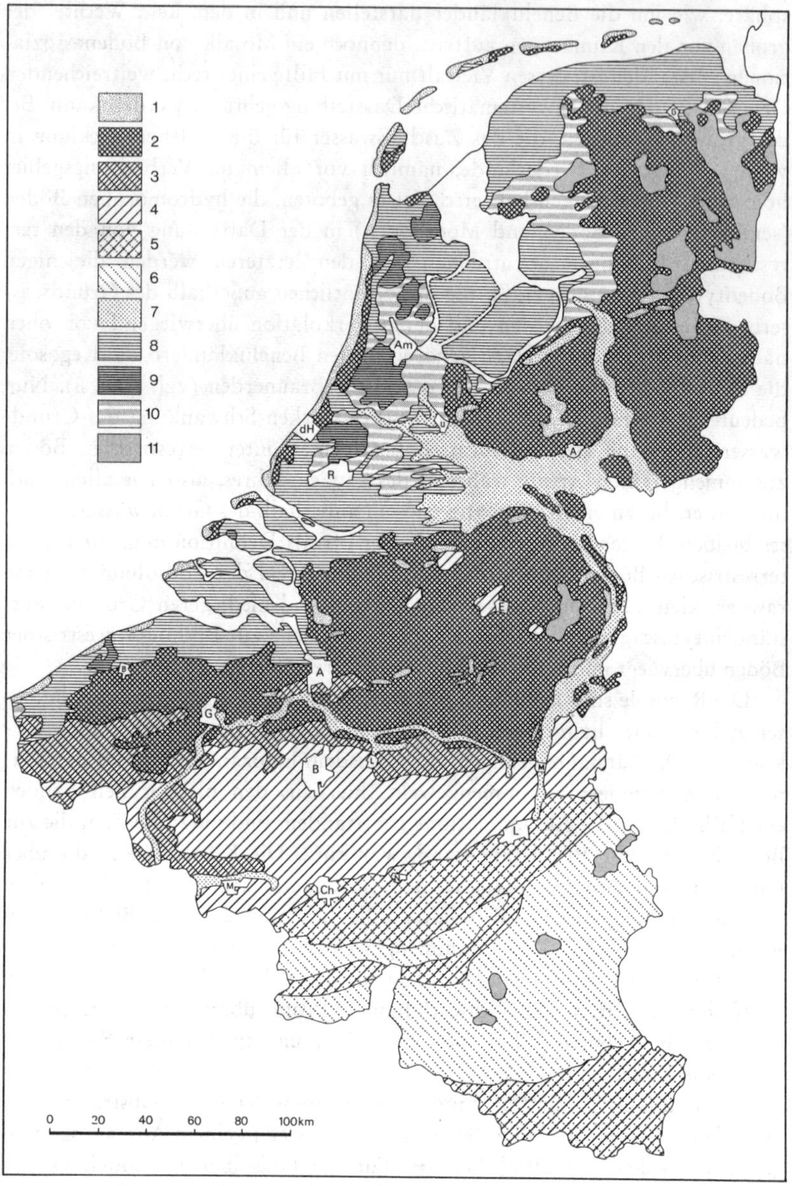

Abb. 8: Die Böden der Beneluxländer (nach den Nationalatlanten).
1 Regosole, 2 Podsole, 3 Lessivés und Podsole, 4 Lessivés, 5 Lessivés und nährstoffreiche Braunerden, 6 saure, nährstoffarme Braunerden, 7 Alluvialböden, 8 Jungmarsch, 9 Altmarsch, 10 Niedermoor, 11 Hochmoor.

Hierhin gestellt wurden auch die Sandböden im Bereich der alten Strandwälle und Dünen aus dem Atlantikum, die vor allem zwischen 's-Gravenhage und Haarlem gute Standortqualität für die Zucht von Blumenzwiebeln besitzen. Freilich ist der Grundwasserstand durch Abgrabungen hier stark vom Menschen beeinflußt. Nachhaltige anthropogene Veränderungen des Bodenprofils sind aber auch weit verbreitet auf den pleistozänen Sandböden, am stärksten in der Drenthe, in Nordbrabant und in Limburg. Durch die jahrhundertelange Plaggendüngung wurde hier ein fünf und mehr Dezimeter mächtiges Humusprofil geschaffen. Wo diese künstliche Aufhöhung fehlt, liegt über dem an Humus- und Mineralstoffen armen, aschefarbenen Auswaschungshorizont der Podsolböden nur eine geringe Humusauflage. Diese Böden, zu deren Bildung die natürliche Vegetation in starkem Maße beigetragen hat, sind bei geeigneten Fruchtfolgen und entsprechender Düngung Ackerböden von mittlerer Qualität. Im Verbreitungsgebiet der nährstoffarmen Sandböden mit der Entwicklungstendenz zu Podsoltypen, wie es Abb. 8 darstellt, konnten andere Bodenassoziationen aus Maßstabsgründen nur dann kartiert werden, wenn sie ein hinreichend großes Areal bedecken. Das darf nicht darüber hinwegtäuschen, daß das Kleinrelief mit der Zerschneidung der höher gelegenen Geestplatten durch Flüsse und Bäche einen raschen edaphischen Wechsel schafft. Neben den Podsolen gibt es Niedermoorbildungen, echte Gleyböden und zahlreiche Übergänge zu Pseudogley-Podsolen. Hier finden wir die beträchtlichen Grünlandanteile der Geestbauern.

In einem schmalen Streifen etwa parallel der Linie Ypern–Hasselt dominieren leichte bis mittelschwere Sandlößböden, die entlang der Schelde auch noch weiter nach Süden ausgreifen; diese karbonatischen Sedimentböden wechseln kleinflächig mit nährstoffärmeren Substraten, charakteristisch ist zudem wiederum ein dauernder Wechsel zwischen feuchteren und trockeneren Böden, so daß sich vom Typ her hier die Podsolböden mit den lessivierten Böden verzahnen. Unter Lessivierung wird die Auswaschung der Karbonate aus den oberen Bodenschichten verstanden. Dabei entsteht unter der Humusauflage ein fahler, schluffreicher Lessivierungshorizont, und im Unterboden bildet sich ein verdichteter Tonanreicherungshorizont. Ist die Verdichtung sehr stark, dann kann es zu Staunässeerscheinungen kommen und damit wieder zur Bildung von Pseudogleyen. Derartige pseudovergleyte Böden zeigen etwas ungünstigere physikalische Eigenschaften als die sonst recht fruchtbaren Lessivésböden, die in ihrer typischen Ausbildung den mittelbelgischen Raum bestimmen, nach Südlimburg übergreifen und als vereinzelte Inseln auch in Nordbrabant auftreten. Die Lößablagerungen sind, wenn man von Norden nach Süden voranschreitet, das letzte allochthone Ausgangsprodukt für die Bodenbildung, jedenfalls in zusammenhängender Verbreitung. Jenseits der Sambre–Maas-Furche überwiegen die autochthonen Bildungen, die Verwitterungsböden aus dem anstehenden Gestein.

Im Condroz sind das vor allem die nährstoffreichen Braunerden: humusreiche, tiefgründig verwitterte Böden in schwach geneigten Hanglagen, die in den Kalkmulden auch Übergänge zu Lessivés zeigen. Lessivierung kommt ferner auf den zahlreichen Lößinseln des Condroz vor. Auch die steinigen Lehmböden als Verwitterungsprodukt von Schiefer- und Kalkgestein in den Mulden von Fagne und Famenne weisen den Bodentyp der nährstoffreicheren Braunerden auf, die — je nach Reliefenergie — gute Standortqualität für Forst- und Landwirtschaft besitzen. Desgleichen ist die nährstoffreiche Braunerde der Bodentyp der Verwitterungsböden aus Sandstein, Kalken und Mergeln des mesozoischen Deckgebirges in Belgisch-Lothringen und im Gutland von Luxemburg. Das Verbreitungsgebiet der nährstoffarmen, sauren Braunerden spiegelt den zusammenhängenden Schieferkomplex der eigentlichen Ardennen wider sowie den Schieferzug, der Fagne und Famenne vom Condroz trennt. Im Unterschied zu den nährstoffreichen Braunerden ist hier der A-Horizont geringmächtiger und nicht so humos. Unter ungünstigen Vegetationsbedingungen, vornehmlich unter Fichtenmonokulturen, neigen diese Böden zur Podsolierung, das gilt vor allem für die stark beregneten Teile der zentralen Ardennen.

2.2.2. *Semiterrestrische Böden*

Die Berechtigung, semiterrestrische Böden von den Assoziationen der terrestrischen Böden abzutrennen, liegt darin, daß unter ihren Bildungsfaktoren das Wasser eine hervorragende Stellung einnimmt. Das gilt einmal in der Weise, daß diese Böden im Bereich eines hohen, schwankenden Grundwasserspiegels liegen, der häufig bis wenige Dezimeter unter Flur reicht. Teils sind die semiterrestrischen Böden sogar Überflutungen ausgesetzt und rücken damit in die Klasse der subhydrischen Böden, bei denen aber die Frage gestellt werden muß, ob sie noch unter die Bodendefinition fallen oder nicht eigentlich bereits Sedimente sind. Für unsern Raum wären die Wattflächen hier einzuordnen, die aber in Abb. 8 nicht ausgewiesen wurden. Subhydrische Bildungen sind zumindest zeitweise auch die Moore, die aber aus guten Gründen als eigene systematische Abteilung behandelt werden sollen.

Semiterrestrische Böden treten in den Beneluxländern in einem Saum auf, der sich längs der Nordseeküste hinzieht und im flandrischen Süden sowie im friesischen Norden schmal, in dem Abschnitt zwischen Scheldemündung und Zuidersee aber recht breit ausgebildet ist: es sind die Böden der Jungmarsch und der Altmarsch. — Aber auch die Alluvialböden gehören zu den semiterrestrischen Böden. Abb. 8 zeigt sie für die größeren Flußtäler; insbesondere dort, wo Maas- und Rheinsystem sich vereinigen, nehmen die Alluvialböden größere Flächen ein. Die Ijsselniederung sowie die Täler von Schelde und Demer konnten in der Karte ebenfalls noch dargestellt werden. Auf die

Tatsache, daß darüber hinaus längs der kleineren Flüsse und Bäche semiterrestrische Böden als feines Filigran die Komplexe der terrestrischen Böden durchsetzen, wurde bereits hingewiesen. Die Arme von Maas und Schelde sowie die Ijssel sind heute lückenlos von Flußdeichen begleitet. Vor der Errichtung der Deiche mäandrierten die Flüsse in den weiten Stromauen und schufen gestaffelte Systeme von Uferwällen. Sie bestehen aus einem grobsandigen Kern und tragen Deckschichten aus feinerem Tonmaterial. Hinter diesen Uferwällen wurde bei den ständigen Überflutungen feinstes Flußtonsubstrat abgesetzt. Die Uferwälle des Rheinsystems und der Maas in Südlimburg sind reich an Kalk. Nördlich ven Venlo, wo die Maas Zuflüsse mit niedrigem pH-Wert aus der Peel erhält, werden diese Uferwälle kalkarm. Ein ähnlicher Unterschied besteht zwischen den kalkreicheren Alluvionen der Schelde und den kalkarmen der Demer.

Was die Horizontbildung angeht, so entstehen bei den Auenböden sehr wechselvolle Profile, weil durch Auflandung und Überflutung die Bodenbildung des öfteren gekappt wird: ältere Profile geraten unter jüngere, durch Stromverlegungen werden bereits gebildete Profile wieder erodiert. Junge Flußsedimente mit geringer Verwitterung im A-Horizont werden als Ramblatyp bezeichnet. Die braunen Kalkauenböden, die aus jungem Hochflutlehm entstanden und in der Betuwe häufig anzutreffen sind, heißen Vega.

Während die Auenböden durch jahreszeitlich stark schwankenden Grundwasserstand bestimmt sind, wird die zweite große Gruppe der alluvialen Bodentypen, die Gleye, dadurch gekennzeichnet, daß das Grundwasser ständig höher als 80 cm unter Flur anzutreffen und dementsprechend auch geringeren Schwankungen unterworfen ist. Durch die Reduktion des Grundwassers entstehen die typischen Flecken im sog. Gleyhorizont, die von graugrünlicher Färbung sind. Auch nach der Absenkung des Grundwasserstandes durch entsprechende wasserbautechnische Maßnahmen bleiben diese Gleyflecken noch lange bestehen. Vergleyte Horizonte sind dichter als die unteren Horizonte der terrestrischen Böden, die Staunässe macht Gleyböden zu natürlichen Grünlandstandorten.

Der Begriff ›Marsch‹ wird in der Bodenkunde für eine dritte Klasse von semiterrestrischen Böden neben Auenböden und Gleyen benutzt. Ihre Charakteristika sind die Entstehung des Substrats durch Sedimentation im Spiel der Gezeiten und der Transgressionsphasen des Meeres, ferner der hohe Tonanteil, der hohe Grundwasserstand sowie schließlich physikalische und chemische Bodeneigenschaften besonderer Art, die durch den Einfluß des salzigen Seewassers bedingt sind. Die Ablagerungen der Jungmarsch stammen aus den späten Dünkirchen-Transgressionen, etwa seit der römischen Zeit bis in das Mittelalter, als die Eindeichung begann. In der Zusammensetzung sind diese Böden keineswegs einheitlich. Kalkreichere Sedimente überwiegen in Flandern, auf den seeländischen Inseln und in den Randgebieten von Haringvliet und Volkerak. Auch die küstennahe Jungmarsch Frieslands ist kalkreich. Sandige bis tonige Fraktionen wechseln oft im kleinräumigen Mosaik. Kalkärmer sind die küstenferneren friesischen Jungmarschen und Teile von Walcheren, Südbeveland und Schouwen. Schwere, basische Böden weisen auch die Zuiderseepolder auf. Die meisten Jungmarschböden tragen nur einen flachen humosen Horizont, eine Ausnahme bildet hier die Jungmarsch in Westfriesland, wo von Menschenhand eine stärkere humose Deckschicht aufgetragen wurde. Dieser Auflageboden stammt aus Abbaggerungsflächen benachbarter Regionen.

Abb. 9 veranschaulicht, warum in den holländischen Niedermoorregionen bei der Verfehnung Altmarschböden wieder an die Oberfläche gelangen. In der horizontalen Abfolge, die die Abb. erkennen läßt, deuten die Torfbildungen auf grundwasserbeeinflußte Bodenbildungen während der Regressionsphasen des Meeres hin, die marinen Sedimente markieren die Transgressionsphasen. Die Senkungserscheinungen an der Küste werden nicht nur durch die Abrasion und das Untertauchen der älteren fluviatilen Ablagerungen dokumentiert, sondern auch dadurch, daß die Jungmarsch sich über die jüngeren Alluvionen schiebt. Die Hauptsedimentationsphase für die Altmarschböden lag im Atlantikum und im Subboreal. Einfluß auf die beginnende Vermoorung hatte auch die Schließung des alten Strandwalles und der alten Dünen. Die Flächen im Bereich der heutigen Polder vom Wieringermeer, von Schermer, Beemster, Purmer und vom Haarlemmermeer sowie nördlich von Rotterdam, die alle im Mittelalter durch tiefes Abgraben der Torfschichten zu Binnenseen geworden waren und dann seit dem 16. Jahrhundert trockengepumpt wurden, sind nun die Verbreitungsgebiete der

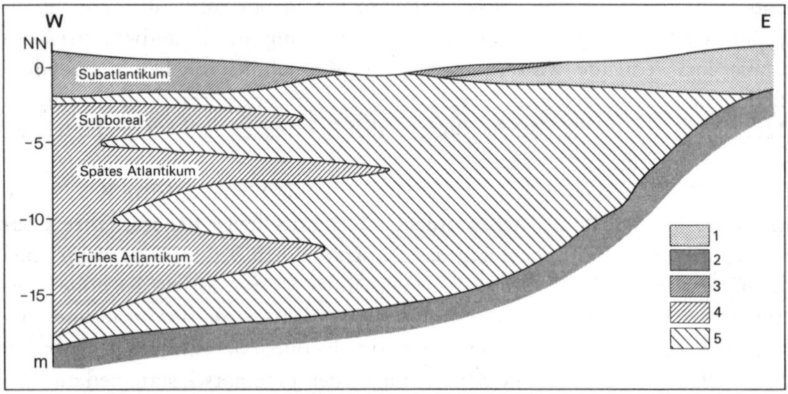

Abb. 9: Profil durch holozäne Ablagerungen in Holland (schematisiert, nach Hageman, 1968).
1 jüngere Flußablagerungen, 2 ältere Flußablagerungen, 3 Jungmarsch, 4 ältere marine Sedimente, 5 Torf.

wiederaufgedeckten Altmarsch. Insbesondere die kalkhaltigen Marschböden sind nach der Regulierung der Wasserverhältnisse wertvolle Standorte für die Landwirtschaft. Viel Mühe wird auf die Melioration der entkalkten Marschbodenprofile verwandt, wo z. B. mit Kuhlmaschinen die kalkreicheren Schichten des Unterbodens wieder an die Oberfläche geholt werden.

2.2.3. *Moorböden*

Wie bei der Bezeichnung Marsch gilt auch bei dem Begriff Moor, daß der Name für einen Landschaftstyp in die bodenkundliche Nomenklatur übernommen wurde. Moorböden werden zumindest in ihrer Anfangsphase subhydrisch gebildet, der wichtigste Grund für ihre typologische Sonderstellung ist indessen die Tatsache, daß es sich um fast rein organische Bildungen handelt. Den Übergang von den semiterrestrischen Böden zu den Moorböden bilden die Moorgleye, bei denen sich über dem Gleyhorizont noch Torf befindet und die in Flußniederungen vorkommen. Wenn die Dicke dieser Torfschichten weniger als 20 cm beträgt, sind die Moorgleye in Abb. 8 zu den Alluvialböden gerechnet worden.

Das Wort Niedermoor, dem das niederländische ›Veen‹ entspricht, deutet bereits darauf hin, daß die Entstehung dieser Moore geländeabhängig ist. In niedrig gelegenen Hohlformen an Talrändern und Senken sowie am Geestrand, wo das Grundwasser ständig bis an die Oberfläche reicht und Verlandungsgesellschaften mit ihrer typischen Abfolge der Ufervegetation ihren Standort finden, sind die Voraussetzungen für die Bildung von Niedermooren gegeben. Im westlichen Holland begann ihre Entstehung im Subboreal, als die Schutzlinie der alten Strandwälle sich geschlossen hatte und dahinter die Verlandung der Seen einsetzen konnte. Die friesischen Niedermoore sind jünger, eine Überdeckung durch junge Seetonsedimente kommt in beiden Bereichen vor. Wenn diese Überdeckung eine Mächtigkeit von einem halben Meter und mehr erreicht, sind die Areale als Jungmarsch eingestuft worden. — Die Zusammensetzung des Niedermoortorfes hängt vom Nährstoffgehalt der verlandenden Seen ab. Die normale Verlandungsfolge eutropher Seen führt zur Bildung von Schilf-, Seggen- und Bruchwaldtorf. In den oligotrophen bis dystrophen Seen entstanden die Sphagnumtorfe. Es war überwiegend der Sphagnumtorf, der in früheren Jahrhunderten zur Brennstoffgewinnung abgegraben wurde. Dabei ließ man schmale Streifen von Moorböden stehen, die abgegrabenen Partien füllten sich mit Wasser, dessen Flächen sich noch vergrößerten, wenn der Wellenschlag die Landstreifen angreifen und zerstören konnte, wie es vor allem in den Utrechter Plassen gut zu beobachten ist. Die nicht abgegrabenen Ried- und Schilftorfe im Zentrum gelangten später bei der Trockenlegung wieder an die Oberfläche. Stark entwässerte Niedermoortorfe sind locker, porenreich und schwer benetzbar. Sie entwickeln einen ungünstigen Wasser- und Wärmehaushalt, vor allem ist die Bodenfrostgefahr im Frühjahr und Herbst groß. In den Niederlanden ist diese Gefahr aber bis auf abgelegene, extensiv genutzte Areale dadurch gebannt, daß geregelte Wasserstände herrschen; die Niedermoorflächen wurden zu guten Grünlandstandorten gemacht.

Anders als bei den Niedermooren steht am Anfang der Entwicklung von Hochmooren nicht notwendig die Verlandung von Gewässern; auch ist vom Relief her das Vorhandensein von Hohlformen nicht Bedingung. Zwar kommt eine Abfolge: Niedermoor — Übergangsmoor — Hochmoor vor, entscheidend sind aber die klimatischen Voraussetzungen: hoher Niederschlag, hohe Luftfeuchtigkeit und geringe Verdunstung. Diese Faktoren können sich in gewissen Grenzen kompensieren, die Hauptverbreitung der Hochmoore in West- und Mitteleuropa liegt daher dort, wo kühl gemäßigtes, atlantisches Klima herrscht, wie in der zur Nordseeküste parallelen, euatlantischen Randregion, zu der die Beneluxländer gehören. Die eigentliche Hochmoorbildung wird durch das Wachstum der Torfmoose (Sphagnum) bewirkt, das meist auf kleineren Flächen beginnt, die naß, kalk- und nährstoffarm sein müssen. Nur dann konkurrieren mit den anspruchslosen Torfmoosen keine höheren Pflanzen, es kommt rasch zu immer stärkerer Ansiedlung dieser Torfmoose, zur allseitigen Ausbreitung und zum Höhenwachstum, da das Sphagnum mit dem Niederschlagswasser auskommt und vom Bodenwasser unabhängig ist. Bäume und Sträucher sterben ab. Im vernäßten und luftarmen Moor mit seinem sauren Milieu hört die Zersetzung der organischen Pflanzenmassen rasch auf, und die eigentliche Vertorfung beginnt. Das normale Profil eines typischen Hochmoores im atlantischen Europa zeigt unter einer zwei bis drei Dezimeter dicken Schicht von gut zersetzter Bunkererde zunächst den weniger zersetzten, gelbbraunen Weißtorf, der durch einen in wechselnder Ausprägung zu beobachtenden Grenzhorizont von dem dunklen, stark zersetzten Schwarztorf getrennt wird. Zeitlich ist dieser Grenzhorizont mit dem Übergang vom Subboreal zum Subatlantikum zu parallelisieren. Im kühleren Subatlantikum wurde nämlich nur ein geringerer Humifizierungsgrad erreicht, dem der Weißtorf seine Entstehung verdankt.

In dem ausgedehntesten Hochmoorgebiet der Beneluxländer, im Bourtanger Moor, waren die Deflationswannen in den pleistozänen Talsandflächen am Ende des Präboreals die Ausgangsstellen der Versumpfung, am Grunde der Profile findet man Bruchwaldtorf. Das üppigste Wachstum der Torfmoose fand im Atlantikum statt. Ähnliche Bedingungen bestanden in der Peel Nordbrabants. Auf den höchsten Verebnungsflächen der Ardennen mit sauren, nährstoffarmen Böden und hohen Niederschlägen waren die Bildungsbedingungen für Hochmoore ebenfalls ideal. Ein vollständiges, nicht durch Entwässerung und Abgraben des Torfes gestörtes Hochmoorprofil ist freilich nur noch an wenigen Stellen zu finden, so z. B. in einigen zentralen Teilen des Hohen Venns unter Naturschutz, hier und da in der Peel sowie in den nördlichen Niederlanden in der Umgebung von Emmen und bei Almelo. Im übrigen sind die großen, zusammenhängenden und als Hochmoorareale in Abb. 8 ausgewiesenen Flächen in den nördlichen Niederlanden durch Bodenprofile gekennzeichnet, die vom Menschen geschaffen worden sind. Von der Torfgräberei hört man schon in Urkunden des 12. Jahrhunderts, um 1600 begann dann, von Groningen aus geleitet, die Verfehnung im großen Stil. Bodentypologisch wichtig ist, daß nach der Entwässerung durch Gräben und Kanäle die Torfschichten, die teilweise eine Mächtigkeit von mehr als 4 m besaßen, bis auf den Grund abgestochen wurden. Dabei warf man aber die oberste, verwitterte Schicht, die Bunkererde, auf die bereits abgegrabenen sog. Leegmoorflächen und überdeckte sie noch mit einer Sandschicht, die beim Bau der Gräben ausgehoben wurde. Dieser Profilaufbau findet sich vorwiegend in den jüngeren Fehngebieten; die Böden haben gute physikalische Eigenschaften und sind nach entsprechender Düngung ertragreich. In den älteren Gebieten der Moorkolonisation fehlt oft die Sanddeckschicht, und das Profil weist noch eine bis zu 1 m mächtige, ursprüngliche Schwarztorfschicht auf. — In Belgien nahm noch im 18. Jahrhundert das Hochmoor etwa 60 % der Plateaufläche des Hohen Venns ein. Durch Urbarmachung und Aufforstung ist dieses Areal heute auf weniger als ein Drittel der ehemaligen Ausdehnung reduziert worden.

2.3. Die Hydrosphäre

2.3.1. *Die Flüsse*

Bis auf ein etwa 50 km² großes Gebiet im südlichsten Teil des Hennegaus bei Chimay, das über die Oise und die Seine direkt in den Atlantik entwässert, ist das Gebiet der Beneluxländer der Nordsee als einem atlantischen Randmeer tributär. Die Zubringer, der Größe ihrer Einzugsbereiche nach, sind: Rhein, Maas, Schelde und Ijzer; der bedeutendste Nebenfluß ist die Mosel. Eine Sonderstellung nimmt das Ijsselmeer als Sammelbecken ein. Sein wichtigster Zufluß ist die Ijssel selbst. Einer ihrer Arme, die Oude Ijssel, entspringt bei Borken in Westfalen und erreicht nahe Doesburg in einem alten Rheinarmbett die Geldersche Ijssel, die als Mündungsarm des Rheines bei Arnhem von dem hier bereits in zwei Äste gespaltenen Strom abzweigt und ein Neuntel des Rheinwassers in das Ijsselmeer leitet. Schleusen im Absperrdeich regeln den Auslaß in das Wattenmeer. Das Einzugsgebiet der Ems tangiert die Niederlande nur im nordöstlichen Grenzabschnitt. Abb. 10 zeigt die großen Wasserscheiden und Einzugsbereiche, sie zeigt auch diejenigen peripheren Regionen, die über kleinere Vorfluter und Kanäle direkt in die

Nordsee entwässern. Wenn diese Zuordnung teilweise nicht eindeutig ist, so wird dadurch bereits auf die in diesen Regionen auftretenden Schwierigkeiten hydrographischer Art hingewiesen, die durch kunstvolle, wassertechnische Bauten überwunden werden müssen. Klare Wasserscheiden im höher gelegenen Land stehen diesen Überschneidungen in den Depressionsgebieten gegenüber. In den Poldern, wo die Landoberfläche bis zu 6 m unter dem Spiegel der Nordsee liegen kann, muß das überschüssige Wasser hochgepumpt werden, so daß es entweder in das Delta von Rhein und Maas oder über Kanäle und Schleusen in die Nordsee und in das Ijsselmeer geleitet werden kann. Das gesamte wasserbautechnische System, das der Drainage der einzelnen Polder dient, wird in den Niederlanden mit ›Boezem‹ bezeichnet. Etwa ein Drittel der Bundesrepublik Deutschland, einige westliche Randgebiete der Deutschen Demokratischen Republik, ein Teil der Schweiz und das österreichische Vorarlberg, dazu Nord- und Nordostfrankreich entwässern über Schelde, Maas, Mosel und Rhein durch das Territorium von Belgien und der Niederlande sowie entlang der luxemburgischen Grenze. Die Probleme des Wasserstraßenverkehrs, der Wasserversorgung und vor allem der Wasserverschmutzung sind damit ein internationales Aufgabenfeld. Das außerordentlich dichte Netz der fließenden Gewässer darf auch nicht darüber hinwegtäuschen, daß die Deckung des Trinkwasserbedarfs in den dicht besiedelten Landesteilen immer schwieriger wird.

Wenn der Rhein die deutsch-niederländische Grenze erreicht, hat er den Abfluß aus einem 160 000 km² großen Gebiet vereinigt, ohne die Mosel, die hier gesondert behandelt wird. In den Niederlanden selbst ist sein Einzugsbereich dann relativ klein und keineswegs immer klar abzugrenzen (Abb. 10). Hinter diesem Areal bleibt das Flußgebiet der Maas mit 31 000 km² weit zurück. Zwei Drittel davon entfallen auf den Einzugsbereich oberhalb von Maastricht. Das Hochgebiet der Ardennen mit den wichtigen Nebenflüssen Vesdre, Amblève und Ourthe trägt dazu mit 3600 km² bei, das Flußgebiet der Semois mit 1500 km² und das der Sambre mit 2800 km². Oberhalb der Einmündung der Lesse entwässert die Maas 8100 km². Der einzige größere Nebenfluß ist hier noch auf der linken Maasseite und auf belgischem Gebiet die Viroin, den weitaus größten Anteil an diesem Oberlaufbereich hat aber Frankreich. An dritter Stelle — von der Größe des gesamten Einzugsbereiches her — steht die Mosel mit 28 000 km². Ihr Zubringer aus Luxemburg ist die Sauer mit den Nebenflüssen Alzette, Our und Clervé. Dann folgt an vierter Stelle das Scheldebecken mit 17 900 km², von denen 85 % auf belgischem Boden liegen. Mit den Nebenflüssen Haine, Leie und Dender, sowie mit Nete, Dijle und Zenne, die sich zur Rupel vereinigen, entwässert die Schelde fast das gesamte Niederbelgien, zumal durch die Demer, einen Zufluß der Dijle, die Wasserscheide bis hart westlich von Maastricht vorgeschoben wird. — Auf das kleine Ijzerbecken und die direkten belgischen Küstenflüßchen zur

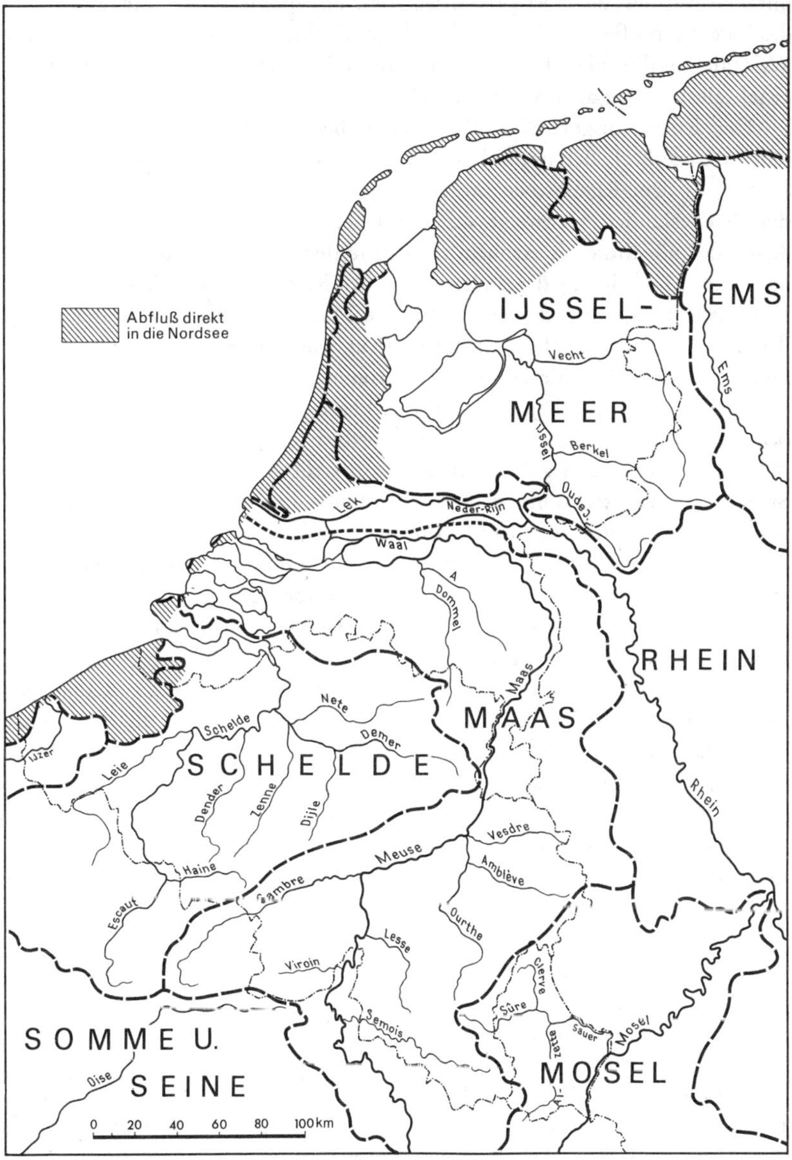

Abb. 10: Abflußgebiete und Wasserscheiden (nach den Nationalatlanten).

Nordsee entfallen rd. 1600 km². Zum Ijsselmeer entwässern 19 500 km² unter Einschluß der fertiggestellten Ijsselmeerpolder. Der Einzugsbereich des Ijsselmeeres liegt zu 85 % auf niederländischem Boden, 15 % reichen nach Westfalen und in die alte Grafschaft Bentheim hinein. Zum Abflußgebiet der Ijssel selbst zählen aber nur 4100 km².

Der Rhein, insgesamt 1320 km lang, berührt die Niederlande nur in seinem Unterlauf, der nach allgemeiner Übereinkunft dort beginnt, wo der Strom aus dem Rheinischen Schiefergebirge in das Tiefland hinaustritt. In den Niederlanden verzweigt sich der Rhein zunächst in zwei Arme, von denen der nördliche bis Arnhem als Pannerdenscher Kanal bezeichnet wird, nach der Abzweigung der Ijssel als Neder-Rijn und weiterhin von Wijk-Duurstede an als Lek, der in die Nieuwe Maas mündet. Noch weiter nördlich verläuft ein ehemaliger, heute recht unbedeutender Arm, der bei Wijk-Duurstede abzweigt. Er berührt als Krommer Rijn die Stadt Utrecht und mündet als der Oude Rijn westlich von Leiden in die Nordsee. — Der südliche Hauptarm heißt anfangs Waal, nördlich des Maasdeltas trägt er den Namen Merwede und gabelt sich bei Dordrecht — schon über eine längere Strecke Maaswasser führend — in die Oude und Nieuwe Maas, letztere vereinigt sich östlich von Rotterdam wieder mit dem Lek und strömt durch den Nieuwen Waterweg in die Nordsee. So kommt es, daß der Name des großen Stromes im eigenen Mündungsdelta verlorengeht.

Bei mittlerem Wasserstand verteilt sich das Rheinwasser auf Waal, Neder-Rijn und Ijssel im Verhältnis von 67 : 22 : 11 %. Bei Niedrigwasser erhält der Waal größeren Zufluß, das Verhältnis ist dann 75 : 16 : 9, und umgekehrt steigt bei starker Wasserführung der Anteil der Ijssel, die Relationen lauten dann 66 : 11 : 23. Der mittlere Abfluß bei Lobith beträgt 2200 m³/sec; nach einer längeren Trockenperiode wurde 1921 ein Minimum von 510 m³/sec gemessen, bei Hochwasser kann der Abfluß mehr als 10 000 m³/sec erreichen. Der Einfluß der Schneeschmelze und das Abtauen der Gletscher in den Alpen — im Frühsommer am stärksten spürbar — bleiben in der Wasserführung des Rheins bis in die Niederlande deutlich meßbar. Das Hauptmaximum des Abflusses verschiebt sich aber zum Frühjahr, bedingt durch die Schneeschmelze in den Mittelgebirgen. Die Abflußminima des Niederrheines liegen im Herbst; gefährliche Hochwasser treten nach plötzlichen Warmlufteinbrüchen im Winter auf, wenn vorher viel Schnee gefallen ist und der Wetterumschwung auch noch von starken Regenfällen begleitet wird.

Während man also vom Unterlauf des Rheines schlechthin bei seinem Eintritt in das nordwesteuropäische Tiefland spricht, gilt im Deltabereich von Rhein und Maas zusätzlich die Unterscheidung der Flußläufe als ›Boven‹- und ›Benedenrivieren‹. Die Benedenrivieren reichen von der Nordsee aufwärts bis zu dem Punkt, den der Einfluß von Ebbe und Flut noch erreicht. Am Lek liegt dieser Punkt zwischen Schoonhoven und Tienhoven, an der

Merwede bei Werkendam. Der Stau des Wassers durch die Flut und die Tatsache, daß im Westen der Niederlande die Depressionsareale bereits unter dem mittleren Wasserstand der Rheinarme liegen, machen ein komplettes Deichsystem entlang der Stromauen notwendig, das sich nur vereinzelt an höher gelegene Landesteile, gleichsam als Stützpfeiler, anlehnen kann, wie z. B. beim Utrechtschen Heuvelrug und am Südrand der Veluwe (Abb. 11). Ständig ausüben muß dieses Deichsystem seine Schutzfunktionen am Lek bis Wijk, am Waal bis Tiel. Aber es reicht flußaufwärts entlang der ›Bovenrivieren‹ noch weit darüber hinaus, am Rhein bis auf deutschen Boden, an der Maas bis südlich von Nijmegen, um das umgebende Land bei Hochwasser zu schützen. Meist schiebt sich zwischen Hauptdeich und Strom noch ein kleinerer Sommerdeich, der bei normalem Hochwasser ausreichend schützt. Angaben über die Flußbreiten sind daher nur differenziert zu machen. So ist die Breite des Lek bei Vreeswijk südlich von Utrecht bei niedrigem Wasserstand rd. 150 m, bei höchstem Stand, der fast die Kronen des Hauptdeiches erreicht, mißt der Strom dagegen 350 m. Das Gefälle der Rheinarme ist naturgemäß schwach, es beträgt am Neder-Rijn und am Waal kaum mehr als 10 cm/km.

Die Maas, 925 km lang, die am Fuß des Plateaus von Langres entspringt, erhält ihren Zufluß nur durch Niederschlag und Schneeschmelze, nicht aber durch das Abtauen von Gletschern. Sie ist also ein ›Regenrivier‹ im Gegensatz zum Rhein als ›Gletscherrivier‹. Bei Maastricht, wenn die Maas sich mit allen Ardennenflüssen vereinigt hat, beträgt der mittlere Abfluß 100 m^3/sec, die Schwankungsbreite ist groß. Daher haben die Regulierungsmaßnahmen unterhalb von Grave in den Niederlanden eine Abflußmöglichkeit bis zu 3200 m^3/sec geschaffen. Bei Lüttich schwankt der Abfluß zwischen 30 und 2900 m^3/sec! Auf französischem Gebiet durchbricht die Maas in einem steilen Engtal zwischen Revin und Givet die Ardennen mit starkem Gefälle. Von Givet an ist sie kanalisiert und fließt im Mittellauf zwischen Namur und Lüttich streckenweise fast träge dahin. Die ehemals große strategische Bedeutung des Maastales wurde durch die Anlage der Festungen Namur, Lüttich und vor allem der wuchtigen Zitadelle von Dinant betont. 22 Schleusen helfen oberhalb von Lüttich der Schiffahrt, das Gefälle zu überwinden. In den Niederlanden wurde im Mündungsbereich die Berg'sche Maas angelegt (1904), die über das Hollandsche Diep zur Nordsee führt, so daß nur noch ein Teil des Maaswassers durch den früheren Lauf bei Gorinchem den Waal erreicht.

Die Schelde legt auf ihrem 430 km langen Weg 233 km in Belgien zurück. Der Mündungstrichter mit Ooster- und Westerschelde ist niederländisches Hoheitsgebiet. Die Oosterschelde soll im Rahmen des Deltaplanes gegen die Nordsee abgeschlossen werden, schon heute ist nur noch die Westerschelde internationale Schiffahrtsstraße. Im Jahre 1831 hatten die Niederländer versucht, den Zugang nach Antwerpen abzuschneiden, was im Londoner Frieden von 1839 unterbunden wurde. Aber erst 1863 entfiel der Scheldezoll, als Belgien eine einmalige Abfindung geleistet hatte. — Bei Tournai beträgt der Abfluß rd. 5 m^3/sec. Bei Gent bringt die Leie (Lys) einen Zustrom zwischen 1 und 130 m^3/sec, stark verschmutzt durch die Abwässer der Textilindustrie. Bis Gent reicht der Einfluß der Gezeiten, der auch in den Nebenflüssen Durme und Rupel noch spürbar bleibt. Nach dem Zusammenfluß mit der Rupel erreicht der mittlere Abfluß 80 m^3/sec, kann aber bis auf 2300 m^3/sec steigen. Bei Antwerpen besitzt die ›maritime‹ Schelde eine Breite von 400 m. Zwar ist sie vollständig reguliert, dennoch besteht bei den Nebenflüssen unter ungünstigen Bedingungen immer wieder Hochwassergefahr. So setzte 1965 im Januar die Leie weite Teile der nur flach geneigten Alluvialebenen unter Wasser, als nach starken Schneefällen plötzlich Tauwetter eintrat. Im Hennegau war der Nebenfluß Haine vor der Kanalisierung berüchtigt für seine Hochwässer nach Gewitterregen im Bergland, verstärkt durch die Abflußschwierigkeiten infolge von Bergsenkungen im Revier der Borinage.

Die Mosel (545 km lang) ist zwischen Apach und Oberbillig deutsch-luxemburgische Grenze. Drei der 14 im Zuge der Moselkanalisierung gebauten Staustufen fallen auf dieses Stück, sie liegen bei Apach, Palzem und Grevenmacher; die beiden letzteren sind mit Kraftwerken gekoppelt (Foto 10). Vor der Kanalisierung litt die Mosel vor allem im Sommer regelmäßig unter Niedrigwasser. Das dichte Netz der Nebenflüsse von Mosel und Maas im Mittelgebirge weist vor allem in seinen feinen Verästelungen und auf kurzen Laufstrecken Gefälle bis zu 100 m/km auf. Umgekehrt treten bei den Flüßchen des Tieflandes mit ihrem extrem schwachen Gefälle Bifurkationen auf, so z. B. zwischen Berkel und Schipbeek durch die Bolksbeek südlich von Markelo.

Unter genetischem Aspekt gesehen, verlief die Entwicklung des Gewässernetzes zu seiner heutigen Form im Bergland sowie in Mittel- und Niederbelgien stetiger und ungestörter als im niederländischen Tiefland, von den Veränderungen im Küstenbereich und rings um die Zuidersee ganz zu schweigen. Die Trogflächen von Maas, Mosel und Rhein im Schiefergebirge waren bereits im jüngeren Tertiär angelegt. Während des Pleistozäns wechseln Erosionsphasen mit Abschnitten der Akkumulation ab, so daß die Täler — und das gilt auch für die kleineren Flüsse — von einem mehrstufigen Terrassensystem begleitet werden. An einzelnen Stellen haben die Flüsse beim antezedenten Einschneiden ihren Lauf auf engstem Raum beibehalten. Tektonische Störungen und Gesteinsunterschiede führten andererseits zur Schleifenbildung, zu Durchbrüchen und zur Entstehung von Umlaufbergen (Foto 20 und 36). Prinzipiell jedoch liegen die Leitlinien der Flüsse im Bergland und auf der belgischen Tertiärfußfläche im mittleren Pleistozän bereits fest.

Anders im nördlich anschließenden Bereich, wo zum Höchststand der

Saalekaltzeit die Gletscher bis zu ihrer äußersten Vorstoßlinie (vgl. Abb. 5) das gesamte früher entstandene Flußnetz verschüttet hatten. Im Vorfeld des Eisrandes pendelten Rhein und Maas in einem gemeinsamen kaltzeitlichen Hochwasserbett. Von dem gegenwärtigen, relativ ausgeglichenen Abfluß des Rheins mit seinen schwachen Hochwasserwellen im Frühjahr und Sommer unterschied sich der kaltzeitliche Abfluß erheblich. Im Winter bildeten sich von der Mündung flußaufwärts fortschreitend mächtige Eisdecken, im Frühjahr setzte der Eisgang ein, auf dem durch das Eis gestauten Hochwasser trieben die Schollen und verursachten eine starke Seitenerosion. Nach dem Rückzug der Gletscher brach der Rheinstrom mit der Kraft dieser spätkaltzeitlichen Eisgänge sich eine Bahn nach Norden durch das Tal der Gelderschen Ijssel, und nur ein Teil der Hochwässer floß nach Westen vor den Stauchwällen der Veluwe ab. Bis in die Geldersche Vallei lassen sich auch Maasschotter nachweisen, ein Zeichen dafür, wie weit das gemeinsame Strombett der beiden Flüsse reichte. Noch im frühen Postglazial verlief der Hauptabfluß des Rheines durch das Ijsseltal in den damaligen Flevus-See. Dann wanderte der Hauptstrom auf dem Kegel des Deltas gegen den Uhrzeigersinn nach links und gabelte sich in Vecht und Alten Rhein, noch später zweigten Lek und Waal ab; in römischer Zeit scheinen sie in großen Zügen bereits den heutigen Verlauf gehabt zu haben. Einen abermals nach links und damit nach Süden verlegten Abfluß durch den Biesbosch fand der Waal erst bei der Hochwasserkatastrophe im Jahr 1421. Ganz jung ist die Lage der Verzweigung von Neder-Rijn und Waal bei Pannerden; noch im 18. Jahrhundert befand sie sich bei Schenkenschanz nördlich von Kleve.

Nachhaltige Flußregulierungen sind ein Werk der Neuzeit und insbesondere unseres Jahrhunderts. Die Anlage der Berg'schen Maas wurde bereits erwähnt, desgleichen die Regulierungsmaßnahmen bei Schelde, Maas und Mosel. Der Nieuwe Waterweg wurde 1866—72 angelegt. Ein besonders imposantes Stauwerk im Lek liegt bei Hagestein, es ist eines von drei Bauwerken dieser Art in den Rheinarmen (vgl. Foto 5). Die Holländische Ijssel wurde durch ein Sturmflutwehr geschützt. Die weitreichendsten Auswirkungen hat indessen — neben seinen andern Konsequenzen — der Deltaplan auf die Abflußverhältnisse im Mündungsbereich von Rhein, Maas und Schelde. Die Oosterschelde, das Brouwershavensche Gatt und das Haringvliet sollten durch Dämme gegen die Nordsee abgeriegelt werden. Die beiden letzteren Großbauten sind fertig. Dabei ergab sich für den Haringvlietdamm ein besonderes wasserbautechnisches Problem. Der weitaus größte Teil des Abflusses von Berg'scher Maas und Neuer Merwede nahm seinen Weg bisher durch das Haringvliet in die See. Das mußte sich mit der Abriegelung ändern, alles Wasser von Rhein und Maas sollte dann durch den Nieuwen Waterweg fließen. Dafür war aber bei Hochwasser und Eisgang der Querschnitt zu klein. Daher mußten in den Haringvlietdamm Abzugsschleusen eingebaut werden, die so zu bemessen waren, daß selbst größte Eisschollen, ohne Beschädigungen anzurichten, passieren können. Im Notfall lassen diese Schleusen einen Abfluß von 21 000 m³/sec durch. — Als im Juli 1970 die 17 riesigen Tore zum erstenmal geschlossen wurden, beobachteten mehr als 400 Posten, verteilt über das gesamte Deltagebiet, die Wasserstandsbewegungen: alles verlief so, wie es vorher am Modell berechnet worden war, ein Triumph modernster Wasserbautechnik.

Aber auch auf weniger spektakuläre Weise wird versucht, mit Hilfe neuer Verfahren den Wasserhaushalt besser überwachen zu können. So wird in Belgien ein Netz von automatischen Pegel-Meßstationen installiert. Im Jahre 1973 konnten zunächst 37 solcher Meßstellen an Maas und Sambre in Betrieb genommen werden. Überwacht wird dabei nicht nur der Wasserstand, um bei Gefahr von Hoch- oder Niedrigwasser sofort die Wehre entsprechend steuern zu können. Vielmehr ist auch geplant, durch Messung der Niederschläge über ein hydrographisches Modell zu kurzfristigen Vorhersagen zu kommen, um dann den Abfluß mit Hilfe der Wehre sogar vorbeugend regulieren zu können. Darüber hinaus soll laufend die Wasserqualität geprüft werden. Der weitere Ausbau der Anlage an Leie, Schelde, Dender, Ourthe, Lesse und Semois auf mehr als 200 Meßstationen ist geplant. Einmalig für Europa ist vor allem, daß sämtliche Meßdaten in einer zentralen Datenverarbeitungsanlage in Brüssel eingegeben werden, und damit das Gewässernetz vom Computer überwacht werden kann.

Besondere Erwähnung verdienen schließlich noch die Karsterscheinungen in Belgien, die vereinzelt in den karbonischen Kalken des Condroz auftreten, vor allem aber an den Südrand der Famenne gebunden sind, wo die mitteldevonischen Kalke steil aufgerichtet die Grenze des Ardennenvorlandes markieren — gegen das südlich anschließende, unterdevonische Sandsteinareal der eigentlichen Ardennen. Hier treten die eigenartigen hydrographischen Erscheinungen der Ponore (Flußschwinden) mehrfach auf. Bei Han-sur-Lesse verschwindet die Lesse brausend in einer Felsspalte und hat dort die Grotten von Han gebildet, in denen Tropfsteinbildungen von großer Mannigfaltigkeit zu bewundern sind. Der unterirdische Lauf der Lesse ist nur teilweise bekannt. Nicht weit vom Dörfchen Han entfernt hat die Lomme die Grotten von Rochefort gebildet. Weniger bekannt sind die Höhlen von Goyet im Karbonkalk südöstlich von Namur, die eine reiche Fundstätte für Faunenreste aus dem Jungpleistozän (Aurignac und Moustier) darstellen.

2.3.2. *Die Wasserversorgung*

Bei einer bloß physiogeographischen Betrachtung der Hydrosphäre stehen die Hauptglieder des Wasserkreislaufes, also Niederschlag, Abfluß,

Grundwasserneubildung und Verdunstung im Mittelpunkt der Untersuchung. Für dichtbesiedelte, hochindustrialisierte Länder ist es aber sachlich kaum gerechtfertigt, diese Betrachtung von den immer drängender werdenden Problemen der Wasserversorgung für die Bevölkerung zu trennen. Diese Verbindung der Fakten des natürlichen Wasserkreislaufes mit den Versorgungsansprüchen der Bewohner eines Landes soll am Beispiel der Niederlande gezeigt werden. Für eine solche Beschränkung auf einen Staat der Ländergruppe Benelux spricht einmal die Tatsache, daß hier die Bevölkerung in einem für Industrienationen außergewöhnlich hohen Maß noch immer zunimmt, also immer mehr Menschen versorgt werden müssen. Weiterhin darf man gerade bei den Niederlanden, wo der sprichwörtliche Kampf gegen das Wasser ausgetragen wird, nicht vergessen, daß andererseits der Kampf für ausreichendes und gutes Wasser mit ähnlicher Beharrlichkeit geführt wird und geführt werden muß — fast ein Paradoxon in einer derart amphibischen Region. Schließlich war streng vergleichbares Material für Belgien und Luxemburg nicht erreichbar, auch liegen die Verhältnisse dort teilweise anders und günstiger. Manche grundsätzliche Tendenzen jedoch sind gleich.

Um mit einer dieser gleichgerichteten Tendenzen zu beginnen: es ist der Umschwung in der Bedeutung, die Oberflächenwasser einerseits und Grundwasser andererseits für die Wasserversorgung besitzen. Vor dem Zweiten Weltkrieg galt in den Niederlanden etwa das folgende Verhältnis: 27 % des Wasserbedarfs wurden aus dem Oberflächenwasser und 73 % aus dem Grundwasser gedeckt, wobei von dem letzteren Anteil allein 29 % auf die Dünengebiete als Wasserreservoire und 44 % auf die übrigen grundwasserführenden Schichten entfielen. Annähernd diese Relation von einem Viertel zu drei Vierteln bei Oberflächen- und Grundwasser gilt gegenwärtig noch für die gesamte Region der Beneluxländer, das Verhältnis wird sich aber vor allem in den Niederlanden mehr und mehr dahin verschieben, daß mit steigendem Wasserverbrauch das Oberflächenwasser immer stärker herangezogen werden muß. Und zwar einfach deshalb, weil die Grundwasservorräte nicht in wesentlich gesteigertem Maße mehr beansprucht werden dürfen, wenn man nicht Schädigungen des Wasserhaushaltes im Boden und Auswirkungen auf die Landwirtschaft riskieren will. So gilt, daß sich im Jahre 2000 das Verhältnis der Heranziehung von Oberflächenwasser und Grundwasser nahezu umgekehrt haben wird, nämlich auf 70 : 30 %. Vor allem HUISMAN (1967) folgend, soll das für die Niederlande zunächst näher dargelegt werden.

Im Jahr 1965 hat das Land einen Verbrauch von insgesamt 1,4 Mrd. m^3 für die privaten Haushalte und für die Industrie zusammengenommen gehabt, oft etwas unscharf als Trink- und Brauchwasser unterschieden. Umgerechnet auf 12,3 Mill. Einwohner war das ein Tagesbedarf von 320 Litern pro Person. Anders formuliert, bestand ein täglicher privater Bedarf von 100 l/E und ein industrieller Bedarf von 220 l/E. Zu erwähnen ist ferner, daß von dem Gesamtbedarf 150 l/E von öffentlichen Wasserwerken bereitgestellt wurden, die Industrie dagegen mit 170 l/E aus eigenen Wassergewinnungsanlagen fast vier Fünftel ihres Bedarfes selbst förderte. Nicht an die öffentliche Wasserversorgung angeschlossen waren nur 2 % der Bevölkerung, die über eigene Hausbrunnen verfügen. Beim Brauchwasser der Industrie ausgeklammert ist das Kühlwasser der Kraftwerke, eine Menge, die das Mehrfache des gesamten übrigen Verbrauches ausmacht, nämlich 6 Mrd. m^3 im Jahr 1965! Für die weiteren Überlegungen bleibt das Kühlwasser aber außer Betracht, einmal, weil es nicht ›verbraucht‹ wird, sondern direkt in den Kreislauf zurückfließt, zum andern werden für Kühlwasser kaum Qualitätsansprüche gestellt. Ein ganz anderes Problem ist freilich die thermische Belastung der Flüsse, auf die aber an dieser Stelle nicht eingegangen werden soll.

Für das Jahr 2000 rechnet die Landesplanung in den Niederlanden nun damit, daß der Gesamtverbrauch auf 600 l/E am Tag steigen wird. Davon werden 150 l/E für den privaten und 450 l/E für den industriellen Bedarf geschätzt. Es ist bemerkenswert, daß die Einsicht der Bevölkerung in die Notwendigkeit, mit Wasser sparsam umzugehen, stark in Rechnung gestellt wird: haben doch die USA heute schon einen privaten Verbrauch, der zwischen 300 und 400 l/E am Tage liegt. Rechnet man nun weiter damit, daß die Bevölkerung der Niederlande im Jahre 2000 auf 20 Mill. angewachsen sein wird, so ergibt sich ein Bedarf von 4,4 Mrd. m^3 im Jahr für jenen Zeitpunkt. Diese Prognose, von der HUISMAN (1967) noch ausging, wurde inzwischen allerdings auf 16 Mill. Einwohner zur Jahrtausendwende zurückgenommen.

Wie sieht nun die Gegenrechnung vom Wasserkreislauf her aus? Der mittlere Niederschlag für das Land kann mit 750 mm angesetzt werden. Der durch die Verdunstung reduzierte, nutzbare Niederschlag, der beim Abfluß und bei der Grundwasserneubildung zur Verfügung steht, wird im Landesmittel mit 260 mm veranschlagt. Bezogen auf eine Oberfläche von 35 000 km^2 ergibt sich eine Menge von 9 Mrd. m^3/Jahr, die allerdings auf 6 Mrd. m^3/Jahr reduziert werden muß, weil im Westen des Landes eine Durchmischung mit Salz- und Brackwasser erfolgt, die ein Drittel der Zufuhr wertlos macht. Dennoch stehen — zumindest für die nahe Zukunft — Zufuhr und Bedarf scheinbar in einem günstigen Verhältnis. Aber die maximale Grundwasserentnahme liegt bei rd. 1,5 Mrd. m^3/Jahr, eine Menge, die heute fast schon erreicht wird und mit Rücksicht auf die Landwirtschaft und die Vegetation nicht gesteigert werden kann. Rechnet man weiterhin mit der Möglichkeit, 0,4 Mrd. m^3/Jahr aus niederländischem Oberflächenwasser entnehmen zu können, d. h. also aus kleineren Flüssen, aus den Plassen, dem Ijsselmeer und den neuen Süßwasserreservoiren, die im Zuge des Deltaplanes entstehen, so müssen doch noch 2,5 Mrd. m^3/Jahr gleichsam eingeführt werden.

Da fällt der Blick natürlich auf die Abflußmenge des Rheines, aber auch der Maas. Von der Quantität her ist die Versorgung dann offensichtlich auch kein Problem. 2 Mrd. m³ Rheinwasser im Jahr — und eine solche Menge ist für 2000 geplant — das sind 65 m³/sec, also nur 3 % des mittleren Abflusses, wie oben gezeigt wurde, und insofern eine sichere Quelle. Die Schwierigkeiten liegen hier nicht in der Quantität, sondern in der Qualität des Wassers. Ein Liter Rheinwasser enthielt vor 100 Jahren etwa 15 mg Chlorionen, heute ist diese Menge im Mittel auf das Zehnfache gestiegen, vereinzelt sind auch schon 320 mg/l gemessen worden. Diese Werte mögen als Beispiel für die gesamte Verunreinigung durch zahlreiche andere Stoffe stehen, mit hohem technischen Aufwand muß also die Reinigung des Wassers durchgeführt werden. Zur Unterstützung dient dabei die künstliche Infiltration des Rheinwassers in die Dünen. So führt eine Wasserleitung von Bergambacht am Lek zu einem Infiltrationsgebiet nördlich von 's-Gravenhage, eine zweite von Vreeswijk in das Dünengelände südlich von Zandvoort. Ferner wird, wenn der Rhein Hochwasser führt und die Verunreinigung relativ gering ist, Wasser abgeleitet. Ein solches Sparbecken für Rotterdam befindet sich auf der Berenplaat (Foto 7). Seit 1973 steht Rotterdam statt des stark verschmutzten Rheinwassers aber auch das sauberere Wasser der Maas zur Verfügung, weil im Biesbosch südöstlich von Dordrecht zwei Trinkwasserspeicherbecken in Betrieb genommen worden sind (Fassungsvermögen: 34 und 15 Mill. m³), von denen aus Rohrleitungen nach Rotterdam führen. Zwei weitere Speicher sind geplant.

So wie Rhein und Maas immer größere Bedeutung für die Wasserversorgung der niederländischen Bevölkerungsballung im Westen des Landes erlangen, spielt die Nete eine wichtige Rolle für die Trinkwasserversorgung von Antwerpen. Brüssel hingegen wird zu einem großen Teil aus Brunnen im Condroz versorgt, die bis zu 80 000 m³/Tag liefern; Lüttichs Wasserversorgung zapft das Grundwasser im Haspengau an. Nicht zu vergessen sind ferner die Talsperren in den Ardennen und im Ösling. In Ostbelgien, im Eupener Land, werden Vesdre und Gileppe (ein Nebenfluß der Vesdre) gestaut. Die 1950 fertiggestellte Vesdretalsperre ist mit 25 Mill. m³ Fassungsvermögen die größte Talsperre Belgiens, ein wichtiges Reservoir für das Herver Land. Die Gileppe-Talsperre, die älteste Talsperre Belgiens aus dem Jahr 1878, liefert neben Trinkwasser (bis nach Lüttich) kalkfreies Wasser für die Leinenindustrie von Verviers (Foto 8). Weitere Talsperren liegen bei Bütgenbach und Robertville an der Warche sowie westlich von Houffalize an der Ourthe. In Luxemburg wurden Talsperren an der Sauer bei Esch und Rosport sowie bei Vianden an der Our errichtet. Das Staubecken bei Esch faßt 58 Mill. m³, bei Vianden wurde das größte Pumpspeicherwerk der Erde gebaut (Foto 9).

Was die Grundwasserspeicher in den Beneluxländern betrifft, so wurden die Dünen in ihrer Bedeutung für die Niederlande bereits erwähnt. Dünensande von großer Mächtigkeit mit geringem Bewuchs haben mit 60 bis 70 %

den besten Ausnutzungsgrad für Niederschläge. Auf Grund seines geringen spezifischen Gewichtes ›schwimmt‹ das Süßwasser auf dem Salzwasser, das von unten in die Dünen vordringt. Eine zu starke Beanspruchung der Süßwasserlagen darf also schon deshalb nicht erfolgen, damit das Salzwasser nicht steigt. Auch dabei hilft die künstliche Infiltration. Die Süßwasservorräte der belgischen Dünen dienen nur dem lokalen Bedarf und der Versorgung von Brügge. Im Osten der Niederlande werden große Mengen von Grundwasser in den Sanden und Kiesen glazialer Herkunft gespeichert, Grundwasserträger sind auch die tiefer liegenden Kreideschichten. Für Lößgebiete ist der Ausnutzungsgrad mit 15 bis 20 % weit niedriger als für Sand und Kiese, für schwere Kleiböden ist er praktisch Null. In Nieder- und Mittelbelgien decken die Grundwasservorräte in verschiedenen Speicherstockwerken der quartären Sande Nordflanderns, der Campine und des Maasbeckens nur einen Teil des Bedarfs dieser Region, reichlicher sind die Vorkommen in den tertiären Sanden des Dijle- und Zennebeckens im östlichen Brabant. Auch in den Kreideschichten des Haspengaus und im Hainebecken sind beträchtliche Grundwasservorräte verfügbar. Höchste Tagesleistungen bis zu 45 000 m^3/Tag haben Stollen im Kohlenkalk des Condroz. — In Luxemburg fungieren vor allem die jurassischen Schichten als Grundwasserträger.

Während die Grundwasserstockwerke, die in stärkerem Maß für die Wasserwerke ausgenutzt werden, meist in tieferen Lagen sich befinden, spielt die Höhe des oberen Grundwasserhorizontes unter Flur eine Rolle für die agrare Nutzung. Da in weiten Teilen der Niederlande der Grundwasserspiegel künstlich gehalten werden muß, liegen hier auch sehr genaue Messungen aus einem dichten Netz von Beobachtungsstellen vor. Höchsten Grundwasserstand unter Flur (weniger als 20 cm) hat im Winter nahezu der gesamte Bereich zwischen dem Rheindelta und dem Wieringermeerpolder, also das Gebiet der Seetonböden und der darin eingeschlossenen Moore; das gleiche gilt für die Areale der Seetonböden und Moore in Friesland und Groningen. Niedrigsten Stand (tiefer als 140 cm unter Flur) haben auch im Winter die Dünen, ferner die glazial überformten Bereiche des Utrechter Heuvelrug, der Veluwe, des Hondsrug und der Sallandschen Moräne. Auch in den Lößgebieten von Brabant und Limburg sind die grundwasserfernen Areale großflächig ausgebildet. Im übrigen gilt für die Sandbodenareale Nordhollands das Charakteristikum des Geesttyps: rascher Wechsel zwischen hohem und niedrigem Stand auf kleinstem Raum. Im Sommer sind Gebiete mit einem Grundwasserstand von weniger als 40 cm unter Flur flächenhaft kaum von Bedeutung. Am höchsten steht der Grundwasserhorizont dann in den holländischen und friesischen Moorgebieten (40—70 cm). Über weite Flächen sinkt im Sommer der Spiegel unter die Marke von 140 cm.

Das unter der Dünenkette in das Land hereindringende Wasser der Nordsee hat vor allem in den tief gelegenen Poldern einen hohen Salzgehalt im

Boden verursacht, so daß teilweise die Blumenzucht in diesen Gebieten aufgegeben werden mußte. Aber auch der Ackerbau leidet darunter, ebenso die Qualität der Weidegräser. In den Flußmündungen schiebt sich ein Unterstrom von Salzwasser unter den Süßwasserabfluß, im Kontaktbereich bildet sich eine Mischzone mit Brackwasser aus. Im Rhein-Maas-Delta dringt diese Mischzone flußaufwärts vor.

2.3.3. *Der Schutz vor dem Wasser*

Die dauernde Bedrohung der Niederlande — im eigentlichen Wortsinn und unter Einschluß der flandrischen Küste und der Scheldepolder — durch das Wasser läßt sich in drei Komplexe zusammenfassen und damit zugleich räumlich differenzieren: die zerstörende Kraft der Nordsee im Wechselspiel der Gezeiten entlang der Küsten, die Gefährdung des Landes rechts und links der ›Benedenriviere‹ und schließlich die Bedrohung durch zu hoch stehendes Grundwasser und durch Versalzung im Bereich der Polder.

Die Gezeiten der Nordsee entstehen durch das Mitschwingen mit den Gezeiten des Atlantischen Ozeans, sie verlaufen mit einer jeweiligen mittleren Andauer von 6 Stunden und 12 Minuten für Ebbe und Flut, umfassen also fast genau ein halbtägiges Intervall (12^h 25^m) zwischen zwei Hochwasser- bzw. Niedrigwasserständen. Hochwasser und Niedrigwasser treten an den verschiedenen Punkten der belgisch-niederländischen Küste aber nicht gleichzeitig ein, sondern — wie überall an den Küsten der Nordseeländer — in Form einer Drehtide. Das bedeutet, daß zeitgleich mit dem Meridiandurchgang des Mondes in Greenwich für Nieuwpoort in Belgien Hochwasser gemessen wird, auf Walcheren tritt es eine Stunde später ein, bei Hoek van Holland zwei Stunden später, bei Texel erscheint die Hochwasserwelle mit sechs und vor der Emsmündung bereits mit 9½ Stunden Verspätung (vgl. Abb. 11). Die Anordnung der Amphidromien (Flutstundenlinien) entspricht dem Bild von Radspeichen, wobei es zwei Zentren gibt. Das eine liegt in der nördlichen Kanalöffnung auf der Mitte der Linie zwischen Lowestoft (England) und Ijmuiden, das andere im Bereich der östlichen Doggerbank. Da in den Zentren der Amphidromien kein Gezeitenhub herrscht, ist für die niederländische Küste von Terschelling bis Hoek van Holland der mittlere Springtidenhub mit weniger als 2 m relativ gering, weil sich die Nähe des südlichen Amphidromienzentrums auswirkt. Mit wachsender Entfernung vom Zentrum steigert sich dieser Hub aber vom Rhein-Maas-Schelde-Delta bis nach Calais von 3 auf 6 m. Vor der belgischen Küste liegt die mittlere Springtidenhöhe bei 4 bis 5 m über dem Amsterdamer Pegel. Wenn ungünstige hydrographische und atmosphärische Umstände zusammentreten, werden diese Werte aber erheblich übertroffen (s. Abb. 12 für den 1. Februar 1953).

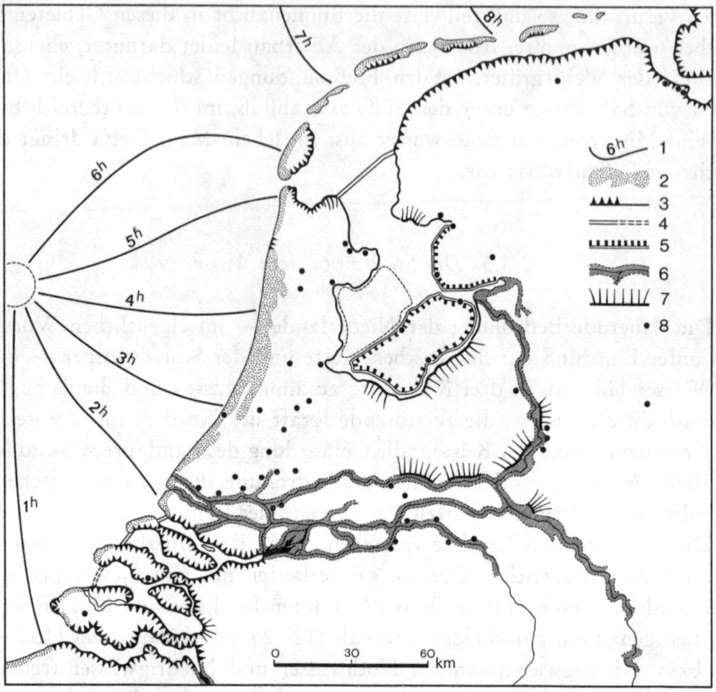

Abb. 11: Der Kampf gegen das Wasser (nach versch. Unterlagen).
1 Flutstundenlinien, 2 Dünenketten, 3 Seedeiche und Deiche am Ijsselmeer, 4 Absperrdämme, fertige und im Bau, 5 Ringdeiche der Ijsselmeerpolder, 6 deichgeschützte Stromauen, 7 Geestränder, 8 große Pumpwerke.

Langfristig wird die Gefährdung verstärkt durch die Landsenkung. Sie betrug in den letzten 100 Jahren 12 cm bei Delfzijl, 11 cm bei Den Helder, 16 cm bei Katwijk und 26 cm bei Vlissingen. Diese Tendenz, durch regelmäßige Pegelablesungen während eines Jahrhunderts belegt, setzt sich an der belgischen Küste fort, für Brest ist sie seit dem Jahr 1800 durch Messungen erhärtet.

Entlang der flandrischen Küste, an den Westspitzen der seeländischen Inseln, von Hoek van Holland bis Den Helder und auf den der Nordsee zugewandten Flanken der Westfriesischen Inseln übernehmen die Dünenketten die Schutz- und Deichfunktion. Je weiter die Strandlinie (jene Linie, die vom Mittelhochwasser regelmäßig erreicht wird) von den Dünen entfernt liegt und je breiter darüber hinaus der ›nasse‹ Strand zwischen Strandlinie und Wattlinie (Grenze des mittleren Niedrigwassers) sich erstreckt, um so sicherer wird die Brandung schon weit draußen gebrochen, zudem helfen Buhnen und Wellenbrecher. Die Dünen werden zusätzlich durch Bepflanzung gegen die Winderosion geschützt. Lückenlos ist die Dünenkette aber auch in den eben beschriebenen Abschnitten nicht. Nordwestlich von Alkmaar bei Petten brach 1421 eine Sturmflut ein, so daß die Bresche künstlich durch einen Deich geschlossen werden mußte (Foto 2). Auch die Dünen an der besonders exponierten Westspitze von Walcheren waren schon im 15. Jahrhundert so durch Sturmfluten beschädigt, daß dahinter ein Deich angelegt werden mußte, der — anfänglich unscheinbar — bis heute zu einem eindrucksvollen Bollwerk ausgebaut wurde. Aber auch an anderen Stellen, so bei Hoek van Holland und längs der belgischen Küste, ist die Dünenfront zusätzlich durch Deiche geschützt. Zwischen Middelkerke und Oostende brach im Winter 1974 bei Sturmfluten der Deich auf 40 m Breite. Auch bei Knokke kam es zu einem Einbruch von 25 m. An manchen Stellen der 60 km langen belgischen Nordseeküste wurden Sand- und Dünenstücke fortgeschwemmt. Obgleich in jüngster Zeit 15 Mill. belgische Franken in Küstenschutzarbeiten investiert wurden, ist diese Summe bei weitem nicht ausreichend. Der gesamte Deich müßte erneuert werden. Wie die letzten Sturmschäden zeigten, ist er zu steil, so daß die Gewalt der Wellen beim Abfließen eher erhöht als geschwächt wird.

Allein mit Seedeichen geschützt ist der gesamte Deltabereich, die Küste des Festlandes am Wattenmeer und das Marschland der Inseln, das ebenfalls der Wattensee zugekehrt ist. In Abb. 11 sind die Deiche entlang der Küstenlinie gezeichnet. Tatsächlich springen sie in Friesland und Groningen oft landeinwärts etwas zurück, so daß Außengroden oder Heller entstehen, was aber im Maßstab der Abbildung nicht darstellbar ist. Rings um das Ijsselmeer konnte teilweise der Geestrand in das System der Schutzwälle einbezogen werden. Abb. 11 verdeutlicht, welche Bedeutung für die Verkürzung der Deichlinien die Absperrdämme des Ijsselmeeres und des Deltas haben oder nach ihrer Fertigstellung haben werden. Ein konkreter Plan, die Westfriesischen Inseln zu verbinden und das Wattenmeer einzupoldern, besteht übrigens nicht, obwohl davon immer wieder die Rede ist. — In Abb. 11 sind ferner die wichtigsten Flußdeiche dargestellt, die sich z. T. ebenfalls an den natürlichen Wall der Geestränder anlehnen. Diese Deiche müssen entlang des Laufes der ›Benedenriviere‹ ihre Funktion ständig ausüben, an den ›Bovenrivieren‹ nur bei periodischen Hochwässern. Wichtig und notwendig ist eine Abdichtung der äußeren Deichflanken mit wasserundurchlässigen Tonschichten, um das Durchsickern von Druckwasser (›kwel‹) zu verhindern. Diese Gefahr besteht vor allem dann, wenn die Deiche auf durchlässigem Sandgrund erbaut sind und das geschützte Land tief unter dem Flußwasserspiegel liegt.

Der Bau und die Unterhaltung der Deiche waren im Mittelalter eine Angelegenheit der Grundeigentümer, deren Land an die Deiche grenzte. Als das Deichsystem komplizierter und aufwendiger wurde und zugleich die Erkenntnis wuchs, daß der Deichschutz der ganzen Bevölkerung zugute kommt, setzte sich die Idee der allgemeinen Verantwortung von Deichgemeinschaften durch. Der erste Deich, der so als gemeinsame Leistung und unter gemeinsamer Belastung aller Bewohner eines großen Hinterlandes entstand, war eben jener Deich bei Petten, der im 15. Jahrhundert den Dünenwall wieder schließen half. Heute überzieht die Niederlande ein ganzes Netz von ›Waterschappen‹ mit mannigfacher Untergliederung, insgesamt mehr als 2500 kleine und große Areale: von ›Het Vrije van Sluis‹ im äußersten Südwesten bis zum Hunsingo und Fivelingo im Norden, deren Namen an die frühen Deichbauten im Mittelalter erinnern; von der ›Waterschap van de Oude Ijssel‹ im Osten bis zu den ›Hoogheemradschappen‹ von Hollands Norderkwartier, vom Rijnland und vom Delfland im Westen. Bei diesen administrativen Einheiten der Wasserwirtschaftstechnik, die der Reichswasserbauverwaltung unterstehen, liegt die Verantwortung für die See- und Flußdeiche, für die Polder im eigentlichen, historischen Sinn und schließlich für den Zusammenschluß von Poldern zu ›boezems‹, wasserbautechnischen Einheiten, für die die Regulierung des Grundwasserstandes und der Einsatz von Pumpen und Schleusen gehandhabt werden muß. Wenn Bau und Unterhaltung teurer technischer Anlagen die Finanzkraft einer Waterschap übersteigen oder Katastrophenschäden zu beseitigen sind, werden auch die benachbarten Gemeinschaften bis zu einer bestimmten Grenze herangezogen,

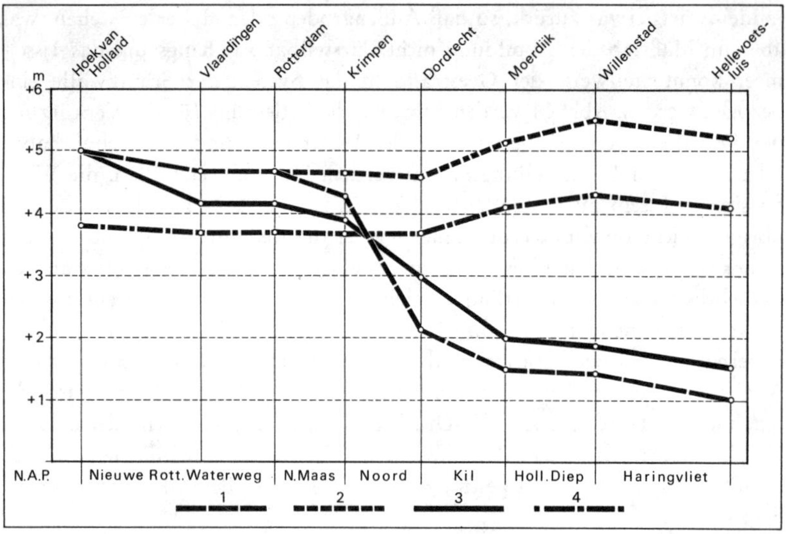

Abb. 12: Modellannahme einer extremen Sturmflut (nach LINGSMA, 1966).
1 Pegelstände nach Vollendung des Deltaplanes und Absperrung der Oude Maas, 2 Pegelstände ohne Bauwerke des Deltaplanes, 3 Pegelstände ohne Absperrung der Oude Maas, 4 Pegelstände am 1. 2. 1953 zum Vergleich.

den Rest übernimmt die öffentliche Hand der Provinz oder des Staates. Die Großprojekte (Zuiderseewerke und Deltawerke) unterstehen dem Staat.

Abschließend soll Abb. 12 zeigen, welche Bedeutung den Schutzmaßnahmen im Delta als dem am meisten gefährdeten Gebiet zukommen wird, wenn alle Bauten vollendet sind. Die Berechnungen wurden an einem Modell im Hydrographischen Laboratorium von Delft angestellt. Das Modell geht von einer Sturmflut aus, die bei Hoek van Holland eine Höhe von 5 m über dem Amsterdamer Pegel erreichen soll, also das Ausmaß der Katastrophe vom 1. 2. 1953 noch weit übersteigen würde. Zugleich wird angenommen, daß der Rhein 3000 m^3/sec und die Maas 510 m^3/sec an Wasser führt. Die Wahrscheinlichkeit, daß eine solche Konstellation eintritt, ist eins auf zehntausend Jahre. Aber selbst für diesen Fall sind die rückwärtigen Gebiete noch hinreichend geschützt.

2.4. Die klimatische Stellung der Beneluxländer

2.4.1. *Temperatur und Niederschlag*

Die bei der Betrachtung von Litho-, Pedo- und Hydrosphäre unseres Raumes bereits gewonnenen Differenzierungskriterien werden durch die klimatischen Unterschiede noch akzentuiert. Ja, sie sind vielfach sogar ohne die Berücksichtigung dieser Klimaeinflüsse gar nicht zu deuten. Vom länderkundlichen Standpunkt aus sind im wesentlichen diejenigen Klimaelemente und Witterungsabläufe von Interesse, die die Erdoberfläche und ihre Standortqualität direkt beeinflussen, also in erster Linie Temperatur und Niederschlag, daneben erscheinen aber noch eine Reihe weiterer Elemente der Betrachtung wert: so vor allem die Besonnung, die Luftfeuchtigkeit und die Verdunstung, ferner Luftdruck und Winde. Deren Zustände zusammen mit den Witterungsabläufen gestatten die klimatische Typisierung. Die Tabellen 3 bis 8 bringen für zehn über den gesamten Raum gestreute Stationen detailliertes Material.

Der Klimafaktor der Breitenlage macht sich für die Beneluxländer, deren südlichster und nördlichster Punkt nur ca. 4 Grade auseinanderliegen, bei Einstrahlung und Temperatur kaum differenzierend bemerkbar. So genügen wenige Kennzahlen für die Charakterisierung des Gesamtraumes, nämlich die Tageslänge und damit die potentielle Sonnenscheindauer, sie nimmt im Winter vom südlichen Luxemburg zum nördlichen Friesland von 8 auf 7,5 Stunden ab, im Sommer in gleicher Richtung von 16 auf 16,5 Stunden zu. Weit größerer Einfluß resultiert aus der Lage zum Meer. Bei einer Küstenlänge von rd. 1200 km und wegen der tief in das Land eingreifenden Arme des Rhein-Maas-Schelde-Deltas sowie der Zuidersee liegen die Niederlande und

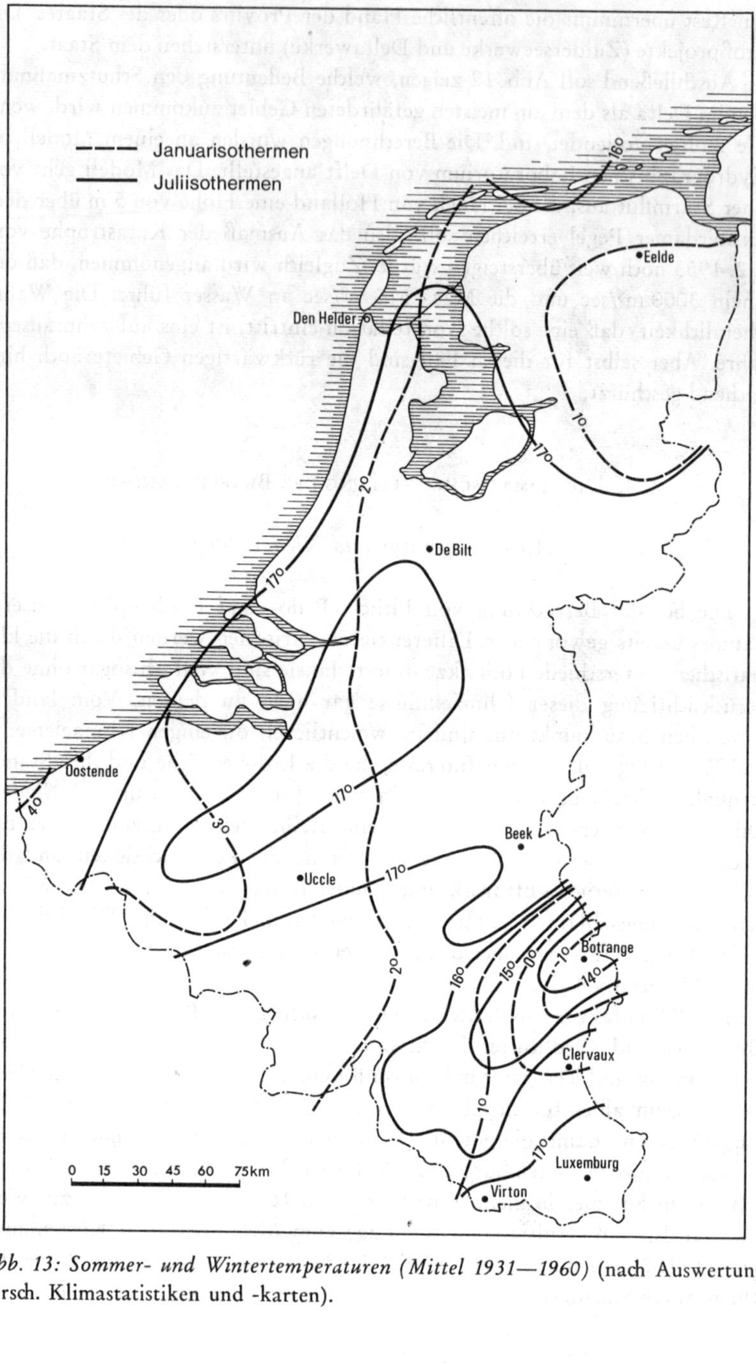

Abb. 13: Sommer- und Wintertemperaturen (Mittel 1931—1960) (nach Auswertung versch. Klimastatistiken und -karten).

Niederbelgien in einem küstenparallelen Streifen, in dem kein Punkt weiter als 150 km vom offenen Wasser entfernt ist. Nur Mittel- und Hochbelgien sowie Luxemburg sind stärker von der Nordsee abgewandt. Entscheidend ist dabei die Wirkung des Golfstromes über dem Schelfsockel der Nordsee. Der Golfstrom sorgt dafür, daß die Oberflächentemperatur des Wassers in Küstennähe im langjährigen Februarmittel zwischen 3° C an der nördlichen niederländischen Küste und 5° C an der belgischen Küste schwankt; im August beträgt sie entlang der gesamten Küste gleichmäßig ca. 18° C. Diese Wassertemperaturen üben einen stark dämpfenden Einfluß auf die Amplitude der Lufttemperatur über dem benachbarten Land aus. Der dritte Klimafaktor ist das Relief, das die Ausprägung aller Klimaelemente in dem Teil der Ländergruppe, der Mittelgebirgscharakter besitzt, beeinflußt. Diese Wirkung wird noch dadurch verstärkt, daß der gebirgige Südosten der relativ kontinentalste Raum ist.

Abb. 13 zeigt den ozeanischen Charakter des Klimas besonders deutlich mit Hilfe der Wintertemperaturen insofern, als die 2°-Januarisotherme nahezu meridional und küstenparallel verläuft. Die höheren Wassertemperaturen vor der belgischen Küste machen sich bemerkbar; der Einfluß der Höhenlage in den Ardennen auf den Temperaturgradienten sowie die größere Frostgefährdung über den nordniederländischen Moorgebieten sind ebenfalls klar zu erkennen. Die Variationsbreite der Sommertemperaturen ist geringer als die der winterlichen Werte. Der maritime Effekt, der sich in milden Wintern und mäßig warmen Sommern zeigt, wird beim Vergleich mit dem globalen Breitenkreismittel für 51° nördlicher Breite sichtbar. Dieser Wert beträgt im Sommer 17,7° C, entspricht also durchaus den realen Temperaturen im zentralen Teil der Beneluxländer; im Winter dagegen liegt das Breitenkreismittel bei — 7,9° C, und damit sind selbst die Hochardennen noch acht Grad wärmer als dieser Vergleichswert.

Die Zahl der Frosttage beträgt in einem schmalen Saum entlang der Küste etwa 40, nimmt dann in einem küstenparallelen Streifen von 50 bis 100 km Breite auf sechzig Tage zu und erreicht südlich der Sambre–Maas-Furche achtzig Tage, desgleichen im Bourtanger Moor. Auf den höheren Rumpfflächen der Ardennen verzeichnet man um 120 Frosttage im Jahr. Über weitere Maximal- und Minimalwerte geben die Tabellen Auskunft. Für die Landwirtschaft von Bedeutung sind die mittleren Daten der letzten Fröste im Frühling und die erste Frostgefahr im Herbst. Späte Fröste im Frühling treten im Küstensaum nur bis Anfang April auf, landeinwärts nimmt die Dauer der Frostgefährdung zu, in den Niederlanden kommt es im Bourtanger Moor noch Anfang Mai zu Temperaturen unter dem Nullpunkt; die Hochardennen sind erst nach dem 20. Mai frostfrei. Hier beginnt die Frostgefährdung dann auch bereits wieder um den 10. Oktober herum, in den zentralen Teilen Belgiens und der Niederlande liegt das Datum des ersten

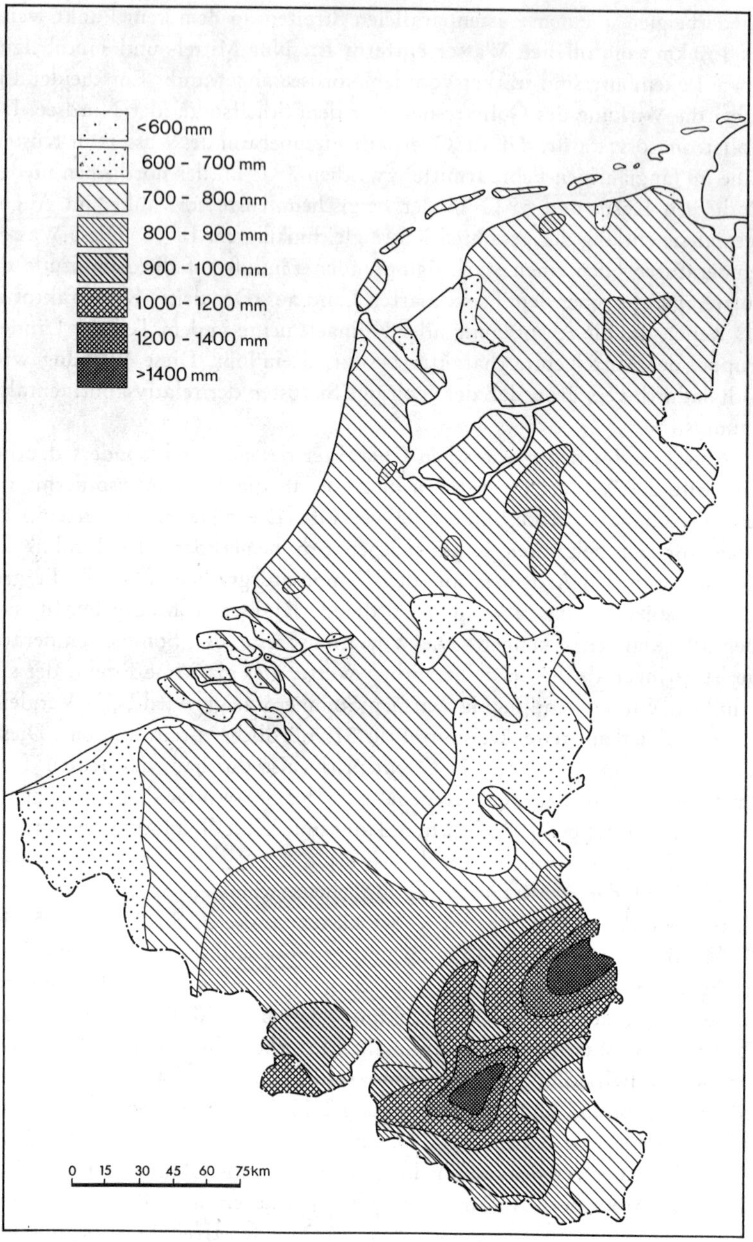

Abb. 14: Jahresniederschlag (Mittel 1931—1960) (nach Auswertung versch. Klimastatistiken und -karten).

Herbstfrostes Anfang November und verschiebt sich zur Küste und zu den Westfriesischen Inseln noch weiter bis Anfang Dezember. Im Frühjahr kann im flandrisch-holländischen Küstensaum das Vieh zwei bis drei Wochen eher auf die freie Weide getrieben werden als im Nordosten der Niederlande. Ebenso treten in den tiefländischen Regionen Unterschiede bis zu zwei Wochen auf, wenn man den Termin für die Aussaat von Sommergetreide ins Auge faßt, der in Brabant entsprechend früher liegt als in der Drenthe. Die Dauer der frostfreien Periode beträgt an der Küste 240 Tage, sie sinkt auf einen Wert von 160 Tagen in den östlichen Niederlanden und sogar auf 140 Tage in den Hochlagen der belgischen Ardennen, verlängert sich aber wieder auf 160 Tage im Ösling und auf 170 Tage im Gutland.

Beim Übergang zur Betrachtung der Niederschlagsverhältnisse ist zunächst zu betonen, daß die Mittelwerte in den Tabellen und in Abb. 14 stark von der jeweiligen Beobachtungsperiode abhängen. Bei den Temperaturen kommt das weniger zum Ausdruck, weil hier die Variationsbreite gering ist. Die Werte der Jahresmitteltemperaturen schwanken in dem gesamten, tiefer gelegenen Raum lediglich zwischen 8° und 10° C, im Ardennenblock um 6° C. Eine Niederschlagskarte indessen, die auf den Messungen der Periode 1901 bis 1930 basiert, zeigt erheblich andere Werte als Abb. 14, der der Beobachtungszeitraum von 1931—1960 zugrunde liegt. Im belgisch-niederländischen Tiefland lagen die Niederschlagsmittel der ersten Periode um 100 bis 200 mm höher, als es die Abbildung für die jüngere Zeit zeigt! Jahresniederschläge unter 800 mm kennzeichnen dabei weite Teile des Gesamtgebietes, die Abbildung verdeutlicht das Ausmaß der Steigungsregen in den Ardennen, hier werden im Hohen Venn 1500 mm erreicht und sogar knapp überschritten. Im Herbst kann es vorkommen, daß allein an einem Tag mehr als 100 mm Niederschlag fällt. Luxemburg liegt im Regenschatten, insbesondere gilt das für den östlichen Landesteil. Nur andeutungsweise wird ein dritter, nichtsdestoweniger typischer Sachverhalt illustriert: beim Übertritt der atlantischen Luftmassen auf das Land tritt die Wolkenbildung erst in einer gewissen Entfernung von der Küste auf, und so verstärkt sich der Niederschlag ebenfalls landeinwärts. Für Flandern und Seeland bringt Abb. 14 das zum Ausdruck, bei feinerer Abstufung würde erkennbar werden, daß auch der holländische Dünengürtel im Vergleich zu den anschließenden Arealen niederschlagsärmer ist. Diese relative Trockenheit des Küstensaumes ist in den Monaten Mai bis Juli am ausgeprägtesten, wenn das Land schon stärker erwärmt ist und die übertretenden Luftmassen sich nicht sofort ausregnen. Umgekehrt wird von September bis November die Küste stärker beregnet als die küstenferneren Landesteile; auch darin manifestiert sich ein typischer Effekt des ozeanischen Klimas, insofern nun das Land gegenüber der Nordsee bereits stärker abgekühlt ist und die Kondensation unmittelbar beim Wechsel der Unterlage erfolgt. So erhält die niederländische Küste im Oktober in einem bis zu 30 km breiten Streifen mehr als 80 mm Niederschlag, während entlang der deutschen Grenze nur 55 bis 65 mm Regen fallen. Die Anzahl der Tage, an denen der Niederschlag mehr als 1 mm bringt, ist an der Küste im Jahresmittel am geringsten, der Wert lautet dort auf rund 125 Tage; die Hochardennen dagegen erhalten 1 mm und mehr Niederschlag an 160 bis 170 Tagen im Jahr, mit deutlichen Maxima im Juli und im Dezember. Niederschlagsminima treten durchweg im Frühjahr auf. — In Luxemburg wird an der Doggerstufe die Luvwirkung durch erhöhte Niederschläge deutlich. Die östlich der Hauptstadt in meridionaler Richtung ziehende Stufe des Luxemburger Sandsteins bewirkt einen Lee-Effekt im östlichen Teil des Gutlandes und vor allem im Moseltal.

Schneefall ist in den Wintermonaten die Regel, in den Ardennen schneit es an 140 bis 160 Tagen des Jahres. Andererseits dient aber wieder zur Charakterisierung des ozeanischen Klimas die Tatsache, daß die Andauer einer geschlossenen Schneedecke gering bleibt. Sie beträgt selbst in den exponierten Teilen der Ardennen nur 25 Tage und sinkt nach Südosten zum Gutland auf 20 Tage. Ebenfalls 20 bis 25 Tage mit Schneedecke werden in Mittelbelgien und in den nordöstlichen Niederlanden verzeichnet, dagegen bleibt unmittelbar an der Küste und auf den Inseln der Schnee nicht länger als 10 Tage im Jahr als geschlossene Decke liegen. Zwischen 8 und 10 schwankt übrigens auch die Zahl der Eistage an der Küste.

2.4.2. *Weitere Klimaelemente*

Sonnenscheindauer und Bewölkung sind Elemente, die in den Beneluxländern den ozeanischen Klimacharakter in mittlerer Breitenlage erneut kennzeichnen. Als Mittelwert für die gesamte Region kann gelten, daß etwa ein Drittel der möglichen Besonnung die Erdoberfläche erreicht. Diese Herabsetzung der Sonneneinstrahlung mildert die Kontraste im Tagesgang: der Wärmegewinn des Bodens am Tage und die Ausstrahlungsverluste in der Nacht halten sich in Grenzen, die mittlere tägliche Temperaturschwankung in den einzelnen Monaten (vgl. Tab. 5) bleibt gedämpft. Trotz geringer Variationsbreite der Werte im Vergleich mit anderen Klimatypen ist die jahreszeitliche und räumliche Differenzierung aber doch aufschlußreich. Die Besonnungsdauer, die theoretisch ja nur von der Breitenlage abhängt, ist tatsächlich eher eine Funktion des Küstenabstandes. Charakteristisch ist dafür der Verlauf der Linie, die die Orte mit 1600 Stunden Einstrahlung im Jahr verbindet. Sie schwingt exakt küstenparallel von Leeuwarden nach Tournai, biegt dann in Nordfrankreich in West–Ost-Richtung um und zieht am Südrand der Ardennen ostwärts in den Kontinent. Eine höhere Besonnungsdauer als 1600 Stunden erhalten also der Südteil von Belgisch-Luxemburg und das

Gutland, außerdem der gesamte Küstensaum. Landeinwärts nimmt die jährliche Sonnenscheindauer bis auf 1400 Stunden in den östlichen Niederlanden ab. Damit wird abermals unterstrichen, daß die Wolkenbildung erst mit wachsendem Küstenabstand zunimmt. Am stärksten ist dieser Effekt im Sommer. Im Mittel der Jahre 1931—1960 schien im Juni die Sonne in Vlissingen 232 Stunden, in Brüssel jedoch nur 196 und in Luxemburg wieder 215 Stunden. Im Herbst und Winter dagegen ist die räumliche Differenzierung der Sonnenscheindauer schwach. Für den trüben November deckt eine Variationsbreite von nur 50 bis 60 Stunden den Raum aller drei Länder ab. Ganz entsprechend verhalten sich die Maßzahlen für die Bewölkung, wenn man die jährliche Zahl der Tage mit einem Bewölkungsgrad von mehr als 80 % ermittelt. Auch diese Werte liegen an der Küste am niedrigsten (140—160 Tage) und nehmen landeinwärts zu: 170—180 Tage werden in den östlichen Niederlanden und in Brabant registriert, 200 Tage und mehr zählt man in den Ardennen. Klare Tage mit einer Wolkenbedeckung des Himmels von weniger als zwei Zehnteln sind selten, für den Sommer schwanken die Messungen zwischen weniger als 10 Tagen im ungünstigsten Bereich, das ist wiederum der Nordosten der Niederlande, und 20 Tagen im günstigsten Fall, der im südwestlichen Belgien gegeben ist.

In Abhängigkeit von der Temperatur vermag die Luft unterschiedlich große Mengen von Wasserdampf aufzunehmen. Die relative Luftfeuchtigkeit, gemessen in Prozent, gibt diesen Wasserdampfanteil in Relation zu dem beim jeweiligen thermischen Zustand der Luft erreichbaren Grenzwert an, bei dem die Kondensation einsetzt. Die Wintermonate sind die Zeit der höchsten relativen Luftfeuchte, im Frühling und im Frühsommer, vor allem im Mai, ist die Luftfeuchtigkeit am geringsten. Wenn die Kondensation infolge starker Abkühlung der Unterlage in bodennahen Luftschichten einsetzt, kommt es zur Nebelbildung, vorzugsweise geschieht das bei nächtlicher Ausstrahlung über Mulden, Mooren oder feuchtem Grünland; wir sprechen dann von nächtlichem Strahlungsnebel. Im Spätherbst und Winter treten außerdem Mischungsnebel auf, wenn sich milde und feuchte atlantische Luft mit kalter Kontinentalluft verbindet. Was bei solchen Vorgängen in der Höhe als Wolkenbildung zu beobachten ist, tritt dann am Boden als Nebel in Erscheinung. In den Niederlanden, in Nieder- und Mittelbelgien schwankt die Zahl der Nebeltage (mit Sichtweiten unter 1 km) zwischen 30 und 50 im Jahr, die Küste und das Stromgebiet von Rhein und Maas werden am meisten betroffen. So ist der Nieuwe Waterweg Rotterdams mit einer Kette von Radartürmen gesäumt, um die Schiffahrt auch bei Nebellagen aufrechterhalten zu können. In den Hochlagen der Ardennen ist Nebel weit häufiger, die Station Botrange verzeichnete im Mittel der Jahre 1931—1960 allein 195 Nebeltage. Die hartnäckigsten nebeligen Wetterlagen sind durchweg im November ausgeprägt.

Die Luftmassen bringen ihren Wasserdampfgehalt teils vom Atlantik und von der Nordsee her mit, teils erhalten sie weitere Zufuhr von Feuchtigkeit über dem Land durch die Verdunstung. Die Verdunstungsmenge hängt wiederum von der relativen Luftfeuchtigkeit, von der Temperatur und von der Windgeschwindigkeit ab. Gemessen wird dabei meist die Verdunstung von offenen Wasserflächen (Angabe in mm wie beim Niederschlag). Damit ist aber nur ein Näherungswert für die mögliche Evaporation gegeben, d. h. für die Verdunstung, an der der Boden und die Pflanzendecke mitbeteiligt ist. Soweit der Niederschlag die Menge des verdunstenden und im Boden gespeicherten Wassers übersteigt, kommt dieser Überschuß dem Abfluß zugute. Damit entsteht aber ein Problem in den holländischen Depressionsgebieten; denn nur in den Monaten von Mai bis Juli übertrifft hier die Verdunstung den Niederschlag, im übrigen Teil des Jahres ist es umgekehrt. In den tief gelegenen Poldergebieten kann dann eine Wassermenge in der Größenordnung von 300 mm Niederschlagsüberschuß nicht abfließen, sondern muß künstlich durch Pumpwerke entfernt werden.

Der Luftdruck als weiteres Klimaelement weist im Jahresmittel nur geringe Schwankungen auf. Reduziert auf den Meeresspiegel steigen die Werte von 1114 Millibar in den nördlichen Niederlanden auf 1116 mb im südlichen Belgien. Am deutlichsten wird das Luftdruckgefälle von den kontinentalen Teilen der Beneluxländer mit höherem Druck zu der maritimen Region mit vergleichsweise niedrigen Werten im Winter. So verlaufen die Januarisobaren in streng südwest–nordöstlicher Richtung über unsern Raum hinweg und kennzeichnen dann Werte von 1020 mb in Luxemburg, 1017 mb auf der Linie Ypern–Nijmegen und 1013 mb auf der Strecke Den Helder–Groningen. Die geringe Schwankungsbreite der Mittelwerte im Jahr und selbst noch für einen Monat verdeckt aber, daß im kurzfristigen, täglichen Wettergeschehen die Veränderlichkeit des Luftdruckes sehr groß ist, insbesondere beim raschen Durchzug von Depressionen. Überhaupt ist ja der Luftdruck ein Klimaelement, das keinen nennenswerten direkten Einfluß auf die Bio- und Anthroposphäre besitzt. Dafür sind jedoch Luftdruckdifferenzen um so wichtiger als Faktoren für ein anderes Klimaelement, nämlich für die Luftbewegung, die hier abschließend betrachtet werden soll. Freilich sind für die Steuerung der Luftbewegungen nun nicht die Druckunterschiede über dem kleinen Areal unserer Ländergruppe entscheidend, sondern die Gradienten, die zwischen den großräumigen Hoch- und Tiefdruckgebieten bestehen.

Da die Beneluxländer über weite Strecken des Jahres auf der Südseite der Zugbahn von Depressionen liegen, die von Island her kommend in östlicher Richtung wandern, dominiert im Jahresmittel aller Windbeobachtungen die südwestliche Richtung in fast allen Landesteilen. Sehr klar zeigt sich das für Brabant, hier ist Südwest die herrschende Windrichtung in jedem einzelnen Monat des Jahres. Im Gutland schwenkt die Hauptkomponente nach Süden, in den nördlichen Niederlanden nach Westen. Sonderfälle bilden Talstationen im Mittelgebirge wie etwa Clervaux; hier bedingt der nord–südlichstreichende Talzug, daß die Nordwinde fast ebenso häufig sind wie die Südwinde, erstere beherrschen die Monate April bis Juli. Nördliche und östliche Winde überwiegen im Frühjahr auch in den nordwestlichen Niederlanden sowie in Flandern, jedoch nicht mehr in den küstenferneren Teilen (Brabant, Limburg). Die größten Windstärken treten an den Küsten auf, im langjährigen Jahresmittel verzeichnet Den Helder eine Windgeschwindigkeit von 6,8 m/sec; für Oostende gilt ein Wert von 6,5 m/sec. Das sind als Jahresmittel beträchtliche Werte! Die Station Bilt bei Utrecht mißt demgegenüber nur 3,3 m/sec, Brüssel 3,8 m/sec und das geschützt in den südlichen Ardennen liegende Städtchen Virton lediglich 2,7 m/sec. Auch im monatlichen Mittel werden die stürmischsten Tage an den Küsten und nicht etwa auf den Hochflächen der Ardennen erreicht. Am Baraque de Michel (Botrange) werden im Dezember und Januar mittlere Windgeschwindigkeiten von 5,2 m/sec registriert, dagegen in Oostende im Januar 7,1 m/sec und in Den Helder sogar 7,7 m/sec. Bei orkanartigen Stürmen, die vor allem die Küste heimsuchen, werden natürlich kurzfristig weit höhere Werte erreicht. — Von Groningen über Friesland, Holland, Seeland bis Flandern ist die Windschur der Bäume und der Schutzhecken ein prägendes Element im Landschaftsbild.

2.4.3. *Wetterlagen im Jahresablauf*

Die Mittelwerte der Klimaelemente, die in ihrer räumlichen Differenzierung auf den vorangehenden Seiten dargestellt wurden, resultieren letztlich aus der Tatsache, daß im Ablauf der Jahreszeiten ganz bestimmte Großwetterlagen in statistisch erfaßbarer und gesicherter Häufigkeit einander ablösen. Für die Betrachtung dieser Großwetterlagen kann man sich nun nicht mehr nur auf die Werte einzelner Stationen der Beneluxländer beschränken, vielmehr erfolgt die Erfassung durch eine Synopsis der mittleren Luftdruckverteilung und der daraus resultierenden Luftströmungen für einen größeren Raum, der den östlichen Nordatlantik sowie West-, Mittel- und Nordeuropa umfaßt. Unser Gebiet liegt nahezu im Zentrum dieses Areals. Die Zirkulationstypen, die Gegenstand dieser räumlichen Synopsis und zugleich zeitlicher Interpretation sind, bestimmen für mehrere Tage, oft länger als eine Woche, den mittleren Gesamtzustand der Lufthülle und damit die Ausprägung der Klimaelemente.

Wie viele Wetterlagen und Zirkulationstypen im einzelnen unterschieden werden, liegt nun keineswegs fest. Wir beschränken uns hier auf einige wenige, die selbst schon wieder eine Zusammenfassung aus dem Katalog der 28 Typen bei Hess und Brezowsky (1952) darstellen. Jede Wetterlage wird dadurch gekennzeichnet, daß ein Hochdruckgebiet in typischer Lage die Zirkulation determiniert und steuert, insbesondere den Durchzug von Tiefdruckgebieten. Für eine tabellarische Zusammenfassung der Häufigkeiten bestimmter Zirkulationstypen nach Jahreszeiten erschienen die Untersuchungen von HUFTY (1972 u. 1973) am geeignetsten, obwohl sie nur einen kurzen Zeitraum umfassen. Für die folgenden Ausführungen vgl. daher Tabelle 9.

An erster Stelle in der Häufigkeitsskala der Zyklonaltypen stehen in allen Jahreszeiten die Westlagen. Tiefer Druck herrscht dann über Nordwest- und Nordeuropa, die von Westen heranziehenden Depressionen beeinflussen vor allem die Niederlande und Nordbelgien, während sich Südbelgien und Luxemburg schon im Randbereich der südwärts gelegenen Antizyklone befinden. Im Sommer geraten bei dieser Wetterlage die Temperaturen nur wenig unter die Mittelwerte, die Zahl der Niederschlagstage bei trübem, wolkenverhangenem Himmel ist jedoch weit höher, als im Monatsmittel zu erwarten wäre. Im Winter bringen die Westlagen mildes Wetter, die Temperaturen in den östlichen Niederlanden steigen bis zu 3° C über die Mittelwerte. Etwa halb so häufig treten die Nordwestlagen auf, bei denen sich ein Hochdruckkeil vom Atlantik bis nach Frankreich erstreckt, an dessen Nordostflanke die Depressionsbahnen aus nordwestlicher Richtung über die Niederlande und Ostbelgien hinwegziehen. Im Frühjahr und im Sommer bringt dieser Zirkulationstyp kühlere Witterung als die Westlagen, die Niederschläge sind immer noch überdurchschnittlich hoch. Der mildernde Einfluß dieses Typs im Winter nimmt mit zunehmender Entfernung von der Küste ab. Besonders milde Wintertage bringen ferner die Südwestlagen, die im Herbst und im Winter am häufigsten sind. In den südlichen Niederlanden, in Ostbelgien und in Luxemburg steigen die Temperaturen um 5° C und mehr über die Monatsmittelwerte an, auch im Sommer ist es bei Südwestlagen wärmer als normal, die südlichen Ardennen geraten dann ins Luv der Tiefdruckbahnen. Sommerliche Südwestlagen sind indessen schon seltener.

Den drei bislang beschriebenen Zirkulationstypen ist gemeinsam, daß sie winters wie sommers überdurchschnittliche Niederschläge bringen, am stärksten gilt das für die reinen Westlagen, am schwächsten für die Südwestlagen. Hohe, im Winter das Mittel sogar um 25 % übersteigende Zahlen von Niederschlagstagen sind auch bei einer vierten Zirkulationsrichtung zu beobachten, bei den Nordlagen, wenn die Antizyklone über dem nordöstlichen Atlantik liegt und an ihrer Vorderseite Luftmassen aus dem skandinavischen Raum über die Nordsee und die Beneluxländer nach Süden strömen. Solche Wetterlagen bringen im Sommer kühle Witterung, auch im Winter werden die Temperaturen gedrückt. Nordlagen sind im Frühling am häufigsten.

Die übrigen vier Zyklonallagen sind die Nordost-, Ost-, Südost- und Südzirkulationen. Sie überdecken also die verbliebene rechte Hälfte der Windrose, sind aber insgesamt seltener. Allen gemeinsam ist, daß unter ihrer

Herrschaft die Anzahl von Tagen mit Niederschlag unter das jeweilige Jahreszeitenmittel sinkt, im Sommer besonders bei Südlagen. Im Winter ist bei Ostlagen die Niederschlagswahrscheinlichkeit um 40 % gesenkt. Der Kern der Antizyklone liegt dann über Skandinavien. Bei klarem Himmel ist es trocken und kalt mit beträchtlicher Unterschreitung der Mitteltemperaturen, das gilt auch noch im Frühjahr. Im Sommer bleibt die Witterung bei Ostlagen ebenfalls trocken, aber warm und sonnenscheinreich, die Sonnenscheindauer wird nur noch von den Südlagen übertroffen, die jedoch in reiner Form im Sommer selten ausgeprägt sind; eher kann man sie im Herbst beobachten. Sie treten auf, wenn ein meridionaler Hochdruckgürtel sich von Finnland bis zum Balkan erstreckt. Reicht dagegen eine Hochdruckbrücke von den Britischen Inseln bis nach Skandinavien, auf deren Südseite kühle kontinentale Luft in die küstenferneren Teile der Beneluxländer geführt wird, so entstehen die vor allem im Frühjahr häufigeren Nordostwetterlagen. Im Sommer hat dieser Zirkulationstyp mäßig warme Schönwetterperioden zur Folge, im Winter bringt er trockenes Wetter und Kälte. Südostwetterlagen führen im Winter milde Luft bis an den Rand der Ardennen heran. Das Gebiet hohen Drucks reicht dann vom Balkan über das östliche Mitteleuropa, die Ostsee und ganz Skandinavien bis nach Island.

Rechnet man die beschriebenen acht Zirkulationstypen zusammen, so werden durch sie 68 % der Tage im Frühjahr, 61 % im Sommer, 58 % im Herbst und 62 % der Tage im Winter bestimmt. Die Witterung an den verbleibenden Tagen wird dadurch gesteuert, daß der Raum des nordwestlichen Kontinentaleuropa dann weitgehend selbst unter Hochdruckeinfluß gerät. Teilweise ist auch die Zuordnung zu einem Zirkulationstyp nicht eindeutig möglich.

Der gesamte jahreszeitliche Ablauf der Witterung folgt nun selbst auch bestimmten Regelhaftigkeiten, deren Schilderung, beginnend mit dem Winter, hier den Abschluß bilden soll. Wenn im Dezember die Hochdruckzone der Azoren teilweise bis nach Südfrankreich hinaufreicht und der Kern des subpolaren Tiefs bei Island liegt, herrschen West- und Südwestlagen. Sie sorgen für milde Witterung und bringen viel Regen, im Bergland aber auch Schnee. Nord- und Nordwestlagen sind seltener, wenn sie aber auftreten, dann gehen mit den polaren und maritim-polaren Kaltlufteinbrüchen die ersten strengeren Frostperioden einher. Der Januar ist gekennzeichnet durch den Widerstreit von ozeanischen Einflüssen bei West- und Südwestlagen und kontinentalem Regime mit Ostzirkulationen, so daß für diesen Monat der mehrfache Wechsel zwischen milder, niederschlagsreicher Witterung und scharfen Kälteeinbrüchen charakteristisch ist. Der Februar ist im allgemeinen bestimmt durch eine Abnahme der reinen Westlagen zu Gunsten der Südwestlagen. Häufig führt im Februar das Zusammentreffen von Südwest- und Nordströmungen zu größeren Schneefällen. Im März beginnt die Angleichung der Oberflächentemperaturen des Wassers und der Temperaturen des Landes. West- und Südwestlagen nehmen deutlich ab, Perioden ruhiger, kühler Schönwetterlagen bei Ostströmungen sind häufig. Die Luftfeuchtigkeit ist gering, und die täglichen Temperaturschwankungen nehmen beträchtliche Werte an. Der ruhige Wetterablauf wird in manchen Jahren aber auch durch arktische Kaltlufteinbrüche empfindlich gestört. Im April verliert sich der Einfluß der kontinentaleuropäischen Antizyklone immer mehr. Westzirkulationen bewirken eine kühle, regnerische Witterung, Nordwestlagen die berüchtigten stürmischen und böigen Schauer mit kurzen Zwischenaufheiterungen. Beim Zusammentreffen von Südwest- und Nordwestströmungen treten die Frühjahrsgewitter auf.

Im Mai ist die Häufigkeit von Westlagen am geringsten. Oft interferieren südwestliche und nördliche Strömungen miteinander, so daß bei dieser eher meridionalen Zirkulation häufig polare Kaltluft direkt von mediterraner Warmluft verdrängt wird. Der Juni ist ebenfalls noch durch das Überwiegen meridionaler Zirkulation gekennzeichnet. Südlagen sorgen für ruhige und warme Witterungsabschnitte, bei Südwestlagen wächst die Neigung zu Gewittern. Mit Hagelschlag verbunden, können diese frühsommerlichen Gewitter die Landwirtschaft empfindlich schädigen. Im Juli gewinnt die zonale Zirkulation wieder deutlich die Oberhand. Der Durchzug von Depressionen bei Westströmungen ist häufig, sie rufen jedoch nicht unbedingt Schlechtwetterlagen hervor. Im August bringen diese Strömungen aber bereits stärkere Niederschläge, während der Monat sonst seinem Vorgänger ähnlich ist. Hitzeperioden treten vornehmlich in der ersten Augusthälfte auf, während die Witterung in der zweiten Monatshälfte störungsreicher ist, insbesondere bei Südwestlagen mit Gewittern. Im September wird die relativ stärkere Abkühlung des Landes gegenüber der Nordsee spürbar. Die Wärme der maritimen Luft vermag die Verkürzung der Tageslängen und der Sonneneinstrahlung noch zu kompensieren. Strömungen aus dem südlichen Sektor verfrachten zuweilen sogar noch tropische Luft bis in das Gutland. Für die küstenfernen Teile der Beneluxländer ist der Grad der Bewölkung im September besonders gering. Die ruhigen Schönwetterlagen setzen sich auch vereinzelt noch bis in den Oktober hinein fort, doch bringen die an Häufigkeit jetzt zunehmenden Nordostzirkulationen erste kalte Witterungsperioden. In der Küstenregion führt das Regime westlicher Strömungen zu länger anhaltenden Regenfällen. Im November erreicht die Häufigkeit des Durchzuges von Depressionen mit Westströmungen ihr Maximum, aber auch die Intensität der meridionalen Zirkulationen verstärkt sich und führt zu Kaltlufteinbrüchen. Stürmische Winde aus dem südwestlichen Quadranten, Regen und Nebel bestimmen den Witterungsablauf des letzten Herbstmonates.

2.4.4. *Klimatypen*

Man kann sich natürlich fragen, ob für einen so kleinen Erdausschnitt wie den, der hier in Rede steht, überhaupt die Notwendigkeit gegeben ist, eine innere Differenzierung nach Klimatypen vorzunehmen. Zwischen 49° und 54° nördlicher Breite und 3° und 8° östlicher Länge gelegen, sprengt unser Gebiet ja nicht einmal die Grenzen eines Fünfgradfeldes der Mittelbreiten. Sein kontinentalster Punkt liegt zudem nur knappe 250 km von der Nordseeküste entfernt. — Nun sind aber zweifellos Unterschiede faßbar. Da ist einmal die selbst auf vergleichsweise kurzer Distanz abnehmende Ozeanität bei gleichzeitig wachsendem Einfluß der Kontinentalität. Als einfachstes Maß bietet sich die Jahresamplitude an, nach Tabelle 4 weist Oostende einen am stärksten gedämpften Jahresgang der Temperatur mit nur 13,9° C Jahresschwankung auf, dagegen erreicht dieser Wert für Luxemburg immerhin 17,1° C. Eine weitere Sonderstellung nimmt das Berglandklima ein. So haben Brüssel und die Dachstufe der Botrange mit 15,3° C zwar die gleiche Amplitude im Jahr, die Temperaturkurven sind indessen um 4,2° gegeneinander verschoben.

Es ist nun reizvoll, einmal zu prüfen, ob bekannte, weltweit anwendbare Klimaklassifikationen bereits auf diesen peripher-zentralen und hypsometrischen Wandel innerhalb einer kleinen Ländergruppe reagieren. Die Klimaklassifikation nach Köppen leistet das nicht: der gesamte Raum gehört zum Typ des Cfb-Klimas, d. h. es handelt sich um ein warmgemäßigtes Regenklima, der kälteste Monat sinkt nicht unter eine Mitteltemperatur von — 3° C, der wärmste bleibt unter 22° C, wenigstens 4 Monate haben eine Mitteltemperatur über 10° C, und ausreichend Niederschlag fällt ganzjährig. So lauten die Köppenschen Schwellenwerte, und sie werden überall in den Beneluxländern erfüllt. Hervorzuheben ist, daß selbst die Meßwerte der Botrange noch ohne Reduktionen in die Variationsbreite dieses Cfb-Klimas fallen. Tatsächlich reicht ja bis in die Gipfellagen der Ardennen die Verbreitung der Rotbuche, die bei der Namengebung des Cfb-Typs (Buchenwaldklima) Pate gestanden hat.

Anders verhält es sich mit der Differenzierung nach Jahreszeitenklimaten, die Troll und Paffen (1964) veröffentlichten, und bei der Wert darauf gelegt wurde, die Unterschiede der thermischen Jahresschwankung zu erfassen, die in den kühlgemäßigten Waldklimaten der nördlichen Außertropen von besonderer Bedeutung ist. Der hochozeanische Typ (III, 1) dieser Zone mit kühlen Sommern (wärmster Monat unter 15° C) und einer Jahresschwankung von weniger als 10° C findet sich in Nordwesteuropa nur im äußersten Südwesten von Irland. Zusammen mit den Britischen Inseln, der Südwestküste Norwegens und dem Teil des Kontinents, der westlich der Linie Groningen–Toulouse liegt, gehört nach dieser Klassifikation der größte Teil der Beneluxländer zum Ozeanischen Typ (III, 2) mit Amplituden von 10° bis 16° C, milden Wintern (kältester Momant wärmer als + 2° C) und mäßig warmen Sommern (wärmster Monat unter 20° C). Nur der äußerste Nordosten der Niederlande, ferner Luxemburg und ein Teil des angrenzenden Belgisch-Luxemburg fallen wegen der höheren Amplitude (Clervaux: 16,6°; Virton: 16,3° und Luxemburg: 17,1° C) in den Bereich des Subozeanischen Typs (III, 3) mit Amplituden von 16—25° C und kälteren Wintern (bis — 3° C).

Nicht eigentlich auf dem Wege einer Klimaklassifikation, wohl aber mit einem ebenfalls weltweit anwendbaren Kriterium, nämlich der täglichen Temperaturschwankung, gelingt es, die zunehmende Kontinentalität noch schärfer herauszuarbeiten. Das hat PAFFEN (1966) unternommen. Es muß betont werden, daß hier die aperiodische, tägliche Temperaturschwankung gemeint ist. Das bedeutet: es werden an einer Station zu wechselnden Stunden des Tages die wahren Maxima- und Minimatemperaturen registriert und aus einer langjährigen Beobachtungsreihe dann sukzessive die Amplituden des einzelnen Tages, die der Monate und schließlich die des Jahres gemittelt. Tabelle 5 enthält diese aperiodische Tagesschwankung der Temperatur für die einzelnen Monate und für das Jahr; PAFFEN benutzt als Klimacharakteristikum und für seine globale Differenzierung nur das Jahresmittel der aperiodischen täglichen Temperaturschwankung. (Die periodische Tagesschwankung kann dagegen nur aus allen monatlichen Stundenmitteln berechnet werden, sie ist geringer als die aperiodische Tagesschwankung.) Wie nun bereits Tabelle 5 erkennen läßt, kommt der Tagesschwankung für eine Klimaklassifikation, die den Wandel von Ozeanität zu Kontinentalität erfassen will, tatsächlich eine beträchtliche Bedeutung zu, insofern als parallel zur Nordseeküste die Linien gleicher Tagesschwankung verlaufen, im Hochgebiet der Ardennen aber wieder niedrigere Werte angenommen werden (›Maritimität‹ der nordwesteuropäischen Mittelgebirge). Die aperiodische tägliche Temperaturschwankung reagiert also sehr fein auf den peripher-zentralen und auch auf den hypsometrischen Wandel. Das wird am besten dadurch bewiesen, daß die von PAFFEN entwickelte Weltkarte trotz eines Maßstabes von 1 : 45 Mill. für den Raum der Beneluxländer noch eine deutliche Differenzierung sowohl nach dem Küstenabstand als auch durch die Abgrenzung des Berglandklimas erkennen läßt. Die lange Zeit hindurch aufgestellte Behauptung, die Tagesschwankung werde durch lokale Einflüsse so stark abgewandelt, daß sie als räumlich regelhaftes Klimamoment nutzlos sei, ist damit widerlegt. Im Gegenteil: die Abstufungen in der euatlantischen und der Übergang zur subatlantischen Region treten klar hervor.

2.5. Grundzüge der Biogeographie

2.5.1. *Die pflanzengeographischen Distrikte*

Das Bild der Vegetationsdecke, so wie es sich heute dem Beobachter darbietet, ist das Ergebnis einer Entwicklung, zu deren Verständnis man wenigstens bis in das Jungpleistozän zurückschauen muß, deren entscheidende Stadien aber danach vom wirtschaftenden Menschen bestimmt worden sind. — Beim Höchststand der Saalevereisung war der nördliche Teil der Beneluxländer ohne pflanzliches Leben und mußte nach dem Rückzug des Eises erst wieder neu von Florenelementen erobert werden. Aber auch auf dem Höhepunkt der Würmkaltzeit, wenngleich die Gletscher das Gebiet nicht erreichten, war die Vegetationsdecke karg. Die Niederlande und Niederbelgien sowie die höheren Teile des Berglandes gehörten zur Zone der Frostschutttundra, in Mittelbelgien erstreckte sich die Lößtundra. Moorsteinbrech *(Saxifraga hirculus),* Wollgras *(Eriophorum vaginatum)* und Krähenbeere *(Empetrum nigrum)* sind glaziale Reliktpflanzen, die südwärts bis in das Kempenland und in den Ardennen verbreitet sind. Zunächst im Spätglazial durch den Kälterückschlag der Dryaszeit noch einmal unterbrochen, erfolgte dann im Postglazial seit dem Präboreal die stetige, etappenweise Wiederbewaldung und Wiederbesiedlung mit Pflanzen überhaupt sowie die Moorbildung. Von den Moorflächen und dem Küstenstreifen in seiner damaligen Konfiguration abgesehen, müssen wir uns unseren Raum im jüngeren Abschnitt der mittleren Wärmezeit am Anfang des Neolithikums — also um 3000 v. Chr. — als ein mit Eichenmischwald bedecktes Areal vorstellen. Um diese Zeit hat wahrscheinlich auch ein verstärktes Vordringen submediterraner Arten in den Nordwesten Europas stattgefunden, weil die Wintertemperaturen milder und die Sommertemperaturen höher geworden waren. Wichtige Leitlinien für diese Einwanderung bildeten die Flußauen, weil dort der Waldbestand aufgelichtet war, was den Ansprüchen der südichen Florenelemente entgegenkam. Die Einwanderung der Buche in die höheren Mittelgebirgslagen beginnt erst in der späten Wärmezeit (Subboreal). Mit dem Beginn der Seßhaftigkeit größerer menschlicher Gruppen und den Anfängen von Ackerbau und Viehzucht im Neolithikum setzt in den am frühesten besiedelten Räumen die Waldentblößung ein, also eine Entwicklung, die — ständig fortschreitend und in mehrfachen Rodeperioden verstärkt — am Ende das gegenwärtige Verhältnis von Wald und Offenland geschaffen hat. Hinzu kommt die völlige Umgestaltung der Vegetation in den Flach- und Hochmoorgebieten. Aber nicht nur im Offenland ist die natürliche Vegetation als geschlossene Decke durch den Anbau von Kulturpflanzen und durch die Grünlandwirtschaft bis auf wenige geschützte oder unkultivierte Standorte verdrängt. Auch die Artenzusammensetzung der Wälder hat der Mensch

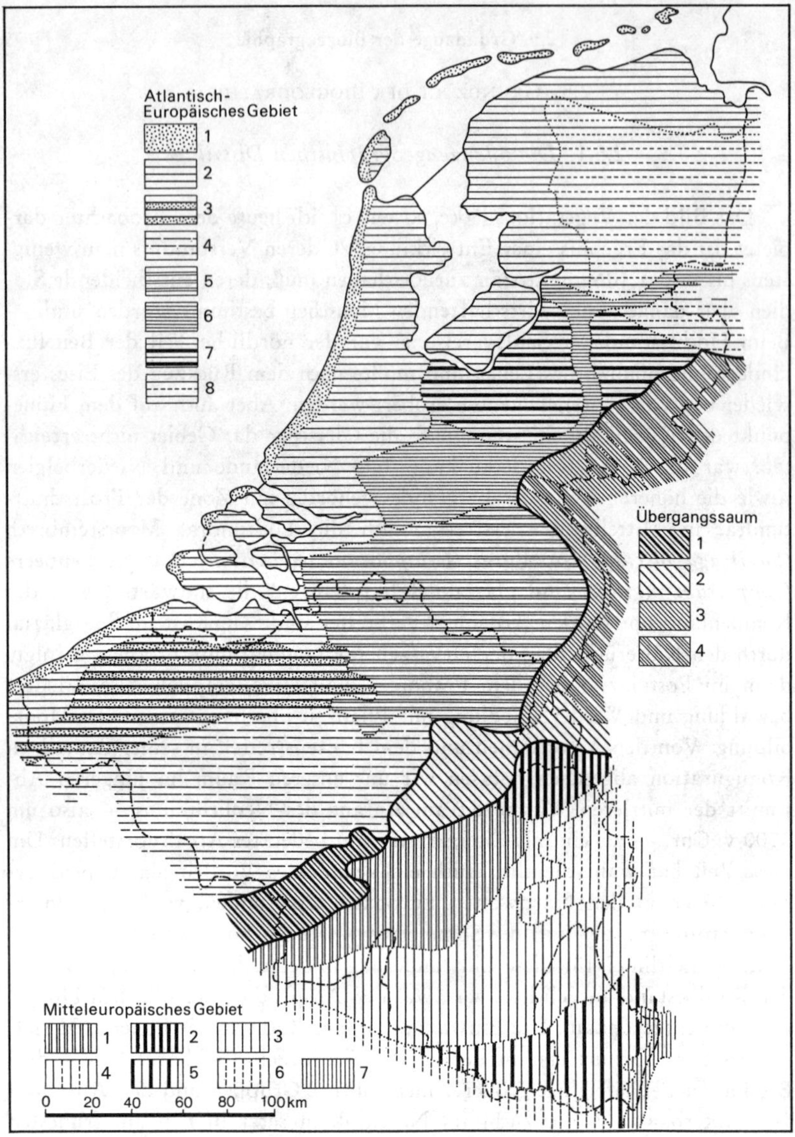

Abb. 15: Die pflanzengeographischen Distrikte (nach VAN SOEST, 1928; SCHMITHÜSEN, 1940; Atlas de Belgique).

Atlantisch-Europäisches Gebiet: 1 Dünendistrikt, 2 Polderdistrikt, 3 Flandrischer Distrikt, 4 Picardisch-Brabantischer Distrikt, 5 Kempischer Distrikt, 6 Ijssel-Betuwe-Distrikt, 7 Gelderscher Distrikt, 8 Drenthischer Distrikt. — Übergangssaum: 1 Sambre-Distrikt, 2 Haspengau-Distrikt, 3 Maas-Rheintal-Distrikt, 4 Submitteleuropäischer Distrikt. — Mitteleuropäisches Gebiet: 1 Mittelmaas-Distrikt, 2 Herver Distrikt, 3 Ardennen-Distrikt, 4 Hochardennen-Distrikt, 5 Luxemburger Distrikt, 6 Lothringischer Distrikt, 7 Mosel-Distrikt.

stark verändert, desgleichen die Wuchsform — durch die Niederwaldwirtschaft. Während man für das Mittelalter noch im gesamten Raum der Beneluxländer reine Laubholzbestände annehmen kann, hat sich heute das Verhältnis gründlich zu Gunsten der Nadelbäume verschoben. Die Fichte *(Picea excelsa)*, die vielfach in den Ardennen bestandsbildend ist, wurde von der Forstwirtschaft dort eingeführt, sie hat hier keinen natürlichen Standort. Die Kiefernbestände *(Pinus silvestris)* im Kempenland sind ebensowenig zur natürlichen Vegetation zu rechnen wie eine aus Amerika eingeführte, weit verbreitete Pappelart *(Populus euramericana)*.

Dies alles vorausgesetzt, kann eine pflanzengeographische Differenzierung auf verschiedene Art und Weise vorgenommen werden. Eine Möglichkeit besteht darin, von den Arealen typischer Florenelemente auszugehen. Damit ist gemeint, daß diese Areale typisch im ökologischen Sinn sind und die Eigenart der nach relief-, boden-, hydro- und klimageographischen Faktoren sich herausschälenden Räume unterstreichen helfen. Für eine solche Fragestellung nützen also die Ubiquisten nichts, Pflanzen, die relativ unabhängig von ökologischen Bedingungen weit verbreitet sind. Wohl aber erweisen sich diejenigen Florenelemente als hilfreich, deren Vorkommen durch ihre Standortsansprüche eingeschränkt wird. Um hier nur einige Beispiele zu nennen: das Sandveilchen *(Viola rupestris)* kommt nur in den Dünen vor. Alpenbärlapp *(Lycopodium alpinum)* findet man lediglich in den Hochardennen, einige Orchideen wachsen allein im Tal von Mosel und Sauer. Natürlich spielt auch die Häufigkeit des Vorkommens im Kern eines Areals und das Seltenerwerden einer Pflanze mit zunehmender Entfernung von diesem Kern eine Rolle. Typisch für den Picardisch-Brabantischen Distrikt ist das Hasenglöckchen *(Scilla nonscripta)*; der Rankende Lerchensporn *(Corydalis claviculata)* hat sein Hauptareal im Flandrisch-Kempischen Distrikt. Galmeipflanzen sind an das kleine Gebiet in Südlimburg und im Herver Land gebunden. Während die Aussonderung des Dünen- und Polderdistriktes sofort einleuchtet — gemeinsam sind beiden die Halophyten, differenzierend wirkt die Bodenart —, mag die Gliederung der vorwiegend von diluvialen Ablagerungen geprägten Räume in drei Distrikte (Kempen, Gelderland und Drenthe) zunächst überraschen. Aber auch hier gibt es neben vielen gemeinsamen Arten wie etwa der *Calluna vulgaris* auch charakteristische Unterschiede. Das Sumpfherzblatt *(Parnassia palustris)* ist z. B. in Kempen und in der Drenthe selten, aber weit verbreitet im Gelderschen Distrikt. Arnika *(A. montana)* kommt in der Drenthe und im Gelderland vor, in Kempen nur ganz vereinzelt. Basierend auf derartigen Arealuntersuchungen ist die Karte der pflanzengeographischen Distrikte (vgl. Abb. 15) entworfen worden.

Einen prinzipiell anderen Weg eröffnet die pflanzensoziologische Betrachtung. Hier wird, ebenfalls von den Standortbedingungen ausgehend, gefragt, welche Schlußgesellschaft (Klimaxvegetation) am Ende einer Sukzessionsserie steht, meist unter Zusammenfassung von Kraut-, Strauch- und Baumschicht. Diese Klimaxvegetation gilt als potentielle natürliche Vegetation, wenn sie wegen der Eingriffe des Menschen real nicht oder nicht mehr vorkommt. Auf wichtige Pflanzengesellschaften dieser Art wird bei der Beschreibung der naturräumlichen Einheiten hingewiesen.

In geosphärischer Dimension betrachtet, gehört die Flora der Beneluxländer zum holarktischen Reich und darin zur eurosibirischen Region. Auf der folgenden Stufe der Untergliederung zeigt sich aber, daß innerhalb dieser eurosibirischen Region die Grenze zwischen dem atlantisch-europäischen und dem eigentlichen mitteleuropäischen Florengebiet mitten durch unseren Raum verläuft, und zwar im Zuge des westbaltisch-burgundischen Grenzsaumes. Das atlantische Florengebiet reicht von Portugal bis nach Südnorwegen; für unseren Raum ist es mit einem 120 bis 150 km breiten Streifen in küstenparalleler Ausprägung bestimmend (Abb. 15). Die Ozeanität des Klimas, die starke Bodenauswaschung und die Podsolierung aller ärmeren Böden sind allgemeine Standortkennzeichen. Charakteristische Florenelemente im extrem atlantischen (euatlantischen) Bereich sind immergrüne Arten wie Stechpalme *(Ilex aquifolium)*, Efeu *(Hedera helix)*, Gagelstrauch *(Gale palustris)*, Englischer Ginster *(Genista anglica)*; ferner die Glockenheide *(Erica tetralix)*. Im gemäßigt atlantischen (subatlantischen) Bereich, also in größerer Entfernung von der Küste, kommen Besenginster *(Sarothamnus scoparius)*, Behaarter Ginster *(Genista pilosa)*, Heidekraut *(Calluna vulgaris)*, Waldläusekraut *(Pedicularis silvatica)*, Schmiele *(Aira praecox)* und Geißblatt *(Lonicera periclymenum)* als Charakterarten vor.

Diese Florenelemente enden nun aber nicht an einer scharfen Grenze und nicht einmal in dem Übergangssaum. Bis auf den Gagelstrauch kommen die genannten euatlantischen Arten sogar noch in Luxemburg vor. Die Karte gibt also nur Dominanzen samt abnehmender oder zunehmender Häufigkeit an; denn das für die atlantischen Florenelemente Gesagte gilt umgekehrt auch für die mitteleuropäischen, die hier nicht alle aufgezählt werden sollen. Neben der horizontalen Durchdringung der Areale in Nordwest–Südost-Richtung (oder umgekehrt) ist hervorzuheben, daß mit zunehmender Höhe, also vor allem im Ardennendistrikt, und hier wieder vornehmlich auf der Luvseite, die atlantischen Elemente wachsende Bedeutung besitzen, obwohl der Raum zum mitteleuropäischen Gebiet gezählt wird. Damit nicht genug, es machen sich auch Einflüsse aus benachbarten floristischen Gebieten bemerkbar. Von Süden her lassen sich Ausläufer der mediterranen Flora und von Südosten her sogar solche der pontischen Flora nachweisen. Das gilt vor allem für den Luxemburger, den Lothringischen und den Moseldistrikt, aber auch noch für die Mittelmaaslande und sogar für das Maas–Rhein-Tal im Übergangssaum. Edelgamander *(Teucrium chamaedrys)*, ein submediterranes Element, ist sowohl in Luxemburg wie auf den Kalkböden des Ardennenvorlandes verbreitet. Für die dem pontischen Gebiet zuzurechnende Küchenschelle *(Pulsatilla vulgaris)* gilt gleiches. Mannstreu *(Eryngium campestre)*, ebenfalls eine mediterran-pontische Pflanze, kommt weit nach Norden bis in dem Polderdistrikt und in den Flußtälern vor. Manche südlichen Xerophyten finden auch auf den Dünen noch zusagende ökologische Bedingungen. Schließlich greifen auch aus dem in Skandinavien nördlich an das atlantische und mitteleuropäische Gebiet anschließenden borealen Florengebiet einzelne Elemente bis in den Kempischen Distrikt vor, z. B. zahlreiche nördliche Flach- und Zwischenmoorpflanzen. Im Ardennendistrikt sind Rauschbeere *(Vaccinium uliginosum)* und Preisselbeere *(V. vitis-idaea)* heimisch, obwohl eigentlich ebenfalls boreal. So sind die pflanzengeographischen Räume getreue Spiegelbilder der edaphisch-klimatischen Bedingungen der Beneluxländer. Sie tragen dem atlantisch-mitteleuropäischen Wandel der Pflanzenwelt ebenso Rechnung wie dem Einfluß der Höhenstufung und der Exposition. Und schließlich läßt sich auch das Vorkommen borealer Pflanzen einerseits und mediterran-pontischer Arten andererseits in diesen Rahmen einpassen.

2.5.2. *Die freilebende Tierwelt*

Tiergeographische Darstellungen, noch dazu für kleine und vom Menschen fast bis in den letzten Winkel zur Kulturlandschaft umgestaltete Räume, sind immer ein wenig problematisch. Da ist zunächst die Frage der Artenkenntnis. Dem zoologisch nicht geschulten Beobachter fallen in der Natur aus dem unübersehbaren Reich der Tiere meist nur die Angehörigen des Unterstammes der Wirbeltiere auf, hier wieder in erster Linie die Säugetiere und Vögel. Die drei übrigen Klassen — Kriechtiere, Lurche und Fische — erfahren schon weniger Beachtung; aus anderen Stämmen rücken allenfalls noch die Insekten und an den Küsten und Flußmündungen die Krebse in das Beobachtungsfeld. Für die Lebensgemeinschaften oder Biozönosen kleiner naturräumlicher Einheiten sind aber oft gerade die niederen Tiere am typischsten. Das gilt uneingeschränkt für die Gesamtheit der Bodenorganismen (Edaphon) eines Ökotops. Derart spezielle Sachverhalte können im Rahmen einer Länderkunde nicht behandelt werden. — Die Problematik des faunistischen Anteils an den Biozönosen läßt sich auch aus anderer Sicht formulieren. Die anthropogenen Zerstörungen und Veränderungen der Pflanzenwelt haben die natürliche Vegetation als geschlossene Decke verschwinden lassen. In den kleinen, verbliebenen Relikten sind die typischen Florenelemente aber immer noch nachzuweisen. Für das Vorkommen der bekannteren, größeren Tierarten sind diese Standorte jedoch zu klein, so daß die Verarmung der Fauna noch weit fortgeschrittener ist als die der Flora. Nur in geschützten und weiträumigen, der Lebensweise voll entsprechenden Arealen haben daher auch die Wiedereinbürgerungsversuche ausgestorbener Arten Aussicht auf Erfolg.

In größeren zeitlichen Dimensionen gesehen ist die Verarmung der Biosphäre des europäischen Mittelgürtels innerhalb des holarktischen Reiches der Alten Welt freilich nicht nur dem Einfluß des Menschen zuzuschreiben. Die Klimaschwankungen des Pleistozän hatten bereits eine beträchtliche Reduzierung der reichen Lebewelt des Jungtertiärs zur Folge. So wie die Tundra zeitweilig unser Gebiet überzogen hatte, stieß auch die Kaltfauna vor. Gemse *(Rupicapra rupicapra)* und Alpenmurmeltier *(Marmota marmota)* waren während der Würmkaltzeit in den Ardennen heimisch. Im Gegensatz zu vielen borealen und alpinen Reliktpflanzen ist aber die Kaltfauna wieder völlig verschwunden. Dafür wuchs dann aber im Postglazial, und zwar schon in der frühen Wärmezeit, im mitteleuropäischen Waldland der Reichtum an großen Säugetieren beträchtlich: Elch, Reh und Hirsch; Auerochse, Braunbär und Wolf; Fuchs, Luchs und Wildkatze; Wildschwein, Dachs und Biber belebten die Urlandschaft. Jedoch schon im Neolithikum begann die Reduzierung dieser Bestände durch den Jäger. Vor allem das Raubwild wurde angegriffen. In dem Maße aber, in dem die Raubtiere verschwanden, verloren Reh, Hirsch und Wildschwein ihre natürlichen Feinde und nahmen überhand. Das biologische Gleichgewicht war gestört, und wenn die Grundherren in ihren Jagdgebieten starke Bestände hegten, waren die Schäden im Wald durch Verbiß kaum geringer als in den Bauernwäldern durch Waldweide und Niederwaldwirtschaft. In den Ardennen hält sich heute nur durch den Eingriff des Jägers der Bestand an Rehwild und Schwarzwild in erträglichen Grenzen. Andererseits schuf die Ausdehnung von Offenland erst die Voraussetzungen für die Verbreitung von Hasen und Kaninchen. Auch die Einwanderung von Nagetieren (Hamster, Mäuse und Wühlmäuse) aus den östlichen Steppenregionen wurde durch den steigenden Anteil des Ackerlandes begünstigt, ebenso wie die Ausbreitung vieler Vogelarten, von denen nur der Feldsperling und die Feldlerche als Beispiele genannt seien. In den Fichtenforsten dagegen ging das Vorkommen der Höhlenbrüter zurück. Andere Arten, wie Kreuzschnabel, Tannenmeise, Goldhähnchen und Zeisig, nahmen zu. Die Monokulturen förderten auch den Befall durch Schadinsekten.

Diese wenigen Anmerkungen sind nicht ohne Grund in einer allgemeinen, für ganz West- und Mitteleuropa gültigen Form gemacht worden. Bei der Betrachtung der Fauna des holarktischen Reiches wird zonal differenziert, und zwar für Europa in das nördliche, arktische Gebiet, den Mittelgürtel des nördlichen Waldgebietes und das Mittelmeergebiet. Während aber bei den Florenelementen das Vorkommen borealer wie mediterraner Arten in bestimmten Distrikten der Beneluxländer ökologisch aufschlußreich ist, kann man das Auftreten von charakteristischen Tierarten aus den zonal benachbarten Gebieten in unserm Raum nur selten beobachten, die Erscheinungen des Vogelzuges einmal ausgenommen. Vor allem aber ist von der Fauna her nicht die Möglichkeit gegeben, die Wandlung der Naturräume vom euatlantischen Bereich zum subkontinentalen Areal zu belegen. Es gibt kein faunistisches Pendant zur *Erica tetralix*. Anders ausgedrückt: man kann innerhalb der Beneluxländer zwar die Lebensräume von Tieren entsprechend den Ansprüchen an die Biotope abgrenzen, aber diese Areale sind nicht typisch für den atlantischen Nordwesten. Daher soll nur an einigen Beispielen die Verbreitung von Tierarten geschildert werden, die teils allgemein bekannt, teils aber auch recht selten sind, immer jedoch Regelhaftigkeiten der Arealgestaltung von ihren Ansprüchen an den Lebensraum her unterliegen.

Aus der Reihe der großen Säugetiere sei an erster Stelle das Reh *(Capreolus capreolus)* genannt. Es bevorzugt lichte Wälder und braucht vor allem Unterholz als Deckung. Wenn eine Landschaft daher mit kleineren, aber dichten Gehölzen durchsetzt ist, kommen Rehe auch durchaus in das Offenland und nah an menschliche Siedlungen heran. Die zentralen Teile der Niederlande und die Wälder südlich von Sambre und Maas sind die wichtigsten Verbreitungsgebiete, ferner das Kempenland beiderseits der Grenze. Offene, weite Ebenen, in denen höchstens Baumstreifen als Windschutz stehen, werden dagegen gemieden (Flandern, Seeland, Holland und Friesland). Weit stärker eingeschränkt auf große Waldgebiete ist das Vorkommen des Hirsches *(Cervus elephas)*, der freilebend nur selten in der Veluwe, häufiger in den abgelegenen Teilen der Ardennen und des Ösling beobachtet werden kann. Das Wildschwein *(Sus scrofa)* ist in freier Wildbahn in den Niederlanden fast ausgestorben, kommt aber im Waldgebirge noch häufig vor. Zu einem scheuen Waldtier ist es erst durch die starke Bejagung geworden. In Mischwäldern mit reicher Kraut- und Strauchschicht findet es genügend Nahrung und richtet dann im angrenzenden Offenland auch weniger Schäden an.

Nur sehr selten, beschränkt auf die südlichen Ardennen, bekommt man die Wildkatze *(Felis sylvestris)* zu Gesicht. Tagsüber sind verlassene Fuchs- oder Dachsbauten sowie Felshöhlen beliebte Schlupfwinkel dieses Dämmerungs- und Nachttieres. Etwas ausgedehnter im Waldland der Mittelgebirge, bis an den Rand des Condroz verbreitet, lebt der Baummarder *(Martes martes)*, er kommt aber auch in den Niederlanden in größeren Waldungen auf Diluvialböden vor. Je urwüchsiger der Wald, um so lieber ist es dem Tier, das gern hohle Bäume oder verlassene Krähen- und Raubvogelnester als Lager wählt. Neben diesen Landraubtieren muß der Seehund *(Phoca vitulina)* genannt werden, der als Nachttier den größten Teil des Tages ruhend auf den Sandplaten des Nordseestrandes verbringt, oft in größeren Gruppen.

Bei den Nagetieren verdienen neben den vielen hier nicht aufzuzählenden und ubiquitär verbreiteten Arten zwei Vertreter besondere Erwähnung, deren Areale sehr klar begrenzt sind. Das ist einmal der Hamster *(Cricetus*

cricetus), der seine bis zu 2 m tiefen, weitverzweigten Bauten nur in mächtigen Lockerböden mit niedrigem Grundwasserstand graben kann. So ist die mittelbelgische Lößbörde sein Lebensraum. Im südlichsten Teil der belgischen Provinz Luxemburg kommt der Siebenschläfer *(Glis glis)* vor, der sehr ortstreu ist; in seiner Lebensweise gibt er den Zoologen noch Rätsel auf.

Viele Vogelarten, ob es sich nun um Wassergeflügel und Möwen an der Küste und auf den Binnenseen handelt oder um Greifvögel, um Spechte oder um die Vielzahl der Familien aus der Ordnung der Sperlingsvögel, sie alle sind oft recht unterschiedslos verbreitet, die einen seltener, die anderen häufiger zu beobachten. Der Wiedehopf *(Upupa epops)* liefert jedoch das Beispiel für eine Art mit klarer Arealbegrenzung, die etwas nordwärts der Maas–Sambre-Furche verläuft. Der Vogel bevorzugt als Lebensraum gern Waldränder mit anschließendem Acker- und Weideland, auch Parklandschaften, meidet aber größere Waldungen und ist daher im südlichen Teil der Beneluxländer nicht anzutreffen. Umgekehrt bevorzugt der Waldbaumläufer *(Certhia familiaris)* dichte Nadelwaldungen und tritt nur in den südöstlichen Ardennen und im Ösling auf.

Bei den Kriechtieren ist die Mauereidechse *(Lacerta muralis)* eine der wenigen mediterranen Arten, die weiter nach Norden hin verbreitet vorkommt, wenn ihre Ansprüche an den Biotop erfüllt werden: trockene, warme Böden auf sonnigen Hängen oder Heideflächen. Wir finden sie im Gutland, im Mosel- und Sauertal, aber auch im Condroz und sogar noch im südlichen Limburg. Unter den Insekten sei schließlich noch ein Schmetterling, der Moorgelbling *(Colias palaeno)* hervorgehoben, der als Bewohner von Hochmooren in Mittelgebirgslagen in den Beneluxländern nur auf dem Hohen Venn beobachtet werden kann.

Der ehemalige Fischreichtum der Binnengewässer ist durch die Wasserverschmutzung stark beeinträchtigt worden, vor allem in den größeren Flüssen. So ist der Salm *(Salmo salar)* aus Rhein und Maas so gut wie verschwunden. In den rasch fließenden, kalten und sauerstoffreichen Bächen der Ardennen und des Ösling steht die Bachforelle *(Salmo trutta fario)*. Strände und Watten sind die Lebensräume der Krebstiere. Flußkrebse und eine aus Südeuropa eingewanderte Süßwassergarnele *(Atyaephyra desmaresti)* finden sich aber auch weit flußaufwärts im Binnenland.

2.6. Die naturräumlichen Einheiten

2.6.1. *Gliederungsprinzipien*

Ziel der naturräumlichen Gliederung ist es, die Leitlinien einer analytisch gewonnenen Differenzierung nach den physischen Geofaktoren für eine räumliche Synthese wieder nutzbar zu machen. Die naturräumlichen Einheiten sind zugleich die Basis für ein vertieftes Verständnis der Kulturlandschaft und ihrer Genese. Sei es, daß die anthropogene Prägung der Regionen unter starker Abhängigkeit von den physiogeographischen Faktoren und in enger Wechselbeziehung mit ihnen verlief und so die naturräumlichen Grenzen noch stärker betont werden, sei es aber auch, daß quasinatürliche Einheiten überhaupt erst durch das Wirken des Menschen geschaffen wurden. Diese Möglichkeit muß gerade in einem Raum wie den Beneluxländern einbezogen werden, wenn die naturräumliche Gliederung nicht die bloße Fiktion einer imaginären Naturlandschaft schaffen soll.

Wesentlich bei dem gesamten Gliederungsmodus ist die Notwendigkeit, Abstufungen in der räumlichen Dimension vorzunehmen. Dabei erweist es sich als unvermeidlich, daß auch subjektive Bewertungen des einzelnen Bearbeiters in die Darstellung eingehen. Am wenigsten ist das noch der Fall bei der Grundeinheit jeder naturräumlichen Gliederung, dem Ökotop. Er ist hinsichtlich seiner physiogeographischen Standortbedingungen derart homogen, daß schon auf den Wechsel scheinbar unauffällig ausgeprägter Geofaktoren hin bestimmte Zeigerpflanzen der Assoziationen von Pflanzengesellschaften sofort reagieren und daher verschiedene Bearbeiter aufgrund pflanzensoziologischer Kartierungen bei der Abgrenzung von Ökotopen weitgehend zu den gleichen Ergebnissen kommen. ZONNEVELD (1960) hat das am Beispiel des Biesbosches verdeutlicht. Aufnahmen des Ökotopgefüges stehen aber nun flächendeckend für ganze Länder natürlich nicht zur Verfügung, wenngleich typische Beispiele bekannt sind: etwa die Ökotopketten von den Dünen abwärts bis in das Watt, von den trockenen Geestrücken hinunter in die Anmoorniederungen der Flüsse, oder die Catena eines Mittelgebirgshanges. Aber selbst vorausgesetzt, es läge für die Beneluxländer eine lückenlose, großmaßstäbliche Ökotopkartierung vor, so wäre dennoch das Problem ungelöst, welche Gefügemuster zur naturräumlichen Einheit der nächsthöheren Stufe zusammengefaßt werden sollen und welche Gruppierungen der so gewonnenen Areale dann abermals in einem größeren Verband vorzunehmen wären. Dieser Weg nach dem aufsteigenden, immer weiter integrierenden Prinzip verbietet sich aber ohnehin, weil die notwendige Ausgangsbasis nicht gegeben ist. Für die Praxis völlig ausreichend ist die umgekehrte Methode, das absteigende oder differenzierende Prinzip, bei dem man von wenigen Haupteinheiten ausgeht und diese nach dominanten Geofaktoren weiter aufgliedert, wobei eben in der Bewertung der Dominanz auch der Spielraum des Bearbeiters liegt. — So werden in der hier vorgelegten naturräumlichen Gliederung der Beneluxländer die Grenzziehungen anderer Autoren für Teilgebiete nicht immer übernommen (vgl. z. B. KEUNING, 1956, S. 23; BIRKENHAUER, 1966, S. 99; SCHMITHÜSEN, 1940, S. 111). Methodisch ist der Versuch angelehnt an die naturräumliche Gliederung

Deutschlands von MEYNEN/SCHMITHÜSEN (1953 ff.). Eine Verbindung nach dort sowie eine Ausweitung nach Frankreich ist möglich.

Die vier naturräumlichen Haupteinheiten wurden allein entsprechend ihrer Höhenlage ausgesondert (vgl. Abb. 16):

1 Küstenland
2 Tiefland
3 Unterland (colline Stufe)
4 Oberland (montane Stufe).

Die Unterscheidung in Tiefland, Unterland und Oberland folgt MÜLLER-WILLE (1952), der im westfälisch-nordwestdeutschen Raum ihre Brauchbarkeit erwiesen hat, so daß sich auch hier zwanglose Verbindungsmöglichkeiten ergeben. Die tiefländische Stufe erstreckt sich weitgehend unterhalb von 50 m, schließt aber die Depressionsgebiete voll aus. Nur vereinzelt in der Veluwe, im Utrechtschen Heuvelrug und in den ostniederländischen Gebieten der grenznahen Stauchmoränen gibt es im Tiefland größere Erhebungen. Im Süden verzahnt sich die tiefländische Stufe längs der Flüsse Dender, Zenne, Dijle und Gete mit dem Unterland, die Grenzziehung weicht hier aus morphologischen und edaphischen Gründen geringfügig von der Hypsometrie ab und stellt die Flußtäler zum Unterland. Andererseits reicht das Tiefland nach dem Entwurf der Abb. 16 bis zur Schwelle von Artois, auch wenn das tertiäre Hügelland hier teilweise die 50-m-Isohypse überschreitet.

Die Notwendigkeit, vom Tiefland als eine weitere hypsometrische Haupteinheit die Depressionsgebiete abzutrennen, liegt allein schon von den dort herrschenden hydrogeographischen Bedingungen her auf der Hand. Das Küstenland wurde aber dergestalt erweitert und abgegrenzt, daß alle alluvialen Marschen und Polder (auch wenn sie sich über NN erheben) ebenso wie die Dünenketten eingeschlossen sind.

Die unterländische, colline Stufe erstreckt sich im allgemeinen zwischen 50 und 300 m. Auch hier ergeben sich recht klare Grenzführungen, wenn man davon absieht, daß im Bereich von Condroz und Famenne die oberländische Stufe inselhaft vorkommt. Andererseits greift im lothringisch-luxemburgischen Raum längs der Flußtäler die colline Stufe in das Oberland, das im übrigen jedoch von einem geschlossenen Areal oberhalb der 300-m-Isohypse repräsentiert wird. Die hochländische Stufe, die über 600 m hinausragt, von MÜLLER-WILLE im rechtsrheinischen Schiefergebirge, wo sie flächenhaft verbreitet ist, eigens betont, wurde wegen der geringen Ausdehnung in den Beneluxländern nicht als Haupteinheit klassifiziert. Sie tritt nur im Hohen Venn (Botrange und Baraque de Michel) sowie zwischen den Oberläufen von Ourthe und Amblève auf (Baraque de Fraiture).

Liegen also für die Abgrenzung der vier Einheiten erster Ordnung hypsometrische Kriterien und damit auch Hinweise auf die Reliefenergie zugrunde, so folgen wir bei der Ermittlung der naturräumlichen Einheiten zweiter und dritter Ordnung geologischen, edaphischen und klimatischen Leitlinien. Daß dabei dann auch von der Standortqualität her einheitliche Areale der Biosphäre resultieren, zeigt ein Vergleich der Naturräume mit den pflanzengeographischen Distrikten (Abb. 15).

Im Küstenland ist die Unterteilung in Dünenketten (11), Wattenmeer (12) und Ijsselmeer (13) zwingend vorgeschrieben. Die weitere Gliederung des Depressionsraumes (14) in Einheiten dritter Ordnung liefert:

141 Delta
142 Flußmarsch
143 Holländische Marschen und Moore
144 Polderland
145 Friesische Marsch
146 Friesische Randmoore.

Das Küstenland liegt voll im euatlantischen Streifen. Kein Punkt ist weiter als 60 km von den Wasserflächen der Nordsee, des Ijsselmeeres oder des Deltas entfernt. Gerade das Beispiel des Küstenlandes zeigt übrigens, daß der Anspruch der naturräumlichen Gliederung nicht mit dem Ausschluß jeder anthropogenen Gestaltung auftreten darf, der wir hier auf Schritt und Tritt begegnen. Diese Erkenntnis verstärkt sich, wenn man die Naturräume dritter Ordnung noch weiter untergliedert, was kartographisch hier nicht geschieht. Einheiten, die dabei nach ihrem Ökotopgefüge und Naturhaushalt abzugrenzen sind, verdanken ihre Eigenart anthropogenen Eingriffen. Beispiele sind die unterschiedlich alten und damit edaphisch differenzierbaren Polder im Delta (141), der Biesbosch am Ausgang der Flußmarsch (142), die Plassenlandschaft innerhalb der Moore (143), die bodengeographischen Unterschiede der jüngeren Polder (144), die die wechselnden Bodenarten auf dem ehemaligen Zuiderseegrund widerspiegeln, oder das eingedämmte Areal der Lauwerszee in Friesland (145).

Im Tiefland trennt die Stromaue der Rheinarme und der Ijssel (21) die nördliche Geest (22) von den südlichen Decksand- und Schotterplatten (23) — glaziale Bildungen der Saalekaltzeit dort und periglaziale Erscheinungen hier. Das Lößplateau des Tieflandes (24), von Bodenart und Bodentyp her klar abgesetzt, trägt Übergangscharakter einerseits zur Picardie hin, andererseits zum Hennegau und nach Brabant und damit zur unterländischen Börde. Die Einheiten dritter Ordnung, die der nördlichen Geest zugerechnet werden, sind:

221 Drenthe
222 Bourtanger Moor
223 Mittelniederländische Stauchmoränen
224 Salland und Twente
225 Reichswald.

Reliefformen und Bodenarten sind die wichtigsten Trennmerkmale. Die Unterscheidung von

1 Das Küstenland
- 11 Dünenketten
- 12 Watten
- 13 Ijsselmeer
- 14 Depressionen
  - 141 Delta
  - 142 Flußmarsch
  - 143 Holländische Marschen und Moore
  - 144 Polderland
  - 145 Friesische Marsch
  - 146 Friesische Randmoore

2 Das Tiefland
- 21 Stromaue
- 22 Nördliche Geest
  - 221 Drenthe
  - 222 Bourtanger Moor
  - 223 Mittelniederländische Stauchmoränen
  - 224 Salland und Twente
  - 225 Reichswald
- 23 Decksand- und Schotterplatten
  - 231 Maasland und Peel
  - 232 Nordbrabant und Kempenland
  - 233 Meetjes- und Waasland
- 24 Tiefländisches Lößplateau

3 Das Unterland
- 31 Unterländisches Glacis
  - 311 Westliches Lößplateau
  - 312 Hageland und Haspengau
  - 313 Südlimburg
  - 314 Kempenplateau
- 32 Vorardennen
  - 321 Herver Land
  - 322 Maas-Sambre-Saum
  - 323 Condroz
  - 324 Fagne und Famenne

4 Das Oberland
- 41 Ardennen
  - 411 Niederardennen
  - 412 Mittelardennen
  - 413 Hochardennen
  - 414 Ösling
- 42 Lothringisch-luxemburgisches Schichtstufenland
  - 421 Belgisches Juraland
  - 422 Gutland
  - 423 Sauer- und Moseltal

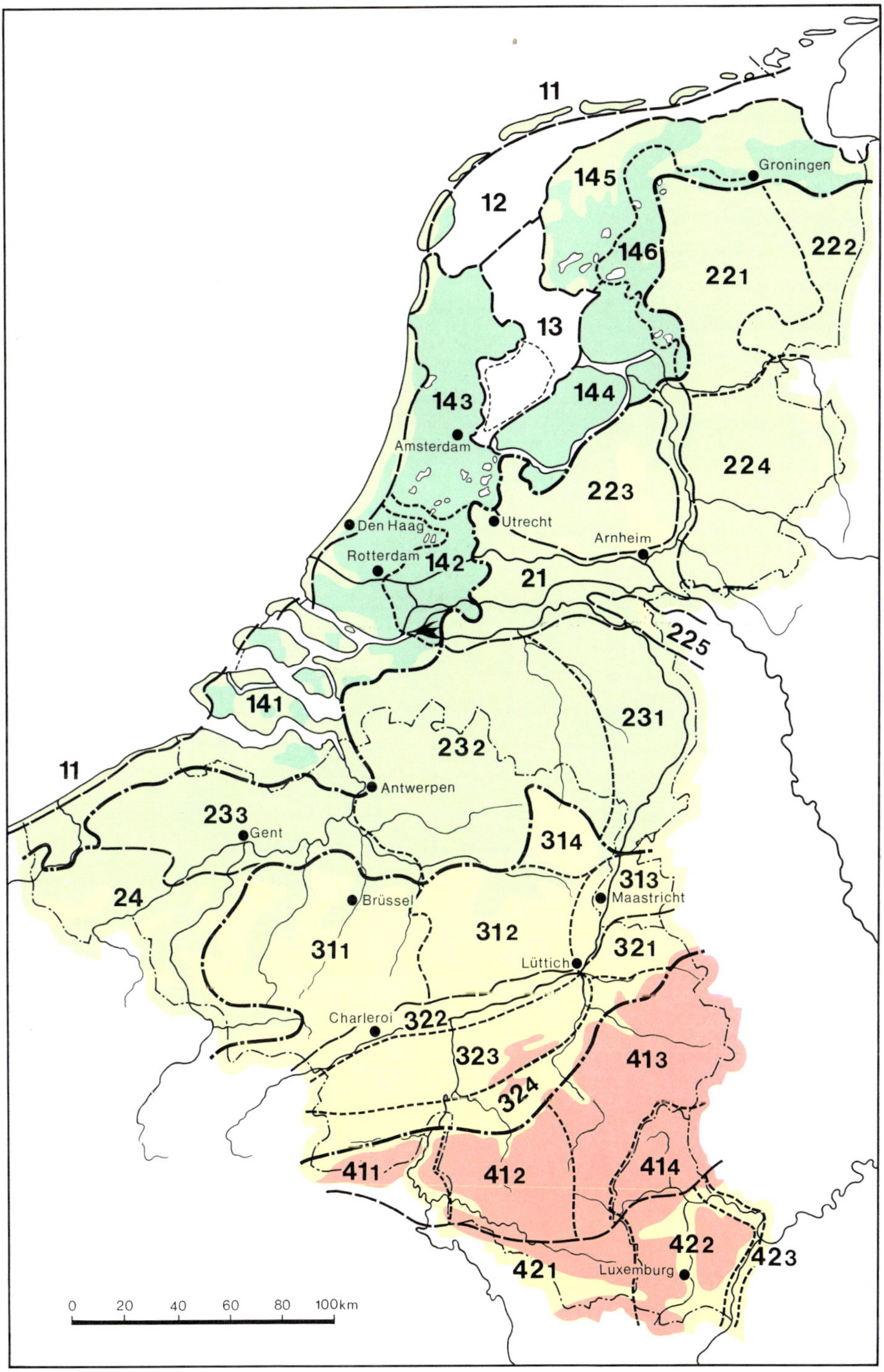

Abb. 16: Naturräumliche Gliederung der Beneluxländer.

231 Maasland und Peel
232 Nordbrabant und Kempenland
233 Meetjes- und Waasland

bei den Decksand- und Schotterplatten trägt der von Westen nach Osten abnehmenden Bodenfeuchtigkeit und dem zunehmenden kontinentalen Einfluß Rechnung.

Im Unterland wird das Glacis (31) dadurch gekennzeichnet, daß das paläozoische Gestein fast vollständig unter den mesozoischen und tertiären Deckschichten sowie den mächtigen Lößablagerungen verschwindet. Nur im Oberlauf von Haine, Dender, Zenne und Dijle ist der Sockel des Brabanter Massivs angeschnitten. Von den Untereinheiten

311 Westliches Lößplateau
312 Hageland und Haspengau
313 Südlimburg
314 Kempenplateau

nimmt vor allem Südlimburg edaphisch, klimatisch und pflanzengeographisch eine Sonderstellung ein. Die Vorardennen (32) werden gegliedert in:

321 Herver Land
322 Maas–Sambre-Saum
323 Condroz
324 Fagne und Famenne.

Das Oberland erfährt eine Zweiteilung in die Ardennen (41) und das lothringisch-luxemburgische Schichtstufenland (42). Die Grenze zwischen den beiden Naturräumen ist besonders markant. Im anstehenden Gestein tritt hier der Wechsel vom Paläozoikum zum Mesozoikum ein, desgleichen ändern sich die morphologischen Großformen und die Struktur der Verwitterungsböden. In klimatischer und pflanzengeographischer Sicht ist (42) im Lee des Ardennenblockes der kontinentalste Bereich innerhalb der Beneluxländer. Bei der Unterteilung der Ardennen in

411 Niederardennen
412 Mittelardennen
413 Hochardennen
414 Ösling

bilden die beiden letztgenannten Räume den Übergang zur Eifel. Das Schichtstufenland mit seinen Teilgebieten

421 Belgisches Juraland
422 Gutland
423 Sauer- und Moseltal

leitet über zum Pariser Becken und zum Hunsrück.

2.6.2. *Das Küstenland*

Ein Naturraum eigenartigster Prägung ist das Wattenmeer. Sein zwischen mittlerem Niedrigwasser und mittlerem Hochwasser gelegener Bereich, der täglich zweimal überflutet wird und bei Ebbe wieder trockenfällt, ist als schmaler, seewärtiger Saum der belgischen und niederländischen Dünenkette sowie den Westfriesischen Inseln vorgelagert, reicht in die seeländische Inselwelt hinein und bildet das große, zusammenhängende Areal der Wattensee (12). Wenn das Meer sich zurückzieht, läßt es den von zahllosen Prielen durchzogenen, grauen bis bläulich-schwarzen Wattenschlick zurück, ein an Feinsand, Ton und organischer Substanz reiches Material. Das Watt ist übersät mit Muscheln; der Fischersandwurm, verschiedene Schneckenarten und Krebse bilden eine reiche Fauna. Im offenen Watt, wo höhere Pflanzen noch fehlen, überzieht ein Teppich von Kieselalgen den Schlick. Die dünne Sedimentschicht, die jede Flut absetzt, wird von ihnen in kurzer Zeit durchdrungen, so daß bereits hier der Abspülung Widerstand entgegengesetzt wird, weil die Algenschicht dem Sediment Halt verleiht. Erst recht ist das der Fall, wenn zunächst lockere, dann aber immer dichtere Quellerbestände *(Salicornia europaea)* sich ansiedeln, die noch ein bis zwei Dezimeter vom mittleren Hochwasser überflutet werden, bei ruhigen Gezeiten die Flut brechen und mit ihren Wurzeln die Schwebstoffe bei Ebbe festhalten. Dort, wo Salzaster *(Aster tripolium)* und Andelgras *(Puccinellia maritima)* sowie Arten der Strandnelkenwiesen sich ansiedeln, beginnt bereits der Marschenboden, der nur noch von Sturmfluten erreicht wird. An der Grenze der friesischen Marsch (145) gegen das Wattenmeer (12) wird an vielen Stellen die Marschenbildung vor dem Kampfdeich beschleunigt, indem durch Lahnungen aus Pfählen und Buschwerk die Anschlickung verstärkt und das ablaufende Wasser in Entwässerungsgräben gelenkt wird; oft erfolgt auch zusätzlich die Aussaat von Queller. Foto 1 zeigt die Stadien der Landgewinnung aus dem Watt sehr anschaulich.

Die Dünenkette (11) ist bei genauerer Betrachtung kein einheitlicher Naturraum. Der wichtigste Unterschied ist der zwischen alten und jungen Dünen. Erstere entstanden in prähistorischer Zeit seit dem Subboreal, letztere stammen aus historischen Epochen und bilden bis in die Gegenwart aktive äolische Arbeitsformen. Die älteren Dünen zwischen Hoek van Holland und dem Loch in der Dünenkette nördlich von Schoorl, das die ›Hondsbosse Zeewering‹ künstlich schließen hilft (Foto 2), lagern sich landeinwärts den jungen, seewärts liegenden Dünenketten an. Die nördliche und südliche Fortsetzung dieses Abschnittes, insbesondere also die Dünen der Westfriesischen Inseln sowie diejenigen Seelands und Flanderns, sind alle jüngeren Entstehungsdatums. Junge und alte Dünen zusammen erreichen bei Bergen in Nordholland die größte Breite mit rd. 5 km; in Belgien wird maximal nur eine Tiefe des Dünengürtels von 2 km erreicht (bei Koksijde). Die höchsten Kuppen der belgischen Dünen, die hier 35 m erreichen, werden von den Dünen bei Haarlem mit 60 m übertroffen. Das lebhaftere Relief der jungen Dünen mit dem ständigen Wechsel von Kuppen und Deflationswannen sticht ab von den ausgeglicheneren Formen der alten Dünen, zwischen deren Ketten sich vermoorte Flachformen gebildet haben, und zwar im Niveau der alten Strandflächen, denen die Sande aufgelagert worden sind. Die jungen Dünen sind wegen des höheren Anteils an zerriebenen Muschelschalen kalkhaltiger als die ausgelaugten Sande der älteren Staffeln; dennoch sind die Nährstoffverhältnisse in den Regosolen, denen vor allem Phosphor und Stickstoff fehlen, ungünstig. Die floristischen Unterschiede je nach dem Bildungsalter sind offenkundig. In den jüngsten, noch unbeständigen Sandanwehungen der Weißdünen finden wir Salzmiere *(Honckenya peploides)* und Strandgerste *(Elymus arenarius)* als erste Besiedler; auf den schon konsolidierten hohen Sekundärdünen herrschen Helm- und Strandhafer *(Ammophila arenaria* und *A. baltica)* sowie die Stranddistel *(Eryngium maritimum)* vor. In den Grau- und Braundünen der älteren Generation ist die Endstufe der Vegetationsentwicklung die Krähenbeerenheide und ein Dünenweidengebüsch. Dort, wo die Dünenbiotope noch relativ ungestört sind, bilden sie den idealen Lebensraum für Kaninchen, Mäuse, Füchse und Schlangen; sie bieten Seevögeln Nistgelegenheit und sind oft von Tierspuren vieler Arten durchzogen, wie es TINBERGEN meisterhaft beschrieben hat.

In dem euatlantischen Streifen des Depressionsraumes, der vom Ijzerbecken bis zur Emsmündung reicht (14), liegt das Land mit wenigen Ausnahmen unter dem Niveau des Meeresspiegels. Die höher aufragenden Partien, wie sie Abb. 16 erkennen läßt, messen dabei auch nur wenige Meter, vielfach nur einige Dezimeter über dem Amsterdamer Pegel. Es sind die jüngsten Marschenböden, späten Phasen der Landgewinnung entsprechend, bei denen die Sackung des Bodens noch gering ist. Während in den Dünenketten und im Wattenmeer — trotz der Anlandungs- und Befestigungsmaßnahmen — die natürlichen Ökosysteme vielfach noch wenig verändert und die ursprünglichen Biotope nicht allenthalben durch die Kulturlandschaft verdrängt worden sind, wurden gerade die Depressionsgebiete stärksten anthropogenen Veränderungen unterworfen. Der Raum zwischen den Dünen und dem höher gelegenen Land mit seinen meist pleistozänen Ablagerungen war bis weit in das Mittelalter eine vom Wasser bestimmte Landschaft mit tief eingreifenden Meeresarmen und -buchten, mit zahllosen Binnenwasserflächen, mit Niedermooren, die sich auf älterem Marschland gebildet hatten und die sich beim Ansteigen des Wasserspiegels wieder in ›Plassen‹ und ›Meere‹ verwandelten — eine amphibische Landschaft, die ständig vom Meer neu bedroht wurde.

Das Bild dieses Naturraumes hat sich gründlich gewandelt. Durch die großen Abdämmungsmaßnahmen, angefangen mit dem Bau des Absperrdeiches und der Schaffung des Ijsselmeeres und über die Abriegelung der Lauwerszee bis hin zu dem laufenden Projekt im Deltaraum wurde die äußere Gefährdung längs einer stark verkürzten Küstenlinie nach menschlichem Ermessen gebannt. Damit wurde für die naturräumliche Einheit 14 gesichert, was in Jahrhunderten vorher in vielen kleinen und größeren Projekten dem Wasser abgerungen worden war: durch Landgewinnung, Stück um Stück ehemaligen Seeboden an die Marsch angliedernd, durch Entwässerung von Mooren und durch die Verwandlung von ›Meeren‹ in Polder auf dem Wege der Trockenlegung. Freilich entstanden durch Verfehnung auch neue Wasserflächen, von den friesischen ›Meeren‹ um Sneek über die Utrechter Plassen bis zu der Reeuwijker Plassenlandschaft bei Gouda (Foto 6). Bei den Plassen sorgte neben der Abtorfung auch der Angriff der vom Wind gepeitschten Wellen gegen die wenig widerstandsfähigen, moorigen Uferränder für eine Vergrößerung der offenen Wasserflächen. Künstliche Wasserstandsregulierung und künstliche Abflüsse bestimmen notwendigerweise die Hydrosphäre der Depressionsgebiete. Der Blick kann weit über das tischebene Land gleiten, das recht eigentlich den ›niederländischen‹ Charakter besitzt, wenn niedrige Wolken darüber hinziehen, wenn Reiher und andere Schreitvögel sowie Wassergeflügel mit hellen Rufen im Wind segeln. Nur der aufmerksame Beobachter erkennt die geringen Niveauunterschiede zwischen Marsch, Moor und Poldern verschiedenen Alters. Deiche und Dünen am Horizont, Dorfwurten und einzelne Terpen erscheinen bereits als deutliche Erhebungen (Foto 11). Von der Windschur geformte Baumreihen verstellen in der agrarisch genutzten Landschaft hier und dort den Blick, und im Bereich der Randstad vergißt man, daß einige Trabantensiedlungen von Rotterdam und Amsterdam sowie die imposanten neuen Anlagen des Flughafens Schiphol mehrere Meter unter dem Meeresspiegel liegen.

Die naturräumlichen Einheiten niedrigerer Ordnung innerhalb des Depressionsgebietes sind vorwiegend nach edaphischen Kriterien zu differenzieren. Im Delta (141) kommen kalkreiche mittelschwere Seetonböden des jüngeren Holozän verbreitet vor. Auf den seeländischen Inseln sind die schon länger landfesten Kerne stärker gesackt, wozu auch der moorige Untergrund beitrug. Die flandrische und seeländische Jungmarsch dagegen liegt knapp über dem Amsterdamer Pegel. Gleiches gilt für die älteren und jüngeren Scheldepolder. Zwischen dem Haringvliet und der Maas dominieren jüngere Meeresablagerungen recht einheitlicher Textur, während nördlich des Stromes ein Mosaik von alten Seetonböden mit rasch wechselndem Schluff- und Kalkgehalt die Pedosphäre bestimmt. Tonige, fluviatile Ablagerungen und Niedermoorbildungen sind für die Flußmarsch (142) charakteristisch. Diese naturräumliche Einheit zeichnet in ihrer Konfiguration den Lauf des alten

Rheinarmes zu seinem früheren Durchbruch durch die Dünenkette bei Katwijk nach.

Ein reines Depressionsgebiet sind die nordholländischen Marschen und Moore (143). Schwere, tonige Altmarschböden treten im Poldergrund von Schermer, Beemster und Purmer sowie im Haarlemmermeer auf. Leichtere, aber ebenfalls alte Böden liegen im Wieringermeerpolder. Dazwischen schiebt sich in Westfriesland ein jüngerer Marschenstreifen. Desgleichen im jüngeren Holozän sind die schweren Tonböden der Ijsselmeerpolder (144) abgelagert worden. Die friesische Marsch, die in die Provinz Groningen reicht (145), wird durch jene Erscheinung bestimmt, die wir bereits aus dem Deltagebiet kennen, daß nämlich die Altmarsch, weiter landeinwärts gelegen, stärker verdichtet und gesackt ist, so daß sie in die Depressionsstufe zu liegen kommt. Die Entwässerung von den höheren Geestlandschaften in die Marsch wird dadurch erschwert, so daß sich die typischen Randmoore bilden (146). Im Gaasterland ragen — wie der Name schon andeutet — Geestinseln aus der Marsch heraus, die im Maßstab der Abb. 16 aber nicht mehr dargestellt werden konnten.

Kaum ein Naturraum in den Beneluxländern ist in pflanzengeographischer Hinsicht stärker durch den Menschen verändert worden als der küstennahe Saum der Marschen und Moore. Mit der Entwässerung der Niedermoore verschwanden die Verlandungsgesellschaften von Teichröhricht, Seggen- und Erlenbruchwäldern bis auf geringe Reste. Die ursprünglichen Salzwiesen der Marschen und die Blaugrasweiden sind mit zunehmender Aussüßung Standorte für Wirtschaftswiesen und -weiden als Ersatzgesellschaften geworden *(Molinio-Arrhenatheretea)*. Vor allem aber dominiert im Deltabereich, im Haarlemmermeer und im Wieringermeer, in den Ijsselmeerpoldern, in der Groninger Marsch und in den jungen friesischen Landgewinnungsgebieten das Ackerland. In den Ijsselmeerpoldern ließ man nach dem Trockenfallen des Grundes eine natürliche Vegetation gar nicht erst aufkommen, sondern säte — z. T. aus der Luft — Schilf ein. Das Schilfröhricht wächst schnell, verhindert dadurch das Aufkommen von Unkrautgesellschaften, fördert die Austrocknung des Bodens und kann, wenn die ackerbauliche Nutzung beginnen soll, rasch wieder entfernt werden.

2.6.3. *Das Tiefland*

Im Tiefland trennt die alluviale Stromaue von Neder-Rijn, Waal und Maas die nördlich gelegenen und glazial überformten Naturräume von den Decksand- und Schotterplatten Nordbrabants und Belgiens. Die Ijsselniederung wurde wegen ihrer Breite und wegen der Zugehörigkeit zum Entwässerungssystem des Rheines an die Stromaue angeschlossen. Diese naturräumliche Einheit (21), die auch im genetischen Sinn als Urstromtal von Rhein und Maas bezeichnet werden kann, ist mit feinsandigen, vor allem aber mit tonigen Flußablagerungen ausgekleidet. Das heute von einem lückenlosen Deichsystem vor Überschwemmungen geschützte Flußmarschenland besitzt ein Feinrelief, das noch erkennen läßt, wie im Jungpleistozän und in der Nacheiszeit verwilderte und verzweigte Flußarme sich auf der Niederterrassenfläche ihre Bahnen gesucht haben. Ehemalige Uferwälle und flache Donken mit etwas gröberem Bodensubstrat wechseln ab mit wannenartigen Vertiefungen, in denen sich Tonböden absetzen konnten. Vom Rijk van Nijmegen im Osten bis zum Land van Waal und Maas nach Westen hin nehmen diese Wannen an Größe und Längserstreckung zu; oft umschließen sie auch anmoorige Flecken. Der Unterschied zwischen den schwach ausgeprägten Voll- und Hohlformen ist in der gegenwärtigen Landnutzung durchaus sichtbar: in den Wannen überwiegt das Grünland, auf den flachen Wällen und Donken hingegen das Ackerland sowie die gerade für die Betuwe so typischen Obstbaumanlagen. In der Tielerwaard, der Bommelerwaard und im Land van Altena überdecken die Flußtonablagerungen einen moorigen Untergrund. Noch weiter westlich, im Bereich der Lopiker Waard, der Krimpener Waard und der Ablasserwaard stößt das Moor bis an die Oberfläche durch. Obwohl dieser Raum genetisch zur Stromaue gehört, wurde er wegen dieses bodengeographischen Wandels und weil er zudem zum Depressionsgebiet zählt als naturräumliche Einheit 142 abgesondert. — Tonige Flußablagerungen bestimmen wiederum den Bodenaufbau in der Ijsselniederung, die die Veluwe von der Sallandschen Hügellandschaft trennt. Auch der Lauf der Ijssel ist von alten Uferwällen begleitet, zwischen denen zahlreiche süd-nord-gerichtete Entwässerungsrinnen sich erstrecken.

Die charakteristischen Vollformen des Tieflandes, die der Einheit 224 ihr besonderes Gepräge geben und teilweise über die 50-m-Grenze dieser Stufe hinausragen (Lemelerberg mit 77 m, Holterberg mit 78 m und Montferland mit 93 m sind beliebte Aussichtspunkte) werden gebildet von den Stauchmoränenstaffeln, die allesamt aus dem Drenthestadium der Saalekaltzeit stammen, wenn sich ihrer Datierung im relativen Alter zueinander auch immer noch Schwierigkeiten in den Weg stellen. Im einzelnen sind zu unterscheiden: am weitesten ostwärts gelegen eine Staffel, die auf deutscher Seite im Bentheimer Land südlich der Vechte verläuft und bei Uelsen in Nord–Süd-Richtung nach Ootmarsum umbiegt; sie setzt sich fort als Höhenzug in Richtung Oldenzaal–Enschede und ragt auf längerer Strecke über 50 m empor. Sie bildet zugleich den Abschluß für das Becken der oberen Vechte und der Dinkel. Eine zweite Staffel zieht vom Lemelerberg über den Holterberg zum Lochemerberg: die Sallandsche Moräne. Sie ist stärker aufgelöst und erreicht nur in einigen Punkten Höhen über 50 m. Am markantesten erhebt sich sodann westlich der Ijsseltalung in der Einheit 223 der große, leicht eingebuchtete und breit hingelagerte Höhenrücken, der sich von Zwolle über Apeldoorn zum Rand der oberen Ijsselniederung hinzieht und bei Arnhem — mehr als 100 m Höhe erreichend — parallel zum Rheinlauf umbiegt. Einen auf Harderwijk zielenden Ast trennt ein Flüßchen, die Hierdense Beek, im Norden von dieser Hauptstaffel ab. Weiterhin zeigen die Formen der zerlappten, zungenförmigen Eisloben besonders gut jene Moränenrücken an, die, aus der Gooilandschaft kommend, über den Utrechter Heuvelrug nach Wageningen verlaufen und von dort, nach Ede zurückspringend, die Geldersche Vallei umschließen. Ein weiterer Lobus greift von Barneveld in Richtung Otterlo ein. Damit wird die mittelniederländische Stauchmoränenlandschaft (223) zu einem außerordentlich abwechslungsreich reliefierten Naturraum. Endlich zählt zur Moränenlandschaft auch noch im deutsch-niederländischen Grenzgebiet zwischen Rhein und Maas die Fortsetzung der Stauchmoräne des Reichswaldes bei Kleve, auf deren Ausläufern die ältesten (römischen und karolingischen) Siedlungskerne von Nijmegen erbaut wurden (225).

In ihrem Verlauf werden alle diese kuppigen, teilweise aber von der Abtragung doch schon stark zerstörten Moränenbögen nur verständlich, wenn man während des Drenthestadiums verschiedenaltrige Eisvorstöße annimmt (Phasen und Staffeln). Außerdem verzahnen sich mit der Hauptstoßrichtung des Gletschers aus dem Münsterland nach Westen noch weitere Eisbewegungen, die vom Zuiderseebecken her nach Südosten gerichtet waren. Den Kern der Moränenwälle bildet der vom Eis aufgeschobene und gepreßte präglaziale, teils tertiäre Untergrund, der selbst wieder aus fluviatilen Ablagerungen besteht. Die Bedeckung mit Grundmoräne und gröberen Geschieben ist geringmächtig, an den Außenrändern sind die Staffeln von fluvioglazialen Sanden ummantelt. Gut ausgeprägt sind diese leicht abgedachten Sanderflächen an der Westseite des Utrechter Heuvelrugs und in der Veluwe; zugleich sind das die Gebiete, in denen vom Wind Binnendünen geschaffen werden konnten. Fluvioglaziale Bildungen wie Oser und Toteisformen kommen in der vielgestaltigen Veluwe ebenfalls vor. In der Umgebung der stärker aufgelösten Moränen der Twente (224) sind größere Areale mit Geschiebemergel bedeckt. Flächenhaft werden die Einheiten 223 und 224 indessen durch die Decksande bestimmt, auf denen sich Podsolböden gebildet haben. In der südlichen Twente lagern Grundmoräne und Decksande in der Umgebung von Winterswijk über tertiärem, teilweise noch älterem Gestein. Morphogenetisch handelt es sich hier um die Fortsetzung der westmünsterländischen Rheinhauptterrasse.

Die natürliche Vegetation auf den ärmeren Sandböden und den stärker ausgelaugten Geschiebelehmstandorten bildeten Eichen-Birkenwald-Gesellschaften, an deren Stelle oft auch Zwergstrauchheiden traten. Weite Heideflächen, mit Kiefern durchsetzt, bedecken auch gegenwärtig noch Teile der

Veluwe und die Umgebung von Nijverdal; diese Gebiete sind als Erholungslandschaften unter Naturschutz gestellt worden. Auf den nährstoffreicheren Geschiebemergeln stockte der Eichen-Hainbuchenwald als natürliche Pflanzengesellschaft, wurde aber auch am nachhaltigsten zerstört, weil gerade hier günstige Ansatzpunkte für die Besiedlung der Geest lagen.

Die nordniederländische Landschaft und Provinz Drenthe (221) war während des Höchststandes der Saalekaltzeit vom Eis überdeckt. Indessen fanden hier nicht, wie das weiter südlich geschah, die Oszillationen der Gletscherzungen in den verschiedenen Loben statt; damit unterblieb auch die Aufstauchung des Untergrundes. So fehlt die Mannigfaltigkeit des an den Eisrand gebundenen glazialen Formenschatzes, statt dessen entstand als Kern der Drenthe ein Grundmoränenplateau mit Höhen zwischen 10 und 20 m. Zum Hondsrug hin steigt dies Plateau an, die Ostgrenze des Naturraumes folgt dem relativ steilen Abfall des Hondsrug in das Tal der Hunze. Diese Geländekante verdankt ihre Formung der seitlichen Erosion im Urstromtal von Hunze und Ems. Lijn (1941) vertritt die Ansicht, daß im Hondsrug der Kern einer Moräne aus der Elsterkaltzeit zu sehen ist, weil die Zusammensetzung der Geschiebe im Umkreis des Höhenrückens sich von derjenigen der Stauchmoränen der Saalekaltzeit unterscheidet. Als Südgrenze des Raumes wurde der westliche Teil des Urstromtales der Vecht angenommen, jedoch springt die Grenze zurück, um das Hochmoorgebiet von Hoogeveen an das Bourtanger Moor (222) anschließen zu können. West- und Nordgrenze verlaufen dort, wo die Abdachung des niedrigen Plateaus die alluviale Depressionsstufe erreicht. Den östlichen Teil der Drenthe bedecken Geschiebemergel und -lehme, im Westen dominieren die Decksande. Je feuchter und nährstoffreicher die Böden sind, um so mehr wird der Eichen-Birkenwald als natürliche Vegetation vom Eichen-Hainbuchenwald ersetzt. Im Süden der Drenthe zieht eine Moränenhügelkette von Gramsbergen nach Steenwijk und setzt sich auch außerhalb des Naturraumes 221 im Gaasterland sowie mit den diluvialen Kernen von Wieringen und Texel fort. Keuning (1965, S. 38) spricht diese Hügelkette als Rest eines alten, stark zerstörten Endmoränenbogens an. — Urk, die ehemalige Insel in der Zuidersee mit ihrem Kern aus Geschiebelehm, wird als ein Vorposten dieses Altmoränenzuges gesehen.

Vom Zentrum des Drentheplateaus, dem Ellersveld aus richtet sich die Entwässerung radial nach Norden, Westen und Süden. In diesen durch das Schmelzwasser des Saaleeises vorgeprägten Rinnen greifen anmoorige Böden ein und lösen die trockeneren Standorte der Podsolplatten zungenförmig auf: ein für die Geest typisches Physiotopgefüge. Ein größeres Niedermoorgebiet erstreckt sich westlich von Assen.

Im Bereich der Urstromtäler der Vecht einerseits sowie der Hunze und Ems andererseits haben sich auf der Moränen- und Talsanddecke des Liegenden ausgedehnte Moore gebildet. Die Niedermoorgebiete am Südrand der

Drenthe, als deren Achse man die Dedemsvaart ansehen kann, wurden mit zur Einheit 221 gestellt, die ausgedehnten Hochmoorbildungen des Bourtanger Moores samt der Ausstülpung bei Hoogeveen jedoch als eigenständiger Naturraum (222) abgetrennt. — Am Ende des Präboreals blies der Wind in den Talsandflächen die flachen Wannen aus, in denen das Moorwachstum seinen Anfang nahm und zwischen denen zunächst höher gelegene Geeststreifen stehenblieben: die Tangen. Der lichte Kiefern-Birkenwald starb mit fortschreitender Moorbildung ab, und seit dem Atlantikum verdrängte das Wachstum der Torfmoose auch den Bruchwald. Die Moorflächen wuchsen allmählich zusammen und zugleich mehr und mehr in die Höhe. Sie hatten die Geländekante des Hondsrug erreicht, als im 17. Jahrhundert der Mensch durch verstärkte Torfgewinnung zunächst an den Rändern der weiteren Ausbreitung Einhalt gebot und durch Entwässerung und Abtorfung in wenigen Generationen diesen Naturraum radikal umgestaltete (Foto 12).

Einheitlicher als im nördlichen Tiefland ist weiter südwärts das Gepräge der Naturräume der Decksand- und Schotterplatten. In der Reliefgestaltung von Maasland und Peel (231) drückt sich das Werk von exogenen und endogenen Kräften aus. Im Maastal sind Nieder- und Mittelterrasse mit einem deutlichen Höhensprung voneinander geschieden. Die Terrassenschotter der Maas bilden nach Westen hin den tieferen Untergrund als ein großer Kegel, ein Hinweis auf die ständigen Verlagerungen des Flusses im Diluvium; den ehemaligen Talungen folgen heute die Dommel und die A. Über weite Strecken wurden die Schotter von Decksanden verhüllt, die im periglazialen Tundrenklima der Weichselkaltzeit von nördlichen Winden herangetragen wurden. Insofern stehen die Decksandlandschaften im genetischen Zusammenhang mit den südlich anschließenden Lößbörden; dorthin gelangte zur gleichen Zeit und unter gleichen klimamorphologischen Bedingungen die leichtere Windfracht. Vor allem nördlich der Linie Helmond–Venraij ragen indessen die Terrassenschotter durch die Decksande hindurch, weil diese im Zuge der Heraushebung des Horstes von Mill einer stärkeren Abtragung unterlagen. Die Horstbildung ist gebunden an den Verlauf der jungen Störungslinien, die in südost–nordwestlicher Richtung das Vorland des Rheinischen Schiefergebirges durchziehen. Auch die Kleinlandschaft der Peel mit ihren teils noch erhaltenen Hochmooren ist ein derartiger Horst. Der Quergraben längs der erwähnten Linie Helmond–Venraij ist allerdings weniger markant als der sich östlich anschließende, in der Hauptrichtung streichende Venloer Graben.

Der tiefländische Raum beiderseits der niederländisch-belgischen Grenze zwischen A-Talung im Osten und dem Talzug von Demer, Dijle, Rupel und Schelde im Süden und Westen bildet eine weitere Einheit: Nordbrabant und Kempenland umfassend (232). Westlich schließt sich daran das Meetjes- und Waasland an (233). Gemeinsam ist beiden Naturräumen die weitflächige Verbreitung von Decksanden. In der Umgebung von Eindhoven, Tilburg und Antwerpen gehen diese Decksande aber auch schon in Sandlöß und Lößlehm über; südwestlich von Eindhoven ragen die Schotterplatten der Maas als Fortsetzung des Kempenplateaus (314) in das Tiefland. Mit den Flachhügeln des Meetjeslandes kommen alttertiäre Ablagerungen an die Oberfläche, und schließlich beleben zwischen Bergen op Zoom und Breda sowie im nördlichsten Teil Belgiens einzelne Dünenlandschaften das sonst eher eintönige, flachwellige Relief. Der steile Abfall des Tieflandes zum Küstenland bei Bergen op Zoom ist die Uferkante eines alten Scheldelaufes. Die Böden vom Meetjes- und Waasland sind wegen der niedrigen Lage und bedingt durch den hohen Grundwasserstand im Scheldebecken sowie durch Staunässe über den tertiären Tonlagen feuchter als die trockeneren Decksandplatten in Nordbrabant und in der Provinz Antwerpen. In Nordbelgien blieben noch ausgedehnte Heideflächen erhalten, soweit sie nicht durch Kiefernaufforstungen ersetzt wurden. Das gilt auch für die kleinen, höher gelegenen Trockeninseln im Meetjesland westlich von Gent. — Eine Sonderstellung in edaphischer Hinsicht nimmt das tiefländische Lößplateau (24) ein. Der Sandlöß der nördlichen Gebietsteile geht südlich der flandrischen Hügelkette (Kemmelberg, Mt. Enclus) in reinen Löß über, der im Tal der Leie eine Mächtigkeit bis zu 3 m erreicht. Das Tal der Haine mit den Steinkohlefeldern der Borinage im Untergrund wurde zu diesem Naturraum gestellt.

2.6.4. *Das Unterland*

Die naturräumliche Gliederung der Beneluxländer zerteilt die unterländische Stufe in zwei west–östlich verlaufende Gebietsstreifen: das unterländische Glacis (31) und die Vorardennen (32). Die nördliche Grenze des Glacis, die das Kempenplateau einschließt und, bis nach Südlimburg hin, alle Landesteile umsäumt, die über 50 m aufsteigen, deckt sich mit der Nordgrenze desjenigen Gebietes, das in der belgischen Landeskunde gemeinhin als Mittelbelgien bezeichnet wird. Im Süden legt man die Grenze Mittelbelgiens meist in die Sambre–Maas-Furche. Davon weicht unsere Glacisgrenze geringfügig ab, weil sie von der Gesteinsstruktur gesehen notwendigerweise dort verläuft, wo der paläozoische Sockel geschlossen an die Oberfläche ragt. Die Tatsache, daß der Raum südlich der Sambre–Maas-Linie als Hochbelgien bezeichnet wird, sowie die Reliefvorstellung, die sich mit dem Begriff verbindet, sind wohl verantwortlich für die oft anzutreffende irrtümliche Meinung, daß jenseits der großen Talfurche die Ardennen begännen. Birkenhauer (1966) hat darauf hingewiesen, daß der aus dem Keltischen stammende Name Ardennen als Begriff für Hochland tatsächlich im Altertum zur Zeit Caesars einen viel weiteren Raum gemeint hat und das damit bezeichnete Areal mit der fortschreitenden kulturlandschaftlichen Differenzierung an den Rändern schrumpfte. Unter dem Aspekt der vergleichenden Landeskunde des links- und rechtsrheinischen Flügels im Schiefergebirge soll auch erwähnt werden, daß in geologischer Sicht die Maas–Sambre-Linie dort und die Möhne–Ruhr-Talung hier sich zwar entsprechen, insofern sie annähernd die Grenze des Paläozoikums markieren. Südlich von Ruhr und Möhne beginnt dann aber mit dem Sauerland der Landschaftstyp des geschlossenen Waldgebirges, nur von inselartigen Offenlandschaften durchsetzt; südlich von Sambre und Maas indessen schieben sich zunächst Condroz, Fagne und Famenne vor den Waldgürtel der Ardennen.

Das unterländische Glacis dacht sich insgesamt von Süden nach Norden zu den Tälern von Demer und Schelde hin ab; zugleich ist es verkippt, so daß die östlichen Teile höher gelegen sind als das westliche Lößplateau (311). Diese naturräumliche Einheit reicht von den Randhöhen der Haine und Schelde im Westen bis zur Dijle und umschließt einen Teil des Hennegaus sowie den brabantischen Kernraum. Der Löß überdeckt hier eine dicke, wasserundurchlässige Kleilage, und demzufolge entwässert ein dichtes Netz von Bächen und Flüßchen zu den Talungen der Zenne und der Dijle hin. Das niedrige Plateau ist entsprechend stark zerlappt und von hoher Bodenfeuchtigkeit. Die Erosion im Oberlauf von Dender, Zenne und Dijle hat das Deckgebirge durchschnitten, so daß stellenweise Schichten des Silur und des Kambriums, durchbrochen von vulkanischem Ganggestein, an die Oberfläche treten. Der 4000 ha große, herrliche Buchenwald südlich von Brüssel ist ein Hinweis auf die natürliche Vegetation. Südlich dieses Zonienwaldes (Forst von Soignes) liegt in der Umgebung von Genval und Rixensart eine Kleinlandschaft, die wegen ihres Wald- und Wasserreichtums als ›Brabanter Ardennen‹ bezeichnet wird. In der Umgebung von Wavre ist der Charakter des Brabanter Hügellandes am sichtbarsten ausgeprägt. Tief im Süden des Lößplateaus verläuft die Wasserscheide zwischen Schelde und Maas, die der Kanal von Charleroi bei Seneffe in einem 1500 m langen Tunnel überwindet.

Im Viereck zwischen Löwen, Aarschot, Diest und Tienen liegt das Hageland, mit dem Haspengau zu einer weiteren Einheit zusammengefaßt (312). Dem Hageland kommt in besonderem Maß der Charakter eines Tertiärhügellandes zu, mit langgestreckten, südwest–nordöstlich ziehenden Rücken. Wie bei der Hügelkette im südlichen Flandern hat eisenschüssiger Sandstein in Toplage der Erosion stärkeren Widerstand entgegengesetzt und damit zur Erhaltung der Vollformen beigetragen. Östlich an das Hageland schließt sich zwischen Gete und Demer mit ihren zahlreichen Zuflüssen ein Gebiet an, in dem der aus Lößlehm bestehende Boden wegen der darunter lagernden, wasserundurchlässigen Kleischichten von hoher Feuchtigkeit ist. Diese Feuchtbörde weist Ähnlichkeiten mit dem westlichen Lößplateau auf, auch hinsichtlich der niedrigen Lage. Anders die zwischen 100 und 200 m Höhe gelegene Trockenbörde des südlich anschließenden Teiles vom Haspengau, mit

Mehaigne und Jeker als Hauptflüssen, bereits südlich der Wasserscheide von Schelde und Maas. Hier erreichen die Lößablagerungen mit mehr als 20 m ihre größte Mächtigkeit im gesamten Unterland. Sie kleiden vor allem die Haupttäler aus. Den tieferen Untergrund bilden wasserdurchlässige tertiäre Sande und klüftige Kreideablagerungen, daraus resultiert die Bodentrockenheit und die weitaus geringere Flußdichte. Hohlwege und Trockentäler sind kennzeichnend für das Kleinrelief.

In Südlimburg (313) hat die tektonische Hebung das Glacis am stärksten erfaßt. Am Dreiländerpunkt erreicht der Valser Berg 322 m, das ist zugleich die höchste Erhebung der Niederlande. Die Wirkung der Gesamthebung wird verstärkt durch die Bruchschollentektonik mit ihren NNW–SSE-streichenden Horsten und Gräben. Die horstartige Heraushebung des Gebietes südwestlich der Linie Aachen–Beek hat schon im Mesozoikum dazu geführt, daß hier das produktive Karbon der variskischen Saumtiefe wieder abgetragen wurde, bevor die Transgression des Oberkreidemeeres dort Sande, Kalke und Mergel ablagerte. Im Raum von Kerkrade–Sittard dagegen wurden die Kohlelager in einem Graben abgesenkt und blieben unter einer kretazischen Deckschicht von 100 bis 300 m Mächtigkeit erhalten. Sie sind heute aber ohne wirtschaftliche Bedeutung, nachdem auch die letzten Gruben stillgelegt wurden. Im Tertiär hatte die Ur-Maas fluviatile Ablagerungen über die älteren Schichten gebreitet. Da die Hebung bis in die Gegenwart fortdauert, fielen aber auch diese Ablagerungen weitgehend der späteren Erosion zum Opfer. Erhalten blieb nur ein größeres Vorkommen sehr reiner miozäner Quarzsande bei Brunssum, wichtig als Rohstoff für die Glasindustrie. Die Reliefgestaltung längs der Maas erfolgte durch die Terrassenbildung im Pleistozän. Die Hauptterrasse geht in die schotterfreie Glacisfläche über und fällt andererseits mit deutlichen Rändern zur Mittelterrasse im Niveau von 60 bis 70 m ab. Die Niederterrasse hat bei Maastricht eine Höhenlage von 26 m. Haupt- und Mittelterrasse, aber auch das kretazische Hügel- und Plateauland sind von Löß weithin bedeckt. Die trockenen Löß- und Kreidekalkareale Südlimburgs sind die natürlichen Standorte des orchideenreichen Eichen-Hainbuchenwaldes und — auf südexponierten Hängen — der Halbtrockenrasengesellschaften.

Im Vergleich zu dem komplizierten Baustil Südlimburgs ist das Kempenplateau sehr einheitlich geformt. Unter einer dünnen Decksandschicht liegen hier die Hauptterrassenschotter der Maas, die im jüngeren Pleistozän noch von der Glacishebung betroffen wurden; die nachfolgende Erosion an den Rändern arbeitete das Plateau heraus, ein trockenes und wenig fruchtbares Sandgebiet, mit Dünen besetzt und über weite Strecken von Heide und Kiefernwäldern bedeckt. Die Aufforstung mit Nadelhölzern geschah nicht zuletzt in der Absicht, an Ort und Stelle Grubenholz zu gewinnen, nachdem seit 1917 der Abbau der Steinkohlelager im Kempenland begonnen hatte.

Das Herver Land (321) hat edaphisch manche Ähnlichkeit mit dem feuchten Haspengau. Der Verwitterungslehm, ohne Lößbeimengungen freilich, über den undurchlässigen mesozoischen Schichten ist von erheblicher Bodenfeuchtigkeit. Die Zugehörigkeit des Raumes zu den Vorardennen indessen drückt sich darin aus, daß dieses Plateau zwischen Vesdre und Maas bis auf 300 m Höhe gehoben wurde, infolge der starken Zertalung allerdings nur in Resten erhalten blieb. Die von Terrassen begleiteten großen Flüsse sind bis in die paläozoischen Schichten eingetieft, zu denen die Steinkohlenlager von Lüttich gehören. Kohlevorkommen in der Maas–Sambre-Furche (322) begründeten das Wachstum der Industrielandschaft in diesem Talzug, dessen Flanken von Charleroi bis Lüttich meist steil und über 100 m aufsteigen. Als Folge einer Sattelbildung sind die Kohlelager zwischen Namur und Andenne durch die Erosion schon im Mesozoikum ausgeräumt worden.

Die französische Bezeichnung ›Plateau Condrusien‹ für das Condroz (323) trifft allenfalls den großräumigen Charakter einer im Mittel um 270 m Höhe gelegenen Fläche, die sich sanft nach Norden senkt und dann mit einem Steilrand zum Sambre–Maas-Tal abbricht. Kennzeichnend ist die Wellung der Oberfläche durch lange, breite Rücken und dazwischenliegende Mulden in der Hauptstreichrichtung der Gesteine des Unterkarbons und des oberen Devons von Südwest nach Nordost. Die Sandsteinrücken tragen Wald, während Offenland die Kalkmulden bestimmt. Gegenüber den ärmeren Sandböden der Rücken kommt in den Mulden vereinzelt Löß in geringer Mächtigkeit, sonst aber Verwitterungslehm vor. In der Mittelachse des Condroz durchbricht die Maas diese Landschaft, auf weiten Strecken begleitet von malerischen und bizarren Kalkfelsen. Schiefergestein taucht im Condroz nur vereinzelt auf, herrscht aber in der südlich anschließenden Ausraumzone vor. Die Schiefer haben ebenfalls ein oberdevonisches Alter. Am breitesten ist der Ausraum in dem leicht verwitternden Gestein westlich der Maas in der Fagne. Dagegen wird östlich des Flusses in der Famenne die Hohlform schmaler, um schließlich am Oberlauf der Ourthe ganz zu verschwinden. Eingesprengt in die Schiefer lagert nahe der französischen Grenze roter Marmor. In der Mulde der Fagne liegt auch der größte Binnensee Belgiens, der Lac de Virelles. Den Schieferausraum begleitet im Süden ein schmales, zwischen 250 und 300 m gelegenes Kalksteinplateau als Übergang zu den eigentlichen Ardennen. Dieser Kalksaum, bestehend aus Ablagerungen des Mitteldevons, setzt sich auch noch über die Ourthe hinweg nach Osten fort und wurde zusammen mit Fagne und Famenne zu einer naturräumlichen Einheit (324) verbunden. An die steil aufgerichteten Kalke sind die Karstlandschaften von Rochefort und Han-sur-Lesse gebunden. Die Rendzinaböden des Kalksaumes sind leichter zu bearbeiten als die schweren, tonigen Verwitterungsböden der Schiefer in Fagne und Famenne. Deshalb trifft man hier mehr auf Forst- und Weidewirtschaft, während auf dem Kalkplateau der Ackerbau dominiert.

2.6.5. *Das Oberland*

Den Teilräumen des Ardennenblockes (41) ist außer ihrer Zugehörigkeit zur oberländischen Stufe unter stratigraphischem Aspekt gemeinsam, daß hier das anstehende Gestein mindestens unterdevonisches Alter besitzt. Die ältesten Kerne liegen in den Niederardennen, wo sich kambrische Ablagerungen westlich der Maas nach Frankreich hinüberziehen; ferner im Nordosten als kambro-silurische Umrahmung des Hohen Venn. Kalkgesteine, wie sie in den Vorardennen weit verbreitet sind, fehlen. An ihre Stelle treten Quarzite, Schiefer und Grauwacken, die zu schweren, wasserstauenden Lehm- und Tonböden verwitterten. Besonders hohe Wasserundurchlässigkeit kommt den Verwitterungsprodukten der metamorphen Phyllite zu, an deren Verbreitung viele Moorbildungen gebunden sind, so auch das Hohe Venn. Tektonisch-strukturell wird das appalachische Relief der Vorardennen abgelöst durch ein Gitter von Längs- und Querwellen, das während der variskischen Faltungsphasen angelegt und bei der erneuten Aufwölbung im Tertiär und auch noch im Pleistozän wieder nachgezeichnet wurde. Über das bislang unbekannte, volle Ausmaß dieser Gitterstrukturen unterrichtet uns heute die Auswertung der Aufnahmen, welche die Erderkundungssatelliten liefern. Von einigen Quarzitrücken abgesehen, die die variskische Streichrichtung markieren, sind indessen bei den heutigen Oberflächenformen diese tektonischen Strukturen durch sanftwellige Rumpfflächen verdeckt. Hohe Reliefenergie tritt an den Rändern des Gebirgsblockes und im Zuge der großen, epigenetischen Flußtäler auf, nicht aber im Gebirgsinnern. Am stärksten ist der Hochflächencharakter im Bastnach–St. Vither Riedel ausgeprägt, über den die Wasserscheide zwischen Maas und Mosel verläuft und der eine wichtige siedlungs- und verkehrsgeographische Leitlinie des Waldgebirges darstellt. Die höchsten Flächen liegen im Hohen Venn um die Botrange (692 m), wo die frühkretazische Fastebene wieder aufgedeckt worden ist, ferner im Plateau von Tailles mit dem Baraque de Fraiture (650 m) und im Plateau von St. Hubert. Daran schließen sich, treppenförmig angesetzt, tiefer gelegene Flächensysteme an. Am Südrand der Ardennen ist ein solches Niveau (um 380 bis 400 m) mit der wieder aufgedeckten permokarbonen Rumpffläche verzahnt.

Im Teilgebiet der Niederardennen (411) liegen die Höhen zwischen 300 und 400 m. Hier herrscht auf den Rücken, in den Mulden und auch an den steilen Flanken des Maastales eine dichte Bewaldung, meist in der Formation eines Niederwaldes aus Eichen, Birken und Buchen. Kleine Distrikte sind mit Fichten besetzt. Auch in den Mittelardennen (412), die sich bis zum Plateau von St. Hubert erheben, bedecken Wälder fast die Hälfte des Areals. Eichen haben hier allmählich die Obergrenze ihrer vertikalen Verbreitungsstufe erreicht. Die natürlichen Buchenwaldgesellschaften wurden weiträumig durch

Fichtenforste ersetzt. Auch in den Hochardennen (413) nimmt die Verfichtung auf den im variskischen Streichen verlaufenden Rücken zu, vor allem auf dem Bastnacher Riedel — sehr zum Nachteil des gesamten ökologischen Gleichgewichtes. Die Moorgebiete wurden entwässert und ebenfalls aufgeforstet, nur im Hohen Venn sind größere Teile als Naturschutzgebiete im ursprünglichen Zustand erhalten geblieben. Buchenwälder wachsen meist nur noch auf den steileren Talflanken. In den südöstlichen Hochardennen geht indessen der Charakter eines Waldgebirges überhaupt verloren, hier überwiegt heute das Offenland. — Die Rumpftreppenlandschaft des Luxemburger Ösling (414) mit ihrem Hauptniveau von 500 bis 560 m ist durch Our, Clerf, Sauer, Wiltz und deren Nebenflüsse stark zerriedelt. Quarzitrücken zeichnen auch hier den variskischen Baustil nach, die weicheren Schiefer sind ausgeräumt worden. Fünf gut unterscheidbare Niveaus, jeweils durch Stufen von durchschnittlich 30 bis 40 m Sprunghöhe voneinander getrennt, leiten zum Gutland hinab. Die Flußtäler beginnen auf den Höhen mit flachen Quellmulden, sind aber im Mittel- und Unterlauf tief eingeschnitten und bilden oft prächtige Mäanderstrecken, die zumindest teilweise an Hauptkluftrichtungen gebunden sind. Wiese (1969) schließt aus Terrassenverbiegungen an der Our auf eine Hebung des Ösling, die noch in der Riß–Würm-Warmzeit stattfand. Der Buchenwald ist als natürliche Pflanzengesellschaft auf die nordwestlichen Höhenregionen des Ösling beschränkt, im übrigen sind die sauren Böden natürliche Standorte des Eichenwaldes und des Eichen-Hainbuchenwaldes.

Im belgischen Juraland (421) taucht nördlich der Linie Florenville–Arlon die bewaldete und getreppte Abdachung des Grundgebirges unter die mesozoischen Deckgebirgsschichten. Im Profilschnitt von Norden nach Süden schließt sich gestaffelt im wechsellagernden Gestein eine dreigliedrige Schichtstufenlandschaft an. Das Offenland des oberen Semoistales ist in die weichen Schichten des Liasmergels eingeschnitten und wird am Südrand begleitet von der ersten der drei Schichtstufen. Die Trauf dieser Stufenkante bilden Kalksandsteine des unteren Jura (Foto 22). Die anschließende, sandige Stufenfläche ist überwiegend mit Laubwald bestanden und stellt eine breite Landterrasse dar. Zum Tal der Ton hin folgen im Wechsel der Liasschichten wiederum Mergel, an die der nächste Ausraum gebunden ist. Die zweite Stufe, aus weicherem Kalkgestein aufgebaut, läuft auf Virton zu und tritt im Landschaftsbild weniger in Erscheinung, zumal hier die Waldbedeckung fehlt. Im dritten Mergelausraum fließt die Vire, und danach, im belgisch-französischen Grenzbereich, erhebt sich dann die markante Doggerstufe, die in die Südwestecke Luxemburgs hinüberzieht.

Der Wechsel der flachlagernden Trias- und Juraschichten prägt auch die Hauptlinien des Reliefs im Luxemburger Gutland (422). Die Entwicklung zu den heutigen Oberflächenformen begann hier im Alttertiär. Im Süden tritt die Doggerstufe, an die das Vorkommen der Eisenerze gebunden ist, als scharfe Landschaftsgrenze in Erscheinung. Am Dreiländereck hat sie eine Sprunghöhe von 150 m. Über den Mergeln am Stufenfuß befindet sich ein Quellhorizont; der Stufenrand ist daher von zahlreichen Bächen stark zerschnitten und zurückverlegt worden. Zeugenberge liegen in einigem Abstand vor der Stufe (Foto 26). Im Vorland lagern schwere Mergel- und Tonböden des oberen Lias, das Relief ist flachwellig. Den größten und zentralen Teil des Gutlandes nehmen die Hochflächen des Luxemburger Sandsteins aus dem Unterlias ein. Die gelbgrauen, dicken Sandsteinbänke sind eine für das Gutland typische Faziesausbildung, sie reichen nach Nordosten über die Sauer nur wenig auf deutsches Gebiet und bei Arlon etwas nach Belgien hinein. Südlich anschließend in Lothringen ist das Gestein kalkig-mergelig. Die Bildung fast senkrechter Einschnitte in den Sandsteinpaketen durch Alzette und Petrusse sind von den Festungsanlagen der Hauptstadt her bekannt; die malerischen Felsformen im Nordosten haben dem Gebiet um das Tal der Schwarzen Ernz (Müllertal) den Namen ›Luxemburger Schweiz‹ eingebracht. Der Stufenrand, der um die Sandsteinplatte läuft, ragt im Mittel um 100 m auf. Am deutlichsten tritt er im Nordwesten — dem Ösling zugewandt — als steile, bewaldete Wand in Erscheinung. Die Hochfläche selbst liegt westlich der Alzette etwas niedriger als im Osten, sie erreicht aber nur vereinzelt Höhen über 400 m und ist stockwerkartig gegliedert. Zwischen die nördliche Stufe des Sandsteines und den Ösling schiebt sich ein gegen die Stufe abgedachtes, flachwelliges Triasgebiet mit nur schwach ausgeprägter Treppung. Im Zuge des Alzettetales greifen die Keupermergel tief in das Sandsteinplateau nach Süden ein. — Die natürliche Vegetation der trockenen, sandigen Böden der zentralen Hochflächen des Gutlandes bildeten Eichen-Birkenwälder, auf den schweren und feuchten Böden der Triasumrahmung stockten Eichen und Hainbuchen. Östlich an das Sandsteinplateau anschließend breitet sich vor dem Stufenabfall bis zur Mosel–Sauer-Talung (423) ein flachwelliges Hügelland aus. Seine ruhigen Oberflächenformen verdecken freilich tektonisch stark gestörte Schichtfolgen von Muschelkalk und Keuper. Höhenlagen zwischen 300 und 320 m überwiegen. Die Terrassen von Sauer und Mosel sind in triassische Schichten, vor allem in den Muschelkalk, eingeschnitten. Die Trockenrasengesellschaften auf den Muschelkalkhängen zeigen floristisch einen südlich-kontinentalen Einfluß, und die Weinberge dehnen sich dort aus, wo als natürliche Vegetation artenreiche, submediterrane Eichenmischwälder standen.

3. DIE ANTHROPOGENE PRÄGUNG DER RÄUME

3.1. Die Bevölkerung

3.1.1. *Wachstum und Verteilung*

Als Belgien im Jahr 1831 seine Selbständigkeit erlangte, war die Bevölkerung des jungen Staates mit 3,8 Mill. Einwohnern etwa um die Hälfte größer als diejenige der Niederlande (2,6 Mill. E). Bis in die Zeit vor dem Ersten Weltkrieg wuchsen die Einwohnerzahlen beider Länder annähernd gleichsinnig, so daß die graphische Darstellung (Abb. 17) eine parallele Linienführung zeigt. Im Jahr 1910 war der Abstand der Bevölkerungszahlen (Belgien: 7,4 Mill. E und Niederlande: 5,9 Mill. E) daher noch keineswegs geschrumpft. Dann aber ändert sich das Bild: nach einer kurzen Periode der Stagnation zeigt Belgiens Bevölkerungskurve nur noch eine flache Steigungstendenz, die der Niederlande jedoch nähert sich dem Bild einer Exponentialfunktion. Kurz nach 1930 haben beide Länder die gleiche Einwohnerzahl, und heute ist — genau umgekehrt wie am Ausgangspunkt der Betrachtung — das niederländische Staatsvolk fast um das 1½fache größer als das belgische. Ein Grund, und zwar der entscheidende, für das unterschiedliche Wachstum ist in der natürlichen Bevölkerungsdynamik zu suchen. Geburten- und Sterberate sowie der daraus resultierende Geburtenüberschuß differieren zwischen den Niederlanden und Belgien in ihren absoluten Werten und in ihrer Verlaufstendenz stark (Abb. 17). Nur in der 2. Hälfte des vorigen Jahrhunderts ist die natürliche Zuwachsrate der Belgier für eine längere Periode größer oder annähernd gleich den entsprechenden niederländischen Werten. Seit 1875 indessen schrumpft der Geburtenüberschuß Belgiens mit Ausnahme der Jahre um den Ersten Weltkrieg; und um 1940 herum wird die natürliche Bilanz sogar kurzfristig negativ — gerade dann, als die niederländische Geburtlichkeit ein geradezu erstaunliches Maximum annimmt. Wenn auch in den Niederlanden nach diesem Gipfel die Geburtenrate sinkt — 1972: 16,1 ‰ und 1974: 13,7 ‰ —, so betrug bei annähernd konstanter Sterberate der jährliche Zuwachs 1974 doch noch 5,6 ‰: für ein Industrieland westlicher Prägung im letzten Drittel des 20. Jahrhunderts immer noch ein überraschender Wert. Belgien verzeichnete 1974 eine Geburtenrate von 12,6 ‰ bei einer Sterblichkeit von 11,9 ‰. Diese niedrige Wachstumsrate von 0,7 ‰ wird in Europa nur noch von Luxemburg, Österreich, der Bundesrepublik Deutschland und von der DDR unterschritten.

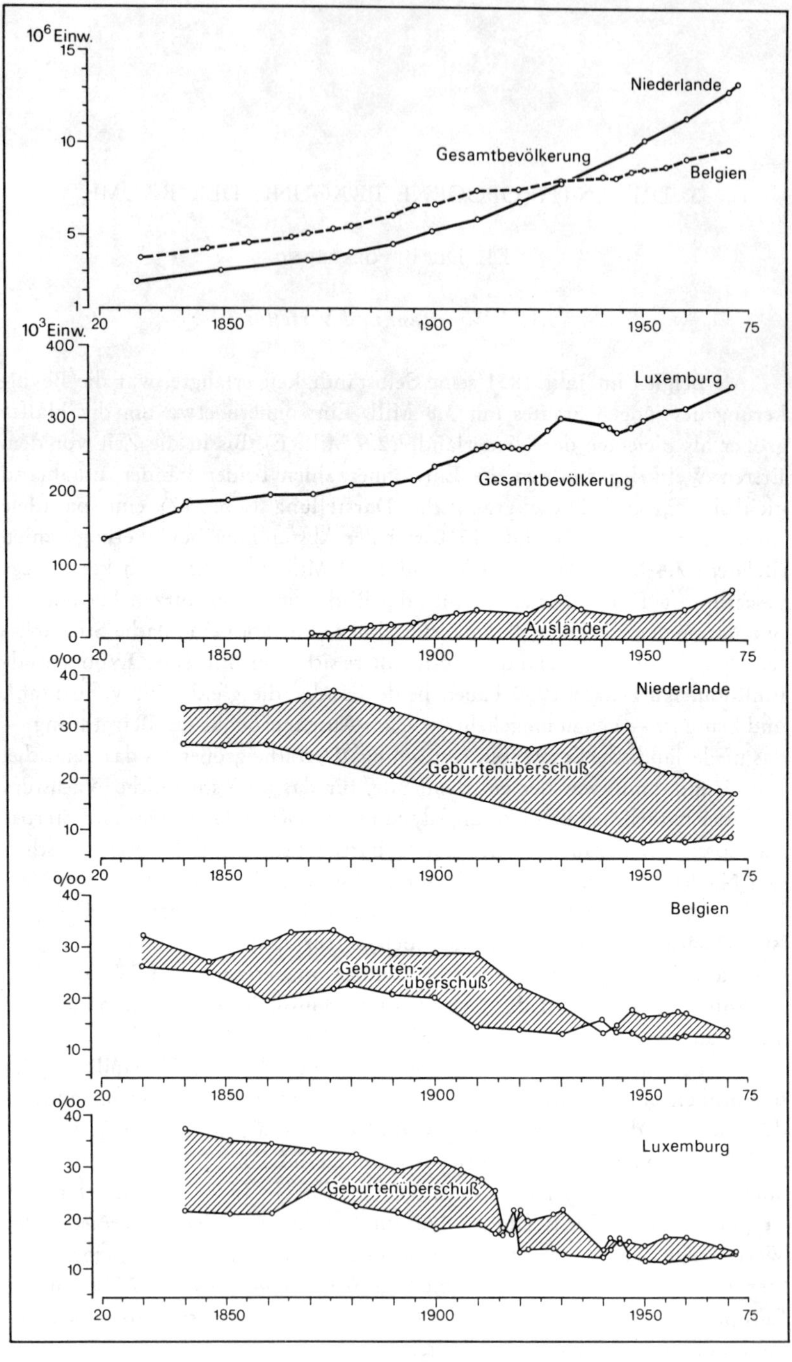

Abb. 17: Bevölkerungsentwicklung (nach amtlichen Statistiken).

Soweit derartige Unterschiede des generativen Verhaltens nicht in der biologischen Bevölkerungsstruktur begründet sind — in den Niederlanden ist der Frauenüberschuß geringer und die Altersstruktur etwas günstiger als in Belgien —, fällt ihre stichhaltige Erklärung schwer. Zu viele Komponenten spielen in die Abläufe hinein, die von weltanschaulich, sozial und ökonomisch motivierten Verhaltensweisen beeinflußt werden, mit allen Unwägbarkeiten, die dabei einwirken können. Zumindest sind die Niederlande eine signifikante Ausnahme von dem regelhaften Modell des Bevölkerungszyklus, demzufolge eine fortschreitende Industrialisierung und Urbanisierung sehr rasch ein ›Nullwachstum‹ bewirken sollen. Andererseits mußten die niederländischen Demographen ihre Wachstumsprognosen auf das Jahr 2000, die um 1965 aufgestellt worden waren, neuerdings nach unten revidieren, was spürbare Konsequenzen für die Raumplanung und Raumordnung mit sich brachte. (Von Heinrich HEINE wird der Ausspruch überliefert: ›Bahnt sich der Weltuntergang an, so gehe ich nach Holland; da passiert alles 50 Jahre später.‹ Für die Stellung des Landes im Bevölkerungszyklus scheint sich das zu bewahrheiten.) — Luxemburg fällt in der Größenordnung der absoluten Einwohnerzahlen aus dieser vergleichenden Länderbetrachtung heraus. Von 1821 (134 000 E) bis 1974 (357 000 E) wuchs die Bevölkerung um 166 %, und damit relativ sogar noch um einige Prozentpunkte stärker als in Belgien. Die Tendenz beim Geburtenüberschuß gleicht der des nördlichen Nachbarn, nur hat sich im Gegensatz zu Belgien auch der Erste Weltkrieg einschneidend ausgewirkt. Im Jahr 1974 war bei einer Geburtenrate von 11,0 ‰ und bei einer Sterblichkeit von 12,1 ‰ die natürliche Bevölkerungsbilanz negativ. Abb. 17 zeigt außerdem den hohen Anteil der Ausländer in Luxemburg (1974 waren es 84 000) sowie die Tatsache, daß zweimal ein Rückgang der Ausländerzahlen direkt auf den Verlauf der Gesamtbevölkerungskurve durchschlug.

Der Ausländeranteil führt uns zur Betrachtung der Wanderungsbewegungen, und zwar zunächst zum Saldo der Ein- und Auswanderung. Die Geburtlichkeit ist ja nur ein Faktor der Bevölkerungsdynamik; daneben ist stets das Verhältnis von natürlicher Bilanz zu der Wanderungsbilanz von Interesse. Tabelle 10 zeigt dazu folgendes: 1. In allen drei Ländern sinkt der Geburtenüberschuß, aber auf ganz verschiedenen Niveaus und mit beträchtlichen Differenzierungen in der Größenordnung. 2. Der positive Wanderungssaldo steht in einem unterschiedlichen Verhältnis zum natürlichen Saldo: in den Niederlanden trägt er am wenigsten für das Gesamtwachstum bei, in Belgien liegen die Zahlen dichter beieinander, und in Luxemburg übertrifft der Wanderungsgewinn die natürliche Zunahme. 3. Die Werte ändern sich oftmals sprunghaft. — Das wird noch deutlicher, wenn man über die Tabelle hinaus andere Zahlen heranzieht. So hatte Belgien im Jahr 1964 einen Einwanderungsüberschuß von 49 000 Menschen! Das hing mit der verstärkten

Rückwanderung aus dem Kongo zusammen, 1961 hingegen überwog die Auswanderung. Die Rückwanderung aus Indonesien ließ den niederländischen Wanderungsgewinn der Jahre nach 1945 ansteigen; in den fünfziger Jahren indessen war der niederländische Wanderungssaldo teilweise auch negativ bei hohen Auswanderungsquoten nach Kanada, Australien und Neuseeland. In Luxemburg brachte nur das Rezessionsjahr 1967 dem Land einen Wanderungsverlust (— 389); im übrigen schwankt in dem letzten Vierteljahrhundert der Wanderungsgewinn zwischen 1000 und 5000 Menschen und war — eben bis auf 1967 — stets größer als die natürliche Zunahme. Die Bewegungen des Wanderungssaldos hängen also für die beiden ehemaligen Kolonialmächte in der Nachkriegszeit von den Beziehungen zu den überseeischen Gebieten ab, werden im übrigen jedoch von allgemeinen Konjunktureinflüssen und auch von gesetzgeberischen Maßnahmen gesteuert. Innerhalb der EG können Wanderungen bekanntlich nicht beschränkt werden, die Zuwanderung aus Staaten, die nicht zur Gemeinschaft gehören, möchten indessen vor allem die Niederländer gern eingeschränkt sehen. Das schlägt sich in der Zielsetzung ihrer Entwicklungshilfe nieder, wo nach dem Motto: ›die Arbeit zu den Menschen bringen‹ verfahren wird, weil die Schaffung von Arbeitsplätzen in unterentwickelten Regionen den Zustrom Arbeitssuchender von dort vermindern hilft.

Fragt man in diesem Zusammenhang nach Herkunfts- und Zielländern, sowie nach der Staatsangehörigkeit der Wandernden, so ergibt sich ein buntes Mosaik. Von rd. 94 000 Einwanderern in die Niederlande (1974) besaßen mehr als die Hälfte niederländische Staatsangehörigkeit. 21 200 kamen von Surinam und den Antillen, ferner 12 200 aus den EG-Ländern zurück. Von 45 000 Einwanderern fremder Nationalität stammten die meisten aus europäischen Ländern, die nicht der EG angehören (18 000), vor allem aus der Türkei; 14 200 Ausländer zogen zu aus den Staaten der Europäischen Gemeinschaft. Der Rest verteilt sich auf zahlreiche Länder mit den Schwerpunkten USA und Marokko. Diese Einwanderungstendenzen und -präferenzen sind typisch für die letzten Jahre. Von den Auswanderern aus den Niederlanden (1974) waren etwa 37 000 Niederländer, 15 400 von ihnen zogen in andere EG-Länder, 4000 nach Surinam und auf die Antilleninseln. Von den 24 000 Ausländern, die in diesem Jahr die Niederlande verließen, wanderten rd. drei Viertel in ihre europäischen Heimatländer zurück. Diese abgerundeten Werte sollen einen ersten Eindruck über die räumliche Verteilung der die Niederlande betreffenden Wanderungsströme vermitteln, eine Detaillierung bietet Tabelle 11, dazu den Vergleich mit einem früheren Jahr.

Starke Einwanderungsströme nach Belgien kamen in jüngster Zeit stets aus Frankreich, 1974 stand an zweiter Stelle als Herkunftsland Italien, gefolgt von den Niederlanden, der Türkei und Großbritannien. Die Zahl der Einwanderer aus dem Kongo ist gegenüber dem Vergleichsjahr 1965 etwas angestiegen, außerdem kommt ein stetiger Strom von Nordafrikanern. Auswanderungsziele sind in der Reihenfolge der Bedeutung (1974) Italien und Frankreich, dann mit Abstand die Niederlande, die USA und die BRD. Einzelheiten vermittelt Tabelle 12. Anders als in den Niederlanden waren 1974 übrigens nur etwa 12 % der Einwanderer belgischer Nationalität; unter denen, die das Land verließen, waren in den letzten Jahren immer nur rd. ein Viertel Belgier, die somit bezüglich der Außenwanderung weniger mobil erscheinen als ihre nördlichen Nachbarn.

Auf die Bedeutung der die Landesgrenzen überschreitenden Wanderung für die Bevölkerungsdynamik in Luxemburg wurde schon mehrfach hingewiesen. Ein Besucher, der zu einer verkehrsreichen Stunde den Bahnhof der Hauptstadt betritt, wird unweigerlich an die babylonische Sprachverwirrung erinnert. Hauptherkunftsland ist in jüngster Zeit Portugal geworden, gefolgt von Frankreich und Italien. Bei den Italienern ist die Fluktuation besonders stark, Italien ist in der Nachkriegszeit stets das Hauptziel der Rückwanderer gewesen.

Im nordwesteuropäischen Rahmen gesehen, liegen die Beneluxländer im Zentrum einer Ballungsregion, deren Westflügel London und Südostengland darstellt; die Ostflanke bildet das Ruhrgebiet mit der Rheinschiene. Über Jahrhunderte hinweg hat sich dieser Raum um den südlichen Nordseeausgang kräftig entwickelt. Dazu trugen bei: die Konzentration großer Flußmündungen mit eisfreien Häfen und beträchtlichen Einzugsgebieten der schiffbaren Ströme, reiche Bodenschätze im Hinterland, Kernbildung der industriellen Entwicklung mit schnellem wirtschaftlichem Wachstum und eine immer dichtere Verkehrsverflechtung. Raumordnungspläne in der jüngsten Zeit waren auch bereits auf eine Tunnelverbindung des Kontinents mit England abgestellt, indessen ist dieses Projekt vorerst (und endgültig?) wieder an den Kosten gescheitert. In dem gesamten Ballungsraum wohnen 50 Mill. Menschen — fast die Hälfte davon in den Beneluxländern —, das sind 12 % der Bevölkerung Europas auf einer Fläche, die nur 2 % des Abendlandes (ohne die Sowjetunion) ausmacht. Die globale Regelhaftigkeit der Begünstigung des thalassisch-ozeanischen Standortes auf der Erde in bevölkerungsgeographischer Sicht wird hier anschaulich bestätigt.

Die Anziehungskraft gerade für Gastarbeiter aus Südeuropa können folgende Angaben belegen. Von 1960 bis 1970 stieg deren Zahl in den Niederlanden von 21 000 auf 100 000, in Belgien von 80 000 auf 154 000 und in Luxemburg von 16 000 auf 24 000. Der Höhepunkt der Immigrationswelle dürfte aber im Jahr 1974 erreicht worden sein. Zu diesem Zeitpunkt waren an Gastarbeitern insgesamt beschäftigt (in Klammern der Anteil der Ausländer an der Gesamtzahl der Beschäftigten): Niederlande 160 000 (3,4 %), Belgien 265 000 (6,8 %) und Luxemburg 43 000 (27,9 %). Die Integrationsschwierigkeiten bei diesen Bevölkerungsteilen führen vorwiegend in den großen Städten zur Segregation mit allen ihren nachfolgenden sozialen Problemen.

Die gegenwärtige räumliche Verteilung der Bevölkerung in den Beneluxländern zeigt Abb. 18. Dazu wurde die Bevölkerungsdichte zunächst auf Gemeindebasis ermittelt, danach aber wurden alle Gemeinden mit weniger als 10 km² Fläche und unter 25 000 E auf die benachbarten Gemeinden umgerechnet, weil andernfalls die Grenzen kartographischer Möglichkeiten überschritten werden. Als relativ dünn besiedelt heben sich nun deutlich das südliche Waldgebirge und der niederländische Norden heraus. Als Verdichtungsräume erscheinen die Randstad Holland, das belgische Städtedreieck Gent-Antwerpen–Brüssel und die Sambre–Maas-Furche. Für die Niederlande hat Tamsma (1970) sehr einprägsam gezeigt, daß die Linie Alkmaar–Arnhem die Staatsfläche etwa in zwei Hälften zerlegt, aber im nördlichen Landesteil lebt nur ein Viertel der Bevölkerung. Im weiteren Bereich der Randstad wohnen allein 46 % der Niederländer. Für Belgien kann man eine ähnliche Rechnung aufmachen. Längs der Achse Brüssel–Antwerpen wohnen auf weniger als 8 % des Landes ein Viertel der Belgier. Die Folgen dieser Unausgewogenheit wenigstens zu mildern, ist eines der vordringlichsten Ziele der Raumordnung.

3.1.2. *Räumliche Differenzierung nach der demographischen Struktur*

Die großen Unterschiede in der Verteilung der Bevölkerung bestehen teilweise schon seit langer Zeit. So war der Westen der Niederlande durch Jahrhunderte hindurch der Mittelpunkt des wirtschaftlichen Lebens; die Ausstrahlungen nach Osten und in die südlichen Niederlande bei zunehmender internationaler Verkehrsverflechtung gaben dann auch dort die Anstöße für ein rascheres Wachstum, mit dem die nördlichen Provinzen und Seeland nicht Schritt halten konnten. In Belgien waren um 1830 die waldreichen Mittelgebirge und die Heidelandschaften nördlich der Demer genau wie heute am schwächsten besiedelt. Die Kerne der Agglomerationen traten auf einer Bevölkerungsdichtekarte jener Zeit ebenfalls schon klar hervor, nur strahlten sie noch nicht so weit in ihr Umland aus. Freilich bot die Bevölkerungsdynamik im Belgien des vorigen Jahrhunderts ein anderes Bild als heute. Während die Borinage damals einen 100 %igen Bevölkerungszuwachs verzeichnete, verlor Antwerpen an Bedeutung; Mißernten schwächten die Landwirtschaft in Flandern, und vor allem der Raum um Kortrijk und Ronse büßte durch Abwanderung viele Menschen ein. Die Textilindustrie Englands und der Niederlande waren eine bedrohliche Konkurrenz für das flandrische Heimgewerbe. In Luxemburg lag der Bevölkerungsschwerpunkt immer im

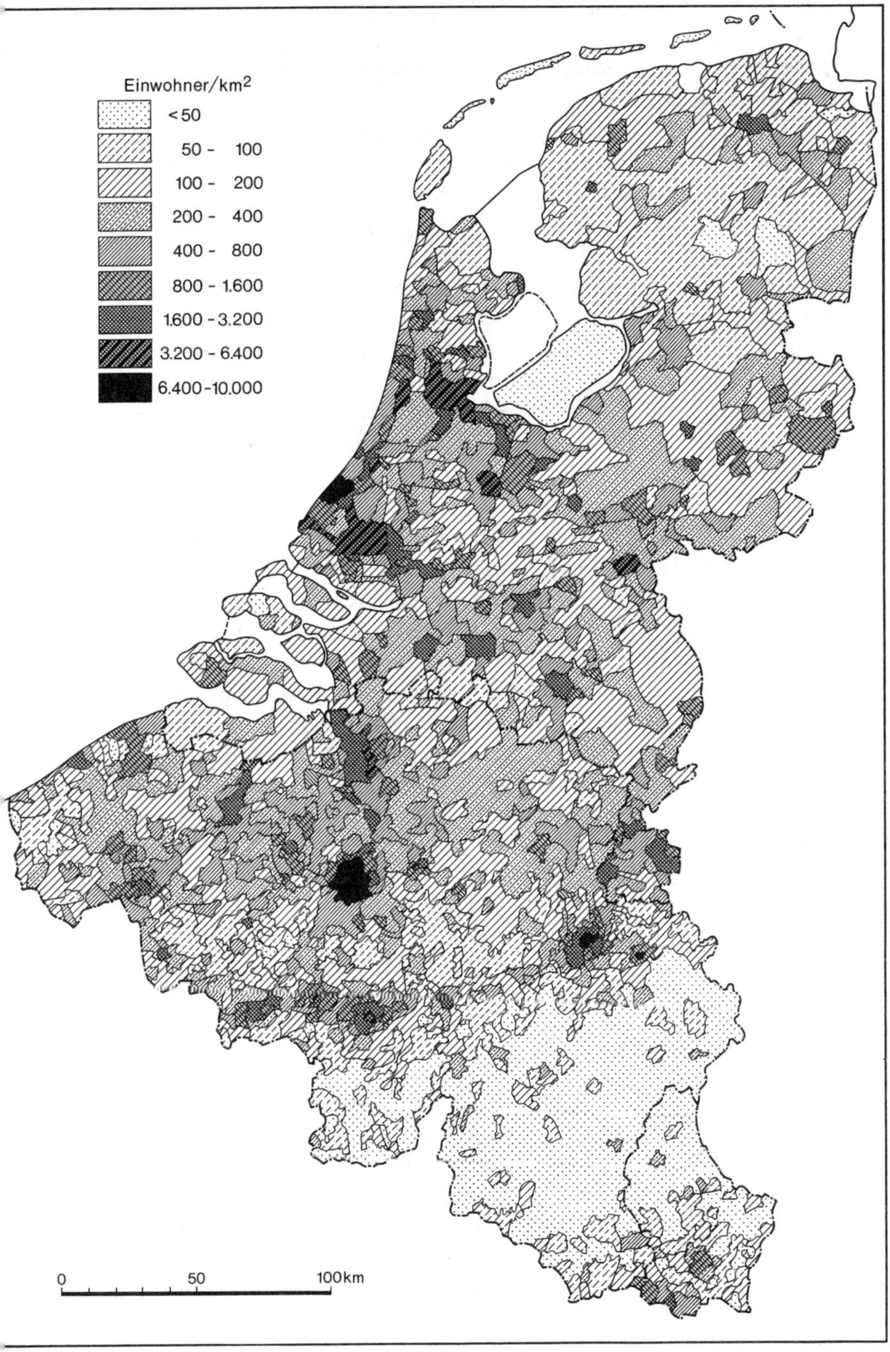

Abb. 18: Bevölkerungsdichte 1971 (nach amtlichen Statistiken).

Gutland als dem gewichtigeren Siedlungsraum. Wachstumsunterschiede verstärkten diese Ungleichgewichtigkeit.

Die Tabellen 13 bis 15 liefern Zahlenmaterial für die jüngste Vergangenheit. In den Niederlanden zeigt sich, daß der Osten des Landes jetzt am überdurchschnittlichsten wächst. Das ist eine Folge der Besiedlung der südlichen Ijsselmeerpolder, aber auch des starken Wachstums einiger Städte wie Apeldoorn und Enschede. Den Anschluß an das Wachstum der südlichen Niederlande hat jetzt mit der Verbesserung der Infrastruktur im Rahmen der Bauten des Deltaplanes auch der seeländische Bereich im Südwesten gefunden. Leicht überdurchschnittlich wächst ferner — dank vielfältiger Förderungsmaßnahmen — der Norden, während der Westen deutlich zurückbleibt (Tabelle 13). Die Kerne der großen Städte in Nord- und Südholland hatten in Zeitraum 1969—1974 (und auch schon davor!) alle eine rückläufige Einwohnerzahl; die stärkste Abnahme verzeichnete 's-Gravenhage mit 12 %, gefolgt von Rotterdam (9 %), Amsterdam (8 %), Utrecht (5 %) und Haarlem (3 %). Gewachsen sind dagegen die Umlandgemeinden. — In Belgien zeigt sich nach Tabelle 14, daß die mittlere jährliche Zunahme in der Periode 1961—1970 für die Provinzen Antwerpen, Brabant und Westflandern über dem Landesdurchschnitt lag, das rascheste Wachstum jedoch verzeichnete Limburg. Während in Antwerpen und Brüssel die Umlandgemeinden der Agglomerationen die Wachstumsträger sind und in Westflandern der Raum Roeselare–Kortrijk, haben in Limburg die Entwicklungsmaßnahmen im Gebiet nördlich der Demer ein breit gestreutes Wachstum ermöglicht. Der Süden des Landes indessen stagniert; der Hennegau verlor sogar leicht an Bevölkerung. Damit haben sich die Tendenzen verstärkt, die Mols (1962) schon für die Periode 1947—1960 herausgearbeitet hat. Auch das überdurchschnittliche Wachstum der Bevölkerung in der niederländischen Sprachregion blieb erhalten:

	Bevölkerung 1961	Bevölkerung 1973	Wachstum (‰)
Niederländische Sprachregion	5 064 000	5 501 000	6,6
Französische Sprachregion	3 045 000	3 129 000	2,2
Deutsche Sprachregion	58 000	63 000	7,2
Brüssel (Die 19 Gemeinden)	1 023 000	1 063 000	3,3
Belgien (Summe)	9 190 000	9 756 000	5,1

Wie in den Niederlanden, so verloren auch in Belgien die Kerne der Agglomerationen an Bevölkerung. In Antwerpen betrug dieser Rückgang 11 % (1961—1970), in der Kerngemeinde Brüssel 7 %, in Gent waren es 6 % und in Lüttich 5 %. Die Probleme, die damit auftauchen, sind hier wie dort die gleichen: sozialökonomischer Funktionsverlust der alten Stadtzentren, Wachstum der Umlandgemeinden oft über die Leistungsfähigkeit ihrer Infrastruktur hinaus; Zunahme des Berufsverkehrs und Überlastung der Nahverkehrsstrecken. — In Luxemburg (Tabelle 15) sind gleiche Tendenzen, wenn auch in anderer Größenordnung, zu beobachten. Die Bevölkerung der Hauptstadt hat zwar von 1960 (71 700 E) bis 1970 (76 200 E) noch um 0,6 % jährlich zugenommen, aber weit stärker ist das Wachstum im Umland, also im Kanton Luxemburg. Es strahlt von dort in nördlicher Richtung entlang der Hauptverkehrslinien nach Mersch, aber auch nach Westen in den Kanton Capellen aus; die Bevölkerungszunahme im Industriegebiet (Esch) dagegen bleibt hinter dem Landesdurchschnitt zurück, und der Ösling verliert weiterhin an Bewohnern.

Die Unterschiede in der Wachstumsgeschwindigkeit sind bis zu einem gewissen Grade die Folge einer räumlich differenzierten natürlichen Bevölkerungszunahme (oder auch -abnahme!). So fällt in den Niederlanden ein hoher Geburtenüberschuß in den Ijsselmeerpoldern sowie in denjenigen Gemeinden der Randstad und der Nordbrabanter Städtereihe auf, in denen neue Wohnsiedlungen geschaffen wurden. Dorthin streben nun vorwiegend die jüngeren Bevölkerungsschichten. Agrargemeinden jedoch bleiben — entgegen einer verbreiteten Vorstellung — meist unter dem Durchschnitt der Geburtlichkeit. Eher besteht eine Parallelität zur Konfession. Den höchsten Anteil an katholischer Bevölkerung findet man in Nordbrabant und in Limburg, hier wie auch in den Gebieten des Westens mit einem größeren Prozentsatz von Katholiken ist die Geburtlichkeit überdurchschnittlich. Insgesamt bleibt aber der Westen und der Südwesten der Niederlande seit 1960 ständig unter dem Mittel der Geburtlichkeit (vgl. van Ginkel u. Woersem, 1973). — In Belgien lag 1973 die natürliche Zuwachsrate im flämischen Landesteil mit 2,5 ‰ weit über dem Mittelwert des Landes von 1,2 ‰; für Limburg betrug sie sogar 7,5 ‰, gefolgt von Westflandern (2,9 ‰) und Antwerpen (1,6 ‰). Die Bilanz in Wallonien war dagegen negativ mit —0,4 ‰. In Brüssel lag sie sogar bei —1,3 ‰, in der deutschsprachigen Region betrug der Wert + 1,4 ‰. — In Luxemburg war 1972 die Differenz: Geburtenrate minus Sterberate mit —0,1 ‰ schwach negativ. Ordnet man für dieses Jahr die Kantone in einer Reihe von positiven zu negativen Werten, so ergibt sich folgendes Bild: Vianden 3,4; Luxemburg-Land 2,7; Diekirch 1,6; Capellen 1,3; Mersch 0,6; Luxemburg-Stadt 0,1; Esch 0,0; Redange —2,1; Clervaux —2,4; Grevenmacher —2,8; Echternach —2,9; Remich —3,6 und Wiltz —3,7 ‰.

Der entscheidende demographische Faktor ist indessen die Wanderung. Hier gilt es nun nicht nur die Außenwanderung zu beachten. Deren Saldo ist, wie beschrieben, positiv, und dieser Gewinn kommt vor allem den Städten zugute. Vielmehr müssen jetzt auch die Ergebnisse der Binnenwanderungsströme analysiert werden. Allein die Größenordnungen sind erstaunlich. In den Niederlanden wechselten den Wohnsitz im Jahr 1963 eine halbe Mill.

Menschen, 1974 waren es sogar 717 000. Die Vergleichszahlen für Belgien liegen recht konstant bei gut einer halben Mill. pro Jahr. Dabei sind die Umzüge innerhalb einer Gemeinde nicht einmal erfaßt! Herkunft und Ziel der Wanderbewegungen in allen Einzelheiten darzustellen, sprengt den Rahmen dessen, was hier möglich ist. Gebiete mit binnenländischem Wanderungsverlust sind in den Niederlanden die schon erwähnten Agglomerationskerne, das gilt darüber hinaus für die Innenstädte von Arnhem, Nijmegen, Eindhoven und Tilburg; ferner für große Teile Frieslands und Groningens und auch für den Nordostpolder. Den stärksten binnenländischen Wanderungsüberschuß haben die Randgemeinden um die Städte im Westen des Landes sowie um Tilburg und Eindhoven. Hier tritt aber leicht ein Fehlschluß auf: der Wanderungsverlust in einigen wenigen Kerngebieten des Westens ist zusammen viel höher als der Gewinn in den zahlreichen, kleinen Umlandgemeinden. Für die einzelnen Landesteile resultieren daher folgende Salden (1960 bis 1970), nach DE BOER (1974):

Landesteile	Binnen-wanderung (in 1000 E)	Außen-wanderung (in 1000 E)
Groningen und Friesland	— 21,9	+ 1,7
Drenthe und Overijssel	+ 6,8	+ 10,5
Utrecht und Gelderland	+ 80,8	+ 30,9
Holland und Seeland	— 99,2	+ 65,1
Nordbrabant und Limburg	+ 27,7	+ 24,2

Im Westen und Südwesten der Niederlande wird also der Binnenwanderungsverlust durch den Außenwanderungsgewinn nur zu $^2/_3$ ausgeglichen, im Norden kann von einem Ausgleich nicht die Rede sein. Utrecht und Gelderland verzeichnen stärksten Gewinn bei beiden Salden.

Höchste Wanderungsgewinne verzeichnet in Belgien das Umland von Brüssel, und zwar seit Jahrzehnten. 1970 betrug allein für Hal-Vilvoorde der Wanderungsüberschuß mehr als 5000 Menschen; auch im Arrondissement Nivelles steigt seit 1947 der Wanderungsgewinn ständig. Im Arrondissement Charleroi dagegen war er im Zeitraum 1961—70 erstmals seit der Jahrhundertwende negativ. Antwerpen erfreut sich seit dem Ende des Zweiten Weltkrieges eines Wanderungszuwachses von fast 2000 Menschen im jährlichen Mittel, während die Zuwanderung nach Lüttich abnimmt (2200 im Mittel der Jahre 1947—60, aber nur etwas über 1000 für die Periode 1961 bis 1970). Mit Abb. 19 wurde der Versuch gemacht, für den Gesamtraum der Beneluxländer und für einen Zeitpunkt die Komponenten der Bevölkerungsdynamik zusammenzubringen.

In Belgien und Luxemburg ist die konfessionelle Differenzierung der

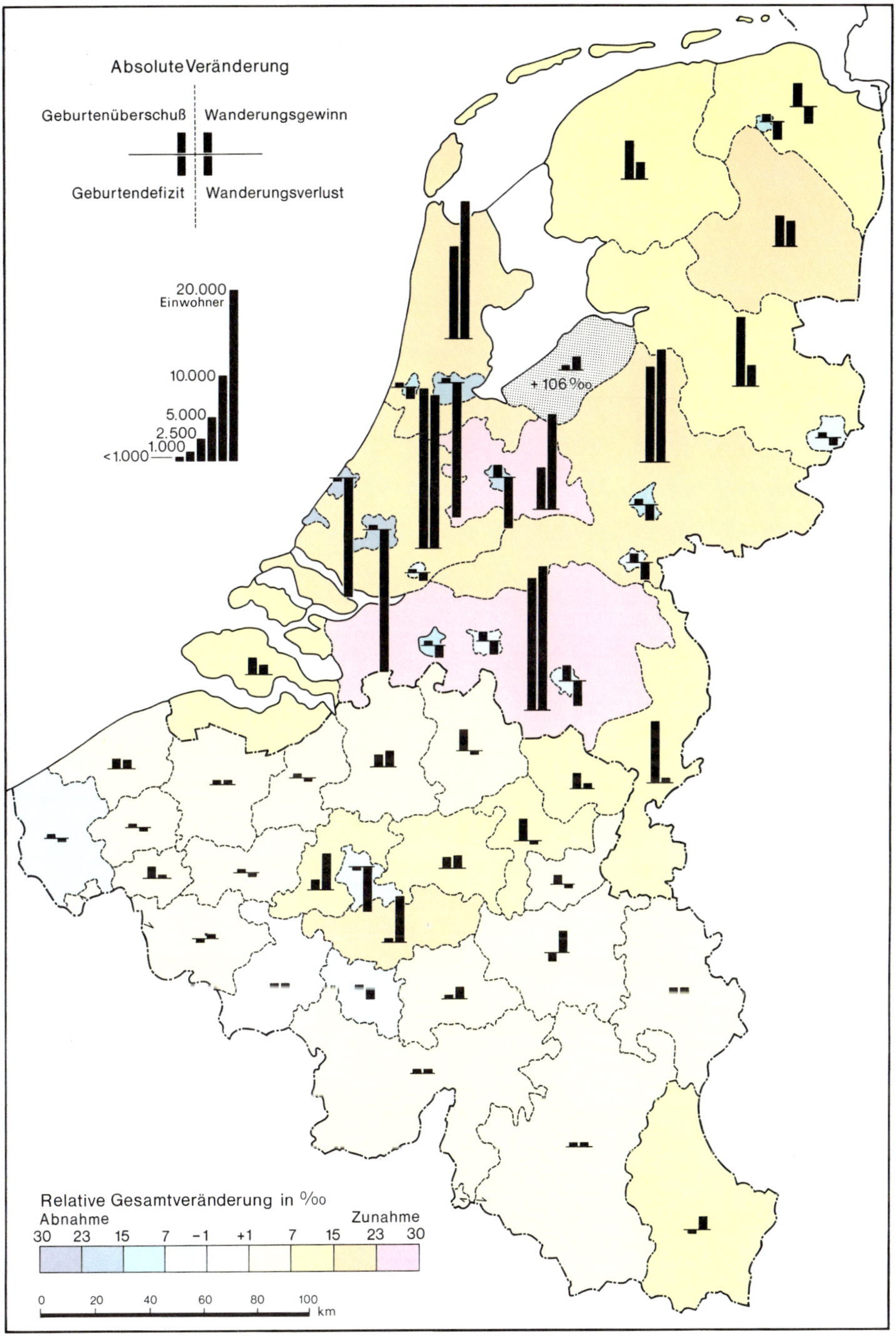

Abb. 19: Bevölkerungsdynamik 1972 (nach amtlichen Statistiken).

Bevölkerung gering. Luxemburg ist zu 98 % seiner Bewohner katholisch; in Belgien beträgt die Zahl der Protestanten vielleicht 85 000. Das ist eine Schätzung, weil es eine amtliche Statistik über die Religionszugehörigkeit nicht gibt. Der Protestantismus ist in den alten Industriegebieten der Wallonie stärker vertreten als in Flandern und in den Ardennen. Erst nach 1830 konnten sich ja in Belgien protestantische Gemeinden wieder frei entfalten. Sie taten es nun vor allem dort, wo die industrielle Revolution neue soziale Verhältnisse geschaffen hatte und die herkömmliche Ordnung in Frage gestellt wurde. Aus Frankreich kommend, fanden laizistische und atheistische Strömungen Eingang, und wer sich ihnen nicht anschließen mochte, fand im Protestantismus eher eine geistige Heimat als in der katholischen Kirche. Das wirkt in der Borinage und um Charleroi bis heute in der konfessionellen Struktur nach.

Anders in den Niederlanden. Hier fällt der starke Wandel bei der Religionszugehörigkeit in unserm Jahrhundert auf. Der Anteil der Bevölkerung katholischer Konfession stieg seit 1900 von 35 % auf nunmehr knapp 40 %. Der vom Calvinismus geprägten Niederländischen Reformierten Kirche gehörten um 1900 noch 48 %, heute indessen nur 23 % der Niederländer an. 1856 hatte ein Massenaustritt aus der Reformierten Kirche zur Bildung der ›Gereformeerde Kerke‹ geführt, ihre Angehörigen haben aber nie die 10 %-Marke überschritten. Jedoch führte eine ständig wachsende Zahl von Kirchenaustritten dazu, daß der Anteil der Konfessionslosen von 2,3 % (1900) auf 23 % (1971) gestiegen ist. Der Einfluß der konfessionellen Differenzierung ist weniger im sozialökonomischen Bereich wirksam, wohl aber, wie gezeigt wurde, auf dem demographischen und auch auf dem politischen Sektor. Die katholische Volkspartei erreicht ihre höchsten Stimmenanteile in Nordbrabant und Limburg, in der Twente und in einigen Teilen der beiden Holland, genau dort, wo die katholische Konfession dominiert. Während bis zum Zweiten Weltkrieg in der katholischen Kirche der Niederlande auf strengste Disziplin geachtet wurde, z. B. hinsichtlich der Mischehen, ist sie heute führende Teilkirche bei den Reformbestrebungen nach dem Zweiten Vatikanischen Konzil geworden. — Das Hauptverbreitungsgebiet der Angehörigen der Reformierten Kirche ist ein breites, diagonales Band von Seeland durch Gelderland zur Drenthe und zur Emsmündung. Aber auch sonst machen — außer in Nordbrabant und Limburg — Protestanten im allgemeinen 1/3 der Bevölkerung aus.

Um die sozialökonomische Differenzierung der Beneluxländer nach der Erwerbstätigkeit herauszuarbeiten, wurde Abb. 20 entwickelt. Die Basisdaten gelten in den Niederlanden für die ökonomisch-geographischen Gebiete, in Belgien für die Arrondissements und in Luxemburg für die Distrikte, so daß eine einigermaßen zufriedenstellende Aufschlüsselung erreicht werden konnte. Daß die Gebiete des agrar-industriellen Mischtyps in den nörd-

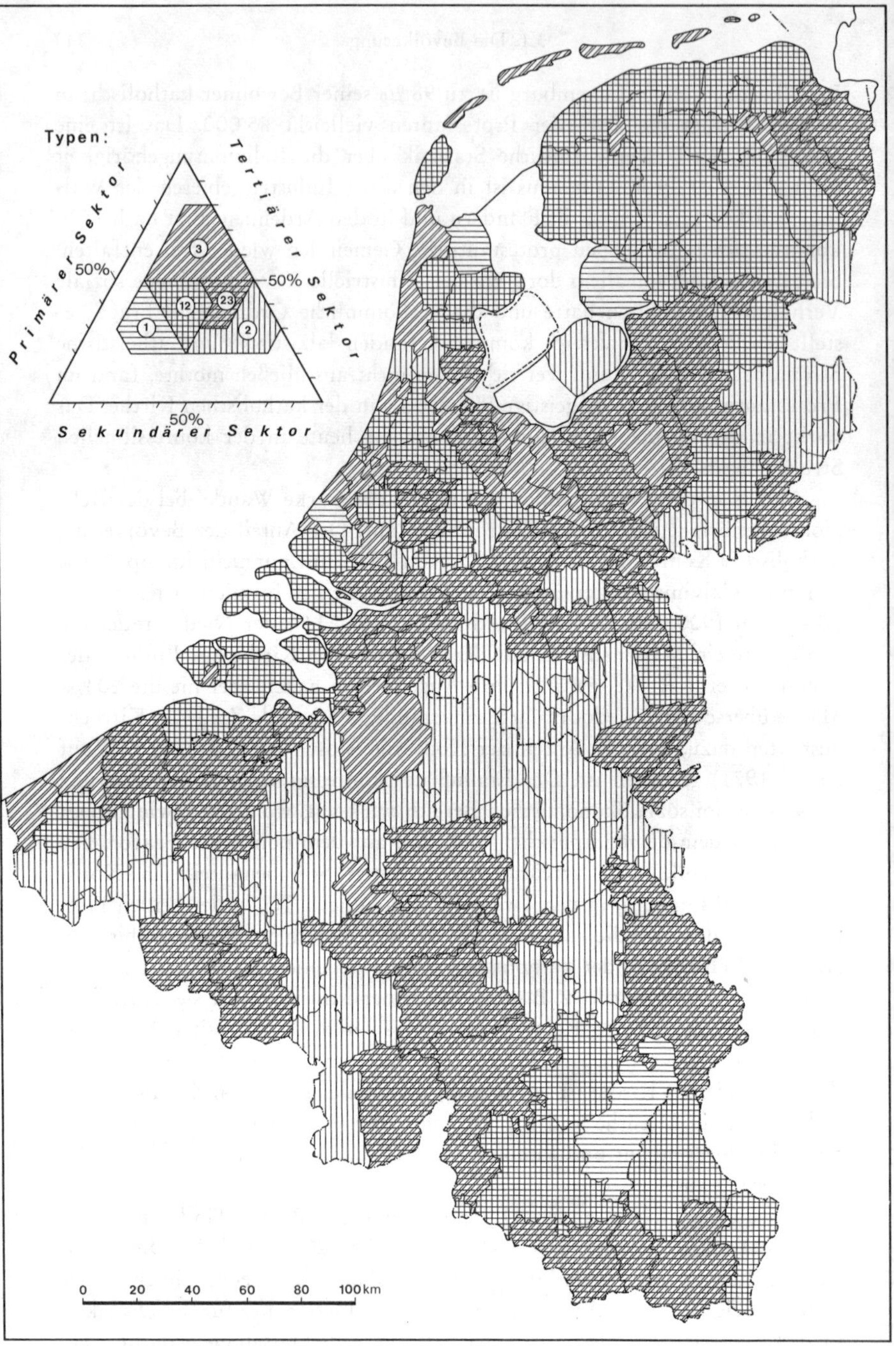

Abb. 20: Erwerbsstruktur 1960/61 (nach amtlichen Statistiken).
1 Agrartyp, 12 agrar-industrieller Mischtyp; 2 Industrietyp, 23 industriell-tertiärer Mischtyp; 3 Dienstleistungstyp.

lichen Niederlanden noch immer eine krisenanfällige Struktur besitzen, beleuchtet am besten die Tatsache, daß hier in den letzten Jahren (1969—73) die Arbeitslosenquote mit 6 bis 7 % am höchsten war, während sie überall sonst in den Niederlanden unter 4 %, meist sogar unter 3 % lag. Im Rezessionsjahr 1975 hat die Arbeitslosigkeit allerdings auch für die Niederlande insgesamt die 5 %-Marke überschritten. Belgiens Arbeitslosenquote stieg 1975 auf 6,2 %; am härtesten betroffen sind hier die Räume um Mons, Charleroi und Lüttich.

3.2. Der Siedlungs- und Wirtschaftsraum der Primärproduktion

3.2.1. *Ländliche Siedlungsräume in Vergangenheit und Gegenwart*

Wenn auch in Staaten mit hohem Grad der Verstädterung nur ein geringer Teil der Bevölkerung in den Siedlungen der ländlich-agraren Landschaft lebt, wenn es rein ländliche Orte in dem Sinn, daß ihre Bewohner überwiegend im primären Wirtschaftssektor tätig sind, in den Beneluxländern kaum noch gibt, wenn auch der Beitrag, den Land- und Forstwirtschaft sowie Fischerei zum Volkseinkommen beisteuern, relativ gering geworden ist, wenn auch alle diese Vorbehalte zu Recht bestehen, so wird man doch in einer Landeskunde dem ländlichen Raum einen gebührenden Platz zuweisen, weil dieser Raum flächenhaft und damit physiognomisch dominiert, weil er mancherlei Züge aus der Vergangenheit bewahrt hat und weil — trotz aller modernen Agrartechnik — die naturräumliche Struktur vielfältige Abhängigkeit und Anpassung bewirkt. So erscheinen bei der Betrachtung ländlicher Siedlungsareale die Lineamente physiogeographischer Fakten oftmals wie durchgepaust in den anthropogen geprägten Landschaften: lohnende Objekte für eine komplexe geographische Betrachtung. — Als der gangbarste Weg, den ländlich-agraren Raum zu gliedern, erscheint es, die Aussage der Abb. 21 von der Genese her zu entwickeln. Nur unter Beachtung der agrarsozialen Unterschiede während des Siedelganges sowie der naturräumlichen Grundlagen lassen sich die andern Erscheinungen wie Ortsformen, Gehöftanlagen, Flurformen und Anbausysteme in ihrer räumlichen Differenzierung einbauen und erläutern.

Als Ausgangspunkt bedienen wir uns des Begriffes vom Altsiedelraum, wie ihn Schlüter und Müller-Wille benutzt haben, und wie er für Mittel- und Westeuropa sinnvoll ist, weil er diejenigen Areale bezeichnet, die um 500 n. Chr. besiedelt waren, als im Raum der heutigen Beneluxländer sich das Frankenreich konsolidiert hatte, Friesland freilich in seiner Eigenständigkeit belassend. Größere, zusammenhängende Areale von Offenland wird man sich unter den Altsiedelräumen indessen nur in den Lößgebieten von

Hennegau, Haspengau und Brabant sowie auf den Muschelkalkflächen des Gutlandes vorstellen dürfen, während es sich ansonsten zu Beginn des Frühmittelalters um kleine Siedlungsinseln sowohl auf der Geest wie im Waldgebirge und um den Schwarm der Terpensiedlungen im nördlichen und westlichen Marschland handelte. Eine andere, hier nicht näher zu erörternde Frage ist die nach dem weiter in die Vergangenheit zurückreichenden Alter der Besiedlung. Seßhaftes Bauerntum gab es seit dem ausgehenden Neolithikum und seit der Bronzezeit, nicht nur in den Börden, sondern auch in den Kalkmulden des Ardennenvorlandes und auch in den Hochmulden der Ardennen selbst, in den Geestgebieten wie im Gutland. Sicher ist auch eine eisenzeitliche Erweiterung dieser frühen Siedlungsräume; so birgt z. B. die Drenthe eine Fülle von eisenzeitlichen Fluren. Völlig ungeklärt ist indessen in den meisten Fällen die Frage der Kontinuität. KEUNING hält es für wahrscheinlich, daß in Limburg die Franken jene von den Römern aufgegebenen Sitze wieder eingenommen haben, aber meist wissen wir nicht, wie weit die Siedlungskonstanz der Areale, die uns um 500 n. Chr. als Altsiedellandschaften in das Blickfeld treten, in früh- und vorgeschichtliche Zeiten zurückreicht. Andererseits können wir das Altsiedelland auch keineswegs immer exakt trennen von den alten Rodelandschaften, wie sie bis um 850 n. Chr. als Ausdehnung des fränkischen Siedlungsraumes noch vor den Reichsteilungen entstanden. Die jüngere Rodeperiode reicht von 950 bis 1350. Daran schließt sich der spätmittelalterlich-frühneuzeitliche Landesausbau an, der bereits im Zusammenhang behandelt worden ist, soweit er den Prozeß einer echten Landgewinnung aus Wattenmeer und Moor darstellt. Die Binnenkolonisation durch Streubesiedlung ist vor allem eine Erscheinung der letzten 200 Jahre. Je weiter wir in die Altsiedelzeit zurückgehen, um so mehr kommen wir in die Epoche der Landnahme durch ein freies Sippenbauerntum. Die primären Anstöße für den Ausbau in der ersten Rodeperiode geben sowohl die weltlichen fränkischen als auch die kirchlichen Grundherrschaften. Bei den letzteren spielen Utrecht und Lüttich eine hervorragende Rolle. Willibrord, Bischof von Utrecht, stiftete um 698 die Benediktinerabtei Echternach, die zum bedeutendsten frühmittelalterlichen Grundherren in Luxemburg und bis hinauf auf den Bastnach–St. Vither Riedel wurde. In die jüngere Rodeperiode fällt der Aufstieg der Grafschaften und Herzogtümer. Im 11. Jahrhundert breitete sich von Flandern her das Rodesiedlerrecht über Huy und Dinant aus, die gefreiten Dörfer waren grundherrlich initiiert, aber sie wurden freibäuerlich getragen. Anstöße für die eigentliche Landgewinnung kamen von Grundherren, von Städten, von Genossenschaften und in der Neuzeit mehr und mehr vom Staat. Ebenso ging die jüngste Binnenkolonisation teils vom Staat, teils von kommunalen Körperschaften aus, wobei Groningens Rolle für die Verfehnung des Bourtanger Moores hervorzuheben ist. — Sucht man nach einem ersten Ordnungsprinzip für die Vielfalt der Erscheinungen, so bietet sich eine Linie an, die etwa von Tournai nach Ath, östlich der Dender nach Norden vorspringend und weiter über Brüssel, Löwen, Tongeren nach Roermond zieht. Südlich dieser Linie treten schon früh geschlossene Dörfer in Erscheinung, nördlich indessen bestimmen ursprünglich lockere und kleinere Ortsformen das Bild der Geest, der Schotter- und Decksandplatten.

Für die Geestgebiete kann man davon ausgehen, daß das Vorhandensein von geeigneten Physiotopen als Standorte kleiner Ackerflächen und Heuwiesen sowie ausgedehnter Hudewälder die wichtigste Voraussetzung war für die Wahl von Siedlungsplätzen in der Phase eines frühen ›Waldviehbauerntums‹ (Müller-Wille, 1954). Solche Standorte waren gegeben in der Drenthe, in Overijssel und Gelderland, in der Twente und Veluwe, am Utrechtschen Endmoränenzug, in Nordbrabant, im Kempenland und im sandigen Flandern.

In der Drenthe hatte die physiogeographische Differenzierung in insel- und halbinselartige, durch Moore und Feuchtniederungen voneinander getrennte Erhebungen zunächst zur Folge, daß sich um die Kuppen und Flachwellen, die als zentrale Ackerfluren (Esche) genutzt wurden, jeweils eine lockere Siedlung bildete, die durch natürliche Grenzen von Nachbarn getrennt war. Diese Drubbel (Eschdörfer) bestanden aus einer Anzahl von in Sichtweite zueinander am Rande des Esches stehenden Gehöften der Altbauern, die durch Langstreifen in Gemengelage Anteil am Ackerland hatten. Vom frühen Mittelalter an setzte dann eine Ausdehnung dergestalt ein, daß einerseits die Höfe, die nur geringen Anteil am Esch hatten, in die Allmende verlegt wurden, andererseits die Bevölkerungszunahme einen Ausbau nötig machte. Es wurden neue Dörfer gegründet, die aber in ihrer Form den Kerndörfern glichen. Bisher ungenutzte Standorte mit Eschqualität wurden in die Gemarkung aufgenommen. Der durch die Fluraufteilung sowie durch die Ausdehnung der Siedlungen entstandene Kontakt zu andern Dörfern führte zu einem System gegenseitiger Dienstleistungen, das sich über die Bauernschaft und Eschgenossenschaft im Mittelalter zu einer Markgenossenschaft entwickelte. Die Landschaft hat durch ihre abseitige Lage, den einheitlichen und ungestörten Ausbau, den sie erfuhr und zu dem die Markgenossenschaft beitrug, sowie durch die starke Position der Altbauern, die die Bildung von Einzelhöfen verhinderten, ihren Charakter bis zum Ende des vorigen Jahrhunderts bewahrt. Dieser ländliche Siedlungsraum ist heute gekennzeichnet durch eine scharf begrenzte Einteilung von Ackerlandkomplexen in Form der um das Dorf herum gruppierten Esche, durch Grünlandstreifen in den Niederungen und durch kleine Waldinseln. Die Flurbereinigung hat die langstreifige Parzellierung vieler Esche verändert. Die Dörfer bieten nur noch selten das alte Bild der Drubbel, meist sind sie zu größeren Gruppensiedlungen mit Versorgungsfunktionen für ein kleines Umland aufgestiegen. Insgesamt hat jedoch auch unser Jahrhundert diesen Raum noch nicht grundlegend zu wandeln vermocht (Foto 15). Die Mittellängsdielenhäuser mit der T-förmigen Erweiterung des Wohnteils und mit der aushäusigen Stapelung von Heu und Stroh in den typischen Vierrutenbergen bestimmen das Bild vieler Gehöfte noch heute.

Von einer ähnlichen Entwicklung des Altsiedelraumes kann man bei der Betrachtung der Twente, der Ränder der Veluwe und des Utrechtschen Endmoränenzuges ausgehen. Auch hier gab es Eschdörfer. Die mittelalterliche Rodetätigkeit ist in diesen drei Räumen besonders auf den Einfluß der Grundherrschaft zurückzuführen, wobei wesentliche Impulse von Utrecht ausgingen. Die Rode- und Kolonisationstätigkeit betraf einerseits die Waldgebiete zwischen den Eschdörfern; das Neuland wurde durch Streubesiedlung erschlossen. Andererseits erstreckte sich — im Gegensatz zur Drenthe, wo die Rodetätigkeit an die Grenzen des Naturraumes gebunden war — der Landesausbau auf weite Teile von Gelderland und Overijssel. Hier existierte zwar, angelehnt an die Endmoränenzüge, ein Kranz von alten Niederlassungen, so z. B. um den Needer, den Markeler und den Heriker Berg, aber die Talsandflächen mit ihren vermoorten Feuchtniederungen waren unbewohnt. In diesem Gebiet entstand nun durch die Errichtung grundherrlicher Höfe und durch den Aufbau des Hofmarkensystems eine primäre Streubesiedlung, weil die günstigen Physiotope oft nur wenigen Gehöften Platz boten. Die Flurform war ein Kurzstreifengemenge auf den Trockeninseln. Wegen der physiogeographischen Situation war der Anteil des Weidelandes hier höher als in der Drenthe. Heute liegen in den altbesiedelten Gebieten größere, geschlossene Dörfer, die sich durch die Bevölkerungszunahme aus den Drubbeln entwickelt haben und die funktional sowohl Bauerndörfer als auch Versorgungsmittelpunkte sind. Einige ehemals rein agrarische Siedlungen haben einen besonders starken Funktionswandel erlebt und sind ausschließlich Markt- und Versorgungszentren wie Rips und Ijsselstein. Neben der aus dem Mittelalter stammenden Streusiedlung ist in den letzten zwei Jahrhunderten eine sekundäre, ausfüllende Streusiedlung entstanden. Sie ist zurückzuführen auf die genossenschaftliche Urbarmachung und auf die Modernisierung der Landwirtschaft, die jetzt auch die Erschließung von ungünstigem Gelände gestattete. Besonders in Overijssel und Gelderland reihen sich entlang der Wege jene Anwesen, die bei der Abwanderung der Siedler aus den Dörfern und Städten zu Beginn unseres Jahrhunderts entstanden, als einerseits die Wirtschaftsfläche um die Dörfer herum zu klein wurde und andererseits die damalige Industriekrise Arbeitskräfte freisetzte, die sich der Landwirtschaft zuwandten.

Ein dritter ländlicher Siedlungsraum umfaßt die Gebiete Nordbrabant, Nordlimburg und Kempenland. Hier bestimmten ebenfalls Drubbel und Esche das Bild der Altlandschaft. Im Verlauf der ersten Rodeperiode setzte eine großflächige Siedeltätigkeit ein. Die Landnahme erfolgte während dieser Zeit sowohl individuell als auch gemeinschaftlich, so daß zwei Siedlungstypen entstanden. Einerseits wurde ein relativ großes Gebiet durch mehrere Bauern urbar gemacht. Um diesen Ackerlandbereich herum lagen einige Weiler. Aus den großen Ackerkomplexen entwickelte sich eine gewannartige Blockflur. Andererseits gab es daneben viele individuelle Siedlungen mit Kampflurcharakter als Zeugen der ersten Rodeperiode. — Die Impulse für die zweite Rodeperiode gingen dann vielfach von der geistlichen Grundherrschaft aus. So waren die Zentren der Ausstrahlung für die Rodetätigkeit in den meisten Fällen die Kirchdörfer. Neu errichtet wurden Weiler, die durch Landstraßen mit den Muttersiedlungen verbunden waren. Später wurde dann der Raum zwischen den Weilern und den Ursprungsdörfern durch eine lockere Besiedlung ausgefüllt. So wuchsen die typischen, spinnwebartigen Siedlungen heran, die in ihrem Kernmuster um die Kirche dicht bewohnt sind, während an den vom Dorfmittelpunkt ausgehenden Straßen eine lockere Bebauung vorherrscht, die bis an erneut verdichtete, andere Dorfgebiete heranreicht. In seinem heutigen Erscheinungsbild ist das Gebiet charakterisiert durch kleine Weiler oder Dörfer mit queraufgeschlossenen Langgiebelhäusern und durch eine teils unregelmäßige, teils regelmäßige Streusiedlungsweise. Die letztere entstand im 19. Jahrhundert im Zuge einer systematischen Landauslosung auf Kosten der Wälder und des Brachlandes, so daß man oft Höfe in gleichmäßigem Abstand an einem schematisch angelegten Wegenetz trifft. Die Neigung zur Streusiedlung ist im Raum rechts und links der unteren Nete besonders klar ausgeprägt. Verschiedenartig wie die Ortsformen sind auch die Grundrisse der Fluren. Rings um die Dörfer und Weiler liegen Langstreifen- und Kurzstreifengewanne, überformt durch die Flurbereinigung. In Gebieten mit unregelmäßiger Streusiedlung herrschen ebenso unregelmäßige Blöcke vor, während bei regelmäßigem Siedlungsmuster die Parzellen ebenfalls geometrisch exaktere Formen annehmen. Die überall zu beobachtende starke Zersplitterung der Flur ist auf die Realerbteilung zurückzuführen. In einigen Gebieten, die erst in jüngster Zeit urbar gemacht wurden, sind große und regelmäßige Blöcke verbreitet.

Eine ähnliche Entwicklung hat das sandige Flandern durchgemacht. Freilich führte hier die zweite Rodeperiode zu einer stark individuellen Besiedlung; deshalb muß heute das Gebiet um Ronse und westlich der Schelde bis etwa zu der Linie Langemark–Kortemark–Brügge als ein Raum mit Streusiedlungscharakter bezeichnet werden. Die Fluraufteilung ist rechteckig, oft fast quadratisch, die Felder sind nicht selten von Hecken und Baumreihen umgeben. In den großen Haufendörfern wohnen viele Textilarbeiter. Zwischen Zenne und Schelde herrscht Streusiedlung längs der Wege und Straßen vor. Hier sind die Felder mehr in Form von Langstreifen parzelliert (Foto 13).

Im Marschenland verlief die Besiedlung wegen der hier herrschenden naturgeographischen Verhältnisse anders als auf der Geest. Die alten Seekleigebiete Groningens, Frieslands, Hollands und Seelands waren schon in vorgeschichtlicher Zeit mit Flachsiedlungen besetzt. Zum Schutz bei ständig zunehmender Gefährdung durch die Transgressionen baute man dann die Gehöfte auf Terpen, die ständig erhöht werden mußten (Foto 11). Die so im Laufe der Zeit gewachsenen Terpdörfer waren meist ringförmig, oft aber auch zeilenartig angelegt. Nach dem Beginn des Deichbaus im Frühmittelalter war indessen ein gemeinschaftliches Wohnen auf den Terpen nicht mehr notwendig. Die Höfe errichtete man jetzt mitten in der Flur, so daß wir in diesen Räumen eine mehr oder weniger stark ausgeprägte Streusiedlung zwischen den alten Siedlungskernen beobachten. Bei der Bauweise der Gehöfte herrscht in Friesland, Nordholland und Seeland das Prinzip des Gulfhauses in mancherlei Variationen vor; der südholländische Bauernhaustyp hat Ähnlichkeit mit dem Mittellängsdielenhaus der Geest. Im Zuge der Entwicklung sind die alten Seekleigebiete zu ländlichen Siedlungsräumen geworden, die sich in ihrem heutigen Bild recht ähnlich darbieten. Die Terpen sind entweder verlassen, oder die Terpdörfer wurden zu Mittelpunktsorten, Häuser von Kaufleuten und Handwerkern reihen sich kranzförmig um die Kirche. Die Gehöfte liegen inmitten ihrer Ländereien, die nach der Flurbereinigung oft in große, regelmäßige Blöcke aufgeteilt worden sind.

Im späten Mittelalter begann die planmäßige Landgewinnung durch Einpolderung der vom Meer überfluteten Teile des Landes. Diese alten Polder erhalten ihren eigenen Charakter oft dadurch, daß hier die Siedlungen entlang der Wege gebaut wurden, die den Deichlinien folgen. In den alten Poldern Westflanderns überwiegt jedoch die Streusiedlung. Allerdings konzentrieren sich hier die Höfe und die wenigen Dörfer an ganz bestimmten Standorten: auf den mit Sand verfüllten Gezeitenrinnen, die nun leichte Bodenwellen bilden. Die Flurform ist am ehesten als unregelmäßige Blockflur zu beschreiben. In den jüngeren Poldern nimmt die Streusiedlung regelmäßigere Muster an. Auch die Fluraufteilung ist geradliniger. Die großen, aus mehreren Gebäuden bestehenden Gehöfte liegen inmitten der ausgedehnten Blöcke. Die Dörfer sind reine Versorgungszentren. Gleichmäßige Streusiedlung an Wegen und Straßen ist auch auf den jüngsten Poldern die häufigste Siedelform. Hier stellen die Gehöfte reine Zweckbauten — oft aus Fertigbauteilen — dar, die blockigen Parzellen sind von beträchtlicher Größe (Foto 16).

Die Räume zwischen den Seemarschen und den Geestgebieten, also der Süden und Westen Groningens, der Bereich zwischen Eeklo und Antwerpen sowie das Waasland weisen eine geschlossene Siedlungsform auf. Die Häuser reihen sich längs der Straßen und Wege auf, bilden Dörfer und Weiler. Im Waasland öffnen sich die beiden Häuserzeilen oft im Dorfzentrum zu einem

Platz. Die Flur ist in Langstreifen aufgeteilt, von Hecken und Baumreihen durchsetzt.

Die höheren Terrassenteile des Landes zwischen Rhein und Waal waren früher eschartig parzelliert, die Ortsform ähnelte dem Drubbel. Ein ausgeprägtes Curtiswesen und der gemeinsame Deichbau waren die Ursache dafür, daß im Mittelalter auch ungünstigere Standorte urbar gemacht wurden. Durch eine Individualisierungstendenz und eine frühe Flurbereinigung entstand die Schwarmsiedlungsform längs der Wege. Die alten Kerndörfer sind heute fast alle verlassen. Aus der eschartigen Fluraufteilung ist eine reine Blockflur geworden.

Der südöstliche Teil der Beneluxländer nimmt eine besondere Stellung ein, weil in diesem Raum die ländlichen Siedlungen jenen Charakter stärker bewahrt haben, der durch die mittelalterliche Siedel- und Rodetätigkeit geprägt wurde. Die wichtigsten Impulse gingen dabei von den Altsiedelräumen des Obermoseltales und des Maas–Sambre-Gebietes aus. In der Zeit der ersten Rodeperiode stießen die Franken von Südwesten her in diesen Raum vor. Sie führten wahrscheinlich das Zelgensystem ein, das eine ständige Übereinkunft und Absprache der Bauern untereinander in bezug auf die Bestellungs-, Ernte- und Stoppelhudezeiten erforderte. Die Notwendigkeit der Absprache einerseits und andererseits die Art der Viehhaltung führte zu einer geschlossenen Siedlungsweise; denn das vorhandene Grünland in Dorfnähe reichte nicht zur Viehfütterung aus, daher wurden auch die brachliegenden Felder zum Weidgang benutzt. Da man die bestellten Felder vor dem Vieh schützen mußte, die Errichtung von Zäunen aber zu kostspielig war, trieben Hirten das Vieh jeden Tag zur Weide. Der reibungslose Rücktrieb der Dorfherde wurde durch eine geschlossene Dorfform begünstigt. Es entstand die charakteristische Kulturlandschaft der offenen Felder.

Die geschlossene Siedlung behauptete sich besonders im trockenen Haspengau, in Südlimburg, im Dalheimer Land und im Maasland zwischen Maastricht und Maaseik. Die Gehöfte, oft die wuchtigen Vierseithöfe, zahlreicher jedoch Anwesen, die aus zwei oder drei Gebäuden bestehen, schließen sich zu engen Haufendörfern zusammen. In Südlimburg findet man im Gegensatz zum Haspengau mehr gestreckte Dorfformen, von einem Gürtel aus Obstbäumen und Hecken umgeben. Die Feldflur ist baumlos und ohne Einfriedigungen. Es ist, wie DUSSART schreibt, der vollendete Typ der offenen Feldflur mit einer Mischung von großen, rechtwinkligen oder polygonen Parzellen und Bündeln von schmalen, länglichen Flurstreifen, wobei sich das überformte Schema der ehemaligen Gewanne oft noch erkennen läßt. Im Condroz treffen wir auf einen ähnlichen Siedlungstyp in den Kalkmulden. Auch hier ist die Dorfform gestreckter, die Gehöfte liegen meist in Hangposition, dort, wo man leichter das Wasser erreichen kann, bevor es im Kalk versickert. Es gibt im Condroz aber auch große Einzelhöfe und Weiler. Die

Felder rings um die Dörfer sind in kleine, teils lange und schmale, teils rechteckige Parzellen aufgeteilt und zu Gewannen geordnet. Die Felder der Einzelhöfe jedoch bestehen aus großen Blöcken, sie unterlagen nie dem Flurzwang. Auch in der Famenne herrschen die langgestreckten Haufendörfer vor. Hier baute man die Gehöfte am Fuß der niedrigen, bewaldeten Schieferkuppen.

In den Ardennen und im Ösling ist das geschlossene Dorf ebenfalls die verbreitetste Siedlungsform. Die kleinen Haufendörfer und Weiler konzentrieren sich auf den Terrassenleisten, in Quellmulden und hochgelegenen Talschlüssen, die grundwasserreichen Niederungen der Täler und die größeren Höhen werden gemieden (Foto 20). Fast jedes Dorf bildet mit seiner Gemarkung eine Rodungsinsel, oft stoßen aber Gemarkungen aneinander und lassen manche Landstriche unerwartet offen erscheinen. Das gilt für Teile des Ösling und für den breiten, wenig gegliederten Rücken des Altsiedelraumes zwischen Bastnach und St. Vith. Charakteristisch für die Ardennen und den Ösling ist das breite, untersetzte Einhaus mit Queraufschluß, aus Bruchsteinen erbaut und mit Schiefer gedeckt. Rund um das Dorf sind die Gewanne in zahlreiche kleine und schmale Parzellen aufgeteilt. Das Konturenpflügen, das der Bodenerosion einen Riegel vorschiebt, schafft typische Flurbilder (Foto 19). Das Ackerland ist offen, nur die Weiden sind eingezäunt. Zwischen Vesdre und Amblève nehmen die Dörfer lockerere Formen an. Auch im Westen, in den Niederardennen, treffen wir solche aufgelockerten Gruppensiedlungen, teilweise liegen die Gehöfte auch verstreut in der Flur, wie z. B. im Gebiet um Chimay. Diese Siedlungen sind jüngeren Ursprungs und nehmen nur kleine Areale ein.

In Belgisch-Lothringen und im luxemburgischen Gutland wurden für die geschlossenen Dörfer und Weiler gern Siedlungslagen in den Tälern, Depressionen und Einschnitten der Schichtstufen gewählt (Foto 22). Zu den Straßendörfern gesellen sich im Gutland auch viele Einzelhöfe. Die Feldflur ist offen und in Schmalstreifen gegliedert; teilweise bestehen die alten Zelgen noch.

Das Herver und Eupener Land mit seinen feuchten, tonigen Böden ist mit locker gestreuten Höfen besetzt. Die Hochflächen werden vorwiegend als Weide- und Obstland genutzt. Die unregelmäßigen Parzellen sind von hohen Hecken umgeben, und die aus ein oder zwei Gebäuden bestehenden Gehöfte liegen gut arrondiert in ihren Fluren. Nach der Aussiedlung vieler Bauern erfüllen die Dörfer die Funktion von Kleinzentren. Im Eupener Land werden die Obstgärten seltener, hier gibt es einige größere Dörfer. Es sind meistens jene Orte, wo früher die Zink- und Bleiindustrie ansässig war.

Im Hennegau, in Brabant östlich der Zenne und in der Marlagne bieten die Dörfer kein so geschlossenes Bild mehr, wie es weiter südlich zu beobachten ist. Die Gehöfte liegen an den Wegen, die strahlenförmig von den Dorfkernen ausgehen. Die Dorfumrisse sind unregelmäßig und schwer bestimmbar. Kleine Gehöfte, aber auch stattliche Vierkanthöfe sind die Hausformen in diesem Bereich (Foto 17). Auch hier ist die Ackerflur offen, aber die eingezäunten Weiden nehmen oft größere Flächen ein.

Im späten Mittelalter begann man mit der Trockenlegung der Nieder- und Hochmoore. Das Holländisch-Utrechter Niedermoorgebiet wurde schon gegen Ende des 11. Jahrhunderts durch eine systematische Entwässerung urbar gemacht. Wegedörfer wurden angelegt, die Parzellen waren lang und schmal, durch das Netz der Gräben vorgeschrieben. Charakteristische Landschaftsbilder bieten die Plassen (Foto 6) und die großen Gewächshausareale im Grenzbereich der Niedermoore und der Dünen (Foto 14). Die Binnenflanke der Dünen selbst zählt zum Altsiedeltyp der Geest; indessen hat hier der Fremdenverkehr starke Wandlungen im äußeren Bild und in der Funktion der Siedlungen bewirkt, wie denn überhaupt im Bereich der Randstad Holland mit den ständig wachsenden Gliedern der großen Agglomerationen der ländliche Siedlungsraum besonders nachhaltig eingeengt und überformt wurde.

Die Niedermoorgebiete Frieslands östlich vom Ijsselmeer waren lange Zeit die Heulieferanten für andere Landesteile. Schon im Mittelalter entstanden hier kleine Weiler und Einzelhöfe. Die Streusiedlung ist heute noch ausgeprägter geworden, die ehemalige Langstreifenflur wurde in eine Blockflur umgewandelt. Dieser Raum läßt heute kaum einen Unterschied zu den benachbarten Marschen erkennen.

Seit dem Spätmittelalter und der frühen Neuzeit sind auch die Hochmoore urbar gemacht worden. Im Norden der Niederlande wurde schon früh mit dem Abbau des Torfes begonnen. Der freigelegte Sanduntergrund diente zunächst als Weidefläche und wurde später durch eine langsame Anreicherung des Bodens mit natürlichen Nährstoffen ackerfähig, vor allem nach der Einführung des Kunstdüngers. Heute sind die ehemaligen Hochmoore größtenteils ackerbaulich genutzt. Die Dorfform ist das Straßendorf. Kilometerlang reiht sich ein Haus an das andere. Die Straßen verlaufen entlang der Hauptkanäle, in die die Entwässerungsgräben rechtwinklig einmünden. Im Zentrum der verstädterten Dörfer befinden sich die Häuser der Handwerker und die Geschäfte sowie sonstige zentrale Einrichtungen (Foto 12). In Dorfnähe ist die Flur in Langstreifen aufgeteilt, weiter vom Dorf entfernt treten auch Blockfluren auf.

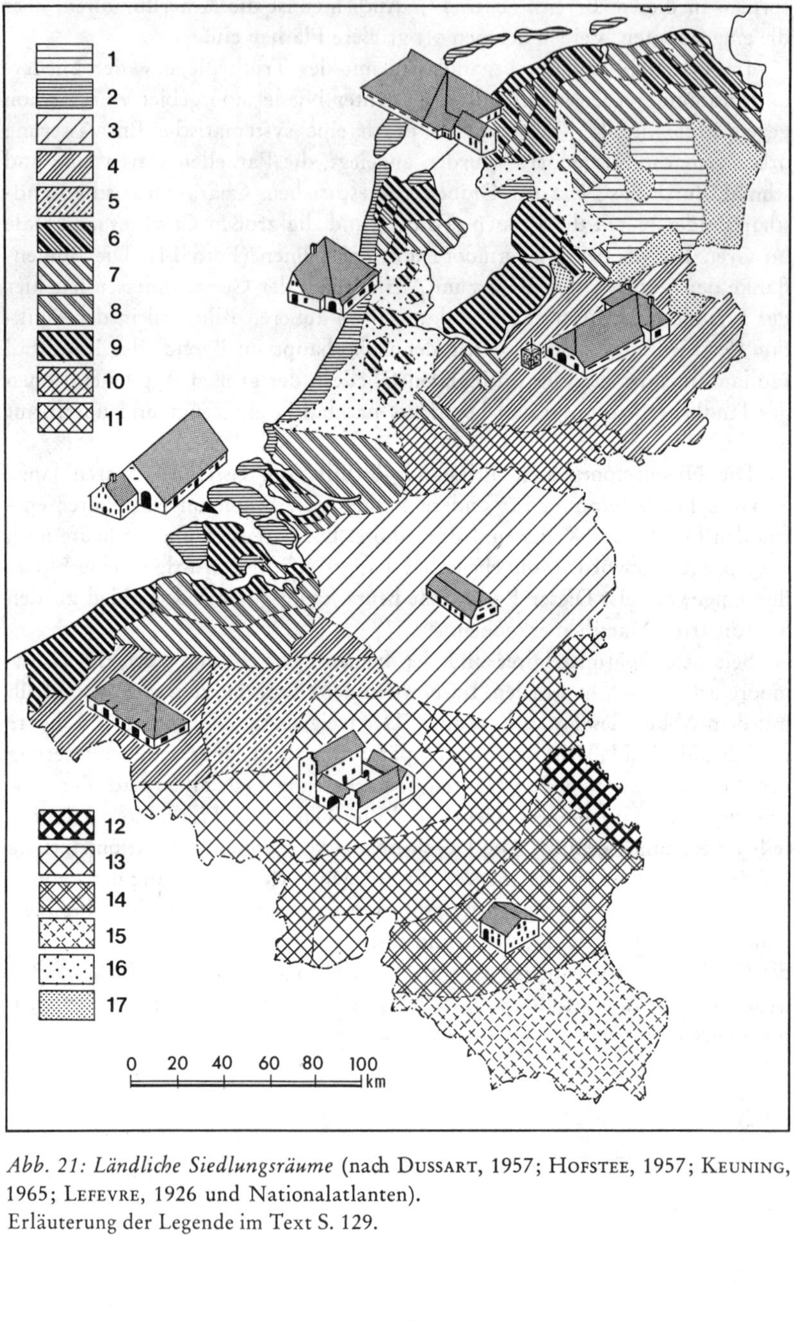

Abb. 21: Ländliche Siedlungsräume (nach Dussart, 1957; Hofstee, 1957; Keuning, 1965; Lefevre, 1926 und Nationalatlanten).
Erläuterung der Legende im Text S. 129.

Als Legende zu Abb. 21 sind nachfolgend die wichtigsten Strukturelemente des ländlichen Siedlungsraumes nochmals stichwortartig zusammengefaßt worden:

1 Eschdörfer, hervorgegangen aus Drubbeln. Scharf begrenzte Einteilung in Acker, Grünland und Wald. Alte Ortsform oft erhalten.
2 Binnenseite der Dünen, ehemalige Einzelhöfe und Drubbel, stark überformt durch den Fremdenverkehr.
3 Spinnwebdörfer und Weiler mit Lang- und Kurzstreifengewannen, durch Flurbereinigung verändert. Unregelmäßige Streusiedlung an der unteren Nete, regelmäßige Streusiedlung des 19. Jhs. im Kempenland.
4 Streusiedlung der Neuzeit zwischen alten Drubbeln und Weilern.
5 Streusiedlung längs der Wege, offene Felder mit Langstreifen.
6 Ursprünglich Terpsiedlungen, nach dem Deichbau Streusiedlung mit blockigen Fluren.
7 Gebiet zwischen Geest und Marsch; in den Niederlanden: Wegedörfer, aufgelockert bis zur Streulage. Waasland: geschlossene Dorfform mit Platzbildung, Langstreifenflur und Heckenlandschaft.
8 Alte Polder, Siedlungen entlang der Deiche, Blockfluren.
9 Junge Polder, Streusiedlung, Gehöfte inmitten großer, regelmäßiger Blöcke. Dörfer mit zentralen Funktionen.
10 Eschdörfer und Einzelhöfe, Blockfluren.
11 Trockener Haspengau, Südlimburg, Dalheimer Land und Maasland: geschlossene Siedlungen in baumloser, offener Flur. Condroz: gestreckte Haufendörfer in Hanglage der Kalkmulden. Famenne: Haufendörfer am Fuß der Schieferkuppen.
12 Streusiedlung auf den Hochflächen, Heckenlandschaft.
13 Dörfer mit unregelmäßigem Grundriß, offene Flur.
14 Kleine Haufendörfer in Quellmulden und auf Terrassenleisten, Gewannflur.
15 Dörfer von länglichem Grundriß, im Gutland auch Einzelhöfe, offene Feldflur.
16 Wegedörfer der Niedermoorgebiete, Entwässerungsnetz bestimmt die Parzellen.
17 Straßendörfer an den Kanälen, Tendenz zur Verstädterung, Langstreifen in Dorfnähe, Blockfluren an der Peripherie der ehemaligen Hochmoore.

3.2.2. *Die landwirtschaftliche Nutzfläche*

Das äußere Bild des ländlichen Siedlungsraumes, geprägt durch Dorfformen, durch noch erhaltene und erhaltenswerte alte Bausubstanz, durch Wegenetze und Feldeinteilungen, wandelt sich meist nur langsam. Auch Flurbereinigungen brauchen ihre Zeit. Rascher hingegen erfolgen Änderungen in der landwirtschaftlichen Nutzfläche selbst, im Verhältnis von Ackerland zu Grünland, im Anteil der verschiedenen Feldfrüchte. Betriebe stellen sich bei wechselnden Marktchancen um und ändern das Produktionsziel, damit aber auch das Betriebssystem. So ist jede Darstellung der landwirtschaftlichen Nutzfläche, der Betriebsstrukturen und der agraren Produktion mit Hilfe von Tabellen und Karten immer nur eine ›Momentaufnahme‹, bei der der Herausarbeitung der Entwicklungstendenzen ebensoviel Bedeutung zuzumessen sein dürfte wie den tatsächlichen Fakten zum jeweiligen Erhebungszeitpunkt. Außerdem erschweren unterschiedliche Ansätze in der Datenerhebung zur Agrarstatistik die Zusammenstellung vergleichbarer Angaben für die drei Länder, in denen die agrare Nutzung beachtliche Differenzierungen aufweist: nicht nur wegen der physiogeographischen Standortqualitäten, sondern auch und gerade wegen der Unterschiede in der agrarischen Struktur. Rasche Wandlungsprozesse in Richtung auf Ziele wie Intensivierung, Spezialisierung und Schaffung von Vollerwerbsbetrieben sind für die Niederlande, aber auch für Luxemburg, weitaus charakteristischer als für Belgien, wo beharrende Tendenzen eine größere Rolle zu spielen scheinen.

Tabelle 16 liefert eine erste Übersicht zur Aufteilung der landwirtschaftlichen Nutzfläche (LN) in den drei Staaten. Addiert man zum Grünland in der ersten Zeile noch Futtergetreide und andere Futterfrüchte hinzu, so dienen in Luxemburg 89 % der LN der Viehzucht (1974), ein Wert, der den der Niederlande noch geringfügig übertrifft. Der Getreideflächenanteil ist in Luxemburg doppelt so hoch wie in den Niederlanden und übersteigt auch noch denjenigen Belgiens; allerdings fallen Hackfrüchte im Großherzogtum kaum ins Gewicht. Bei den Sonderkulturen führen die Niederlande. Unter diesem Begriff sind hier zusammengefaßt: alle Treibhauskulturen (7700 ha in den Niederlanden und 2000 ha in Belgien), ferner im Freiland: Gemüsebau, Beerenkulturen, Obstanlagen, Baumschulen (Korbweiden!), Blumenfelder und 1200 ha Rebland in Luxemburg. Vom Areal der Industriepflanzen nimmt in Belgien der Flachs allein drei Viertel ein. In den Niederlanden ist die wichtigste Industriepflanze der Raps, der in Belgien nur vereinzelt angebaut wird. Eine untergeordnete Rolle spielen noch Hopfen und Tabak sowie der Witlofanbau, der allerdings für das mittlere Brabant und für Teile Flanderns typisch ist (VAN HECKE, 1968). Witlof ist eine Zichorienart, deren Triebe im ersten Jahr unter Lichtabschluß sprießen, sie kommen als Chicoree auf den Markt. Die getrockneten und gemahlenen Wurzeln werden als Kaffee-Ersatz verkauft, und die später erscheinenden Blätter dienen als Viehfutter. Zuckerrüben, die in der belgischen Statistik zu den Industriepflanzen gestellt werden, sind in Tabelle 16 zur besseren Vergleichbarkeit bei den Hackfrüchten gezählt. An der Hackfruchtfläche der Niederlande sind sie mit 32 %, in Belgien jedoch mit 61 % beteiligt. Dafür ist der Anteil der Kartoffelfläche in den Niederlanden höher. Von der Getreidefläche nimmt in Belgien der Weizen 44 % ein, in den Niederlanden 50 %, in Luxemburg aber nur 25 %; denn hier entfallen 67 % der Getreidefläche auf Hafer und Gerste, die entsprechenden Vergleichszahlen für Belgien lauten 48 % und für die Niederlande 42 % (alle Werte für 1974).

Die Niederlande werden für agrarstatistische Zwecke in sechs große

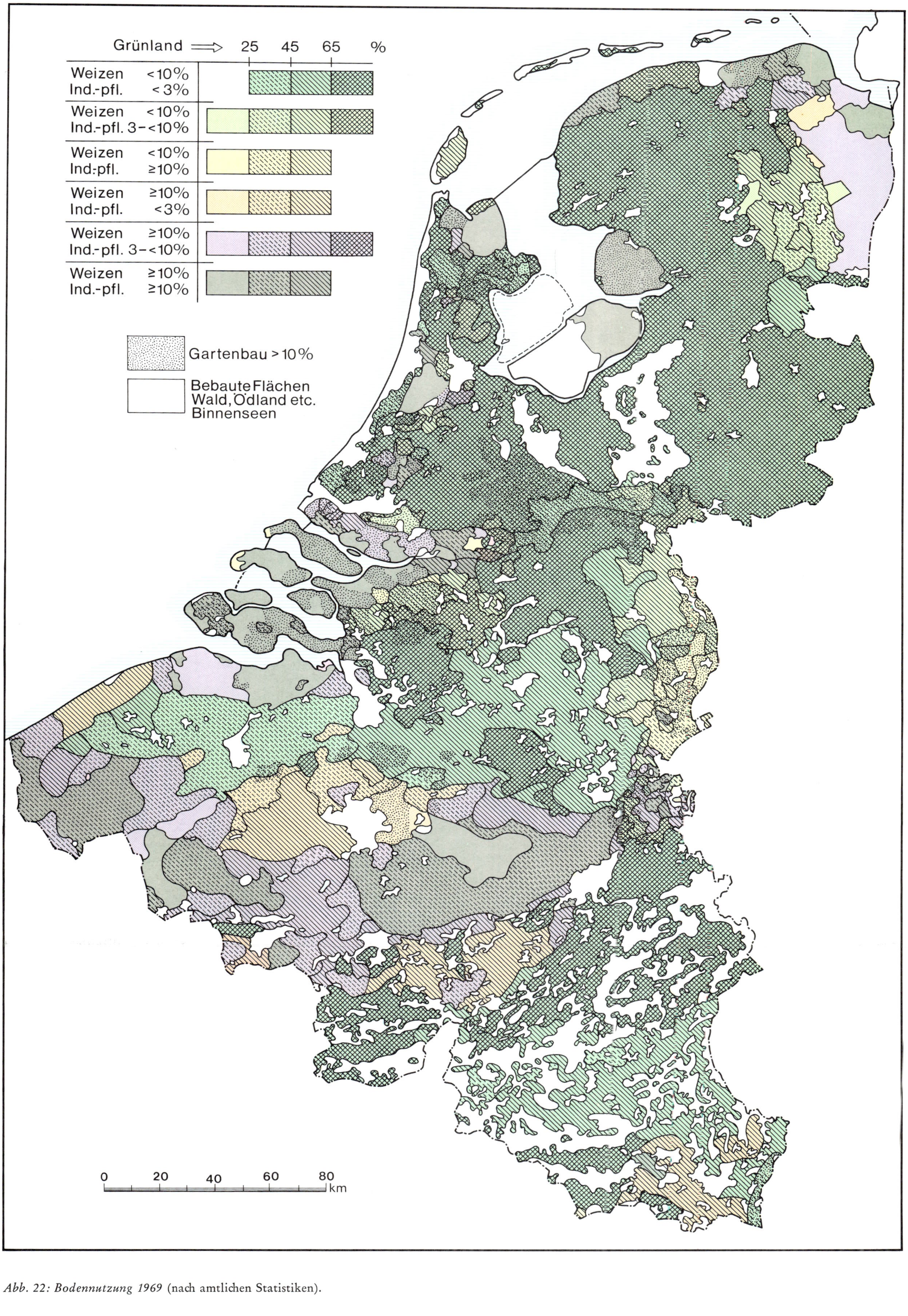

Abb. 22: Bodennutzung 1969 (nach amtlichen Statistiken).

Landbaugebiete eingeteilt: 1. die Seekleiregion mit Ackerbau- und Mischbetrieben (Seeland, Polder, Küstensaum von Friesland und Groningen); 2. die Flußkleiregion (Betuwe und Ijsselniederung); 3. die Weidelandschaften (Friesische Inseln, Ostrand des Ijsselmeeres und der Westen des Landes); 4. die Sandgebiete, die sich mit den Podsolböden der Abb. 8 decken; 5. die Fehnkolonien beiderseits der Grenze von Groningen und Drenthe sowie schließlich 6. die Gartenbauareale hinter dem Dünenwall, wo der mit Flugsand gemischte schwere Moorboden der Polder eine Erde liefert, die vorzüglich für die Blumenzwiebelkultur geeignet ist.

Die belgische Statistik unterscheidet (nach CHRISTIANS) 13 Agrarregionen, bei deren Abgrenzung ebenfalls die edaphischen Unterschiede sowie die Höhenlage und die Bodenfeuchtigkeit ausschlaggebend gewesen sind: Dunes-Polders, Région sablonneuse, Campine, Région sablo-limoneuse, Région limoneuse, Région herbagère Liège, Campine hennuyère, Condroz, Haute Ardenne, Région herbagère Fagne, Famenne, Ardenne und Région jurassique.

Mit Abb. 22 wurde versucht, ein noch differenzierteres Bild zu gewinnen. Vor allem werden die Regionen mit hohem und höchstem Grünlandanteil deutlich und damit zugleich die Hauptviehzuchtgebiete. Im folgenden wird nur noch der Anbau in seiner unterschiedlichen Struktur behandelt. Hohe Anteile der wichtigsten Brotgetreideart, des Weizens, die Bedeutung der Industriepflanzen sowie die Areale, in denen Sonderkulturen mehr als 10 % der LN einnehmen, läßt die Karte bereits erkennen. Im Gegensatz zu Tabelle 16 sind jetzt aber die Zuckerrüben als Industriepflanzen gezählt. Deren wichtigste Anbaugebiete in Belgien liegen auf den Lößböden nördlich der Sambre–Maas-Linie sowie zwischen Schelde und Dender. Hauptanbaugebiete der Zuckerrübe in den Niederlanden sind: die seeländische Inselwelt, aber auch der westliche Teil Nordbrabants, ferner die Ijsselmeerpolder, der Wieringermeerpolder und der Haarlemmermeerpolder. Die großen Zuckerfabriken arbeiten meist auf genossenschaftlicher Basis. Anbauschwerpunkte des Weizens sind in den Niederlanden die Seekleigebiete und die Lößböden Südlimburgs, in Belgien die Sandlöß- und Lößböden nördlich der Sambre-Maas-Furche sowie im Scheldebecken; in Luxemburg die schwereren Böden des Gutlandes. Hafer wird in den Niederlanden hauptsächlich im Nordosten kultiviert, in Belgien ist der Anbau recht gleichmäßig verbreitet, aber doch mit deutlichen Dominanzen im nördlichen Kempenland, im Haspengau und in den Ardennen. Auch die Gerste hat keine markanten Anbauschwerpunkte, sie tritt aber in den niederländischen Weidelandschaften, in der Campine und in den Ardennen zurück. In den Niederlanden hat sich ihr Anbau von den schweren Böden auf die Sandgebiete verlagert. Kartoffelanbau für die industrielle Verarbeitung ist in den nordöstlichen Niederlanden auffallend und beinah ausschließlich konzentriert; der Anbau von Speisekartoffeln zeigt keine ausgeprägten Schwerpunkte, denn die Kartoffel läßt sich in der Fruchtfolge — vor allem auf leichten Böden — kaum ersetzen. — Bei den Sonderkulturen steht in den Niederlanden an erster Stelle der Gemüsebau (fast 40 % der Sonderkulturfläche), Hauptanbaugebiete sind die Seekleiregion und das Land beiderseits der Maas mit dem Zentrum Venlo, ferner die Treibhäuser des Westlandes (Foto 14). Der Anbau einzelner Gemüsearten ist räumlich spezialisiert, so z. B. Spargel auf den Sandböden in Limburg oder Blumenkohl auf den Seekleiböden in Nordholland. Diese Spezialisierung bringt betriebstechnische Vorteile. In Belgien nimmt der Gemüsebau fast die Hälfte der Sonderkulturfläche ein; um Mechelen und Brüssel bestimmt er geradezu das Bild der Landschaft. Hier wie in den Niederlanden rangieren bei dem Gemüsebau unter Glas übrigens die Tomaten an erster Stelle. Die Nähe zu Agglomerationen, zu Vermarktungsstandorten oder die persönliche und genossenschaftliche Initiative ist beim Gemüsebau weit wichtiger für die Standortwahl als physiogeographische Faktoren. Gut die Hälfte der Sonderkulturfläche besetzt in Belgien der Obstanbau. Verbreitet ist er in erster Linie im Kempenland, in der ›Groentenstreek‹ südlich von Antwerpen mit dem Umschlagplatz Mechelen, im Waasland, im Haspengau und um die Agglomerationen Lüttich und Charleroi. Bekannt sind die Gewächshauskulturen der Brüsseler Trauben südöstlich der Hauptstadt. In den Niederlanden entfällt ein Drittel der Sonderkulturfläche auf Obstbau, mit besonders ausgedehnten Anlagen in der Betuwe. Die Blumenzucht nimmt kaum mehr als ein Zehntel der Sonderkulturfläche ein, ist aber stark konzentriert auf die berühmten Felder im Westen des Landes mit ihrer unvergleichlichen Blütenpracht im Frühjahr. In Luxemburg stellen die Weinberge an der Mosel $^2/_3$ der Sonderkulturen des Landes dar (Foto 21).

Es muß nochmals betont werden, daß Abb. 22 samt den vorstehenden Ergänzungen nur ein Augenblicksbild liefert. Veränderungen in der landwirtschaftlichen Nutzfläche gehen rasch vonstatten. Da ist zunächst einmal der Rückgang der LN selbst zu nennen: es waren 9 % in den Niederlanden (1963—1974), 10 % in Belgien (1959—1974) und ein Verlust von 7 % in Luxemburg (1960—1974). Darin spiegelt sich der Raumbedarf für den Städtebau, für Industrieterrain und für Verkehrsflächen. Aber auch innerhalb der LN gibt es Verschiebungen der Gewichte. In den Niederlanden (gleicher Zeitraum wie oben) wurde das Grünland nur geringfügig verkleinert (um 4 %), das Ackerland aber um 17 %. Besonders eingeschränkt wurden die Flächen von Roggen, Hafer und Menggetreide, dagegen stieg die Größe des Maisanbauareals beträchtlich. Das hängt nicht zuletzt mit der verstärkten Massentierhaltung zusammen, weil Mais gut auf den Flächen gedeiht, die den hohen Dunganfall aufnehmen müssen. Auch in Belgien ist der Rückgang der LN weniger durch Veränderungen beim Grünland als durch eine 16 %ige Verkleinerung der Getreidefläche bedingt. Bei den Hackfrüchten wurde zwar der

Zuckerrübenanbau gesteigert, aber die Futterrüben- und Kartoffelflächen nahmen ab. Nur die Weizenfläche veränderte sich in beiden Ländern kaum, in der Fruchtfolge wird Weizen meist mit der Zuckerrübe verbunden. In Luxemburg nahm das Grünland (1960—74) sogar noch um 8 % zu, die Getreidefläche wurde um 16 %, die Hackfruchtfläche sogar um 76 % eingeschränkt.

Die Gründe für diese Veränderungen lassen sich in einem Satz zusammenfassen: die Agrarwirtschaft wird mehr und mehr integrierter Bestandteil einer am Markt orientierten Gesamtproduktion. Gerade der Getreidebau zeigt das. Hier konnten die realen Produktionskosten trotz steigender Löhne durch technische Fortschritte gesenkt werden, vor allem in den Niederlanden. Aber die Getreidepreise liegen über denen des Weltmarktes, hinzu kommen die Probleme der Agrarmarktordnung innerhalb der Europäischen Gemeinschaft. Wenn der Preisindex für 1963 gleich 100 gesetzt wird und dann zehn Jahre später für Weizen bei 122, für Rindfleisch indessen bei 175 und für Milch bei 141 liegt, so finden viele Strukturveränderungen damit sofort eine einleuchtende Erklärung. Bei großflächigen Betrieben wird gern eine extensive Richtung der Produktion gewählt, innerhalb der Produktionszweige Viehwirtschaft und Ackerbau muß dann spezialisiert und rationalisiert werden. Bei den kleinen Betrieben ist ein intensiver Produktionszweig zu wählen (Sonderkulturen, evtl. Ackerbau), auch hier muß aber wiederum spezialisiert werden. In der Vergangenheit hat geringe Spezialisierung wegen mangelnder Risikobereitschaft zu flächenhaft gleichförmigen Strukturen in der Agrarlandschaft geführt, dieser Tendenz wird heute in den Niederlanden und in Luxemburg stärker entgegengewirkt als in Belgien. Damit hängen aber auch direkt Fragen der Betriebsgröße zusammen.

3.2.3. *Betriebe und Produktion in der Landwirtschaft*

Der Rückgang der Beschäftigten in der Agrarwirtschaft ist nicht nur eine Folge der Rationalisierung und Mechanisierung — der Besatz mit Traktoren liegt, um nur ein Beispiel herauszugreifen, in allen drei Ländern bei 7 Maschinen auf 100 ha —, nein, dieser Rückgang ist vor allem gekoppelt mit einer beträchtlichen Abnahme der landwirtschaftlichen Betriebe selbst. In abgerundeten Werten ausgedrückt, sank ihre Zahl in den Niederlanden von 1961 bis 1970 von 300 000 auf 181 000, in Belgien von 269 000 auf 179 000 (1959 bis 1970) und in Luxemburg von 9150 auf 6430 (1960 bis 1970). Überall ist die Tendenz weiterhin fallend. Dieser Schrumpfungsprozeß erfaßt freilich nicht alle Betriebsgrößen gleichmäßig: in den Niederlanden und in Luxemburg nahm in den gleichen Zeiträumen die Zahl der Betriebe über 20 ha zu, in Belgien bereits die der Betriebe über 15 ha. Der Zug zur Konzentration der agraren Betriebsfläche in leistungsfähigen Mittel- und Großbetrieben ist also evident. Räumlich am deutlichsten ausgeprägt hat sich das in den niederländischen Seetongebieten, in den mittelbelgischen Lößlandschaften von Hennegau, Brabant und Haspengau, in den flandrischen Poldern, im Condroz und im Gutland. Indessen blieb der Erfolg bei dem Bemühen, unrentable Kleinbetriebe abzubauen, doch recht unterschiedlich. Das zeigt Tabelle 17 sehr klar, vor allem, wenn man berücksichtigt, daß bei den niederländischen Betrieben unter 5 ha eine große Zahl krisenfester Gartenbaubetriebe eingeordnet ist. Die ungünstige Betriebsstruktur in Belgien mit beinahe der Hälfte aller Höfe in der Klasse der Kleinbetriebe ist nicht zu übersehen: hier macht sich das Erbrecht und häufig eine zu geringe Kapitalausstattung nachteilig bemerkbar. Kleinbetriebe dominieren nicht nur in der ›Groentenstreek‹, sondern auch auf den Sandböden Flanderns und im Kempenland. Das Verhältnis von Eigentum und Pachtland bei der bewirtschafteten Fläche ist in Belgien am unvorteilhaftesten, in Luxemburg dagegen noch stärker zum dominanten Eigenbesitz verschoben als in den Niederlanden. Es beträgt hier 52 : 48, in Luxemburg sogar 60 : 40, aber in Belgien nur 29 : 71. — In den Niederlanden sind 80 % aller Höfe Vollerwerbsbetriebe, mit starken Konzentrationsbestrebungen vor allem bei der Viehhaltung und auch bei den Hühnerfarmen, wo immer mehr Tiere in immer weniger Betrieben gehalten werden. In Belgien dagegen werden 1/3 aller Betriebe nebenberuflich bewirtschaftet, und weit über die Hälfte aller Betriebsinhaber sind Pächter. Hohe Pachtanteile werden vornehmlich in der Campine und in den Ardennendörfern erreicht. Auch in Luxemburg wächst der Pachtanteil, zumal die Nutzfläche von aufgegebenen Höfen selten verkauft wird. Betriebsaufgaben konzentrieren sich auf den industriellen Raum im Süden und auf die Umgebung der Hauptstadt. Meist sind es jüngere Betriebsinhaber, die die Landwirtschaft verlassen und Arbeitsplätze in der Industrie oder im tertiären Sektor übernehmen. Die Tendenz zur Entwicklung von Familienbetrieben ist in allen drei Ländern in erster Linie bei den Mittelbetrieben zu beobachten. Das wird dadurch beleuchtet, daß die Zahl der nicht zur Familie gehörenden Arbeitskräfte in der Landwirtschaft relativ stärker abnimmt als die Zahl der Beschäftigten auf dem Agrarsektor überhaupt. Auch die Gruppe der mithelfenden Familienangehörigen verkleinert sich ständig. Nur in den Großbetrieben ist die Situation anders, hier werden sogar Saisonarbeiter eingestellt.

Der Parzellierungs- und Arrondierungsgrad ist in den Niederlanden und in Luxemburg günstiger als in Belgien. Die mittlere Zahl der Parzellen pro Betrieb liegt in den Niederlanden bei 3, in Belgien aber bei 5. Flurbereinigungsmaßnahmen sind in den Niederlanden in besonders großem Umfang durchgeführt worden. Nach dem Zweiten Weltkrieg wurden sie hier zunächst parallel zur Beseitigung von Kriegsverwüstungen (Insel Walcheren)

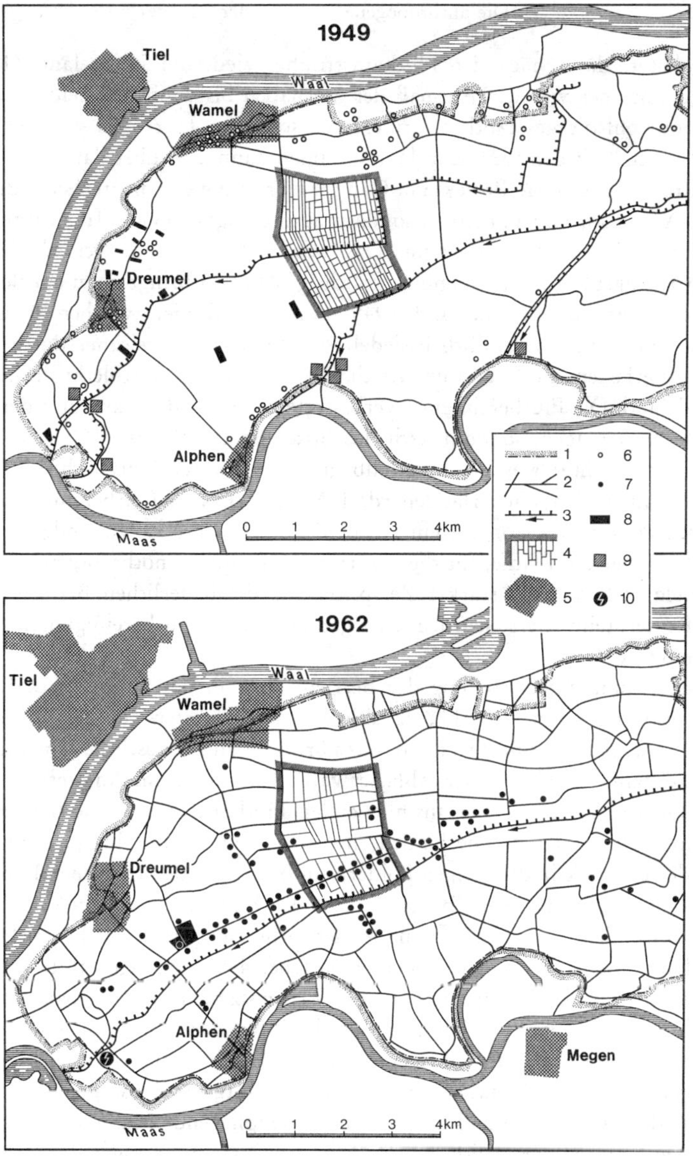

Abb. 23: Flurbereinigung im Land zwischen Maas und Waal (nach Atlas van Nederland).

1 Grenze des bereinigten Areals, 2 befestigte Straßen im Gebiet der Flurbereinigungsmaßnahmen, 3 Hauptentwässerungskanäle, 4 Parzellierungsbeispiel, 5 größere, zusammenhängend bebaute Siedlungen, 6 aufgegebene Bauernhöfe, 7 neue Höfe, 8 Beispiel zur Besitzverteilung, 9 dampfgetriebene Entwässerungspumpen, 10 elektrisch betriebene Entwässerungspumpe.

eingeleitet, dann nach der Flutkatastrophe wiederum in Seeland (1953). Insgesamt aber war das Ausmaß der Vorhaben bis dahin bescheiden geblieben, obwohl die gesetzlichen Grundlagen schon im Jahr 1924 gegeben worden waren. Seit den fünfziger Jahren kamen dann aber über das ganze Land verstreut immer neue Projekte in Gang. Mehr und mehr dienten sie nicht nur dem Austausch von Parzellen, sondern auch der gesamten Infrastrukturverbesserung im ländlichen Raum. Das war und ist gerade bei schwierigen hydrogeographischen Bedingungen wichtig. Abb. 23 bringt dazu ein Beispiel aus dem westlichen Gelderland. 1949 erstreckte sich hier zwischen Maas und Waal ein nur noch randlich besiedeltes Gebiet, gekennzeichnet durch zahlreiche verlassene Höfe und unwirtschaftlich parzelliertes, schlecht drainiertes Weideland. Die Flurbereinigung verbesserte nicht nur die Kapazität der Entwässerungsanlagen, sondern auch das Straßennetz. Nahezu 100 neue Höfe konnten errichtet werden, innerhalb gut arrondierter Nutzflächen. — Seit 1924 sind in den Niederlanden rd. 1 Mill. ha LN in Flurbereinigungsverfahren einbezogen worden, ein Großteil der Projekte ist vollendet. Ebenso groß ist aber die Fläche, für die derartige Maßnahmen noch vorgesehen sind. In Belgien kam trotz starker Zersplitterung des bäuerlichen Besitzes durch die Realerbteilung erst seit den sechziger Jahren die Flurbereinigung langsam in Gang.

Die räumliche Verteilung der Betriebstypen in der Landwirtschaft läßt sich teilweise schon aus Abb. 22 ablesen. Am stärksten auf die Milchwirtschaft ausgerichtet sind Friesland, das nördliche und südöstliche Umland von Amsterdam, das Gebiet der Ablasserward, der Raum um Antwerpen sowie das Herver Land mit den anschließenden Hochardennen. Ackerbaubetriebe dominieren in den Niederlanden im nordöstlichen und im südwestlichen Landesteil sowie in den jungen Poldern; in Belgien in den trockenen Lößlandschaften des Haspengaus, Brabants und des Hennegaus. Am verbreitetsten jedoch sind in allen drei Ländern die viehzuchtorientierten Mischbetriebe.

Die Tabellen 18 und 19 geben einen Überblick für ausgewählte Produktionszahlen in der Landwirtschaft. Die Ertragszahlen im Ackerbau der Niederlande und Belgiens gehören zu den höchsten der Welt; Luxemburg fällt dagegen schon etwas ab. Über einen längeren Zeitraum verglichen, sind die Steigerungen der Hektarerträge, die durch Saatgutverbesserung, Düngung, optimale Fruchtfolgen und maschinelle, bodenpflegende Maßnahmen erreicht werden konnten, beachtlich. Lag doch in der Mitte des vorigen Jahrhunderts der Weizenertrag noch bei 14 dz/ha; Roggen: 13 dz/ha, Gerste: 10 dz/ha, Hafer: 15 dz/ha, Kartoffeln: 75 dz/ha und Zuckerrüben: 260 dz/ha. Natürlich gibt es auch heute noch Schwankungen, durch die Witterung beeinflußt von Jahr zu Jahr und allgemein physiogeographisch bedingt von Gebiet zu Gebiet. 1971 brachte Winterweizen in den Ardennen 30 dz/ha, in den Seekleigebieten jedoch 53 dz/ha. Das sind Minimal- und Maximalzahlen nach

Landbaugebieten am Beispiel einer Feldfrucht. Sie mögen die Variationsbreite anzeigen und beleuchten, was physiogeographische Gunst oder Ungunst auch in der modernen Landwirtschaft noch bewirken.

Zur Selbstversorgung bei der Getreideproduktion trägt der Anbau in den Niederlanden nur ein Drittel bei, in Belgien/Luxemburg etwa die Hälfte. Bei Kartoffeln und Gemüse wird in den Niederlanden die zur Eigenversorgung nötige Produktion um das Doppelte überschritten, in Belgien/Luxemburg ist die Selbstversorgung auf diesem Sektor gesichert. Bei Milch und Butter erreicht Belgien die Eigenversorgung, in Luxemburg und vor allem in den Niederlanden werden hohe Überschüsse erwirtschaftet. Beide Länder produzieren auch Rindfleisch über den eigenen Bedarf hinaus, in Belgien muß Rindfleisch jedoch importiert werden. Schweinefleisch dagegen ist für die Niederlande und auch für Belgien ein Exportgut. — An dieser Stelle muß aber eine Bemerkung zur Agrarmarktpolitik der Europäischen Gemeinschaft angefügt werden. Deren Bestimmungen sind inzwischen so kompliziert, daß wohl nur noch eine kleine Gruppe Brüsseler Experten sie zu verstehen vermag. Zu den größten Ungereimtheiten gehört eine unnötige Überschußproduktion, die immer neue ›Berge‹ schafft (Magermilchpulver, Butter, Rindfleisch, Schweinefleisch), verständnislos steht der Verbraucher vor den hohen und immer weiter steigenden Interventionskosten und vor der Tatsache, daß Drittländer z. B. Rindfleisch billiger erhalten können als er selbst innerhalb der EG. Das Garantiepreissystem schließlich erscheint verfehlt und sozial ungerecht, weil nur ein Bruchteil der Stützungskosten die Bauern erreicht.

3.2.4. *Waldwirtschaft und Fischerei*

Die Niederlande gehören zusammen mit Großbritannien, Irland und Dänemark zu den am spärlichsten bewaldeten Staaten Europas, deren Waldfläche weniger als 10 % des Gesamtareals ausmacht. Für die Niederlande spiegelt sich in diesem Sachverhalt (8 % Waldanteil) die Intensität des Landesausbaus im Osten und Süden seit frühmittelalterlicher Zeit sowie die natürliche Ungunst der nassen und moorigen Böden im Norden und Westen. Auch Belgien ist nicht so reich an Waldungen, wie oft wohl unter dem Eindruck mancher Teile der Ardennen — geglaubt wird (20 %); die Bewaldungsdichte der Nachbarländer Frankreich (24 %) und der Bundesrepublik Deutschland (29 %) ist höher. In absoluten Zahlen angegeben, ist z. B. die Waldfläche Nordrhein-Westfalens mit rd. 8100 km² beträchtlich umfangreicher als die belgische. So verwundert es kaum, daß Belgien eines der einschlagärmsten Länder Europas ist. Dichter bewaldet ist Luxemburg (32 %), obwohl hier die Forstflächen in der Neuzeit besonders stark verkleinert worden sind: in der napoleonischen Ära war das Großherzogtum noch zu 40 %

von Wäldern bedeckt. — Von den drei wichtigsten Aufgaben des Waldes, nämlich der Nutz-, Schutz- und Erholungsfunktion, die er zu erfüllen hat, spielt die Nutzfunktion in den Niederlanden die geringste Rolle. Die Schutzfunktion betrifft den Windschutz an den Küsten, aber auch die Eindämmung der Bodenverwehungen auf den leichten Sand- und Lößböden, im Bergland schützt der Wald vor Bodenabschwemmung und Hangabrutschungen, ferner reguliert er den Wasserhaushalt. Der Erholungsfunktion des Waldes kommt im nordwesteuropäischen Ballungsraum eine besondere Bedeutung zu.

Unter wirtschaftlichem Aspekt, der hier im Vordergrund steht, ist der Holzeinschlag nur in Belgien und Luxemburg erwähnenswert. In den Forsten der öffentlichen Hand (Staats- und Gemeindewälder) wurden in Belgien 0,28 Mill. m^3 Laubholz und 0,65 Mill. m^3 Nadelholz geschlagen (1969), die Holzmenge aus den Privatwäldern dürfte etwa das Doppelte betragen haben. In Luxemburg wurden (1969) insgesamt 0,25 Mill. m^3 geschlagen, davon etwa $^2/_3$ Laubholz. Zum Vergleich kann dienen, daß im gleichen Jahr in Frankreich die Laubholzproduktion 17,6 Mill. m^3 und die Nadelholzproduktion 13,9 Mill. m^3 betrug. Keines der Beneluxländer ist bezüglich des Rohstoffes Holz auch nur annähernd autark. Bei Laubrundholz zählen die Niederlande und Belgien/Luxemburg sogar zu den 10 größten Importländern des Weltholzhandels. Entsprechend ist der Beitrag der Waldwirtschaft zum Volkseinkommen gering, in den Niederlanden praktisch gleich Null. In Belgien ist der Produktionswert des Waldbaus auf 4 % des Gesamtwertes im primären Sektor zu veranschlagen, für Luxemburg ist der Anteil nicht getrennt ausgewiesen, dürfte aber nur geringfügig höher liegen.

Das Verhältnis von Privatwald zu Forsten in öffentlicher Hand stellt sich in allen drei Ländern nahezu gleich. In den Niederlanden sind 54 % der Waldfläche in Privatbesitz, in Belgien und Luxemburg 56 %. Es gibt aber regionale Unterschiede. Östlich der Ijssel, vor allem im Salland und in der Twente, sind fast ausschließlich Privatwälder verbreitet, die den Charakter der Bauernwälder in der Geest tragen. Im Küstengebiet hingegen befinden sich 70 % der Waldflächen in Staats-, Provinz- oder Gemeindebesitz und erfüllen wichtige Schutzfunktionen gegen den Seewind, dienen aber auch den Erholungsuchenden aus der Randstad. Desgleichen gering ist der Privatbesitz auf dem Drenther Plateau (38 %), die Staatsforsten werden hier in die Planung eines großen Erholungsparkes einbezogen. Fast ein Viertel der niederländischen Waldungen stockt allein auf den Sandböden der Veluwe, davon liegen 12 % im Naturschutzgebiet ›Hoge Veluwe‹. — Belgien besitzt größere Staatsforstanteile in den Aufforstungsgebieten der Campine, Staatsforst ist auch der herrliche Buchenwald von Soignes südöstlich von Brüssel, der mit seinen 4000 ha zu den schönsten Waldungen Belgiens zählt, ferner der ausgedehnte Meerdalbos südlich von Löwen. Den größten zusammenhängenden Staatsforst bildet aber der Hertogenwald im Einzugsbereich der

Talsperren von Vesdre und Gileppe (Foto 8), hier greift der Naturpark Nordeifel–Hohes Venn über die Landesgrenze. Gemeinde- und Staatsforsten dominieren auch in den Ardennen. Beiderseits von Our und Sauer erstreckt sich der Deutsch-Luxemburgische Naturpark mit zahlreichen grenzüberschreitenden Wanderwegen, hier überwiegt Privatwald.

Über die Waldflächenverteilung im einzelnen unterrichten die Tabellen 20—22, für Luxemburg kann auch Abb. 35 herangezogen werden. In den Niederlanden hat der Wald von 2480 km² (1920) auf 2994 km² (1972) in einem halben Jahrhundert um 20 % zugenommen. Zugleich wurde ein besseres Verhältnis von Nadelwald, Laubwald und Mischwald erzielt. 1920 hatten die Nadelhölzer einen Anteil von 54 %, 1972 machten sie nur noch 45 % aus. Die Tabelle verdeutlicht die Waldarmut der Küstengebiete, zeigt aber auch die überraschend schnellen Erfolge der Aufforstungsbemühungen in den südlichen Ijsselmeerpoldern. Wälder und Naturreservate sollen hier später sogar ¼ der Gesamtfläche einnehmen. Größere Waldkomplexe werden als Streifen längs der Randseen deren Erholungswert durch den vielzitierten ›Randeffekt‹ noch steigern, kleinere Anpflanzungen sollen die ›Kulissenlandschaft‹ und die Naherholungsräume bei den Siedlungen schaffen. Berücksichtigt man die Einteilung der Niederlande in 40 Regionen, die vom CBS für planerische Zwecke geschaffen wurde, so zeichnet sich die Region der Veluwe im Gelderland mit der höchsten Bewaldungsdichte von 30 % aus. — In Belgien nahm die Waldfläche ebenfalls zu, von 5200 km² (1910) auf 6005 km² (1970), das ist eine Vergrößerung um 16 %. Aber diese Ausdehnung ist nicht gleichmäßig über das Land verteilt, in den Provinzen Antwerpen, Limburg und Westflandern ging der Waldanteil in dem angegebenen Zeitraum sogar zurück, in der Provinz Lüttich hingegen stieg er um 67 %, was vor allem mit der Aufgabe der Landwirtschaft auf Grenzertragsböden zusammenhängt. Aber selbst in der Provinz Luxemburg mit ihren großen Rodungsinseln bedeckt Wald nicht einmal die Hälfte der Fläche, und es ist daran zu erinnern, daß die Ardennen insgesamt nur zu einem Drittel bewaldet sind.

Von den Holzarten her gesehen dominiert in den Niederlanden bei den Nadelbäumen die Kiefer; sie ist auf den ärmeren Sandböden des Utrechtschen Heuvelrug, der Veluwe, der Drenthe und auf den Decksanden Nordbrabants verbreitet. Den höchsten Laubwaldanteil mit Eichen und Buchen hat Südlimburg. Im belgischen Kempenland erstreckt sich ebenfalls ein großes Areal der Kiefer, die hier bei Aufforstungen bevorzugt worden ist. Im belgischen Unterland überwiegen sonst Eichenwälder, hinzu tritt in Flandern und Brabant die Pappel. Die Eiche ist auch in den westlichen Niederardennen noch stark vertreten, in den Hochardennen hat die Verfichtung um sich gegriffen und die natürlichen Buchenvorkommen zurückgedrängt. Buche und Eiche beherrschen aber wieder das Waldbild im belgischen Juraland. Insgesamt ist das Verhältnis von Laubwald zu Nadelwald in Belgien 56 : 33. —

In den Staatsforsten Luxemburgs nimmt der Laubwald 75 % ein. Buchenwälder wachsen auf ihren natürlichen Standorten im Ösling, auf den Kalkhängen im Gutland und auf dem Liassandstein. Eiche und Hainbuche sind im Gutland ebenfalls heimisch. In den luxemburgischen Privatwäldern liegen die Verhältnisse anders. Hier nimmt der Laubwald nur 29 % ein, Nadel- und Mischwald bedecken 39 % und der Niederwald 32 %. Die Fichte hat ihre ausgedehntesten Standorte im nördlichen Ösling, dort hat sie auch wieder aufgegebene landwirtschaftliche Nutzfläche besetzt. Kiefern auf trockenen Schieferhängen und auf Sandböden liefern Grubenholz. Der Anteil des Niederwaldes, der früher als Eichenschälwald zur Lohegewinnung benutzt wurde und am meisten im Kanton Wiltz das Landschaftsbild bestimmte, wie es SCHMITHÜSEN (1940) so anschaulich geschildert hat, geht laufend zurück. Der verbliebene Niederwald dient lediglich zur Brennholzversorgung, nachdem Lohe zu Gerbzwecken durch Chemikalien ersetzt worden ist und es zudem mit der Lederindustrie bergab geht.

Es sei abschließend aus volkswirtschaftlicher Sicht nochmals in Erinnerung gerufen, daß der primäre Sektor zum Volkseinkommen in den Niederlanden nur knapp 5 %, in Belgien etwa 3 % beisteuert. Setzt man nun die Wertschöpfung innerhalb des primären Sektors wieder gleich 100 und gliedert sie auf, so erhält man je für Landwirtschaft, Waldwirtschaft und Fischerei: 97,2 % — 0,4 % — 2,4 % in den Niederlanden und entsprechend 94,6 % — 3,9 % — 1,5 % in Belgien. Wirtschaftlich gesehen spielt also auch die Fischerei in beiden Ländern eine sehr untergeordnete Rolle. In den Niederlanden ist der Anteil der Erwerbstätigen in diesem Wirtschaftszweig, der um 1900 noch 1 % betrug, auf 0,1 % im Jahr 1972 gesunken. In Belgien ist er noch niedriger.

Die Fischanlandungen in Belgien schwanken um 50 000 t jährlich. Hauptfischereihafen ist Oostende, hier sind 2/3 der belgischen Fischereiflotte stationiert, und hier werden auch 2/3 der Fangmengen an Land gebracht. An zweiter Stelle steht Zeebrügge, von geringerer Bedeutung als Fischerhafen ist dann noch Nieuwport. — Die Fänge der niederländischen Fischereiflotte belaufen sich auf jährlich rd. 300 000 t (1974: 294 000 t). Eine stattliche Flotte von etwa 150 Booten (1971) liegt im Hafen des malerischen Dorfes Urk an der Westküste des Nordostpolders. Es sind allerdings kleinere Boote, das gilt auch für die nördlichen Häfen von Harlingen, Den Oever und Den Helder sowie für Stellendam und Breskens in Seeland. Ijmuiden, Katwijk, Scheveningen und Vlaardingen sind die Heimathäfen der größeren Fischereifahrzeuge.

Nicht nur für Urk, sondern auch für die vielen anderen kleinen Fischerdörfer an den Küsten der Zuidersee hatte deren Abriegelung und teilweise Trockenlegung einschneidende Folgen. Ältere Fischer erhielten staatliche Unterstützung, wenn sie aus dem Erwerbsleben ausschieden; für einen Teil der jungen Leute wurden Umschulungsmaßnahmen eingeleitet. Die Fischgründe waren ja erheblich eingeengt worden, wenngleich durch die Schleusen bei Den Oever und Kornwerderzand das offene Meer noch erreicht werden kann (von Schiffen bis zu 2000 t). Durch diese Schleusen gelangen auch die Aale nach ihrer jahrelangen Wanderung vom Sargassomeer mit dem Golfstrom quer durch den Atlantik in das Süßwasser des Ijsselmeeres, wo sie heranwachsen können und einen wichtigen neuen Fischereizweig begründet haben.

3.3. Bergbau und Industrie

3.3.1. *Struktur und Produktion im sekundären Sektor*

Spürbarer als bei der Kennzeichnung der Agrarlandschaft stellen sich in einer Länderkunde der Betrachtung des industriell gestalteten Raumes Schwierigkeiten in den Weg. Unstreitig ist zwar die den Agrarsektor weit überwiegende volkswirtschaftliche Bedeutung des sekundären Sektors, gemessen am Beitrag zum Sozialprodukt (Niederlande: 40 % [1974], Belgien: 44 % [1974] und Luxemburg: 56 % [1974]). Unstreitig ist auch, daß die Zahl der industriellen Arbeitsplätze und die Entwicklungstendenzen der Industriezweige in einer Region wesentlichen Einfluß auf die sozialökonomische Funktion dieses Raumes sowie auf die vertikale und horizontale Mobilität seiner Bevölkerung haben. Um das erklärte Ziel jeder Raumordnung zu erreichen, nämlich gleiche Lebensqualität für alle Menschen in allen Teilen eines Landes zu schaffen, wird daher immer auch ein wesentlicher Ansatz bei der Verbesserung der industriellen Struktur gesucht — wie skeptisch man auch jenem Ziel und seiner Formulierung gegenüberstehen mag. Während man aber der Agrarlandschaft in den Beneluxländern immer noch die Eigenschaften Homogenität und — wenigstens teilweise — Beharrung zuordnen kann, charakterisieren Heterogenität und Dynamik viel eher den industriellen Raum. Gewiß spricht man von der Wirtschaftsformation des Minettegebietes (Quasten, 1970) oder von der Industrieformation der Twente (Buursink, 1964); aber schon im letzteren Fall ist die Forderung nach Homogenität, die ursprünglich im Begriff der Formation (bei Waibel) steckt, nicht mehr erfüllt. Bartels hat das ausführlich diskutiert (1968, S. 144 ff.). Nun ist es aber nicht nur der Gegensatz von Beharrung und Homogenität dort, Dynamik und Heterogenität hier, dem sich der Landeskundler gegenübersieht, sondern vielmehr die Tatsache, daß — gleichsam umgekehrt zur volkswirtschaftlichen Valenz — der agrare Wirtschaftsraum flächenhaft und physiognomisch dominiert, was sich von den industriellen Revieren nur in wenigen eng umgrenzten Fällen sagen läßt. Hinzu kommt ein zweiter Gegensatz: der der ökologischen Verflechtung der Agrarlandschaft mit dem Naturhaushalt einerseits und der Tendenz zu einer ›foot-loose‹-Industrie andererseits. Aus allem resultiert die Gefahr einer enzyklopädischen Deskription und der Darbietung langer Produktionsstatistiken in der Industriegeographie. Dem wird im folgenden dadurch zu begegnen gesucht, daß zunächst vergleichend für die drei Länder Grundzüge ihrer industriellen Gesamtstruktur vorangestellt werden; dem schließen sich zwei Abschnitte über wichtige räumlich-funktionale Differenzierungen an.

Die Ausstattung eines Landes mit Bodenschätzen, insbesondere mit Energieträgern, hat durch den weltpolitischen Gegensatz zwischen Industrienationen und rohstoffreichen Entwicklungsländern eine brennende Aktualität bekommen, die sich bislang am offenkundigsten während der Ölkrise des Winters 1973/74 manifestierte. Tabelle 23 zeigt, wie in den Niederlanden nicht nur die Steinkohlenförderung in Südlimburg rapide abgenommen hat, sondern daß auch die eigene Erdölförderung immer geringer wird; dafür gehören die Erdgasfelder zu den größten der Welt (Foto 23). Während der Energiekrise wurde von der niederländischen Regierung diskutiert, ob die Steinkohlenförderung nicht reaktiviert werden sollte, es blieb dann aber bei dem Beschluß, im Laufe des Jahres 1975 auch die letzten Bergwerke zu schließen. Vorsichtiger wurden die Niederlande jedoch in ihrer Ausfuhrpolitik beim Erdgas. Ungebrochen ging Rotterdam-Europoort als westeuropäisches Einfuhr- und Raffineriezentrum für Erdöl aus der Energiekrise 1973/74 hervor.

In Belgien (vgl. auch Abb. 24[c]) sind die Kohlelagerstätten der Sambre–Maas-Furche durch den Gebirgsdruck von Süden her stark gestört und entgast, hier überwiegt die Magerkohle. Die oberen Flöze, die fette Flammkohle lieferten, sind erschöpft, die restlichen klein und unregelmäßig. Die Förderung geht stark zurück. Die Zahl der Zechenstillegungen ist vor allem in der Borinage, im Centre und um Charleroi hoch, die verbliebenen Gruben müssen subventioniert werden. Aber auch der erst in diesem Jahrhundert begonnene Abbau der Fettkohle des Nordflügels im Kempenland mit anfangs sieben Großzechen wurde von der Krise des westeuropäischen Kohlebergbaus erfaßt, auch hier gab es schon Zechenschließungen. Die Produktion und die Zahl der Arbeitsplätze nehmen ab, obwohl die Vorräte noch auf 12 Mrd. t geschätzt werden. Es sind regelmäßige, große Flöze, aber unter mächtigem Deckgebirge (Tabelle 23).

Luxemburg verfügt, von der Hydroelektrizität zunächst einmal abgesehen, über keine primären Energieträger, wohl aber über bedeutende Eisenerzlager, die noch auf 300 Mill. t geschätzt werden. Der relativ geringe Eisengehalt von 20 bis 35 % Fe trug den Vorkommen den Beinamen ›Minette‹ (Erzchen) ein. Die Zahl der Förderanlagen betrug 1926 noch 81; 1974 gab es nur noch 6 Großanlagen, davon 4 im Tagebau. Das Maximum der Förderung wurde im Jahr 1957 mit 7,84 Mill. t erreicht. Gegenwärtig sinken die

Förderzahlen, 1972 wurden 4,12 Mill. t und 1974 nur noch 2,69 Mill. t gefördert. Der Abbau erfaßt nur noch die besten Lager, und es gibt Prognosen, daß er um die Jahrtausendwende zum Erliegen kommen wird.

Bezüglich aller übrigen Bodenschätze sind die Beneluxländer arm. In den Niederlanden wurden aus den Steinsalzlagern zwischen Boekelo und Winterswijk allerdings kontinuierlich steigende Mengen gewonnen: 1956 waren es 0,5 Mill. t, 1974 gut 3 Mill. t. Eine kleine Braunkohlengrube in Südlimburg wurde schon 1960 geschlossen, bei Maastricht bricht man hochwertige Kalke der Oberkreide für die Zementherstellung. In Belgien sind die Eisenerzlager in Belgisch-Lothringen fast völlig erschöpft. Auch die Kupfer-, Blei- und Zinkgruben bieten keine abbauwürdigen Mengen mehr. Eine gewisse Rolle spielen aber noch die vielen Steinbrüche (s. unten).

Die Energieversorgung in den Niederlanden ist in jüngster Zeit erheblich umgestellt worden. Im Jahr 1950 wurde der Inlandverbrauch noch zu 4/5 aus Steinkohle und nur zu 1/5 aus Erdöl als Primärenergieträgern gedeckt. Im Jahr 1974 betrug der Anteil der Kohle nur noch 5 %, der des Erdöls 39 %, und das Erdgas lieferte 56 %. Freilich kann der Erdölbedarf nur noch minimal (zu 5 %) aus den eigenen Quellen bestritten werden, Erdgas ist hingegen im Überfluß vorhanden. Die Erzeugung elektrischer Energie erfolgt fast ausschließlich in Wärmekraftwerken, die installierte Leistung von Kernkraftwerken belief sich 1975 nur auf 502 Megawatt, in Belgien dagegen schon auf 1270 MW (zum Vergleich: das in der EG auf diesem Sektor führende Großbritannien hat 5563 MW installiert).

Die Energiewirtschaft Belgiens beruht ebenfalls fast nur auf Wärmekraftwerken. Die Energieträger waren noch vor 10 Jahren ausschließlich die eigene und importierte Kohle sowie importiertes Erdöl: große Raffinerien neben neuen Petroleumdocks befinden sich im Hafen von Antwerpen. In jüngster Zeit wächst die Einfuhr von niederländischem Erdgas. Kernenergie war 1976 mit 20 % an der Stromerzeugung beteiligt (Niederlande: 7 %).

In Luxemburg dagegen decken die Wasserkraftwerke, vor allem das große Pumpspeicherwerk von Vianden an der Our, 42 % der Elektrizitätserzeugung. 58 % steuern die Wärmekraftwerke bei, die der Stahlindustrie angeschlossen sind. Auch hier hat sich eine erhebliche Umstellung vollzogen: 1960 war die Hydroelektrizität noch von völlig untergeordneter Bedeutung. 1972 wurde der Anschluß an das niederländische Erdgasnetz vollzogen. Für die Errichtung eines Kernkraftwerkes im Raum des lothringischen Industriedreiecks bestehen bislang nur Vorplanungen.

Bei der eisenschaffenden Industrie ist eine vergleichende Betrachtung der drei Beneluxländer besonders interessant, weil Basis und Standortbedingungen der Stahlindustrie von Land zu Land völlig verschieden sind. Im einzelnen wird das in den Abschnitten 3.3.2. und 3.3.3. zu behandeln sein, hier sollen nur die Werte der Stahlproduktion als wichtige industrielle Basisdaten vorangestellt werden. Die Rohstahlerzeugung stieg in allen drei Ländern bis 1974 ständig (vgl. Tabelle 24); 1975 geriet sie aber auch hier in das Konjunkturtief. Von der Rohstahlerzeugung der EG im Jahr 1974 (es waren insgesamt 155,6 Mill. t) entfielen 3,8 % auf die Niederlande, 4,1 % auf Luxemburg und 10,4 % auf Belgien. Summiert wurde damit in den Beneluxländern mehr Stahl produziert als in Frankreich (17,4 %) oder in Großbritannien (14,4 %).

Nach dieser einleitenden Darstellung von Struktur und Produktion im Bereich der Lagerstätten, der Energieversorgung und der eisenschaffenden Industrie soll sich nunmehr ein Gesamtüberblick mit dem Akzent auf der verarbeitenden Industrie anschließen. Aufschlußreich sind zunächst die Beschäftigtenzahlen in den einzelnen Zweigen. Trotz der Schwierigkeiten, Länderstatistiken aufeinander abzustimmen, konnte Tabelle 25 entwickelt werden. Der Anteil der Beschäftigten im Bergbau ist gering, was nach den Ausführungen über Stillegungen und Rationalisierung nicht mehr überraschen dürfte. In allen drei Ländern ist die Tendenz weiter sinkend. Anfang der fünfziger Jahre war die Zahl der Arbeiter in den belgischen Kohlengruben noch viermal höher als 1970. Im luxemburgischen Erzbergbau arbeiteten 1954 noch 11 % der Industriebeschäftigten. Betrachtet man weiter die Tabelle 25, so erweist sich also die Verarbeitungsindustrie als die entscheidende Komponente, den einzelnen Zweigen nach aber mit strukturell wichtigen Unterschieden. Am auffälligsten — und in mancher Hinsicht am bedenklichsten — ist dabei die absolute Dominanz der eisenschaffenden Industrie als Arbeitgeber in Luxemburg.

Vor dem Zweiten Weltkrieg waren die Niederlande noch nicht weit über ein Stadium hinaus, wie man es als charakteristisch ansehen kann für ein Land, das am Anfang seiner industriellen Entwicklung steht. Textil- und Nahrungsmittelindustrie bildeten die entscheidenden Zweige. Mit dem Verlust Indonesiens, mit dem stark wachsenden Bevölkerungsdruck, aber auch mit dem wirtschaftlichen Aufschwung des deutschen Hinterlandes an Rhein und Ruhr wuchs die Notwendigkeit der beschleunigten Industrialisierung und der Umwandlung der industriellen Struktur. Tabelle 25 zeigt mit der breiten Streuung der Beschäftigten an, daß diese Ziele weitgehend erreicht worden sind. Das stärkste Wachstum seit den frühen fünfziger Jahren erlebte die chemische Industrie, die Metallverarbeitung mit ihren vielen Sparten — an der Spitze die Elektrotechnik — und das Druck- und Verlagswesen. Hinzu kommt in den letzten zehn Jahren der Aufschwung der Erdölchemie. Überdurchschnittliches Wachstum nach Indexwerten der Produktion besitzen heute die chemische Industrie und die Erdölchemie, vor allem aber — und zunächst wohl überraschend — der Bergbau: hier schlägt die Erdgasproduktion zu Buche (Tabelle 29). Neben der Beschäftigtenstruktur und den Indexreihen sollte man einen dritten Aspekt nicht außer acht lassen: die vorderste

Position beim Gesamtumsatz industrieller Produkte nimmt immer noch die Nahrungsmittelindustrie ein, gefolgt vom Maschinenbau und von der chemischen Industrie (Tabelle 27). Unübersehbar sind dagegen die Krisenerscheinungen in der Textil- und Bekleidungsindustrie, die unter dem Konkurrenzdruck der billiger produzierenden überseeischen Länder stehen. Die Zahl der Betriebe und der Beschäftigten nimmt in diesem Bereich ständig ab.

Ganz anders als die Niederlande hatte Belgien schon im vorigen Jahrhundert die Dienste eines Schrittmachers bei der Industrialisierung des Kontinents geleistet. Anders als in den Niederlanden hat aber der belgische Staat auch nur ausnahmsweise planend oder lenkend in die Wirtschaft eingegriffen. Solche Ausnahmen waren die Umstrukturierung der von den Rohstoffen aus dem Kongo abhängigen Industrien sowie die Sanierung des belgischen Kohlebergbaus im Rahmen der Montanunion. Erst unter dem Konkurrenzdruck der EG-Länder sah sich Belgien gezwungen, veraltete industrielle Strukturen zu verbessern. Die Investitionsraten blieben indessen hinter denen der EG zurück ebenso wie das industrielle Wachstum. Dennoch haben Struktur und Verteilung auch der belgischen Industrie durch zahlreiche Neugründungen von Fabriken in den letzten Jahrzehnten einen beachtlichen Wandel durchgemacht. An der Beschäftigtenzahl gemessen, wuchsen (im Vergleich mit 1954) in erster Linie die Metallverarbeitung, ferner die eisenschaffende und die chemische Industrie. Gleichzeitig nahm die Zahl der Beschäftigten im gesamten Bereich von Textil, Leder und Bekleidung ab, desgleichen in der Nahrungsmittelindustrie. Am deutlichsten ist jedoch der Rückgang im Bergbau. Wertmäßig haben sich ebenfalls starke Verschiebungen ergeben. 1954 lieferte den höchsten Beitrag zur industriellen Wertschöpfung die Eisen- und Stahlproduktion mit 21 %, 1973 waren es hier nur noch knapp 8 % (Tabelle 28). An zweiter Stelle stand 1954 die Metallverarbeitung (17 % des damaligen gesamten industriellen Produktionswertes) und an dritter Position mit 16 % die Textilindustrie, die besonders stark geschrumpft ist und unter den gleichen Krisenerscheinungen leidet wie die benachbarte niederländische. 1973 hatten sich die Positionen verschoben: an der Spitze steht jetzt mit deutlichem Abstand die Metallverarbeitung (29,9 %), gefolgt von der Nahrungsmittelindustrie mit 14,6 % und der chemischen Industrie (10,3 %). Die Tabelle 28 zeigt zugleich, daß in Luxemburg neben der eisenschaffenden Industrie lediglich die Chemie einen Industriezweig von einiger Bedeutung darstellt. Die Indexwerte der industriellen Produktion für Belgien (1969 bis 1974) und Luxemburg (1970 bis 1974) bringen die Tabellen 30 und 31. Starkes Wachstum kommt in beiden Ländern der chemischen Industrie zu. Insgesamt ermöglicht die Interpretation der Tabellen 25 bis 31, die im einzelnen dem Leser überlassen bleibt, eine hinreichende und vergleichende Analyse. Schließlich macht Tabelle 32 deutlich, daß die Klassifikation nach Betriebsgrößen in den Niederlanden und in Belgien keine wesentlichen

Unterschiede aufweist. Den relativen Zahlen nach tendiert Luxemburg stärker zu Mittel- und Großbetrieben.

3.3.2. *Die räumliche Verteilung der Industriezweige in den Niederlanden*

Noch um die Jahrhundertwende konnte man am Bild der Industriestandorte in den Niederlanden deutlich ablesen, daß eigentlich nur zwei der klassischen WEBERschen Lokalisationsfaktoren eine Rolle spielten: niedrige Transportkosten und niedrige Löhne. Der erste Faktor wirkte sich im Westen aus, wo Häfen und Wasserstraßen ein dichtes Verkehrsnetz mit Knotenpunkten bildeten; der zweite Faktor — das Vorhandensein von billigen und ungelernten Arbeitskräften — spielte für die Textilbranche im Osten und im Süden des Landes eine Rolle. Hinzu kam der Kohlebergbau in Südlimburg. Weit entfernt aber war zu jenem Zeitpunkt die niederländische Industrie von einer diversifizierten und integrierten Struktur, bei der die Fühlungsvorteile in den Ballungsgebieten voll ausgenutzt werden. Das hat sich seit dem Ende des Zweiten Weltkrieges grundlegend geändert, und diese Änderungen betreffen nicht nur die Gesamtstruktur, sondern zugleich auch die räumliche Verteilung der Industrie. Dem soll zunächst nachgegangen werden, wobei die wichtigsten Industriezweige das Ordnungsprinzip abgeben.

Bei der chemischen Grundstoffindustrie denkt man zu Recht in erster Linie an die Industriestraße längs des Neuen Wasserweges im Rheinmündungsgebiet, wo sich die älteren Raffinerien und die Anfänge der petrochemischen Industrie in der Nähe des kleinen Dorfes Pernis und an der Einmündung der Alten Maas befinden. Aber der Ausbau erfolgte weiter seewärts, erst in Botlek, dann am Calandkanal bis hin zur Maasvlakte. Allerdings ist die petrochemische Industrie ein Zweig, wo in riesigen Anlagen nur ein kleiner Stab von qualifizierten Spezialisten die weitgehend automatisierten Prozeßabläufe steuert und überwacht. — Raffineriestandorte und petrochemische Industrie sind jedoch nicht mehr auf Rotterdam-Europoort beschränkt. Sekundärzentren entstanden bei Amsterdam im Westhafengebiet, in der aufblühenden Industrieregion um Vlissingen, am Ausgang des Gent–Terneuzen-Kanals, aber auch — und ebenfalls wieder in günstiger Lage zum Meer — in Delfzijl. Darüber hinaus plant der niederländische Chemiekonzern DSM (Dutch State Mines) den Aufbau eines neuen großen Chemiekomplexes in der Provinz Groningen mit Hauptstandort am neuen Eemshaven. Der Konzern DSM war ursprünglich ein Bergbauunternehmen, vergleichbar der Ruhrkohle AG. Aber die letzten Zechen der Gesellschaft in Südlimburg wurden schon 1973 geschlossen, und im Rahmen des Unternehmens kam es gerade in Limburg zu einem Modellfall der industriellen Umstrukturierung. Hier mußten rd. 40 000 neue Arbeitsplätze geschaffen werden, 30 000 als Ersatz für Plätze im Bergbau und weitere 10 000 wegen der wachsenden Bevölkerungszahl (Roemen, 1967). Von Heerlen aus gesteuert, trug der DSM-Konzern wesentlich zur Schaffung dieser Arbeitsplätze bei. Die Haupterzeugnisse sind Kunstfasern, Kunstdünger und sonstige Kunststoffe. Zu diesem Schwerpunkt im Süden des Landes kommt nun der neue Küstenstandort Eemshaven. — Das Aufblühen der pharmazeutischen und der Kunststoffindustrie hat im übrigen breit gestreut in einer großen Zahl von ökonomisch-geographischen Gebieten zur Verstärkung des Sektors der chemischen Industrie geführt. Abb. 24(a) zeigt die Unterschiede auf Provinzbasis.

Setzt man die Mengen-Indexziffer (für den Umsatz) der chemischen Industrie im Jahr 1963 gleich 100, so steigt dieser Index für 1972 auf 350 an, das ist das stärkste Wachstum in weitem Abstand vor allen anderen Industriezweigen der Niederlande. Wegen des hohen Grades der Automatisierung und Rationalisierung ist die Branche aber für die Sicherung von Arbeitsplätzen von geringerer Bedeutung als die Metallindustrie. Deren Index stieg im gleichen Zeitraum nur auf 180, sie hat aber bezüglich der Beschäftigtenzahl eine Schlüsselstellung inne (vgl. Tabelle 25 und Abb. 24[a]).

›Nichts hieße den integrativen Raumgedanken mehr verleugnen, als Hollands Küstensaum als separates Wirtschaftsgebiet zu betrachten‹ — mit diesem Satz von Jurgons (1969, S. 57) kann man treffend die Darstellung der niederländischen Stahlindustrie einleiten. Mit dem Stahl aus dem vollintegrierten Werk (Eisen, Rohstahl und Walzprodukte in einem Arbeitsgang) bei Ijmuiden-Velsen werden nicht nur die Maschinenbauindustrie, die Werften und der Kesselbau für die Ölraffinerien in Amsterdam und Rotterdam beliefert, die günstige Lage dieses küstenständigen Stahlwerkes am Ausgang des Nordseekanals erlaubt über die Rheinschiene auch die schnelle Bedienung eines weiteren Hinterlandes. Es entstand nach dem Ersten Weltkrieg und steht mit seiner modernen technischen Ausstattung und seiner Kapazität heute in der Spitzengruppe aller europäischen Küstenstahlwerke. Die Kohle stammt etwa zur Hälfte aus dem östlichen Ruhrgebiet, es besteht ja ein Konzernverbund mit Hoesch in Dortmund, zur anderen Hälfte aus Nordamerika. Die Erzfrachter, für die immer größere Kais und Umschlagseinrichtungen gebaut werden, kommen aus Liberia, Schweden, Kanada und Brasilien, um nur die wichtigsten Lieferländer zu nennen, in denen z. T. Beteiligungen an den Gruben bestehen. Die Kapazität soll bis Ende der siebziger Jahre auf 8 Mill. t jährlich ausgebaut werden. Das erscheint um so wichtiger, als der ehrgeizige Plan, auf der Maasvlakte bei Rotterdam ein weiteres Stahlwerk zu errichten, endgültig als gescheitert angesehen werden muß. Die Einsprüche gegen eine weitere Quelle der Luftverschmutzung in diesem ohnehin stark belasteten Raum wurden von der Bevölkerung in den Rijnmondgemeinden so massiv vorgebracht, daß die Baugenehmigung versagt worden ist. — Bei

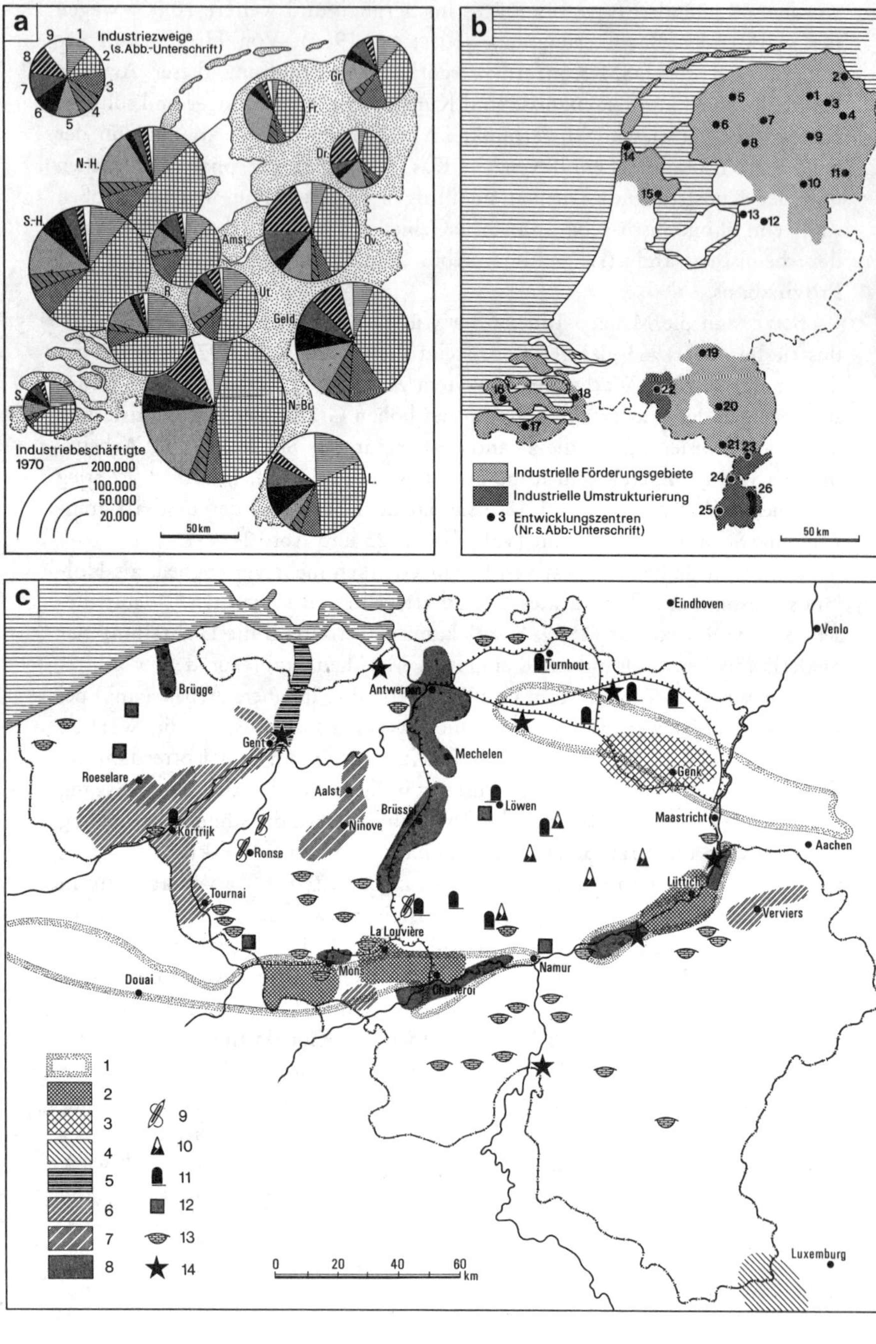
a
Industriezweige
(s. Abb.-Unterschrift)
Gr.
Fr.
Dr.
N.-H.
S.-H.
Amst.
Ov.
Ut.
R.
Geld.
S.
N.-Br.
L.
Industriebeschäftigte
1970
200.000
100.000
50.000
20.000
50 km
b
Industrielle Förderungsgebiete
Industrielle Umstrukturierung
Entwicklungszentren
(Nr. s. Abb.-Unterschrift)
50 km
c
Eindhoven
Venlo
Turnhout
Brügge
Antwerpen
Gent
Mechelen
Genk
Roeselare
Aalst
Löwen
Maastricht
Kortrijk
Ninove
Brüssel
Aachen
Ronse
Lüttich
Tournai
Verviers
La Louvière
Mons
Namur
Douai
Charleroi
Luxemburg
0 20 40 60 km

der metallurgischen Grundstoffindustrie ist ferner die Aluminiumhütte in Delfzijl von Bedeutung, auch hier besteht günstige Umschlagmöglichkeit für das über See kommende Bauxit.

Bei der metallverarbeitenden Industrie wird man zuerst an den Schiffsbau denken. Hauptstandorte sind nach wie vor die Werften von Rotterdam, Vlissingen, Den Helder und Utrecht. Vor allem im Rotterdamer Hafengebiet von Botlek und in Utrecht ist der Schiffsbau mit dem Maschinenbau vergesellschaftet. Insgesamt hat aber die scharfe internationale Konkurrenz dazu geführt, daß der Schiffsbau dem Wachstumstrend der gesamten Metallverarbeitung nicht folgen konnte. Dieser wird vielmehr gesteuert von der Automobilherstellung und von der elektrotechnischen Industrie. Die beiden weltbekannten Firmen Philips und DAF haben ihren Sitz in Eindhoven. Hier muß nun auf ein Phänomen hingewiesen werden, das die Struktur des industriellen Raumes der Niederlande in der Gegenwart ganz besonders unterscheidet von derjenigen des frühen 20. Jahrhunderts. Die großen Konzerne, insbesondere Philips, haben nicht nur nach betriebsinternen Gesichtspunkten eine horizontale Integration aufgebaut, sondern sich auch gegenüber den raumordnerischen Zielsetzungen aufgeschlossen gezeigt. In Zahlen sah das für Philips (1970/71) so aus: der Konzern beschäftigte 359 000 Arbeiter, davon 97 000 in den Niederlanden. Von diesen letzteren arbeiteten aber nur 42 000 im Stammwerk Eindhoven, die übrigen in mehr als fünfzig

Abb. 24: Industriestruktur (nach amtlichen Statistiken, Nationalatlanten und DE SMIDT, 1972).

a: Industriebeschäftigte nach Zweigen in den Niederlanden 1970:
1 chemische Industrie, 2 Metallverarbeitung, 3 Papier und Druck, 4 Holz- und Möbelindustrie, 5 Nahrungsmittelindustrie, 6 Steine und Erden, 7 Schuh- und Bekleidungsindustrie, 8 Textilindustrie, 9 sonstige Zweige.

b: Regionale Strukturpolitik in den Niederlanden:
1 Groningen, 2 Delfzijl, 3 Hoogezand, 4 Veendam, 5 Leeuwarden, 6 Sneek, 7 Drachten, 8 Heerenveen, 9 Assen, 10 Hoogeveen, 11 Emmen, 12 Zwolle, 13 Kampen, 14 Den Helder, 15 Hoorn, 16 Vlissingen, 17 Terneuzen, 18 Bergen op Zoom, 19 Oss, 20 Helmond, 21 Weert, 22 Tilburg, 23 Roermond, 24 Born, 25 Maastricht, 26 Bergbaugebiet Südlimburg.

c: Bergbau und Industrie in Belgien:
1 Steinkohlenrevier, 2 alte, schwerindustrielle Reviere, z. T. in starker Umwandlung, 3 Revier der Campine, 4 Stahlindustrie im Dreiländerbereich, 5 Entwicklungsachse Gent—Terneuzen, 6 vorherrschend Textilindustrie, 7 Textil- und Konsumgüterindustrie, 8 gemischte Industrie, 9 Einzelstandort der Textilindustrie, 10 Zuckerfabrik, 11 Einzelstandort der Schwerindustrie, 12 Einzelstandort gemischter Industrie, 13 Industrie der Steine und Erden, 14 Kernkraftwerk.

Zweig- und Zulieferbetrieben — teils selbst von beachtlicher Größe —, die über das ganze Land verteilt sind. Viele dieser Werke haben ihren Standort in den Entwicklungs- und Problemgebieten des Nordens und Südostens (Jansen, 1972). Hinzu kommt, daß zahlreiche kleine Firmen der Metallindustrie das günstige Angebot mancher Gemeinden auf deren neu ausgewiesenen Industrieflächen angenommen haben, entweder auf der Suche nach brachliegenden Arbeitskapazitäten oder einfach als Beispiele für eine ›footloose‹-Industrie. Jedenfalls ist die Stellung der Metallverarbeitung heute in vielen ökonomisch-geographischen Gebieten stark. Nur in der Randstad selbst verflacht die Wachstumskurve dieses Industriezweiges; neue Unternehmen streben in den zentralen, offenen Raum der Randstad, dorthin, wo die Verstädterung beginnt, oder sie tendieren mit ihrer Standortwahl zum Ostteil des Landes. In den strukturschwächeren Gebieten um Enschede und in der ehemaligen Bergbauregion von Südlimburg (Heerlen-Kerkrade) ist die Metallindustrie aber immer noch erheblich unterrepräsentiert, nur in Born (Südlimburg) hat DAF einen großen Zweigbetrieb geschaffen.

Drei weiteren, an sich sehr unterschiedlichen Industriezweigen ist gemeinsam, daß sie ebenfalls zu den Wachstumsindustrien zählen, aber auf niedrigerem Niveau als die bisher behandelten. Es sind: das Druck- und Verlagswesen, die Holz- und Möbelindustrie sowie die Nahrungsmittelindustrie. Druck und Verlag ist ein typisch städtischer Zweig, dessen Standorte oft bis an den Rand einer Kernstadt oder sogar bis mitten in die City vorstoßen. Die Zentren dieser Branche sind Amsterdam, 's-Gravenhage, Haarlem und Utrecht, aber auch Rotterdam, Groningen, Leiden und Wageningen sind von Bedeutung, eine beachtliche Rolle spielt dabei die Bindung an den Sitz von wissenschaftlichen Institutionen. — Die Nahrungsmittelindustrie ist weit gestreut, aber doch mit deutlichen Konzentrationserscheinungen. Vriens (1969) hat sehr schön gezeigt, wie in den Gebieten mit dominierendem Obst- und Gemüseanbau auch die Verarbeitungsindustrie (Konserven) überdurchschnittlich dicht repräsentiert ist. Die Region ›Zaanstreek‹ zwischen Amsterdam und Alkmaar weist eine ganze Reihe von großen Betrieben der Nahrungsmittelindustrie auf; hier befindet sich zugleich auch der traditionelle Hauptstandort der im übrigen mit vielen Klein- und Mittelbetrieben über das ganze Land verbreiteten Holz- und Möbelindustrie. (In Zaandam erlernte Peter der Große 1697 das Schiffszimmermannshandwerk!) Weitere Zentren der Nahrungsmittelindustrie sind kleine Orte in Friesland, in den Groninger Veenkolonien und in Groningen selbst, auf der Basis der dortigen Agrarproduktion (vgl. Abb. 24[a]). Die Herstellung von Milchprodukten ist dispers angesiedelt, aber mit deutlichen Schwerpunkten in Friesland (Leeuwarden) und in Südholland. Die Nahrungsmittelindustrie profitierte und profitiert noch von dem Bevölkerungswachstum im eigenen Land, aber auch von wachsenden Exportraten. Die niederländische Schokoladenindustrie bekommt allerdings eine Konkurrenz durch die Entwicklungsländer mit Kakaoanbau, die selbst eine Verarbeitungsindustrie aufbauen.

Ein stabiler Industriezweig ist die Herstellung von Baumaterialien. Die traditionelle Ziegelindustrie, die auf den Tonvorkommen basiert, arbeitet mit einer Vielzahl von Betrieben einmal entlang der Maas oberhalb von Venlo, ferner am Neder-Rijn und am Waal, wo die Tongruben wie Perlen an der Schnur aufgereiht liegen. Entsprechend zeigt Abb. 24(a) auch für Limburg und Gelderland die höchsten Beschäftigtenanteile im Bereich Steine und Erden. Um Maastricht blüht die Zementindustrie auf der Grundlage der dortigen hochwertigen Kalksteine der Oberkreide. Neue Bauformen und neue Baumaterialien haben darüber hinaus eine Ausbreitung der Baustoffindustrie zu neuen Standorten bewirkt, bei deren Auswahl die Nähe zu den großen Agglomerationen mit reger Bautätigkeit gesucht wird.

Bei den stabilen Zweigen muß auch die Diamantenbearbeitung erwähnt werden. Sie ist fast ausschließlich in Amsterdam lokalisiert. Zwar ist der absolute Anteil der Beschäftigten gering, aber die Amsterdamer Diamantschleiferei ist weltberühmt. Ihren Einzug in die Stadt hielt sie am Ende des 16. Jahrhunderts, nachdem die Spanier im Jahr 1576 Antwerpen geplündert hatten. Mit den vertriebenen Bürgern und Handwerkern wanderte damals auch die Kunst der Edelsteinbearbeitung ab — nach Amsterdam. — Schließlich ist auch die Papierindustrie ein stabiler Zweig. Traditionelle Standorte sind wegen der Wasserqualität der Rand der Veluwe, vor allem Apeldoorn, alteingesessen ist die Papierwarenherstellung auch in Maastricht. Einige Papierfabriken streben aber in jüngster Zeit zum Küstenstandort, weil damit Transportkostenvorteile für das importierte Holz aus Skandinavien verbunden sind. Velsen und der Nordseekanal ist ein solcher neuer Platz.

Die Bekleidungsindustrie sowie die Herstellung und Verarbeitung von Leder sind schrumpfende Industriezweige. Die Lederindustrie war und ist stark konzentriert in Nordbrabant und besonders im Raum Tilburg. Die hohen Lohnkosten, die Konkurrenz ausländischer Firmen, die rascher den wechselnden modischen Trends zu folgen vermochten, sowie die Bevorzugung von synthetischem Material haben hier zu einem Rückgang der Beschäftigten geführt, der sich im zentralen Nordbrabant wirtschaftlich sehr ungünstig bemerkbar gemacht hat, zumal für den Stamm der älteren, männlichen Arbeitskräfte. — Anders die Bekleidungsindustrie, die zwar eine hohe Beschäftigtenkonzentration in Amsterdam, in Groningen und in der Twente erkennen läßt, zugleich aber auch das Prinzip der breiteren Streuung. Dieser lohnintensive, vor allem auf den Markt der weiblichen Arbeitskräfte ausgerichtete Zweig erlitt — wie in den andern Hochlohnländern der EG — einen scharfen Einbruch. Die Vermittlung der freiwerdenden Arbeiterinnen war anfänglich in Groningen und in der Twente problematisch, das besserte sich aber mit den ersten Erfolgen der jüngsten Strukturpolitik, die für Diversifikation sorgte.

Die beiden niederländischen Industriezweige, die vom schärfsten Rückgang in den letzten 10 bis 15 Jahren betroffen wurden — der Bergbau und die Textilindustrie —, zeigen zugleich besonders auffällige räumliche Verdichtungen, was naturgemäß in den entsprechenden Regionen fühlbare Probleme heraufbeschwor. Der Niedergang des Bergbaus in Südlimburg bis zu seinem völligen Erliegen in der Gegenwart wurde bereits skizziert. Die niederländische Kohle ist auf dem Energiesektor nicht länger konkurrenzfähig. Die Erschließung der neuen Energiequellen auf den großen Erdgasfeldern im Norden bescherte dem Land zwar eine gute Position auf dem Energiemarkt, ist aber kaum für die Beschäftigtenstruktur von Belang. Erdgasgewinnung und -verteilung ist weitgehend automatisiert. — Die stärkste Konzentration der Baumwollindustrie ist in Almelo und Enschede zu verzeichnen, Zentren der Wollverarbeitung sind Tilburg und Helmond; Baumwolle wird hier aber ebenfalls gesponnen und gewebt. Die Entwicklung der Twente zur textilindustriellen Region begann um 1830. Anfang der sechziger Jahre dieses Jahrhunderts stellte die Branche mehr als die Hälfte der Arbeitsplätze. Andere Industriezweige (Bekleidung, Maschinenbau, Elektrotechnik und Chemie) waren zumeist mit der Textilindustrie als Zubringer oder Weiterverarbeiter eng verflochten: entweder direkt produktionstechnisch oder doch wenigstens finanziell-organisatorisch. Dieser Sachverhalt ließ Buursink (1964) mit Recht von der Industrieformation der Twente sprechen. Die historische Funktion der Textilbranche als Schrittmacher für andere Industriezweige bekommt in der Gegenwart eine besondere Bedeutung. Jetzt, wo die Zahl der Arbeitsplätze in der Primärindustrie durch Automatisation und zahlreiche Firmenschließungen zurückgeht, können und müssen die Sekundärindustrien die freigesetzten Arbeitskräfte auffangen. — Ein überdurchschnittlich starker Rückgang der Arbeitsplätze in der Textilindustrie ist seit dem Anfang der sechziger Jahre außer in der Twente und um Tilburg noch im Gelderschen Achterhoek (das ist die Region um Winterswijk), in dem Streifen der Groninger Fehnsiedlungen an der Grenze zur Drenthe sowie südöstlich von Helmond im Grenzgebiet von Nordbrabant und Limburg zu verzeichnen.

Zusammenfassend und absolut betrachtet, dominiert als Industrieregion sowohl vom Arbeitsplatzangebot als auch von der Breite der Palette her immer noch der Westen des Landes. Damit verbunden bleibt der unerwünschte Druck auf das ›grüne Herz‹ der Randstad. In relativen Zahlen jedoch zeigen sich die Erfolge einer regionalen Strukturpolitik. Im Zeitraum 1953—68 betrug die Zunahme der Beschäftigten in der verarbeitenden Industrie des ganzen Landes 16,6 % (nach Hauer, Knaap, Smidt, 1971). Im Norden mit den drei Provinzen Groningen, Friesland und Drenthe, die ein zusammenhängendes ›Stimulieringsgebied‹ bilden, lag der Vergleichswert indessen bei 59,4 %! Primäre Entwicklungskerne sind Leeuwarden, Sneek, Heerenveen und Drachten in Friesland, Assen, Hoogeveen und Emmen in Drenthe sowie Groningen, Delfzijl, Hoogezand und Veendam in Groningen (vgl. Abb. 24[b]). Insbesondere Emmen, Drachten und Hoogeveen sind Beispiele dafür, wie die Niederländer eine komplette Infrastruktur in die ›grüne Landschaft‹ legen, noch bevor ein einziges Unternehmen sich angesiedelt hat. Die Erfolge bleiben dann aber auch nicht aus. Der Trend, die industriellen Betriebe gerade bei mittelgroßen Städten auf die ›industrial estates‹ des Umlandes zu verlagern, ist ohnehin allenthalben zu beobachten (Foto 28). — Nächst dem Norden haben Seeland und Nordbrabant — und hier vor allem der östliche Teil der Provinz — die größten relativen Zunahmen der Industriebeschäftigten zu verzeichnen, mit 35,7 % bzw. 35,1 % (1953—1968). In Seeland entwickeln sich Vlissingen und Terneuzen lebhaft, im östlichen Nordbrabant sind Helmond und Oss die führenden Entwicklungspole. In Südlimburg und um Tilburg macht die Umstrukturierung Fortschritte.

Die internationale Verflechtung der niederländischen Industrie hat einen beachtlichen Grad erreicht. Schon für das Jahr 1964 hatte DE SMIDT (1966) die Niederlassungen ausländischer Unternehmen in allen Einzelheiten untersucht. Am stärksten war damals das Engagement der USA mit insgesamt 100 Betrieben, die Mehrzahl befand sich im Westen des Landes. Das stärkste Interesse der ausländischen Investoren fanden Maschinenbau und chemische Industrie. Tabelle 33 bringt dazu Einzelheiten nach Drittländern, niederländischen Regionen und industriellen Zweigen. Heute befinden sich allein in der Randstad weit über 100 Betriebe voll in amerikanischen Händen, gefolgt von Firmen, die zu englischen oder deutschen Konzernen gehören. Aber auch die Streuung über alle Landesteile hat sich weiter verstärkt (vgl. TAMSMA, 1973).

Es darf nicht unerwähnt bleiben, daß die Förderungsmaßnahmen für die Neuansiedlung und für die Umstrukturierung in den Gebieten, wo der Stagnation vorgebeugt werden muß, selbstverständlich breite Zustimmung findet. Sehr umstritten ist jedoch, ob mit gesetzlichen Maßnahmen zur selektiven Investitionslenkung die weitere Niederlassung von Betrieben im Westen des Landes erschwert oder gar verhindert werden soll. Die Frage ist nicht nur, wie weit es von Vorteil sein dürfte, die Standortgunst des Westens zu verringern, sondern vor allem auch, ob die dort abgewiesenen Unternehmen sich anschließend auch wirklich den Förderungsgebieten zuwenden. Wahrscheinlicher ist, daß sie in der Nähe der Randstad bleiben, was sich schon jetzt als Tendenz abzuzeichnen beginnt, oder ihren Sitz lieber ins Ausland verlegen, zumal die aufgezeigten starken internationalen Verflechtungen bereits bestehen.

3.3.3. *Industrielle Regionen und Schwerpunkte in Belgien und Luxemburg*

Der allgemeine Strukturwandel der belgischen Industrie in der Nachkriegszeit wurde in einigen Tendenzen bereits skizziert. Mit diesem Strukturwandel ging aber auch eine Änderung in der räumlichen Verteilung und Gewichtung einher. Auf einer Karte der belgischen Industriereviere (vgl. Abb. 24[c]) fällt zwar als erstes immer noch die alte wallonische Industrieachse längs Haine, Sambre, Maas und Vesdre ins Auge, aber es muß doch nachdrücklich betont werden, daß heute etwa $^1/_5$ der belgischen Industrieproduktion in Brüssel und dessen weiterem Umland erbracht wird. Sind es dort eher kleine und mittlere Betriebe, so beherbergt die Agglomeration Antwerpen eine Vielzahl von Großbetrieben. Hier hat die chemische Industrie eine starke Konzentration erfahren, wie denn überhaupt die Expansion moderner Industriezweige gerade für den Antwerpener Raum typisch ist. Ein weiterer Entwicklungsschwerpunkt ist Gent mit dem Kanal nach Terneuzen. — Zu den Grundzügen der belgischen Industriestruktur gehört ferner als ein wichtiger Faktor, daß auf Grund der langen handwerklichen und gewerblichen Tradition ein hochqualifiziertes Arbeitskräftepotential vorhanden ist und daß diese Arbeiter dank der guten und dichten Verkehrsverbindungen mobil sind. Das begünstigt natürlich die Verlagerung und Neugründung von Betrieben.

Der ältere Standort der belgischen eisenschaffenden Industrie lag im Condroz, wo kleine Erzvorkommen ausgenutzt wurden und Holzkohle der Verhüttung dienen konnte. Als im 19. Jahrhundert die Verhüttung mit Koks technisch möglich wurde, wanderte die Eisenindustrie zu den Kohlelagern des Südflügels ab. Später wurden Hochöfen auch an der Grenze nach Luxemburg bei Athus und Musson errichtet, wobei die Nähe der dortigen Eisenerzlager gesucht wurde. Die Stahlindustrie in diesem Raum bietet aber heute nicht mehr genug Arbeitsplätze, so daß belgische Arbeiter nach Frankreich und Luxemburg in die dortigen Stahlwerke pendeln, wie überhaupt dies Revier über die Grenzen der drei Länder hinweg stark verflochten ist. — Auf dem Erzsektor ist Belgien bis auf einen kleinen eigenen Förderungsanteil ganz im Süden der Provinz Luxemburg völlig vom Ausland abhängig. Etwa drei Viertel der Erzmenge liefern Frankreich und Luxemburg; für die Stahlwerke bedingt die Aufbereitung dieser phosphorhaltigen Erze die Anwendung des Thomas-Verfahrens oder die Herstellung von Oxygenstahl. Ein Viertel des Erzimportes kommt aus Schweden. Während in der frühen Nachkriegszeit (um 1950) Belgien noch Kohle exportieren konnte, reicht heute auf diesem Sektor die eigene Förderung nicht mehr aus. Die meisten der integrierten Stahlwerke, aber auch die reinen Walzwerke, liegen an Wasserstraßen im südlichen Kohlenrevier. Diese Zentren der Stahlproduktion und

-verarbeitung sind Lüttich (vgl. Abb. 25) an der Maas und am Albertkanal, die Region von La Louvière am Canal du Centre sowie der Raum um Charleroi an der Sambre. Am Kanal Brüssel–Charleroi liegen außerdem die Stahlwerke von Clabecq; in jüngster Zeit entstand auch in Belgien ein vollintegriertes Stahlwerk mit Küstenstandort, bei Zelzate am Gent–Terneuzen-Kanal.

Die Industriegebiete Walloniens an Sambre und Maas einerseits und im Kempenland andererseits befinden sich in einer entscheidenden Phase der Umwandlung. Sie stehen beide vor derselben Aufgabe, nämlich sich durch die Ansiedlung expansiver Industriezweige eine neue Grundlage für ihre wirtschaftliche Weiterentwicklung und für eine wettbewerbsfähige Existenz zu schaffen. Diese Aufgabe stellt sich ihnen aber jeweils unter ganz verschiedenen Voraussetzungen, da beide Gebiete von unterschiedlichen räumlichen Gegebenheiten ausgehend eine völlig andere Entwicklung durchlaufen haben, aus der mannigfache Gegensätze ihrer Wirtschaftsstruktur und der Struktur ihrer Bevölkerung resultieren.

Die Industrie hat in Wallonien eine lange Tradition. Im Raum Lüttich gehen der Steinkohlenbergbau und die Eisenverarbeitung bis in das 14. Jahrhundert zurück. Seit dem 15. Jahrhundert bestand eine bedeutende Waffenindustrie. Die letzte große Phase der industriellen Entwicklung setzte dann in der ersten Hälfte des vorigen Jahrhunderts ein, als die industrielle Revolution sich von den wallonischen Gebieten ausgehend über den europäischen Kontinent ausbreitete. In der Folgezeit bildete sich die im Raum Lüttich bis heute von der Schwerindustrie beherrschte Struktur der Wirtschaft aus, deren Einseitigkeit eine Umstrukturierung dringend erforderlich macht.

Im Gegensatz zu den wallonischen Industriegebieten blieb die Campine lange ein von der Landwirtschaft bestimmtes Gebiet. Die industrielle Entwicklung nahm erst zu Beginn des 20. Jahrhunderts mit dem Abbau der Steinkohle ihren Anfang. Davon abgesehen entwickelte sich der sekundäre Sektor äußerst schwach. Es geht bei den heutigen Bemühungen um eine Industrialisierung also nicht in erster Linie um eine Umstrukturierung der bestehenden Industrie wie in Wallonien, sondern um die Entwicklung eines diversifizierten sekundären Sektors überhaupt. In diesem Zusammenhang ist festzuhalten, daß der flämische Landesteil seit dem Ende des Zweiten Weltkrieges bis zum Anfang der sechziger Jahre ständig hohe Arbeitslosenziffern verzeichnete, während die Arbeitslosigkeit in Wallonien erst in den letzten Jahren ernsteren Charakter angenommen hat. Das führte dazu, daß ein größerer Anteil der staatlichen Finanzhilfe seit 1959 an Flamland ging. Inzwischen ist jedoch eine Umkehrung eingetreten: die Arbeitslosigkeit hat in Wallonien seit 1964 ständig zugenommen, im flämischen Landesteil dagegen ging sie zurück und liegt jetzt relativ unter dem Anteil Walloniens.

Das Revier in Zentrallimburg war bis in die fünfziger Jahre einseitig auf den Bergbau ausgerichtet, die revierbildende Kraft war — von einigen Chemiebetrieben abgesehen — gering. Die Kohlenkrise, die um 1958 begann, traf auch hier die arbeitende Bevölkerung hart. Das Gesetz zur Förderung der wirtschaftlichen Expansion in Notstandsgebieten von 1959, das Förderungsbeihilfen für alle Investitionsvorhaben gewährte, wirkte sich daher auch in Limburg segensreich aus. Insgesamt wurden in der Provinz 30 neue Industriezonen geplant, von denen (1970) 25 im Aufbau waren. Von 1960 bis 1969 hatten sich in Limburg bereits 149 neue Firmen niedergelassen: 65 belgische und 84 ausländische (54 aus den Niederlanden, 17 aus den USA und 13 aus Deutschland). 90 von diesen Betrieben beschäftigen weniger als 100 Arbeiter, zwei mehr als 1000. Insgesamt wurden rd. 25 000 neue Arbeitsplätze geschaffen. Auch dabei ist nochmals auf einen Unterschied zwischen Wallonien und Flamland hinzuweisen. Hier richtete sich die Hilfe des Staates vornehmlich auf die Ansiedlung neuer Industrien und auf die Schaffung neuer Arbeitsplätze. In Wallonien hingegen beanspruchte die bestehende Industrie einen großen Teil der staatlichen Kredite für Rationalisierung und Modernisierung, um in der EG wettbewerbsfähig zu bleiben. Die Zahl der neugeschaffenen Arbeitsplätze ist daher in Wallonien bedeutend niedriger als in Flamland. Das allein erklärt jedoch nicht das schnellere Wachstum der flämischen Industrie. Flamland ist im Vorteil durch seine günstigere Bevölkerungsstruktur und durch das ausreichende Angebot an Arbeitskräften, die sich zudem durch eine — vom Standpunkt der Industrie her gesehen — vorteilhafte Mentalität auszeichnen. Die zuvor in der Landwirtschaft Beschäftigten, besonders die bisher nicht erwerbstätigen Frauen, akzeptierten niedrigere Löhne, und es ergaben sich auch keine Spannungen mit den Gewerkschaften. In Lüttich jedoch, wo die Frauen schon in der Industrie arbeiteten und relativ hohe Löhne forderten, hatte die Firma Müller-Wipperfürth bereits nach drei Monaten Probleme mit der Belegschaft wegen der Tarife. Im November 1975 geriet der Konzern, der von Alleur aus gesteuert wird, in ernsthafte finanzielle Schwierigkeiten. — Vor diesem Hintergrund ist es verständlich, daß z. B. Philips sich lieber in Limburg niedergelassen hat. Noch 1955 lag die Provinz Limburg an letzter Stelle in der Lohnstatistik. Die Spitze bildete damals die Provinz Lüttich, gefolgt von Brüssel und Antwerpen. Ford zahlte anfangs in Genk 10 FB pro Stunde, in Antwerpen aber das Mehrfache. 1970 war Lüttich dann in der Lohnskala auf die dritte Stelle hinter Brüssel und Antwerpen gesunken, während Limburg nun den siebten Platz einnahm. — Darüber hinaus spielte die Dynamik und Flexibilität der einzelnen Gemeinden eine wichtige Rolle bei der Entwicklung der Industrie. Im Fall von Mechelen, um nur ein Beispiel herauszugreifen, dessen Möbelindustrie 1955 in eine Krise geriet, war es die persönliche Initiative des Bürgermeisters, der zudem einen Sitz als Minister innehatte, die dazu führte, daß Mechelen als erste Stadt Belgiens einen Industriepark erhielt. Genk wirbt mit einem informativen, interessant aufgemachten Heft ›Genk-Belgium — Prospectus for Industry‹. Gern werden alle sich bietenden Möglichkeiten zur Unterbringung der Firmen, die an einer Niederlassung in einer Gemeinde interessiert sind, genutzt. Provisorisch werden Gemeindesäle, leerstehende Schulen, selbst ungenutzte Kirchen, zugewiesen, bis ein endgültiger Standort bereitgestellt werden kann.

Doch zurück zum Strukturwandel im zentrallimburger Raum! Nach dem Krieg hing in Genk das gesamte Wirtschaftsleben allein von einigen wenigen Großzechen ab. Daneben existierte 1947 nur ein einziger Betrieb der Holzverarbeitung. Von daher läßt sich die verhängnisvolle Bedeutung der 1958 akut werdenden Kohlenkrise ermessen. 1964 entfielen immer noch 68 % der Arbeitsplätze in Genk auf den Kohlebergbau, 1966 schon nur noch 43 %. Genk richtete zwei Industriezonen ein, im Norden der Gemeinde mit 140 ha, im Süden mit 1470 ha, doch hatten die Bemühungen um die Ansiedlung neuer Industrien zunächst wenig Erfolg. Der Umschwung setzte mit dem Bau der Fordwerke ein (1962). Von nun an entwickelte sich die Industriezone ›Genk-Süd‹ zu der bedeutendsten der Provinz Limburg. — Wieso aber entschied sich Ford für Genk und nicht, wie man vermuten könnte, für den Raum Lüttich, wo doch die Metallindustrie von altersher ansässig war? Erstens stand in Genk ein weites Gelände sehr preiswert zur Verfügung (75 bis 125 FB pro m^2). Ford erwarb in der Industriezone Genk-Süd ein Areal von 178 ha und zusätzlich 133 ha als mögliche Erweiterungsfläche, zum großen Teil waren es alte Heideflächen aus Gemeindebesitz. Ferner konnte der Raum die benötigten 7000 bis 10 000 Arbeitskräfte stellen (1970: 9600 Beschäftigte im Durchschnittsalter von 28 Jahren). Sie wären im Lütticher Revier nicht vorhanden gewesen. Drittens zeichnet sich Genk aus durch eine gute Verkehrslage: Köln, wo sich der Hauptsitz von Ford in Europa befindet, ist über die 6 km entfernte Autobahn Antwerpen–Lüttich–Aachen rasch erreichbar. Im Norden der Stadt verläuft die neue Autobahn Brüssel–Aachen. Das Gelände der Firma liegt direkt am Albertkanal und besitzt natürlich auch Anschluß an das Eisenbahnnetz. — Das Montagewerk, das 1963 die Produktion aufgenommen hatte, wurde ständig erweitert. Bis 1964 einschließlich waren 62 000 Fahrzeuge ausgeliefert worden. Im Mai 1967 lief der 500 000ste, im September 1969 der millionste Wagen vom Band. 90 % der Produktion gehen in den Export. Die wichtigsten Firmen in der Industriezone Genk-Süd sind neben Ford: Allegheny-Longdoz (Stahlbau), die Textilfabrik Blue-Bell und Hooker-Chemical. — Weiterhin entstand ein Shopping-Center, das zum Konzentrationspunkt weiterer Funktionen des tertiären Sektors werden soll. Dabei muß betont werden, daß Einkaufszentren dieser Art noch relativ neu in Belgien sind, weil bis 1959 ein Gesetz zum Schutze des Einzelhandels bestand. Man unterscheidet drei verschiedene Typen: den einfachen Supermarkt, das Super-Bazar-Center, wo außer dem Supermarkt noch eine gewisse

Anzahl kleinerer Geschäfte vorhanden sind, und schließlich das Shopping-Center als höchste und komplexeste Stufe. Es stellt eine Einheit aus größeren und kleineren Geschäften dar, wobei mehrere Läden der gleichen Branche vertreten sind (im Unterschied zum Super-Bazar-Center) und somit Konkurrenz innerhalb des Shopping-Centers besteht. — Die Shopping-Center in Brüssel und Genk waren die beiden ersten in Belgien.

Der Erfolg der Industriezone ›Genk-Süd‹ darf nicht darüber hinwegtäuschen, daß oft auch erhebliche Schwierigkeiten bei der Einrichtung der Industrieparks bestehen und die Entwicklung oft nur langsam aufwärts geht. Ein Beispiel dafür ist Houthalen, eine limburgische Gemeinde mit etwa 16 000 E (1970), die wie Genk früher allein vom Kohlebergbau abhängig war. Die Schließung der Zeche (1964) und deren Folgen waren nur deshalb einigermaßen zu bewältigen, weil viele der in der Grube Beschäftigten Ausländer waren, die in andere Regionen Belgiens oder andere Länder der EG gingen. — Im Jahr 1966 wurde der ›Europark‹ in Houthalen als Industriezone nationaler Bedeutung anerkannt. Dennoch haben sich dort nur wenige Firmen, zumeist Kleinbetriebe, angesiedelt. 1970 waren von den 90 ha Gesamtfläche noch 42 ha unbesetzt. Erst im Zusammenhang mit dem Bau der nördlichen Autobahn setzte ein gewisser Aufschwung ein. Trotz aller Bemühungen verliert die Gemeinde Houthalen aber immer noch Arbeitsplätze.

Allgemein fallen in Limburg die zahlreichen kleineren Industriezonen auf, die ziemlich gleichmäßig über die Provinz verteilt sind. In Tessenderlo wurde ein Industriepark von 600 ha geschaffen, ebenfalls von der Lage an der Autobahn nach Brüssel und am Albertkanal begünstigt. Es siedelten sich Zweigwerke verschiedener Branchen an, darunter eine Dependance von Philips. In Lanklaar errichtete Siemens einen Betrieb. Anders als in der Agglomeration Lüttich, wo sich in der räumlichen Verteilung der Industrie eine Konzentration entlang bestimmter Achsen ausgebildet hat (Abb. 25), findet man in Limburg, einem Streusiedlungsgebiet, analog dazu auch eine gewollte Streuung der Industrie. Man geht hier bei der Ansiedlung von dem Prinzip aus, daß die Industrie zu den Arbeitskräften gehen soll und nicht umgekehrt. Die Pendlereinzugsbereiche sind demzufolge nicht sehr groß, Genk hat einen Einzugsbereich mit dem Radius von rd. 25 km. Die Entfernungen sind abgestimmt auf das Fahrrad als Verkehrsmittel. — Die Landschaft, bislang geprägt von der Silhouette der Fördertürme und Abraumhalden, beginnt sich zu wandeln: moderne, helle Zweckbauten bestimmen das Bild der Industrieparks.

Im Raum Lüttich dehnt sich das Industriegebiet, eines der ältesten auf dem Kontinent, wie eine einzige Fabrikstraße unterhalb und oberhalb der Stadt im Maastal aus (Abb. 25). Gerade in den Industrievierteln, die noch aus dem vorigen Jahrhundert stammen, hat das Bemühen um eine Strukturänderung (feinmechanische und chemische Industrie) nur zögernd Erfolge

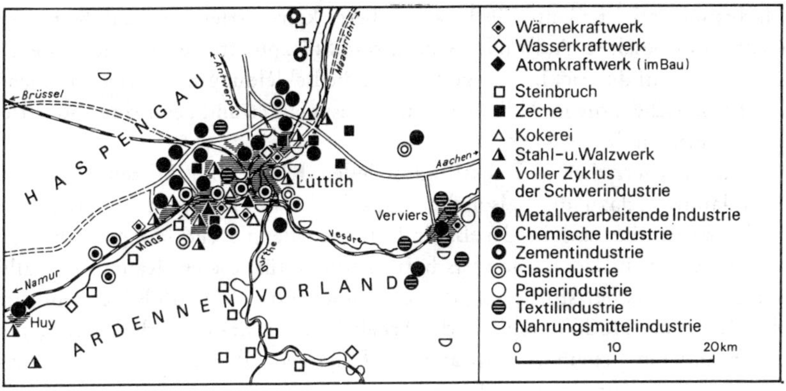

Abb. 25: Industriestandorte im Raum Lüttich (nach Sporck, 1970).

aufzuweisen. Doch wird darauf im Zusammenhang mit der Beschreibung der Agglomeration zurückzukommen sein. — In der Borinage und im Centre (südlich von La Louvière) waren von 1951 bis 1968 rd. 50 Zechen stillgelegt worden. Auch hier wurden Verbesserungen der Verkehrsverbindungen vorgenommen, der Nimy–Blaton-Kanal wurde verbreitert und das Autobahnnetz ausgebaut. Neues Industriegelände westlich von Mons bei Baudour und Ghlin, sowie südlich der Stadt bei Frameries für Glas-, Leicht- und Nahrungsmittelindustrie wurde geschaffen. Im Revier von Charleroi ist der Bergbau noch immer von Bedeutung, dazu kommen Werke der Stahlindustrie, der Chemie (Solvay-Konzern), der Glasfabrikation und der metallverarbeitenden Industrie (Eisenbahnschienen, Werkzeugmaschinen und elektrische Apparaturen, vgl. Foto 29).

Die Hauptgebiete der Textilindustrie liegen in Flandern, in Brabant und im Hennegau sowie in der Umgebung von Verviers. Hauptzweig ist die Baumwollindustrie, die Rohbaumwolle wird aus den USA, aus Südamerika, Ägypten und Pakistan eingeführt. Die Spinnereien sind in Ostflandern konzentriert, die Webereien vor allem in Gent und in Brabant. Ebenfalls in Flandern liegen die Spinnereien und Webereien der Juteindustrie. Die Wollindustrie bezieht ihren Rohstoff von Australien und Neuseeland, aus Südafrika, Argentinien und Uruguay. Sie ist stark spezialisiert insofern, als einzelne Betriebe jeweils nur das Waschen, Kämmen, Spinnen und Weben übernehmen. Das Waschen der Wolle erfolgt ausschließlich in den Betrieben um Verviers unter Ausnutzung der dortigen Wasserqualität, Unternehmen für die anderen Arbeitsgänge sitzen ebenfalls in Verviers, aber auch in Flandern. Die alte und wegen ihrer Qualität berühmte Leinenindustrie stagniert. Aber immer noch wird Flachs im Wasser der Leie (Lys) geröstet; die Aufbereitung der Faser erfolgt meist in kleinen Familienbetrieben. Zentrum der

Flachsspinnerei ist Gent; die Leinenweberei konzentriert sich auf Kortrijk, Gent und Roeselare. Aalst und Ninove sind Stützpunkte der weniger bedeutsamen Seidenindustrie. Breiter gestreut ist die Bekleidungsindustrie, vor allem in den Bereichen, die in Abb. 24 (c) für Konsumgüter und gemischte Industrie ausgewiesen sind.

Das Vorherrschen der textilindustriellen Klein- und Mittelbetriebe in Westflandern, dazu die Saisonabhängigkeit der Beschäftigten im Fremdenverkehrsgewerbe und in der Bauindustrie sowie die rückläufige Zahl der Arbeitsstellen in der Landwirtschaft machten für diesen Raum ebenfalls staatliche Wirtschaftsförderung dringend notwendig. War doch hier selbst in den Zeiten der Hochkonjunktur die Arbeitslosigkeit immer noch ausgeprägter als in anderen Provinzen; Anfang der fünfziger Jahre betrug sie in Westflandern 18 %. Im Jahr 1959 wurde zunächst der Raum um Poperinge und Ypern im Süden sowie die Städtereihe Veurne, Diksmuide, Torhout, Tielt im mittleren Teil Westflanderns in das Entwicklungsprogramm einbezogen. Die Erfolge bei dem Bemühen, neue Industrie zur Ansiedlung zu gewinnen, blieben aber zunächst gering.

›Die Abneigung ausländischer Investoren, sich in relativ zurückgebliebenen Landesteilen anzusiedeln, wird deutlich, wenn man feststellt, daß 1964 nur 1,6 % der gesamten ausländischen Investitionen auf Westflandern entfielen, dagegen 13,0 % auf Ostflandern und 55,1 % auf Antwerpen‹ (Wiebe, 1970, S. 619).

Die Verhältnisse besserten sich, nachdem 1966 ein weiteres Gesetz für Entwicklungsgebiete verabschiedet worden war. Zahlreiche Gemeinden versuchten nun, mit Hilfe von Industrieparks die Wachstumsindustrien zu fördern (Chemie, Metallbau, Elektronik); jetzt gelang auch die Ansiedlung von US-amerikanischen, niederländischen und deutschen Zweigbetrieben. Die größten Industrieparks wurden im Raum Brügge–Zeebrügge geschaffen, um hier ganzjährig verfügbare Arbeitsplätze als Gegengewicht zu der Saisonarbeit im Fremdenverkehr zu schaffen. Von einer geplanten ›Industrieachse‹ Brügge–Kortrijk werden Anstöße für eine Stabilisierung der Gesamtprovinz erwartet. Für Ostflandern besteht eine solche Achse mit dem Gent–Terneuzen-Kanal, wobei Gent selbst den führenden Entwicklungspol darstellt.

Gent war mit der Errichtung von Großmanufakturen eine der ersten Städte auf dem Kontinent. Schon seit 1760 entstanden in rascher Folge Spinnereien, Webereien und Färbereien, ferner Salz- und Seifensiedereien, Papiermanufakturen und Fabriken für Webstühle. Heute dominiert die chemische und die Textilindustrie, gefolgt von der Metallverarbeitung, der Holzindustrie und der Petrochemie. Die Industrieflächen haben sich aus dem Stadtgebiet hinaus an den Seekanal nach Terneuzen verlagert. Von 108 Unternehmen, die zwischen den beiden Weltkriegen aufgebaut wurden, wählten 65 das Hafengelände als Standort. Nach dem Zweiten Weltkrieg wurden besonders in der Textilbranche viele Betriebe modernisiert. Zahlreiche neue Werke siedelten sich an, u. a. spezialisiert auf die Herstellung von Verpackungsmaterial und von Kunststoffen, ein Zweigbetrieb von Volvo dient der Automontage. Die Faktoren, die das Hafengelände für die Industrie attraktiv machen, sind im wesentlichen die günstigen Transportwege, ein Arbeitsmarkt mit qualifiziertem Arbeiterstamm, eine gute Energieversorgung (Kernenergie), das Vorhandensein von Arealen zur Betriebserweiterung und die große Zahl von Unternehmen, was die Möglichkeit zur Integration bestimmter Fabrikationsprozesse bietet. Bis 1960 waren entlang der Kanalzone nur auf dem linken Ufer Industrien angesiedelt worden. Zwei Daten markieren danach die Impulse für die Industrialisierung auch des rechten Ufers, das bis dahin agrarbäuerlichen Charakter hatte: im Juni 1960 wurde der Plan zur Erweiterung des Kanals für Schiffe bis zu 60 000 t verabschiedet, und im Mai 1962 beschloß man die Errichtung des großen Stahlwerkes von Sidmar. Bis 1968 hatten sich auf dem 1850 ha umfassenden Gelände bereits 20 neue Industriebetriebe angesiedelt. Hand in Hand mit der schnellen Industrialisierung ging der Ausbau der Verkehrsinfrastruktur einher. Zu den bedeutendsten Wachstumsindustrien zählt auch hier die chemische Industrie. Neben der Elektrochemie haben sich Werke für die Herstellung von Kunstdüngern, Kunstfasern, Kautschuk und Schwefelsäure niedergelassen.

Die chemische Industrie ist neben der Metallverarbeitung und der Konsumgüterindustrie der dritte Pfeiler in den Regionen, die auf Abb. 24(c) als Gebiete mit gemischter Industrie dargestellt worden sind. Diese Reviere bilden zugleich die Areale mit der stärksten Konzentration ausländischer Investoren (DE SMET, 1974). Im Raum zwischen Mons und Lüttich steht die chemische Industrie teilweise in Verbindung zu den Kokereien (Stickstoffchemie und Derivate der Teerdestillation), ferner wird Schwefelsäure, Soda, Kautschuk und Kunstdünger produziert. Im Brüsseler Gebiet, längs des Kanals Charleroi–Antwerpen, sitzt die Stickstoff- und Kunstfaserindustrie, außerdem gibt es Werke der pharmazeutischen Industrie sowie der Farben- und Lackherstellung. Im Antwerpener Raum liegen die Chemiewerke im Hafen und an den einmündenden Wasserstraßen: Erdölchemie, Farben und Lacke, photographische und pharmazeutische Industrie.

Auf dem Sektor der Produktion von Nichteisenmetallen ist die Zink- und Bleiindustrie von Bedeutung, die sich im Maastal bei Lüttich und an Einzelstandorten des nördlichen Kempenlandes befindet. Die einheimischen Minen bei Lüttich sind freilich längst erschöpft. Die Betriebe, die ihr Material aus dem Kongo, aus Schweden und aus Peru beziehen, blieben aber an dem alten Standort. Der Kupferverhüttung dienen die Werke der Société Métallurgique de Hoboken bei Antwerpen mit einem Zweigwerk in Olen (Kempen). Das Erz stammt aus Katanga.

Neben der Nahrungsmittelindustrie im Bereich der Agglomerationen sind die großen Zuckerfabriken im Hauptanbaugebiet der Zuckerrüben hervorzuheben (vgl. Abb. 24[c]). — Auf dem Sektor der Steine und Erden ist die Ziegelindustrie im nördlichen Kempenland und in Westflandern zu nennen. Kalksteine als Quaderhartstein werden in zahlreichen Steinbrüchen des Hennegaus und im Tal der Ourthe gewonnen, Marmorbrüche gibt es vor allem in der Provinz Namur (Blauer Marmor bei Bioul, Roter Marmor in der Umgebung von Philippeville und Rochefort, Schwarzer Marmor bei Mazy und Grüner Marmor bei Lustin). Im Hennegau werden Porphyrsteine gebrochen (Foto 24). Sie dienen ebenso wie Sandsteine und Quarzite dem Straßenbau. Zementfabriken reihen sich auf der Basis von Kalksteinablagerungen zwischen Tournai und Antoing, im Tal der Haine (Kreidemergel) und nördlich von Lüttich im Maastal.

In Luxemburg nimmt die eisenschaffende Industrie die Schlüsselstellung ein. Für ihre Entwicklung war die Erfindung des Thomasverfahrens von entscheidender Bedeutung, weil erst damit die Verhüttung der phosphorhaltigen Minette möglich wurde. Aus bescheidenen Anfängen heraus hat sich seit dem ausgehenden 19. Jahrhundert die Eisen- und Stahlindustrie dann zur Grundlage der Wirtschaft des kleinen Landes entwickelt. Der Erzbedarf kann aber längst nicht mehr aus den eigenen Gruben gedeckt werden, Eisenerz wird aus Frankreich importiert, in kleinen Mengen auch aus Brasilien und Schweden. 1972 stand einer Eigenförderung von 4 Mill. t ein Import von fast 10 Mill. t gegenüber. Der Stahlkonzern ARBED (Acieries de Burbach-Eich-Dudelange) hat energisch die Umstellung auf moderne technische Verfahren betrieben. 1974 war der Anteil des Oxygenstahls auf 61 % gesteigert worden, der des Thomasstahls auf 37 % gesunken. Zum Investitionsprogramm der ARBED gehört ein so einmaliger Plan wie der Bau einer Rohrleitung zur Nordsee, durch die gemahlenes und aufgeschwemmtes Erz fließen soll, damit man eines Tages weniger abhängig von der Minette ist. Der Verhüttungskoks der Luxemburger Schwerindustrie kommt aus dem Ruhrgebiet, zu dem alte Beziehungen bestehen. Jünger ist die Verflechtung mit dem Eschweiler Bergwerksverein bei Aachen. Der konjunkturelle Einbruch brachte der ARBED 1975 einen Rückgang der Produktion um ein Viertel, besonders bei Thomasstahl, während die LD-Anlagen nicht so stark gedrosselt werden mußten.

Bei derartigen Flauten der Stahlkonjunktur wird das schwerwiegende sozialökonomische Problem des Landes offenbar, zumal die Stahlproduktion fast ausschließlich in den Export geht. Immerhin geschieht in Luxemburg viel, um die Gefahren der monoindustriellen Struktur zu mildern. Zwar gibt es für Produktionszweige wie Papier, Wolle oder Baumwolle immer noch keine Fabrikationsstätten im Land, aber im Bereich der metallverarbeitenden Industrie und vor allem der chemischen Industrie sind die meisten der etwa 50 neuen Betriebe angesiedelt, die von 1959 bis 1970 geschaffen wurden und fast 5000 neue Arbeitsplätze bieten. So wurden die Beschäftigten im Raum Wiltz, die beim Niedergang der dortigen Lederindustrie ihre Stellen verloren, von Firmen der Kunststoffsparte und von pharmazeutischen Werken aufgenommen. Die amerikanischen Konzerne Goodyear, Du Pont de Nemours und Monsanto gründeten Tochterbetriebe in Colmar-Berg, Contern und Echternach. In der Chemiebranche wurde mit Erfolg auf eine Wachstumsindustrie gesetzt, wie die Indexwerte der industriellen Produktion deutlich gezeigt haben (s. oben). Neben der chemischen Industrie verzeichnet auch die Metallverarbeitung ein überdurchschnittliches Wachstum. Beide Zweige stehen an zweiter und dritter Stelle — der Wertschöpfung im sekundären Sektor nach —, freilich in einem beträchtlichen Abstand zur Metallurgie. In jüngster Zeit klettert auch der Index der Bekleidungsindustrie deutlich.

3.4. Die Verstädterung

3.4.1. *Vorbemerkungen*

Wenn gerade an diesem Punkt der Länderkunde das Netz der Städte, welches den Raum der Beneluxstaaten überspannt, ins Blickfeld gerückt wird, so geschieht das nicht von ungefähr. Die Darstellung ist ja bislang den großen Wirtschaftssektoren gefolgt und müßte nun konsequent zum tertiären Sektor übergehen. Es wurde auch bereits gezeigt, daß in allen drei Ländern dieser Sektor mit seinen Arbeitsplätzen und bezüglich seiner Wertschöpfung dominiert — wie das generell der Fall ist, wo die sozialökonomische Entwicklungsstufe der urbanisierten Industriegesellschaft erreicht, ja, eigentlich in Richtung auf eine Dienstleistungsgesellschaft hin schon überschritten worden ist. Sosehr das nun aber unbestritten eine Entwicklungstendenz mit weitreichenden gesellschaftlichen Folgen ist, steht der Geograph hier doch vor einer Schwierigkeit, jedenfalls, wenn er nicht zum Soziologen werden will. Räumliche Manifestationen der Aktivitäten auf dem tertiären Sektor sind ja nicht nur die Geschäfts-, Banken-, Versicherungs- oder Universitätsviertel einer Stadt. Und andererseits ist die Stadt mehr als die bloße Lokalisation eines Bündels tertiärer Funktionen. Zudem beansprucht vom raumwissenschaftlichen Standpunkt her gesehen der tertiäre Sektor — selbst unter Einschluß der Verkehrsflächen und -bänder — noch weit weniger an Fläche als die Industrie, die ihrerseits in dieser Hinsicht schon beträchtlich hinter dem Wirtschaftsraum des primären Sektors zurückstand. Die Diskrepanz zwischen physiognomischer Wertigkeit und sozialökonomischem Kräftefeld wird also noch um einige Grade größer. Dieser Sachverhalt dient als Begründung dafür, daß nunmehr von der Betrachtung der flächenhaften, anthropogenen Prägung des Gesamtraumes abgegangen wird. Mit der Verstädterung, mit den großen Agglomerationen als hervorragenden Einzelbeispielen und schließlich mit Verkehr und Handel rücken an die Stelle des räumlichen Kontinuums die Phänomene der Zentralisierung, der Zentren und der Kraftlinien.

Vor hundert Jahren lag der Anteil der Erwerbstätigen im Bereich von Handel und Verkehr sowie bei administrativen, kulturellen und privaten Dienstleistungen in den Niederlanden, in Belgien und in Luxemburg um 20 %; heute dagegen ist überall die 50 %-Marke überschritten. Die Masse der Arbeitsplätze des sekundären und des tertiären Sektors wird in den Städten angeboten, und so verlagert sich nicht nur die Ausübung der Daseinsgrundfunktionen ›Wohnen‹ und ›Arbeiten‹, sondern erst recht diejenige von ›Sich Bilden‹ und ›Sich Versorgen‹ sowie zumindest teilweise die der Tageserholung in den verstädterten Raum. Die Stadt ist Brennpunkt und Kreuzungspunkt aller menschlichen Aktivitäten, und sie spielt recht eigentlich die Rolle ›... eines lebendigen Wirtschaftskörpers innerhalb des Wirtschaftsgetriebes der Landschaft ...‹, wie BOBEK es schon 1927 formulierte. Das Netz der zentralen Orte, das später als Grundgerüst einer regionalen Struktur benötigt wird, soll darum hier in seiner funktionalen Typisierung vorgestellt werden. Dazu gehört aber auch, den Prozeß der Verstädterung in der jüngsten Vergangenheit darzulegen. Diesen beiden Zielen: die Verstädterung und die funktionale Typisierung der zentralen Orte zu beschreiben, dient der folgende Abschnitt (3.4.2.) in erster Linie.

Freilich ist man versucht, weiter auszugreifen. Bildeten doch Flandern und die Niederlande im Mittelalter eine Städtelandschaft, deren kulturelle Ausstrahlung und deren wirtschaftliche Macht in Europa nur mit Oberitalien verglichen werden konnte. Unzählige Male ist betont worden, daß die Städte Spiegel und Verkörperung der Kultur des sie tragenden und des von ihnen beherrschten Raumes sind. Da mag man an die bürgerliche Unterstadt oder an die burgundisch-höfische Oberstadt von Brüssel denken, an den Glanz der flandrischen Städte oder an ihren Niedergang unter spanischer Herrschaft. JÄGER (1966) hat Bild und Funktion der niederländischen Städte in vier Jahrhunderten beschrieben. Im Goldenen Zeitalter des 17. Jahrhunderts lebten im westlichen Landesteil wohl schon rd. 30 % der Bevölkerung in Städten. Aber:

›es fehlen selbst in den größten niederländischen Städten die architektonischen Zeugnisse adeliger Macht- und Prachtentfaltung. ... Es fehlen auch die streng symmetrischen Plätze, umrahmt von den uniformen Fassaden eines einheitlichen Bauwillens, die Prachtstraßen und großen Paläste, die geeignet wären, den dominierenden Willen des Herrschers über das fügsame und demütige Volk kundzutun. Solche Bauten wären in den vitalen und unabhängigen Gemeinschaften der Handelsherren fehl am Platz gewesen, denn zu keiner Zeit haben in den Niederlanden autokratische Regierungen oder mächtige Adelsstände die tatsächliche Macht ausgeübt‹ (JÄGER, 1966, S. 256).

Statt dessen wurde das Bild der frühneuzeitlichen niederländischen Stadt bestimmt durch das Rathaus und durch die Kirche, durch die geschlossenen Häuserfronten der Viertel mit Wohn- und Gewerbefunktion, durch Markthallen und Kontore, aber auch durch die Ausweitung der Bebauung im Zuge der Errichtung von Gewerbe- und Handelsvorstädten.

Es müßte eine dankbare Aufgabe sein, kulturhistorisch in allen Einzelheiten nachzuprüfen, ob denn nun wirklich das Erscheinungsbild dieser Städte, welches heute — es sei nur an das Europäische Denkmalschutzjahr 1975 erinnert — zu konservieren versucht wird, die Verkörperung einer intakten Gesellschafts- und Familienordnung gewesen ist. Ein Beweis dafür, daß der niederländische Städtebau schon damals ein gedeihliches ›Wohnmilieu‹ geschaffen hat. Eben diese Schaffung eines guten Wohnklimas steht ja gerade in den Niederlanden heute im Vordergrund, wenn von den Aufgaben des Städtebaus und vom ›städtischen Milieu‹ je und je die Rede ist. — Solche Fragen in allgemeiner Form abzuhandeln, müßte den Rahmen dieser Darstellung sprengen und wäre — trotz der überragenden Bedeutung, die heute der Stadtgeographie eingeräumt wird — auch vom Stellenwert des Problems her in einer eher traditionell-konservativ konzipierten Länderkunde kaum zu rechtfertigen. Indessen sollen weiter unten an Beispielen und bei der Erörterung von Planungsproblemen Fragen der Stadtentwicklung, der Viertelsbildung, der Stadterweiterung und der Entlastung bei Verdichtungsschäden, Leitbilder des Städtebaus, der Konservierung und der Sanierung von Bausubstanz hinreichend Erwähnung finden.

Der Verstädterungsprozeß ist, wenn auch in unterschiedlichem Grade, das Schicksal der Menschen in allen hochentwickelten Staaten, ja, darüber hinaus der Menschheit überhaupt. Die Niederlande und auch Belgien stehen dabei weit vorne. Die Behauptung, daß dieser Weg in die Urbanität ein Weg in die Katastrophe werden muß, wie ihn gegenwärtig die größte Stadt der Welt, New York, zu gehen scheint — diese Behauptung ist sicher unbewiesen. Dennoch: das Unbehagen an der nun schon zum geflügelten Wort gewordenen ›Unwirtlichkeit unserer Städte‹ (MITSCHERLICH) wächst. Mehr noch: Geist und Lebensstil der abendländischen Stadt, die nicht zuletzt in Kortrijk und Leiden, in Gent und Utrecht, in Brüssel und 's-Gravenhage oder in Antwerpen und Amsterdam ihre Prägung fand, lassen sich weder hier noch anderswo durch perfektionierte Stadtplanung erhalten, wenn ein Großteil der Bewohner abendländische, christliche Kultur und Gesittung allenfalls noch belächelt.

3.4.2. *Funktionale Typisierung der Städte*

Die Anfänge des Städtewesens im nordwestlichen Kontinentaleuropa reichen weit zurück, wie PETRI (1958) zusammenfassend gezeigt hat. Tongern, Tournai, Antwerpen, Maastricht, Nijmegen, Utrecht, Dinant und Huy — sie alle setzen zumindest in topographischer Kontinuität römische Siedlungsniederlassungen fort, wenn auch Tournai der einzige Platz gewesen zu sein scheint, an dem durch alle Jahrhunderte hindurch auch volle wirtschaftliche Kontinuität geherrscht hat. Alsdann werden aus den Urkunden seit der späten Merowingerzeit die Handelsniederlassungen, die Kaufmannssiedlungen, nachweisbar. Die oben genannten Namen tauchen nun erneut auf, hinzu kommen Dorestad, Gent, Brügge, Oudenaarde, Lüttich, Nivelles und Brüssel, das sich am Anfang des 11. Jahrhunderts zum ›portus‹ entwickelte. Auch Deventer und Tiel waren blühende Handelsplätze, desgleichen Middelburg, und in den nördlichen Niederlanden hat es offenbar weitere Seehandelsstützpunkte gegeben, über die wir bislang nur wenig an archäologischen oder historischen Nachweisen besitzen. Petri spricht alle Orte dieser sicher unvollständigen Liste nicht nur als Händlertreffpunkte, sondern als ›Zentrale Orte‹ an.

›Was endlich die Ausbildung der Stadt im Rechtssinne angeht, so ist sie im europäischen Nordwesten als großer, alter Bruchzone zwischen den europäischen Kulturkreisen ein Vorgang mit vielen individuellen Zügen von Teilraum zu Teilraum, Gruppe zu Gruppe und Stadt zu Stadt, der sich aber trotzdem in entscheidenden Grundzügen in ein umfassenderes europäisches Bild einfügt‹ (Petri, 1958, S. 286).

Vor allem aber ist die institutionelle Seite der Stadtwerdung ein Vorgang, der sich über lange Zeiträume erstreckt. Das älteste Stadtrechtsprivileg, das uns überliefert ist, wurde im Jahre 1066 an Huy verleihen; Amsterdam dagegen erhielt sein Stadtrecht erst um 1300, von ’s-Gravenhage zu schweigen, das bis zum Anfang des vorigen Jahrhunderts darauf warten mußte. Was hier nur angedeutet werden konnte, ist dieses: für den Historiker stellt das Werden und Wachsen der Funktionen in der frühmittelalterlichen Stadt einen vielschichtigen und komplexen Vorgang dar, und damit ergibt sich die merkwürdige Situation, daß damals wie heute die so oft gestellte Frage: ›was ist eigentlich eine Stadt?‹ nicht immer leicht beantwortet werden kann.

Sie ist keineswegs trivial, weil nicht jeder Ort, der sich Stadt nennt, auch funktional die Qualität eines zentralen Ortes wenigstens mittlerer Stufe besitzt, womit im ersten Ansatz eine Stadt aus raumwissenschaftlicher Sicht zu definieren wäre. Konkret gesprochen: ›Stadtfunktionsorte‹ im Sinn der sog. Regionalstädte zählt man z. B. in Belgien 14:

Mechelen	Aalst
Turnhout	Hasselt
Löwen	Verviers
Oostende	Tournai
Brügge	Mons
Kortrijk	Namur
Sint-Niklaas	Arlon.

Diese Regionalstädte und die 5 Agglomerationen

Brüssel	Gent
Antwerpen	Charleroi
Lüttich	

sind in Abb. 26 und später in Abb. 40 als Stadtfunktionsorte höherer Ordnung aufgenommen. Die Liste der durch königliches Dekret offiziell als solche anerkannten ›Städte‹ in Belgien umfaßt dagegen 89 ›Stadtrechtsorte‹, nämlich 47 in Wallonien und 42 in Flamland (dazu Dethier, 1962). Ähnlich wie Gorki (1974) das für die Bundesrepublik Deutschland gezeigt hat, ist also auch in Belgien die Zahl der Stadtfunktionsorte eines bestimmten Niveaus kleiner als die Zahl aller Stadtrechtsorte. Diese werden ihrerseits wieder übertroffen durch die Liste der Siedlungen mit Funktionen auf dem untersten Niveau des zentralörtlichen Netzes, das sind für Belgien immerhin 116, auf die im regionalen Teil noch näher einzugehen sein wird. — Die amtliche Statistik in Belgien — wie auch in den Niederlanden — kennt namentlich nur Gemeinden und Agglomerationen. Die Problematik des Gemeindebegriffes liegt darin, daß 1. innerhalb einer Gemeinde ein städtisch verdichtetes Gebiet, aber außerdem auch noch das Areal einer ländlichen Streusiedlung liegen kann und daß 2. ein Stadtkörper über die Gemeindegrenze hinweg reicht. Das gilt vor allem für Agglomerationen. Brüssel umfaßt die berühmten 19 Gemeinden, Antwerpen 14, Lüttich sogar 27, Charleroi 13 und Gent 6 Gemeinden. Hier sind freilich einschneidende Änderungen zu erwarten, nachdem das belgische Parlament nach langen Debatten im November 1975 ein Gesetz über Gemeindefusionen gebilligt hat, wonach die Zahl der Gemeinden auf rd. ein Viertel der bislang bestehenden Kommunen reduziert werden soll. Als sechste Agglomeration wird seit einigen Jahren auch La Louvière mit seinen 15 Randgemeinden eingestuft.

Weit länger ist mit 21 Namen die Liste der niederländischen Agglomerationen, deren sozialökonomische Abgrenzungskriterien aber nicht mit denen in Belgien übereinstimmen:

Amsterdam	's-Hertogenbosch
Rotterdam	Dordrecht/Zwijndrecht
's-Gravenhage	Maastricht
Utrecht	Breda
Eindhoven	Heerlen/Kerkrade
Arnhem	Leiden
Haarlem	Geleen/Sittard
Enschede/Hengelo	Hilversum
Groningen	Velsen/Beverwijk (Ijmond)
Tilburg	Zaanstreek
Nijmegen	

Bis auf die letzten sechs haben die niederländischen Agglomerationen alle einen Rang in der Hierarchie der funktionalen Orte, der mindestens dem der belgischen Regionalstädte entspricht; als ›primäre regionale Zentren‹ kommen aber noch

Leeuwarden	Apeldoorn
Zwolle	Middelburg
Alkmaar	Venlo

hinzu (vgl. Abb. 26 und 40). — Von den vier größten Agglomerationen erstreckt sich Rotterdam über 17 Gemeinden, Amsterdam über 16, 's-Gravenhage über 6 und Utrecht über 13 Gemeinden. Utrecht und Amsterdam greifen über Provinzgrenzen hinweg. Maastricht hat sogar Pläne entwickelt, mit denen die Stadt ihre Ausdehnungswünsche in das belgische Staatsgebiet andeutet. Es handelt sich um Perspektiven für die 2. Hälfte der achtziger Jahre; sie gehen davon aus, daß bis dahin die Staatsgrenze keine große Rolle mehr spielen dürfte. Schon jetzt haben viele Bürger von Maastricht Wohnungen jenseits der Grenze erworben, weil die Stadt im Süden und Osten in ihrer Ausdehnung durch Naturschutzgebiete eingeengt wird.

Wenn man für die Niederlande nach einer Epoche fragt, mit welcher der Prozeß der modernen Verstädterung offenkundig einsetzt, so wird man in das letzte Viertel des vorigen Jahrhunderts geführt, als billige Importe aus den überseeischen Getreideländern auf den europäischen Märkten erschienen und zumindest im Ackerbau eine Anpassung an die veränderte Marktsituation erzwangen. Zwar setzte innerhalb der Agrarwirtschaft eine Umstrukturierung ein, weil man sich, wenigstens in gewissen Grenzen, dem Gemüsebau und der Blumenzucht zuwenden konnte, wenn die Rendite des Weizenanbaus zu wünschen übrig ließ. Aber ein großer Teil der Agrarbevölkerung wanderte doch in die Städte ab, wo die Industrie aufzublühen begann und Arbeitsplätze bot, insbesondere im Umland von Rotterdam und Amsterdam. Hier folgte die Industrieansiedlung den gerade erbauten Schiffahrtsstraßen des Neuen Wasserweges (1866—72) und des Nordseekanals (1865—66), auf denen der Schiffsverkehr rasch anwuchs. Der Anteil der Agrarbevölkerung nahm von 1880 bis 1930 recht stetig von 34 % auf 20 % ab, blieb bis nach dem Zweiten Weltkrieg fast konstant, um dann rapide auf die bekannte, niedrige Marke der Gegenwart zu sinken. Die Mechanisierung und Rationalisierung in der Landwirtschaft sowie die Aufgabe vieler kleiner Betriebe führte nach 1945 zu einer neuen Welle von freigesetzten Arbeitskräften, die sich in den Städten Arbeitsplätze in Industrie, Handel und Verkehr suchten. Die Binnenwanderungsbilanz ist ein eindrucksvoller Spiegel dafür. Überproportional zum Wachstum der städtischen Bevölkerung nahm das Areal der städtischen Wohnbauflächen zu. Der Raumbedarf pro Einwohner vergrößerte sich nämlich erheblich, weil Wohngebiete in zunehmendem Maße großzügiger und lockerer bebaut wurden und der Flächenbedarf für öffentliche Einrichtungen (Schulen, Schwimmbäder, Lesesäle, Beratungsstellen, Kindergärten etc.) anstieg. So wird, selbst bei einem verlangsamten Bevölkerungswachstum, für das Ende unseres Jahrtausends mit der Verdreifachung des städtischen Wohngebietes in den Niederlanden gerechnet. Freilich muß man dabei berücksichtigen, daß ›städtisches Wohngebiet‹ in diesem Sinne weit über die altstädtischen Kerne und die frühneuzeitlichen Stadterweiterungen hinausgreift bis hinein in die verstädterten Landgemeinden, wo Dörfer zu Pendlersiedlungen mit urbanem Charakter umgestaltet worden sind.

Damit ist abermals die Frage des Stadtbegriffes angerührt. Steigenga (1961), der den Verstädterungsprozeß von 1880 bis 1950 vor allem auch quantitativ erfassen wollte und ebenfalls vor dem Definitionsproblem stand, ging bei seinen Untersuchungen von der Bevölkerungszahl und von dem Anteil der Agrarbevölkerung in einer Gemeinde aus. 1950 zählte er zu den städtischen oder verstädterten Gemeinden diejenigen, die mehr als 10 000 E hatten und in denen der Anteil der Erwerbstätigen des primären Wirtschaftssektors unter 20 % blieb. Und da nun 10 000 E im Jahre 1950 rd. 1 ‰ der Gesamtbevölkerung war, setzte er folgerichtig für eine städtische Gemeinde des Jahres 1880 als Schwellenwert 4000 E an, weil das wiederum gerade 1 ‰ der damaligen Bevölkerung der Niederlande ausmachte. Auf diese Weise kommt Steigenga für 1950 zu einer Zahl von 108 Gemeinden städtischen Charakters, von denen aber ein Drittel erst in dem betrachteten Zeitraum diese Qualifikation erworben hat; die jungen Städte sind räumlich im Westen und Süden des Landes konzentriert (vgl. dazu Tabelle 34). Zugleich konnte Steigenga zeigen, daß die städtische Bevölkerung der Niederlande (um 1700 auf 30 % aller Einwohner geschätzt) im Jahr 1880 rd. 42 % betrug und bis 1950 auf beinah 60 % angestiegen war. Tabelle 35 läßt erkennen, wie sich dieser Sachverhalt räumlich entsprechend den Hauptgebieten städtischer Konzentration aufgliedern läßt. Schon 1950 lebte danach mehr als ein Drittel der Niederländer in der sog. Randstad (1880 war es ein Viertel gewesen). Dieser Randstad ist wegen ihrer Bedeutung auch ein eigener Abschnitt (3.4.3.) gewidmet. Demgegenüber treten die nordbrabantische Städtereihe sowie die Städtegruppen in der Twente und in Südlimburg zurück.

Bevölkerung und Urbanisationsgrad der niederländischen Gemeinden im Jahr 1973 veranschaulicht Tabelle 36. Hier wird die Typisierung nach sozialökonomischen und demographischen Kriterien teilweise aus der Tabelle selbst deutlich. Hinzuzufügen ist, daß die städtischen Gemeinden des C-Typs außer den Schwellenwerten bei der Bewohnerzahl noch über zentrale Funktionen verfügen müssen. Faßt man die Gemeinden vom B- und C-Typ zusammen, so erhält man für die Gegenwart einen Urbanisationsgrad der Niederlande von fast 80 %. Auf Stadtfunktionsorte entfällt dabei etwas mehr als die Hälfte der niederländischen Gesamtbevölkerung, auf die ländlichen Gemeinden und die verstädterten Landgemeinden jeweils ein knappes und ein gutes Viertel. Will man gemäß dieser Typisierung wiederum Aufschluß über die räumliche Differenzierung gewinnen, so hilft Tabelle 37 weiter. Hier sind allerdings alle A-Typen, ferner die Typen B1 und B2, C1 und C2 sowie C3 und C4, die in Tabelle 36 getrennt auftreten, zusammengefaßt. Als wichtigste Ergebnisse kann man ablesen: 1. Der Bevölkerungsanteil in ländlichen Gemeinden schwankt auf Provinzbasis immer noch erheblich, zwischen nur 11 % in Nordholland und 56 % in Friesland, von den Ijsselmeerpoldern einmal abgesehen, die ja eine Sonderstellung behaupten. 2. Den größten Bevölkerungsanteil beim Typ der industrialisierten, ländlichen Gemeinde haben Drenthe und Limburg; hier schlagen sich die Maßnahmen zur regionalen Strukturverbesserung deutlich in den Zahlen nieder. 3. Dieser Gemeindetyp ist charakteristischerweise in der Randstad (Provinzen Utrecht, Nord- und Südholland) am schwächsten vertreten, dafür dominiert dort eindeutig der Typ der Pendlergemeinden. 4. Land- und Kleinstädte sind der einzige Typ städtischer Gemeinden in Seeland und in Drenthe. Auch die Hauptorte, Middelburg und Assen, erreichen nicht den Rang von Mittelstädten. Die Provinzen Groningen und Friesland sind ebenfalls fast ausschließlich durch Städte vom untersten Rang der Funktionsorte geprägt; die einzige Großstadt ist hier Groningen selbst. 5. Der Anteil der Bevölkerung, die in Großstädten lebt, ist am höchsten in Nord- und Südholland. — Um Mißverständnisse zu vermeiden, sei aber nochmals darauf hingewiesen, daß der Großstadtbegriff in den Tabellen 36 und 37 an die Gemeindegrenze gebunden ist. In den Grenzen der 21 niederländischen Agglomerationen wohnen auch jeweils mehr als 100 000 E; zählt man aber die Bewohner aller Agglomerationen zusammen, so macht deren Bevölkerungszahl (1973) 6,6 Mill. E aus, also fast die Hälfte der niederländischen Gesamtbevölkerung.

Wegen der unterschiedlichen Kommunalstruktur in den Niederlanden und in Belgien, die sich allein schon in der Zahl der Gemeinden ausdrückt, ist ein Vergleich der Bevölkerungskonzentration auf Gemeindebasis nur mit Vorbehalten möglich (vgl. Tab. 38). Auch hier leistet der Agglomerationsbegriff mehr. Der Typ C3 der Tabelle 41 ist nämlich nicht an die Gemeindeeinheit gebunden. Es zeigt sich, daß in Belgien ein Viertel der Bevölkerung (1973) in den sechs Agglomerationen wohnt.

Damit ist bereits der Übergang zur Betrachtung des Verstädterungsprozesses in Belgien vollzogen. Hier begann die Änderung der Gesellschaftsstruktur im Zuge der industriellen Revolution mit ihrer Umwandlung der räumlichen Organisationsform des Zusammenlebens früher als in den Niederlanden. Belgien stand in dieser Entwicklung ja auf dem Kontinent vornan. Anknüpfend an die alte Tradition als Waffenschmiede Europas, wurde in Lüttich 1823 der erste Hochofen auf dem Kontinent errichtet: Innovationszentrum der frühindustriellen Periode. Diese Anstöße wurden selbst wiederum maßgeblich von der ältesten europäischen Industrienation, von England aus, gesteuert. Die Cockerill-Ougrée S.A., der größte belgische Eisen- und Stahlkonzern, wurde von einem Engländer begründet, von John Cockerill (1790—1840). Mitglieder der Familie Cockerill schufen die Verflechtungen mit der Textilindustrie in Verviers und mit derjenigen des Aachener Raumes. Entlang der Sambre–Maas-Furche mit ihren alten, auf Erzvorkommen und Wasserkraft gegründeten Standorten und ihren Steinkohlefeldern, die den Koks für die neue Technik der Eisenverhüttung lieferten, wuchs die wallonische Industrie- und Bevölkerungsballung heran, an der Flandern ›zunächst nur durch Wanderarbeiter aus seinen überfüllten Dörfern teilhaben konnte‹ (UHLIG, 1958/59, S. 375).

Um die Verstädterung quantitativ in den Griff zu bekommen und um eine Vergleichsmöglichkeit für den von STEIGENGA bei den Niederlanden berücksichtigten Zeitraum zu schaffen, wurde Tabelle 39 entwickelt. Sie erhellt ein bis heute spürbares, zentrales Problem der belgischen Städte, nämlich das der Größenordnung und der Leistungsfähigkeit. Das ausgeprägte Pendlerwesen und die im Laufe der Jahrzehnte stark disperse Industriansiedlung begünstigten die Konzentration eines großen Teiles der Bevölkerung in einer breiten Schicht von Gemeinden mittlerer Größe. Dies Phänomen hemmte die Entwicklung eines hierarchisch geordneten Städtesystems in Belgien und erfordert dringend eine Stärkung ausgewählter Zentren vor allem auf dem Sektor, der wesensmäßig städtischen Charakter besitzt: dem der Dienstleistungen. Nur ein in diesem Sinn hochentwickeltes, leistungsfähiges Städtenetz wird den Ansprüchen der Raumordnung gerecht.

Die Typisierung nach der Gemeindegröße bleibt aber unbefriedigend. Ein Arbeitsausschuß, der sich im Auftrag des Conseil Supérieur mit einer Verbesserung der Klassifikation befaßte, stützte sich auf stadtgeographische Untersuchungen des Comité National de Géographie, das auf Grund einer in allen belgischen Gemeinden durchgeführten Befragung über die Versorgungsbeziehungen zwischen den Orten funktionale Stadttypen und ihre Einflußbereiche ermittelt hatte (ANNAERT & al., 1972). Es wird dort unterschieden zwischen den schon erwähnten ›gewöhnlichen Städten‹, ›Regionalstädten‹ und den Agglomerationen. In Ergänzung dieser Stadttypen weist die offizielle Gemeindetypisierung die Gruppen der ländlichen und der verstädterten Gemeinden aus (vgl. VAN WAELVELDE & VAN DER HAEGEN, 1967). Konsequent basieren die Typen der ländlichen und der verstädterten Gemeinde (A- und B-Typen) ausschließlich auf strukturellen Maßzahlen, wie Tabelle 40 verdeutlicht. Zieht man auch Tabelle 41 heran, so zeigt sich, daß von 1961 bis 1973 der Grad der Verstädterung in Belgien, gemessen an den C-Typen, sich kaum gewandelt hat. Überhaupt ist auffällig, daß die Bevölkerung in allen Klassen, also auch bei den ländlichen und bei den verstädterten Gemeinden, nur geringfügige Änderungen in den Relationen aufweist.

Fragt man nach der räumlichen Differenzierung der Bevölkerung bezüglich der Gemeindetypen, so gibt für das Jahr 1961 die Tabelle 42 Aufschluß. Den höchsten Verstädterungsgrad, gemessen als Bevölkerungsanteil aller C-Typen, erreichen die Provinzen Antwerpen, Brabant und Lüttich mit 61,8 %; 60,5 % und 57,7 %; dazu noch 33,0 %, 29,5 % und 30,0 % der Einwohner in verstädterten Gemeinden (B-Typen). Entscheidend sind dabei natürlich die Agglomerationen Antwerpen, Brüssel und Lüttich selbst. Das andere Extrem ist in der Provinz Luxemburg gegeben. Mit 42,6 % der Bevölkerung in ländlichen Gemeinden das A-Typs ist der Süden des Landes am wenigsten urbanisiert. Die Provinzen Namur, Hainaut und Limburg mit ihren vielen Pendler-Mischgemeinden und kleinen Industriezentren führen die Skala der verstädterten Gemeinden an, mit 57,0 %, 55,4 % und 47,4 % der jeweiligen Provinzbevölkerung in den B-Typen.

Es ist interessant, festzustellen, daß nach der niederländischen Klassifikation, die die Einwohnerzahl als Kriterium hinzuzieht, die belgischen Regionalstädte sich auf drei verschiedene Gruppen städtischer Gemeinden verteilen würden. Hinter der ähnlichen strukturellen Zusammensetzung der Gemeinden der Typen C_1 und C_2 verbergen sich also erhebliche Unterschiede in der absoluten Größenordnung, die bei genauerer Analyse auf eine geringer zu bewertende Leistungsfähigkeit der wallonischen Städte im Vergleich mit den flämischen schließen lassen. Die Konsequenzen dieses Niveauunterschiedes für die wirtschaftliche Position Flanderns und Walloniens sind offenkundig, wenn man bedenkt, daß die Städte 1961 zwei Drittel der Arbeitsplätze bereitstellten. — Die Tatsache, daß die Typen C_1 und C_2 jeweils Städte sehr unterschiedlicher Bedeutung umfassen, spricht aber nicht notwendig gegen das Klassifikationssystem. Der Raumordnung bietet es im Gegenteil eine gute Arbeitsgrundlage, da nämlich die Zuordnung der Gemeinden zu einem Stadttyp auf realen funktionalen Beziehungen unter den Gemeinden beruht. Die benannten Regionalstädte sind tatsächlich Versorgungszentren und Zentren der Beschäftigung für eine ›Region‹. Ergeben sich bei einer näheren Betrachtung der Städtegruppen Anhaltspunkte für qualitative Diskrepanzen zwischen den Städten, so ist das als Indiz für bestimmte Schwächestellen, die im Netz der Städte auftreten, zu werten. Die Typenbildung zeigt nämlich lediglich auf, wo funktionale Zentren liegen und welchen Versorgungsbereich sie haben, nicht jedoch, ob ihre Ausstattung den Funktionen, die sie erfüllen müssen, voll entspricht. Eine qualitative Analyse der ausgewiesenen Städte vermag somit Funktionsschwächen einzelner Zentren aufzudecken, die kritische Bereiche im räumlichen Ordnungsgefüge bezeichnen.

Zum Abschluß soll hier noch ein anderer klassifikatorischer Versuch stehen, der die Ansätze von Annaert & al. (1972) aufnimmt und auf die Niederlande (und Luxemburg) überträgt. In den Niederlanden hat sich Keuning (1950) schon früh mit typologischen Fragen beschäftigt und das Problem

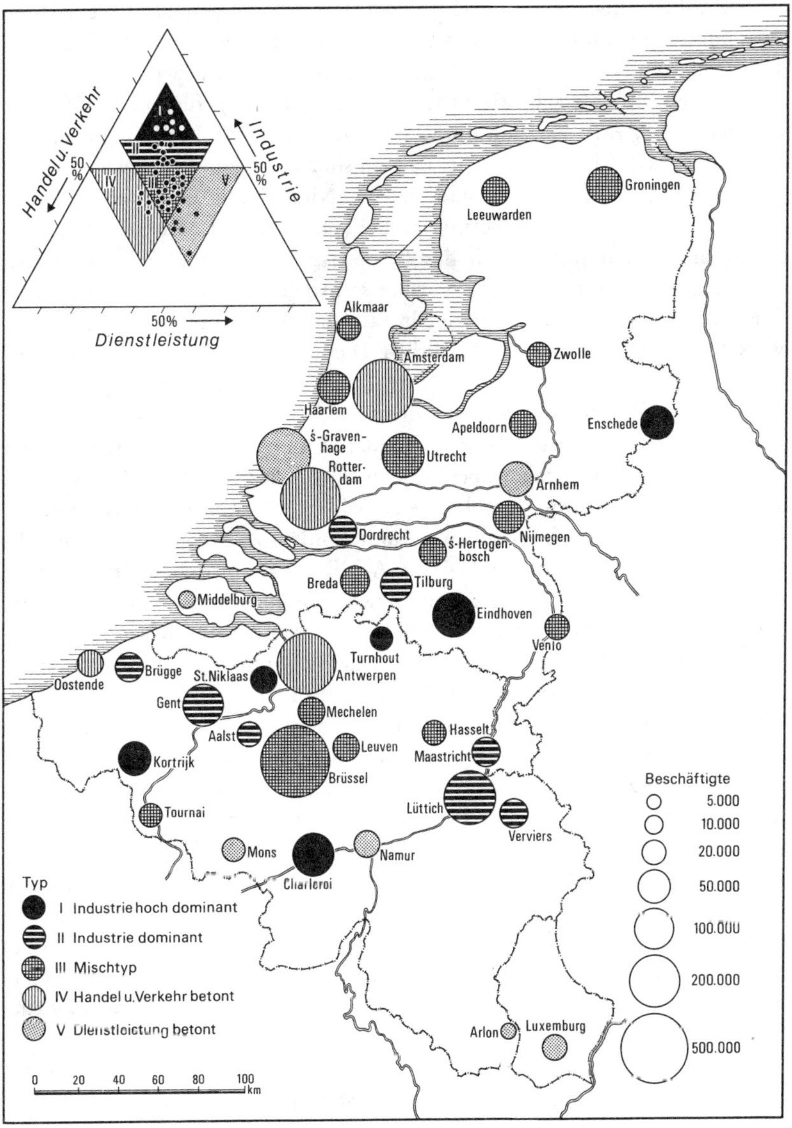

Abb. 26: Funktionale Typisierung der zentralen Orte (nach amtlichen Statistiken).

dann mehrfach (1955, 1964 und 1971) vom Aspekt der zentralen Orte her wieder aufgegriffen; hier ist auch BUURSINK (1971) zu nennen. Im einzelnen wird darauf im Kapitel 4 zurückzukommen sein. In Abb. 26 ist die Auswahl der typisierten Städte eben danach vorgenommen worden, welche von ihnen später (Abb. 40) als zentrale Orte in ihrer Bedeutung für ein Umland zu würdigen sind. Auf dem gewählten Niveau kommt für Luxemburg nur die Hauptstadt selbst in Betracht, für Belgien sind die Agglomerationen und die Regionalstädte berücksichtigt und für die Niederlande die Primärzentren, 21 an der Zahl. Die Klassifikation beruht nun nicht, wie oft bei Gemeindetypisierungen, auf dem Anteil der Beschäftigten im primären, sekundären und tertiären Sektor, vielmehr wurde der primäre Sektor ganz vernachlässigt und der tertiäre Sektor aufgeteilt nach den Beschäftigten in Handel und Verkehr einerseits sowie in sämtlichen Dienstleistungen andererseits (diese Zweige werden oft auch schon als quartärer Sektor zusammengefaßt und bezeichnet). Nun ist zwar allen Städten der Abb. 26 gemeinsam, daß sie als zentrale Orte ein abgrenzbares Umland mit Funktionen im tertiären und quartären Sektor bedienen, aber nicht nur von der Zahl der Beschäftigten her, sondern auch vom Gewicht dieser beiden Sektoren her treten interessante Unterschiede auf. In Enschede und Eindhoven, in Turnhout, St. Niklaas, Kortrijk und Charleroi liegt der Anteil der Industriebeschäftigten über 60 %, und in acht weiteren Städten immer noch über 50 %. Sechzehn Städte entsprechen einem Mischtyp, darunter Brüssel. Amsterdam, Rotterdam, Antwerpen und Oostende heben sich durch eine Betonung des Sektors von Handel und Verkehr ab. Sieben Städte schließlich, mit sehr unterschiedlicher Größenordnung, von 's-Gravenhage bis zu den kleinen Provinzhauptorten Middelburg und Arlon, haben gemeinsam, daß der Dienstleistungssektor am stärksten besetzt ist. Es ist bemerkenswert, daß in Belgien bei den fünf Städten, die von ihrer Zentralität her am ehesten mit Groß- oder Oberzentren nach der Terminologie in der Bundesrepublik Deutschland vergleichbar wären, nämlich bei Brüssel, Antwerpen, Gent, Lüttich und Charleroi, gleich dreimal der Typ der Industriestadt vorkommt. In den Niederlanden tendieren neben den Großzentren Amsterdam, Rotterdam und 's-Gravenhage die Städte Groningen, Arnhem und Eindhoven zur Funktion von Oberzentren; auch hier kommen Dominanzen in Richtung aller drei Pole des Strukturdreiecks vor.

3.4.3. *Die Randstad Holland*

Von der Randstad Holland, d. h. von einer ringförmig sich zusammenschließenden Städtelandschaft in den niederländischen Westprovinzen, wurde schon zu Beginn der dreißiger Jahre gesprochen. Damals zählten die beiden größten Städte, nämlich Amsterdam im Nordflügel und Rotterdam im Südflügel der Ballung, 760 000 E bzw. 580 000 E. Mit dem Begriff Randstad wurde eine Entwicklung vorweggenommen, die sich damals erst anzudeuten begann: das Ausufern der Stadtregionen in den ländlichen Raum und die Verstädterung ländlicher Gemeinden im ›Ring‹. Der Verstädterungsprozeß, der heute den gesamten Raum zwischen Rheindelta und Ijsselmeer erfaßt hat und bereits nachhaltig die Raumplanung in den südlichen Ijsselmeerpoldern beeinflußt, schuf eine der markantesten westeuropäischen Agglomerationen. Sie zählt rd. 4,6 Mill. Bewohner auf 2200 km², was einer mittleren Verdichtung von 2100 E/km² entspricht. Es gibt eine auf sozialökonomischen Kriterien basierende Abgrenzung der Randstad, die im ›Ring‹ rd. 70 Gemeinden umfaßt, Abb. 27 gibt das mit geringfügigen Abwandlungen wieder. Beim Vergleich mit sechs anderen Großagglomerationen der Erde (London, Paris, Rhein-Ruhr, New York, Tokio und Moskau) kommt Hall (1966) zu dem Ergebnis, daß die polyzentrische Struktur der Randstad mit ihrer Auflockerung zwischen den Ringgliedern und mit ihrer zentralen, offenen Region, ferner mit den zur Entlastung geschaffenen Neusiedlungen im Außenbereich der Städte ein Modellbild darstellt für eine funktionsgerechte Bewältigung des Verdichtungsphänomens. Dies und die Tatsache, daß im Bereich der Beneluxländer kein zweiter Raum einen solchen Verstädterungsprozeß erlebt hat, rechtfertigt eine gesonderte Behandlung.

Für den 31. 12. 1973 verzeichnet die Statistik für die Kerne und Randzonen der größten Agglomerationen innerhalb der Randstad folgende Einwohnerzahlen:

Agglomeration	Einwohnerzahl Kern	Einwohnerzahl Rand	Einwohnerzahl Gesamt	Nr. in Abb. 27
Amsterdam	771 000	231 000	1 002 000	1
Rotterdam	636 000	404 000	1 040 000	13
's-Gravenhage	495 000	190 000	685 000	10
Utrecht	264 000	199 000	463 000	16
Haarlem	168 000	67 000	235 000	5
Dordrecht/Zwijndrecht	137 000	44 000	181 000	15
Leiden	97 000	68 000	165 000	8
Zaanstreek	125 000	13 000	138 000	2
Ijmond	105 000	32 000	137 000	4
Hilversum	95 000	17 000	112 000	18

›Grundlage für das Werden und den Bestand dieses Verdichtungsraumes ist seine geographische Lage im internationalen Verkehrsnetz. Die Stellung als Bindeglied zwischen dem dichtbesiedelten, hochindustrialisierten europäischen Hinterland und Übersee ließ die Randstad schon früh am Aufschwung anderer Länder teilhaben und selbst zu einem Brennpunkt kommerzieller und industrieller Aktivitäten werden‹ (Ruppert, 1972, S. 341).

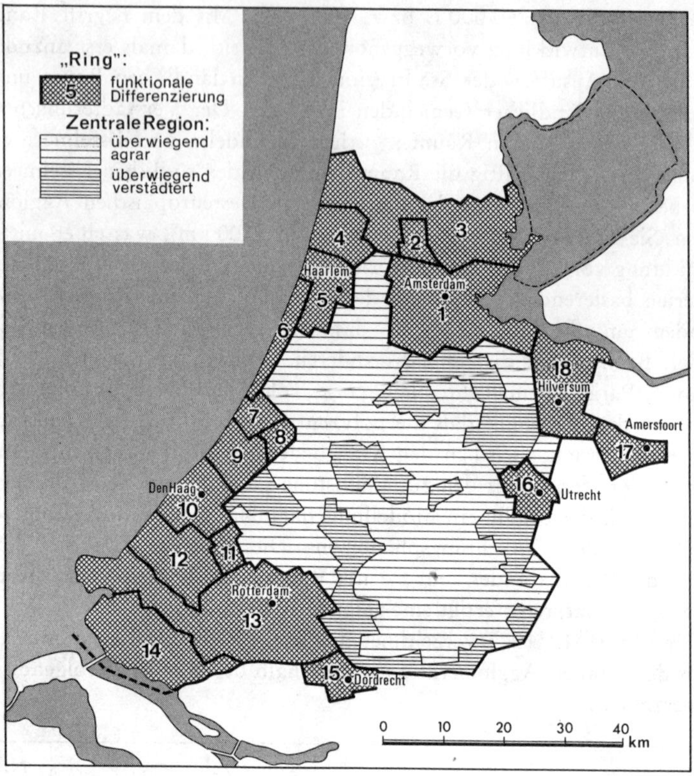

Abb. 27: Regionen der Randstad Holland (nach LAWRENCE, 1973, mit eig. Ergänzungen).
1 Agglomeration Amsterdam, 2 Industrieregion Zaandam, 3 verstädterter Nordrand, 4 Ijmond, 5 südliches Kennemerland, 6 ›Bollenstreek‹, 7 alte Rheinmündung, 8 Leiden, 9 Wassenaar, 10 Agglomeration 's-Gravenhage, 11 Delft, 12 Westland, 13 Rijnmond-Nord, 14 Rijnmond-Süd, 15 Dordrecht, 16 Agglomeration Utrecht, 17 Amersfoort, 18 Gooiland.

Das Aufblühen der Hafenstädte Amsterdam und Rotterdam stand am Anfang dieser Entwicklung. Neubau und Ausbau von Wasserstraßen waren als Faktoren dabei ebenso wichtig wie die industrielle Konzentration in mittelgroßen und großen Unternehmen, die für ihre Energieversorgung mit Kohle den Seehafenstandort suchten. 's-Gravenhage, dessen Stadtkern um 1850 noch kaum über die Bebauung von 1750 hinausgewachsen war, wuchs dann in der 2. Hälfte des 19. Jahrhunderts rasch, an Fläche, an Bevölkerung und an urbaner Bedeutung als dritter Pfeiler. Als Provinzhauptstadt und als Regierungssitz übt es umfassende zentrale Funktionen auf dem tertiären und quartären Sektor aus.

Der bandartige Verdichtungsraum, der in Form eines Hufeisens nach Südosten hin offen ist, weist auf Grund seiner Entwicklung zwischen den Siedlungsschwerpunkten immer wieder Areale mit lockerer Bebauung sowie Freiflächen auf, die zusammen mit der zentralen Region dafür sorgen, daß je und je, wenn man die Ballungskerne hinter sich gelassen hat, ruhige Wohn- und Naherholungsgebiete rasch zu erreichen sind. Diese Struktur, die HALL zu seinem positiven Urteil gelangen ließ und die Vorbild für das Modell der ›Gebündelten Dekonzentration‹ wurde (vgl. S. 297 ff.), ist aber dadurch gefährdet, daß das immer noch anhaltende starke Wachstum der Randstad nun in besonderem Maße auf die locker bebauten Räume mit Trennfunktion zwischen den einzelnen Siedlungsgebieten zielt, vor allem auch auf die zentrale Region, deren Bestand als ›Grüner Kern‹ bereits als gefährdet angesehen werden muß (vgl. Abb. 27).

Von 1960 bis 1970 nahm die Bevölkerung der Ballungskerne von Amsterdam, Rotterdam, 's-Gravenhage und Hilversum freilich ab, nachdem sich hier in den vorangehenden Jahren schon eine Stagnation bemerkbar gemacht hatte. Auch in den übrigen Kernen wie Utrecht, Haarlem, Dordrecht und Leiden waren Wanderungsverluste zu verzeichnen. Die Abwanderung wurde aber keineswegs initiiert durch ein Nachlassen der wirtschaftlichen Leistungskraft und durch ein vermindertes Arbeitsplatzangebot, wie denn auch die Wanderungsziele meist gar nicht außerhalb des Gesamtraumes der Randstad lagen. Zwar ging die Rezession in der 2. Hälfte der sechziger Jahre nicht spurlos vorbei, vor allem die Metallindustrie hatte Schwierigkeiten, aber das Hauptmotiv für die Abwanderung lag doch in der Unzufriedenheit mit dem veralteten Wohnungsangebot in den Kernstädten und in der Bevorzugung preiswerterer und vom Milieu her reizvollerer Wohnsiedlungen in den neuerschlossenen vorstädtischen Räumen. — Kräftige, vornehmlich durch Wanderungsgewinn gespeiste Bevölkerungszunahme ist auch in den kleinen Orten und in den agraren Zwischenbereichen zu verzeichnen. Im einzelnen soll die Differenzierung nach Abb. 27 vorgenommen werden, jedoch bleiben zunächst die drei größten Agglomerationen Amsterdam (1), Rotterdam (13) und 's-Gravenhage (10) ausgespart, weil ihnen nachfolgend eigene Abschnitte gewidmet sind.

Die Industrieregion von Zaandam (Nr. 2 in Abb. 27) nördlich von Amsterdam war ehemals ein bedeutender Standort der Schiffsbauindustrie. Mit der Verlagerung des Schwerpunktes im Schiffsbau auf die Werften von Rotterdam und — wenn auch in geringerem Umfang — von Amsterdam rückte die Nahrungsmittelindustrie in den Vordergrund, wobei die Rohstoffe aus den niederländischen Kolonien eine bedeutende Rolle spielten, aber auch die Verarbeitung von Gemüse, Milch und Fleischprodukten aus dem agraren, holländischen Umland. Weiterhin ist die holzverarbeitende Industrie von Belang. Die bauliche und verkehrsmäßige Verflechtung mit Amsterdam ist eng, unter dem Nordseekanal hindurch führt ein vielbefahrener Straßentunnel. Im übrigen strahlt Amsterdam jedoch vor allem nach Süden aus, wie auch an der Verstädterung in der zentralen Zone sichtbar wird (vgl. Abb. 27); gerade hier ist die Bevölkerungszunahme in den letzten Jahren weit überdurchschnittlich. Wachstumspole im nördlichen Randgebiet sind Purmerend, Wormerveer und Beverwijk, doch soll hier ein Zusammenwachsen der Bebauung unbedingt vermieden werden; eher ist eine bauliche Verdichtung entlang der Autobahnverbindung nach Alkmaar zu erwarten. Es gab auch Pläne, Amsterdam nach Westen mit Ijmuiden und Haarlem zu einem großen, zusammenhängenden Areal zu vereinigen, in welchem dann die Industrieflächen dominiert hätten. Das scheiterte aber am Widerstand der Bevölkerung, die weder die Umweltbelastungen noch die zu erwartenden Eingemeindungen hinnehmen wollte. So blieb hier der nördlichste Ausläufer der zentralen, agrarisch geprägten Region bestehen. Ijmond am Ausgang des Nordseekanals (mit imposanten Schleusen) wird ökonomisch von dem schwerindustriellen Komplex bei Velsen, aber auch von dem großen Fischereihafen in Ijmuiden bestimmt. Das südlich anschließende Kennemerland ist einerseits nach Haarlem ausgerichtet, es gibt aber auch starke Pendlerströme aus den Vorstädten Haarlems nach Amsterdam. Die Bevölkerungszunahme 1960—1970 war in dieser Region weitaus geringer als nördlich das Kanals. Die westlichen Ausbauten von Haarlem reichen bis in den Dünengürtel. In noch stärkerem Maß als dieser dient die weiter südwärts anschließende ›Bollenstreek‹ dem saisonalen Tagesausflugsverkehr. Sie bekommt ihr eigenes Gepräge durch die Parzellen der kleinen Betriebe, die sich der Zucht von Blumenzwiebeln widmen; das Land ist von zahllosen Kanälen für die Entwässerung durchzogen. Zur Blütezeit im Frühjahr lockt das überwältigende Farbenschauspiel Scharen von Besuchern an.

Im Gebiet der alten Rheinmündung bei Rijnsburg (7) herrscht der Gemüseanbau vor, Verarbeitungszentrum (Konserven und Tiefkühlkost) ist Leiden, das zentrale Funktionen für den mittleren Teil des westlichen ›Ringes‹ ausübt. Wassenaar ist das typische Beispiel für eine verstädterte Landgemeinde, Wohnplatz für Pendler nach 's-Gravenhage. Die Verstädterung, gekoppelt mit hoher Bevölkerungszunahme, greift nach Südosten aus in die zentrale Region. Die Städtereihe: 's-Gravenhage, Delft und Rotterdam mit ihrer engen Pendlerverflechtung ist ein Problemgebiet besonderer Art. Die starke Expansion der Wohn- und Industrieviertel drückt auf die agrarische Pufferzone, die die Landesplanung zwischen den bebauten Arealen erhalten möchte. Wer aber auf der Autobahn von Rotterdam nach 's-Gravenhage fährt, wird zumindest zwischen Delft und 's-Gravenhage den Eindruck gewinnen, daß diese Bemühungen zum Scheitern verurteilt sind.

Das Bild des Westlandes bestimmen die Unterglaskulturen (Foto 14), viele der Betriebe sind auf Tomatenzucht spezialisiert. Als Naherholungsgebiet ist diese Region — abgesehen von der Küste und dem Dünensaum — wenig geeignet, weil die starke Überbauung mit Treibhäusern den ästhetischen Wert mindert. Die Bedeutung der agraren Produktion im Westland ist nicht nur für die Randstad, sondern für das ganze Land so groß, daß der Ausbau von Wohnvierteln hier gestoppt wurde, obwohl die Bevölkerungszunahme in den Gemeinden am Südrand der Region, längs des Neuen Wasserweges, außerordentlich stark ist. Die dynamische Entwicklung der Hafenindustrie zu beiden Seiten der Schiffahrtsstraße und der hohe Wohnwert der neuerrichteten Siedlungen im Rijnmondgebiet, von denen aus die Arbeitsplätze ebenso wie reizvolle Naherholungsgebiete (z. B. Brielse Meer) über ausgezeichnete Straßenverbindungen rasch zu erreichen sind, haben dafür gesorgt, daß starke Wanderungsgewinne in diesem südwestlichsten Teil der Randstad aufgefangen werden mußten. Darauf wird im Zusammenhang mit Rotterdam noch zurückzukommen sein.

Dordrecht, die älteste Stadt der Grafschaft Holland, war bis in das 17. Jahrhundert und bis zum Aufstieg Rotterdams der bedeutendste Hafen im Delta und um 1400 sogar die größte Stadt der Niederlande. Spuren der langen Stagnation in der Neuzeit begegnet man in den vielfach sanierungsbedürftigen Vierteln der Altstadt mit ihrer Bausubstanz aus dem 16. bis 18. Jahrhundert. Erst nach dem Krieg entwickelte sich eine vielseitige Industrie (Schiffsbau, Stahlbau, Werke der chemischen Industrie und der Metallwarenindustrie). Dadurch wurde auch der Hafenumschlag wieder etwas belebt. Die Industriegebiete von Dordrecht, Zwijndrecht und Ablasserdam sind zu einem nur durch Kanäle getrennten Terrain zusammengewachsen; neue Wohnviertel dehnen sich nach Süden hin aus, an ihren Rändern endet der Südflügel der Randstad.

Im Osten des Nordflügels ist die Bevölkerungszunahme im Bereich des Städtedreiecks: Hilversum–Amersfoort–Utrecht in jüngster Zeit verhältnismäßig gering geblieben. Die raumordnerischen Maßnahmen zum Schutz der reizvollen und abwechslungsreichen, glazial überformten Hügellandschaft des Goois und des Utrechter Rückens wirkten sich aus. Zwischen Utrecht und Hilversum schiebt sich als Pufferzone mit hohem Freizeitwert die Plassenlandschaft. Utrecht als viertgrößte Stadt der Niederlande ist durch die zentrale Lage im gesamten Verkehrsnetz begünstigt und entwickelte sich zu einem führenden Zentrum auf administrativem, industriellem und kulturellem Sektor. Zwischen dem Hauptbahnhof und dem alten Stadtkern wurde in den letzten Jahren ein ganzes Viertel abgerissen und durch ein vielbeachtetes städtebauliches Projekt mit Geschäften, Büros, Kongreß- und Sportzentrum ersetzt. Auto- und Fußgängerverkehr spielen sich auf getrennten Ebenen ab. — Zwischen Amsterdam und Utrecht gibt es wechselseitige Pendlerströme, die Reisezeit mit der Bahn liegt bei 30 Minuten; zwischen Amsterdam und Hilversum ist sie sogar noch etwas kürzer.

Wie die Verstädterung in der zentralen Region zeigt (Abb. 27), ist der Bevölkerungsdruck auf dieses Gebiet erheblich. Vor allem kleinere Gemeinden unter 50 000 E verzeichnen in jüngster Zeit einen Bevölkerungszuwachs von 15 % im Jahr. Dieser Prozeß droht eine wesentliche Komponente der niederländischen Raumordnung zu schwächen. Der agrare Charakter wird nur zu erhalten sein, wenn einige Regionalzentren gestärkt und ausgebaut werden. Dafür kommen Woerden, Alphen und Gouda in Frage. Vor allem muß aber die Landwirtschaft selbst gestärkt werden, eine wichtige Voraussetzung dafür ist die Durchführung von Flurbereinigungsmaßnahmen und der Aufbau krisenfester Betriebstypen. In der Umgebung von Boskoop findet sich z. B. ein derartiges Zentrum von Spezialkulturen: Obstbau, Rosenzucht und Baumschulen.

3.5. Die grossen Agglomerationen

3.5.1. *Amsterdam*

In Groß-Amsterdam leben auf 736 km² gut 1 Mill. Menschen, das entspricht einer mittleren Dichte von 1360 E/km². (Die Zentralgemeinde allein umfaßt 170 km² mit 770 000 E, was eine Verdichtung von 4530 E/km² bedeutet.) Der Agglomerationsraum greift im Westen und Südwesten mit den Gemeinden Haarlemmerliede und Spaarnwoude sowie mit Haarlemmermeer in die alten Nordholländischen Meerlande über, im Süden erstreckt er sich bis Alsmeer und Uithoorn, im Südosten reicht er in die Vechtstreek hinein und bis an den Rand des Goois, im Norden gehören die Gemeinden Oostzaan, Landsmeer, Broek, Ilpendam, Monnikendamm, Purmerend und Edam im Waterland zu Groß-Amsterdam. Nach einem Gesetz aus dem Jahr 1971 werden insgesamt 29 Gemeinden umschlossen, doch ist in dieser Frage ständig mit Änderungen zu rechnen. Amsterdam hat mit seinen Randgemeinden stets besondere Schwierigkeiten der interkommunalen Zusammenarbeit gehabt. Ein Beispiel: die große, südöstliche Stadterweiterung Bijlmermeer (Foto 32 zeigt den Bau) entstand auf dem Grund und Boden der ehemaligen Gemeinde Weesperkarpsel, die ihre Selbständigkeit verlor. Zwischen Bijlmermeer und Amsterdam schiebt sich aber die autonome Gemeinde Diemen, und in Weesperkarpsel soll 1978 über die endgültige Zugehörigkeit neu entschieden werden.

Der Name Amsterdam taucht erstmals in einem Dokument aus dem Jahre 1273 auf, in dem den Leuten ›am Damm in der Amstel‹ Privilegien zugesprochen werden. Die bei der Restauration der Oude Kerk gemachten Funde zweier älterer Kirchen aus dem 12. und 13. Jahrhundert lassen auf ein noch höheres Alter des Siedlungsplatzes schließen. Im Laufe des 14. und 15. Jahrhunderts wuchs die Ansiedlung langsam durch Festungsgrachten, die die Amstelmündung zu beiden Seiten begleiteten. Mittelpunkt blieb der Dam. Die heutige Straße und Gracht Voorburgwal umschließt etwa den Kern aus dem Jahr 1300; um 1600 war der Grachtenring vor allem nach Südosten hin ausgeweitet worden, Amsterdam nahm damals den inneren, auf Abb. 28 als solchen sichtbaren Kern ein, nachdem der Grachtenring dreimal nach außen verschoben worden war. Seit die Stadt sich 1578 auf die Seite des Widerstandes gegen Spanien gestellt hatte, war sie zum Zufluchtsort vieler geworden, die in Europa um ihres evangelischen Glaubens willen verfolgt wurden. Die Einwohnerzahl dieses internationalen Zentrums von Handel, Wissenschaft und Kultur stieg rasch an.

Im 17. Jahrhundert, der ›Goldenen Zeit‹, erlebte Amsterdam eine Blüte wie keine andere europäische Stadt, während bedeutende Handels- und Hafenstädte wie Brügge, Gent und Antwerpen verödeten. Der beginnende Handel mit den Gewürzinseln Südostasiens, die im Westfälischen Frieden sanktionierte Abtrennung von den Spanischen Niederlanden, die eine größere Handelsfreiheit brachte, sowie eine Verlagerung von Funktionen aus Antwerpen nach Amsterdam trugen zu der raschen Entwicklung bei. Die Bevölkerungszunahme und das gestiegene Handelsvolumen machten eine Stadterweiterung erforderlich. Bei der Ausführung des sog. Dreigrachtenplanes aus dem Jahr 1612 wurde in der ersten Hälfte des 17. Jahrhunderts die Herrengracht verbreitert; außerdem wurde das Viertel ›De Jordaan‹ in das Stadtgebiet einbezogen und durch Landaufschüttung im Ij das Gebiet der Westelijken Eilanden gewonnen. In der zweiten Hälfte des 17. Jahrhunderts wurden die neuen Grachten bis in das Gebiet der östlichen Amstelufer durchgezogen und die Oostelijken Eilanden angelegt. Um 1700 war Amsterdam nicht nur eine der schönsten, sondern auch eine der größten Städte Europas, es stand in dieser Beziehung an vierter Stelle. Innerhalb des Festungsgürtels lagen 8 km^2, bewohnt von 210 000 Menschen. Die heutige Zentralgemeinde ist auf das 20fache des Areals, aber nicht einmal auf das Vierfache der Bevölkerung gewachsen!

In den Grenzen von 1700 stand Amsterdam zunächst ein Raum zur Verfügung, der fast 200 Jahre lang für die Aufnahme einer ständig weiter wachsenden Bevölkerung ausreichte (vgl. Foto 31). Ohnehin war die stürmische Entwicklungsperiode vorüber. Die großen Segelschiffe konnten nicht mehr in den Hafen gelangen, weil die Zuidersee zu flach war. In europäische Kriege verwickelt, verwandelte sich für die Niederländer der Reichtum des Goldenen Zeitalters in Armut, und das betraf Amsterdam ganz besonders. Auch die wiedererlangte Unabhängigkeit nach der napoleonischen Ära brachte anfangs nicht den erhofften wirtschaftlichen und kulturellen Aufschwung. Zwar wurde von 1819—1826 der nordholländische Kanal gebaut, der über Den Helder eine bessere Verbindung zur Nordsee schaffen sollte, aber erst

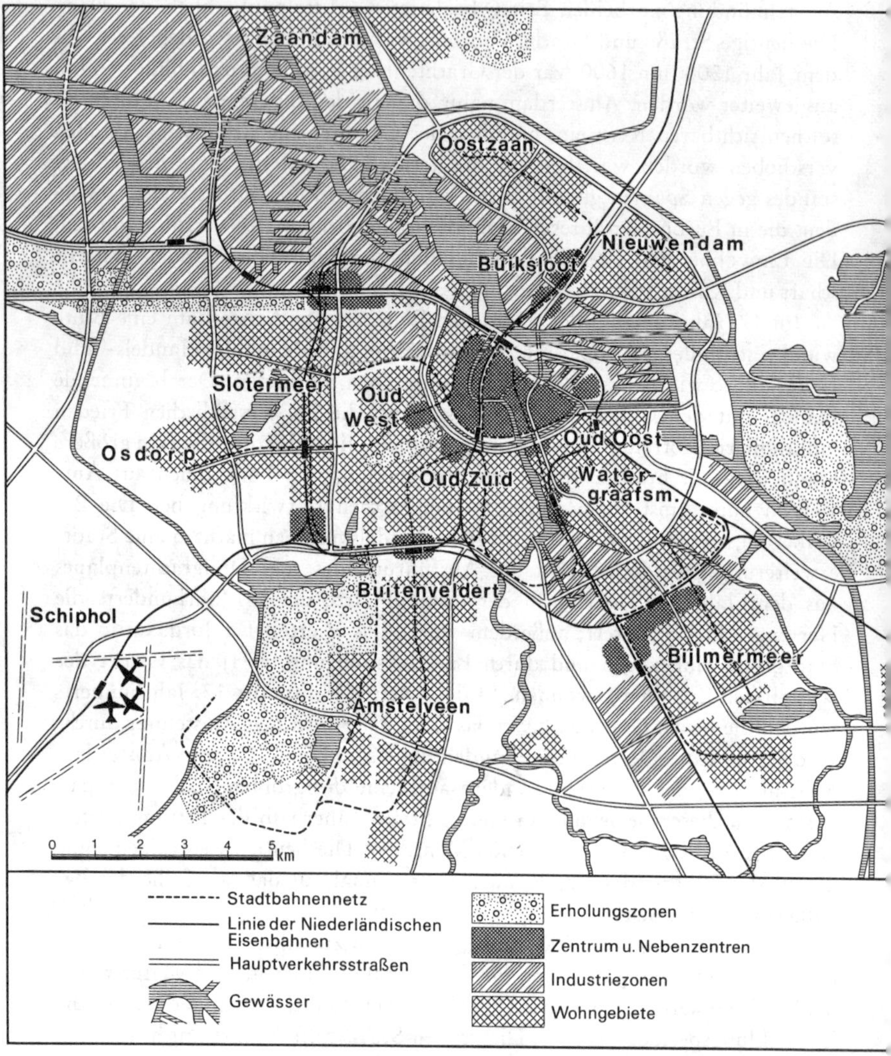

Abb. 28: Innere Differenzierung der Agglomeration Amsterdam (nach Unterlagen vom Dienst der Publieke Werken Amsterdam, Sector Stadsontwikkeling).

mit der Fertigstellung des Nordseekanals (1876) und dem nunmehr beginnenden Ausbau des Hafens arbeitete sich Amsterdam wieder empor. Die Trockenlegung des Haarlemmermeers (1850) verschaffte der Stadt ein blühendes, agrares Hinterland und machte neue Verkehrsverbindungen möglich. Hier liegt heute Amsterdams Flughafen Schiphol, der schon vor seiner Erweiterung mit seinen Bahnsystemen in die nach internationalen Maßstäben höchste Klasse des Zivilluftverkehrs gehörte. Inzwischen wurde er von 1000 ha auf 1700 ha Gesamtfläche ausgebaut. Zweimal zwei Start- und Landebahnen sind um ein zentral gelegenes Gebäudeareal gruppiert, mit direktem Anschluß an die Autobahn Amsterdam–'s-Gravenhage–Rotterdam. Fünf Jumbo-Jets mit je 400 Fluggästen können gleichzeitig abgefertigt werden.

Zurück zum vorigen Jahrhundert: der Bau der Eisenbahnlinien brachte raschere Verbindungen zum Umland; 1889 wurde auf verschiedenen künstlichen Inseln im Ij, gegenüber dem alten Stadtkern und der Amstelmündung, der Hauptbahnhof errichtet. Von 1870 bis 1900 verdoppelte sich die Einwohnerzahl von 265 000 auf 510 000, jenseits des Festungsringes entstanden die monotonen und phantasielosen Wohnviertel des Oud West und des Oud Zuid (vgl. Abb. 28), die der Stadterneuerung heute große Schwierigkeiten bereiten. Von 1900 bis 1930 wuchs die Bevölkerung weiter, von 510 000 auf 750 000. Durch das Wohnungsgesetz aus dem Jahre 1901 waren die Gemeinden nun aber verpflichtet, Erweiterungspläne aufzustellen und die Bebauung mit den Nachbargemeinden abzustimmen. 1921 wurde das Gebiet der Stadtgemeinde von 4600 ha auf 17 500 ha vergrößert, die südlichen waterländischen Gemeinden kamen hinzu. Hier, aber vor allem im Westen und Süden, entstanden nach dem Ersten Weltkrieg hübsche, neue Gartenstadtviertel.

Im Jahr 1928 war dem Stadtbauamt die Abteilung Stadtplanung angegliedert worden. Damals ging man davon aus, daß bis zum Ende des 20. Jahrhunderts die Bevölkerungszunahme bei etwa 1 Mill. E zum Stillstand kommen würde. Bei den prognostizierten Bebauungsdichten glaubte man, daß innerhalb der Stadtgrenzen von 1921 genügend Raum zur Verfügung stehen würde. Das Ergebnis dieser Überlegungen war der Flächennutzungsplan von 1935, dessen Ausführung aber in seinen wesentlichen Teilen erst in Angriff genommen werden konnte, als die dringendsten Wiederaufbauarbeiten nach dem Zweiten Weltkrieg geleistet worden waren. Der Einfall der deutschen Truppen am 10. 5. 1940, die völkerrechtswidrige Besetzung und die Ausplünderung hatten Industrie und Handel Amsterdams schwer geschädigt. Nicht zuletzt wegen der verbrecherischen Deportation der jüdischen Bevölkerung war die Stadt zum Zentrum des Widerstandes geworden. — Erst nach 1950 konnten im Raum Slotermeer die großen Erweiterungen durchgeführt werden. Rings um den künstlichen See wurden vier Gartenstadtviertel gruppiert, die 130 000 E aufnehmen sollten. Im Süden entstand Buitenveldert (für 28 000 E), und entlang dem Nordseekanal wuchsen die Hafen- und Industriegebiete nach Westen (vgl. Abb. 28).

Wichtig ist hier der Hinweis auf die Möglichkeiten des städtischen Grunderwerbs durch Enteignung. Freie Flächen, die nach dem Generalerweiterungsplan einem der Allgemeinheit dienenden Zweck zugeführt werden sollen, können nach einem Gesetz von 1939 relativ leicht erworben werden. Sind Privatbesitzer betroffen, so geht ein Verfahren meist bei einer Dauer von einem Jahr den behördlichen Weg über die Provinz, das Innenministerium bis zum königlichen Beschluß; 95 bis 98 % aller Grundbesitzer sind in diesen Fällen zum Verkauf bereit. Die Angelegenheit der restlichen Eigentümer wird vor ein Gericht gebracht, dort setzen drei Enteignungsfachleute den Verkaufspreis fest. So hat die Stadt das Gebiet der Westelijken Tuinsteden zum Preis von 2 Gulden und 8 Cents pro m^2 weit unter dem damaligen Marktwert erworben. Auf Grund des Straßenbaugesetzes besteht sogar die Möglichkeit, mit Straßenbauarbeiten zu beginnen, noch bevor der Eigentümer finanziell entschädigt worden ist.

Als direkter oder mittelbarer Bauherr stellt das Stadtbauamt darüber Untersuchungen an, welcher Wohnungsbedarf für welche Einkommenklassen besteht; so gibt es in den Stadtteilen Noord, West und Zuid z. B. 75 % Sozialwohnungen. Die Wohnungsbaugesellschaften verkaufen jedoch nicht an Eigentümer, sondern jeder Bürger kann als Mitglied je nach Beitritts- und Rangnummer eine Wohnung erhalten, deren Miete behördlich kontrolliert wird. Der Hausbau durch einen Privatmann ist nur in Verhandlungen mit der Gemeinde, der Baupolizei und der ›aesthetic commission‹ möglich, wobei der Bauherr den Grund nur in Erbpacht erhält. Damit hat die Stadt auch in diesem Falle starke Kontrollmöglichkeiten.

Der Plan von 1935 war mit dem Blick auf das Jahr 2000 entworfen worden. Aber bereits heute haben sich zwei Abweichungen ergeben. Die Stadt ist nämlich schon in den sechziger Jahren im Norden größer geworden, als es in der Zielprojektion für 2000 erwartet worden war. Dazu haben nicht zuletzt die verbesserten Verkehrsverbindungen beigetragen. Denn außer einer Brücke führen zwei Tunnel (Ij- und Coentunnel) nach Oostzaan und Nieuwendam (Abb. 28), Stadtteile, die früher nur mit Hilfe von Fähren zu erreichen waren. Ein dritter Tunnel ist geplant. — Ferner war mit einer Wohnungsdichte von 80 Wohnungen pro ha gerechnet worden. Aber bereits seit dem Krieg werden nur 40 Wohnungen/ha gebaut, weil nur eine derartig aufgelockerte Bauweise den Ansprüchen an innerstädtischen Freiraum genügen kann. Innerhalb der Westelijken Tuinsteden bieten z. B. der Sloterplas und der Sloterpark Naherholungsmöglichkeiten. Auch die weiter im Westen gelegene Grünzone kann neben ihrer Funktion als Pufferzone zwischen Amsterdam und Haarlem überdies für Sport, Spiel und Erholung genutzt werden. Die neuen Viertel weisen oft eine ähnliche Struktur auf. Kleine Wohnungen für alte

Mitbürger wurden gebaut, aber auch an die Wünsche der Kinder und Jugendlichen dachte man, so kommt auf 100 Wohnungen ein Spielplatz. In Osdorp gibt es ein Jugendzentrum und seit 1960 eine Rollschuhbahn. Einfamilienhäuser liegen neben viergeschossigen Bauten, Hochhäuser sind selten.

Bei dieser lockeren Bebauung war aber nun die Aufnahmefähigkeit Amsterdams innerhalb der alten Gemeindegrenze bei rd. 870 000 E erschöpft. Der Flächennutzungsplan wurde verbessert durch einen Strukturplan für Amsterdam Noord, hier entstand neuer Wohnraum für 50 000 E. In der südlichen, selbständigen Nachbargemeinde Amstelveen wurden Wohnungen für 100 000 Menschen gebaut, die gleiche Größenordnung gilt für die südöstlichen Erweiterungen. Auf Bijlmermeer wird dabei in anderem Zusammenhang nochmals einzugehen sein (s. S. 321). In diese Richtungen und darüber hinaus im Norden bis nach Purmerend wird nun der sog. ›Überfluß‹ gelenkt. So verlagert sich die Bevölkerungszunahme immer mehr an die Peripherie. Die Bevölkerung in Purmerend nahm von 1960 bis 1973 von 10 000 auf 29 000 E zu, während in der Kerngemeinde Amsterdam die Einwohnerzahl seit 1958 ständig sinkt. Damals betrug sie 875 000 E, 1974 war sie auf 770 000 E zurückgegangen. Auch der innere Raum der Agglomeration, zu dem außer Amsterdam die Randgemeinden Amstelveen, Ouderamstel und Diemen gerechnet werden (im wesentlichen also das Areal, das Abb. 28 zeigt), verlor von 1966 (950 000 E) bis 1973 (898 000 E) gut 50 000 Bewohner. Das liegt vor allem an dem Rückgang der Einwohnerzahlen in den älteren Stadtteilen, und dieser Rückgang ist wiederum die Folge der sinkenden Belegungsdichte der Wohnungen. Amsterdam steht vor der gewaltigen Aufgabe, seine Altstadt mit fast 7000 architektonischen Denkmälern zu restaurieren und die ehemals dicht besiedelten Viertel aus dem Ende des vorigen Jahrhunderts zu sanieren. Die Einwohnerzahl wird aber weiter abnehmen, und es ist der Zeitpunkt abzusehen, wo in dem vielfach erweiterten Raum mit seinen neuen Wohnsiedlungen verschiedenster Konzeption weniger Menschen leben werden als ehemals in dem Kern der Agglomeration. Der gesamte Einzugsbereich Amsterdams, von Alkmaar im Norden bis nach Südholland und Utrecht, beherbergt rd. 2,5 Mill. Menschen: ein Gebiet mit einem Radius von 30 bis 40 km.

Abb. 28 vermittelt einen Überblick über die innerstädtische Gliederung nach Wohngebieten, Industriezonen und Bereichen des tertiären (und quartären) Sektors. In der sozialen Differenzierung der Bevölkerung sowie in den jüngsten Verschiebungen im Arbeitsplatzangebot und damit im funktionalen Charakter einzelner Stadtteile ergeben sich interessante Aspekte, die teilweise Modellcharakter für die Wandlungen im Gefüge großer, alter Städte besitzen. — Zunächst einmal darf die Kennzeichnung des Stadtkernes innerhalb des Grachtenringes aus dem 18. Jahrhundert als Zentrum nicht darüber hinwegtäuschen, daß hier trotz der geschilderten Wanderungsverluste die Dichte der Wohnbevölkerung immer noch über 100 E/ha liegt, wenn auch die Zahl der Einwohner der ›Alten Stadt‹ unter 100 000 gesunken ist: auf dem gleichen Areal, wo zur Blütezeit im ›Golden Age‹ mehr als doppelt so viele Menschen lebten. Im anschließenden Ring nach außen, also im Alten Westen, Süden und Osten, sinkt die Dichte der Wohnbevölkerung auf 50—100 E/ha, überall jedoch in den peripher gelegenen Stadtteilen wohnen höchstens 25 E/ha. Werte von 25—50 E/ha werden zwischen Slotermeer und dem Alten Westen in den Vierteln um den Erasmuspark erreicht (Heinemeyer u. van Engelsdorp-Gastelaars, 1971).

Auch die viertelsmäßige, soziale Differenzierung ist recht deutlich, bis zu einem gewissen Grade spiegelt sie das Alter der Wohngebäude wider und damit den Wohnwert der Bausubstanz. Typische Arbeiterviertel in der Altstadt sind der Jordaan sowie das Gebiet östlich vom Neumarkt, von älteren, meist kleinen Gewerbebetrieben durchsetzt. Der Jordaan entstand als Wohngebiet geflohener Hugenotten und wäre ohne die zähe Opposition seiner Bürger wahrscheinlich einer Flächensanierung zum Opfer gefallen. Nun aber ist es ein Stadtquartier, das mit seinen restaurierten kleinen Läden, Kneipen und stillen Wohnwinkeln sehenswert und anziehend blieb. Das Neumarktviertel dagegen litt schwer bei der Trassierung der U-Bahn. Auch die Sanierungsgebiete im Alten Westen und im Alten Osten sowie die Oude Pijp im Alten Süden sind Wohngebiete, in denen die unteren Sozialschichten dominieren, Viertel, die fast ausnahmslos im vorigen Jahrhundert erbaut wurden. Hier wird es vielfach schwerhalten, eine funktionierende Wohn- und Arbeitswelt wiederherzustellen. Aus dem 20. Jahrhundert stammen die Arbeiterviertel nördlich vom Hafen: Oostzaan und Buiksloot.

Bevorzugte Wohngebiete der Oberschicht sind das Museumsviertel im Süden und die Quartiere, die sich von da aus weiter längs der Apollolaan nach Buitenveldert hin ausbreiten. Dieses Gebiet, das sich keilförmig gegen das Zentrum vorschiebt, übt aber auch Anziehungskraft auf neue Niederlassungen des Dienstleistungssektors aus. — Im Westen werden die Gartenstädte Overtoomse Veld sowie Slotervaart und im Südosten das Viertel Watergrafsmeer von Angehörigen der Oberschicht bevorzugt. In den übrigen ›buurten‹ der westlichen und südöstlichen Stadterweiterungen, aber auch der Altstadt und in Nieuwendam, dominiert die Mittelklasse (Heinemeyer u. van Engelsdorp-Gastelaars, 1971). Wie stark der Neue Westen und der Neue Süden von Angestellten bewohnt wird, zeigt die innerstädtische Pendelwanderung: für die Hälfte der Erwerbstätigen dieses Viertels liegt der Arbeitsplatz in der Altstadt. An der Heren-, Keisers- und Prinsengracht sowie an den Singeln ist immer noch die Welt der Kontore und Büros, wie zur Zeit der Entstehung.

Amsterdam als Handelsstadt verfügt über jahrhundertelange Erfahrungen und Beziehungen im Weltverkehr. Am Damrak steht die Amsterdamer

Börse, einer der großen Finanzplätze der Welt. Es gibt kaum eine Bank oder Versicherungsgesellschaft, kaum eine große Verkehrsgesellschaft, die nicht ihre Hauptniederlassung in einer Buurt der Altstadt hat. Gleiches gilt für den Großhandel; vor allem ist Amsterdam eine Autohandelsstadt geworden. Das neue Ausstellungsgebäude RAI (Verenigung voor Rijwiel en Auto Industrie) liegt im Süden beim Beatrixpark in dem oben erwähnten Keil, der mehr und mehr Attraktivität für den tertiären Sektor bekommt. Die Kalverstraat ist als Geschäftsstraße weltbekannt, Zentrum des Antiquitätenhandels ist die Spiegelstraat und der Rokin. Viele große wissenschaftliche Verlage haben sich niedergelassen und machen die Stadt zu einem bedeutenden Buchhandelszentrum. Als kultureller Mittelpunkt der Niederlande beherbergt Amsterdam eine städtische und eine kirchliche Universität, Akademien der Wissenschaft und der Künste. Es ist Kunstmarkt und Museumsstadt zugleich, das Rijksmuseum mit seiner Sammlung holländischer Maler ist berühmt.

Wichtig erscheint die Betonung der Tatsache, daß Amsterdam seinen Charakter als Dienstleistungszentrum in dem Maße verstärkt, wie die Bedeutung des industriellen Sektors zurückgeht. In Zahlen ausgedrückt: von 1966 bis 1971 sank die Zahl der Arbeitsplätze in der Industrie von 120 000 auf 97 000 , das Arbeitsplatzangebot im tertiären Sektor stieg von 231 000 auf 232 000 (VAN ENGELSDORP-GASTELAARS u. CORTIE, 1973). Die Zahl der Betriebe nahm in beiden Sektoren ab. Weil diese Werte für die Gemeinde Amsterdam gelten, wird damit die Abwanderungstendenz zur Peripherie der Agglomeration und darüber hinaus erneut verdeutlicht. Besonders klar zu beobachten ist das bei den Industriebetrieben, die hafenständig sind, weil sie ihre Rohstoffe auf dem Wasserweg erhalten und ihre Produkte selbst auch wieder per Schiff versenden. Hier ist eine Verlagerung der Aktivitäten nach Westen zu verzeichnen. Die größeren und moderneren Niederlassungen liegen am westlichen Ij und weiter längs des Nordseekanals. Aber auch im Kern der Agglomeration verlieren traditionelle Industrieviertel an Attraktivität. Es ist vor allem die verkehrsmäßige Erschließung mit der äußeren Ringverbindung sowie mit den Radiallinien, die dafür sorgt, daß Betriebe sich in Randlage ansiedeln und deren gute Erreichbarkeit für Pendler nutzen. Die U-Bahn, deren Bau 1970 begonnen wurde und die der Vollendung entgegengeht, trägt ihren Teil dazu bei.

Die führende industrielle Branche ist die Metallindustrie mit Schiffswerften, Maschinenfabriken und feinmechanischen Betrieben, die (1971) rd. 28 000 Arbeitsplätze bot. Nach der Bauindustrie (16 000 Stellen) folgt dann mit 12 000 Beschäftigten an dritter Stelle das Druckereigewerbe. Mit über 200 Druckereien ist Amsterdam eines der großen Zentren der Schwarzen Kunst in Europa. In der Nahrungsmittelindustrie sind ca. 8000 Arbeitsplätze vorhanden, in der Bekleidungsindustrie 7000 und in der Chemischen Industrie 4000. Wer die modernen Anlagen der Großchemie besichtigt, wird sich kaum noch daran erinnert fühlen, daß eines der ältesten Gewerbe Amsterdams im 16. Jahrhundert eine Art Vorläufer gewesen ist: die Seifensiederei. Die Aufzählung wäre aber unvollständig ohne die Erwähnung der Diamantschleiferei. Indessen, alle Industriezweige schrumpfen; setzt man den industriellen Beschäftigungsindex für 1969 gleich 100, so lag er 1971 bereits bei 80.

Im tertiären Sektor steht der Großhandel mit 45 000 Beschäftigten als Arbeitgeber an erster Stelle, der Einzelhandel und das Transportgewerbe bieten über 30 000 Arbeitsplätze. Im Bankgewerbe und bei den persönlichen Dienstleistungen ist die Zahl der Beschäftigten von 1964 bis 1971 deutlich gestiegen. Man muß sich dabei vor Augen halten, daß fast die Hälfte der Arbeitsplätze im tertiären Sektor auf weniger als 5 % des Stadtgebietes im Zentrum liegen. Dielemann u. Jobse (1974) kommen in ihrer Studie über die wirtschaftliche Raumstruktur Amsterdams zu dem Ergebnis, daß die Stadt sich noch stetig weiter zu einem Zentrum von Handel, Finanzen und Dienstleistungen entwickeln wird, die Standorte des Angebots im tertiären und quartären Sektor aber zunehmend außerhalb der Altstadt sich entfalten werden. Zugleich wird die zentrifugale Bewegung der Industrie sich im Nordflügel der Randstad fortsetzen.

3.5.2. *Brüssel*

Dort, wo das unterländische Brabanter Lößlehmplateau in das flämische Tiefland übergeht, liegt die Hauptstadt Belgiens, wenn auch etwas verschoben aus dem geometrischen Zentrum, so doch im bevölkerungsgeographischen Mittelpunkt des Landes. Die topographische Lage wird vom Talzug der Zenne bestimmt, der Fluß selber verschwindet freilich am Südbahnhof und ist im Bereich der Innenstadt völlig überbaut. Die von Südwesten nach Nordosten fließende Zenne hat ein stark asymmetrisches Tal geschaffen, dessen westliche Flanke sich sanft neigt, von 50 m auf 20 m üNN. Die Abdachung ist gut zu verfolgen im Zuge des Boulevard Leopold II. von der Basilika Sacre Coeur bis zum Antwerpener Tor am Nordrand des inneren Ringes. Die Ostflanke hingegen steigt auf kurzer Entfernung von der Unterstadt zur Oberstadt (75 m üNN) mit einer das Stadtbild reizvoll belebenden Stufe an: der Justizpalast hat eine besonders exponierte Lage auf der Höhe der östlichen Terrasse; im Gebiet des Museumsviertels und des Zentralbahnhofs ist der Aufgang zur Oberstadt durch Treppen markiert.

Der Bischof von Cambrai und Apostel Belgiens, der heilige Goorik (St. Géry), soll auf einer Insel in der Zenne die älteste Niederlassung gegründet haben. Von der St. Gooriks-Insel an, die westlich des heutigen Börsenplatzes lag, war die Zenne in ihrem Unterlauf schiffbar, während der Fluß sich bergwärts im moorigen Alluvialland in flache Arme verzweigte. Diese Stelle nutzte am Ende des 10. Jahrhunderts Herzog Karl von Niederlothringen, dem späteren Brabant, zur Anlage einer befestigten Pfalz. Der rege Warenumschlag am Endpunkt der Güterschiffahrt auf der Zenne führte schon im 11. Jahrhundert zur Niederlassung von Händlern und Handwerkern um die Nikolaikirche (Patrozinium der Fernhändler!) und zur Entwicklung eines Marktes am Fuß des östlichen Talhanges außerhalb des Bereiches, der durch Hochwasser ständig gefährdet wurde. Seit dem Anfang des 12. Jahrhunderts war dieser Marktplatz ein bedeutendes Handelszentrum, hier zog man allmählich auch einen großen Teil des west–östlichen Güterverkehrs auf der Straße von Brügge nach Köln an sich. Am Rande des ältesten Mauerringes, auf dem Coudenberg, ließen sich die kriegerischen Grafen von Löwen und späteren Herzöge von Brabant nieder. Die Ansiedlung von Patriziern und Adeligen rings um das Schloß leitete die bis heute dauernde Differenzierung in die französisch sprechende Schicht der Oberstadt und die überwiegend das Niederländische benutzenden Bewohner der Unterstadt ein.

Das blühende wirtschaftliche Leben und die Funktion als Residenzstadt der Herzöge ließ Brüssel schon im 14. Jahrhundert zur bedeutendsten Stadt Brabants aufsteigen. Die Stadterweiterung um 1360 bezog das Areal bis zu dem Polygon der heutigen großen Boulevards ein; um 1530 wurde die Stadtumwallung längs dieser Grenzen nochmals verstärkt. Hatten im 14. Jahrhundert 30 000 Menschen die Altstadt bewohnt, so zählte man in der Mitte des 15. Jahrhunderts bereits 45 000 E. Seit dem Zusammenschluß mit Burgund (1384) hielten die burgundischen Herzöge gelegentlich auf dem Coudenberg Hof, am glänzendsten entfaltete sich das Hofleben nach 1477, als das Land an die Habsburger gekommen war. Brabant und damit Brüssel waren damals der Schwerpunkt von Gewerbe, Handel und Kultur in den Niederlanden. Unter Philipp II., der von 1556—1598 regierte, wurde Margarete von Parma, die Tochter Karls V., Statthalterin der spanischen Niederlande mit Sitz in Brüssel, das damit die eigentliche Hauptstadtfunktion erhielt.

Der Freiheitskampf der Niederlande, in dessen Verlauf 1568 auf dem Großen Markt in Brüssel die Grafen Egmont und Hoorn hingerichtet wurden, endete für die Südprovinzen mit der Unterwerfung und dem Verbleib bei Spanien, was im Westfälischen Frieden 1648 bekräftigt wurde. Das wirtschaftliche Leben in den spanischen Niederlanden stagnierte, damit auch die Entwicklung der Hauptstadt, deren Bevölkerung bei rd. 70 000 E verharrte, während Amsterdam, wie erwähnt, in dieser seiner Blütezeit bereits die Zahl von 200 000 E überschritten hatte. Auch während der Eroberungskriege Ludwigs XIV. hatte Brüssel zu leiden, 1695 wird die Unterstadt in Brand geschossen; der spanische und der österreichische Erbfolgekrieg hinterließen ebenfalls ihre Spuren. Am Vorabend der Französischen Revolution ist die

Einwohnerzahl mit 75 000 immer noch nicht in einem nennenswerten Maße gestiegen, und innerhalb des Mauerringes liegt noch viel unbebautes Gelände, vor allem im überschwemmungsbedrohten Talzug der Zenne. Erst nach 1830, als Brüssel die Hauptstadt des neuen Königreiches geworden ist, beginnt die moderne Entwicklung.

Im Jahr 1834 wurde die Universität gegründet, ein Jahr später verband die erste Eisenbahnstrecke auf dem Kontinent Brüssel mit Mechelen. Jetzt sprengte die Bebauung den Ring der alten Stadtmauern. In den vierziger Jahren des vorigen Jahrhunderts entwickelte sich das erste große Viertel außerhalb der Boulevards, das Leopoldviertel, mit seinem schachbrettartigen Grundriß östlich vom Königspalast, als Wohnviertel für die Oberschicht. Heute werden die alten Villen vor allem im Zuge der Wetstraat durch Großbauten von Banken und Versicherungen ersetzt. In der Fortsetzung dieser östlichen Ausbauachse entstand 1880 aus Anlaß der 50-Jahr-Feier der Revolution auf einem ehemaligen Militärgelände der Parc de Cinquantenaire (Jubelpark) mit den königlichen Museen, im Umkreis schlossen sich dann weitere Wohngebiete an. Im Südosten wuchs ein neues Viertel um das Luisentor und längs der breiten Avenue Louise, die zum Zonienwald führt; die eigenartige, stielförmige Ausdehnung der Stadtgemeinde Brüssel zeichnet diesen Ausbau der Stadt nach (vgl. Abb. 29). Im Norden übten der Bahnhof und das Hafengelände am Bassin Vergote Anziehungskraft für eine Stadterweiterung aus. Der Kanal zur Rupel bei Willebroek bestand schon im 16. Jahrhundert, 1823 war die Verbindung nach Charleroi hergestellt worden. In der Altstadt selbst hatte man nach 1870 die Zenne völlig kanalisiert und überwölbt. Im Zuge dieser Linie wurden die Durchbrüche der großen Nord–Süd-Boulevards geschaffen, die die bisherigen Kopfbahnhöfe im Norden und Süden verbanden. Der Schienenstrang wurde in einem langen Tunnel durch die östliche Talwand über den neuen unterirdischen Zentralbahnhof geführt. Im nordwestlichen Vorort Koekelberg wurde im Zuge des Boulevard Leopold II. ein Villenviertel in Richtung auf die königliche Residenz und den Park von Laeken erbaut; westlich des Parks fand die Weltausstellung von 1958 statt, die die bauliche Entwicklung hier noch forcierte. Den gleichen Effekt hatte schon die Weltausstellung von 1910 im Süden der Stadt gehabt. Seit dem Ersten und vor allem nach dem Zweiten Weltkrieg ist die städtebauliche Erweiterung im Südwesten und Westen stark vorangeschritten. Zu den Industriegebieten und den Arbeitervierteln längs des Kanals und des Hafenbeckens in Anderlecht gesellten sich Wohnviertel der Mittelschicht. Die Industriezone im Südosten reicht, wenn auch aufgelockert, bis nach Clabecq (Klabbeek). Die stärkste industrielle Ausbreitung greift jedoch im Zuge des Verkehrsbandes von Kanal, Straße und Eisenbahn nach Nordosten bis Vilvoorde. Hier wurde nach dem Ersten Weltkrieg mit Laeken, Heembeck und Haren ein größeres Gebiet im Zuge der Industrieansiedlungs- und

Hafenpolitik eingemeindet. Nur hier ist deshalb die Gemeinde Brüssel flächenhaft ausgeweitet, sonst aber auf die Altstadt sowie auf die frühen Ausbauten im Leopold- und Louisenlaanviertel beschränkt.

Damit ist das Problem der Abgrenzung und der Administration der Hauptstadt überhaupt angesprochen. Zur Agglomeration Brüssel werden üblicherweise die ›19 Gemeinden‹ gerechnet (vgl. Abb. 29). Sie nehmen eine Fläche von 162 km² ein, bewohnt von mehr als 1 Mill. Menschen; das bedeutet eine mittlere Dichte von 6560 E/km² (1973). Ein Vergleich mit Amsterdam liegt nahe: die niederländische Hauptstadt erstreckt sich über eine nicht viel größere Fläche (170 km²), freilich bei geringerer Einwohnerzahl (770 000 E), aber dabei handelt es sich eben auch nur um die eine Gemeinde Amsterdam, während die 19 Brüsseler Gemeinden völlige Selbständigkeit bewahrt haben. Brüssel spiegelt die kommunale Zerrissenheit des ganzen Landes getreulich wider. Die belgische Kommunalreform vom Herbst 1975 wird hier sicher Änderungen schaffen, die derzeit noch nicht zu übersehen sind. Gewiß ist nur das Ausmaß der Schwierigkeiten, welche der Stadtplanung im Fall Brüssel bisher durch das Mitspracherecht der Gemeinden entstanden sind.

Es gibt viele Versuche, über die Agglomeration der 19 Gemeinden hinaus zu einer Abgrenzung des Großraumes Brüssel zu kommen. Abb. 29 folgt dabei zunächst der Arbeit von GOUROU (1958), aber unter Berücksichtigung der neueren Entwicklung. Von der Fläche und der Bevölkerung her betrachtet, wächst die Agglomeration mit der Hinzufügung der Gemeinden der Randzone, der Industrieachse, der südöstlichen Wohnzone und der Gemüsebau- und Treibhauszone (die an den innersten THÜNENschen Ring erinnert) auf 630 km² mit mehr als 1,4 Mill. E. Auch hier sei zum Vergleich daran erinnert: die Region Groß-Amsterdam, von Aalsmeer bis Purmerend, ist mit 736 km² sogar noch größer, zählt aber nur knapp 1,1 Mill. E. Dort wie hier ist der Großraum nun aber keineswegs mehr ein geschlossen bebautes, städtisches Areal. Die zusammenhängende Bebauung Brüssels reicht einmal längs der Südwest–Nordost-Achse bis an den Rand der Agglomeration und geht in die Gemeinden Drogenbos (Dr) und Ruisbroek (R) bzw. Vilvoorde über. Auch Kraainem (Kr) und Wezembeek-Oppem (W.-O.) sind funktional und als Stadtlandschaft eng an die eigentliche Agglomeration angeschlossen. Die Dichtewerte in Abb. 29 bestätigen das. Im übrigen aber besteht der Außensaum der 19 Gemeinden noch immer aus einem Band von Offenland, das freilich mehr und mehr von der Bebauung in Anspruch genommen wird. Nur im Südosten schiebt sich das ausgedehnte Areal des Zonienwaldes weit herein.

Die Altstadt selbst, also der Raum innerhalb der Boulevards, erreichte ihren höchsten Einwohnerstand mit 159 000 E kurz vor der Jahrhundertwende. Seitdem sinkt die Zahl ständig und liegt heute nur noch bei 70 000 E. Für den Rückgang der Wohnbevölkerung ist das ständige Wachsen der City-

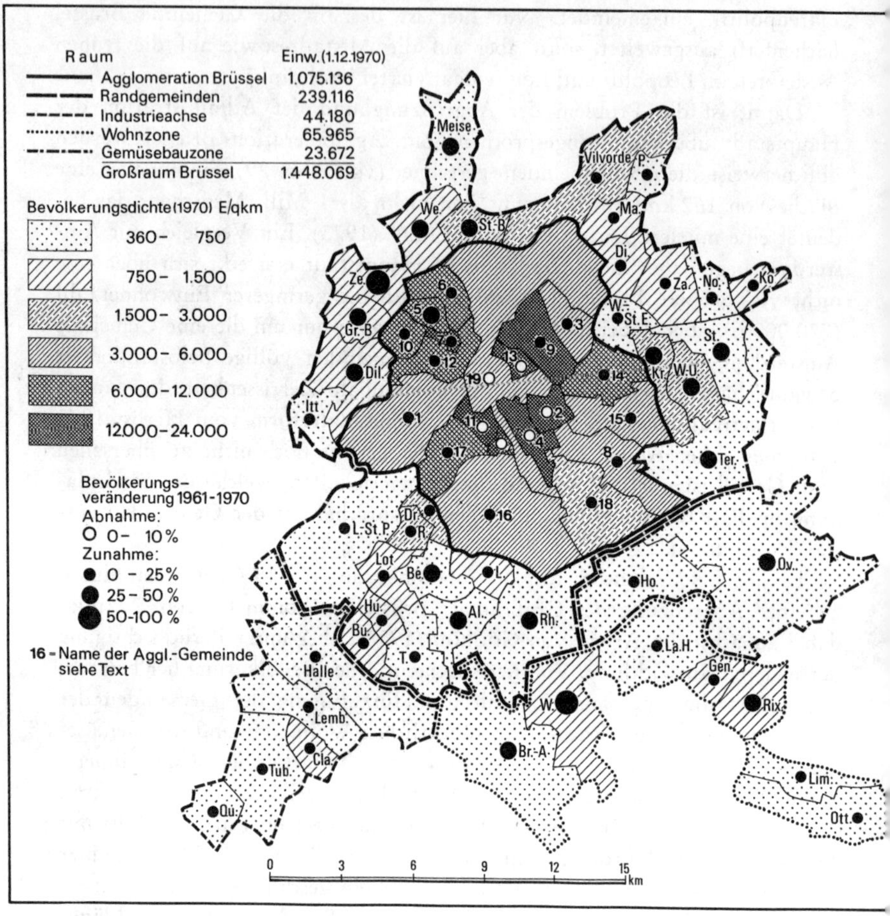

Abb. 29: Der Großraum Brüssel (nach Gourou, 1958 (1969), mit eig. Ergänzungen nach neueren Statistiken).

funktionen, die Verdrängung von Wohnraum durch Büroflächen, vor allem auch in der Oberstadt, sowie die Sanierung zahlreicher Wohnviertel der Unterstadt verantwortlich. Darüber hinaus schrumpft die Bevölkerung der Gemeinden, die östlich und südlich an die Altstadt anschließen: St. Joost, Etterbeek, Elsene und St. Gillis. Das Bevölkerungswachstum verlagert sich an die Ränder (vgl. Abb. 29). Die Agglomeration hatte um die Jahrhundertwende 600 000 E. Die Gesamtzunahme von diesem Wert bis zur Millionenstadt in der Gegenwart resultiert größtenteils aus der Zuwanderung aus dem ganzen Land, wobei sich der flämische und der wallonische Landesteil etwa die Waage halten. Van der Haegen (1957) hat auf die Merkwürdigkeiten der Sprachverhältnisse hingewiesen. Dazu muß man sich zunächst vergegenwärtigen, daß Brüssel völlig von flämischsprachigen Gemeinden umgeben ist. Im Gebiet der ›19 Gemeinden‹ sprach vor 100 Jahren weit über die Hälfte der Bewohner ausschließlich oder überwiegend niederländisch. Heute, in der offiziell zweisprachigen Stadt, sind rd. 60 % der Bevölkerung, nämlich vorwiegend die Flamen, tatsächlich zweisprachig. Die amtlichen Angaben, nach VAN DER HAEGEN (1957), sehen anders aus, die folgende Übersicht dient zugleich als Legende für die Gemeindebezeichnungen der Agglomeration in Abb. 29:

Nr. in Abb. 29	Gemeinde	Anteil der ausschließlich oder meist französisch sprechenden Bevölkerung %	Anteil der ausschließlich oder meist niederländisch sprechenden Bevölkerung %
1	Anderlecht	54	39
2	Etterbeek	79	17
3	Evere	54	43
4	Elsene (Ixelles)	87	10
5	Ganshoren	54	43
6	Jette	57	40
7	Koekelberg	58	39
8	Oudergem (Auderghem)	68	26
9	Schaarbeek (Schaerbeek)	73	19
10	St. Agatha Berchem (Berchem St. Agathe)	54	43
11	St. Gillis (St. Gilles)	82	11
12	St. Jans Molenbeek (Molenbeek St. Jean)	52	41
13	St. Joost ten Node (St. Josse ten Noode)	75	20
14	St. Lambrechts Woluwe (Woluwe St. Lambert)	71	25
15	St. Pieters Woluwe (Woluwe St. Pierre)	67	30
16	Ukkel (Uccle)	73	20
17	Vorst (Forest)	79	17
18	Watermaal-Bosvoorde (Watermael-Boitsfort)	74	22
19	Brüssel (Bruxelles)	72	24

So steht einer faktischen Zweisprachigkeit bei großen Teilen der Bevölkerung die amtliche Version des überwiegenden Gebrauches des Französischen gegenüber.

›Der Unterschied ... läßt sich einerseits durch die beherrschende Stellung des Französischen erklären, die zahlreiche niederländisch Sprechende zu der Angabe führt, sie sprächen meistens französisch. Andererseits gibt es viele Flamen, die das Niederländische nur noch im engeren Familienkreise benutzen. ... In der Praxis bedienen sich alle Einwohner der Stadtmitte und der Oberstadt nur dann des Niederländischen, wenn sie auf niederländisch angeredet werden oder mit Bekannten zu tun haben. ... Im westlichen Stadtteil und in der Volksquartieren der Altstadt gebraucht man laufend das Niederländische (in seiner Brüsseler Mundartform). Im östlichen Stadtteil ... ist der Gebrauch des Niederländischen stark beschränkt‹ (VAN DER HAEGEN, 1957, S. 28).

In einer Arbeit von 1962 hat VAN DER HAEGEN versucht, die Termini: Kernstadt, Ergänzungsgebiet, Verstädterte Zone, Randzone und Umland (nach BOUSTEDT) mit ihren demographischen und sozialökonomischen Schwellenwerten auf Brüssel zu übertragen, um die Außenzonen besser differenzieren zu können. Er setzt dabei die Kernstadt mit den 19 Gemeinden der Agglomeration gleich, Ergänzungsgebiete (Aanvullingsgebied) sind die Gemeinden Drogenbos (Dr) und Ruisbroek (R) im Südwesten sowie Machelen (Ma) und Vilvoorde im Norden. Zur Verstädterten Zone rechnet VAN DER HAEGEN im Südwesten Linkebeek (L), Beersel (Be) und St. Pieters-Leeuw (Leeuw-St. Pierre; L.-St. P.), im Westen: Dilbeek (Dil) und Zellik (Ze), im Nordwesten Wemmel (We) und Strombeek-Bever (St.-B.), im Nordosten Peutie (P) und Diegem (Di) sowie schließlich im Osten St. Stevens-Woluwe (Woluwe-St. Etienne; W.-St. E.), Kraainem (Kr), Wezembeek-Oppem (W.-O.) und Tervuren (Ter). Merkmale der verstädterten Zone sind: die Bevölkerungsdichte liegt über 400 E/km², weniger als 20 % der Erwerbstätigen sind in der Landwirtschaft tätig, und mehr als 45 % der Erwerbstätigen pendeln nach Brüssel ein. Alle nicht genannten Gemeinden (Abb. 29) erreichen diese Schwellenwerte nicht und fallen demnach in die Randzone oder in das Umland. Letzteres greift bei VAN DER HAEGEN weit nach Westen über die Abb. 29 hinaus. Allerdings stützte sich VAN DER HAEGEN auf statistische Werte von 1947. Daher ergibt sich bei MOLS (1969), der die Daten von 1961, teilweise auch von 1968 berücksichtigen konnte, bereits ein anderes Bild.

MOLS' Untersuchung ist deshalb von besonderem stadtgeographischen Interesse, weil es darin um die Trennung der Peripherie Brüssels von der bloßen Einflußsphäre geht. Die Peripherie im Sinne von MOLS ist nicht nur ein Areal, in dem die Anziehungskraft der Kernstadt wirkt, sondern der Bereich, in dem der Prozeß der Verstädterung nach außen greift. Dementsprechend wählt MOLS nicht nur drei Kriterien (wie VAN DER HAEGEN in Anlehnung an BOUSTEDT), sondern deren zwanzig aus. Berücksichtigt werden u. a.: Wachstums- und Wanderungsrhythmen für längere Perioden, Ausländeranteil, Schulpendler, Bebauungsgrad und Gebäudeausstattung sowie Einkommensverhältnisse. Daraus wird ein Index für den Grad der Verstädterung entwickelt, und in der Rangfolge dieser Indizes gehören zur engsten Peripherie Brüssels folgende Gemeinden: Kraainem (Kr), Wezembeek-Oppem (W.-O.), Strombeek-Bever (St.-B.), Wemmel (We), Drogenbos (Dr), Dilbeek (Dil), Grand-Bigard (Gr.-B.), Waterloo (W), Zellik (Ze), Linkebeek (L), Rhode-St. Genèse (Rh), Vilvoorde, Rixensart (Rix), Tervuren (Ter), Woluwe-St. Etienne (W.-St. E.), Sterrebeek (St) und Genval (Gen). Ein Vergleich mit Abb. 29 zeigt, wie stark gerade in der Wohnzone GOUROUS an den Rändern des Zonienwaldes die Verstädterung fortgeschritten ist. Und dieser Prozeß ist noch keineswegs beendet. Die übrigen Randgemeinden aus Abb. 29 sowie die Gemeinden der Wohnzone und die der Gemüsebauzone gehören bei MOLS zur Peripherie 2. und 3. Klasse nach dem Rang ihrer Indizes. Sein Groß-Brüssel umfaßt damit 52 Gemeinden, 19 der Agglomeration und 33 als das ›Brusselse Randgebied‹. Dieser Raum deckt sich auch weitgehend mit dem Areal, das VAN HECKE (1972) als ›morphologische Agglomeration‹ nach Kriterien der Bebauung durch Luftbildauswertung abgegrenzt hat. Weitere 57 Gemeinden rechnet MOLS zur ›Transperipherie‹ der Metropole, die sich wie ein Kreisring von rd. 10 km Breite um die Agglomeration legt. Die Prognose lautet, daß die Agglomeration selbst nicht weiter wachsen wird, sondern bei einer Einwohnerzahl von 1 bis 1,1 Mill. verharren dürfte. Für das Randgebiet nimmt MOLS an, daß es noch eine Aufnahmekapazität von weiteren 100 000 Bewohnern besitzt, so daß Groß-Brüssel im Jahr 2000 annähernd 1,6 Mill. Einwohner zählen würde. Bis zu den Außengrenzen der Transperipherie (metropolitane streek) veranschlagt er ein Aufnahmevermögen von 2 Mill. E. Die Bedeutung Brüssels als Zentrum der EG kann dazu beitragen, daß diese Werte erreicht werden.

Damit ist das Stichwort für eine abschließende funktionale Differenzierung der Stadt gegeben. Brüssel ist Residenzstadt der belgischen Königsfamilie, Landeshauptstadt mit dem Sitz von Regierung und Parlament sowie Provinzialhauptstadt von Brabant, ferner Standort der zentralen Behörden der Europäischen Gemeinschaft, der NATO und aller ausländischen Vertretungen. Durch ihre zentrale Lage im Lande begünstigt, wurde die Stadt auch zum bedeutendsten Knotenpunkt des Bahn- und Straßennetzes; der durch die Industriezone führende Kanal schafft Anschluß an das Wasserstraßennetz und insbesondere zum Seehafen Antwerpen. Vom unterirdischen Zentralbahnhof führt eine direkte Verbindung zum internationalen Flughafen, bei Melsbroek im Nordosten außerhalb der Randzone gelegen. Außerdem ist Brüssel Zentrum eines Hubschraubernetzes mit täglichen Verbindungen u. a. nach Rotterdam, Köln und Lille. — Neben der höchstrangigen zentralen Funktion in Verwaltung, Handel und Verkehr (Brüssel ist Sitz der Nationalbank und vieler nationaler wie internationaler Handelsunternehmungen) hat sich die Industrie immer stärker entwickelt. Nach dem Bausektor folgen in der Reihe ihrer Bedeutung für den Arbeitsmarkt: Maschinenbau, Konfektion, Metallwarenherstellung, Nahrungsmittelindustrie, chemische Industrie, Druckerei und Buchproduktion. Weit über 100 000 Pendler fahren täglich nach Brüssel, oft aus den entlegensten Landesteilen (s. S. 252). Das Kulturzentrum Brüssel bietet eine Universität, ein Polytechnikum, Kunst- und Fachhochschulen, Akademien, Museen, Bibliotheken und Theater, ganz zu schweigen von den zahlreichen Kunstdenkmälern.

Im Zentrum der Altstadt liegt der Marktplatz, abseits der großen Verkehrsstraßen. Das Rathaus und die Gildehäuser in ihrer überaus reizvollen architektonischen Vielfalt der Fassadengestaltung umrahmen ein weites Rechteck, das zu den schönsten innerstädtischen Platzanlagen der Erde zählt (Foto 34). Funktionales Zentrum der Altstadt ist in geringer Entfernung westlich vom Markt das Börsenviertel in der Mitte der inneren Boulevards. Von hier bis zum Nordbahnhof erstrecken sich der Boulevard Anspach und der Boulevard Adolphe-Max mit eleganten Ladenpassagen und Luxusgeschäften. An der parallelen Nieuwstraat reihen sich Warenhäuser, der Boulevard Emile-Jacqmain ist Standort von Druckereien; hier wird ein großer Teil der niederländischsprachigen Zeitungen Belgiens gedruckt. Westlich der Mittelachse, die die inneren Boulevards bilden, liegen ältere Wohnviertel, durchmischt mit Geschäftshäusern, Markthallen und Lagerschuppen. Wohnviertel und ein Gewirr von engen Straßen und Gassen bestimmen auch den südöstlichen Teil der Altstadt zwischen dem Justizpalast und der Avenue de Stalingrad. Die Hochstraße (Rue Haute) durchzieht als Hauptverkehrsader das Quartier der Marollen, das von einer flämisch-wallonischen Mischbevölkerung bewohnt wird und mehrfache Sanierungsversuche erlebte. Am nachhaltigsten wurde das Stadtbild der Unterstadt durch moderne Bauten im Bereich des Place de Brouckère verändert, nicht zuletzt im Zuge des U-Bahnbaus. Manches Kleinod der flämischen Barockbauweise mußte den Kuben aus Glas und Beton weichen. Die erste U-Bahnstrecke wurde im September 1976 eröffnet.

Die älteste Verbindung von Unter- und Oberstadt bildete ein Straßenzug nördlich von Börse und Markt, der aber seine Verkehrsfunktion durch neue Trassenführung verlor. Hier liegt die Galerie St. Hubert, eine der ältesten, glasüberdeckten Kaufhallen Europas aus dem Jahr 1847. Vor dem Zentralbahnhof (Foto 34: am rechten oberen Bildrand) wurde ein weitläufiger Verkehrsknotenpunkt geschaffen. Am Westhang der nördlichen Oberstadt ragt die Kathedrale von St. Michel und Gudula auf, den Schutzpatronen Brüssels geweiht. Sie liegt eingerahmt von Verwaltungsgebäuden der Banken, Versicherungen, Fluggesellschaften und der städtischen Administration. Foto 34 zeigt diese baulichen Gegensätze deutlich. Südlich vom Zentralbahnhof leiten die Gartenterrassen am Mont des Arts (mit der königlichen Bibliothek und Museen) zum Place Royale, dem Verkehrszentrum der Oberstadt auf dem Coudenberg. Um das königliche Schloß und das Parlament am Park de Bruxelles hat sich das Regierungsviertel entwickelt. Die bis zu 80 m breiten äußeren Boulevards wurden anstelle der alten Befestigungen in der ersten Hälfte des 19. Jahrhunderts errichtet. Sie haben die Funktion eines inneren Umgehungsringes übernommen, alle wichtigen Kreuzungen mit den großen Ausfallstraßen sind als Unterführungen ausgebaut.

3.5.3. *Rotterdam–Rijnmond*

Dort, wo das kleine Flüßchen Rotte in die Nieuwe Maas — damals Merwe genannt — einmündete, wurde im 13. Jahrhundert ein Damm in die Marschenlandschaft des Rheindeltas gebaut. So jedenfalls erklärt die Überlieferung den 1283 zuerst erwähnten Namen der Siedlung, deren Entwicklung mit einem von Fischern und Kaufleuten bewohnten Dorf an der Rotte ihren Anfang nahm. In der Altstadt längst überwölbt, begleitet das Flüßchen noch heute den Ostrand des Vorortes Hillegersberg und fließt träge entlang der Rotte-Kade im alten, aus dem vorigen Jahrhundert stammenden Wohnviertel Crooswijk nördlich des Zentrums dahin. Das Stadtrecht wurde im Jahr 1340 verliehen, aber Rotterdam — 1563 durch einen verheerenden Brand nahezu vollständig zerstört — wuchs nur langsam und stand in seiner Bedeutung bei der Ausrufung der Republik weit hinter Amsterdam zurück. Von einiger Bedeutung war nur die Heringsfischerei, die Einfuhr von Wolle und Getreide und die Ausfuhr von Tuchen. Bis in das 18. Jahrhundert hinein wurde es zudem in nächster Nähe durch die Konkurrenz der Häfen von Dordrecht und auch von Brielle in den Schatten gestellt, obwohl um 1600 nach den Plänen des Stadtsyndikus Johan van Oldenbarneveldt die Hafenbecken in einer für die damalige Zeit beachtlichen Weise ausgebaut worden waren. Demnächst soll sich an diesem ältesten Komplex der Hafenanlagen, dem Leuve-Haven, das Welthandelszentrum erheben.

Als die Niederländer nach der Loslösung Belgiens im Jahr 1830 die Schelde sperrten, profitierte davon natürlich Rotterdam; dennoch verlief die weitere Entwicklung des Hafenverkehrs anfangs zögernd, weil die Mündung der Neuen Maas ständig versandete und die immer größer werdenden Seeschiffe nicht einfahren konnten. Auch die Altstadt hatte sich bis 1840 nur verhältnismäßig wenig ausgedehnt, bis zum Westersingel im Westen und bis zum Crooswijksingel im Norden. Der 1830 in Betrieb genommene Kanal, der durch die Insel Voorne-Putten zum Haringvliet gegraben worden war, löste die Probleme ebenfalls nicht. Den entscheidenden Fortschritt erreichten die Rotterdamer erst, als 1866—1872 nach den Plänen von P. Caland der Nieuwe Waterweg ausgebaggert wurde: ein 33 km langer, schleusenloser Kanal, 250 m breit und bei Ebbe 10,5 m, bei Flut 12 m tief. Genau rechtzeitig war diese Seeschiffahrtsstraße fertiggestellt worden, denn 1868 hatte die Mannheimer Akte die freie Schiffahrt aller Anliegerstaaten auf dem Rhein sanktioniert; die Industrialisierung an Rhein und Ruhr begann, und Rotterdam konnte sich zum idealen Umschlagplatz der westeuropäischen Industrie aufschwingen.

Mit der rasch wachsenden Bedeutung des Hafens stieg nun auch die Einwohnerzahl der Stadt sprunghaft. In der Mitte des 17. Jahrhunderts waren es noch 50 000 E gewesen, um 1830 dann 72 000 E, aber 1920 bereits eine halbe Million. Die städtische Bebauung war nördlich der Maas bis nach Delfshaven, Crooswijk und Kralingen vorgestoßen. Aber auch der Sprung über den Strom, dort, wo das Noordereiland liegt, hatte schon 1873 mit der Anlage des Koningshavens begonnen. Hafen- und Industriegelände dehnten sich in Katendrecht und Feijenoord aus, längs der Zufahrtstraßen von Südosten her entstanden Wohnviertel, die heute sanierungsreif sind, und in Vreewijk im Süden entstand eine Gartenstadt, bei deren Bau die Ideen von Ebenezer Howard aufgenommen und realisiert wurden, sehenswert bis auf den heutigen Tag. — Rotterdams Altstadt innerhalb der Singel und Grachten, die die ehemaligen Befestigungsanlagen markieren, wurde durch deutsche Luftangriffe 1940 völlig, der Hafen zum großen Teil zerstört. Dem Wiederaufbau gingen einschneidende Enteignungsmaßnahmen voran, so daß die Neugestaltung nach einem einheitlichen Plan, dem sog. Basisplan des C. van Traa, vorgenommen werden konnte. Neben der Wiederherstellung der zerstörten Hafenanlagen wurde eine großzügige und modernen städtebaulichen Konzeptionen folgende Planung der Innenstadt in die Wirklichkeit umgesetzt.

Dabei verlagerte man den Schwerpunkt der Altstadt. Er hatte bis 1940 im ältesten, ehemals befestigten Dreieck: Coolsingel–Boompjes (Maaskai)–Goudsesingel gelegen, dort, wo der Turm der St. Laurentiuskirche, das Wahrzeichen Alt-Rotterdams aus dem 15. Jahrhundert, nahezu als einziges Bauwerk das Bombardement überdauert hatte. Beim Wiederaufbau wurde der Coolsingel vom Hofplein bis zum Churchillplein — vorher westlicher Rand der City — nunmehr zu ihrer Hauptachse in Nord–Süd-Richtung. Neben dem vor der Zerstörung bewahrt gebliebenen Rathaus im flämischen Neo-Renaissancestil erhielt der Coolsingel durch den Neubau eines wuchtigen Warenhauses und der Börse sowie durch monumentale Plastiken markante städtebauliche Akzente. Typisches Kennzeichen für die Neuplanung war auch die Betonung funktioneller Schwerpunkte, aber stets durchmischt mit Wohnfunktionen, um einer Verödung der City am Abend vorzubeugen. Als Beispiele seien genannt: das Großhandelsgebäude, beim neuen Hauptbahnhof an der West–Ost-Achse der Weena errichtet (1947—51). Hier residieren über 250 Großhandelsfirmen mit mehreren Tausend Angestellten, im Erdgeschoß verlaufen drei Ladestraßen für Versand und Empfang. Für den Einzelhandel entstanden drei Zentren: die Lijnbaan westlich des Coolsingels, der Börsenplatz und der Neumarkt östlich vom Coolsingel. Die Lijnbaan (der Name erinnert an eine ehemalige Seilerei) wurde im Oktober 1953 mit 66 Läden eröffnet und erwarb sich mit ihrer neuartigen Verteilung von Hoch- und Flachbauten, mit ihrem Blumenschmuck und der gefälligen Gesamtkonzeption bald guten Ruf als Musterbeispiel für ein Einkaufszentrum, das ganz dem Fußgänger gehört; die Ladestraßen verlaufen auf den Rückseiten der Geschäfte. Diese ›Fifth Avenue von Europa‹, wie man sie genannt hat, wurde

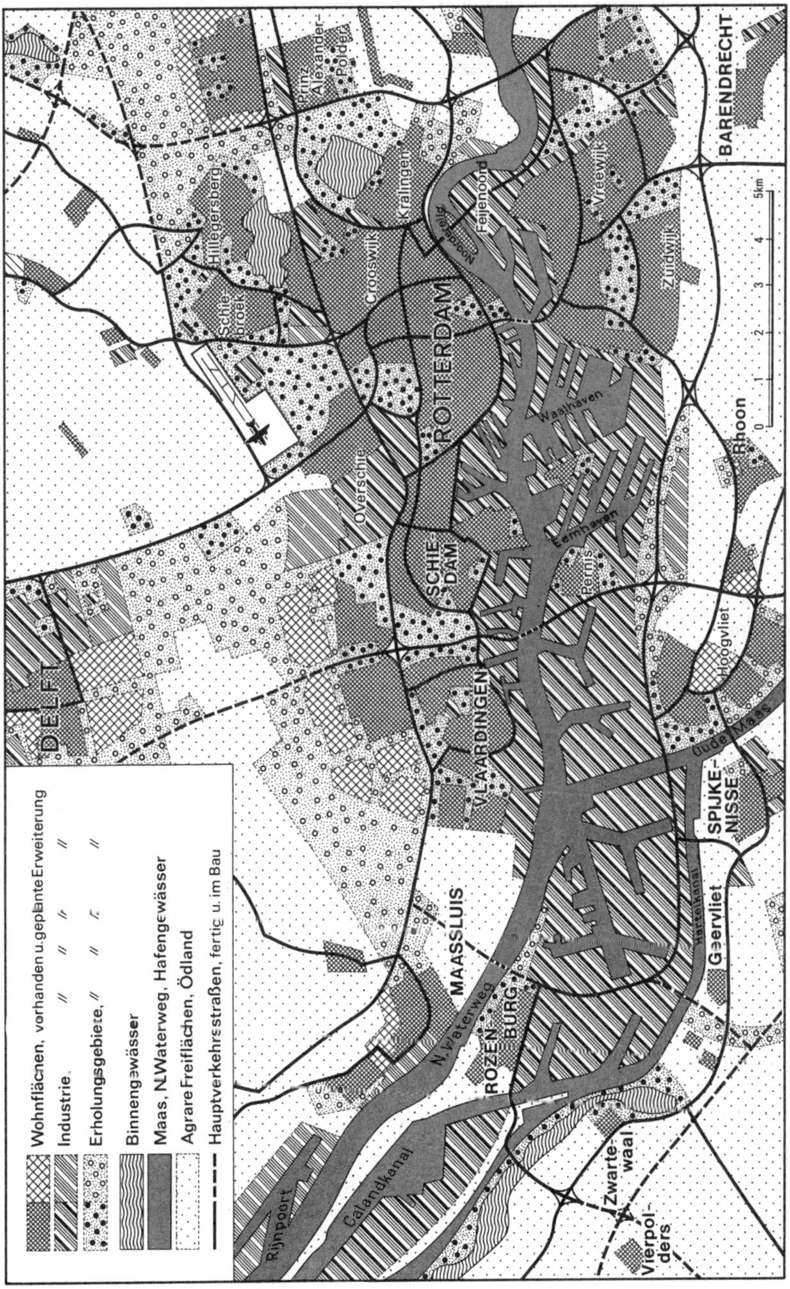

Abb. 30: Rotterdam-Europoort: gebündelte Dekonzentration (nach Planungsunterlagen Rijnmond).

in der Folgezeit zum Vorbild vieler derartiger Zentren in andern europäischen Städten. Westlich von der Lijnbaan entstand mit der ›Doelen‹ eines der modernsten Kultur- und Kongreßzentren Europas.

Mit dem Neubau der Innenstadt war zugleich der Ausbau des gesamten städtischen Raumes verbunden. Wohnviertel, Industrieareale und Erholungsgebiete wurden Schritt für Schritt erweitert (vgl. Abb. 30). Innerhalb der Gemeindegrenzen von Rotterdam reichte dieser Ausbau im Norden des Stromes bis nach Overschie, Schiebroek und Hillegersberg, im Osten entstand im Prins-Alexander-Polder (6,5 m unter NAP) eine Satellitenstadt für 160 000 E. Im Süden wurden die neuen Wohnviertel Pendrecht, Zuidwijk, Lombardijen und Ijsselmonde errichtet. 1953 begann der Bau einer Trabantenstadt für 60 000 E im Anschluß an den alten, dörflichen Kern von Hoogvliet. Weite Grünflächen und Waldstücke, die die einzelnen Stadtgebiete auflockern, bieten Gelegenheit für die innerstädtische Tageserholung. — Innerhalb der Gemeindegrenze von Rotterdam war aber der Raum für ein funktionsgerechtes Nebeneinander der Flächen für Wohnen, Arbeiten und Erholung bald erschöpft. Die Nachbargemeinden hatten längst an der stürmischen Aufwärtsentwicklung teilgehabt, Schiedam war mit Rotterdam zusammengewachsen, Gemeinden wie Vlaardingen, Maassluis, Rozenburg oder Spijkenisse hingen aufs engste mit dem Ausbau der Hafen- und Industrieanlagen zusammen. Im gesamten Rheinmündungsgebiet wird mehr als ein Zehntel der niederländischen Industrieproduktion erbracht; ein wichtiges Prinzip der Raumordnung war aber, die Entfernungen zwischen Wohnplatz und Arbeitsplatz gering zu halten. Das bedeutete die Notwendigkeit, den sich zur Maasvlakte hin ausweitenden Industrieflächen neue Wohnsiedlungen folgen zu lassen. Andererseits wurde der Bau einer reinen ›Schlafstadt‹ zwischen Rhoon und Barendrecht nicht genehmigt, weil sie den Vorstellungen einer voll funktionsfähigen Siedlung nicht entsprach. Sinnvolle Planung erschien bald nur noch möglich, wenn eine übergeordnete Instanz die gemeinschaftlichen Probleme aller Gemeinden der Region behandelte, und so wurde mit Gesetz vom 5. November 1960 die öffentliche Körperschaft RIJNMOND gegründet; als Planungsgemeinschaft von 23 Gemeinden im Strommündungsgebiet in mancher Beziehung dem deutschen Siedlungsverband Ruhrkohlenbezirk vergleichbar. Aufschlußreich ist die Bevölkerungsentwicklung im Rijnmondgebiet in jüngster Zeit sowie die Planzahlen für die nähere Zukunft (vgl. die Übersicht auf S. 201).

Die Bevölkerungszahl im engeren Strom- und Hafenbereich stagniert, und der prognostizierte, geringfügige Rückgang bis 1991 erscheint durchaus realistisch. Der Ausbau der neuen Wohngebiete, vor allem in Spijkenisse, wird nur einen Teil des Bevölkerungsverlustes in der Kernstadt ausgleichen. Bei diesem Ausbau wird übrigens das Prinzip der ›Gebündelten Dekonzentration‹ verfolgt (vgl. S. 297 ff.). Das stärkste Bevölkerungswachstum jedoch

	1960 E	1972 E	1991 E
Nieuwe Waterweggebiet	900 680	900 560	880 000
Gemeinden			
Rotterdam	729 030	670 060	585 000
Schiedam	80 300	82 970	85 000
Vlaardingen	68 430	81 580	105 000
Maassluis	13 100	27 620	35 000
Rozenburg	3 950	11 730	15 000
Spijkenisse	5 870	26 600	55 000
Übr. Rijnmondgebiet			
17 Gemeinden	98 260	175 510	350 000
Ges. Rijnmond	998 940	1 076 070	1 230 000

verzeichnen die 17 Gemeinden an der südlichen Peripherie, von Ridderkerk im Osten bis nach Hellevoetsluis und Rockanje am Haringvliet im Westen. Von den 76 000 neuen Arbeitsplätzen des sekundären und tertiären Sektors, die von 1960 bis 1970 im Gesamtraum Rijnmond geschaffen wurden, lagen allein 13 000 hier im südlichen Randgebiet. Mit Erfolg wird versucht, ein differenziertes Arbeitsangebot zu schaffen und neue Gewerbegebiete so anzulegen, daß eine hinreichende Auswahl unter leicht erreichbaren Arbeitsplätzen außerhalb des Ballungskernes besteht. Die Wahlmöglichkeiten setzen aber auch die Bereitschaft zu einer verstärkten beruflichen Mobilität voraus. In jedem Falle muß das Nahverkehrsnetz diesen Prinzipien Rechnung tragen. Abb. 30 vermittelt einen Eindruck davon, in welchem Ausmaß das geschieht, zumal nur die autobahnähnlichen Hauptstraßen berücksichtigt wurden. Ein entscheidendes Verkehrsproblem ist die Überwindung des Stromes. Die alte Willemsbrug über das Noordereiland für Eisenbahn und Straße war bis 1942 die einzige Verbindung beider Ufer, schon damals überlastet. Dann wurde der erste Maastunnel eröffnet. Nach dem Krieg kam der Beneluxtunnel im Westen zwischen Schiedam und Pernis hinzu, ferner die imposante Brienenoordbrücke im Osten. Ein dritter Tunnel bei Rozenburg und Maassluis ist geplant. Eine erste Untergrundbahnstrecke — es war die erste U-Bahn in den Niederlanden überhaupt — verbindet das Zentrum Rotterdams mit den südlichen Vororten Pendrecht und Zuidwijk, wo an der Station Zuidplein ausgedehnte Parkflächen für die Pendler nach dem Park-and-Ride-System zur Verfügung stehen.

Die Gemeinde Rotterdam hat eine Fläche von 186 km², das entspricht einer Bevölkerungsdichte von 3600 E/km² (1972). Rijnmond umfaßt 536 km² mit 2000 E/km². Die Planung greift aber bereits weiter aus, nämlich in die Region Groß-Rijnmond, die mit 1160 km² mehr als das Doppelte des Rijnmondareals umfaßt, die Einwohnerzahl (1972) betrug hier 1 215 000 E, daraus errechnet sich eine Dichte von 1050 E/km². Zu Groß-Rijnmond gehören die ländlichen Gemeinden auf Goeree-Overflakkee südlich des Haringvliet, die ebenfalls noch agrarische Region des Beijerlandes und der Hoekschen Ward, sowie einige verstädterte Gemeinden der Lek- und Ijsselstreek, die im Nordosten an Rotterdam–Rijnmond anschließen.

Gemessen an seinem Seegüterumschlag ist Rotterdam-Europoort der größte Hafen der Welt, und zwar nicht nur hinsichtlich des Massengutes, sondern auch unter Berücksichtigung des Stückgutverkehrs. Als bedeutendster westeuropäischer Umschlaghafen ist Rotterdam Knotenpunkt zwischen der Weltschiffahrt und dem europäischen Hinterland, das auf den Binnenschiffahrtswegen sowie mit Rohrleitungs-, Eisenbahn- und Straßentransport bedient wird. Hauptverkehrsträger sind dabei die Binnenschiffe und die Rohrleitungen. Die Verkehrsfunktion des Hafens wird mit den entsprechenden statistischen Daten im Abschnitt 3.6.3. noch näher behandelt, hier soll abschließend die räumliche Entwicklung des Hafengeländes im Vordergrund stehen.

Die ersten großen Anlagen zur Erweiterung der alten Hafenbecken, die zu beiden Seiten des Noordereilands liegen, waren westwärts anschließend der Maashaven, der Komplex des Waalhavens und der Eemhaven bei Pernis. Bis 1951 waren die im Krieg zerstörten Anlagen wiederhergestellt. Im Gegensatz zur Vorkriegszeit, als Rotterdam noch stärker vom Transithandel abhängig war, wurde nun auch die Industrialisierung verstärkt. Nicht nur die Hafenanlagen, sondern auch das Industriegelände wurde von den außerordentlich dynamisch geführten Städtischen Hafenbetrieben ständig ausgedehnt. Im Zusammenhang mit der wachsenden Nachfrage nach Gelände für Raffinerien, für petrochemische Industrie und für Schiffsbau sowie nach Lagerraum für Massengüter wurde 1956 die Erweiterung des Hafens durch das schon während des Krieges entworfene Botlekprojekt in Angriff genommen und 1960 vollendet. Aber die Entwicklung ging stürmisch weiter, der Ausbau von Europoort westlich von Rozenburg war die nächste Etappe, um dem ständig anschwellenden Bedarf an neuen Hafen- und Industrieflächen zu entsprechen. Die Ausmaße der Seeschiffe machten breitere und tiefere Hafenbecken erforderlich, auch die Mechanisierung der Verlade- und Löscheinrichtungen verlangte Platz. Aber auch Europoort war noch nicht der Schlußstein, schon während der Verwirklichung des Projektes wurde klar, daß weiteres Industrieareal benötigt werden würde und noch tiefere Hafenbecken, damit auch die größten Schiffe Rotterdam anlaufen können. Deshalb wurde in die Nordsee hinein das Gebiet der Maasvlakte abgedämmt und im Sandspülverfahren über das Meeresspiegelniveau aufgehöht: von 10 m Tiefe auf 5 m über NAP. Von den 2560 ha der Maasvlakte entfallen 445 ha auf neue Hafenbecken, 370 ha auf Verkehrsflächen, und der Rest steht als Industriegelände zur Verfügung. Die Arbeiten an diesem Projekt waren 1974 im wesentlichen abgeschlossen. Der Containerverkehr wurde ursprünglich im Eemhaven abgewickelt. Seit 1967 erfolgte der Ausbau von Rijnpoort als Containerhafen, an den sich ebenfalls Industrie anschließen soll; das Gelände dafür ist ausgewiesen (vgl. Abb. 30).

Während der Neue Wasserweg die offene Verbindung von Rhein und Maas zum Meer darstellt, erschließt der Calandkanal mit dem abzweigenden Beerkanal die Anlagen von Europoort für Schiffe mit einem Tiefgang bis zu 62 Fuß. Der neue Hartelkanal, der südlich am Europoortgelände vorbeizieht bis zur Maasvlakte, stellt eine weitere Verbindung zum europäischen Binnenwasserstraßennetz her. Er wurde 1968 fertiggestellt. Beide Kanäle brachten die Notwendigkeit neuer Brückenbauten für Bahn- und Straßennetz mit sich. Riesige Bagger müssen ständig dafür sorgen, daß die Hafenbecken und Fahrrinnen auf richtiger Tiefe gehalten werden. Vom Hartelkanal aus können Schiffe die Oude Maas nicht direkt erreichen, vielmehr wurde nördlich von Spijkenisse eine Schleuse gebaut, um die Versalzung der Maas zu verhindern.

Auf den weitläufigen Industrieflächen dominieren die Raffinerien und die Anlagen der petrochemischen Industrie. Danach sind zu nennen die Betriebe des Schiffs- und Maschinenbaus. Der Plan, auf der Maasvlakte die Stahlindustrie anzusiedeln, schlug allerdings fehl, weil der Rotterdamer Gemeinderat dem Druck der Bevölkerung nachgab, die eine weitere Zunahme der Luftverschmutzung befürchtete. In der Nahrungsmittelindustrie werden Importwaren veredelt, eine weitere Gruppe bilden die Betriebe, die sich mit dem Kühlen, Gefrieren und Konservieren von Fisch, Fleisch, Gemüse und Obst befassen. Daneben sind aber auch zahlreiche andere Sparten der Industrie vertreten. Viele Fabriken besitzen Zollniederlagen, wo nichtdeklarierte Waren verarbeitet werden können. Der Leitsatz des Rotterdamer Hafens lautet: Freier als ein Freihafen.

3.5.4. *Antwerpen*

Während Amsterdam, Brüssel und Rotterdam-Rijnmond in den weiteren Grenzen ihrer Agglomerationen zu den Millionenstädten zählen, hat die Agglomeration Antwerpen (1973) nur 669 000 E, die Gemeinde Antwerpen selbst sogar nur 217 000 E. Insgesamt wird der städtische Verdichtungsraum aus 14 Gemeinden gebildet und bedeckt eine Fläche von 315 km², die Gemeinde Antwerpen selbst umfaßt 140 km², dazu tragen die weitläufigen Hafenanlagen in starkem Maß bei, die ganz auf Gemeindegebiet liegen und sich von der Altstadt aus längs der Schelde nach Nordwesten erstrecken; im Kernbereich selbst ziehen sich durch die lückenlose städtische Bebauung Gemeindegrenzen: Berchem und Borgerhout greifen über den ehemaligen Befestigungsring herein. Ein Vergleich von Abb. 31 und Foto 38 vermag das besonders anschaulich zu machen. Abb. 31 zeigt weiterhin, wie sich das städtische Areal in den Kranz der äußeren Gemeinden vorschiebt, die bis auf die Neubaugebiete von Zwijndrecht und Burcht alle am rechten Scheldeufer liegen. Die Stadtplanung steht längst vor der zwingenden Notwendigkeit, alle diese Gemeinden und sogar darüber hinausreichende Flächen in ihre Vorhaben einzubeziehen.

Die Gemeinde Antwerpen hatte nach dem Ersten Weltkrieg mit mehr als 300 000 E ihren Bevölkerungshöchststand, seitdem sinkt die Einwohnerzahl ständig. Nach dem Zweiten Weltkrieg hat die Bevölkerung auch in denjenigen Gemeinden, die direkt an das Kerngebiet grenzen, nur noch geringfügig zugenommen, Borgerhouts Bewohnerzahl ist sogar ebenfalls rückläufig. Der Bevölkerungszuwachs kam den Randgemeinden zugute, wie die folgende Zusammenstellung zeigt:

Gemeinde	Fläche (km²)	Bevölkerung (in 1000)			Dichte 1973 (E/km²)
		1947	1961	1973	
Antwerpen	139,8	263,2	253,3	217,3	1 554
Berchem	5,8	45,4	48,7	49,3	8 502
Borgerhout	3,9	50,9	51,2	47,6	12 197
Brasschaat	38,3	16,3	23,9	29,5	771
Burcht	4,4	6,2	6,7	6,7	1 523
Deurne	13,1	56,9	68,7	80,8	6 167
Edegem	8,7	7,9	13,9	21,0	2 413
Ekeren	17,0	16,0	21,5	29,3	1 722
Hoboken	10,7	31,7	30,6	34,5	3 224
Merksem	8,3	29,1	36,1	40,4	4 863
Mortsel	7,8	16,4	25,7	28,0	3 587
Schoten	29,6	16,9	26,1	30,7	1 036
Wilrijk	13,6	26,2	37,4	44,1	3 246
Zwijndrecht	13,5	7,0	8,8	10,1	750
Aggl. Antwerpen	314,5	590,1	652,6	669,3	2 128

Der altstädtische Kern von Antwerpen konnte sich in hochwasserfreier Lage dort entwickeln, wo die sandige Geestplatte des Kempenlandes noch sicheren Baugrund bietet, bevor sie unter die Scheldemarsch taucht. Die Trichtermündung des Flusses hat sich hier auf eine Breite von 500 m verengt. Das malerische Gemäuer des ›Steen‹, der Burg von Antwerpen, stammt zwar in der Form, in der es sich heute hart am rechten Scheldeufer erhebt, aus dem 16. Jahrhundert, aber an dieser Stelle gab es schon um 750 einen befestigten Platz, den die Normannen im Jahr 837 zerstörten. Die Burg wurde aber bald wieder errichtet als Sitz eines Reichsmarkgrafen, die Hafenfunktion wird schon für 1031 erwähnt. Am Ende des 11. Jahrhunderts

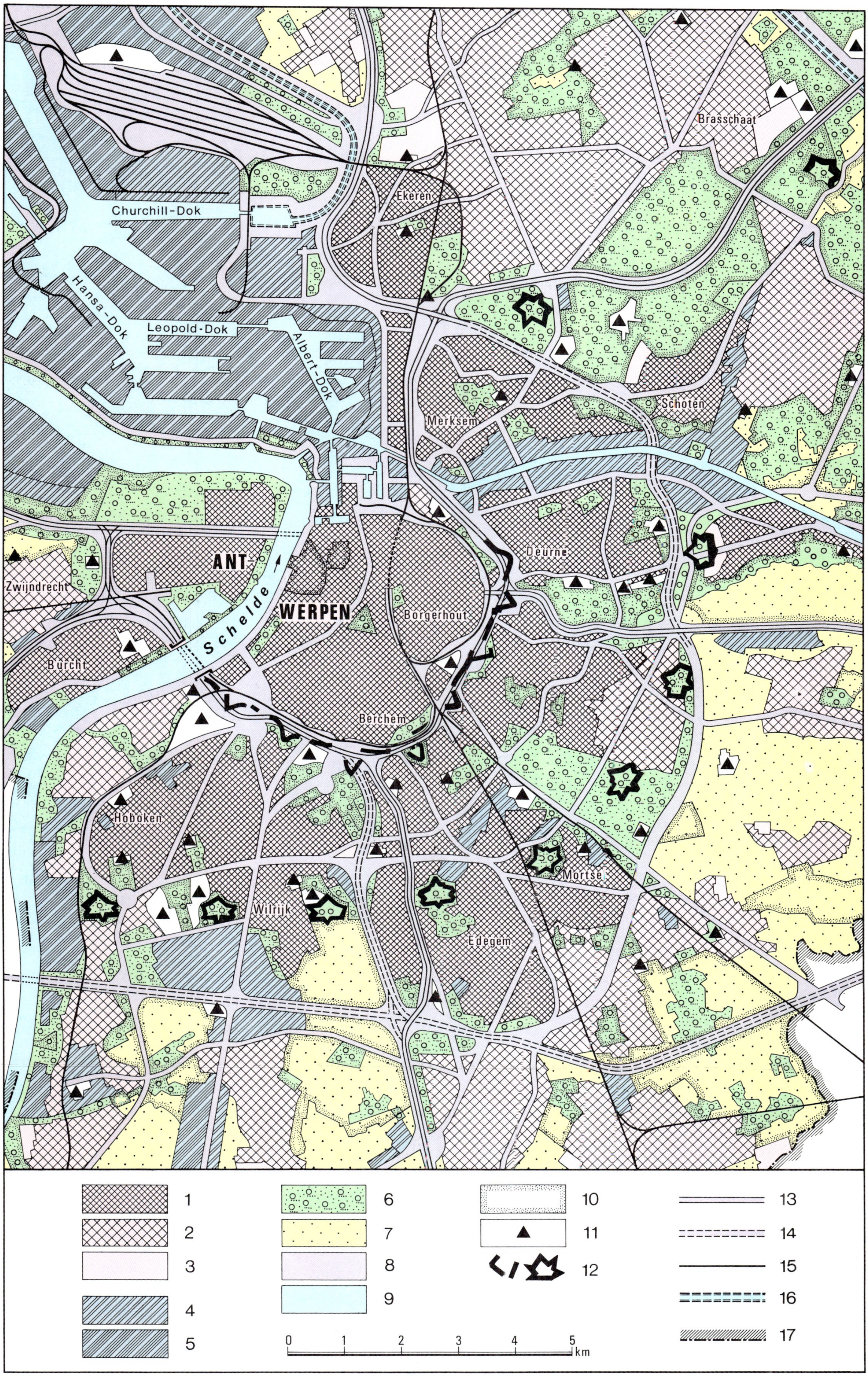

Abb. 31: Flächennutzungsplan von Antwerpen (nach Gewestplan Antwerpen 1970). 1 Wohngebiete mit mindestens 25 Wohnungen pro ha, 2 Wohngebiete mit geringerer Wohndichte, 3 Erweiterungsflächen für Wohngebiete, 4 Industriegebiete ohne Umweltbelästigung, 5 übrige Industriegebiete, 6 Grünflächen, Erholungsgebiete, Wald, 7 landwirtschaftliche Nutzfläche, 8 Flächen und Bänder für die Verkehrsinfrastruktur, Hauptverbindungsstraßen, 9 Gewässer, Hafenbecken, Kanäle, 10 geschützte Flächennutzung, 11 Einrichtungen für den Gemeinbedarf, 12 ehemalige Befestigungsanlagen, 13 Autobahn, 14 Autobahn, geplant, 15 Eisenbahn, 16 Anschluß zum Schelde-Rhein-Kanal, 1975 fertiggestellt, 17 Grenze der Planungsregion.

fiel der Ort an die Herzöge von Brabant, die diesem wichtigen Stützpunkt ihres Territoriums 1291 das Stadtrecht verliehen. Wenig später wurden die ersten Kontakte zur Hanse geknüpft (1315). Im gleichen Maß, wie die Konkurrenz von Brügge mit der Versandung des Zwijn schwächer wurde, schwang sich Antwerpen erst unter burgundischer Herrschaft, danach unter Habsburg, zu einer der reichsten und belebtesten Handelsstädte des Abendlandes auf, mit rd. 100 000 E in seiner ersten großen Blütezeit, der ersten Hälfte des 16. Jahrhunderts. ›Die Stadt liegt jetzt im Schnittpunkt des Handels von Westeuropa mit den Ostseeländern und von England mit Mitteleuropa‹ (KNÜBEL, 1957, S. 32).

Die Blütezeit war zugleich die Periode, in der glanzvolle Bauten aufgeführt wurden: das Rathaus und die Zunfthäuser am großen Markt, die Kathedrale und viele andere Baudenkmäler von der Spätgotik bis zum Frühbarock. Sie alle liegen innerhalb des Befestigungsgürtels, der — im 17. Jahrhundert verstärkt — die Altstadt als engster Ring umschließt und den auch Abb. 31 als solchen erkennen läßt. Heute ist das der Boulevardring der Amerikalei, der Britselei, der Frankrijklei und der Italielei. — Aber noch im 16. Jahrhundert, im Verlauf von wenigen Jahrzehnten, folgte auf die Blüte der Verfall. Die Unterdrückung der Reformation durch Philipp II. von Spanien veranlaßte die tüchtigsten Handwerker und Kaufleute zur Auswanderung in die nördlichen Niederlande und nach England. Bei der Plünderung und Brandschatzung der Stadt (1576 und 1585) kamen Tausende ums Leben, zudem sperrten die Holländer jetzt die Scheldezufahrt. Die Grenzregelung, die die Westerschelde in holländische Hand brachte und den Scheldezoll ermöglichte, wurde im Westfälischen Frieden bestätigt. Rotterdam und Amsterdam traten die Nachfolge Antwerpens an, das mehr und mehr in Bedeutungslosigkeit versank und um 1780 noch 37 000 E in seinen Mauern beherbergt.

Die moderne Entwicklung beginnt mit der Französischen Revolution. Eine französische Verordnung bringt die Aufhebung des Scheldezolls, freilich zunächst nur vorübergehend, solange die nördlichen und die südlichen Niederlande unter französischer Vorherrschaft wiedervereinigt waren. Entscheidend aber war die von Napoleon in die Wege geleitete Entwicklung des Hafens. Während bis dahin die Schiffe an den langen Scheldekais festmachten, ließ Napoleon die beiden ältesten Hafenbecken unmittelbar nördlich der Altstadt bauen, das Bonaparte- und das Willemdok (vgl. Abb. 31). Zwar gab es nach der Loslösung Belgiens erneut einen Rückschlag, weil die Niederlande abermals Scheldezoll erhoben. Aber der wurde 1863 endgültig durch eine einmalige Zahlung abgegolten und seit 1868 garantierte die Mannheimer Schiffahrtsakte die freie Schiffahrt nicht nur auf dem Rhein, sondern auch im gesamten Rhein-Maas-Schelde-Delta. Eine neue Blütezeit begann für Antwerpen, und um 1900 hatte die Stadt bereits wieder 295 000 E. Nun war auch im Anschluß nach Norden an die beiden ältesten Hafenbecken das weitaus größere Kattendijkdok fertiggestellt worden, bis zum Ausbruch des Ersten Weltkrieges wuchs die Zahl der Hafenbecken auf acht. Alle waren durch Schleusen mit der Schelde verbunden. Diese Anlagen dienen heute meist nur noch der Küstenschiffahrt. Damals wickelten sie jedoch den gesamten Umschlag der mit der Eisenbahn aus den aufblühenden belgischen Industriegebieten herangebrachten Güter ab.

Noch vor der Jahrhundertwende wurde aber nicht nur die Vergrößerung des Hafens in Angriff genommen, sondern auch das Stadtbild dadurch umgestaltet, daß Antwerpen zu einer der stärksten Festungen des Kontinents ausgebaut wurde. Der ältere Befestigungsring um den mittelalterlichen Stadtkern wurde niedergelegt, an seine Stelle trat das breite Alleeband der ›Leien‹. Dafür entstanden um 1860 in einem neuen, nach außen verschobenen Halbkreis die starken Fortifikationen und zusätzlich nach der Jahrhundertwende der noch weiter in das Vorfeld verlegte Ring der äußeren Forts. Der Befestigungsgürtel, der Altstadt und Neustadt sowie Teile der Gemeinden Berchem und Borgerhout umschließt, wurde nach dem Ersten Weltkrieg wieder geschleift. Heute erstrecken sich hier breite Grünanlagen und ein wichtiger Straßenverteilerring. Die Außenforts legte man nach dem Zweiten Weltkrieg nieder. Der Grundriß der Stadt, an Köln erinnernd, mit dem Strom als Rückgrat, den Halbringen und den strahlenförmigen Ausfallstraßen, ist durch diese Genese geprägt worden. Im ehemaligen Glacis, das als Schußfeld freigehalten werden mußte, stand später Baugelände zur Verfügung, auf dem regelmäßig angelegte Vorstadtsiedlungen wuchsen, so ›de Kiel‹ im Süden auf dem Gelände der Weltausstellung von 1930. Zahlreiche Parks in dieser Ringzone wurden zu vielbesuchten Tageserholungsgebieten. Mit dem nördlichen Scheldetunnel wurde 1931 eine Verbindung zum linken Ufer geschaffen, wo sich der neue Stadtteil St. Anna entwickelte. Im Verlauf eines großzügigen Autobahnbaus entstand weiter südlich ein zweiter Tunnel (Foto 38).

Von den vier ›Gegenpolen‹ zu Brüssel — Antwerpen, Lüttich, Gent und Charleroi — ist Antwerpen zweifellos der bedeutendste. Als wichtiges Zentrum des Großhandels besitzt die Stadt eine Börse unweit des platzartigen Straßenzuges ›Meir‹, der der Mittelpunkt des Geschäftslebens in der Altstadt ist. Hier reihen sich auch die Niederlassungen von Banken, Versicherungsgesellschaften und Firmen sowie die Büros fast aller großen Fluggesellschaften. Antwerpen ist aber nicht nur Handels- und Verkehrszentrum sowie zentrale Einkaufsstadt im nördlichen Belgien, sondern darüber hinaus geistiger und kultureller Mittelpunkt des flämischen Volkstums, mit flämischen Hoch- und Fachschulen, Theatern und Museen.

Der gesamte Raum des Hafens wird von Industriegelände bestimmt, ebenso die Ufer des Albertkanals, der, von Osten kommend, die älteren

Hafenbecken erreicht. Hafengebundenes Industriegelände erstreckt sich auch längs der Kais von Hoboken. An der Ausfallstraße von Wilrijk nach Süden, aber auch im Südosten und Osten, markiert Industriegelände die Fächerstruktur (vgl. Abb. 31). Wie die Abbildung zeigt, greift die Planung über die Gemeinden der Agglomeration hinaus. In dieser suburbanen Zone, die 16 weitere Gemeinden in einem abermals nach außen verschobenen Ring umfaßt und die zum größten Teil in Abb. 31 dargestellt ist, nahm die Bevölkerung allein von 1966 bis 1970 um 10 000 E zu (von insgesamt 120 000 auf 130 000 E). Der äußere Halbring füllt sich damit bereits relativ schneller auf als die Randgemeinden der Agglomeration, und die lockere Bebauung ist nur wegen der größeren Flächenreserven möglich. Die Bevölkerungsprognose der Planung rechnet mit 703 000 E im Bereich der Agglomeration und mit 155 000 E in der suburbanen Zone bis 1980 (Gewestplan Antwerpen, 1970).

Abschließend sei der Ausbau des Antwerpener Hafens in diesem Jahrhundert dargestellt, der bislang nur bis zum Vorabend des Ersten Weltkrieges verfolgt wurde. Bis zur Weltwirtschaftskrise der dreißiger Jahre wurden das Albertbecken (Foto 30), das Leopoldbecken und das Hansabecken sowie die kleinen, anschließenden Dockanlagen gebaut (vgl. Abb. 31). Vom Hansabecken führt die van Cauwelaertschleuse zur Schelde: abgesehen von den weniger bedeutenden Scheldekais sind die gesamten Antwerpener Hafenanlagen nur über Schleusen erreichbar. Nach dem Ersten Weltkrieg begann sich auch Industrie im Hafengelände niederzulassen, die nicht direkt schiffahrtsgebunden war.

›Es ist eine unbestrittene Tatsache, daß der Antwerpener Hafen schon vor dem Zweiten Weltkrieg ein Hafen von internationaler Bedeutung war. Die eigentliche Entwicklung des Hafens hat jedoch sowohl auf dem Gebiet des Güterumschlags als auch auf dem Gebiet der Industrialisierung erst nach dem Jahre 1945 richtig begonnen‹ (Blonk, 1974, S. 214).

Ein wichtiger Schritt für die Weiterentwicklung der Raffinerien und der Petrochemie war der Bau eines neuen Erdölhafens südöstlich vom Hansadok (Marshallbecken, 1951). Mit der Eröffnung der Boudewijnschleuse (1955) war der Zugang für größere Schiffseinheiten möglich. Neben der älteren van Cauwelaertschleuse gelegen, übertrifft sie diese in ihren Abmessungen erheblich (360 m Länge, 45 m Breite und 15,5 m Tiefe).

Im Jahr 1956 stimmte die belgische Regierung dem weiteren, großzügigen Ausbau in einem Zehnjahresplan zu. Parallel zur Schelde in nordwestlicher Richtung wurde ein langes, kanalartiges Becken ausgebaggert, das 1967 zusammen mit der riesigen Zandvlietschleuse am nordwestlichen Ausgang den Betrieb aufnahm. Die Schleuse mißt 500 × 57 × 18,5 m und kann Schiffe bis zu 100 000 t Tragfähigkeit aufnehmen. Rings um die Becken wächst eine

Industrielandschaft heran. Nördlich vom Albertdok breiten sich die Fordwerke aus, zwischen dem Churchillbecken und dem großen Rangierbahnhof erstreckt sich General Motors, und auf der Westseite des Kanalbeckens, zwischen diesem und der Schelde, reihen sich Niederlassungen von Bayer, Degussa, Gematex, Monsanto, Solvay und Albatros, sowie BASF nördlich der Zandvlietschleuse.

Nach langen Verhandlungen mit den Niederlanden gelang 1965 der Abschluß des Abkommens, das den Bau des Schelde–Rhein-Kanals sicherte, 1975 konnte er eröffnet werden. Dieser Kanal, der der Schubschiffahrt für Verbände bis 9000 t angepaßt ist, führt durch die niederländische Landenge bei Rilland-Bath in die Oosterschelde und weiter östlich von Tholen in das Volkerak; damit ist der Zugang zum Rijnmond möglich. Zur Verkehrsanbindung des Antwerpener Hafens wird ferner an der Verbreiterung des Albertkanals gearbeitet, um auch hier Schubeinheiten bis zu 9000 t bewältigen zu können. Zusammen mit der Autobahn ist dann das ostbelgische Industriegebiet und darüber hinaus der Aachener Raum auf leistungsfähigen Verbindungen erreichbar. Die Europastraße E 3 schafft über Eindhoven und Venlo die kürzeste Verbindung zum Ruhrgebiet. Abb. 31 vermittelt einen Eindruck davon, in welchem Maß das Straßennetz rings um Antwerpen ausgebaut wurde, um der Verteilerfunktion für ein nationales und internationales Hinterland im modernen Straßenverkehr gerecht werden zu können.

Trotz aller Ausbaumaßnahmen für Großtanker der ersten Generation und für Container blieb Antwerpen als Hafen hinter Rotterdam zurück und wird auch weiter zurückbleiben. Das lag in der Vergangenheit an der Politik der Niederlande, die einen Konkurrenten nicht groß werden lassen wollte. Aber auch wenn heute in einem europäischen Verbund dieses Denken überwunden ist (oder zumindest überwunden sein sollte), stellen sich immer noch schiffahrtstechnische Hindernisse in den Weg. Die fast 100 km lange Fahrrinne für Seeschiffe in der Westerschelde mäandriert stark. Die Markierungsarbeiten werden von den Niederlanden besorgt, bezahlt werden sie vom belgischen Staat, ebenso wie die Baggerarbeiten. Die kritischste Stelle ist die Kurve von Bath. Aber selbst nach Vollendung von Verbesserungsmaßnahmen an der Führung der Fahrrinne liegt nach dem Urteil von Fachleuten die maximale Ausbaugrenze der Schelde bei Schiffen mit 125 000 tdw. Die Tanker der zweiten und dritten Generation sowie die großen Bulkcarrier für Massengüter wie Eisenerz und Getreide werden in vollbeladenem Zustand den Hafen nicht erreichen können. Container mit einer Länge von mehr als 300 m Länge scheitern an der Kurve von Bath.

Die Möglichkeiten für einen weiteren Ausbau des Hafengeländes auf dem rechten Scheldeufer sind erschöpft. Eine Vergrößerung des Hafen- und Industrieareals auf dem linken Ufer konnte nach Überwindung starker Widerstände — die Bevölkerung fürchtete eine weitere Umweltverschmutzung —

seit 1970 in Angriff genommen werden. Während aber das Gelände auf dem rechten Scheldeufer ganz im Besitz der Gemeinde Antwerpen ist, werden linksseitig die selbständigen Gemeinden Doel, Kallo, Verrebrock und Kieldrecht betroffen, die nicht einmal zur Provinz Antwerpen, sondern zu Ostflandern gehören. Das Planungsgebiet ›Zeeschelde‹ umfaßt diesen Raum und geht sogar darüber hinaus; eine Integration der gemeindlichen Planungen wie in Rijnmond, geschweige denn eine Institutionalisierung als Körperschaft, ist aber noch nicht erreicht. Mit dem Bau einer Seeschleuse bei Kallo nördlich von Zwijndrecht, wo bereits die Petrochemie längs der Scheldekais sitzt, begann 1970 die weitere Expansion auf dem linken Scheldeufer. Planungsziel ist die Führung eines Kanals über niederländisches Territorium zum Südufer der Westerschelde (Baalhoekkanal). Schiffe, die diesen Kanal benutzen würden, brauchten nicht mehr die Kurve von Bath zu durchfahren.

3.5.5. *'s-Gravenhage*

Kern und Siedlungsursprung von 's-Gravenhage war ein Jagdschloß, das Wilhelm II., Graf von Holland, um die Mitte des 13. Jahrhunderts in einem Dünen- und Waldgelände, 5 km von der Nordseeküste entfernt und zwischen den Armen des Alten Rheins und der Neuen Maas gelegen, errichten ließ. An dieser Stelle liegt im Zentrum der Altstadt der Binnenhof am Rande des Schloßweihers. Die Gebäude, die den Binnenhof umschließen, stammen aus verschiedenen Zeiten, sie sind heute Sitz der beiden Kammern des niederländischen Parlaments und einiger Ministerien. Der Rittersaal jedoch, auf der östlichen Seite des Binnenhofes gelegen, stammt noch aus dem 13. Jahrhundert und gehört zu den Burgerweiterungen, die der Sohn Wilhelms II. vornehmen ließ, als er die Residenz der Grafen von Holland hierhin verlegte. Der Rittersaal dient den gemeinsamen Sitzungen beider Kammern und der Eröffnung der Parlamentssession durch die Königin. So gesehen, reicht die Bedeutung von 's-Gravenhage als Residenz- und Regierungssitz in topographischer und funktionaler Kontinuität ein halbes Jahrtausend zurück. Eine bürgerliche Ansiedlung ist für 1370 bezeugt.

Nach der Unabhängigkeitserklärung der nördlichen Niederlande war 's-Gravenhage seit dem 16. Jahrhundert Sitz der Generalstaaten und Residenz des Statthalters. Der städtische Kern, der sich am Ende des 16. Jahrhunderts um das Regierungszentrum gebildet hatte, war klein (vgl. Abb. 32); damals lebten etwa 10 000 Einwohner in dem Ort. Die Abgesandten der nordniederländischen Provinzen und der holländischen Städte hatten in der Nähe oder direkt am Binnenhof ihre ständigen Quartiere. Das heutige Gebäude des Außenministeriums war damals die Residenz der Deputierten von Amsterdam, das ehemalige Quartier der Vertreter der Stadt Rotterdam ist jetzt Sitz des Verteidigungsministeriums. Im 17. Jahrhundert wurde die Siedlung mit Wassergräben umschlossen, an die heute noch einige ›Singel‹ erinnern. Es fehlte aber eine Umwallung, denn trotz eines regen städtischen und diplomatischen Lebens blieb dem Ort wegen der Eifersucht der Staatenversammlung das eigentliche Stadtrecht versagt, das erst durch Ludwig Bonaparte in der Zeit der französischen Vorherrschaft verliehen wurde. Freilich war auch der Abstand, den 's-Gravenhage bezüglich der Handels- und Gewerbefunktion gegenüber Amsterdam und Rotterdam, Brüssel und Antwerpen und zahlreichen anderen niederländischen und belgischen Städten besaß, gewaltig. Ein Vergleich mit ihnen fiel sehr zum Nachteil des ›größten Dorfes in Europa‹ aus. Erst im vorigen Jahrhundert, vornehmlich in dessen zweiter Hälfte, begann der Aufstieg der Stadt. Am Regierungssitz ließen sich nun die Verwaltungen zahlreicher öffentlicher Dienste nieder, so die Wasserbauverwaltung, die Post und das statistische Amt. Es siedelten sich die Kontore der in den Kolonien tätigen Unternehmen und Gesellschaften an, ferner die Hauptverwaltungen vieler privater Dienstleistungsbetriebe. Die Einwohnerzahl von 100 000 wurde jetzt erreicht, auch begann eine kräftige städtebauliche Entwicklung. Die Stadt mit ihren breiten, von Bäumen gesäumten Straßen, schmucken Plätzen, schattigen Promenaden und ausgedehnten Villenvierteln hatte einen hohen Wohnwert. Kurz vor dem Ersten Weltkrieg wurde der Friedenspalast als Sitz des Internationalen Gerichtshofes und der Völkerrechtsakademie errichtet.

Zwischen den beiden Weltkriegen dehnte sich 's-Gravenhage weiter aus und wuchs nun mit Scheveningen zusammen, das seit dem ausgehenden 19. Jahrhundert zu seiner ursprünglichen Funktion als kleines Fischerdorf den Rang eines weithin bekannten, luxuriösen Badeortes gewonnen hatte, nicht zuletzt dank dem Lebensstil der Oberschicht in 's-Gravenhage. Vom Fischereihafen im Südwesten, in dessen Nachbarschaft sich ein kleines Industriegelände entwickelt hat, zieht sich heute ein 3 km langer Boulevard oberhalb des breiten, feinsandigen Strandes nach Nordosten hin, an dem zahlreiche Hotels mit Seeterrassen sich aufreihen, im Mittelpunkt das Kurhaus. Scheveningen hat seinen Charakter als Seebadeort behalten, das Tageserholungsgebiet für die Bevölkerung von 's-Gravenhage liegt weiter südwestlich am Strand und im Dünengelände von Kijkduin. Bei Ockenburgh befindet sich einer der größten Campingplätze Westeuropas.

Nachdem die Schäden und Rückschläge, die der Zweite Weltkrieg mit sich brachte, überwunden worden waren, wuchs mit dem steigenden Bedarf an Arbeitskräften, Beamten und Angestellten in allen Sparten des tertiären Sektors die Bevölkerung rasch auf eine halbe Million an, damit verbunden war die bauliche Erweiterung der Stadt. Gegenwärtig entsteht, noch auf Gemeindegebiet gelegen, im Südwesten des Kerns eine städtebaulich reizvolle und abwechslungsreiche ›Neue Stadt‹ mit den Teilen Ockenburgh,

Waldeck, Houtwijk, Kraayenstein und Madestein (vgl. Abb. 32). Das ist nur ein Schritt, um der Wohnungsnot in den älteren Stadtteilen zu begegnen, insgesamt sollen im Südwesten Wohnungen für 20 000 Menschen geschaffen werden. Schulen, Kindergärten und eigene Versorgungszentren gehören ebenso zu diesem Projekt wie Fußgängerzonen, Naherholungsflächen und eine gute Verkehrsanbindung zum Zentrum.

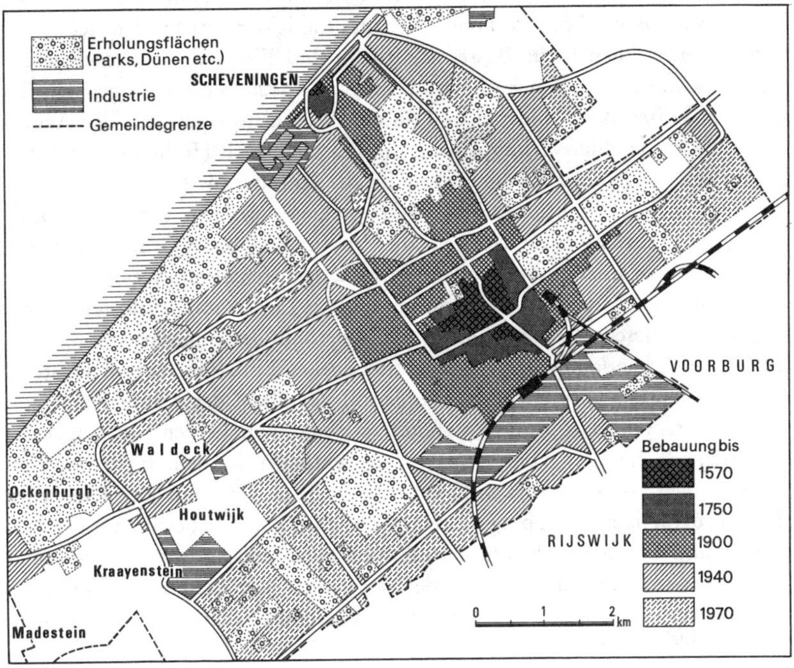

Abb. 32: Räumliche Entwicklung von 's-Gravenhage (nach Atlas van Nederland mit eig. Ergänzungen).

Der Ballungsraum 's-Gravenhage hat aber längst die Gemeindegrenze gesprengt. Es zählen zur Agglomeration zunächst im Südwesten die Gemeinden Rijswijk und Voorburg, zu denen eine lückenlose Bebauung überleitet. Im Nordosten, zwischen Leiden und 's-Gravenhage gelegen, gehören Wassenaar und Leidschendamm dazu und schließlich am äußeren südöstlichen Rand Nootdorp und Zoetermeer, das sich zu einer Satellitenstadt von 100 000 E entwickeln soll. Die Agglomeration 's-Gravenhage umfaßt unter Einschluß dieser sechs Gemeinden 220 km², ist also von der Fläche her gesehen der weitaus kleinste der bislang betrachteten Ballungsräume. Indessen zählt sie rd. 700 000 E (1973) und ist mit 3180 E/km² stark verdichtet. Die Kerngemeinde selbst verlor beträchtlich an Einwohnern in der jüngsten Vergangenheit, von 605 000 E (1960) auf 510 000 E (1973): in der gleichen Zeit wuchs Zoetermeer von 9000 auf 31 000 E.

Wenn auch ein Teil der Bewohner der Agglomeration nach Leiden, Delft und Rotterdam pendelt, so ist doch der Pendlerstrom, der auf das eigene Kerngebiet gerichtet ist, beträchtlich. In diesem Zusammenhang muß man den Neubau des Hauptbahnhofs sehen, der 1970 begonnen wurde. Nach seiner Fertigstellung wird hier in mehreren Stockwerken ein eindrucksvoller Verkehrsknotenpunkt von hoher Leistungsfähigkeit entstanden sein, mit verschiedenen Ebenen für Busse, Stadtbahn und Eisenbahn sowie einer geplanten Untergrundbahn nach Scheveningen. Rasche Verbindungen zu den übrigen Städten der Randstad und zu den Wohnschwerpunkten der Agglomeration werden hier verknüpft. Für die Trassen der als Hochbahn geführten Stadtbahn wurden breite Schneisen in die alte Bausubstanz geschlagen.

Überragende Funktionen übt ’s-Gravenhage auf dem tertiären Sektor aus, als administratives Zentrum für die Provinz Südholland, für das gesamte Land und auch in supranationaler Hinsicht. Als Versorgungszentrum reicht sein Einfluß bis nach Delft im Südosten und bis Leiden im Nordosten. Interessant ist in diesem Zusammenhang, daß innerhalb der Agglomeration, nämlich in Leidschendamm, ein ausgedehntes, neues Einkaufszentrum entsteht, ca. 5 km von der City entfernt. Damit soll vor allem der Käuferstrom von Zoetermeer, Voorburg und Wassenaar, ja sogar von Leiden her, angelockt und zugleich die City von ’s-Gravenhage entlastet werden. Einzelhandelsunternehmen von dort wirken beim Aufbau dieses Zentrums mit. Das zeigt, daß mit derartigen ›Shopping centers‹ wohl doch nur eine bestimmte Käuferschicht und bestimmte Kaufgewohnheiten angesprochen werden, während man sicher ist, daß dem Fluidum der eleganten Geschäftspassagen und dem spezialisierten Angebot der Läden in der City durch diese Konkurrenz kein ernster Abbruch entsteht.

Zu den überkommenen Zweigen des Gewerbes in ’s-Gravenhage gehört die Fayencen-, Gold- und Silberwarenherstellung; im internationalen Kunsthandel nimmt die Stadt eine wichtige Stellung ein. Das kleine Industriegebiet, das Abb. 32 zeigt, hat sich im Anschluß an die Bahnlinien und in der Umgebung des Laakhavens entwickelt, von dem der Schiekanal nach Rotterdam führt. Es werden Verpackungsmaschinen, elektrotechnische und pharmazeutische Artikel hergestellt. — In der funktionalen Gliederung des alten Stadtkernes zwischen den Singeln ist eine Zweiteilung deutlich: überwiegend administrative Funktionen und öffentliche Gebäude, Museen, Akademien im östlichen und vorherrschend die Einzelhandelsfunktion im westlichen Teil. Es gibt ausgesprochene Villenviertel der Oberschicht, meist in Richtung auf die Parklandschaft des Dünengürtels und bis nach Wassenaar vorgeschoben. Die Arbeiterviertel dominieren im Südosten (Rijswijk und Voorburg); eine stärkere soziale Durchmischung, die sich meist vorteilhaft auf Kontakte und

Zusammenleben auswirkt, ist vor allem in den neuen Wohngebieten zu beobachten.

3.5.6. *Lüttich*

Unter den belgischen Agglomerationen nimmt Lüttich nach Brüssel und Antwerpen den dritten Rang ein. Die Stadt ist unbestritten das administrative, wirtschaftliche und kulturelle Zentrum ganz Ostbelgiens. Die Bevölkerung der eigentlichen Stadtgemeinde, die ein Areal von 23 km^2 umfaßt, nahm seit dem Zweiten Weltkrieg kontinuierlich ab: von 156 200 E (1947) auf 142 800 E (1973). Die Agglomeration der amtlichen Statistik wird von 27 Gemeinden gebildet; deren Einwohnerzahl wuchs in der gleichen Zeit von 425 400 E auf 437 300 E. Es ist also abermals zu beobachten, daß die Bevölkerung im Randgebiet einer Ballung auf Kosten der Kernbevölkerung wächst. Die statistische Agglomeration entspricht annähernd der ›Stadtregion‹ in der Abb. 33 (180 km^2). Die ferner dort verwendeten Begriffe ›Agglomeration‹ und ›Metropole‹ stammen aus der Raumordnung. Die ›Agglomeration‹ der Abb. 33 umfaßt etwa 400 km^2 mit rd. 580 000 E, der weiteste Planungsbereich, die ›Metropole‹, ist noch einmal so groß mit 815 km^2 und 640 000 E.

Lüttich, im vielfach gewundenen Tal der Maas dort gelegen, wo der Fluß in einer Talweitung die Ourthe aufnimmt, wurde im 7. Jahrhundert von Lambert, Bischof von Maastricht, gegründet und war seit 721 Bischofssitz. Zum Mittelpunkt Niederlothringens in politischer, geistiger und kultureller Sicht stieg es seit dem 10. und 11. Jahrhundert auf. Der Stadtkern liegt westlich der Maas. Foto 40 zeigt ihn im Vorder- und Mittelgrund (auf dem Luftbild ist Süden am oberen Rand). Der Justizpalast, der im 16. Jahrhundert als Residenz der Fürstbischöfe errichtet worden war, ist das beherrschende Bauwerk, darüber ist der Place St. Lambert sichtbar. Der Gegensatz zwischen Bürgerschaft und Zünften einerseits und den Fürstbischöfen andererseits bestimmte mit zahlreichen kriegerischen Auseinandersetzungen die spätmittelalterlich-frühneuzeitliche Stadtgeschichte, bis die Französische Revolution das Ende der geistlichen Herrschaft brachte. Nördlich der Altstadt erhebt sich die im 18. Jahrhundert erbaute Zitadelle, der Ausbau Lüttichs zu einer starken Festung im Maastal mit 12 vorgeschobenen Forts stammt aus den letzten Jahrzehnten des 19. Jahrhunderts.

Betrachtet man die heutige funktionale Differenzierung und das Leitbild der weiteren Entwicklung (vgl. Abb. 33), so erkennt man, daß das städtische Zentrum sich von zwei Schwerpunkten her aufbaut: von der City und von dem im Süden gelegenen Universitätsviertel, die miteinander verbunden sind durch das zentrale Wohngebiet. Dies Zentrum vereinigt in sich die höchstrangigen städtischen Funktionen. Um deren Vitalität zu sichern, soll die zentrale Zone zugleich einen großen Teil der Bevölkerung der Agglomeration

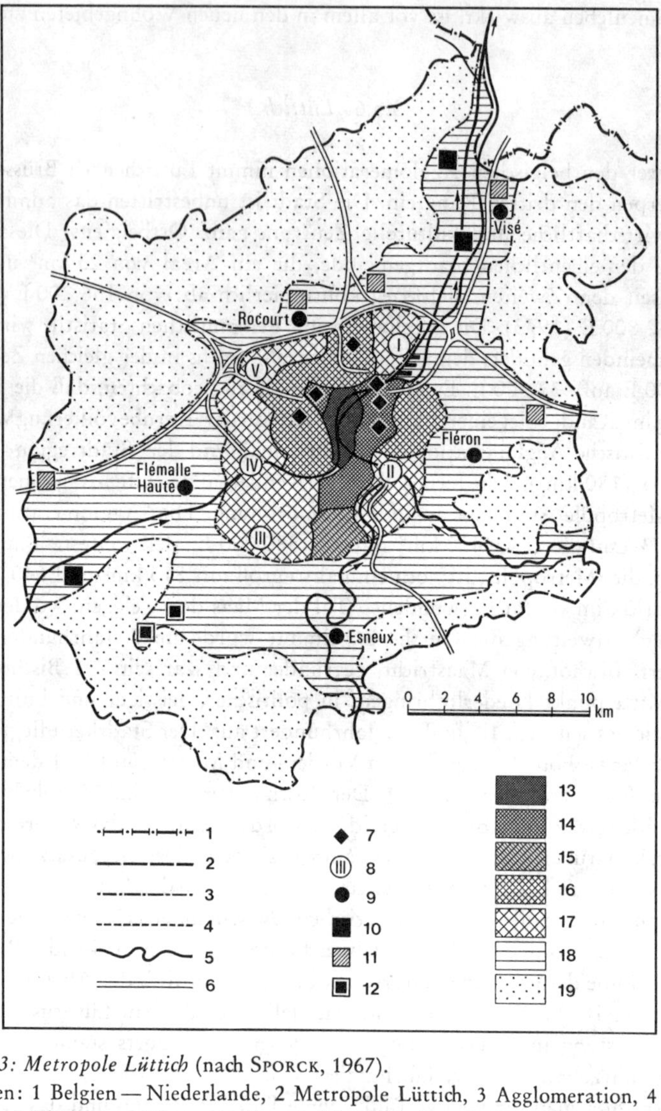

Abb. 33: Metropole Lüttich (nach SPORCK, 1967).
Grenzen: 1 Belgien — Niederlande, 2 Metropole Lüttich, 3 Agglomeration, 4 Stadtregion, 5 Flüsse und Wasserstraßen, 6 Schnellstraßen — Entwicklungs- und Entlastungspole: 7 Satellitenpole der City, 8 Entlastungspole (I Herstal, II Chênée-Angleur-Grivegnée, III Boncelles, IV Seraing-Jemeppe, V Ans-Alleur-Loncin), 9 kantonale Pole. — Geplante industrielle Entlastungsgebiete: 10 Schwerindustrie, 11 Leichtindustrie, 12 industrielle Forschung. — Flächenhafte funktionale Differenzierung: 13 City (CBD), 14 zentrales Wohngebiet, 15 Universität, 16 Entlastungswohngebiet, 17 Areal der Entlastungspole, 18 suburbane Zone, 19 ländliche periurbane Zone.

aufnehmen. Diese Aufgabe fällt dem zentralen Wohngebiet und dem Entlastungswohngebiet zu, welches sich in einer Breite von 2 km im Westen und Norden sowie im Osten an das städtische Zentrum angliedert.

Um die zentrale Zone legt sich schalenförmig die Zone der Entlastungspole und ergänzt sie zur primären urbanen Zone der Stadtregion. Die Konzipierung der Entlastungspole als sektorale Versorgungszentren für je etwa 100 000 E ist doppelt begründet: in erster Linie sollen sie durch die Übernahme regionaler Funktionen zu einer Entlastung der City führen und dort die Möglichkeit zu einer Ausweitung und Stärkung der höchstrangigen Funktionen geben. Zweitens bieten die Entlastungspole — im Gegensatz zu den beschränkten Ausdehnungsmöglichkeiten der City — in Zukunft genügend Raum für das zu erwartende Anwachsen des tertiären Sektors. Die Standortwahl der fünf regionalen Entlastungspole beruht auf den sich abzeichnenden Entwicklungstendenzen in der Organisation des metropolitanen Raumes. Herstal im Nordosten, Chênée-Angleur-Grivegnée im Südosten, Seraing-Jemeppe im Westen und Ans-Alleur-Loncin im Nordwesten der zentralen Zone wurden als Entlastungspole ausgewiesen, weil sich dort schon Dienstleistungsunternehmen und Gemeinschaftseinrichtungen regionaler Bedeutung angesetzt haben und die Bevölkerung sich dort innerhalb dieser Zone am stärksten konzentriert. Die gewählten Standorte zeichnen sich generell durch eine günstige Verkehrslage aus: sie liegen an den Hauptzugangsachsen des Zentrums und werden notwendig auf dem Weg dorthin berührt. So hofft man eine Isolierung der Entlastungspole zu vermeiden. Völlig neu entstehen muß allein der im Südwesten gelegene Pol Boncelles. Ausschlaggebend für seine Ausweisung war die dort einsetzende Verdichtung der Wohngebiete, eine Tendenz, die durch die Verlegung der Universität in den Süden verstärkt wird. Darüber hinaus soll Boncelles einen Teil der Bevölkerung des Condroz versorgen, so daß insgesamt die Auslastung gesichert erscheint.

Den Charakter der Zone der Entlastungspole bestimmt wesentlich auch die Industrie. Das ist ein grundsätzlicher Unterschied zur zentralen Zone, aus der jegliche Industrie, soweit sie dort noch vorhanden ist, entfernt werden soll. Eine Ausweitung der Schwerindustrie, die im Süden die gesamte Alluvialebene der Maas einnimmt, ist in der Zone der Entlastungspole wegen der räumlichen Enge nicht möglich. Dagegen sollen kleine und mittlere Betriebe der Leichtindustrie neu im Innern der Zone in der Nähe zu Wohngebieten angesetzt werden, um besonders für Frauen Arbeitsplätze zu schaffen.

Den eigentlichen Ergänzungsraum der Industrie stellt jedoch die suburbane Zone dar (Abb. 33). Hier verfügt man längs der Maas, des Albertkanals und der Vesdre sowie auf den Plateaus im Norden und Osten über genügend große Freiflächen, die auch für bedeutendere Projekte geeignet sind. Die Erhaltung dieser potentiellen Industrieflächen ist für das Wirtschaftswachstum der Metropole eine absolute Notwendigkeit. Eine zweite wichtige

Funktion erfüllt die suburbane Zone durch ihre Grünflächen. Damit ist vor allem das ausgedehnte Waldgebiet zwischen Maas und Vesdre im Süden angesprochen. Die Grün- und Waldflächen im Norden sind hingegen stark zerstört. Sie müssen längs der Maas und am Rande des Plateaus vom Herver Land erweitert oder gänzlich neu angelegt werden. Ferner übernimmt die suburbane Zone mit der Tendenz zur Verlegung der Wohnviertel aus dem Zentrum an die Peripherie der Agglomeration zunehmend auch Wohnfunktionen. Um eine Zersiedlung dieser Zone, die die zuvor genannten Funktionen schwächen würde, zu vermeiden, soll das Anwachsen der Wohnbevölkerung in Grenzen gehalten werden und ausschließlich konzentriert um die bestehenden Siedlungskerne erfolgen. Eine Entwicklung der Wohnfunktion ist zunächst innerhalb der zentralen Zone und der Zone der Entlastungspole vorgesehen, um durch die Bevölkerungsverdichtung eine Stärkung der städtischen Funktionen und allgemein eine intensivere Flächennutzung und Raumstruktur zu erreichen.

In diese funktionsräumliche Zonierung der Metropole ist die Struktur von Versorgungsbereichen mit ihren Zentren eingebettet, die von mittlerer Rangstufe sind (für 20 000—60 000 E) und damit unterhalb des höchstrangigen Zentrums der City (Versorgung für rd. 1 Mill. Menschen) und der regionalen Entlastungspole (Versorgung für rd. 100 000 E) liegen. Innerhalb der zentralen Zone sind es die Satellitenpole der City: Vottem-Thier im Norden und St. Nicolas im Westen des Entlastungswohngebietes zur Versorgung der Bevölkerung auf den Höhen, die übrigen vier Pole im städtischen Zentrum selbst: St. Léonard und Droixhe beiderseits der Maas im Nordosten der City, St. Marguerite und Bois de Breux auf den Hängen im Osten und Westen. Diese Satellitenpole sollen den normalen Bedarf an Dienstleistungen für die Bevölkerung des zentralen Wohngebietes und des Entlastungswohngebietes decken und so zur Bereinigung der Cityfunktionen beitragen.

An der zentralen Zone setzen sektorenartig zehn Kantone der Metropole an, welche die suburbane und die ländliche periurbane Zone aufgliedern. Fünf von ihnen sind den regionalen Entlastungspolen zugeordnet, die also eine Doppelfunktion als regionale und kantonale Zentren besitzen. Als kantonale Pole reiner Ausprägung bleiben dann Visé, Fléron, Esneux, Flémalle-Haute und Rocourt-Liers-Voroux. Abgesehen von Visé und Esneux, die beide eine zentrale Lage in ihrem Kanton einnehmen, sind die regionalen und kantonalen Pole sämtlich an den Rand ihrer Versorgungsbereiche in Richtung auf die zentrale Zone als das Gravitationszentrum der Metropole hin verschoben, so daß sie einen engen Kranz um sie bilden: im Kontakt mit den höherrangigen Zentren und den Schwerpunkten der Bevölkerungskonzentration finden sie die für sie günstigsten Entwicklungsmöglichkeiten.

Generell läßt sich sagen, daß die tatsächliche Strukturierung der Zentren von dem planerischen Leitbild noch entfernt ist. Das gilt für die Satellitenpole der City, aber auch für die regionalen Entlastungspole und besonders für die kantonalen Pole. Sie zeigen alle mehr oder weniger deutliche Mängel im Niveau und in der Breite ihrer Versorgungs- und Gemeinschaftseinrichtungen und können noch nicht als wirkliche Zentren angesprochen werden. Bislang konzentrieren sich die tertiären Funktionen unterschiedlichen Ranges noch überwiegend im Kernraum der Agglomeration. Eine ausgewogene Aufteilung auf hierarchisch gestufte Zentren ist noch nicht erreicht. Indessen kann die Entwicklung der regionalen und kantonalen Zentren auch nur langsam erfolgen in dem Maße, wie sich mit dem Anwachsen der Bevölkerung der Bedarf an Dienstleistungseinrichtungen erhöht. Es wird nämlich nicht grundsätzlich beabsichtigt, Einrichtungen aus dem Kern herauszunehmen und randlich neu anzusiedeln; das ist nur in Einzelfällen vorgesehen, wo die weitere Entwicklung in der Enge der City behindert werden würde. Ein Beispiel für diese Funktionsentflechtung ist die 1964 erfolgte Verlegung des ganz Südostbelgien versorgenden Obst- und Gemüsegroßmarktes vom Place du XX. Août und Place Cockerill im Zentrum Lüttichs zum Industriegebiet von Droixhe auf dem rechten Maasufer. Der Großmarkt verfügt hier über Ausdehnungsmöglichkeiten in einer ausgezeichneten Verkehrslage.

Die Strukturierung des Lütticher Raumes durch die Standorte des sekundären Sektors läßt deutliche Bindungen an zwei Verkehrsträger erkennen: an die Wasserstraßen von Maas und Albertkanal sowie an die Autobahnen. — Die Alluvialebene der Maas, wo sich die Betriebe zunächst seit 1815 im Süden und seit 1860 dann auch im Norden Lüttichs konzentriert haben, ist heute dicht von der Industrie besetzt (vgl. Abb. 25). Der Raumordnung stellt sich neben der Ausweisung neuer Standorte hier die Aufgabe, die historisch bedingten Industriestandorte daraufhin zu überprüfen, ob sie den heutigen Erfordernissen der Industrie genügen und ob sie sich in die gewandelte Raumstruktur der Metropole einpassen. Der Komplex der Schwerindustrie von Seraing-Jemeppe (Eisen- und Stahlindustrie, Maschinenbau, chemische Industrie), das bedeutendste industrielle Zentrum Lüttichs, zeichnet sich auch nach dem starken Rückgang der Kohleförderung noch durch günstige Lagefaktoren aus, weil die Bedeutung der Maas als Verkehrsweg und als Wasserspeicher nach wie vor groß ist. Problematisch sind jedoch die räumliche Beengtheit und die Verzahnung der Industrie mit den Wohngebieten. Ursprünglich wurde eine totale Beseitigung der Wohnviertel in der Maasebene vorgeschlagen. Wegen der hohen Kosten der Umsiedlung der Bewohner müssen aber vorerst noch Konzessionen gemacht werden. Im Kernraum der Agglomeration befindet sich eine erhebliche Anzahl kleiner und mittelgroßer Industriebetriebe. Stark vertreten sind die Leichtmetallindustrie und die Chemie, dann die Nahrungsmittel- und die Bekleidungsindustrie sowie das Druckerei- und Verlagswesen. Einerseits sind diese verstreut angesiedelten Betriebe vielfach durch Raummangel in ihren Entwicklungsmöglichkeiten behindert; andererseits stören sie erheblich die funktionale Struktur der zentralen Zone. Aus diesen Gründen wird ihre Verlegung angestrebt.

Zu Entwicklungsachsen der Leichtindustrie sollen die Autobahnen werden, die aus sechs Richtungen kommend in Lüttich zusammentreffen (vgl. Abb. 33). Das Relief bedingt eine einseitige Ausrichtung des Verkehrs und der Industrie auf das linke Maasufer: die Autobahnen verlaufen am Rand des Haspengauplateaus und meiden die stärker zergliederten Flächen im Süden der Agglomeration; nur auf den Plateaus findet man heute noch zur Industrieansiedlung geeignete große Flächen. Im übrigen folgt die Planung mit der Ausweisung von Industriezonen hier einer Entwicklung der Standorte, die sich seit etwa 1914, als die Konzentration der Industrie in der Alluvialebene der Maas ihren Höhepunkt erreichte, abzuzeichnen begann und die zur Ausbildung eines Sektors der Leichtmetallindustrie nordwestlich von Ans führte. Die bedeutendsten Industrieflächen sind hier im Nordwesten der Agglomeration ausgewiesen. Zwei Zonen von 170 ha und 180 ha liegen beiderseits des regionalen Entlastungspoles Ans-Alleur-Loncin (nicht in Abb. 33 eingetragen, dort sind nur die industriellen Entlastungsgebiete der suburbanen Zone verzeichnet). Die beiden Flächen sind an die nördlich verlaufende Autobahn und zugleich an die ins Zentrum Lüttichs führende Schnellstraße angeschlossen. Auf Grund dieser Verkehrslage und wegen der Nähe der primären urbanen Zone eignen sie sich vornehmlich für arbeitsintensive, verarbeitende Industrien der Endverbraucherstufe, die für den regionalen Markt arbeiten. Da diese Industrieparks zugleich an das westliche Bergbaugebiet anschließen, das die wenigsten Arbeitsplätze für Frauen bietet, sollen hier auch bevorzugt Branchen Platz finden, die einen hohen Anteil an weiblichen Arbeitskräften beschäftigen. Eine weitere Fläche von 300 ha mit direktem Anschluß an das Schienennetz liegt auf der gegenüberliegenden Seite der Autobahn. Wegen der hohen Bodenpreise in der Nähe der zentralen Zone — das gilt erst recht für die zuvor genannten Parks — eignen sich hauptsächlich arbeitsintensive Industriezweige zur Ansiedlung, die für die nahen Wohngebiete keine Belästigung durch Lärm, Luftverschmutzung etc. mit sich bringen. Die übrigen Entlastungsflächen haben eine randliche Lage innerhalb der Agglomeration. Bei der zunehmenden Ausdehnung der Wohngebiete östlich der Maas mag sich das Gelände an der Autobahn nach Aachen in Zukunft als besonders günstiger Standort erweisen. Dort können auch Arbeitsplätze für die Einpendler aus dem Osten der Provinz oder für die bislang in den Zechen von Fléron Beschäftigten geschaffen werden. Das in einer Eisenbahnschleife gelegene 50 ha große Gelände im Norden der Industriestraße qualifiziert sich durch seine Lage als Standort für Industrien mit hohem Wasserbedarf oder auch, im Hinblick auf die Versteigerungen von Visé, für die Nahrungsmittelindustrie. Eine ganz spezielle Bestimmung wird den Industrieflächen im Südwesten der Agglomeration zugewiesen. Durch ihre Verbindung mit der nur 8 km entfernten Universität durch die ›Route du Condroz‹ sind hier gute Voraussetzungen für die Ansetzung von Forschungsabteilungen der Industrie gegeben.

3.6. Verkehr und Handel

3.6.1. *Fremdenverkehr und Freizeitverhalten*

Südöstlich von Lüttich liegt zwischen den bewaldeten Höhenzügen der Ardennen und im malerischen Tal des Wayaibaches das Städtchen Spa. Ein eleganter Kurort war es schon früh, seine Blütezeit fiel in das 18. Jahrhundert, als Zar Peter der Große und Kaiser Josef II. dort weilten. Der Name Spa wurde zum Etikett modischer Mineralbäder überhaupt; im Bereich der Gebäude und Anlagen um den Place Royale spielte sich das mondäne Kurleben vergangener Epochen ab. In der Gegenwart kommt die Funktion eines vielbesuchten Wochenendplatzes hinzu. Mit Spa durchaus vergleichbar ist das luxemburgische Staatsbad Mondorf-les-Bains. Ebenfalls im vorigen Jahrhundert stieg Scheveningen, damals noch selbständig und nicht ein Teil von 's-Gravenhage, zum renommierten Seebad für Adel und Großbürgertum auf, wuchsen die Hotelbauten entlang des Strandboulevards. — Die historische Reminiszenz soll nur beleuchten, welch tiefgreifender Wandel im Freizeitverhalten stattgefunden hat seit jenen Tagen, als die ›Sommerfrische‹ und die Badekur das Vorrecht einer schmalen sozialen Oberschicht und das Wort Freizeit für breite Teile der Bevölkerung eine unbekannte Vokabel war. Die Arbeitszeitverkürzung, der bezahlte Urlaub, die allgemeine Höhe des Lebensstandards und die Freizügigkeit in westlichen Industrieländern sind zunächst einmal ohne jede Einschränkung begrüßenswerte soziale Errungenschaften. Die Folge ist aber, daß ein Großteil der Bevölkerung Betätigungsfelder für die Freizeitaktivitäten nach Feierabend und am Wochenende sucht, für die Raum zur Verfügung stehen muß, daß zur sommerlichen Urlaubszeit sowie, abgeschwächt, auch im Winter die Millionenheere der Urlauber aufbrechen und allen Verkehrsmitteln und Verkehrsträgern die gefürchteten Spitzenbelastungen bringen. Es darf bezweifelt werden, ob die sozialpolitischen und medizinischen Konsequenzen des geänderten Freizeitverhaltens und des Massentourismus bereits in ihrer ganzen Tragweite erkannt worden sind. Die raumordnerischen Konsequenzen sind jedenfalls unabweisbar, und das um so mehr in kleinen, dichtbesiedelten Ländern. Eine Strukturskizze der räumlichen Entwicklung der Freilufterholung (Raumordnungsbericht, 1966) überzieht fast die gesamten Niederlande mit Arealen, in denen — getrennt nach Kurzzeit- und Langzeiterholung — Einrichtungen für den regionalen und den überregionalen Bedarf weiterentwickelt oder neu geschaffen werden sollen. Die ökonomische Bedeutung des Fremdenverkehrs ist ohnehin nicht zu übersehen, wenn man feststellt, daß bei Auslandsreisen (1974) die Niederländer 1,3 Mrd. US-Dollar ausgaben, die Belgier und Luxemburger 1,1 Mrd. Dollar, und daß andererseits die Niederlande 1974 zu den westlichen Staaten zählten, die von Auslandsgästen mehr als 1 Mrd. Dollar einnahmen. Und das sind nur einige Daten, die die äußere Zahlungsbilanz betreffen, ganz zu schweigen von der Bedeutung des Tourismus beim Bruttoinlandsprodukt auf dem tertiären Sektor, von der wirtschaftlichen Komponente, die der Fremdenverkehr in strukturschwachen Agrarregionen darstellt, sei es in einem Ardennendörfchen, sei es für die Watteninseln.

Hier steht aber mehr im Blickpunkt denn der Tourismus als wirtschaftlicher Faktor. Als solcher war der ›klassische‹ Fremdenverkehr immer schon Gegenstand regionalgeographischer Behandlung. Es war insofern auch nichts dagegen einzuwenden (worüber viel gestritten worden ist), daß aus statistischen Gründen Ferien-, Kur-, Geschäfts-, Tagungs- und Berufsverkehr eben als Fremdenverkehr selten zu trennen waren. Man denke nur an das Ausmaß, das der Fremdenverkehr in diesem erweiterten Sinn für Städte wie Luxemburg und Brüssel als Sitz von Institutionen der EG hat. Die niederländische Statistik (CBS, Stat. Yearbook, 1974) verzeichnet für 1973 in Amsterdam mehr als 1 Mill. ausländischer Touristen in Hotels mit folgender Aufschlüsselung:

Herkunftsland	Touristen (in 1000)
Bundesrepublik Deutschland	155
Großbritannien	126
Frankreich	90
Skandinavien	51
Belgien/Luxemburg	48
Italien	39
Schweiz	34
USA und Japan	235
Übrige Länder	362
Gesamt	1158

Berufliche Zwecke und ein Besuch der Einkaufs- und Kunststadt Amsterdam sind bei vielen Reisenden verknüpft gewesen. Es geht auch gar nicht so sehr darum, den Fremdenverkehr, bei dem die traditionellen Beherbergungsformen in Hotels und Pensionen gewählt werden, nach seinen Zielen und Zwekken zu trennen. Entscheidend ist, daß die veränderten Freizeitaktivitäten und das veränderte Freizeitverhalten der Menschen aus sozialgeographischer Sicht dazu herausfordern, eine neue Gliederung der Allgemeinen Geographie des

Freizeitverhaltens (RUPPERT) zu entwerfen. Die Diskussion darüber ist in vollem Gange.

Bei der Tageserholung der städtischen Bevölkerung spielt manchmal der Verkehr im eigentlichen Sinn eine untergeordnete Rolle, wenn die Parkanlagen ohne Benutzung von Verkehrsmitteln erreicht werden können. Die ›Kinderwagenentfernung‹ zur Wohnsiedlung ist für die Planung innerstädtischer Grünflächen ein vielzitiertes Kriterium. Indessen ist hier wie auch beim Wochenendverkehr das Hauptproblem, ob hinreichend ausgedehnte Areale zur Verfügung stehen, damit der Aufenthalt dort auch wirklich den Namen Erholung verdient. Die geringen Entfernungen von den Gliedern der Randstad und von den belgischen Agglomerationen zur Küste führen dort zu einer Überlagerung der Besucherströme im Kurzzeit- und Langzeitverkehr, so daß Bilder entstehen, wie Foto 3 sie zeigt. Sollten Humanethologen stichhaltig nachweisen können, daß innerartliche menschliche Aggression nicht zuletzt eine Folge des Lebens in Verdichtungsräumen ist, so wäre Massenerholung nicht nur eine contradictio in adjecto, sondern eine gesellschaftliche Fehlentwicklung. — In den Niederlanden wird überlegt, ob nicht an den Rändern eines stark besuchten Gebietes wie es die Veluwe ist, Freizeitparks einzurichten sind, um die Masse der Besucher aufzufangen, die ihr Vergnügen an einer entsprechenden Geselligkeit haben, so daß die inneren Heidegebiete denen bleiben, die die Stille suchen. Denn hier liegt ja gerade der Interessenkonflikt: je mehr Erholungsuchende die Unberührtheit der Natur erleben wollen, um so mehr geht eben diese Unberührtheit verloren. In manchen Ardennendörfern, von den belgischen Ballungsgebieten aus rasch zu erreichen, kann man das mit erschreckender Deutlichkeit beobachten. Großprojekte im Stil von Freizeitparks sind für die Umgebung aller großen Agglomerationen geplant und teilweise fertiggestellt. Am Beispiel von Luxemburg zeigt Abb. 34, wie das Campingwesen als neue Form der Freizeitgestaltung ein dichtes Netz von entsprechenden Einrichtungen hat entstehen lassen, massiert in den landschaftlich reizvollsten Gegenden. Auf den Campingplätzen wächst übrigens die Zahl der fest abgestellten Wohnwagen, die so zu bodensteten Zweitwohnsitzen geworden sind und die Anlagen zu permanenten Siedlungen machen, mit mancherlei Problemen der Versorgung und Entsorgung. Überall stellt sich die Aufgabe, die Schaffung der verschiedenartigen rekreativen Möglichkeiten mit Landschaftspflege und Landschaftsschutz in Einklang zu bringen und dennoch die Freiheit der persönlichen Auswahl der Freizeitaktivitäten zu bieten, ohne die Erholung nicht denkbar ist.

Während die Besucher von Campingplätzen meist noch in der Fremdenverkehrsstatistik erfaßt werden, gilt das nicht für die Besucher der eigenen Ferienwohnung als Zweitwohnsitz. Dessen Errichtung ist häufig mit dem Erwerb von Grund und Boden durch die in den Städten beheimateten Ausmärker verbunden (VAN AMERSFOORT, 1971). Im Jahr 1961 gab es in Belgien

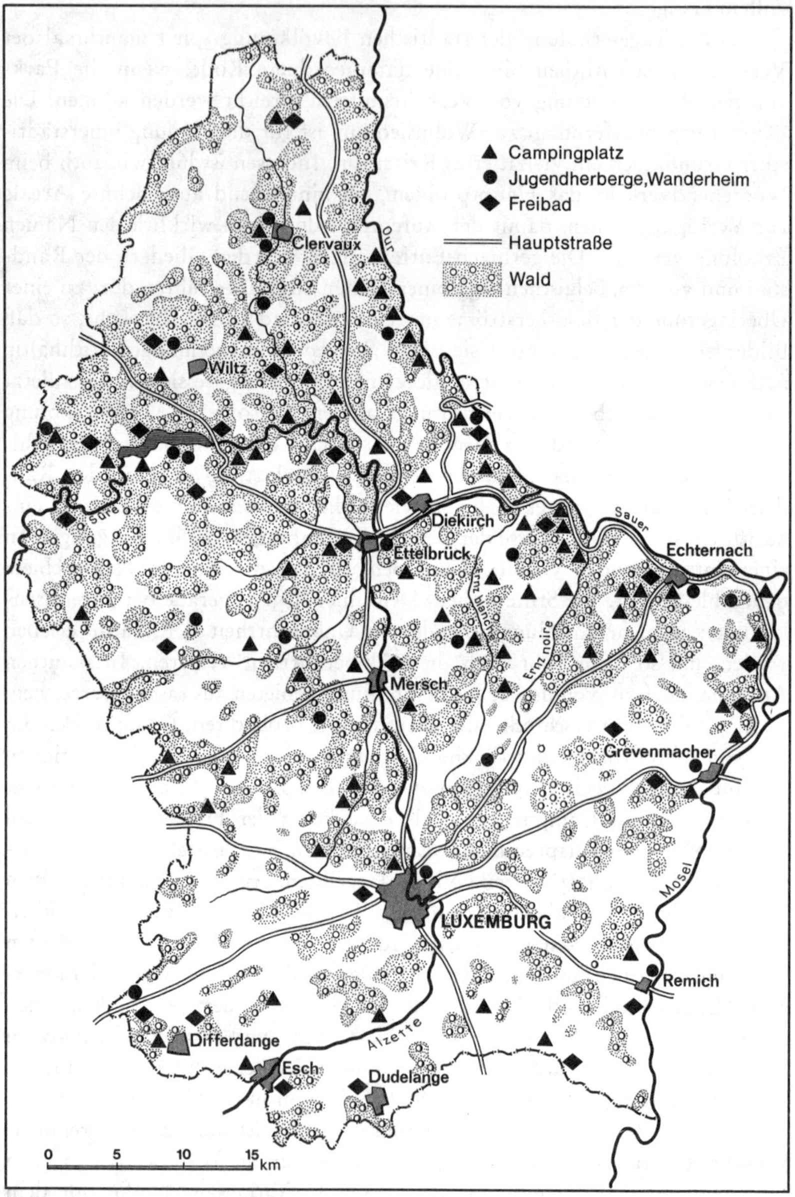

Abb. 34: Freizeiteinrichtungen in Luxemburg (nach Atlas du Luxembourg mit eig. Ergänzungen).

mehr als 50 000 solcher Zweitwohnsitze, vor allem in den Ardennen und im Ardennenvorland. De Wilde (1968) hat die Auswirkungen auf den Agrarraum an einem Beispiel aus Brabant ausführlich untersucht. Im Nordostpolder wurden aufgegebene Landarbeiterhäuser als Ferienwohnungen gekauft, z. B. von Interessenten aus dem Ruhrrevier.

›Unter dem Einfluß der starken Bevölkerungskonzentration im Westen der Niederlande und angesichts des zunehmenden europäischen Erholungsverkehrs erfordert die Nordseeküste besondere Aufmerksamkeit. Bis vor kurzem konzentrierte sich das Interesse vor allem auf den Teil zwischen Den Helder und Hoek van Holland; jetzt erfaßt der Verkehr durch die zustande gekommenen Dämme und Brücken im Deltagebiet auch die Küsten der Inseln der Provinzen Südholland und Seeland. Obendrein hat sich in den letzten Jahren das Interesse für die Watteninseln erheblich verstärkt‹ (Raumordnungsbericht, 1966, S. 34).

Mein Schüler Angerer (1972) hat daraufhin Ameland näher untersucht. Ameland ist ein gutes Beispiel für eine Nordseeinsel, deren Bevölkerung sich erst nach dem Krieg dem Fremdenverkehr als Erwerbsquelle zuwandte, vorher dominierten Landwirtschaft und Fischerei. Ausgedehnte Sommerhaus- und Campinggebiete entstanden in den Dünen am Nordrand der Insel, wie überhaupt auf den Westfriesischen Inseln (im Gegensatz zu den Ostfriesischen auf deutscher Seite) die Zentren des Badelebens eher außerhalb der Dörfer liegen.

Angerer schätzt, daß für den erschlossenen Baugrund in den Sommerhausgebieten das Hundertfache des ehemaligen Quadratmeterpreises für extensives Weideland gezahlt wird. Der Anteil der Ausmärker an der Gesamtzahl der Grundbesitzer auf Ameland betrug (1970) etwa 40 %. Von ihnen stammten 48 % aus Friesland, 20 % aus den Provinzen Groningen, Drenthe und Overijssel, 8 % aus der Randstad, 5 % aus dem Ausland, und der Rest verteilte sich auf die übrigen Niederlande. Durch eine Stichprobenbefragung wurde die Herkunft der niederländischen Feriengäste (nicht der Tagesgäste) im Sommer 1970 ermittelt, Abb. 35 zeigt das Ergebnis dieser Analyse. Von den Erholungssuchenden insgesamt kamen damals ein Viertel aus dem Ausland, fast ausnahmslos aus der Bundesrepublik Deutschland. Das wichtigste Einzugsgebiet Amelands ist der Nahbereich, der absolut und relativ wichtigste Quellbereich die Stadt Groningen. Schon aus dem mittleren Entfernungsbereich — den Provinzen Nord- und Südholland, Utrecht und Gelderland — stammte nur noch ein Viertel der niederländischen Feriengäste, weil sich die Konkurrenz der Küstenorte des Westens auswirkt. Erst recht ist Seeland eine typische Konkurrenzlandschaft. Bei den Unterkunftformen war deutlich eine Präferenz des eigenen oder des gemieteten Sommerhauses gegenüber Hotel, Pension oder Campingwesen zu erkennen. Das mag bei letzterem aber mit den Unbequemlichkeiten des Fährtransportes zusammenhängen.

Von den 40 Mill. Campingübernachtungen niederländischer Touristen

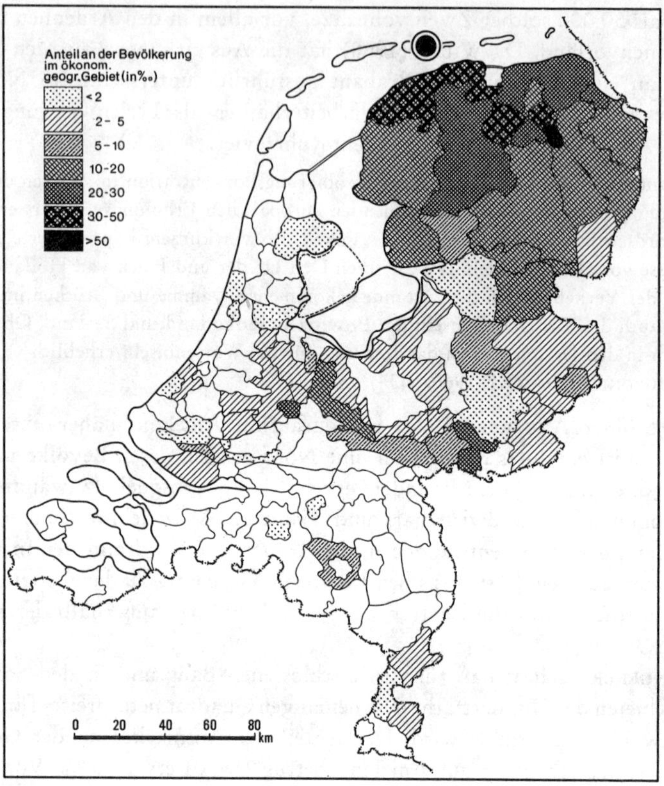

Abb. 35: Niederländische Gäste auf Ameland (nach ANGERER, 1972).

entfielen (1973) nur 5 % auf die Westfriesischen Inseln, aber 16 % auf die Westküste und weitere 17 % allein auf die Veluwe. Bei den 4,2 Mill. Campingübernachtungen ausländischer, meist deutscher, Touristen lag der Anteil der Westküste sogar bei 40 % (CBS, Stat. Yearbook 1974, S. 108). Eine einmalige Chance für die Schaffung neuer Erholungsgebiete bietet sich in den Niederlanden an den Rändern der Ijsselmeerpolder und im Deltabereich. Möglichkeiten für das Wasserwandern gibt es in den Niederlanden wie in keinem andern Land Europas. Die Kombination von Wassersport, Sportfischerei und Landerholung macht die Einrichtungen für den Fremdenverkehr vielfach besonders rentabel. Der landschaftliche Reiz der stärker reliefierten Regionen wie Veluwe, Utrechter Hügelland und Südlimburg wirkt sich in den sonst so eintönig flachen Niederlanden naturgemäß ganz besonders aus.

Das wichtigste belgische Fremdenverkehrsgebiet ist die Küste mit mehr als 20 Badeorten, von denen Blankenberge, Knokke und Oostende internationalen Ruf haben. Günstig wirkt sich auch die Nähe der berühmten Kunststädte Brügge und Gent aus, im westflandrischen Hügelland kann derjenige, der die Ruhe sucht, stundenlange Spaziergänge machen. Die Ardennen ziehen durch ihre reizvollen und abwechslungsreichen Landschaftsbilder viele Besucher an. Schwimmen, Wasserski, Bootsfahren und Wandern bieten die Möglichkeit zu aktiver Erholung. Von 28 Mill. Übernachtungen (einschließlich Camping) entfielen 1973 auf die Fremdenverkehrsregionen folgende Anteile (Ann. Stat. Belgique, 1974):

Region	Anteil an den Übernachtungen	Verhältnis Belgier : Ausländer
Küste	60 %	85 : 15
Kunststädte	11 %	13 : 87
Maasland, Ardennen	15 %	82 : 18
Kempenland	7 %	61 : 39
Übrige Gebiete	7 %	64 : 36

Ein erst in jüngster Zeit dem Fremdenverkehr erschlossener Raum ist das Kempenland; nach den Untersuchungen Grieders (1967) spielte es in den frühen sechziger Jahren noch kaum eine Rolle. Bei den ausländischen Besuchern Belgiens dominieren die Niederländer, gefolgt von Deutschen, Briten und Franzosen.

Überraschend hoch (im Verhältnis zur Einwohnerzahl des gastgebenden Landes) ist der Wert von 1,76 Mill. Übernachtungen in Luxemburg, davon 0,9 Mill. Campingübernachtungen (1970). Von den Fremdenverkehrsregionen ist an erster Stelle der Ösling zu nennen. Im Zentrum dieser Region liegt der malerische Luftkurort Clervaux, weitere Touristenstädtchen sind Vianden, die ›Perle der Ardennen‹, Diekirch, Esch an der Sauer, ein typischer Burgflecken (Foto 35), und Ettelbrück als Eingangstor zum Bergland. — Echternach liegt am Eingang zu einem Hochplateau mit dem Müllertal und dem deutsch-luxemburgischen Naturpark. Das Müllertal, die Luxemburger Schweiz, verdankt ihren besonderen Reiz den bizarren Felsbildungen im Sandstein. — In der Zentralregion ist die alte Festungsstadt Luxemburg die Hauptattraktion für die Touristen. Für die Naherholung der Stadtbevölkerung bieten die Wälder im Norden viele Möglichkeiten. — Am Fuße der Weinberge und am Moselufer liegen die Fremdenverkehrsorte Remich und Grevenmacher, abseits vom Moseltal das Thermalbad Mondorf. — Im Süden hat man trotz der Schwerindustrie durch großzügige Parkanlagen den natürlichen Charakter der Landschaft für die Erholungsuchenden zu wahren gewußt. Die Aufschlüsselung der Übernachtungen nach Regionen liefert folgendes Bild (nach Ann. Stat. 1973):

Region	Anteil an den Übernachtungen	Verhältnis Luxemburger : Ausländer
Ösling	33 %	4 : 96
Müllertal	31 %	7 : 93
Zentralraum	27 %	4 : 96
Moseltal	8 %	26 : 74
Südregion	1 %	29 : 71

Bei den Ausländerübernachtungen in Hotels und Pensionen entfielen 33 % auf die Belgier und 24 % auf die Niederländer, dann reihen sich Franzosen (10 %) und Amerikaner (9 %) an. Erst an fünfter Stelle folgen die Deutschen. Bei den Campingübernachtungen stehen die Niederländer mit 2/3 an der Spitze.

3.6.2. *Die Verkehrsnetze und ihre Leistung*

Insgesamt ist der Raum der Beneluxländer durch die Netze von Landstraßen, Schienen und Wasserstraßen in hervorragender Weise erschlossen, wenn auch mit unterschiedlichem Anteil der einzelnen Verkehrsträger. Von den internen Verkehrsspannungen abgesehen, ist vor allem die verkehrsgeographische Position der Niederlande gekennzeichnet durch die überragende Funktion eines Bindegliedes zwischen der nordwesteuropäischen Küste und dem kontinentalen Hinterland. Nur 45 % des gesamten Seegüterumschlages der Niederlande betreffen den nationalen Import oder Export, mehr als die Hälfte geht in die internationale Verteilung. Infolgedessen werden auf den niederländischen Binnenwasserstraßen allein von niederländischen Schiffen 70 % der Tonnenkilometerleistung für den internationalen Transport erbracht; der internationale Güterverkehr auf der Schiene übertrifft den binnenländischen Transport erheblich, und über 2/3 des internationalen Güterverkehrs auf der Straße zwischen den Niederlanden und ihren Nachbarstaaten wird von holländischen Lastwagen abgewickelt. — Belgien als wichtiger Durchgangsraum sowohl von den Niederlanden als auch von der deutschen Rhein–Ruhr-Schiene nach Frankreich verfügt über das dichteste Eisenbahnnetz der Welt. Durch Luxemburg verlaufen die Hauptverbindungen zwischen Lothringen und der Region Lüttich einerseits sowie dem Kölner Raum andererseits.

Die größte Länge besitzt das Straßennetz. In den Niederlanden umfaßt es außerhalb der geschlossen bebauten Ortslagen 50 070 km (1973), davon sind 1500 km Autobahnen. Der Autobahnbau ist in den letzten Jahren kräftig vorangetrieben worden, 1966 gab es erst 740 km an Straßen mit getrennten Richtungsfahrbahnen. Das belgische Straßennetz (öffentliche Straßen mit überregionaler Bedeutung) ist mit 12 370 km (1973) kürzer, jedoch erschweren Klassifikationsunterschiede den korrekten Vergleich. Die derzeitige Länge der Autobahnen beträgt 650 km. Begonnen hatte der belgische Autobahnbau erst 1941; hier sind erhebliche Anstrengungen unternommen worden, seit 1966 wurde die Länge des Autobahnnetzes verdoppelt. Das Straßennetz in Luxemburg mißt 4960 km (1972). Bezieht man die Netzlängen auf je 100 km² Fläche, so wird die Dichte des niederländischen und des luxemburgischen Systems noch deutlicher, die drei Werte lauten: 148 km/100 km² für die Niederlande, 41 km/100 km² für Belgien und 192 km/100 km² für Luxemburg. In Abb. 36 sind nur die Autobahnen und die überregionalen Schnellstraßen aufgenommen worden. Die Abbildung stellt einen Kompromiß dar zwischen einem graphentheoretischen Entwurf und einer lagetreuen Straßenkarte. Es sollten vor allem die Entlastungsstrecken und die Verzweigungsstellen im Nahverkehrsbereich der großen Agglomerationen sichtbar gemacht werden. Der Wechsel von wegereichlicher und wegearmer Netzgestalt (im Sinne der Graphentheorie) ist offenkundig und spiegelt den Gegensatz von Verdichtungsräumen und peripheren Passivräumen wider. Im grenzüberschreitenden Verkehr zwischen den Beneluxländern und der Bundesrepublik Deutschland wirkt sich die Bündelung an den Grenzen nachteilig aus, insbesondere die Tatsache, daß Hochardennen und Ösling einerseits, Eifel und Hunsrück andererseits aus militärstrategischen Erwägungen in der Vergangenheit frei geblieben sind von leistungsfähigen Verkehrswegen. Die Warenströme wurden um das Gebiet herumgeführt. Der Einfluß des Reliefs trat hinzu. Der Anschluß von Luxemburg an das deutsche Autobahnnetz bei Trier ist in Bau. Die Planung für eine Überwindung der ›Moselbarriere‹ durch eine direkte Verbindung von Lüttich über Wittlich in den Frankfurter Raum steckt indessen noch ganz in den Anfängen. Übrigens kam auch der direkte Autobahnanschluß zwischen Brüssel und Paris über Mons erst relativ spät, nämlich Ende 1972, zustande. Das lag einerseits daran, daß das belgische Straßennetz erst nach dem Krieg seine Funktion als Gliedstück zwischen Anrainerstaaten besser zu erfüllen begann, andererseits aber auch Frankreich lange Zeit den Ausbau seiner inneren Verbindungen vorrangiger betrieben hatte als den Anschluß zum nördlichen Nachbarn.

Beim Schienennetz steht Belgien sowohl hinsichtlich der Länge als auch der Dichte an erster Stelle. Die Länge der Eisenbahnstrecken betrug 1973 in den Niederlanden 2830 km, in Belgien 4060 km und in Luxemburg 270 km. Die entsprechenden Dichtewerte lauten: 8,4 km/100 km², 13,3 km/100 km² und 10,4 km/100 km². In allen drei Ländern wird das Netz reduziert. 1963 war es in den Niederlanden noch um 400 km, in Belgien um 500 km und in Luxemburg um 120 km länger. Eine Schrumpfungspolitik der Bahn trifft aber nicht nur den Personen-, sondern auch den Güterverkehr und berührt die Existenz vieler Klein- und Mittelbetriebe auf dem flachen Land. In Frankreich z. B. sind Streckenstillegungsprogramme wieder gestoppt worden.

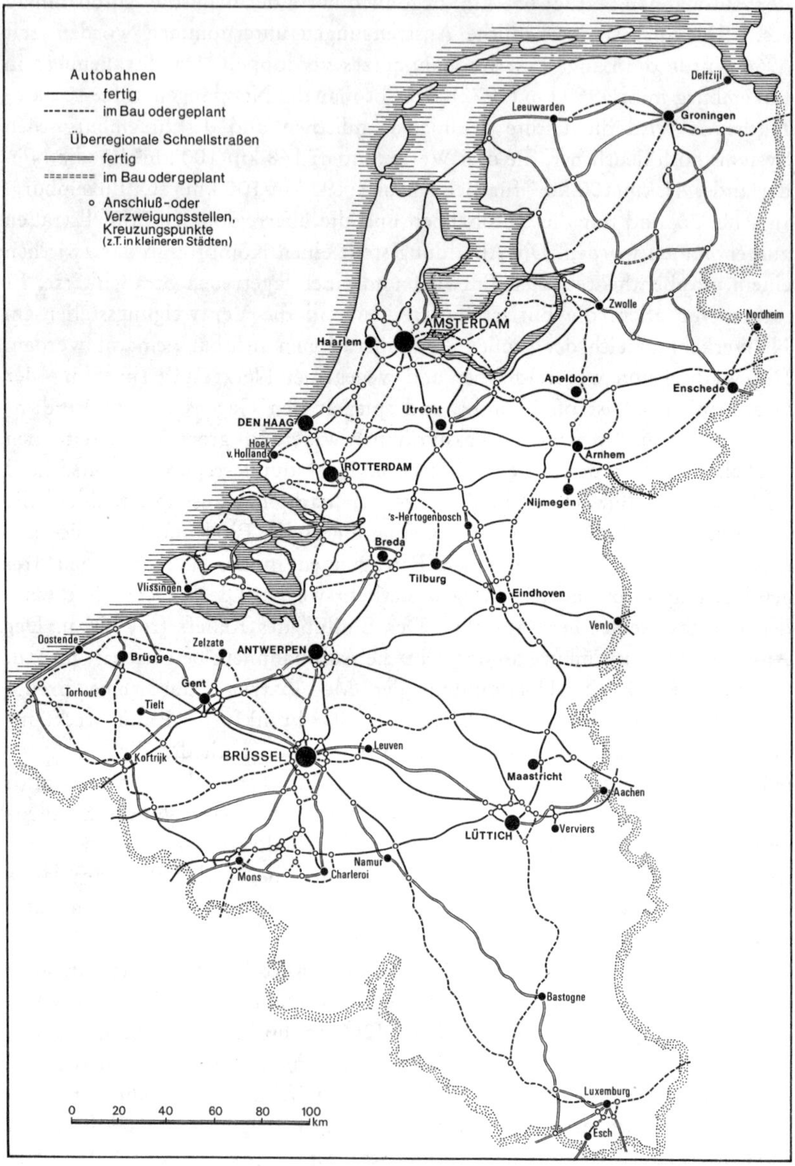

Abb. 36: Netz der Fernverkehrsstraßen (nach versch. Straßenkarten).

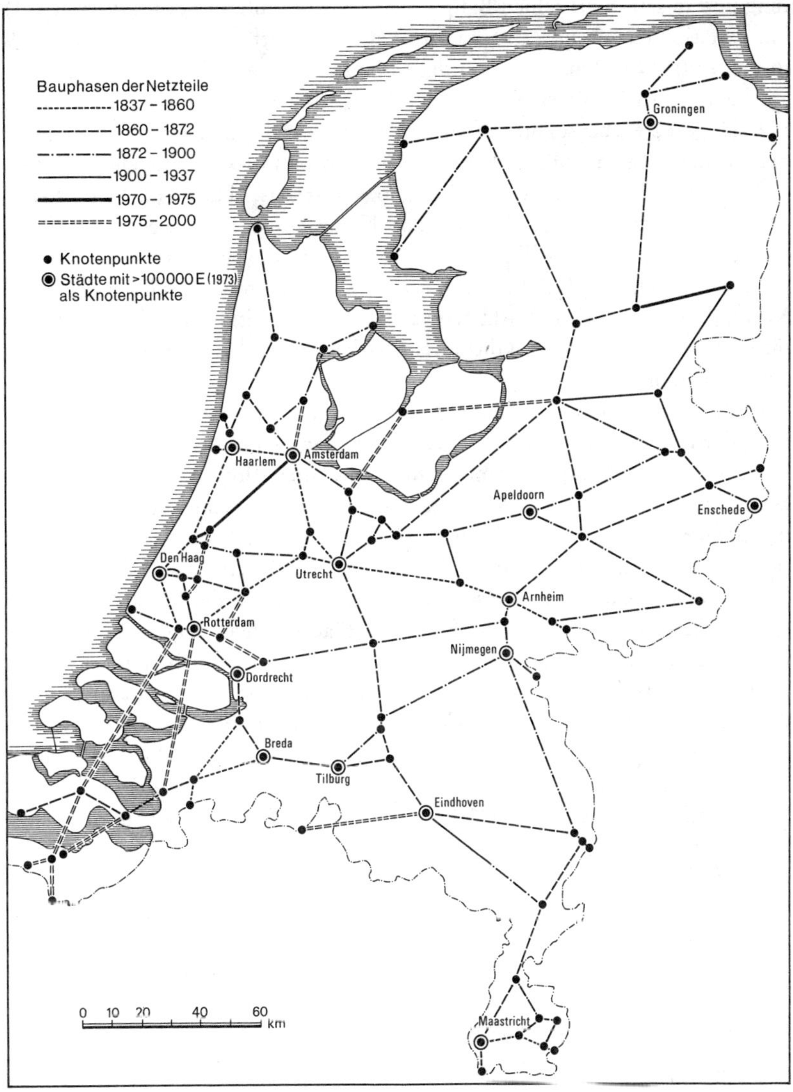

Abb. 37: Das niederländische Schienennetz für den Personenverkehr (nach SCHICKHOFF, 1974).

Abb. 37 zeigt das niederländische Netz in graphentheoretischer Darstellung und in seinen einzelnen Bauphasen. Meine Schülerin SCHICKHOFF (1974) hat hier eine eingehende Untersuchung durchgeführt. Sie konnte zeigen, daß in den ersten vier Bauperioden durch ständige Netzerweiterungen zwar eine starke Konnektivität erreicht wurde, daß man aber mit einer geringeren Netzlänge eine ebensogute Verbindung hätte erzielen können, wenn nicht verschiedene Eisenbahngesellschaften Konkurrenzstrecken angelegt hätten. 1937 betrug die Netzlänge 3680 km, das war das Maximum. Das heutige Netz der staatlichen Gesellschaft der Nederlandse Spoorwegen (Abb. 37 enthält die seit 1937 stillgelegten Strecken nicht mehr) hat noch fast die gleiche topologische Qualität wie jenes. Die geplanten Neubauteile sollen Verbindungen zwischen Nachbarstädten in der Randstad schaffen, die Ijsselmeerpolder anschließen und die Erreichbarkeit der seeländischen Provinz verbessern helfen.

Ähnlich wie beim Straßennetz ist in Belgien eine viel stärkere Zentrierung der Eisenbahnen zu beobachten, wenn man sie mit dem niederländischen Netz vergleicht. Strahlenförmig laufen aus allen Provinzen die Linien in Brüssel zusammen. Eine bedeutende Rolle als Verkehrsband spielt außerdem die Sambre—Maas-Furche. Zwischen den Hauptstrecken, die von Antwerpen, Lüttich, Namur, Charleroi, Mons, Tournai, Kortrijk und Brügge/Gent her auf Brüssel zielen, markieren vor allem im Westen des Landes zahlreiche Querverbindungen den ›Vorstoß in die Fläche‹, dem Belgien sein außerordentlich dichtes Netz verdankt. Die erste Linie nahm bereits 1834 den Betrieb auf (Brüssel–Mechelen), aber erst 1926 entstand die staatlich kontrollierte SNCB (Société Nationale des Chemins de Fer Belgique). Die Belastung erreicht im Nachbarschaftsverkehr Löwen–Brüssel, Mechelen–Brüssel und Halle–Brüssel Werte von rd. 50 000 Personen, zwischen Denderleeuw und Brüssel sogar 80 000 Personen täglich. Das ist durchaus vergleichbar mit dem Vorortverkehr Londons. Zum Staatsbahnnetz kam früher noch ein fast ebenso dichtes Netz von Schmalspurbahnen (SNCV = Société Nationale des Chemins de Fer Vicinaux). Es handelte sich dabei um Überland-Straßenbahnen, die dem Personenverkehr dienten. Heute ist dieses Netz, das 1938 noch 4800 km maß, auf wenige Linien zusammengeschrumpft, eine davon ist die Verbindung Knokke–Oostende. An die Stelle des SNCV-Netzes trat ein Omnibuslinienverkehr von noch größerer Netzdichte.

In Luxemburg laufen die Strecken zusammen, die von Trier, Metz, Sedan, Namur und Lüttich her kommen. Die erste Linie wurde 1859 vollendet, Verbindungen zu den drei Nachbarländern gab es ab 1868. Die CFL (Société Nationale des Chemins de Fer Luxembourgeois) ist zu 51 % im Besitz des luxemburgischen und zu je 24,5 % im Besitz des französischen und belgischen Staates.

Bei den Binnenwasserstraßen entfallen (1973) allein 4800 km auf die

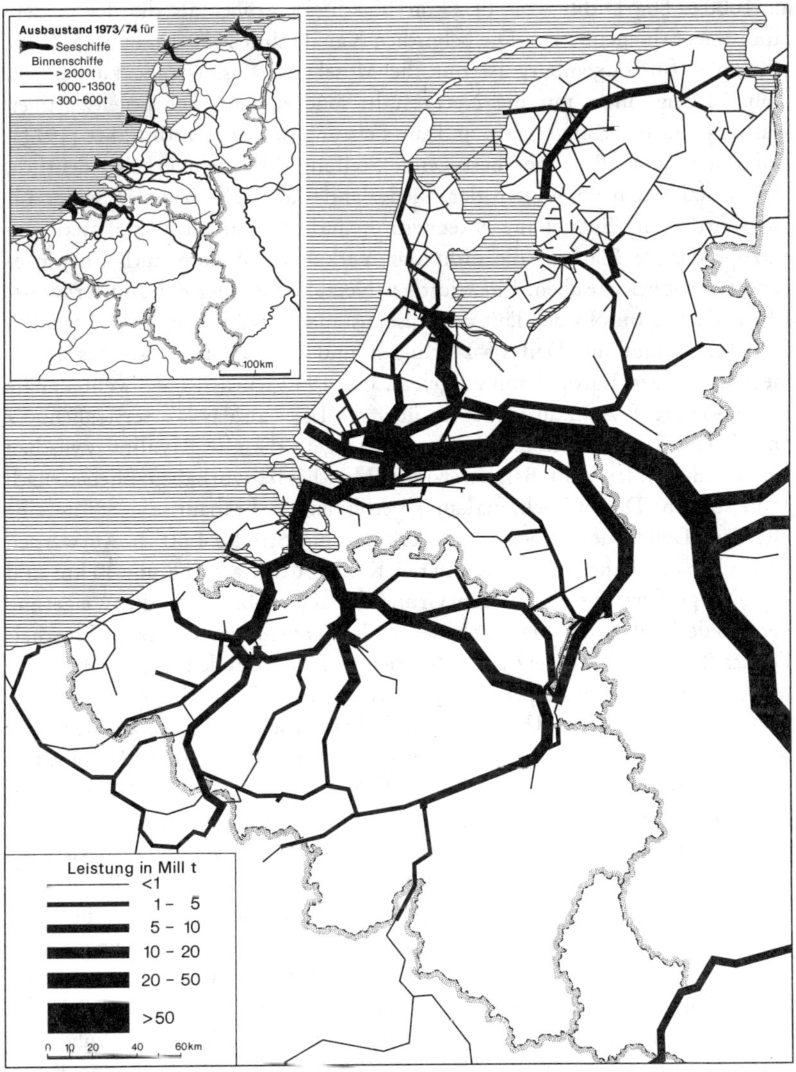

Abb. 38: Transportleistung der Binnenschiffahrt 1971 (nach den Nationalatlanten und versch. Statistiken).

Niederlande, davon 2300 km für Schiffe mit einer Tragfähigkeit von mehr als 1000 t. Die Dichte von 14,2 km/100 km^2 ist größer als die des niederländischen Schienennetzes. Die belgischen Kanäle sind 1570 km lang (5,1 km/100 km^2); für Luxemburg ist nur die Mosel als Wasserstraße zu nennen. Abb. 38 zeigt nicht nur die Netzgestalt, sondern auch den gegenwärtigen Ausbaustand des Kanalnetzes und die Leistung der Binnenschiffahrt (1971). Dabei wird vor allem die überragende Stellung des Rheinverkehrs deutlich. Das Kanalsystem im Westen der Niederlande läßt z. T. schon in seiner Linienführung die Entstehung erkennen: es sind oft sehr alte Ringkanäle um einzupoldernde Flächen, die nicht nur Verkehrs-, sondern auch Entwässerungsfunktionen ausüben. Ein wichtiges Netzglied ist hier der Amsterdam—Rhein-Kanal. Im Norden läßt der Ausbaustand zu wünschen übrig. Lediglich die Querverbindung Delfzijl–Harlingen und der Anschluß an das Ijsselmeer ist für den Europakahn ausgelegt. Um 1930 wurden die Twentekanäle fertig, die die Textilindustrieregion über die Ijssel an das Wasserstraßennetz anschließen. Die Kanäle im Maasbogen spiegeln die alte Rivalität zwischen den Niederlanden und Belgien wider. Manche Bauvorhaben blieben nach 1830 stecken. Der Wilhelminakanal verbindet die brabantische Städtereihe mit dem Delta; der Albertkanal verkürzt die Strecke Lüttich–Antwerpen gegenüber der Fahrt durch die älteren Kanäle der Campine um 30 km und hat eine größere Kapazität. Ein Grund für seinen Bau war die Weigerung der Niederländer, die Maasschleuse an der Grenze zu erweitern. Entscheidendes Bindeglied im Netz der belgischen Kanäle ist zudem die Schelde zwischen Gent und Antwerpen, ferner grenzüberschreitend der Gent–Terneuzen-Kanal. Dem neuen Rheinkanal nach Antwerpen wird auch aus deutscher Sicht große Bedeutung beigemessen — wurden doch allein 1973 zwischen der Bundesrepublik Deutschland und Antwerpen rd. 12 Mill. t Güter transportiert, fast 80 % davon durch die Binnenschiffahrt. Ende des vorigen Jahrhunderts hatte man den Bau der Eisenbahnlinie von Köln nach Antwerpen den ›Eisernen Rhein‹ genannt, nach dem Zweiten Weltkrieg war die Linie Antwerpen–Aachen eine der ersten, die für den modernen Straßenverkehr ausgebaut wurde. Dagegen hielt SEIDENFUS (1968) in einem Gutachten den Bau eines Rhein–Maas-Kanals für wirtschaftlich nicht vertretbar. Während das niederländische Wasserstraßennetz auf den Rhein als Hauptachse zugeschnitten ist, spielen in Belgien verschiedene Zirkulationsverbindungen neben der Ausrichtung auf die Scheldemündung eine Rolle. MERENNE (1973) hat das für den Verkehrsfluß der Massengüter gut beschrieben. Dabei wirken sich die schwachen Stellen im Ausbaustand nachteilig aus.

Die Leistung, die von den Verkehrsnetzen und Verkehrsträgern erbracht wird, soll hier nur an ausgewählten Beispielen und ohne eine allzu weitgehende statistische Aufgliederung nach Gütern gezeigt werden. Für die Binnenschiffahrt gestattet Abb. 38 eine vergleichende Betrachtung der Gütermengen; die Tabellen 43 und 44 verdeutlichen Entwicklung und Verteilung des Gütertransportes für die Niederlande und für Belgien nach Verkehrsträgern. Die Bedeutung der Eisenbahn im nationalen Güterverkehr sinkt in beiden Ländern, während im internationalen Verkehr noch eine Steigerung zu verzeichnen ist. Die überragende Rolle, die der Güterverkehr auf der Straße spielt, wird deutlich, ebenso die größere Leistungsfähigkeit des niederländischen Wasserstraßennetzes gegenüber dem belgischen. — Fast 50 Mill. t Erdöl flossen durch die niederländischen Rohrleitungen, die von Rotterdam aus nach Amsterdam, zur Rhein–Ruhr-Schiene sowie über Antwerpen und Brüssel in die Borinage verlegt sind. Von den Feldern bei Slochteren wird der Erdgasstrom ebenfalls durch Rohrleitungen nach Deutschland und bis in die Alpenländer, nach Belgien und nach Frankreich geschleust. Zum Vergleich der Tabellen 43 und 44 mit Luxemburg können folgende Werte dienen: der Güterverkehr über die Straßen des Großherzogtums belief sich (1972) auf 11 Mill. t, bei der Eisenbahn auf 22 Mill. t, und auf der Mosel wurden 7 Mill. t verfrachtet. Der Hafen von Mertert wurde 1965 in Betrieb genommen. Unter den Einfuhren stehen Erdöl, Erze und Schrott an der Spitze, bei den Ausfuhren Walzwerkerzeugnisse.

Am Beispiel der Niederlande zeigen die Abb. 39 a u. b, wie beim Personenverkehr die Straße der Schiene überlegen ist. Die Werte für den Straßenverkehr entstammen einer großangelegten Verkehrszählung aus dem Jahr 1970. Beim Schienenverkehr tritt die Randstad mit ihren Verkehrsspannungen deutlich hervor.

Der nationale Flugverkehr spielt wegen der geringen Entfernungen in den Beneluxländern keine große Rolle. Im internationalen Dienst indessen befliegen die niederländische KLM (Koninklijke Luchtvaart Maatschappij) und die belgische SABENA (Société Anonyme Belge d'Exploitation de la Navigation Aérienne) weltweite Netze. Auf dem Flughafen Schiphol bei Amsterdam wurden 1973 rd. 128 000 Starts und Landungen registriert, in Rotterdam 12 000. Brüssel-National verzeichnete 1973 rd. 75 000 Flugbewegungen, Antwerpen (Flughafen Deurne) 11 000 und Oostende 8000; diese Angaben beziehen sich nur auf den kommerziellen Flugverkehr. Schiphol und Brüssel werden von zahlreichen internationalen Gesellschaften angeflogen. Seit 1946 besitzt auch Luxemburg mit Findel, 6 km östlich der Hauptstadt gelegen, einen eigenen interkontinentalen Flughafen. 1948 wurde die staatliche Gesellschaft LUXAIR gegründet. Die Zahl der Flugbewegungen betrug in Findel (1973) rd. 39 000.

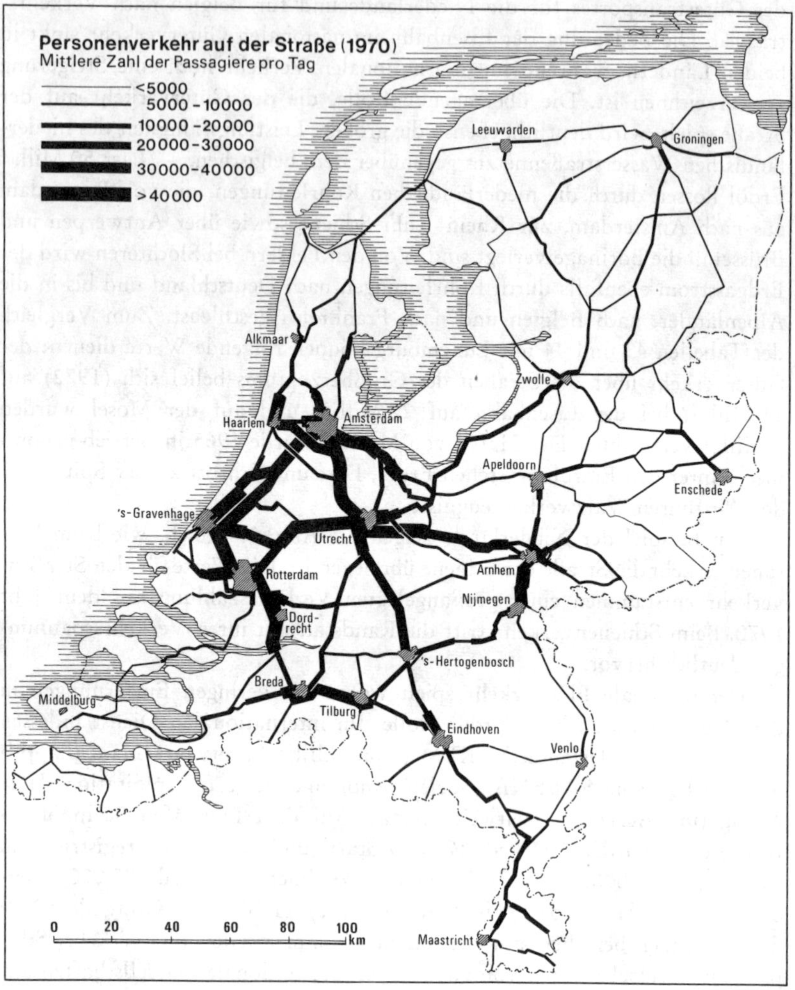

Abb. 39 a: Personenverkehr in den Niederlanden 1970 (Straße) (nach Atlas van Nederland).

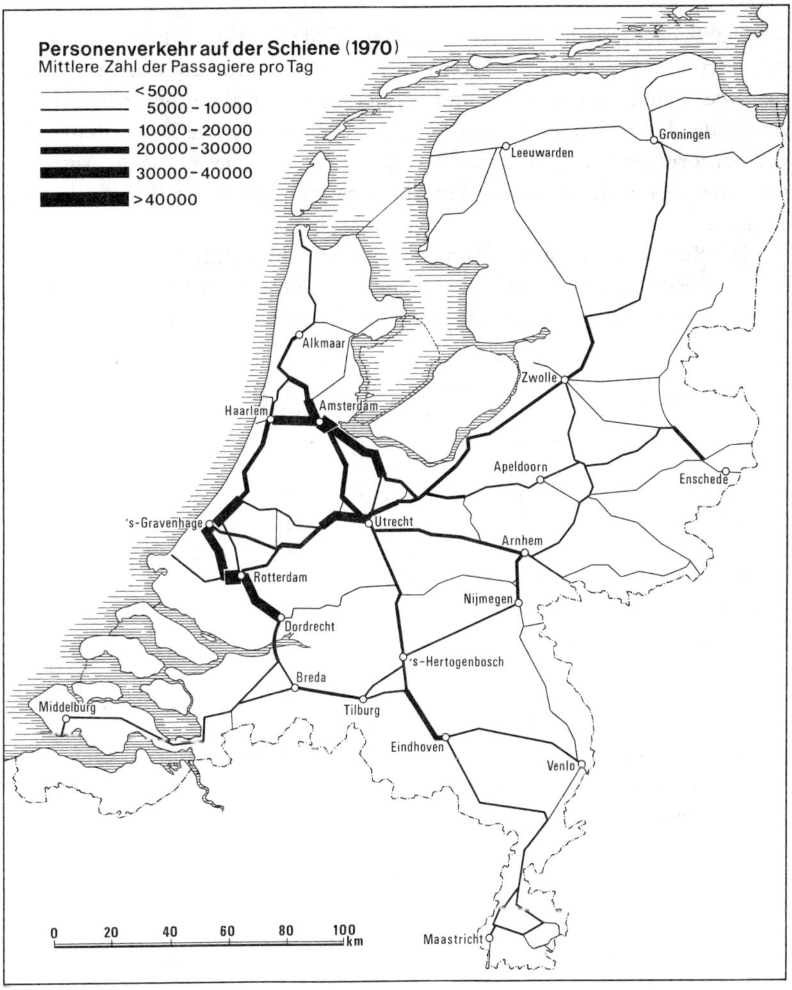

Abb. 39 b: Personenverkehr in den Niederlanden 1970 (Schiene) (nach Atlas van Nederland).

3.6.3. *Die großen Seehäfen und ihr Hinterland*

Die Bedeutung der Seehäfen in den Niederlanden und in Belgien für Wirtschaft und Verkehr ist bereits mehrfach angesprochen worden, sie soll hier noch einmal abschließend und vergleichend, vor allem unter Berücksichtigung der Hinterlandbeziehungen, behandelt werden. Die Darstellung folgt der hervorragenden Arbeit von Blonk (1974), der die mühsame Aufbereitung der verschiedenen Statistiken zu einem vergleichbaren Bild vorgenommen hat.

Die Rangfolge der niederländischen Häfen hinsichtlich des Güterumschlages zeigt Rotterdam an der Spitze, eine Position, die die Stadt und die Region Rijnmond bei ständig steigenden Umschlagzahlen weiterhin ausbauen:

Hafen	Güterumschlag (Mill. t)		Anteil (%)	
	1971	1973	1971	1973
Rotterdam	225,2	299,3	82,2	85,4
Amsterdam	23,5	20,7	8,6	5,9
Ijmuiden/Velsen	9,9	11,7	3,6	3,3
Terneuzen	3,3	6,3	1,2	1,8
Vlaardingen	5,7	5,4	2,1	1,5
Delfzijl	1,8	2,5	0,6	0,7
Dordrecht	2,3	2,2	0,8	0,6
Vlissingen	1,1	1,5	0,4	0,4
Sonstige Häfen	1,3	0,9	0,5	0,3

In Belgien führt Antwerpen bei einer solchen Liste ebenso unangefochten, aber in weitem Abstand von Rotterdam, was die absolute Leistung des Hafenumschlags betrifft (1970):

	Güterumschlag (Mill. t)	Anteil (%)
Antwerpen	78,1	80,9
Gent	9,3	9,6
Brügge/Zeebrügge	8,2	8,5
Oostende	0,5	0,6
Sonstige Häfen	0,4	0,4

Die überragende Bedeutung der Schiffahrt für die Niederlande wird auch durch einen anderen Vergleich gut demonstriert. Sowohl in Belgien als auch in den Niederlanden trägt der gesamte Verkehrssektor zum Bruttoinlandsprodukt gut 6 % bei. Nach den einzelnen Verkehrsträgern aufgeschlüsselt, steuert jedoch in den Niederlanden zu dieser vom Verkehr erbrachten Wertschöpfung die See- und Binnenschiffahrt 43 % bei (die Seeschiffahrt allein 35 %); in Belgien liegt der Beitrag der gesamten Schiffahrt aber nur bei 11 %. Im internationalen Güterempfang und -versand über See nach Güterarten stehen für die Niederlande die Erdölerzeugnisse weit an der Spitze, das gilt beim Empfang auch für Belgien; im Versand dominiert dort aber der Stahl. Einzelheiten und die wichtigsten räumlichen Beziehungen vermitteln die Tabellen 45 bis 48.

Der Wettbewerb der Nordseehäfen untereinander, aber in zunehmendem Maße auch mit den Häfen der Atlantik- und Mittelmeerküste, um das westeuropäische Hinterland ist scharf. Dennoch konnten die Niederländer im internationalen Güterverkehr über See im Rahmen der alten Sechsergemeinschaft der EG (1970) einen Anteil von fast 30 % des Gesamtumschlages auf ihre Häfen vereinen, Belgien 10 %. Rotterdam verdankt dabei seine führende Position in der Weltrangliste der Seehäfen in erster Linie den hervorragenden Verbindungen zum Hinterland.

›Amsterdam, früher *der* Stapelplatz Europas, hat diese Stelle wegen des immer mehr absinkenden Anteils des aktiven Handels und des größeren Gewichtes des passiven Agenturhandels verloren. Sobald klar wurde, daß man keine spezialisierten Handelsbetriebe mehr brauchte, wurde Rotterdam als Hafen wegen der niedrigen Transportkosten vorgezogen. Nach dem Bruch mit Indonesien erlitt die kommerzielle Funktion Amsterdams einen zweiten Rückschlag, weil es dadurch seinen Kolonialproduktenhandel verlor‹ (Blonk, 1974, S. 30).

Die Hafenanlagen von Rotterdam-Rijnmond mit all ihren Fazilitäten (Kaimauern, Docks, Schuppen, Silos, Tanks, Kränen, Getreidehebern etc.) zu beschreiben, wobei man rasch in eine Kette von Superlativen gerät, ist hier nicht der Raum. Erwähnt sei nur als Beispiel dafür, wie dynamisch hier jede neue Entwicklung aufgenommen wurde, daß der Bestand an Containerbrücken von einer einzigen im Jahre 1966 auf 17 (1973) wuchs. Der Güterverkehr über See, nach ausgewählten Güterarten aufgeschlüsselt, spielte sich in folgenden Größenordnungen ab (1971):

Güterart	Empfang (Mill. t)	Versand (Mill. t)	Gesamt (Mill. t)
Mineralöl	112,3	35,9	148,2
Erze	23,9	0,4	24,3
Nahrungsmittel	19,3	2,8	22,1
Chemische Produkte	4,7	4,4	9,1
Agrarprodukte	7,1	1,9	9,0
Kohle	2,2	4,4	6,6

Die Kohle hat seit den sechziger Jahren an Bedeutung verloren, das Öl ist dafür an die erste Stelle gerückt. Der Erztransport spielt sich fast ausschließlich in einer Richtung ab, nämlich zum deutschen Hinterland an der Ruhr hin. Bei den Agrarprodukten dominiert der Getreideumschlag. Der Containerverkehr wird in erster Linie mit Großbritannien und Nordamerika abgewickelt. Im kontinentalen Hinterlandverkehr des Hafens führt die Bundesrepublik mit 76 % des gesamten Güteraufkommens, gefolgt von Belgien (15 %), der Schweiz (6 %) und Frankreich (3 %). Der Anteil der Verkehrsträger am Hinterlandverkehr (1971) betrug für die Binnenschiffahrt 62 %, für den Rohrleitungstransport 30 %, für die Straße 5 % und für die Schiene 3 %. — Den Passagierverkehr bewältigt nicht eigentlich der Rotterdamer Hafen, sondern Hoek van Holland. Im Fährverkehr mit Großbritannien — und auf diesen fällt fast das gesamte Passagieraufkommen — wurden 1971 in beiden Richtungen mehr als eine halbe Million Reisende abgefertigt. Dieser Verkehr zeigt trotz der Konkurrenz des Flugzeugs steigende Tendenz. Der transatlantische Linienverkehr dagegen ist im Zeitalter der Düsenmaschinen verkümmert und schließlich ganz aufgegeben worden.

Im Hafen von Amsterdam hat sich in den beiden letzten Jahrzehnten der Stückgutverkehr im Vergleich mit anderen Nordseehäfen weniger günstig entwickelt als der Umschlag von Massengütern. Einige ausgewählte Daten für den Verkehr über See (1971) zeigen in vorderster Position die Erzimporte für die Stahlindustrie von Utrecht (nach Blonk, 1974):

Güterart	Empfang (1000 t)	Versand (1000 t)	Gesamt (1000 t)
Erze	6044	1004	7048
Agrarprodukte	3376	1284	4660
Erdölprodukte	2874	1640	4514
Kohle	1891	806	2697
Nahrungsmittel	1986	603	2589
Chemische Produkte	251	391	642

Mit dem Nordseekanal besitzt der Hafen von Amsterdam seit 1876 zwar eine kurze Verbindung zur offenen See, das Nadelöhr aber bilden — trotz ihrer Abmessungen — die Seeschleusen von Ijmuiden. Nur mit der Hochwasserwelle können Schiffe bis 100 000 tdw den Amsterdamer Hafen erreichen, im übrigen sind die Schleusen lediglich für Schiffe bis 85 000 tdw passierbar. Das beeinträchtigt die Wettbewerbslage erheblich, so daß Pläne für den Ausbau eines Vorhafens in Ijmuiden geboren wurden. Für den Verkehr mit dem Hinterland spielt, genau wie in Rotterdam, die Binnenschiffahrt die wichtigste Rolle. Leistungsfähiger als der ältere Merwedekanal, ergänzt seit 1952 der Amsterdam–Rhein-Kanal die Verbindung zum Rhein. Die Fahrzeit bis zur deutschen Grenze wurde durch ihn um 10 Stunden verkürzt. Die Zahl der Schleusen, vorher vier, konnte auf zwei verringert werden; eine davon ist die größte Binnenschiffahrtsschleuse der Welt bei Tiel. Für die Schubschiffahrt reicht der Ausbaustand aber immer noch nicht. Über gute und schnelle Schienen- und Straßenverbindungen verfügt Amsterdam nach allen wichtigen Richtungen; der Bau der Schiphollinie soll die Erreichbarkeit von 's-Gravenhage und Rotterdam noch verbessern. Im Transitverkehr mit dem Hinterland dominiert die Binnenschiffahrt nach Deutschland, wie folgende Übersicht zeigt (Angaben für 1970, nach BLONK, 1974):

Bestimmungsland	Verkehrsträger Seeschiff (1000 t)	Binnenschiff (1000 t)	Eisenbahn (1000 t)	Straße (1000 t)	Anteil am Ges.-Vol. (%)
BR Deutschland	71	4507	1881	48	89,1
Belgien/Luxemburg	2	315	29	9	4,9
Schweiz	—	274	16	3	4,0
Frankreich	52	64	3	6	1,7
Österreich	—	—	19	3	0,3
Gesamt	125	5160	1948	69	100,0

Im ›Reichshafen von Ijmuiden‹ werden keine Güter umgeschlagen, er stellt eigentlich nur eine Verlängerung des Nordseekanals dar. Der Güterverkehr, der Ijmuiden/Velsen an die dritte Stelle der niederländischen Häfen rückt, wird im Fischereihafen, in den Hafenanlagen der Stahlwerke und im Hafen einer großen Papierfabrik abgewickelt. Die Pläne für einen Vorhafen sehen eine Fläche von 200 ha vor, er soll für Seeschiffe bis 150 000 tdw zugänglich sein und lediglich Güterumschlagsfunktion erhalten. Weitere Industrieniederlassungen sind nicht geplant, weil die Stahlwerke bereits eine erhebliche Immissionsbelastung bringen.

Der Hafen von Terneuzen an der Schelde und am Eingang zum Kanal nach Gent, der für Schiffe bis zu 60 000 tdw ausgebaut wurde, hat jüngst mit seinen Umschlagziffern Vlaardingen überholt. Im Güterverkehr über See stand 1971 die Kohle an erster Stelle mit 1,2 Mill. t, gefolgt von Erdölprodukten (0,7 Mill. t), Düngemitteln (0,6 Mill. t) und chemischen Produkten (0,4 Mill. t). Die Hinterlandbeziehungen werden nicht zuletzt dadurch bestimmt, daß von Terneuzen aus das Straßennetz in den übrigen Niederlanden direkt nur durch Fährverbindungen über die Westerschelde erreicht werden kann, ansonsten lediglich über belgisches Hoheitsgebiet und durch den Straßentunnel von Antwerpen. Auch besteht keine direkte Eisenbahnverbindung. Daher vollzieht sich der Verkehr mit dem nationalen Hinterland vorwiegend auf Binnenschiffahrtswegen durch die seeländische Inselwelt, der Landverkehr ist stärker nach Belgien und Nordfrankreich ausgerichtet.

Der Hafen von Vlaardingen verdankt seine Position im wesentlichen der Lage am Neuen Wasserweg und dem Umschlag von Erz und Kohle für das Ruhrgebiet im Vulcaanhafen.

Delfzijl an der Emsmündung war früher nur für Schiffe bis 10 000 t zugänglich, gegenwärtig erfolgt der Ausbau des neuen Emshafens für Einheiten bis 40 000 tdw. Das unmittelbare Hinterland ist noch weitgehend agrarisch geprägt. Das bedeutet, daß bei der gerade in diesem Raum zu beobachtenden ›versteckten‹ Arbeitslosigkeit mit einem ausreichenden Angebot von Arbeitskräften für die Industrieansiedlung zu rechnen ist. Sie wird in großem Stil geplant. Die Straßenverbindungen müssen noch ausgebaut werden. Den Anschluß an das niederländische Wasserstraßennetz schafft der Eemskanal über Groningen; das deutsche Hinterland ist über die Ems und den Dortmund—Ems-Kanal für Schiffe bis zu 1350 t zu erreichen. Naturgemäß besteht eine starke Konkurrenz zwischen Emden und Delfzijl. Die Hafenverwaltungen haben vereinbart, daß jeweils weder Erz noch Steinkohle umgeschlagen werden soll, die für das nationale Hinterland je des anderen Hafens bestimmt sind oder von dort her angeliefert werden.

Dordrecht besitzt auf den ersten Blick eine hervorragende Lagegunst am Schnittpunkt von vier Wasserstraßen: die Merwede schafft die Verbindung zum Rhein, der ›Noord‹ verbindet mit Rotterdam, der ›Dortse Kil‹ mit Antwerpen, und schließlich ist durch die Oude Maas ein eigener Zugang zur Nordsee gegeben. Aber selbst wenn dieser Weg tiefer ausgebaggert wird, können nur Seeschiffe bis 18 000 t den Hafen von Dordrecht anlaufen. Darin liegt bei den heutigen Tonnageverhältnissen der entscheidende Nachteil und der Grund dafür, daß die Funktion einer glanzvollen Hafenstadt der Vergangenheit angehört. Für kleine Küstenschiffe spielt Dordrecht eine Rolle als Umschlagplatz im internationalen Verkehr der deutschen Rheinhäfen mit englischen und skandinavischen Küstenplätzen. Die Lage an der Autobahn Rotterdam—Antwerpen schafft den Anschluß an das niederländische und an das internationale Straßennetz.

Vlissingen, das immer schon gute Binnenschiffahrtsverbindungen über die Westerschelde besaß, profitiert von dem neuen Antwerpen—Rhein-Kanal, der über den Walcherenkanal zu erreichen ist. Die Straßenverbindungen zum Rotterdamer Raum wurden durch die Projekte im Zuge des Deltaplanes wesentlich verbessert. Die geplante Erweiterung des Hafen- und Industriegeländes von bisher 450 ha um weitere 2200 ha in östlicher Richtung, der Bau einer Großraffinerie und die Anlage eines Containerterminals haben der Region neue Impulse gegeben. Im Güterverkehr über See stand mengenmäßig (1971) das Rohöl mit 409 000 t in Empfang und Versand an erster Stelle; dieser Wert macht aber auch den Abstand zu den größeren Häfen deutlich. Eine wichtige Rolle spielt der Fährverkehr mit Breskens am Gegenufer der Westerschelde.

Antwerpen als größter belgischer Hafen steht in der Weltrangliste an siebenter Stelle nach Rotterdam, New Orleans, New York, Yokohama, Kawasaki und Marseille. Die schiffahrtstechnischen Schwierigkeiten, die die Zufahrt beschränken und allenfalls einen Ausbau für Schiffe bis 125 000 tdw möglich erscheinen lassen, wurden bereits behandelt (vgl. S. 208). Antwerpen mußte darum notgedrungen aus dem Wettlauf der westeuropäischen Häfen, immer größere Frachter und Supertanker bis 500 000 tdw abfertigen zu wollen, ausscheiden. Eine Konsequenz war, die Rohrleitung von Rotterdam in das Antwerpener Hafengebiet zu bauen; die Verlegung einer zweiten Leitung zu einem französischen Tiefwasserhafen am Atlantik wird bereits diskutiert. Die Wettbewerbslage im Vergleich mit anderen Nordseehäfen verschlechtert sich auch dadurch, daß bei der Kapitalintensität der Handelsschiffahrt der Wunsch besteht, die Hafenliegezeiten niedrig zu halten, dazu gehört aber auch die Zeit, die für die Zufahrt im engeren Sinne gebraucht wird. An deren Länge jedoch läßt sich für Antwerpen nichts ändern; die Hafenverwaltung kann wegen des vorgelagerten niederländischen Hoheitsgebietes ihre Anlagen nicht meerwärts verschieben: die große Chance, die Rotterdam besaß und zu nutzen wußte. Seit 1949 ist der Güterverkehr über See jährlich im Durchschnitt um 7 % gestiegen. Für 1971 galt folgende Spezifikation:

Güterart	Empfang (1000 t)	Versand (1000 t)
Rohöl	21 145	2 828
Erz	11 235	—
Eisen	1 023	7 805
Kohle	1 120	118
Getreide	1 827	—

Vom internationalen Hinterlandverkehr entfielen (1970) auf die Bundesrepublik Deutschland 37 %, auf die Niederlande und auf Frankreich je 26 %, auf die Schweiz 4 %, auf Italien 1 % und auf sonstige Länder ein Rest von 6 %. Unter den belgischen Häfen hat Antwerpen den besten Anschluß an das Netz der Binnenwasserstraßen, dennoch ist der Anteil der Eisenbahn am nationalen Hinterlandverkehr groß (12,5 Mill. t gegenüber 11,3 Mill. t im nationalen Hinterlandverkehr per Schiff). Ein Viertel des gesamten Transportvolumens der belgischen Eisenbahnen wurde 1971 im Hafen von Antwerpen auf dem ausgedehnten Rangierbahnhofgelände geladen oder gelöscht.

Schiffe, die von See her in den Hafen von Gent gelangen wollen, müssen von der Nordsee her 22 km durch die Westerschelde und 33 km durch den Gent–Terneuzen-Kanal fahren.

›Der ökonomisch-geographische Einzugsbereich des Genter Hafens ist wesentlich begrenzter als der des Hafens von Antwerpen. Der Umschlag im Hafen von Gent ist weniger auf die Durchfuhr nach dem internationalen Hinterland, wie im Fall von Antwerpen, konzentriert, sondern mehr auf den Güterumschlag für die eigenen Industrien in der Genter Hafenregion‹ (BLONK, 1974, S. 251).

Derzeit ist der Hafen für Schiffe bis 60 000 tdw zu erreichen, ein Ausbau auf 125 000 tdw würde eine neue Schleuse bei Terneuzen erfordern. Für die Binnenschiffahrt ist Gent ein wichtiger Knotenpunkt, die einzelnen Wasserstraßen sind durch die Ringfahrt um das Stadtgebiet miteinander verbunden. Die Anschlußstrecken zum Hennegau und nach Nordfrankreich über die obere Schelde leiden aber unter dem schlechten Ausbaustand (vgl. Abb. 38, Nebenkarte). Ein Großteil des Verkehrs mit Deutschland und mit Elsaß-Lothringen wird über den Rhein geleitet. 1971 machte die Binnenschiffahrt beim internationalen Hinterlandverkehr 73 % aus (5,1 Mill. t), über die Schiene wurden 14 % und im Straßenverkehr 13 % abgewickelt. Die drei wichtigsten Güterarten im Verkehr über See (1971), die allein 75 % des Umschlages ausmachen, sind:

Güterart	Empfang (1000 t)	Versand (1000 t)
Erz, Schrott	4414	315
Erdölprodukte	510	2284
Landw. Produkte	1230	57

Der Hafen von Zeebrügge, mit dessen Bau 1896 begonnen wurde und der durch einen Kanal mit der alten Hafenstadt Brügge verbunden ist, kann gegenwärtig von Schiffen bis zu ca. 60 000 tdw angelaufen werden. Nach Vollendung der Bauarbeiten an einer neuen Seeschleuse werden Schiffe bis zu 125 000 tdw Zeebrügge erreichen können. Mit diesen Arbeiten ist die Erschließung von 2200 ha neuen Hafenindustriegeländes verbunden. Eine leistungsfähige Straßenverbindung besteht zum Hinterland über den Anschluß an die Autobahn Oostende–Brüssel, ferner durch die Eisenbahn. Der Ausbau des Gent–Brügge–Oostende-Kanals für Schiffe bis 2000 t ist im Gange, aber noch ist die Eisenbahn im Hinterlandverkehr der wichtigste Verkehrsträger. Eine Erdölleitung von Zeebrügge nach Gent versorgt zu einem Teil die dortigen Raffinerien. Rohöleinfuhr macht mehr als die Hälfte des gesamten Güterumschlages im Hafen von Zeebrügge aus. — Im Passagierverkehr der Fähren mit Großbritannien steigen die Zahlen ständig, 1972 wurden in beiden Richtungen mehr als 300 000 Personen befördert. In dieser Funktion wird Zeebrügge aber von Oostende weit übertroffen (mehr als 2 Mill. Passagiere). Da Oostende nur für Seeschiffe bis zu 10 000 tdw zugänglich ist, spielt der Güterverkehr hier nur eine untergeordnete Rolle. Außer kleinen Werften für die Fischereiflotte Belgiens gibt es auch keine nennenswerte, hafengebundene Industrie.

3.6.4. *Die Beneluxländer im internationalen Handel*

Trotz der geringen Ausdehnung ihrer Landfläche nehmen die Niederlande und Belgien/Luxemburg im Welthandel beachtliche Positionen ein, das gilt vor allem für die doch so rohstoffarmen Niederlande, die sich in der Weltausfuhr (fob) im Jahr 1975 mit 4,4 % des Welthandelsvolumens im Export (= 35, 0 Mrd. Dollar) auf den sechsten Platz in der Rangliste der Ausfuhrländer schieben konnten, nach den USA, der Bundesrepublik Deutschland, Japan, Frankreich und Großbritannien. Auf die Niederlande folgen Italien und Kanada, danach steht an neunter Stelle Belgien (3,7 % der Weltausfuhr = 28,8 Mrd. Dollar). Die Rangliste der Welteinfuhr (cif) sieht im Jahr 1975 die Niederlande auf dem achten Platz (4,3 % = 35,5 Mrd. Dollar) und Belgien auf Platz neun (3,7 % = 30,7 Mrd. Dollar). Die Niederländer hatten in den letzten Jahren zäh um eine Verbesserung ihrer Handelsbilanz gerungen und 1973 erstmals den Ausgleich erreicht. Das Jahr 1974 brachte dann durch die drastische Ölverteuerung erneut Fehlbeträge, 1975 hatte sich die Bilanz im Vergleich mit dem Vorjahr aber schon wieder gebessert. Auch die belgische Handelsbilanz, 1972 und 1973 positiv, konnte sich 1974 dem allgemeinen Trend nicht entziehen und wurde negativ. Dieser Rückschlag wurde 1975 ebenfalls zum Teil wieder ausgeglichen. Zukunftsüberlegungen, wie sich der Handel der westeuropäischen Industrieländer und damit auch der Beneluxstaaten weiter entwickeln wird, bleiben hypothetisch, solange man nicht vorhersagen kann, wie der Weg aus der stärksten Weltrezession seit 1931 weiterführen wird. Aufsehen erregte in diesem Zusammenhang im Januar 1976 ein Aufruf der Spitzenmanager der neun größten niederländischen Unternehmen (darunter Unilever, Akzo, Philips, Estel und Shell), die allein 1,1 Mill. Arbeitnehmer beschäftigen, an die Regierung, eine Wende in der Wirtschafts- und Sozialpolitik einzuleiten, um die Position des Landes in der Weltwirtschaft zu retten. Die Steuerlast der Unternehmen und der Druck der Sozialabgaben müßten gemildert werden, wenn die Exportmärkte gehalten werden sollten. Tatsächlich fielen im ersten Halbjahr 1976 die Niederlande und Belgien in der Rangliste der Exportländer um je einen Platz zurück.

Tabelle 49 schlüsselt für die Niederlande den Außenhandel regional auf. Der wichtigste Partner ist mit Abstand die Bundesrepublik Deutschland. Das gilt übrigens auch in umgekehrter Sicht: das wichtigste Lieferland für uns sind die Niederlande, gefolgt von Frankreich, Italien und Belgien/Luxemburg. Andererseits sind Frankreich, die Niederlande und Belgien/Luxemburg in dieser Reihenfolge auch die größten Kunden der Bundesrepublik Deutschland. 60 % des Imports und fast 75 % des Exports der Niederlande werden innerhalb der Europäischen Gemeinschaft abgewickelt. Überraschenderweise spielt Indonesien in den holländischen Handelsbeziehungen kaum noch eine Rolle (unter 0,5 % im Export wie im Import). Der hohe Importwert für

Asien in Tabelle 49 rührt von den Öleinfuhren aus Vorderasien her. Betrachtet man die ein- und ausgeführten Güter genauer, so zeigt sich deutlich die Veredelungsfunktion der niederländischen Wirtschaft. Auf der Einfuhrseite entfallen nämlich 64 % auf Grundstoffe und Halbfabrikate, 16 % auf Konsumgüter und nur 14 % auf Investitionsgüter. Bei der Ausfuhr spielen unbearbeitete Agrarprodukte mit 8 % nur eine geringe Rolle, auch Nahrungsmittel erreichten 1973 lediglich 18 %, weitaus wichtiger sind Elektrogeräte, Maschinen, Fahrzeuge und Produkte der chemischen Industrie. Insgesamt machen die Fertigfabrikate 85 % des Exportvolumens aus.

In Relation zur Einwohnerzahl ist das belgische Außenhandelsvolumen höher als das niederländische. Tabelle 50 spezifiziert den internationalen Handel für die Union Economique Belgo-Luxembourgeoise (U.E.B.L.), die seit 1922 besteht; die Werte sind weitgehend repräsentativ für Belgien selbst. Mit den unmittelbaren Nachbarländern: Bundesrepublik Deutschland, Frankreich, Niederlande und Großbritannien spielt sich der Außenhandel der Belgisch-Luxemburgischen Wirtschaftsunion (BLWU) in Form hochwertiger Industrieerzeugnisse ab.

›Demgegenüber ist der äußere Kranz der übrigen europäischen Länder und des angloamerikanischen Handelsraumes in seinem Warenverkehr mit der BLWU nicht nur durch geringere Intensität, sondern auch durch andersgeartete Warenzusammensetzung mit stärkerem Hervortreten industriell-landwirtschaftlicher Rohstoffe und agrarischer Spezialprodukte gekennzeichnet. Die letzte Gruppe schließlich, die peripheren Länder und solche einseitiger naturgeographischer Ausstattung, tritt ganz eindeutig als Rohstofflieferant und Abnehmer belgisch-luxemburgischer Industriegüter in Erscheinung‹,

so Schnitt (1973, S. 115) in seiner hervorragenden Analyse der Regionalstruktur des Außenhandels der beiden Länder. Auch die Wirtschaftsbeziehungen mit der ehemaligen Kolonie, dem heutigen Zaire, sind wieder recht eng. Libyen ist ein wichtiger Erdöllieferant, die belgische Eisen- und Stahlindustrie importiert hochwertiges Erz aus Liberia, Mauretanien und Gabon. So kommt es zu dem Importanteil Afrikas von 6,1 %.

Speziell für Luxemburgs Außenhandel ist Tabelle 51 heranzuziehen. 88 % des luxemburgischen Imports kommen aus den direkten Nachbarländern einschließlich der Niederlande, dabei steht wieder die Bundesrepublik Deutschland an der Spitze. Wichtigste Einfuhrgüter sind Kohle und Erz, Maschinen, Elektrofabrikate, Textilien und Bekleidung. Auch der Export vollzieht sich zu 85 % nach westeuropäischen Ländern. Ausgeführt werden Produkte der Stahlindustrie und der chemischen Industrie. Die (geringfügigen) Erzexporte gehen ausnahmslos nach Belgien.

4. ZENTRALE ORTE UND IHRE BEREICHE

4.1. Der theoretische Ansatz

4.1.1. *Das Problem der Regionalisierung*

Im vorangehenden, dritten Kapitel ist die anthropogene Prägung der Beneluxländer vorwiegend unter analytischem Aspekt untersucht worden, jedenfalls insoweit, als die demographischen Strukturen und die Aktivitäten auf den drei großen Sektoren der Wirtschaft im Vordergrund der Betrachtung standen. Allerdings ist es symptomatisch für den der Länderkunde innewohnenden Ganzheitsanspruch, daß während einer derartigen Analyse immer schon Rückverweise auf die bereits erarbeitete naturräumliche Synthese einerseits und andererseits Querverweise zu anthropogenen Geofaktoren geboten erschienen. Insbesondere bei der Darstellung der großen Agglomerationen erwies es sich als zwingend notwendig, den Bogen von der topographischen Lage bis zur Differenzierung des verstädterten Raumes für die Ausübung aller Daseinsgrundfunktionen zu spannen, die demographischen und sozialökonomischen Strukturen der Verdichtungsräume nicht zu zergliedern, sondern in ihrer historischen Bedingtheit und als Teile eines Ganzen zu sehen. Das Problem der kulturräumlichen Regionalisierung, verstanden als die Aufgabe einer Synthese der Anthroposphäre, ist damit bislang aber nur für die sechs Stadtregionen und noch keineswegs für den Gesamtraum der Niederlande, Belgiens und Luxemburgs gelöst worden. Freilich stellen sich dem auch ganz andere Schwierigkeiten in den Weg als dem analogen Problem auf physiogeographischem Sektor, wo nach weitgehend anerkannten Prinzipien eine naturräumliche Gliederung gegeben werden konnte.

Wer den Begriff ›Region‹ nicht einfach unreflektiert als einen Terminus der Umgangssprache hinnimmt, sondern Regionalisierung als raumwissenschaftliche Methode und die Anthroposphäre als deren wichtigsten Anwendungsbereich begreift, der steht zunächst vor einer verwirrenden Vielfalt von Wortbildungen und wird sicher erinnert an den beklagenswerten Wirrwarr, der die Geographie mit der Unschärfe des Landschaftsbegriffs belastet. Wie dort, sind auch bei der Region Zusammensetzungen wie Agrarregion, Industrieregion, Stadtregion, Verwaltungsregion oder Verkehrsregion ständig im Gebrauch. Hier ist nicht der Ort, die ganze wissenschaftstheoretische Diskussion um Region und Regionalisierung aufzurollen, verwiesen sei in diesem Zusammenhang nur auf ›Region als Begriffsbildungsverfahren‹ in der

Zusammenfassung bei BARTELS (1970), die Auseinandersetzung mit Fragen der Regionalisierung bei HAGGETT (1973), die Betrachtungen bei STEINBERG (1973) und die Übersicht über die formale Typologie von Regionsbegriffen bei BARTELS (1975). Einigkeit besteht mittlerweile wohl darüber, daß die Regionalisierung eine Variante der Klassifizierung ist, und zwar in dem Sinne, daß der Aufbau von Regionssystemen als raumwissenschaftliches Problem durchaus vergleichbar ist mit dem Gebäude eines taxonomischen Klassifikationssystems, wie es LINNÉ der Biologie geschenkt hat. So wie dort eine Klasse sukzessive in Ordnungen, Familien, Gattungen und schließlich in Arten unterteilt wird, wobei die Zahl der gemeinsamen stammesgeschichtlichen, morphologischen, physiologischen etc. Details ständig wächst, so verfährt man entsprechend bei der Regionalisierung, indem von Schritt zu Schritt immer mehr geofaktorielle Merkmale oder immer intensivere räumliche Verflechtungen in die Klassenbildung einbezogen werden.

Dabei sind nun aber zwei grundsätzlich verschiedene Wege gangbar und mit der Unterscheidung: geofaktorielle Merkmale einerseits und räumliche Verflechtungen andererseits schon angedeutet worden. Der eine Weg führt zur homogenen, der andere zur funktionalen Region, wie sie oft genannt wird, obwohl Nodalregion oder Kernregion wohl treffender wäre. BOYER (1968) hat am Beispiel der Niederlande diese Regionsbegriffe einander gegenübergestellt, wobei er selbst auf HADDERINGH und LAMAIN (1965) sowie auf KEUNING (1965) zurückgreift. Die homogenen Regionen sind dabei allerdings auf einem recht hohen Grad der Generalisierung verblieben. Es handelt sich im Grunde um die Landbaugebiete: Seemarsch, Flußmarsch, Weidelandschaft der Niedermoore, Sandlandschaft der Geest und Fehnkolonien. Nur die Gartenbauareale fallen weg, dafür ist an sechster Stelle die Industrieregion eingeführt worden, die in der Twente, in der Randstad, längs der nordbrabantischen Städtereihe und in Limburg die Deklarierung als Landbaugebiet verdrängt. In dieser Form eine recht unbefriedigende Lösung. Die Kombination der in diesem Buch entwickelten Abb. 20 und 22 wäre dann, und zwar für den Gesamtraum der Beneluxländer, sicher eine bessere und detailliertere Antwort. In den Niederlanden gibt es übrigens aus statistischer Sicht eine sehr viel unbefangenere Verwendung des Regionsbegriffs. Regionen im ›Mikroniveau‹ sind die 120 000 quadratischen Netzareale von 500 mal 500 m Seitenlänge, auf die man bei speziellen Planungsfragen zurückgreift, ferner die rd. 10 000 ›wijken‹ und ›buurten‹, also Gemeindeteile, sowie die 843 Gemeinden. Regionen auf ›Makroniveau‹ sind die 5 Landesteile und die 11 Provinzen. Dazwischen liegen auf ›Mesoniveau‹ die 129 ökonomisch-geographischen Gebiete und 40 Regionen (!), die jeweils eine bestimmte Zahl von ähnlich strukturierten Gemeinden umfassen. Im ›Atlas van Belgie/Atlas de Belgique‹ erschien 1970 ein Kartenblatt, entworfen von BRULARD, DUSSART, NICOLAI und SNAKEN, dessen Thema die regionale Einteilung des Landes ist. Dabei wird Belgien in 19 Regionen (streeken) untergliedert, was im wesentlichen eine naturräumliche Gliederung mit edaphischer Dominante darstellt und folglich vor allem agrargeographischen Bezug hat. Überlagert wird diese Gliederung durch die Kennzeichnung der verstädterten und industrialisierten Räume.

Aus diesen Andeutungen wird bereits klar, daß homogene Regionen nach dem Prinzip der Grenzgürtelmethode schon mit wenigen Geofaktoren zu gewinnen sind. Räumt man dabei der Forderung nach physiognomischer Homogenität besonderen Rang ein, so kann man mit einigen wenigen Faktoren, wie Bodennutzung, Verstädterungs- und Industrialisierungsgrad, schon zu guten Ergebnissen kommen und teilweise sogar wiederum Linien der naturräumlichen Gliederung durchscheinen sehen. Darüber hinaus ist es selbstverständlich möglich, die Homogenität des strukturellen Gefüges einer Region unter Beachtung einer sehr viel größeren Zahl von Faktoren zu fordern. Dann wird man Bevölkerungsdichte, Sozialstruktur, Wirtschafts- und Betriebsform, wirtschaftliche Leistungsfähigkeit und infrastrukturelle Ausstattung mit Hilfe geeigneter Parameter zu berücksichtigen suchen. Je mehr Maßzahlen und Kennziffern, etwa auf Gemeindebasis, herangezogen werden, um so gebieterischer erhebt sich aber die Notwendigkeit, der Datenfülle mit multivariaten statistischen Methoden Herr zu werden. Gerade dann, wenn Merkmalskombinationen nicht voneinander unabhängig sind, bietet sich die Faktorenanalyse an, die es in manchen Fällen erlaubt, eine Vielzahl von Geofaktoren auf einige Grunddimensionen zurückzuführen. Die Typenbildung kann hernach mit dem Mittel der Distanzgruppierung erarbeitet werden. Ganz im Sinne des oben erwähnten Klassifikationsprinzips werden dabei kleine Regionen mit vielen Details zu größeren, weniger detaillierten zusammengefaßt. Die Generalisierung geht also mit einem ständigen Informationsverlust einher.

Eine derartige Regionalisierung nach dem Homogenitätsprinzip führt indessen vielfach zu Ergebnissen, bei denen man fragen muß, ob der rechnerische Aufwand sich gelohnt hat, d. h. ob der Informationswert des Ergebnisses denn so viel höher zu veranschlagen ist als das vorher auch schon Bekannte. Im Rahmen dieses Buches, das sich auch an einen weiteren Leserkreis wendet, erscheint mir ein solches Verfahren fehl am Platze. Es muß hinzugefügt werden, daß das Hauptziel geographischer Arbeit m. E. war und hoffentlich bleibt: die in verständlicher Sprache geschriebene Länderkunde, die Land und Leute lebendig vor Augen stellt, so wie das KEUNING (1965) für sein Land in unübertrefflicher Weise getan hat. Wer Länderkunde als bloße Deskription abtut, verkennt, wieviel Deutung schon in einer geordneten Beobachtung und Beschreibung steckt; verkennt auch, daß mathematische Raumkonstruktionen, umrahmt von hochtrabendem Wortgeklingel, oft nur triviale Sachverhalte verdecken.

Zurück zum Problem der Regionalisierung. In den Abb. 18, 19, 20, 22 und 24 sind die wichtigsten Informationen zur Kennzeichnung nach Merkmalskombinationen enthalten. Hier wird eine Synthese anderer Art angestrebt: die Regionalisierung nach dem Kernprinzip, bei der die funktionale Region als Ergebnis einer zentralörtlichen Gliederung erscheint. Auch dabei wird ein Klassifikationsprinzip angewandt, das zu einer immer feineren räumlichen Differenzierung führt. Nur sind jetzt nicht mehr wie bei der homogenen Region die geofaktoriellen Merkmalskombinationen zunehmender Differenzierung — oder, in umgekehrter Richtung: zunehmender Generalisierung — unterworfen, sondern Art und Stärke der Bindung eines Um- und Hinterlandes an seinen städtischen Kernraum. Die Reichweite der zentralen Einrichtungen sowie Strom und Dichte der Pendler bilden Kriterien für die Bestimmung und Abgrenzung solcher Nodalregionen.

4.1.2. *Die Hierarchie der Zentren*

Die Nachfrage nach Gütern und Diensten, welche der tertiäre Sektor bereitstellt, eine Nachfrage, die vom Alltagsbedarf bis hin zum selten auftretenden Spezialbedarf reicht, geht von den Bewohnern jeder Siedlung einer Region aus. Für Länder, die der Wirtschaftsformation der urbanisierten westlichen Industriegesellschaft mit nivellierten Einkommensunterschieden angehören, gilt zudem, daß diese Nachfrage recht homogen von breitesten Schichten der Bevölkerung ausgeübt wird. Die Befriedigung der Wünsche, hier einmal ganz allgemein als solche nach Versorgung und Bildung beschrieben, erfolgt in dem Ort, in welchem sich zentrale Einrichtungen für ein Gebiet gruppieren, und wir nennen Einrichtungen zentral für ein Gebiet, wenn die dispers siedelnden Bewohner sich ihrer zur Erfüllung der Lebensansprüche bedienen, die Einrichtungen aber aus ökonomischen und technischen Gründen an bestimmten Standorten konzentriert sein müssen. Folgerichtig geht das zentralörtliche Angebot über den Bedarf der Bevölkerung des Zentralortes hinaus, es besteht ein Bedeutungsüberschuß. Die zentralen Orte sind entsprechend ihren Funktionen hierarchisch gestuft, dem entspricht eine räumliche Stufung ihrer Funktionsbereiche. Ein zentraler Ort unterer Stufe beherrscht ein kleines Umland, das mit ihm in den unteren Funktionen des Alltagsbedarfs fest verbunden ist. Ein Zentrum mittlerer Stufe führt auch ein solches Umland, aber zudem noch ein Hinterland, in dem mittlere Funktionen für den gehobenen Bedarf ausgeübt werden. Der zentrale Ort höherer Stufe verfügt ebenfalls über ein Umland und ein Hinterland, aber darüber hinaus versorgt er ein räumlich wiederum weiter gespanntes Einflußgebiet auf einem abermals erhöhten Niveau der Nachfrage. Kataloge der notwendigen Grundausstattung zentraler Orte auf den verschiedenen Stufen, betreffend die Spezialisierung des Einzelhandelsangebots, der schulischen und der medizinischen Versorgung etc., lassen sich leicht zusammenstellen, darauf soll hier im einzelnen nicht eingegangen werden. Die hierarchische Ordnung muß übrigens nicht dreistufig sein, wie es hier als Beispiel gewählt wurde, um das Prinzip zu verdeutlichen. In der Praxis hat aber dieses dreistufige Modell, wie SCHÖLLER (1953) es beschrieb, die größte raumordnerische Bedeutung. Nichts vermag das räumliche Ordnungsgefüge der hierarchisch gestuften zentralen Orte und der von ihnen geführten Bereiche besser zu abstrahieren als das Modell CHRISTALLERS: eine fugenlose Überdeckung eines Areals mit ineinander verschachtelten Sechsecken verschiedener Größe als Einflußbereiche, Hinterländer und Umländer der Zentren im Kernmuster.

In der Realität hängt die Reichweite zentralörtlicher Funktionen auf den verschiedenen Niveaus bei freier Nachfrage von der Konkurrenz der Orte untereinander und von der verkehrsmäßigen Erreichbarkeit ab. Die Einflußbereiche können sich überlappen. Ihre Grenzen oder Grenzsäume sind nur durch Befragung bei der Bevölkerung selbst zu ermitteln. Anders die gebundene oder institutionalisierte Zentralität. Damit ist die Dienstleistung von Verwaltungsbehörden gemeint, die an den Zuständigkeitsgrenzen (Gemeinde, Provinz, Kanton etc.) endet. Es ist nicht zu verkennen, daß die öffentliche Verwaltung einen wichtigen Teil der funktionalen Beziehungen zwischen zentralem Ort und geführtem Bereich ausmacht und daß die Ausstattung mit Verwaltungsinstitutionen oft das Rückgrat für die Entwicklung einer Siedlung zum zentralen Ort war.

Auf der mittleren Ebene der Provinzen in den Niederlanden und Belgien und auf der unteren Ebene der Distrikte in Luxemburg liefert also ein Rückgriff auf Abb. 1 mit den Provinz- und Distriktshauptstädten und ihren Bereichen eine erste zentralörtliche Gliederung. Im übrigen soll hier aber auf die Darstellung von Verwaltungsfunktionen im einzelnen verzichtet werden. Das Netz der Zentren der freien Zentralität auf einem mittleren Niveau, wie es Abb. 40 zeigt, ist für unsere Fragestellung von größerem Interesse. Übrigens enthält Abb. 40 mit Ausnahme von Assen, der Hauptstadt der Drenthe, alle Provinzialhauptstädte, aber darüber hinaus eine Reihe weiterer zentraler Orte.

Für die Niederlande verzeichnet Abb. 40 insgesamt 21 ›primäre regionale Zentren‹, sie sind mit ihren Einflußbereichen (bei geringfügigen eigenen Ergänzungen) vom Blatt IX-4 des ›Atlas van Nederland‹ übernommen. Die entscheidenden Vorarbeiten zur Einstufung der Orte und zur Erfassung der Bereiche leisteten KEUNING und BUURSINK. Diese primären Zentren stehen in der Hierarchie an oberster Stelle, ihnen untergeordnet sind sekundäre, tertiäre und lokale Zentren. Die Orte der zweiten und dritten Rangstufe teilen sich die Bereiche der Primärzentren von Abb. 40 in unteren Funktionen entsprechend dem skizzierten theoretischen Prinzip. Es ist bemerkenswert, daß

Abb. 40: Zentrale Orte und ihre Bereiche (nach Atlas van Nederland und Atlas de Belgique).

die Zahl der Zentralorte oberster Rangstufe in den Niederlanden vergleichsweise hoch ist. Sie liegt zwar in der gleichen Größenordnung wie die der 19 belgischen Zentren in Abb. 40, aber diese sind eben nicht alle vom höchsten Rang (vgl. oben S. 166 f.). So resultiert zwar ein durchaus sinnvoller und vergleichbarer Zuschnitt der Einflußbereiche, es bleibt aber die Frage, warum in den Niederlanden nicht eine kleine Zahl von Zentralorten ausgewiesen wird, die im Rang über den primären Regionalzentren liegen. Das liegt einmal daran, daß die ersten Anwärter auf diesen Rang, nämlich 's-Gravenhage, Amsterdam, Rotterdam und Utrecht, in der Randstad so dicht beieinander liegen, daß sie keine getrennten Einflußbereiche entwickeln konnten. Eher könnte man wohl die ganze Randstad als höchstrangiges Zentrum bezeichnen, neben dem dann nur Groningen, Arnhem und Eindhoven Ansätze zur Herausbildung von weiteren höchstrangigen Regionalstädten erkennen lassen.

›Hiérarchie des villes et leur structuration en réseau‹ ist der Titel einer Studie, die im Geographischen Institut der Universität Lüttich als Grundlage eines ersten nationalen Raumordnungs- und Wirtschaftsentwicklungsprogramms für Belgien erarbeitet wurde (Sporck, 1966). Die Zentren der großräumigen Gliederung des belgischen Staatsgebietes bilden die Agglomerationen (Stufe O und I) als Träger der höchstrangigen zentralen Einrichtungen. Brüssel wird gesondert ausgewiesen (Stufe O) wegen seiner nationalen und supranationalen Funktionen, dann auch wegen des erheblichen Größenabstandes gegenüber den übrigen Agglomerationen der Stufe I: Antwerpen, Lüttich, Gent und Charleroi.

Die Frage nach den räumlichen Planungseinheiten für ein regionales Entwicklungsprogramm beantwortet der Raumordnungsentwurf mit der Ausweisung der Pole und Polarisationsbereiche der Stufe II. Es sind das die 14 Regionalstädte (vgl. oben S. 166), dazu wiederum auf der niedrigeren Funktionsebene für das eigene Hinterland: Brüssel und die Agglomerationen der Stufe I. Nur die Regionalstadt Arlon wurde wegen ihrer geringen Einwohnerzahl der Stufe III zugeordnet, jedoch muß Arlon für die Provinz Luxembourg ersatzweise die Funktionen eines Poles der Stufe II erfüllen. Die Einflußbereiche werden als der eigentliche soziale und wirtschaftliche Bewegungsraum des Einzelnen verstanden. Aus diesem Grundsatz ergibt sich die räumliche Begrenzung des Polarisationsbereiches: die Entfernung vom Zentrum soll 20 km bis höchstens 50 km betragen, damit eine gute Erreichbarkeit gewährleistet ist. Daraus ergibt sich ferner — auch in Anbetracht der Bevölkerung des Einzugsbereiches von 200 000 bis 450 000 E, die ein bedeutendes Potential an Arbeitskräften darstellt — die Konzipierung der Städte als bifunktionale Pole ihrer Region, d. h. als zentrale Versorgungsorte und zugleich als Schwerpunkte der Beschäftigung. Sie erscheinen somit als die geeigneten Ansatzpunkte für ein wirtschaftliches Entwicklungsprogramm auf regionaler Ebene.

Die Einflußbereiche wurden zunächst theoretisch als Polygone ermittelt, die tatsächlichen Reichweiten dann durch Befragungen erhärtet, darüber berichten ANNAERT et al. (1972), das Ergebnis ist niedergelegt in den Karten 28 A, B und C des ›Atlas de Belgique‹ und diente als weitere Grundlage für Abb. 40.

Für das Großherzogtum Luxemburg hat die Hauptstadt allein den Rang eines Regionalzentrums vergleichbarer Größenordnung.

4.1.3. *Zentrale Orte und Pendlerräume*

Eine der auffallendsten Erscheinungen der Industriegesellschaft ist die Aufhebung der örtlichen Einheit von Wohnen und Arbeiten. Die Konzentration der Arbeitsplätze in den Städten und die Leistungsfähigkeit der Ver-

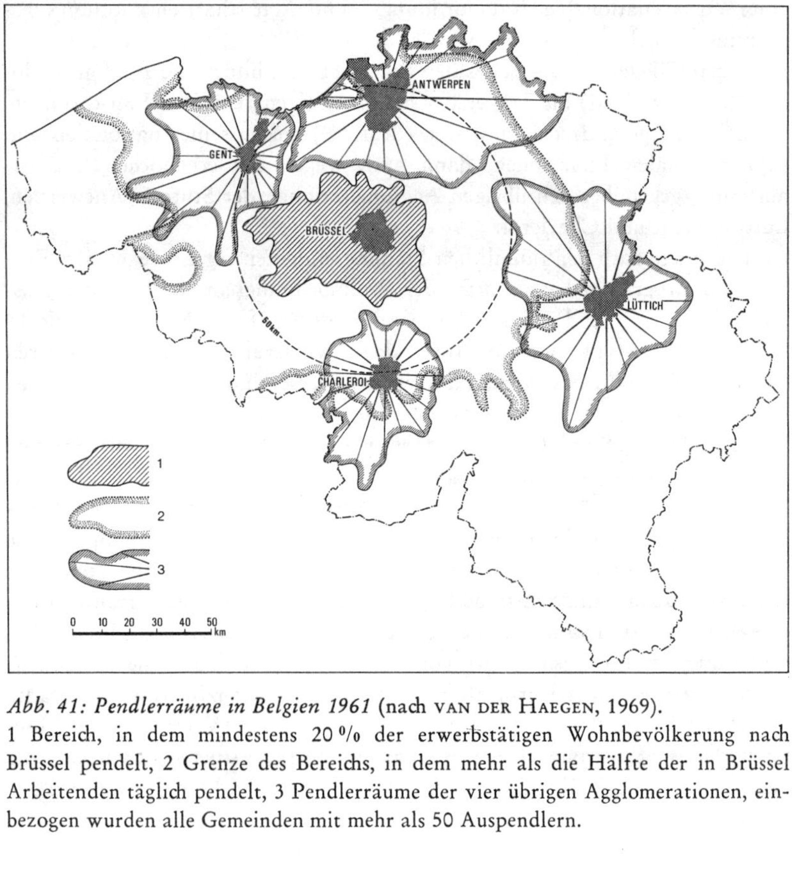

Abb. 41: Pendlerräume in Belgien 1961 (nach VAN DER HAEGEN, 1969).
1 Bereich, in dem mindestens 20 % der erwerbstätigen Wohnbevölkerung nach Brüssel pendelt, 2 Grenze des Bereichs, in dem mehr als die Hälfte der in Brüssel Arbeitenden täglich pendelt, 3 Pendlerräume der vier übrigen Agglomerationen, einbezogen wurden alle Gemeinden mit mehr als 50 Auspendlern.

kehrsmittel und -netze ermöglicht es den in den wirtschaftlichen Zentren beschäftigten Personen, im weiteren Umkreis dieser Zentren zu wohnen und täglich zu ihrem Arbeitsplatz zu fahren. Bezüglich des Arbeitsplatzüberschusses werden die Städte so zu ›sekundären Zentren‹, wie SCHÖLLER (1967, S. 90) das genannt hat, um den Gegensatz zum ursprünglichen Verständnis des primären Zentralortes zu kennzeichnen, der seinen Bedeutungsüberschuß auf dem Dienstleistungssektor besitzt. Vom engeren Umland zum weiteren Einflußbereich nimmt die Intensität der Pendlerströme ab. Freilich entspricht nicht immer einer Rangfolge der Orte nach dem Einpendlersaldo die gleiche Rangfolge nach ihrer primären Zentralität, und die Pendlereinzugsbereiche sind nicht exakt deckungsgleich mit den geführten Bereichen bei der Versorgung. Indessen zeigt Abb. 41 am Beispiel Belgiens mit aller Deutlichkeit, wie Brüssel und die vier nachgeordneten Agglomerationen höchsten Ranges mit ihren Pendlerräumen eine der primären Zentralität vergleichbare Raumorganisation erreichen.

Die wichtigste Form des Pendelverkehrs führt täglich (oder wöchentlich) über Gemeindegrenzen hinweg. Daneben gibt es aber den innerörtlichen Pendelverkehr zwischen Stadtteilen, der beträchtliche Ausmaße annehmen kann, wenn Eingemeindungen erfolgt sind. Beispiele dafür sind bei der Darstellung der großen Agglomerationen gegeben worden. Schließlich ist der zwischenstaatliche Pendelverkehr zu beachten. Aus den Niederlanden pendelten (1972) in die Bundesrepublik Deutschland 27 600 Arbeitnehmer aus, der ›Gegenstrom‹ betrug aber nur 700. Am stärksten ist dieser Verkehr von Südlimburg in den Aachener Raum gerichtet. An der Grenze von Nordbrabant und Belgien, im sog. Benelux-Mittelgebiet, ist dagegen der Saldo für die Niederlande positiv mit 3000 Auspendlern bei 23 300 Einpendlern (CBS, AZ 17, 1972). Zwischenstaatlicher Pendelverkehr besteht auch zwischen Lille in Nordfrankreich und dem Raum Kortrijk–Mouscron. Aus Belgisch-Lothringen wird nach Sedan, Esch und Luxemburg gependelt und aus dem Eupener Land nach Aachen.

Um die formale Struktur der Pendlerräume zu erhellen, kann unterschieden werden: 1. der monozentrische Pendlerraum. Um ein größeres Einpendlerzentrum scharen sich eine Anzahl von kleineren Auspendlergemeinden. Die Richtung der Pendlerbewegung zielt ausschließlich auf das Zentrum, das keine Konkurrenz hat. Monozentrische Pendlerräume können aufeinanderstoßen, ohne sich enger zu verzahnen oder wesentlich zu überlappen. 2. der polyzentrische Pendlerraum. Um mehrere, eng zusammenliegende und ebenbürtige Einpendlerzentren schart sich eine Gruppe von Auspendlergemeinden. Die Richtung des täglichen Pendelns wird dadurch aufgespalten. In den Grenzsäumen der Bereiche konkurrieren die Zentren stark. 3. der hierarchisch zentrierte Pendlerraum. Mehrere verschieden große Einpendlerzentren bilden einen hierarchisch gestuften Pendlerraum. Innerhalb des weiteren Einzugsbereiches des Hauptzentrums treten Sekundärzentren mit eigenen Einzugsbereichen auf. Alle Orte stehen in Konkurrenz zueinander.

Die Struktur der Pendlerräume hat einen sozialökonomischen Hintergrund und ermöglicht wichtige Rückschlüsse auf notwendige raumordnerische Maßnahmen. Hierarchisch zentrierte Pendlerräume bieten stark differenzierte Arbeitsmöglichkeiten mit vielen Aufstiegschancen. Sie werden in der Regel von mittleren Sozialgruppen wahrgenommen, die ihren Wohnort bevorzugt in einem eher städtischen Milieu suchen, eben den Sekundärzentren, während der Arbeitsplatz im Hauptzentrum liegt. Das einfachere, auf den produzierenden Bereich eingeengte Arbeitsangebot der Sekundärzentren wird hauptsächlich von den unteren Sozialgruppen der umgebenden Gemeinden ausgenutzt. Ähnliches gilt für den polyzentrischen Pendlerraum, in dem zwar mehrere Zentren gleichzeitig attraktiv sind, deren Arbeitsangebot jedoch meist auch auf den industriellen Sektor beschränkt ist. Der monozentrische Pendlerraum ist im Vergleich zu den beiden anderen labiler. Durch seine ausschließliche Anziehungskraft auf die Umgebung hat das Monozentrum zwar keine Konkurrenz, aber die Pendler sind leichter bereit, Wohnort und Arbeitsplatz zu wechseln, wenn sich bessere Berufschancen in anderen Landesteilen bieten.

In den Niederlanden gibt es monozentrische Pendlerräume um Leeuwarden, Groningen, Zwolle und Deventer. Diese Zentren liegen entweder in noch immer stark agrarorientierten Gebieten wie Leeuwarden und Groningen und besitzen einen relativ großen Einzugsbereich bei mittlerer Pendlerstromdichte, oder sie liegen in strukturell unterentwickelten Landesteilen wie Zwolle und Deventer. Demgegenüber finden sich in der Randstad Holland mit Amsterdam und Rotterdam als Oberzentren zwei typische hierarchische Pendlerräume. Innerhalb der weitesten Einzugsbereiche beider Städte existieren bedeutende Sekundärzentren mit eigenen Einzugsbereichen, so z. B. 's-Gravenhage (dem wiederum Leiden zugeordnet ist) und Utrecht. Eindhoven nimmt den Rang eines Hauptzentrums mit Helmond als Sekundärzentrum ein. Polyzentren sind die Twentestädte, 's-Hertogenbosch, Nijmegen, Arnhem und die limburgischen Städte.

Belgien ist das europäische Land mit dem höchsten Anteil der Pendler an der gesamten Berufsbevölkerung. Vergleichszahlen für 1960/61 lauten: Belgien 42 %, Niederlande 18 %, Luxemburg 26 % und Bundesrepublik Deutschland 24 %. Die Zahl der Einpendler nach Brüssel betrug 1947: 114 000; 1961 waren es 190 000, und 1970 zählte man 246 000. Van der Haegen und van Waelvelde (1974b) haben gezeigt, daß von 1961—1970 fast im gesamten Raum südlich der Sambre–Maas-Furche die Zahl der Pendler sich mehr als verdoppelt hat, ein deutliches Zeichen für die Strukturschwäche dieses Landesteiles.

Die hierarchisch zentrierten Pendlerräume um Brüssel, Gent, Antwerpen, Lüttich, Charleroi und in begrenzterem Umfang auch um Kortrijk sind die größten Verdichtungsräume des Landes. Weitere Pendlerzentren sind Namur, in Westflandern die Städte Mouscron, Brügge und Oostende sowie in den weniger dicht besiedelten Gebieten im Nordosten Hasselt, Genk, Mol und Turnhout. Die nicht zentrierten Pendlerräume südlich des wallonischen Industriegebietes sind zugleich schwach bevölkerte Regionen, in denen keine Stadt genügend Arbeitsmöglichkeiten bietet, um sich als Pendlerzentrum zu etablieren.

In Luxemburg können nur die Hauptstadt selbst sowie Esch und Differdange als Pendlerzentren angesprochen werden. Luxemburg, das die größte Einpendlerzahl aufweist, rekrutiert die in die Stadt einpendelnden Arbeitnehmer aus dem gesamten Staatsgebiet; der dichteste Strom kommt naturgemäß aus dem eigenen Kanton. Der Einzugsbereich von Esch umfaßt neben dem eigenen Kanton die Kantone Capellen, Luxemburg, Mersch und Remich. Differdange, das dritte und kleinste Pendlerzentrum Luxemburgs, zählt zu seinem Einzugsbereich die Kantone Capellen, Esch und Redange. Man kann das gesamte Staatsgebiet als einen hierarchisch zentrierten Pendlerraum bezeichnen, mit dem Hauptzentrum Luxemburg und den Sekundärzentren Esch und Differdange, deren Einzugsbereiche sich überschneiden.

4.2. Das Gefüge der Regionen in den Niederlanden

4.2.1. *Der Norden*

Die beiden primären regionalen Zentralorte im Norden der Niederlande sind die Provinzialhauptstädte Frieslands und Groningens: Leeuwarden und Groningen. Nach einer Punktwertung, mit deren Hilfe die Ausstattung mit zentralen Funktionen gemessen und verglichen werden kann und die Buursink (1971) entwickelt und näher beschrieben hat, erreichen beide Städte die Höchstzahl von 100 Punkten. Das Hinterland Leeuwardens deckt sich recht genau mit dem Areal der Provinz und erstreckt sich auch auf die vier zu Friesland gehörenden Watteninseln Vlieland, Terschelling, Ameland und Schiermonnikoog. Dagegen greift der von Groningen geführte Bereich weit über die Provinzgrenze hinaus; der größte Teil der Provinz Drenthe wird einbezogen. Nur im Südwesten von Drenthe, im Bereich der Gemeinden Vledder, Havelte, Nijeveen, Ruinerwold, Meppel, De Wijk und Zuidwolde überwiegt der Einfluß von Zwolle. Die Hauptstadt der Drenthe, Assen, ist nur ein Sekundärzentrum (68 Punkte nach Buursink) und als solches der Stadt Groningen zu- und untergeordnet.

Leeuwarden (1973: 86 300 E) liegt im fruchtbaren Marschenland am Ostrand der ehemaligen Middelzee und im Übergangssaum zu den friesischen Niedermooren. Wahrscheinlich entstand die Stadt auf dem Gelände dreier älterer Siedlungen, die im 15. Jahrhundert mit einem gemeinsamen Wall umgeben wurden. Im Mittelalter war Leeuwarden Seehafen, im 16. bis 18. Jahrhundert berühmt durch seine Silber- und Goldschmiede. Die neuen Wohnviertel der modernen Stadt sind längst über die sternförmig von Kanälen umschlossene Altstadt hinausgewachsen. Neben seiner Bedeutung als kultureller Mittelpunkt des friesischen Lebensraumes erfüllt Leeuwarden die Funktion des führenden Einkaufszentrums; davon bekommt der Besucher einen Eindruck, der vom Platz der Alten Waage her die stets belebte Hauptgeschäftsstraße Wirdumer Dijk betritt. Schließlich ist die Stadt der in seinem Rang für die Region unangefochtene Handelsmarkt für Agrarprodukte und Vieh. Neben einer Großmolkerei (mit 3000 Beschäftigten) und zahlreichen anderen Betrieben der Nahrungsmittelindustrie ist die Palette des sekundären Sektors durch Unternehmen der metallverarbeitenden, chemischen, Möbel-, Papier- und Textilindustrie bereichert worden.

Groningen liegt an den nordwestlichen Ausläufern des Hondsrug, im Übergangsbereich des Marschenlandes und der Fehnkolonien. Die Stadt hat (1973) 170 300 E und wird nach dem Urbanisationsgrad in die höchste Klasse C 5 eingestuft, d. h. allein im städtischen Wohnkern leben mehr als 100 000 Bürger; die Agglomeration mit ihren Randgemeinden zählt 203 000 E. Groningen wird im 11. Jahrhunderts erstmals urkundlich erwähnt und gehörte damals zum Bistum Utrecht. Die spätere Hansestadt war einer der Umschlagplätze, die den Handel zwischen Flandern und dem Ostseeraum organisierten. In der Altstadt, am Großen Markt, ist der gotische Backsteinbau der Martinikirche noch ein Zeuge jener Zeit, als die Schiffe Groninger Handelsherren bis nach Norwegen fuhren. Die Grachten und Verbindungskanäle zeichnen den Umriß der Befestigungsanlagen aus dem 17. und 18. Jahrhundert nach. Nachdem die Stadt den Einfluß der Utrechter Bischöfe abgestreift hatte, unterwarf und erschloß sie sich im Spätmittelalter die Marsch zwischen Lauwerszee und Ems. Die hervorragendste binnenkolonisatorische Leistung der frühen Neuzeit war die Urbarmachung des Bourtanger Moores durch die Anlage der Fehnkolonien seit dem 17. Jahrhundert, die einzelnen Kompanien übertragen worden war. — Die moderne Stadt ist der bedeutendste Verkehrsknotenpunkt im Netz von Straße, Schiene und Kanälen in den nördlichen Niederlanden und kann so ihre Funktion als Großmarkt für Obst, Getreide und Ölsaaten voll ausüben. Neben der Verbrauchsgüterindustrie (Nahrungsmittel und Bekleidung) sind Werke der chemischen und der metallverarbeitenden Industrie zu nennen, ferner Strohpappefabriken. Die industriellen Standortchancen nicht nur für Groningen, sondern auch für Hoogezand und Veendam in der Nachbarschaft, sind durch die Entdeckung der Erdgasfelder verbessert worden. — Groningen ist Sitz einer Universität und einer bodenkundlichen Versuchsstation.

Der Leeuwarden zugeordnete Bereich im Binnenland bietet überwiegend das Bild der friesischen Dörfer und Wurten inmitten weiter Grünlandflächen, die Agrarbetriebe sind auf Milchwirtschaft spezialisiert. Nur im küstenparallelen Streifen der jüngeren Marsch trifft man auf größere Ackerblöcke. Charakteristisch für viele Höfe ist ein hoher Pachtlandanteil; die Grundeigentümer sind die Kirche und der friesische Adel. Die Torfgräberei in den friesischen Mooren begann schon im 16. Jahrhundert in größerem Ausmaß, Wiesen und Weiden überziehen heute unterschiedslos Niedermoor und abgetorfte Hochmoorflächen. Die Grünlandwirtschaft prägt auch die dem Wattenmeer zugekehrten Flanken der Inseln, dort wo im Schutz der Dünenwälle sich Marschflächen bilden konnten. Die Hauptfunktion der Inseln ist die von ruhigen Erholungsgebieten, weitab vom Autoverkehr, mit Natur- und Vogelschutzreservaten. Die einheimische Bevölkerung in den kleinen Dörfern ist gering an Zahl, auf Vlieland leben 1000 Bewohner, etwas größer sind die Einwohnerzahlen von Terschelling (4400) und Ameland (3000), Schiermonnikoog zählt nur 800 E.

Die friesische Marsch mit den großen, rationalisierten Betrieben und nur wenigen Arbeitsplätzen im sekundären Sektor leidet unter der Bevölkerungsabwanderung. Im Gegensatz dazu haben aber die Inseln, ebenso wie die binnenwärtigen Moor- und Waldgebiete Frieslands, seit 1945 keinen Bevölkerungsverlust mehr hinzunehmen brauchen. Am auffallendsten ist die Bevölkerungszunahme zwischen Sneek und Drachten, beide Orte sind — wie auch Heerenveen — Entwicklungspole für die Industrialisierung, die seit 1950 verstärkt eingesetzt hat. Die gewerbliche Grundschicht in Friesland ist ein weitverzweigtes Netz von Betrieben der Milchverarbeitung. Die moderne Industrialisierung knüpft z. T. daran an (Maschinenbau), es gibt aber auch ganz neue Entwicklungen, wie z. B. einen Zweigbetrieb von Philips in Drachten.

Harlingen, die malerische alte Hafenstadt, Sneek, Heerenveen, Drachten und Dokkum sind fünf Zentralorte, die in einem Ring mit fast gleichen Abständen um Leeuwarden liegen und eigene Umländer in unteren Funktionen bedienen; Sneek und Heerenveen auf sekundärer, Harlingen, Drachten und Dokkum auf tertiärer Stufe. Sie haben auch eigene kleine Pendlereinzugsbereiche entwickelt, doch wird die Stellung von Leeuwarden als Monozentrum dadurch nicht angefochten, dessen Pendlereinzugsgebiet sich weitgehend mit seinem gesamten Hinterland deckt (Abb. 40).

Groningens Hinterland ist von der landschaftlich-ökonomischen Struktur her gesehen weniger einheitlich als das friesische Gebiet. Zwischen Dollart und der ehemaligen Lauwerszee erstreckt sich eine Marschenlandschaft mit hohem Ackerbauanteil: das Hoogeland und das Oldambt. In der westlich von Groningen gelegenen Marsch hingegen erinnert das Bild der grünlandorientierten Weidewirtschaft eher an Friesland. Zwischen dem Hondsrug und der Landesgrenze liegt das Ackerbaugebiet der Fehnkolonien und im Süden das Drenther Plateau mit seinen für den Geesttyp charakteristischen Mischbetrieben. Das vom Ackerbau geprägte Groninger Marschland rechnet KEUNING (1965) zum reinsten Agrarlandschaftstyp der Niederlande, sowohl vom Bild der Kulturlandschaft als auch von der sozialökonomischen Struktur her gesehen. Auf der Grenze von Hoogeland und Oldambt haben sich mit Appingedam und mit Delfzijl tertiäre Zentren entwickelt, ansonsten ist in diesem nordöstlichsten Raum der Einfluß von Groningen überragend. KEUNING hebt hervor, daß die einseitige Ausrichtung der Höfe auf den Getreidebau zur Saisonarbeitslosigkeit bei den Landarbeitern führt und dadurch nicht selten starke soziale Spannungen entstanden sind. Die Abwanderungsverluste sind, wie in der friesischen Marsch, beträchtlich. Delfzijl mit seiner aufstrebenden Hafenindustrie hat für sein Umland aber eine Gegenbewegung eingeleitet. Die zentralörtliche Strukturierung auf unterer Stufe ist schwach. Nur Winschoten im Oldambt hat den Rang eines sekundären Zentrums.

In den Groninger Fehnkolonien sind Hoogezand-Sappemeer, Veendam und Stadskanaal zentrale Orte tertiärer Stufe. Die beiden erstgenannten sind zudem industrielle Entwicklungspole. Neben den alten, fehnkolonialen Industriezweigen wie Schiffsbau (konzentriert in Hoogezand-Sappemeer), Kartoffelmehl- und Strohkartonindustrie, werden vor allem die metallverarbeitende Industrie, namentlich der Maschinenbau, ausgeweitet. Betriebe der chemischen und der Kunstfaserindustrie bieten Arbeitsplätze für Frauen an. Die Verstädterung der Moorsiedlungen ist weit vorangeschritten (BÄUERLE, 1969), an der Spitze steht dabei Veendam.

Trotz mancher Veränderungen in der Agrarlandschaft des Drenther Plateaus — Hofaussiedlung, Flurbereinigung und Vergrünlandung der Allmenden — ist der ursprüngliche Charakter der Eschdörfer und der Geestlandschaft noch weithin gewahrt. Dazu tragen auch die Heideflächen und die vielen vorgeschichtlichen Steinsetzungen bei. Die Bevölkerungsabwanderung einzudämmen war hier kein so drängendes Problem wie in der Marsch. Die Industrialisierung richtete sich auf die Orte am Rand des Plateaus aus; in Hoogeveen hatte sie schon vor dem Zweiten Weltkrieg begonnen. Hoogeveen ist Tertiärzentrum mit einem bedeutenden Viehmarkt und die südlichste Stadt, die in der Hierarchie der zentralen Orte noch an Groningen gebunden ist, obwohl der Einfluß von Zwolle schon meßbar wird. Sekundäre, ebenfalls Groningen untergeordnete Zentren sind Emmen und die Provinzialhauptstadt Assen selbst. Assen zählt heute 42 000 E, um die Jahrhundertwende noch eine Kleinstadt, erscheint es dem Besucher nunmehr modern und weitläufig ausgebaut. Zu den Funktionen als Verwaltungszentrum kommt die eines Einkaufszentrums für das Drenther Plateau, dessen Bedeutung als Erholungslandschaft ständig wächst.

4.2.2. *Der Osten*

Zum Osten der Niederlande wird hier das Hinterland von vier Städten gerechnet: Zwolle, Apeldoorn, Enschede und Arnhem. Apeldoorn und Enschede haben aber insofern eine Sonderstellung, als sie nach KEUNING und BUURSINK in ihren Regionen nicht allein und unangefochten führen. Apeldoorn teilt sich den Rang eines primären Zentrums mit den Komplementärzentren Deventer und Zutphen; Enschedes Komplementärzentrum ist Hengelo. Im Vergleich mit der Provinzialeinteilung stellt man fest, daß die von den vier Städten geführten Bereiche im wesentlichen die beiden Ostprovinzen Overijssel und Gelderland überdecken. Die Zwolle zugeordnete Region greift im Norden in der schon geschilderten Weise nach Groningen über, im Westen nach Flevoland; die zentralörtliche Bindung der Polder wird aber noch gesondert behandelt. Andererseits gehört der südlichste Teil von Gelderland nicht mehr zu dem von Arnhem geführten Raum.

Zwolle mit 77 100 E (1973) ist die Hauptstadt der Provinz Overijssel, der Ort entwickelte sich durch den Zusammenschluß dreier älterer Siedlungsteile, erhielt im 13. Jahrhundert das Stadtrecht und wurde bald Mitglied der Hanse. Über das Zwarte Water von der offenen Zuidersee her zu erreichen, lag hier ein weiterer Stützpunkt des Handels zwischen Flandern und den Ostseeländern. Als diese Handelsfunktion im 15. Jahrhundert erlosch, trat die Bedeutung als Umschlagplatz zwischen Holland und Westfalen an ihre Stelle. Verkehrsader war die Vecht, und die Beziehungen nach Westfalen verschlechterten sich dann auch im 18. Jahrhundert in dem Maß, in dem der Fluß für größere Schiffe nicht mehr zu befahren war. Im 19. Jahrhundert wuchs die Bedeutung als Provinzialhauptstadt, Zwolle wurde Mittelpunkt des Kanalnetzes in Overijssel und vor allem ein wichtiger Knotenpunkt im niederländischen Eisenbahnnetz. Etwa bis 1950 konnte man die zentralörtlichen Funktionen der Stadt daran ablesen, daß der Anteil der Erwerbstätigen in Handel, Verkehr und Dienstleistungen hoch war, erst in jüngster Zeit ist eine stärkere industrielle Komponente hinzugetreten (Metallverarbeitung, Elektrotechnik, Farben-, Textil- und Nahrungsmittelindustrie).

Zwolles Stellung als zentraler Ort mit Versorgungsfunktionen ist durch diese Entwicklung aber nicht angefochten worden. Es liegt nahezu in der Mitte seines Hinterlandes, dazu gehört das Viehwirtschaftsgebiet der südwestlichen Drenthe und des nordwestlichen Overijssel, das bis nach Elburg reicht, aber auch ein Teil des östlichen Overijssel mit seinem Wechsel von Hochmooren und Sandlandschaften. Nicht von ungefähr ist Zwolle einer der größten Viehmärkte der Niederlande. Mit seinen hohen Grünlandanteilen ist der westliche Teil der Region als Fortsetzung des friesischen Weidegebietes zu betrachten. Jedenfalls gilt das für das ›alte Land‹, in den Poldern spielt der Ackerbau eine größere Rolle. Die Niedermoorlandschaft um Giethoorn nördlich von Zwolle, in der bis heute Wasserläufe und kleine Kanäle die Hauptwirtschaftswege darstellen, ist eine der eigentümlichsten und auch bevölkerungsmäßig abgeschlossensten Regionen der Niederlande. Die abwechslungsreiche Landschaft der südwestlichen Drenthe — Offenland, Wald, Heide und Wasser — ist ein beliebtes Erholungsgebiet geworden; hier konnte sich Meppel zu einem Sekundärzentrum mit Versorgungsfunktionen entwickeln. Die Torfschifferei, die den Ort in der frühen Neuzeit wirtschaftlich begünstigt hatte, spielt keine Rolle mehr. Kampen, das im Mittelalter und bis in das 16. Jahrhundert eine bedeutende Handelsstadt gewesen war, erlebte einen völligen Niedergang, als Amsterdam den Schiffsverkehr an sich zog. Als Tertiärzentrum steht es im Schatten von Zwolle. — Im östlichen Teil des Hinterlandes von Zwolle ist die Landwirtschaft vom ›Mixed Farming‹ geprägt, mit stärkerer Ackerbaukomponente in den Fehnkolonien und dominanter Viehhaltung in den Sandlandschaften. Hoogeveen hat nach dem Zweiten Weltkrieg von einer erfolgreichen Industrieansiedlungspolitik profitiert, der Raum um dieses Tertiärzentrum liegt im Überschneidungsbereich der Einflüsse von Zwolle und Groningen, doch überwiegt m. E. die Bindung an Groningen.

Enschede, sein Komplementärzentrum Hengelo und das starke Sekundärzentrum Almelo beherrschen den Bereich der eigentlichen Twente und machen ihren Einfluß im Norden bis nach Coevorden, im Süden bis nach Winterswijk geltend. Enschede zählt 142 100 E, Hengelo 71 600 E, zusammen mit den Randgemeinden wohnen 238 000 Menschen in dieser Agglomeration der Twenteschen Industrieformation; Almelo hat 60 000 E. Enschede ist Mittelpunkt der Baumwollindustrie mit Spinnereien und Webereien sowie mit Betrieben der Chemie und des Maschinenbaus, die auf die Textilindustrie ausgerichtet sind. Um der spürbaren Schwäche dieses Industriezweiges zu steuern, wurden mit Erfolg neue Unternehmen angesiedelt, aus anderen Branchen. Die Errichtung der technischen Hochschule und die Eröffnung des Rijksmuseums Twente waren wichtige Schritte auf dem Wege, hier ein kulturelles Zentrum der östlichen Niederlande zu schaffen. Hengelo hat zwar auch Betriebe der Baumwoll- und Wollindustrie, ist aber zugleich ein Standort der modernen Schwerchemie (Foto 28), der Elektrotechnik und der Motorenfabrikation. Die Lage am Twentekanal begünstigt die Agglomeration verkehrsmäßig, ein Stichkanal schließt auch Almelo an, wo neben der Baumwollindustrie die Metall-, Woll- und Möbelindustrie vertreten ist.

Die Grundschicht der bäuerlichen Siedlungslandschaft in der Twente bilden die Eschdörfer, auch Einzelhöfe, mit gemischter Betriebsform: eine Fortsetzung des westfälischen Geesttyps. In der Umgebung der Agglomeration ist eine deutliche Betonung der Milchwirtschaft zur Nahversorgung der Bevölkerung zu beobachten. Die Variationsbreite der Betriebsgrößen ist beträchtlich, weil das Anerbenrecht einerseits die Geschlossenheit der großen

Höfe zu bewahren half, andererseits Markkötter und Erbkötter angesetzt wurden. Im Zusammenhang mit den ländlichen Nebenerwerbsbetrieben ist die Entwicklung der Leinenindustrie als Heimgewerbe (im 16. Jahrhundert) zu sehen, wichtig war auch die Lage der Twente an den Handelswegen von Amsterdam über Deventer ins Münsterland, weil diese Wege von den reisenden Kaufleuten, den Tödden, benutzt wurden. Aus den Töddenfamilien erwuchsen die textilindustriellen Unternehmer. Um 1720 wurde in der Twente die Leinenweberei von der Barchentmanufaktur verdrängt, und nach der Lostrennung Belgiens förderten niederländische Handelsgesellschaften die Entwicklung der Baumwollindustrie.

Apeldoorn (128 600 E) liegt am östlichen Rand der saalekaltzeitlichen Stauchmoränen und damit genau auf der Grenze der beiden Landschaftseinheiten, die zu seinem Hinterland gehören: der Veluwe im Westen und den altbesiedelten Sandlandschaften im Osten, wo die Ijsselstädte Deventer und Zutphen als Komplementärzentren einen Teil der Versorgungsfunktionen übernehmen. Neben diesem Städtedreieck haben sich andere Sekundär- oder Tertiärzentren nicht entwickeln können. — Apeldoorn wird gern und mit Recht als Gartenstadt bezeichnet. Die Nähe zum königlichen Schloß Het Loo (erbaut 1686) hat zum Aufstieg des ehemals kleinen Dörfchens beigetragen; die heutige Stadt mit ihren vielen, gepflegten Parks und ihren Villenvierteln ist eine bevorzugte Wohngemeinde, nicht zuletzt auch für Pensionäre. Den hohen Wohnwert hat sie gemeinsam mit anderen, kleinen Orten in ähnlich reizvoller landschaftlicher Position am Veluwerand, wie z. B. Epe und Brummen. Apeldoorn hat diese seine Vorzüge auch bewahren können, nachdem die Stadt seit den zwanziger Jahren ein kleiner Industriestandort geworden war.

Deventer (64 000 E) ist im Mittelalter und bis in die frühe Neuzeit eine ›Stadt der Jahrmärkte‹ und Mittelpunkt des Leinenhandels gewesen. Der Überschuß an Arbeitskräften des Umlandes zog im 19. Jahrhundert arbeitsintensive Gewerbezweige wie Zigarren- und Textilmanufaktur an. Die moderne Entwicklung brachte eine vielseitige Industrie, mehr als die Hälfte der Erwerbstätigen findet hier Beschäftigung. Daneben blieb Deventer für das südliche Salland aber auch Versorgungszentrum auf dem tertiären Sektor. In einem citynahen Wohngebiet, dem sog. Bergkwartier, mit Ziegelbauten aus dem 17. und 18. Jahrhundert, wurde seit 1966 ein vorbildlicher Sanierungsplan mit dem Ziel der Restaurierung baulicher Werte durchgeführt. Zutphen, das kleinere der beiden Komplementärzentren (28 000 E) und alter Hauptort der ehemaligen, gleichnamigen Grafschaft, ist in geringerem Maße als Deventer industrialisiert und hat die Schönheit seines alten Stadtbildes gut bewahrt. Zutphens Hinterland endet im Süden an der Ouden Ijssel bei Doesburg, dort, wo die zentralörtliche Kraft von Arnhem beginnt.

Die bereits angedeutete Zweiteilung der Region Apeldoorn ist auch von der Landnutzung her offenkundig: Mischbetriebe des Geesttyps im Osten sowie die großen Erbgüter im Achterhoek — und die allenfalls forstwirtschaftlich genutzte Veluwe im Westen. Hier überwiegen die Funktionen der Erholung und des Naturschutzes, aber auch die des militärischen Übungsgeländes. In der Veluwe wird die größte Campingdichte des ganzen Landes verzeichnet. Die alten Dörfer in Randlage sind durch den Fremdenverkehr stark überformt worden. Der eigentliche Nationalpark ›Hoge Veluwe‹ mit seinen Dünen, Wäldern und Heiden und deren reicher Tierwelt liegt bereits im Überschneidungsgebiet der Bereiche von Apeldoorn und Arnhem.

Arnhem (129 600 E), mit weitläufigen Villenvororten, ist die Hauptstadt der Provinz Gelderland und Verkehrsknotenpunkt am Neder-Rijn, auf der Grenze der Geestlandschaft der Veluwe und der Flußmarsch der Betuwe gelegen. Das Hinterland der Stadt erstreckt sich west–östlich entlang der Hauptverkehrsachse nördlich der Stromaue. Hier sind schon römische Legionen, Ritter der Karolingerzeit und Kaufleute der Hanse durchgezogen. Mit Veenendaal, Ede und Wageningen im Westen sowie Doetinchem im Osten sind in dieser Achsenrichtung untergeordnete, tertiäre Zentren entstanden. Als Versorgungsmittelpunkt erhält Arnhem (nach Buursink 1971) mit 96 Punkten den gleichen Rang wie Rotterdam und 's-Gravenhage! Die Nachbarschaft von Apeldoorn und von Nijmegen, aber auch von Utrecht, bewirkt, daß das Hinterland wesentlich kleiner ist als bei Leeuwarden, Groningen und Zwolle, die mit ihrem Kranz von Nebenzentren eher dem Christallerschen System entsprechen. Rijn-, Vijzel-, Ketel- und Roggestraat bilden den Hauptgeschäftsstraßenzug der Altstadt, das eigentliche Zentrum des Einzelhandels im modernen Wiederaufbau nach den schweren Zerstörungen, die Arnhem im Zweiten Weltkrieg erlitt. Neben der größten Kunstseidefabrik der Niederlande sind die Metall- und Kautschukindustrie sowie der Schiffsbau vertreten. Die Gemeinden des südlichen Veluwesaumes in der Region Arnhem haben nach 1945 einen starken Bevölkerungsanstieg erlebt, durch Wanderungsgewinn aus dem Gelderschen Achterhoek, aus der Betuwe und auch aus dem Westen des Landes. Grund dafür war das wachsende Angebot von Arbeitsplätzen im sekundären Sektor nicht nur in Arnhem, sondern auch in Wageningen und einigen kleineren Orten (z. B. Rheden im Osten und Heelsum im Westen von Arnhem), aber auch die Bevorzugung der Region als Wohnsitz für die, die aus dem Erwerbsleben ausgeschieden sind. Eine wichtige Funktion auf dem Sektor Forschung und Unterricht erfüllt die Hochschule für Landbau in Wageningen, die internationalen Ruf besitzt.

4.2.3. *Der Westen*

Im westlichen Landesteil sind sieben Städte aufgrund der Wahrnehmung von Versorgungsfunktionen als primäre Regionalzentren eingestuft worden. In der Reihenfolge der Punktzahl, die sie bei BUURSINK nach ihrer Ausstattung mit Dienstleistungsfunktionen erhalten haben, sind es: Utrecht (100); 's-Gravenhage, Rotterdam und Haarlem (je 96); Amsterdam (92); Alkmaar (80) und Dordrecht (72). Dordrecht rückt damit gerade noch in die Gruppe der Hauptzentren hinein. Mit Ausnahme des von Alkmaar geführten Bereiches und des östlich über Amersfoort hinausreichenden Gebietes, das Utrecht zugeordnet ist, decken sich die Regionen mit dem Areal der Randstad Holland, die in ihrer funktionalen Differenzierung bereits in anderem Zusammenhang ausführlich dargestellt worden ist (vgl. 3.4.3. und Abb. 27). Darüber hinaus wurden den drei größten Zentren des Landes, Amsterdam, Rotterdam und 's-Gravenhage, eigene Abschnitte gewidmet, so daß sich hier eine Wiederholung erübrigt. Angemerkt sei aber, daß bei der Berechnung des Zentralitätswertes für ein Gravitationsmodell (DELSCHEN, HAMBLOCH, LÜKE, 1972) sich eine ganz andere Wertskala ergibt. Die Zentralitätswerte lauten dann für 's-Gravenhage: 45 800, für Amsterdam: 13 600 und für Rotterdam: 8900 (danach kommen Arnhem, Utrecht, Groningen und Leeuwarden). Beim Gravitationsmodell wurde mit dem Beschäftigtenüberschuß in bestimmten Sparten des tertiären Sektors gerechnet, aber ohne den Handel; das begünstigt die Zentren mit institutionalisierter Zentralität, wie der Wert für 's-Gravenhage beweist.

Die Nachbarschaftslage von Haarlem, Amsterdam und Utrecht im Nordflügel sowie von 's-Gravenhage, Rotterdam und Dordrecht im Südflügel der Randstad führt zur wechselseitigen Beschränkung der Hinterländer. Dennoch haben sich im Verdichtungsraum des Westens kräftige Sekundärzentren entwickeln können, bei denen die Versorgungsfunktion auf dem Sektor des Einzelhandels an erster Stelle steht. Es sind das im Hinterland von Amsterdam: Zaandam (69 000 E) und Hilversum (97 000 E), im Hinterland von 's-Gravenhage: Leiden (98 000 E) und schließlich im Hinterland von Rotterdam: Gouda (48 000 E). Ein Sekundärzentrum, aber ohne derart ausgeprägte Funktion als Einzelhandels- und Einkaufsstadt, ist endlich Amersfoort (79 900 E) am Ostfuß des Utrechter Hügelrückens. Hier in die Geldersche Vallei und bis in die nördliche Veluwe nach Harderwijk reicht das Hinterland von Utrecht über die eigentliche Randstad hinaus. Auf den moorigen Böden der Gelderschen Vallei wird Grünland kultiviert, charakteristisch ist ferner die Geflügelhaltung, Molkereien und Fleischwarenfabriken bestimmen den sekundären Sektor in der Landstadt Barneveld (32 000 E). Harderwijk (27 000 E) war im Mittelalter eine Seehandelsstadt, sank aber in der Neuzeit fast zur Bedeutungslosigkeit herab, bis in den letzten Jahrzehnten ein neuer

Aufschwung einsetzte, gefördert durch die Industrialisierung, die ihrerseits von der Bahnverbindung Zwolle–Amersfoort profitierte. Vor allem aber erlebte Harderwijk diesen Aufstieg in der Rolle eines Kleinzentrums mit Versorgungsfunktionen für die Besucher der Erholungseinrichtungen am Veluwemeer, die mit der Schaffung der südlichen Ijsselmeerpolder entstanden sind. Deshalb hatten Ort und Umland jüngst auch eine beträchtliche Bevölkerungszunahme durch Wanderung zu verzeichnen.

Die Region, die Alkmaar zugeordnet ist, umfaßt den nördlichsten Zipfel des Kennemerlandes, Westfriesland, das holländische Norderkwartier und die Insel Texel. Alkmaar (60 400 E) ist eine von Grachten durchzogene, alte Stadt, die ihre ersten Privilegien um 1250 erhielt (Stadt- und Waagerecht), 1386 kam das Marktrecht hinzu. Vorübergehend gingen diese Rechte wieder verloren, als sich Alkmaar einem Bauernaufstand anschloß. 1572 von den Geusen erobert, widerstand die Stadt der darauf folgenden Belagerung durch die Spanier, damit wendete sich das Blatt im Befreiungskampf der Niederländer (›van Alkmaar begint de victorie‹). Für den zentralen Ort der Gegenwart, am Nordhollandkanal und an der Schnellstraße Den Helder–Amsterdam gelegen, ist die Nordspitze Hollands zwar der Pendlereinzugsbereich, jedoch überwiegen die Auspendler die Einpendler, weil die Stadt im Sog der Industrieregion am Nordseekanal und vor allem Amsterdams liegt. Die direkte wirtschaftliche Bedeutung des berühmten Käsemarktes ist geringer zu veranschlagen als die einiger Industriezweige (Metallverarbeitung, Schokoladenfabrik und Möbelherstellung), indessen profitiert die Stadt von der Touristenattraktion, die das wöchentliche Schauspiel an der alten Stadtwaage darstellt. An einem schönen Sommertag kommen deswegen nach eigenen Umfragen ca. 70 000 Besucher.

Das Hinterland von Alkmaar ist ein gutes Beispiel für eine Region, die nur durch ihre Zuordnung zum Zentralort erfaßt wird, im übrigen aber aus einer Anzahl von Kleinlandschaften besteht, die weder unter physiogeographischem Aspekt noch hinsichtlich ihrer historischen Entwicklung und heutigen Wirtschaftsstruktur eine Einheit bilden. Westfriesland war schon im 13. Jahrhundert ein von Deichen umringtes Areal. Von den alten Stapelrechtsplätzen Hoorn, Enkhuizen, Medemblick und Schagen spielt heute nur noch Hoorn (20 000 E) für sein Umland, ›de Streek‹, die Rolle eines Versorgungszentrums dritter Ordnung. Mit der Einrichtung eines Zweigbetriebes von Philips wurde ein erster Schritt in Richtung auf moderne Industrieansiedlung hin unternommen. Enkhuizen ist Mittelpunkt des Handels mit Blumenzwiebeln und -samen, denn in der ›Streek‹ ist der auf Blumenzucht spezialisierte Gartenbau eine wichtige Komponente der Bodennutzung. Ein zweites Gartenbaugebiet (Geestmerambacht und Heerhugowaard) liegt nördlich von Alkmaar mit Spezialisierung auf Gemüsebau für den Absatzmarkt Amsterdam und für den Export. Abgesehen von diesen an der westlichen und östlichen Flanke entstandenen Sonderkulturgebieten ist der Gartenbau aber auch im übrigen Westfriesland neben der Weidewirtschaft auf den Jungmarschböden ausgeprägt.

Ein buntes Mosaik bietet das Bild der Kleinlandschaften im nördlichsten Teil Hollands. Ganz im Westen liegen die in der frühen Neuzeit gewonnenen Sandpolder, daran schließt sich, ebenfalls noch westlich des Nordhollandkanals gelegen, der Koegraspolder an, der Anfang des 19. Jahrhunderts eingedeicht wurde. 1781 legte man in Den Helder einen Kriegshafen an, die Stadt ist auch heute noch wichtigster Marinestützpunkt der Niederlande und ein Zentrum dritter Ordnung (61 500 E). Im Gegensatz zu den westlichen Poldern, deren Untergrund aus jungem Seesand besteht, sind Wieringerwaard und der große Anna Paulownapolder auf schwerem Marschboden entstanden. Grünlandwirtschaft und Gartenbau bestimmen auch hier die Agrarlandschaft. Die ehemalige Insel Wieringen wurde erst durch den Bau des Absperrdeiches an das Festland angeschlossen, sie besitzt einen glazial geformten Kern.

Noch während man am Abschlußdeich baute, wurde im Jahr 1930 der Wieringermeerpolder trockengelegt. Er bietet heute das Bild einer homogenen, vom Ackerbau geprägten Landschaft. Für die Planung der Siedlungen in den späteren Ijsselmeerpoldern und für die Erprobung ihrer Funktionstüchtigkeit stellte Wieringermeer geradezu ein Versuchsobjekt dar. Ursprünglich hatte man vorgesehen, Wieringerwerf als Zentrum auszubauen. Aber die Kultivierung des neu gewonnenen Landes begann im Westen, so daß zuerst die beiden anderen Dörfer, Middenmeer und Slootdorp, angelegt werden konnten. Erst 1935 war die Urbarmachung so weit fortgeschritten, daß mit dem Bau von Wieringerwerf begonnen wurde. In dieser kurzen Zeit hatte aber Middenmeer schon einen Vorsprung erworben. Geschäftsleute, die im Wieringermeer eine gute Zukunft sahen, warteten nicht, bis Wieringerwerf bewohnbar war, sondern ließen sich in Middenmeer nieder, die Bauern richteten in Middenmeer eine wöchentliche Landwirtschaftsschau ein, dazu siedelte sich auch Industrie an. Nach einigen Jahren unterschied sich Wieringerwerf in seinem Charakter deutlich von Middenmeer: letzteres war ein Geschäftszentrum geworden, ersteres, in dem die kommunalen und staatlichen Verwaltungsorgane ihren Sitz hatten, ein Beamtendorf. 1945 wurde Wieringermeer durch Kriegshandlungen überflutet und die Dörfer zerstört. Man baute sie an den alten Standorten wieder auf und errichtete 1956/57 noch ein viertes Dorf, Kreileroord, östlich von Wieringerwerf. Erst in jüngster Zeit hat Wieringerwerf mit Middenmeer als Versorgungsmittelpunkt gleichgezogen. Da sich auch einige Industriebetriebe angesiedelt haben, besteht die Möglichkeit, daß das Planziel doch noch erreicht wird und Wieringerwerf in Zukunft den Hauptort des Polders bildet.

Schließlich ist noch die größte der friesischen Inseln, Texel mit 180 km² und 11 800 E, nach Alkmaar als ihrem primären Regionalzentrum ausgerichtet. Auf Texel selbst hat Den Burg die Funktion eines lokalen Versorgungszentrums. Zur Seeseite hin wird die Insel durch Dünen abgeschlossen, das Innere bildet ein Geestkern, und daran sind gegen das Wattenmeer Polder angelagert. Eigenartiges Merkmal der Agrarlandschaft sind die ›Tuinwallen‹, die bei der Allmendaufteilung als Erdwälle zur Grenzmarkierung aufgeschüttet wurden und zugleich Windschutz bieten. Hauptzweig der Agrarwirtschaft ist die Schafzucht, neben Rinderhaltung und Blumenzwiebelkulturen. Im Rahmen der Flurbereinigungen, die seit 1967 durchgeführt wurden, konnte das Straßennetz der Insel verbessert werden, was dem Fremdenverkehr zugute kommt. Die Verbindung mit dem Festland schafft eine Fährverbindung nach Den Helder. Trotz hoher Besucherzahlen bewahrte die Insel ihren Charakter der Stille, ein Ziel, das auch die Gemeindeverwaltung mit ihren Bemühungen verfolgt, den Bau großer Hotels und Vergnügungszentren zu verhindern. Das Campingwesen und die Unterkunft in Ferienhäusern spielt eine weit größere Rolle als der Aufenthalt in den Pensionen von Den Burg oder in einem der anderen kleinen Dörfchen.

4.2.4. *Der Süden*

Im Süden der Niederlande gliedern acht primäre Regionalzentren mit ihren Hinterländern den Raum. Mit Einrichtungen des tertiären Sektors sind sie, gemessen an Hand der Skala nach Buursink (1971), recht unterschiedlich ausgestattet: Maastricht hat den Wert 88, Nijmegen, Eindhoven und 's-Hertogenbosch zählen 80, Tilburg und Breda 76 Punkte. Middelburg und Venlo bringen es nur auf 64. Middelburg versieht daher seine Funktion auch zusammen mit Goes als Komplementärzentrum. Venlo stand vor einigen Jahren noch auf der Grenze zwischen einem primären und einem sekundären Regionalzentrum, als solches war es Maastricht zugeordnet. Die rasche Entwicklung der letzten Jahre gestattet es aber doch, der Stadt einen eigenen Bereich als Primärzentrum zuzuweisen. In administrativer Sicht überdecken die Regionen der acht Städte die Provinzen Seeland, Nordbrabant und Limburg. 's-Hertogenbosch und Nijmegen greifen auch noch ins Gelderland über.

Nijmegen hat 148 200 E — die Agglomeration zählt 210 000 E — und liegt am Waalufer auf den Ausläufern der linksrheinischen Stauchmoränenwälle. Der Siedlungsplatz blickt auf eine vielschichtige Vergangenheit zurück: keltischer Vorort, römischer Stützpunkt, karolingische Pfalz in der Nähe des Reichswaldes, Hansestadt — das sind einige Stationen seiner Geschichte. Die verkehrsgünstig gelegene Grenz- und Brückenstadt ist heute ein wichtiger Handelsplatz mit zahlreichen ausländischen Firmenniederlassungen, ferner Sitz einer Universität. Der städtebauliche Bogen spannt sich von den Ruinen der Pfalz auf dem Valkhof über den mittelalterlichen Kern am großen Markt mit der Stadtwaage bis zu modernen Gartenstadt-Vororten. Nijmegens Hinterland umfaßt mehrere kleine Naturräume: einmal einen Teil der Flußmarsch, die Betuwe zwischen Neder-Rijn und Waal bis an die Grenze der Region Arnhem, ferner das ›Land van Maas en Waal‹, eben zwischen diesen beiden Strömen gelegen. Südwestlich der Stadt erstreckt sich das ›Rijk van Nijmegen‹ als sandige Kleinlandschaft und leitet über zu den Nordbrabanter Sandplatten; an der Grenze des Hochmoores der Peel endet die Region. — Die Flußmarsch bietet ein recht einheitliches Landschaftsbild, geprägt durch landwirtschaftliche Mischbetriebe mit hohem Grünlandanteil und Obstkulturen, die im Frühling in prächtiger Blüte stehen und Besucher auf die Flußdeiche locken; auffallend dazwischen die vielen Ziegeleien. Lange Zeit war dieser Teil der Flußmarsch ein Passivraum, vom Verkehr umgangen, in seiner Abgeschlossenheit individuell geprägt. Die Landwirtschaft hatte mit den schwierigen Wasserverhältnissen zu kämpfen, die Ziegeleien boten nur Saisonarbeit, solange nicht moderne Trocknungsanlagen den ganzjährigen Betrieb der Produktion ermöglichten. Die vielen kleinen Pachtbetriebe boten nur wenige Arbeitsplätze, und der Abwanderungsüberschuß war hoch. Erst in den Jahren nach dem Krieg begann sich die Lage zu ändern. Flurbereinigungen (vgl. Abb. 23) und bessere Straßenverbindungen auch in Nord—Süd-Richtung trugen dazu bei. Das einzige größere Sekundärzentrum im Hinterland von Nijmegen ist die alte Hansestadt Tiel (22 000 E).

’s-Hertogenbosch (84 800 E, Agglomeration: 174 700 E) ist die Provinzialhauptstadt von Nordbrabant und liegt als wichtiger Verkehrsknotenpunkt auf der Grenze zwischen den ansteigenden südlichen Sandplatten und der oft überschwemmten Flußaue im Norden. Im Mittelalter und bis in die frühe Neuzeit war es eine blühende Handels- und Gewerbestadt (Leinenweberei). Die langen Jahre der Auseinandersetzungen mit Spanien leiteten eine Epoche der Stagnation ein. Mit der Entwicklung der Zigarrenindustrie zu Beginn des 20. Jahrhunderts, die auf dem älteren Heimgewerbe basierte, beginnt dann wieder ein Aufschwung, aber erst nach 1945 siedelten sich in rascher Folge zahlreiche Industriezweige an: Maschinenbau, Reifenproduktion, Lebensmittelindustrie. ’s-Hertogenbosch ist der größte Viehmarkt der Niederlande.

Den nördlichsten Zipfel seines Hinterlandes bilden die Bommelerwaard und die Tielerwaard in der Flußmarsch; Zaltbommel ist hier untergeordneter Versorgungsmittelpunkt. Gute Straßenverbindungen und Brücken über die Ströme haben die ›Waarden‹ aus ihrer Abgeschiedenheit geführt, Tielerwaard liegt im Überschneidungsbereich der Pendlerräume von Utrecht und ’s-Hertogenbosch. Bedeutender als Zaltbommel sind die sekundären Zentren Waalwijk (24 000 E) im Westen und Oss (42 000 E) im Osten, ebenfalls im Übergangssaum von der Flußmarsch zu den Sandplatten gelegen. Zwischen Oosterhout und Waalwijk, dort, wo sich die Regionen von Breda, Tilburg und 's-Hertogenbosch überschneiden, erstreckt sich die Kleinlandschaft der ›Langstraat‹, in der die Ledergerberei und die Schuhindustrie konzentriert war. Die Eichen aus den Wallhecken der Brabanter Ackerbaulandschaft lieferten die Rinde für die Lohe. Heute ist die Lohgerberei durch die Anwendung von Chemikalien verdrängt worden und das Gewerbe ist in die Städte, vor allem nach Tilburg, abgewandert.

Der südliche Teil der Region von 's-Hertogenbosch, namentlich die Meierij, umfaßt zusammen mit den von Tilburg, Eindhoven und Venlo geführten Bereichen die Sand- und Sandlößlandschaften von Nordbrabant und Nordlimburg, deren physiogeographische Gleichförmigkeit früher nur durch das Hochmoor der Peel unterbrochen wurde. Nachdem aber von 1880 bis in die Zeit zwischen den Weltkriegen der Torf bis auf geringe Restflächen abgebaut und die Peel von den randlich gelegenen Dörfern her für den Anbau erschlossen worden war, verwischten sich die Grenzen der ehemaligen Moorlandschaft langsam in einer einheitlich vom ›Mixed Farming‹ geprägten Agrarlandschaft. In der Umgebung von Venlo ist der Gemüse- und Obstbau, teils in ausgedehnten Gewächshausanlagen, das Wahrzeichen der Kulturlandschaft. Wichtige Spezialkulturen sind Gurken, Möhren, Porree, Spargel und Champignons.

Die industrielle Grundschicht bildet im ganzen Raum von Bergen op Zoom bis Venlo die Verarbeitung von Agrarprodukten (Mühlen, Molkereien, Zuckerfabriken), von alters her hatten die Dörfer und Städte Marktfunktionen. Wichtiger aber ist gewesen, daß im ländlichen Nordbrabant mit seinen kleinen, kinderreichen Familienbetrieben ein Überschuß an Arbeitskräften heranwuchs, der bald in der Landwirtschaft kein Unterkommen mehr fand. Dieser Arbeitsmarkt wurde von holländischen Unternehmern schon im 17. Jahrhundert für den Aufbau des Textilgewerbes und seit dem 19. Jahrhundert für die Zigarrenmanufaktur genutzt, wobei anfänglich in beiden Zweigen die Heimarbeit eine ausschlaggebende Rolle spielte. Heute ist Nordbrabant gekennzeichnet einerseits durch breite Streuung kleiner Industrieniederlassungen auf dem ›flachen Land‹ und andererseits durch die Konzentration von Großbetrieben in den regionalen Zentralorten, die in ihrem Umland starken Bevölkerungszuwachs, nicht zuletzt durch Wanderungsgewinne, zu verzeichnen haben.

Die dynamischste Entwicklung hat in diesem Sinn Eindhoven durchgemacht (192 000 E, die Agglomeration mit 350 000 E), das noch im vorigen Jahrhundert ein kleines Landstädtchen mit Leinen- und Zigarrenindustrie war. 1891 wurde der Philips-Betrieb gegründet, mit dessen Wachstum aus kleinsten Anfängen zu einer Weltfirma der Aufstieg Eindhovens zur modernen und weitläufig ausgebauten Industriestadt verbunden ist (Foto 41). Nach dem Krieg, seit 1950, kam der Automobilbau (DAF) hinzu, Stahlbau und Textilindustrie sind weitere wichtige Branchen; nicht zu vergessen auch die

Streichholzherstellung: das Holz liefern die für Brabant so typischen Pappeln. Eindhoven ist das bedeutendste Pendlerzentrum im Süden der Niederlande, wichtigstes Nebenzentrum im Hinterland ist Helmond (59 000 E) mit Metall-, Woll- und vor allem Baumwollindustrie.

Tilburg (152 500 E, Agglomeration: 210 800 E), Verkehrsknoten und Hafenstadt am Wilhelminakanal, gilt als der kulturelle Mittelpunkt des niederländischen Katholizismus. Zu der älteren Wollindustrie sind zahlreiche neue Industriezweige getreten: Schuh- und Lederwarenherstellung, Maschinenbau, Glühlampen- und Autoreifenproduktion.

Venlo (62 700 E) ist nicht nur Regionalzentrum seines Bereiches, sondern zielt mit den großen Eier- und Gemüseversteigerungen auch auf das Gebiet an Rhein und Ruhr als Hauptabsatzmarkt. Die gleiche Marktfunktion hat das Sekundärzentrum Roermond (36 400 E). In der alten Bischofsstadt konzentrieren sich die wirtschaftlichen Aktivitäten Mittellimburgs.

Südlimburg ist zur limburgischen Provinzialhauptstadt Maastricht (111 600 E, Agglomeration: 145 700 E) hin ausgerichtet, der Ort besaß seine Bedeutung als Brückenstadt an der Maas schon in römischer Zeit. Im Frühmittelalter war Maastricht Bischofssitz, die St. Servatiuskirche in der Altstadt ist der älteste sakrale Bau in den Niederlanden. Die mittelalterliche Blütezeit beruhte auf den weitreichenden Handelsverbindungen, weniger auf politischem Einfluß. In der Neuzeit trugen die Innovationen, die von der Region Lüttich ausgingen, dazu bei, daß sich im Raum Maastricht schon um 1830 die ersten Großbetriebe ansiedelten; heute sind nahezu alle Industriezweige vertreten. Im Schnittpunkt von Maastal und der internationalen Route Köln–Brüssel gelegen, hat die Stadt nicht nur die Bedeutung eines niederländischen Regionalzentrums, sondern ergänzt auch Aachen und Lüttich funktional über die Grenzen hinweg. Derzeit erfolgt der Aufbau einer Universität.

Der Südlimburger Raum ist national zwar ein peripheres, international jedoch ein zentrales Gebiet. Der Charakter der Landschaft und auch der Menschenschlag weichen — noch stärker als das in Nordbrabant der Fall ist — von dem ab, was landläufig als typisch niederländisch gilt. Die Natur und Kulturlandschaft der Lößbörde, die mit ihrem sanftwelligen Relief bis an die Ausläufer des Mittelgebirges reicht, ist durch Industrialisierung und Verstädterung überformt worden. Geleen-Sittard zählt als Agglomeration 176 000 E, Heerlen-Kerkrade sogar 265 000 E. Aber die ›Nieuwe Mijnstreek‹ und die ›Oude Mijnstreek‹, deren Zentren diese beiden Agglomerationen sind, haben ihre Funktion als Bergbaureviere eingebüßt. Die vielfältigen Maßnahmen zur Umstrukturierung der Industrie wurden bereits dargelegt (vgl. S. 146 f.), der Bevölkerungsverlust durch Abwanderung konnte gestoppt werden. Valkenburg am Fuß des gebirgigen Dreiländerecks ist ein lebhaftes Fremdenverkehrszentrum geworden.

Im südwestlichen und festländischen Teil der Niederlande erfüllt Breda (119 200 E, Agglomeration: 150 500 E) die Funktion eines primären Regionalzentrums. Ähnlich wie 's-Hertogenbosch war die Stadt schon im Mittelalter ein reger Markt- und Handelsplatz, dank der Aktivitäten der Grafen von Nassau-Breda auch ein kultureller Mittelpunkt. Der Ausbau zur Festung und die ständigen Unruhen während der Zeit des niederländischen Freiheitskampfes leiteten eine Periode der Stagnation ein — auch darin liegt eine Parallele zu 's-Hertogenbosch. Die Versandung der Aa, die im 17. Jahrhundert ein wichtiger Schiffahrtsweg gewesen war, tat ein übriges. Außerhalb der von Kanälen umringten Altstadt dehnen sich heute moderne Wohn- und Industrieviertel. Breda ist einer der sechs katholischen Bischofssitze der Niederlande. Auf industriellem Sektor ist die Lebensmittelindustrie führend, ferner gibt es Werke der Metallverarbeitung, der Elektrotechnik und der Kunststoffverarbeitung, sowie Gießereien, Textil- und Möbelfabriken. Auch die umliegenden Gemeinden sind stark industrialisiert, so daß KEUNING sie mit Breda als Kern zu einem westbrabantischen Industriegebiet zusammenfaßt, analog zum engeren Umland von Tilburg in Mittelbrabant und Eindhoven in Ostbrabant. So stellt die Städtereihe eigentlich ein Band von verstädterten Gemeinden im Kernmuster dar, gekennzeichnet durch starke Bevölkerungszunahme.

Physiogeographisch ist der Einflußbereich Bredas zweigeteilt: die Brabanter Sandgeestplatten gehören ebenso dazu wie im Nordwesten die Seemarsch bis an die Ufer vom Hollandsch Diep und vom Volkerak. Viele Ländereien der Marsch sind seit dem 17. Jahrhundert im Besitz von Grundeigentümern aus der Kaufmannsschicht der Randstad, daher ist der Anteil der Pachtbetriebe hoch. Der nordniederländische Einfluß erklärt auch, warum der seewärtige Saum des sonst katholischen Brabant mehr von protestantischen Bevölkerungsteilen bewohnt wird.

Der Südwesten der Niederlande ist ein bedeutendes Anbaugebiet für Zuckerrüben. Die Zuckerfabriken, die am Rand der Marsch konzentriert sind, nutzen das Süßwasser, das von der Geest herabkommt. Bergen op Zoom als wichtigstes Nebenzentrum im Bredaer Hinterland hat die typische Geestrandlage; von hier aus wird im Watt der Oosterschelde die Austernzucht betrieben. Im Freiheitskampf gegen Spanien spielte die alte Festungsstadt eine heroische Rolle. Welche strategische Bedeutung Willemstad am Hollandschen Diep einst hatte, läßt Foto 36 erkennen. Heute ist Willemstad ein Fischerei- und Yachthafen sowie eines der Zentren für die Wochenenderholung, das gern von der Bevölkerung des Südflügels der Randstad aufgesucht wird. Eine weitere ehemalige Festungsstadt unweit von Willemstad war Klundert. Das wenig bekannte Städtchen besitzt eines der schönsten Renaissance-Rathäuser der Niederlande, wie dem Besucher ja oft völlig unerwartet in kleinen Orten Perlen der niederländischen Baukunst begegnen.

Von der seeländischen Inselwelt gehören Schouwen-Duiveland, Noordbeveland und Walcheren-Zuidbeveland zum Hinterland der seeländischen Hauptstadt Middelburg (33 500 E), dazu Seeländisch-Flandern am Gegenufer der Westerschelde. Goeree-Overflakkee ist zentralörtlich aber bereits nach Rotterdam ausgerichtet. Es ist zu erwarten, daß Rotterdam wegen der im Rahmen des Deltaplanes hergestellten, leistungsfähigen Verkehrsverbindungen allmählich zum Oberzentrum der gesamten südwestlichen Inseln werden wird. Middelburg war im Mittelalter ein lebhafter Umschlagplatz für den Handel Seelands mit Brügge und Antwerpen. In der frühen Neuzeit befand sich hier der Sitz der beiden indischen Handelskompanien, so daß ein Großteil der niederländischen Handelsverbindungen nach Europa und Übersee von Middelburg ausging, das erst im 19. Jahrhundert von Rotterdam überflügelt wurde. Beim Wiederaufbau der im Zweiten Weltkrieg schwer getroffenen Stadt wurde das Bild der Altstadt und vor allem die Fassade des herrlichen gotischen Rathauses restauriert. Die Funktion als Markt- und Einkaufszentrum teilt Middelburg mit dem kleineren Goes (27 300 E), das der führende Getreidehandelsplatz in Seeland ist.

Denn in Seeland dominiert der Ackerbau, den höchsten Getreideflächenanteil verzeichnet die Statistik im Westen von Seeländisch-Flandern; hier liegt auch das Zentrum des niederländischen Flachsanbaus, damit verbunden ist die bodenständige Leineweberei. Der Markt für das Leinen ist Belgien. Aus der Zeit der französischen Vorherrschaft stammt der Besitz belgischer Grundherren in Seeländisch-Flandern, vor allem in Grenznähe ist der Anteil der Pachtbetriebe deshalb hoch. Die Verteilung von Groß- und Kleinbetrieben ist weitgehend das Spiegelbild von jungen Poldern und ›altem Land‹.

Die Abseitslage brachte der Region Middelburg in der Nachkriegszeit hohe Abwanderungsverluste, erst mit der Durchführung des Deltaplanes trat eine Tendenzwende ein. Terneuzen und Vlissingen sind industrielle Wachstumspole in einer sonst industriearmen Region. Wesentlich verstärkt wurde die Erholungsfunktion der seeländischen Küstenorte für die Bevölkerung des Südflügels der Randstad — und nicht nur für sie — durch die bessere Erreichbarkeit über die neuen Dämme und Brücken. Freilich waren schon vor diesen Bauten des Deltaplanes die Dörfer hinter den Dünen und Deichen (Cadzand, Domburg, Haamstede und mancher andere kleine Ort) Familienbadeorte, und es bleibt zu hoffen, daß nicht überall die Stille dem Touristenrummel weichen muß.

4.2.5. *Die Polder*

Nach Abb. 40 greifen Zwolle, Utrecht und Amsterdam als Primärzentren mit ihrem Hinterland sowohl auf den älteren Nordostpolder als auch auf die jüngeren, südlichen Ijsselmeerpolder über. Die Planung sah freilich vor, daß die Polder einmal ein eigenes Oberzentrum erhalten sollten, wenn Lelystad voll ausgebaut sein würde. Aber in den Ijsselmeerpoldern sind Planungsziele mehrfach geändert worden. Ursprünglich, nach dem Ersten Weltkrieg, war der Leitgedanke der, daß wertvolle, landwirtschaftliche Nutzfläche gewonnen werden müßte — ein Ziel, das dann auch im Nordostpolder strikt verfolgt wurde. Die südlichen Ijsselmeerpolder sollen aber neben der Errichtung neuer Agrarbetriebe nicht zuletzt die Funktion übernehmen, den Bevölkerungsüberschuß aus dem Nordflügel der Randstad aufzusaugen. So wird im Südwesten von Flevoland, wo die Urbarmachung derzeit voll eingesetzt hat, der Bau einer neuen Stadt, Almere, geplant, die Lelystad noch übertreffen soll. Die zentralörtliche Planung in den Poldern ist ein gutes Beispiel dafür, wie immer wieder aus Erfahrungen gelernt wurde und zugleich neue Entwicklungen berücksichtigt werden konnten. Das soll abschließend gewürdigt werden.

Im Nordostpolder zog man die Konsequenzen aus den Fehlentwicklungen im Wieringermeer. Zunächst sollte ein Hauptort, Emmeloord, geschaffen werden, mit einer höheren Zentralität als die umliegenden Dörfer, von denen ursprünglich fünf geplant waren. Das sechste, Kuinre, bestand schon auf dem ›alten Land‹. Dies Schema hätte exakt dem CHRISTALLERschen Modell entsprochen. Tatsächlich wurden dann aber nach einem abgeänderten Plan zehn neue Dörfer errichtet, außer dem Mittelpunktsort Emmeloord und den bestehenden Siedlungen Urk und Kuinre. Bei der Änderung spielte die Frage des Abstandes zwischen Dorfkern, Gehöft und Landarbeiterwohnung untereinander eine große Rolle. Dazu waren Befragungen in vergleichbaren Agrargebieten der Niederlande durchgeführt worden, und nach den Antworten setzte man den maximalen Abstand mit 4 km fest. Zudem fielen die Bevölkerungsprognosen für die zehn Dörfer hoch aus, man erwartete pro Dorf etwa 2000 E.

Heute ist festzustellen, daß die Bevölkerungszahl hinter der Prognose zurückgeblieben ist. Sechs der zehn Dörfer haben im Kern weniger als 1000 E, und viele Einrichtungen werden nicht voll ausgenutzt. Bei einigen Dörfern hat daher ein langsamer, aber stetiger Abbau von zentralen Funktionen begonnen. Gründe dafür sind neben der geringen Einwohnerzahl das gestiegene, städtische Anspruchsniveau der Bewohner und die bewußte Bevorzugung von Emmeloord.

Nicht alle Dörfer und erst recht nicht der ständig wachsende Hauptort haben freilich diese Probleme. Die Einwohnerzahl von Emmeloord übertrifft bereits als Folge der Ansiedlung von Industrie und dank der reichhaltigen Ausstattung mit Geschäften und Dienstleistungsbetrieben die Bevölkerungsprognose von 10 000 E. Auch die zuerst gebauten Dörfer Marknesse im Osten und Ens im Süden des Polders haben eine wesentlich höhere Einwohnerzahl als die übrigen Dorfkerne. Die Konsequenz daraus, daß die Entwicklung nicht zu dem Ringmodell von zehn in ihrem funktionalen Rang gleichen Dörfern geführt hat, wurde in einem Regionalgutachten aus dem Jahr 1968 gezogen. Die Dörfer sind nun je nach Ausstattung und Einwohnerzahl in die Klassen Zentrumsdorf, Versorgungskern und Versorgungspunkt eingeordnet, werden also nicht länger als gleichrangig betrachtet. Auch die Zuordnung in der zentralörtlichen Hierarchie entspricht nicht mehr dem CHRISTALLERschen Modell. Emmeloord bleibt zwar Tertiärzentrum für den größten Teil des Nordostpolders, das Zentrumsdorf Ens und der Versorgungskern Kraggenburg sind jedoch auf das tertiäre Regionalzentrum Kampen hin ausgerichtet, der Versorgungskern Rutten tendiert eher nach Sneek als nach Emmeloord. In diesem Zusammenhang ist der zeitliche Wandel der Einflußbereiche interessant. In der ersten Ausbaustufe des Nordostpolders konnten die Polderarbeiter und die ersten Siedler noch nicht durch zentrale Einrichtungen im Polder selbst versorgt werden. Damals dehnten Kampen im Süden und Sneek im Norden ihre Einflußbereiche in das Neuland aus. Als dann das Straßennetz und vor allem Emmeloord mit seiner differenzierten Ausstattung geschaffen worden war, begann umgekehrt der Einfluß des neuen Hauptortes zu wirken. Im Osten begünstigten die schlechten Verkehrsverhältnisse außerhalb des Polders sogar die Ausweitung von Emmeloords Umland über die Grenze des neu gewonnenen Landes hinaus. Nach dem Regionalplan soll sich die Ausstrahlungskraft von Emmeloord in Zukunft noch weiter ausdehnen, so daß Ens und Kraggenburg wieder einbezogen werden. Primäres Regionalzentrum bleibt Zwolle.

Die Planung für Ostflevoland aus den Jahren 1951—1954 lehnte sich anfangs an die Pläne für den Nordostpolder an. Sie sah ursprünglich, neben Lelystad, die Gründung von 13 Dörfern vor. Der größte Abstand zu einem Wohnzentrum sollte 4 bis 5 km nicht überschreiten. Aber bald sah man, daß die schnell zunehmende Mechanisierung in der Landwirtschaft eine Abnahme der im Landbau tätigen Personen bewirkte. Rechnete man früher mit 10 ha pro Arbeitskraft, so mußte man 1964 bereits 20 ha ansetzen. Auch die mittlere Betriebsgröße nahm von 1956 bis 1959 von 23 ha auf 35 ha zu. Außerdem konnte den gestiegenen Ansprüchen (Einzelhandelsangebot, Schulen etc.) der Landbevölkerung in den kleinen Dörfern nicht mehr entsprochen werden. Die Motorisierung erlaubte die Überwindung größerer Entfernungen. Im Nordostpolder war ja noch für das Fahrrad als Hauptverkehrsmittel geplant worden! Aus diesen Entwicklungen heraus erfolgte eine Revision: außer Lelystad wurden nur noch Dronten, Biddinghuizen und Swifterbant erbaut. Der mittlere Abstand zwischen Gehöften und Kernsiedlungen beträgt nun bis zu 12 km. Um die Orte voll funktionsfähig zu machen, sollte die Wohnbevölkerung nicht nur aus Landarbeitern bestehen, sondern neben zentralen Einrichtungen wurden in der Nähe der Dörfer Industrieareale projektiert, so daß sich die Erwerbstätigen auf alle drei Sektoren verteilen konnten.

Mit dem Bau von Swifterbant wurde im April 1962 begonnen. Es hatte die Wohn- und Versorgungsfunktion für sein agrarisches Umland zu übernehmen. Der erste Entwurf umfaßte 200 Wohnungen für weniger als 1000 E. Dieser Plan wurde später ausgeweitet für 5000 bis 7000 E. Kennzeichnend für das Strukturschema Swifterbants ist eine zentrale Grünfläche, die im Osten durch Geschäfte, im Süden, Westen und Norden durch Wohnkomplexe begrenzt wird. In Dorfnähe befinden sich 10 ha Industriegelände. Der erste Entwurf für Biddinghuizen zeigt die Verkettung von Bebauungsflächen, die in Form und Größe verschieden sind und dadurch ein abwechslungsreiches Bild bieten. Die geplante Einwohnerzahl erwies sich aber als zu niedrig. Eine Ausweitung der Wohnflächen für 3000 bis 5000 E wurde notwendig. In diesem Entwurf fallen, wie auch in Swifterbant, die ausgedehnten Grünflächen in unmittelbarer Nähe des Dorfes ins Auge. Das Industriegelände im Nordosten Biddinghuizens umfaßt 6 ha.

Neben den unteren A-Zentren Biddinghuizen und Swifterbant wurde Dronten als höheres B-Zentrum eingestuft. Der Plan von 1959 (Baubeginn 1960) sah eine Einwohnerzahl von 5000 bis 6000 E und eine spätere Ausweitung auf 11 000 bis 12 000 E vor. In den letzten Jahren hat sich herausgestellt, daß die optimale Größe etwa bei 20 000 E liegt. Um einen zentralen Platz gruppieren sich in Dronten das Gemeinschaftszentrum, das Rathaus sowie Geschäfts- und Bürogebäude. Durch die Anlage eines Ringweges wird das Zentrum vom lokalen Verkehr freigehalten und ist nur für Fußgänger offen. Der nicht für Dronten bestimmte Verkehr wird um den Ort herumgeleitet. Die schulischen Einrichtungen unterstreichen die Zentrumsfunktion. Neben mehreren Kindergärten und Volksschulen gibt es Mittelschulen, Hauswirtschafts- und Berufsschulen sowie eine höhere Landwirtschaftsschule mit Internat. Das Industrieareal mißt 31 ha. Im Jahr 1973 hatte Dronten 14 000 E.

Lelystad nimmt eine Sonderstellung unter den Siedlungen Ostflevolands ein. Es soll einmal die Funktion eines primären Regionalzentrums (C-Zentrum) übernehmen. Deswegen wird alles unternommen, um ein attraktives Niederlassungsklima für Unternehmen, Dienstleistungsbetriebe und für den einzelnen Bürger zu schaffen. Für die Periode bis 1975 soll Lelystad 15 000 bis 20 000 E aufnehmen, im Jahr 2000 werden es rd. 100 000 E sein. Gleichzeitig mit dem Bau der ersten Wohnungen begann man mit der Errichtung des Geschäftszentrums. Der Erholung werden Stadtpark, Sportpark, ein Schwimmbad und ausgedehnte Waldgebiete rings um die Stadt gewidmet sein. Im Nordosten befindet sich das erste Industriegelände an einem Kanal, der für Schiffe bis zu 600 t befahrbar ist. An seinem Westufer stehen 75 ha und am Ostufer 20 ha zur Verfügung. Den Betrieben, die sich hier niederlassen wollen, dient während der Bauzeit eine sog. Wechselhalle von 3200 m² Grundfläche.

Mit dem Bau des Ringdeiches für Südflevoland wurde im Jahr 1959 begonnen. Die letzte Öffnung, das Anschlußstück an den Knardeich bei Harderwijk, schloß sich im Oktober 1967. Dann begann am Oostvardersdiep ein Dieselschöpfwerk mit 4 Pumpen und einer Gesamtleistung von 3000 m^3 Wasser pro Minute seine Arbeit. Ende Mai 1968 war der Polder trockengelegt. Aufgrund seiner Lage in der unmittelbaren Nachbarschaft zur Randstad wird Südflevoland in noch stärkerem Maß als Ostflevoland vielfältige Funktionen erhalten. Ungefähr die Hälfte der Fläche soll der Landwirtschaft zur Verfügung stehen. Dies Areal befindet sich zusammenhängend in der Mitte des Polders. Ein Viertel des Neulandes soll der Erholung gewidmet sein; die Einrichtungen werden sich im südlichen Teil konzentrieren. Die Restfläche ist dem Städtebau und den Industrieanlagen vorbehalten. Die Stadtgebiete werden im Südwesten und an der Bucht gegenüber Harderwijk geplant, die Industrieflächen liegen am Oostvardersdiep.

Für Markerward sind bereits einige Deichelemente vorhanden. Die Alternativpläne für den tatsächlichen Bau reichen vom ursprünglichen, großen Projekt unter Einbeziehung der Insel Marken bis zu verschiedenen, kleineren Lösungen mit entsprechend größeren Randseen. Auch gibt es den Vorschlag, Markerward überhaupt nicht zu bauen. Eine Entscheidung steht noch aus.

4.3. Das Gefüge der Regionen in Belgien und Luxemburg

4.3.1. *Der Nordosten Belgiens*

Zum nordöstlichen Teil Belgiens werden hier die Hinterländer von Antwerpen, Turnhout und Hasselt gerechnet (Abb. 40), deren Areal nahezu kongruent ist mit dem der Provinzen Antwerpen und Limburg. Zugleich handelt es sich um den belgischen Teil der ›Benelux Central Region‹ (de Vries, 1964). Die flachwellige, von zahlreichen Flüßchen zerschnittene Naturlandschaft der Terrassen- und Decksandflächen mit ihren Dünen, Heiden und Nadelwäldern bietet beiderseits der Staatsgrenze ein ähnliches Bild. Für die Arbeiter, die aus dem Kempenland zu den Zentren der nordbrabantischen Städtereihe und namentlich nach Eindhoven pendeln, ist die Grenze keine Barriere mehr. Agrargeographisch indessen wirkt sie sich als recht deutliche Trennungslinie aus: die niederländischen Betriebe sind größer, der Ackerbauanteil in Nordbrabant ist höher und die Pflege von Sonderkulturen dort ausgeprägter. Die Grenzgemeinden bilden nach dem Urteil von Kerris (1970, S. 390) noch immer eine ›achtergebleven Zone‹.

Wie die Agglomeration Antwerpen (vgl. 3.5.4.), so greift auch das Hinterland der Stadt einseitig auf dem rechten Ufer der Schelde nach Osten aus; dieser Raum verzeichnet die starken Wanderungsgewinne der letzten Jahre.

Im Süden der Stadt, der Achse Mecheleu–Brüssel folgend, hat die Antwerpener Region noch Anteil an der Gartenbauzone, die sich bis vor die Tore von Brüssel und Löwen hinzieht. Die Kleinbetriebe nutzen die physiogeographische Standortgunst der feuchten, humusreichen Böden ebenso wie die guten Absatzchancen in den nahegelegenen Ballungsräumen. Weit verbreitet sind Gewächshäuser für Tomaten und Frühgemüse. Am Zusammenfluß der Großen und Kleinen Nete liegt Lier (28 500 E) als untergeordnetes Zentrum mit eigenem, kleinen Umland. Von wirtschaftlicher Bedeutung sind für die Stadt neben der Nahrungsmittelindustrie, die z. T. die Produkte der Gartenbauzone verarbeitet, die Seidenspinnerei und die Kunststickerei. Im Osten geht das verstädterte Gebiet von Antwerpen über in die nordwestlichen Ausläufer des Kempenlandes. Tonschichten unter den Decksanden sorgen für staunasse Böden, entsprechend herrschen hohe Grünlandanteile. Hauptbetriebszweig der Agrarwirtschaft ist die Rindermast.

Weiter östlich, immer noch ganz im Einflußbereich des Oberzentrums Antwerpen, hat sich Turnhout als Mittelzentrum ein eigenes Hinterland zuordnen können. Turnhout (38 000 E) ist die Hauptstadt des gleichnamigen Arrondissements. Der Siedlungsursprung geht auf einen Jagdsitz der Herzöge von Brabant zurück, im Mittelalter blühte der Tuchhandel, den wirtschaftlichen Aufschwung leitete in den letzten Jahrzehnten der Ausbau der Straßen und Kanäle ein. Zur älteren Zigarrenmanufaktur, Papier- und Textilindustrie kamen auf dem Gelände moderner Industrieparks Unternehmen der Chemie und der Elektrotechnik. Die Zahl der Einpendler nach Turnhout ist mehr als doppelt so groß wie die der Auspendler. Südlich von Turnhout liegen drei kleinere Städte: Herentals (18 500 E), Geel (29 000 E) und Mol (29 000 E), Sitz des belgischen Atomforschungszentrums. Sie haben als Zentralorte dritten Ranges eigene Umländer zur Versorgung in den unteren Funktionen, sind selbst aber in der Hierarchie der zentralen Orte Turnhout unterstellt. Die Entwicklung dieser drei Gemeinden zu einem Städteband scheint im Hinblick auf die Strukturierung des Gesamtraumes problematisch. Erstens ist die Entfernung der Kerne zu groß und zweitens wären die Entwicklungsmöglichkeiten von Turnhout eingeschränkt. Die Agrarlandschaft der Region erinnert über weite Strecken an den Geesttyp. Einzelhöfe und lockere Dörfer bevorzugen die Hanglage, Ackerflächen die eschartigen Trockeninseln; der Futterbau überwiegt. Mehr als die Hälfte der landwirtschaftlichen Nutzfläche entfällt auf das Grünland in den Feuchtniederungen. Zwischen den Gemarkungen erstrecken sich die für das Kempenland typischen Heide- und Kiefernareale. Nur um Hoogstraten nahe der niederländischen Grenze ändert sich der Eindruck, hier werden ausgedehnte Beerenkulturen gepflegt, deren Erträge zumeist in den Export nach Großbritannien gehen. Die Region Turnhout verliert seit Jahrzehnten Bevölkerung durch Abwanderung, doch wird das durch hohen Geburtenüberschuß ausgeglichen.

Unverkennbar ist der Charakter einer Wald- und Heidelandschaft und einer grünlandbetonten Agrarwirtschaft auch noch in der Provinz Limburg, die sich etwa mit dem Hinterland der Provinz- und Arrondissementhauptstadt Hasselt deckt. Nur das Maasland ganz im Osten der Region, zwischen dem Rand des Kempenplateaus und dem die Staatsgrenze bildenden Strom gelegen, entspricht nicht mehr dem Landschaftstyp der Campine. An die Stelle des Sandbodens tritt das lehmige Alluvium der Maas mit Obstkulturen, die Dörfer sind geschlossener, und wuchtige Vierkanthöfe sind breit hingelagert. Die Bindung des Maaslandes an Hasselt hat sich nur langsam und noch keineswegs eindeutig entwickelt; bis 1839 gehörte es zum niederländischen Limburg. Aber auch die Agrar- und Heidegebiete des Kempenplateaus unterschieden sich schon früher vom nördlichen und zentralen Kempenland. Hierhin, wo der Einfluß des Oberzentrums Antwerpen sich mit demjenigen Lüttichs bereits überschneidet, verlegten Lütticher Firmen Zweigwerke, die wegen der Umweltgefährdung im dichtbewohnten, smogbelasteten Maastal denkbar schlechte Standortbedingungen gehabt hätten: Sprengstoffwerke sowie Blei-, Zink- und Kupferhütten bei Lommel und Neerpelt-Overpelt. Welche Erfolge darüber hinaus in Limburg die ›Gesellschaft für regionale wirtschaftliche Ausrüstung‹ mit der Einrichtung und Besetzung moderner Industrieparks erzielt hat, ist im Abschnitt 3.3.3. ausführlich dargestellt worden.

Obwohl Hasselt mit fast 40 000 E ebenso wie Turnhout zu den kleineren Regionalstädten zählt, hat es doch ein relativ großes Hinterland. Allerdings tendieren die Maaslande stark zu den niederländischen Städten Maastricht, Roermond und Eindhoven. Die Siedlungsstruktur macht es aber hier für die Raumordnung problematisch, in absehbarer Zukunft einen Ort zu finden, der mittelzentrale Funktionen übernehmen könnte. Die Entscheidung müßte zwischen Maaseik (Arrondissementsitz), Bree und Eisden getroffen werden, die aber alle für eine solche Aufgabe zu klein sind. Nur Genk als Mittelpunkt des kempischen Bergbaureviers (58 000 E) hat sich zu einem starken Nebenzentrum entwickeln können und macht mit seiner Bevölkerungszunahme sowie mit seiner Funktion als Einpendlerzentrum der Provinzialhauptstadt Konkurrenz. Hasselt besitzt Stadtrecht seit 1232. Im Mittelalter war es mit seiner Leinenindustrie und als Handelsplatz der wichtigste Ort der alten Grafschaft Loon, die 1368 an das Bistum Lüttich fiel. Kurz danach trat Hasselt der Hanse bei. Die moderne Stadt, begünstigt durch die Lage am Albertkanal, hat neben ihren Handels- und Verwaltungsfunktionen den industriellen Sektor stark ausgebaut. Zu Brauereien und Brennereien, Lebensmittel- und Landmaschinenfabriken kam ein bedeutendes Zweigwerk des Philips-Konzerns. Hasselts Hinterland südlich der Demer reicht in die feuchten Sandlehmplatten des Haspengaus hinein, die sich freilich von der eigentlichen Lößbörde nicht nur durch ihre hohe Bodenfeuchtigkeit unterscheiden, sondern vor allem dadurch, daß gegenüber dem Kempenland zwar der Ackerlandanteil steigt, das charakteristische Element der Agrarlandschaft aber die Obstbaumkulturen (Kirschen) sind, die teilweise mehr als ein Drittel der Nutzfläche besetzen. Marktstadt für das Obst ist St. Truiden (21 400 E), oft als Eingangspforte zum ›fetten‹ Teil Limburgs apostrophiert, im Gegensatz zu Hasselt, dem Tor zum ›mageren‹ Teil der Provinz mit den einsamen Heidelandschaften und dunklen Kiefernforsten, deren Bedeutung als Erholungsgebiet wächst. Ganz im Südosten der Region Hasselt, bereits im trokkenen Haspengau, liegt die Arrondissementhauptstadt Tongeren (17 000 E), eine ländliche Marktstadt mit vielen kleinen Industriebetrieben, aber doch schon mit deutlichem Auspendlerüberschuß nach Lüttich. Reste der römischen Stadtmauern erinnern an die Zeit, als Aduatuca Tungrorum eine blühende Stadt in Niedergermanien war.

4.3.2. *Flandern*

Die Regionen, die Gent und — halbkreisförmig darum gelagert — den Städten Brügge, Oostende, Kortrijk, Aalst und St. Niklaas zugeordnet sind, bilden zusammen das Gebiet der beiden flandrischen Provinzen. Aus diesem Grund werden sie hier in der Darstellung verbunden und auch deshalb, weil damit der weitere Einflußbereich der Agglomeration Gent, der viertgrößten in Belgien nach Brüssel, Antwerpen und Lüttich, erfaßt wird. Dieser Einflußbereich des Oberzentrums geht ja über das in Abb. 40 abgesteckte Hinterland von Gent hinaus. Nur in der von St. Niklaas geführten Region setzt sich Antwerpen als Oberzentrum durch, und in der Region Aalst wird der Einfluß von Brüssel stärker als derjenige von Gent.

Gent, die Hauptstadt Ostflanderns, hat 144 500 E; zur Agglomeration werden außerdem die fünf Randgemeinden Gentbrugge, Ledeberg, Mariakerke, St. Amandsberg und Wondelgem gezählt, in diesen weiteren Grenzen leben 221 000 Menschen. Die Stadt, die am Zusammenfluß von Schelde und Leie liegt, ist ein Knotenpunkt im belgischen Wasserstraßennetz. Über die zentralen Funktionen als Provinzial- und Arrondissementhauptstadt hinaus gilt Gent neben Antwerpen als Metropole des flämischen Volkstums. 1816 wurde die flämische Reichsuniversität gegründet, die flämische Akademie für Sprache und Literatur hat hier ihren Sitz. Allein in den Großbetrieben der althergebrachten Baumwoll-, Leinen-, Jute- und Bekleidungsindustrie findet ein Drittel der Erwerbstätigen Beschäftigung. Die Entwicklung neuer Industriezweige und der Ausbau des Industriegeländes am Gent–Terneuzen-Kanal wurde in anderem Zusammenhang dargestellt. Bedeutung für den Export hat auch die Blumenzucht im Umland; alle fünf Jahre findet die große Ausstellung der ›Genter Floralien‹ statt. Dem Reichtum an geschichtlichen Erinnerungen, historischen Bauwerken und Kunstschätzen verdankt Gent seine Stellung als Fremdenverkehrszentrum (Foto 37).

Die mittelalterlichen Siedlungskerne bildeten zwei Abteien, St. Bavo und St. Peter, dazu die Burg der Grafen von Flandern. An den Ufern der Leie entstand eine Kaufmannssiedlung. Schon im 12. Jahrhundert florierte die Tuchfabrikation, zu Beginn des 14. Jahrhunderts zählte Gent bereits 56 000 E und war eine der bedeutendsten Städte Europas, im Nordwesten nur mit Köln vergleichbar. Die frühe Stadtgeschichte ist geprägt durch die Auseinandersetzungen der in starken Gilden organisierten Bürgerschaft mit den von Frankreich unterstützten Grafen von Flandern. In der burgundischen Epoche standen Kunst und Kultur in voller Blüte. Als die Tuchindustrie ihren Niedergang durch den Einfluß der englischen Konkurrenz erlebte, machte die Stadt das im 16. Jahrhundert durch den Übergang zur Leinenindustrie wett und blieb immer noch eines der führenden Zentren Europas. Erst die Unterwerfung durch die Spanier bereitete dem Wohlstand der Bürger für lange Zeit ein Ende. Der neue Aufschwung begann mit der Einführung der Baumwollindustrie im 18. Jahrhundert, Gent entwickelte sich nun auch wieder zu einem Zentrum der Leinenspinnerei. 1827 war der Kanal nach Terneuzen fertig, der die Hafenfunktion der Stadt stärkte.

Das Hinterland von Gent reicht im Norden bis in die Ackerbaulandschaft der Polder von Seeländisch-Flandern, wird aber im zentralen Bereich geprägt durch die flachen Decksandplatten des ›sandigen Flandern‹. Die Ertragsfähigkeit der armen Sandböden konnte stets nur durch sorgfältige Bearbeitung und Düngung erhalten werden. Die kleinen bäuerlichen Mischbetriebe boten allein keine ausreichende Existenz, so kam in der vorindustriellen Periode die Heimarbeit (Spinnen und Weben) hinzu. Der Verlust dieses Nebenerwerbs beim Aufkommen der industriellen Konkurrenz machte Flandern zu einem Notstandsgebiet. Wer keinen Arbeitsplatz in der Stadt fand, dem blieb nur die Abwanderung in das wallonische Revier. Der Industrialisierung der Nebenzentren kommt deshalb erhebliche Bedeutung zu. Im Hinterland von Gent, soweit es zum sandigen Flandern gehört, sind Eeklo (19 000 E), Arrondissementhauptstadt im Meetjesland, Zelzate (13 000 E) am Kanal nach Terneuzen und Deinze (17 000 E) an der Leie zentrale Orte unterer Stufe, die für ihre Umländer Arbeitsplätze anbieten: Eeklo und Deinze vorwiegend in der Textilindustrie, in Zelzate stellt die chemische Industrie den größten Anteil der Arbeitsplätze.

Von Tielt über Waregem bis nach Oudenaarde an der Schelde greift das Genter Hinterland in die zweite große Landschaftseinheit Innerflanderns über, in die Region der Sandlehmhügel und -riedel. Es ist ein Übergangssaum, in dem der Lößlehmanteil des Bodens von Norden nach Süden zunimmt und die Agrarlandschaft gegenüber Sandflandern ihr Aussehen ändert. Die Betriebsgröße nimmt zu, Mittelbetriebe um 20 ha dominieren, und der

Grünlandanteil an der landwirtschaftlichen Nutzfläche sinkt. Milch und Milchprodukte sind aber immer noch eine wichtige Komponente des bäuerlichen Einkommens, ferner wird hier der Flachsanbau betrieben; um Tielt hat sich ein Gartenbaugebiet entwickelt. Das Städtchen, Hauptort eines schon zu Westflandern gehörenden Arrondissements mit 14 000 E, ist ein lokales Marktzentrum. Die alte Tuchhalle erinnert an die große Vergangenheit dieses Gewerbes in Flandern. Oudenaarde, ebenfalls Sitz einer Arrondissementverwaltung, ist ein weiteres Kleinzentrum im Hinterland von Gent (27 000 E). In der schönen alten Stadt zeugt ein prächtiges gotisches Rathaus von der einstigen Macht flandrischer Städte, in der Nähe des Rathauses befindet sich auch hier eine Tuchhalle. Die Textilindustrie ist immer noch der wichtigste Industriezweig. Oudenaarde hat für sein Umland die Funktion eines Einpendlerzentrums.

Im Arrondissement Tielt reicht das Hinterland von Gent nach Westflandern hinein, im übrigen ist diese Provinz jedoch den Mittelzentren Brügge, Oostende und Kortrijk zugeordnet.

Brügge (117 000 E) verfügt im Vergleich mit Gent nur über ein kleines Hinterland wegen der Konkurrenz der beiden anderen Zentralorte. Die westflandrische Hauptstadt ist Bischofssitz und Standort des 1950 errichteten Europakollegs.

Seine mittelalterliche Größe verdankte Brügge der Lage am Zwijn, einem Meeresarm, der weit in das Land reichte. Als Küstenschutz gegen die Normannen diente die von den flandrischen Grafen erbaute Burg zu Brügge, um die sich der Stadtkern entwickelte. Als wichtigster Platz Flanderns, der mit dem Nord- und Ostseeraum Handel trieb, wurde Brügge im Jahr 1089 zur Residenz des Grafen Robert. Die 1297 angelegten und bis heute noch zum großen Teil erhaltenen Stadtmauern begrenzten die bauliche Ausdehnung. Mit 35 000 E war Brügge damals eine der am dichtesten bevölkerten Städte des Abendlandes. Die Errichtung der ersten Börse der Welt zeugt von der wichtigen Handelsfunktion für die flämische Tuchindustrie. Zu dieser Zeit erlebte die Stadt auch eine Blüte künstlerischen Schaffens. Die Versandung des Zwijn, die Brügge von dem direkten Zugang zur See abschnitt und viele Kaufleute nach Antwerpen abwandern ließ, sowie die Wirren der Religionskriege leiteten den Niedergang ein. Eine wirtschaftliche Wiederbelebung im 17. Jahrhundert brachte Brügge zwar einen gewissen Wohlstand, doch nicht die Bedeutung, die es einmal gehabt hatte. Erst zu Anfang dieses Jahrhunderts bekam die Stadt wieder eine direkte Verbindung mit der See durch den Bau des Hafens in Zeebrügge und die Kanalverbindung dorthin. Damit begann die Entwicklung zu einem Industriestandort inmitten eines agraren Umlandes. Vor allem nach 1945 siedelten sich Betriebe der Baumwoll- und Metallverarbeitung an, ferner Fabriken für Rundfunk- und Fernsehgeräte, Farben und Konserven. Dennoch wird der, der den Namen Brügge hört, am wenigsten an die dortige Industrie denken, eher schon an die weltbekannte Orchideenzucht und ganz sicher daran, daß hier mit der großen Zahl sehenswerter Baudenkmäler, den Brücken und Kanälen und dem baumbestandenen, stillen Beginenhof ein mittelalterliches Stadtbild in seltener Reinheit bewahrt worden ist. Das hat zusammen mit den Kunstschätzen, die Brügge in seinen Kirchen und Museen beherbergt, der Stadt nach einer langen Periode stillen Daseins auch einen wirtschaftlichen Aufschwung durch den Fremdenverkehr gebracht.

Oostende, Arrondissementhauptstadt mit 71 000 E und Einpendlerzentrum, liegt in der Mitte des langgestreckten, schmalen Dünengürtels und ist dank seiner ausgezeichneten Verkehrsverbindungen sowohl vom Hinterland als auch von den anderen, längs der belgischen Küste aufgereihten Badeorten her leicht zu erreichen. Der dem Dünengürtel vorgelagerte breite und flache Nordseestrand, der den belgischen Seebädern ihren Reiz und ihren Wert verleiht, ist freilich für die Hafenanlagen von Oostende und Zeebrügge zum Nachteil, zumal weit hinaus in die See noch zahlreiche Sandbänke vorgeschoben sind, und die Fahrrinnen stets ausgebaggert werden müssen. Die Massierung der Fremdenverkehrszentren, von denen de Panne, Koksijde, Oostduinkerke, Middelkerke, Bredene, den Haan, Wenduine, Blankenberge, Heist und Knokke neben Oostende die bedeutendsten sind, bringt für die Raumordnung Probleme. Vor allem muß der Dünengürtel durch die Anlage von Naturreservaten gegen die Zersiedlung durch immer neue Ferienhauskolonien geschützt werden. Die Sozialstruktur der ursprünglichen Fischerdörfer ist vollständig überformt worden; der Anteil der Erwerbstätigen im tertiären Sektor steigt ständig. Aber der Ansturm von Millionen Urlaubern hat ausgesprochenen Saisoncharakter, was ungünstig auf den Arbeitsmarkt zurückwirkt.

Ein großer Teil des Hinterlandes von Brügge und Oostende gehört zum Saum der landeinwärts anschließenden Polder, die bei Diksmuide bis zu 25 km tief in das Ijzerbecken reichen. Kanäle, Entwässerungsgräben und schnurgerade Straßen mit windgeformten Baumreihen sind die einzigen gliedernden Linien in der weiten und flachen Agrarlandschaft. Gerste-, Weizen- und Zuckerrübenanbau herrscht auf den Ackerflächen, die die höher gelegene, trockenere Jungmarsch einnehmen. Die schweren, feuchten Altmarschböden besetzt das Grünland. Milchwirtschaft und Rindermast sind wichtige Betriebszweige der meist mittelgroßen Höfe. Veurne (9000 E) im Zentrum der südwestlichen Seepolder und Diksmuide (6600 E) am Rand des Unterlandes sind zwar Hauptorte ihrer Arrondissements, haben aber keine höhere Funktion als die von lokalen Markt- und Dienstleistungszentren.

Die beherrschende Position im westflandrischen Lößlehmhügelland nimmt Kortrijk (45 000 E) ein. In dem Viereck: Roeselare (40 000 E) — Ypern (21 000 E) — Mouscron (37 000 E) — Waregem (18 000 E) ist die Industrialisierung der westflandrischen Gemeinden am stärksten vorangeschritten. Diese vier Städte im Hinterland von Kortrijk sind Zentralorte dritter Stufe mit eigenen Umländern und Pendlereinzugsbereichen. Administrativ gehört Mouscron bereits zur Provinz Hennegau (Hainaut), bis auf das kleinere Waregem sind es Sitze von Arrondissementverwaltungen. Ypern wurde im ersten Weltkrieg fast völlig zerstört, aber nach altem Plan wieder aufgebaut. Auch die aus dem 13. Jahrhundert stammende Tuchhalle, Symbol einer großen Vergangenheit, in der Ypern neben Gent und Brügge die dritte bedeutende Stadt in Flandern war, wurde im alten Stil neu errichtet. Kortrijk hat sich zum industriellen Schwerpunkt entwickelt und bietet allein ein Drittel aller Arbeitsplätze im sekundären Sektor Westflanderns an. Die kleineren Städte in diesem Raum, wie Menen, Ijzegem, Avelgem und Ronse (in Ostflandern), werden noch einseitiger von der Textilindustrie bestimmt. Gerade das Bild der kleinen Gemeinden ist oft durch die Familienbetriebe, umgeben von Arbeiterwohnsiedlungen, gekennzeichnet. Heute verarbeitet man außer Flachs, Baumwolle und Wolle auch in größerem Maß Kunstfasern. Die Juteindustrie ist in Roeselare, die Wollspinnerei in Mouscron konzentriert. Mit dem zunehmenden Angebot von Arbeitsplätzen in Kortrijk ist der Auspendlerstrom in das nordfranzösische Industriegebiet verringert worden. Die kleinen und arbeitsintensiven Betriebe in der Landwirtschaft produzieren neben Flachs auch andere Industriepflanzen wie Zichorie, Tabak und Hopfen; beim Getreide dominiert der Weizen.

St. Niklaas (49 000 E) und Aalst (47 000 E) gehören zwar noch zu Ostflandern, die kleinen, ihnen zugeordneten Regionen liegen aber schon im Einflußbereich von Antwerpen und Brüssel. Physiogeographisch hat dieser Raum Anteil an drei flandrischen Landschaften: den Scheldepoldern im Norden, den zum sandigen Flandern gehörenden Waasland in der Mitte und der flandrischen Börde beiderseits der Dender im Süden. Auf industriellem Sektor besteht Ähnlichkeit mit der Region Kortrijk insofern, als der größte Teil der Arbeitsplätze, auch in den Nebenzentren Dendermonde (9000 E) und Ninove (12 000 E), in der Textilindustrie angeboten wird: Baumwolle, aber auch Wolle, Leinen, Jute und Kunstfasern werden verarbeitet. Die kleinen Familienbetriebe haben besonders unter Konjunkturschwankungen zu leiden, so daß in den Arrondissements St. Niklaas, Dendermonde und Aalst ständig Wanderungsverluste zu verzeichnen sind, während der Abwanderungsüberschuß um Kortrijk gestoppt werden konnte.

4.3.3. *Der belgische Kernraum und der nördliche Hennegau*

Das Hinterland von Löwen im Osten sowie die Hinterländer von Tournai und Mons im Westen liegen auf höchster zentralörtlicher Stufe noch ganz im Einflußbereich Brüssels; um Mechelen überschneidet sich die räumliche Wirksamkeit der Hauptstadt mit derjenigen Antwerpens. Die Regionen von Löwen, Mechelen, Tournai und Mons sind hier mit dem engeren Hinterland Brüssels zusammengefaßt worden.

Der von Mechelen geführte Bereich wird in west–östlicher Richtung von der Provinzgrenze Brabants durchschnitten. In Nord–Süd-Richtung erstreckt sich hier von der Linie Vilvoorde—Löwen bis vor die Tore Antwerpens die Zone der intensiven Gartenbaukulturen und zugleich die industrielle Entwicklungsachse Brüssel–Antwerpen. Mechelen (65 500 E) an der Dyle, Hauptstadt eines Arrondissements der Provinz Antwerpen, ist Sitz des Erzbischofs von Mechelen-Brüssel. In dieser Doppelbezeichnung kommt noch zum Ausdruck, daß die Stadt im Mittelalter zwischen Flandern und Brabant umstritten und von 1507 bis 1530 als Residenz der Margarete von Österreich geistiger Mittelpunkt der Niederlande war, bevor die Residenz der Statthalter nach Brüssel verlegt, Mechelen aber 1560 durch die Stiftung des Erzbistums mit dem Primat über die Niederlande entschädigt wurde. Im Zentrum der kreisförmigen Altstadt liegt am Großen Markt die Metropolitankirche St. Romuald. Zur älteren Textil- und Möbelindustrie sind Unternehmen des Automobil- und Containerbaus hinzugekommen, eine Niederlassung des amerikanischen Chemiekonzerns Dupont de Nemours sowie Transformatoren- und Stahlbaufabriken. Große Eisenbahnwerkstätten erinnern noch daran, daß von Brüssel nach Mechelen die erste Schienenstrecke Belgiens verlegt wurde. Die Lebensmittelindustrie verarbeitet das Feingemüse, das in der Umgebung angebaut wird (Spargel, Erbsen); Mechelen ist der größte Gemüsemarkt Belgiens. Trotz ihrer Lage zwischen den beiden stärksten belgischen Einpendlerzentren hat die Stadt selbst noch einen positiven Pendlersaldo.

Die Gemüsebauzone reicht bis an den Stadtrand von Löwen, erst im Hageland, dem östlichen zentralen Teil der Region Löwen, wird der Gemüsebau dann von Obstbaumkulturen abgelöst. Das Hageland ist durch langgestreckte Höhenzüge gegliedert, günstige Expositionslagen mit guten Sandlößböden werden für den Pfirsichanbau genutzt. Aarschot (12 000 E) und Diest (9000 E) sind kleine Nebenzentren an der Demer, deren Umland bereits in das südliche Kempenland hinüberreicht. Der Südteil der Region Löwen geht in die Bördelandschaft des Haspengaus über. Hier ist Tienen (24 000 E) als ländlicher Marktort ein weiteres, Löwen zugeordnetes Nebenzentrum und Mittelpunkt eines großen Zuckerrübenanbaugebietes. Wenige Kilometer südlich von Tienen verläuft die Sprachgrenze.

Der Siedlungsansatz für Löwen war das Schloß der Grafen, die im 12. Jahrhundert die Herzogswürde von Niederlothringen erhielten und sich bald danach Herzöge von Brabant nannten. Der Ort entwickelte sich am Endpunkt der Schiffahrt auf der Dijle und an der alten Handelsstraße von

Köln nach Brügge. In dieser topographischen Position ist Löwen mit Brüssel vergleichbar, von dem es für die Fernhändler des Mittelalters eine Tagesreise entfernt als Rastort lag. Die Stadt wuchs zu einem Zentrum der Tuchweberei heran und soll im 14. Jahrhundert 2500 Webstühle in Betrieb gehabt haben. Innerer Streit zwischen Handwerkern und Kaufleuten sowie die Verschiebung der Handelswege leiteten aber den Niedergang von Handel und Gewerbe ein, neuen Aufschwung brachte der wissenschaftliche Rang und Ruf der 1425 gegründeten Universität. Die alte zentrale Stellung Löwens drückt sich heute noch im Grundriß aus. Vom Großen Markt mit dem reichverzierten, spätgotischen Rathaus gehen Radialstraßen aus, deren wichtigste Zielpunkte Mechelen, Brüssel, Namur und Tienen sind. Die Gemeinde Löwen hat (1970) 30 600 E, doch sind Wohnviertel in einigen Vorortgemeinden baulich eng mit der Kernstadt verbunden, so z. B. der suburbane Wohnkern Diependaal, der seit 1966 im Aufbau ist und dessen Bewohner mit viel Energie und Idealismus versucht haben, ihr Zusammenleben unabhängig von der Gemeinde zu organisieren; so erstellten sie ein Gemeinschaftszentrum mit Kirche und Kindergarten selbst (Knops, 1972). — Als Industriestandort ist Löwen immer noch wie in früheren Jahrhunderten die Stadt der Bierbrauereien, dazu kommen Großmühlen und Molkereien, Nähr- und Futtermittelwerke, aber auch metallverarbeitende Industrie. Große Märkte und der blühende Getreidehandel unterstreichen die Lagegunst in der fruchtbaren Brabanter Börde. So wie das Hinterland Löwens im Westen durch Brüssel eingeengt wird, ist auch der Pendlereinzugsbereich stärker in östlicher Richtung ausgedehnt (van't Dack, 1972).

Ganz entsprechend greift nun das Hinterland von Brüssel, im Norden und Osten durch Mechelen und Löwen begrenzt, weit nach Südwesten aus bis in den Hennegau, insgesamt ein Raum, der arm ist an größeren Städten. Die starke Bevölkerungszunahme in den Randgemeinden des Großraumes Brüssel, die industrielle Entwicklungsachse zwischen Halle und Vilvoorde, die Obst- und Gemüsebaukulturen im Osten und Südosten der Hauptstadt sowie deren gesamte Entwicklung und Differenzierung wurden oben behandelt. Südlich von Halle überschreitet man wieder die Sprachgrenze. In der Lößlehmlandschaft des Hennegaus, die hier beginnt, sind die Böden feuchter als in der östlich anschließenden Brabanter Börde, in der das Schlachtfeld von Waterloo liegt. Bei den bäuerlichen Großbetrieben des Hennegaus tritt daher der Anbau von Zuckerrüben zurück, der Grünlandanteil steigt. Im Arrondissement Nivelles ist unter dem Einfluß Brüssels die Bevölkerungszunahme durch Wanderung noch ständig gestiegen, im Umland von Soignies und Ath klingt diese Entwicklung aus. In Nivelles (16 000 E) selbst, das früher nur die Funktionen der Arrondissementverwaltung und die einer ländlichen Marktstadt besaß, ist in den letzten Jahren die Industrialisierung vorangetrieben worden, mit Waggon-, Papier- und Maschinenfabriken. Ath (11 000 E) war ehemals Stapelplatz für Steinkohle aus der Borinage, die von hier aus auf Schiffen die Dender abwärts verfrachtet wurde. Soignies (12 000 E), Arrondissementhauptstadt wie Ath, ist das Zentrum von Karbonkalksteinbrüchen, auf einem neu eingerichteten Industrieparkgelände haben sich Papier- und Textilverarbeitung angesiedelt.

In der Hügellandschaft zwischen Haine und Trouille liegt Mons (28 300 E), die Hauptstadt des Hennegaus, zugleich Sitz einer Arrondissementverwaltung und Zentralort des alten Steinkohlereviers der Borinage. In Mons selbst gibt es nur wenige Betriebe der metallverarbeitenden, pharmazeutischen und Textilindustrie, wohl aber eine Bergakademie und zahlreiche Fachschulen, überhaupt stellt der tertiäre Sektor fast drei Viertel der Arbeitsplätze. Die Stadt entwickelte sich um ein im Frühmittelalter gegründetes Kloster und war bis in das 15. Jahrhundert die Residenz der Grafen vom Hennegau. Nach seiner mittelalterlichen Blütezeit als Tuchmacherstadt wurde Mons in der frühen Neuzeit als Festung vielfach umkämpft und dadurch wirtschaftlich lange Zeit zurückgeworfen. Foto 39 läßt den Stadtkern um die mächtige, spätgotische Waltrudiskirche, aber auch den ehemaligen Festungsgürtel gut erkennen. Wenn man bedenkt, daß vor dem ersten Weltkrieg der Bergbau in der Borinage noch mehr als 70 % aller Arbeitsplätze stellte, seit 1950 aber nach und nach die wenig rentablen Schachtanlagen bis auf zwei Zechen geschlossen wurden, kann man sich eine Vorstellung von den Problemen der industriellen Umstrukturierung machen. Die Infrastruktur zwischen den vielen kleinen Industrieorten mußte verbessert, Gelände für neue Industriezweige ausgewiesen und erschlossen werden. Dour, Quiévrain und St. Ghislain haben die Funktion von Kleinzentren mit eigenen Umländern. Vielfach erinnern noch die planlos gebauten Arbeitersiedlungen an die frühindustrielle Phase, zahllose Abraumhalden (Foto 27) bestimmen das Landschaftsbild (Debehault, 1969). In den letzten Jahren konnte die Borinage wieder einen leichten Wanderungsgewinn verzeichnen, weil die Anstrengungen, neue Wachstumsindustrien anzusiedeln, langsam Erfolge zeitigen. Als Enklave protestantischer Bevölkerung nimmt Dour eine Sonderstellung ein.

›La chute économique de Dour a été beaucoup moins brutale que celle des communes boraines en général, parce que ses protestants l'ont ralentie par leur prévoyance, leur dynamisme et leur travail‹ (Jouret, 1968, S. 74).

Ein anderes Bild bietet die lößbedeckte Hügellandschaft um Tournai, die den Bördencharakter des Landes von Ath fortsetzt und zum französischen Artois überleitet. Tournai (33 000 E) breitet sich beiderseits der Schelde aus. Es ist Bischofssitz sowie Hauptstadt seines Arrondissements, das sich mit dem Hinterland und dem Pendlereinzugsbereich des zentralen Ortes nahezu deckt. Bis hierhin reichen die Ausläufer des flämischen Textilindustriegebietes, die

Zementindustrie Tournais basiert auf den Kalksteinbrüchen; ferner gibt es Teppich-, Nahrungsmittel-, Elektro- und Papierindustrie. Die Stadtgeschichte reicht bis in die Römerzeit zurück. Im Frühmittelalter war Tournai Residenz der Merowinger, im 14. und 15. Jahrhundert neben Arras und Brüssel Zentrum der spätmittelalterlichen, flämischen Tapisseriekunst, die die Bildteppiche für den burgundischen Hof entwarf und wirkte. Die Bevölkerungsentwicklung im Raum Tournai stagniert in der Gegenwart, die nordfranzösische Industrie um Lille bietet Arbeitsplätze für Grenzpendler.

4.3.4. *Die Zentren der Sambre–Maas-Furche und Hochbelgien*

Ostwärts an das Hainebecken und die Borinage schließt sich als zweites, altes Bergbaurevier das Centre an. Eine Vielzahl kleiner Industrieorte gruppiert sich um La Louvière in einer chaotisch zersiedelten Landschaft, in der gleichfalls fast alle Zechen stillgelegt worden sind, die metallverarbeitende Industrie ist statt dessen an die erste Stelle getreten. Wie in der Borinage laufen hier starke industrielle Wandlungsprozesse ab. Zwar genau in der Mitte zwischen Mons und Charleroi gelegen, ist La Louvière mit dem Centre in der zentralörtlichen Hierarchie doch eindeutig der Agglomeration Charleroi zugeordnet, zu der die verstädterte Zone auch fast lückenlos überleitet. In Charleroi bekommt das wallonische Industriegebiet von Borinage und Centre dann Anschluß an die Talung von Sambre und Maas und damit an die nur zwischen Namur und Huy unterbrochene Industriestraße bis Lüttich.

Charleroi, Namur und Lüttich sind die Regionalzentren, die mit ihren langgestreckten Hinterländern den Raum vom Südrand der Brabanter Börde und des Haspengaus bis in die Ardennen hin aufgliedern, mit Ausnahme von Belgisch-Lothringen, wo Arlon zentralörtliche Funktionen ausübt, und mit Ausnahme des Teiles von Ostbelgien, der Verviers zugeordnet ist. Das Hinterland von Charleroi, wie Abb. 40 es zeigt, ist zugleich auch der Einflußbereich des Zentralortes primärer Stufe, ein Rang, den Charleroi ja neben Brüssel, Antwerpen, Gent und Lüttich einnimmt, freilich ohne ihn voll auszufüllen, wie die Kongruenz von Hinterland und Einflußbereich deutlich macht. Anders Lüttich, dessen Einflußbereich als Oberzentrum das Hinterland von Verviers voll und dasjenige von Namur randlich überlagert, während im übrigen der Einfluß von Brüssel als Primärzentrum durch den ganzen Korridor der Region Namur bis nach Arlon wirkt.

Die Agglomeration Charleroi hat (1973) 211 200 E, die Gemeinde Charleroi zählt dabei nur 23 000 E und wird deshalb hinsichtlich der Bewohnerzahl sogar von Vororten wie Jumet (28 000 E), Marcinelle (27 300 E) oder Montignies-sur-Sambre (24 000 E) übertroffen. Die Stadt hieß ursprünglich Charnoy, sie wurde im 17. Jahrhundert von den Spaniern befestigt und nach

König Karl II. benannt. Vauban baute die Fortifikationen aus, die 1859 wieder niedergelegt wurden. Charleroi erstreckt sich zu beiden Seiten der kanalisierten Sambre und ist Verkehrsknotenpunkt im Straßen-, Eisenbahn- und Wasserstraßennetz des Reviers. Zudem durchzieht ein dichtes Gewirr von Werksbahnen die gesamte Agglomeration. Der Kohlebergbau ist auch hier zurückgegangen, wichtigste industrielle Komponenten sind nach wie vor die eisenschaffenden und metallverarbeitenden Werke, dazu kommen Glasfabriken, elektrotechnische, chemische und Nahrungsmittelindustrie. Das Hauptproblem für Charleroi, das als Einpendlerzentrum sogar Gent übertrifft, liegt darin, das Angebot an zentralörtlichen Gütern und Diensten so auszuüben, daß die Funktion eines Zentrums für Handel, Versorgung und Kultur innerhalb der gestaltlosen Agglomeration mit ihrer Durchmischung von Wohn-, Gewerbe- und Agrarflächen wirklich ausgefüllt wird.

La Louvière (23 000 E) ist Nebenzentrum im nordwestlichen Hinterland von Charleroi. Zusammen mit 15 weiteren Industriekleinstädten im Centre, von denen keine 10 000 E erreicht, wird es neuerdings als sechste belgische Agglomeration zusammengefaßt (113 000 E). Die zentralörtlichen Probleme sind — auf niedrigerem Niveau — die gleichen wie bei Charleroi. Südwestlich von La Louvière liegt das alte Städtchen Binche (10 000 E) mit eigenem, kleinen Umland. Dort wurde im 17. und 18. Jahrhundert eine besonders feine Klöppelspitze hergestellt. Die Bekleidungsindustrie (Herrenkonfektion) und die Seidenweberei sind heute die führenden Industriezweige. Binche ist eine Pflegestätte der belgischen Folklore, vor allem des Brauchtums in der Karnevalszeit.

Das südliche Hinterland von Charleroi hat Anteil an den westlichen Ausläufern des Condroz, an der Fagne und auch noch an den Niederardennen. Der Frankreich zugekehrte Streifen mit den industriearmen Kleinzentren Thuin (6000 E, Arrondissementsitz), Beaumont (1800 E) und Chimay (3300 E) gehört noch zum Hennegau, zu dessen sog. ›Stiefel‹. Mit seinen Adelsschlössern und Seen, der grünen Hügellandschaft der Fagne und den Wäldern der Niederardennen steht dieser wenig bekannte und abgelegene Landstrich in starkem Gegensatz zum Industrierevier des Hennegaus. Die Bevölkerung stagniert, weil der natürliche Zuwachs durch Abwanderung ausgeglichen wird. Als einen derartigen Passivraum muß man auch das südöstliche Hinterland von Charleroi, das Arrondissement Philippville, bezeichnen, das schon zur Provinz Namur gehört. Größer als Philippville (2000 E) selbst ist Couvin (4200 E), mit Metallverarbeitung und Holzindustrie. Die Stadt, die sich im Tal der L'Eau Noire an eine steile Felswand schmiegt, wird gern als Sommerfrische am Rand der Niederardennen besucht.

Das Hinterland von Namur reicht von der Börde des südwestlichen Haspengaus über die Sambre–Maas-Furche, das Condroz und die Famenne bis in die zentralen Ardennen. Administrativ gehört dazu der größte Teil der

Provinz Namur (Arrondissements Namur und Dinant) und Teile der Arrondissements Marche-en-Famenne und Neufchâteau in Luxembourg.

Namur, Provinzhauptstadt und Regionalzentrum mit 32 000 E, liegt an der Mündung der Sambre in die Maas, die hier aus ihrer Süd—Nord-Richtung umschwenkt. Im Zentrum der von Boulevards umschlossenen Altstadt nördlich der Sambre ragt die Kathedrale auf, Namur ist Bischofssitz. Über der Stadt, auf einem Felsvorsprung zwischen Maas und Sambre, erhebt sich die Zitadelle. Dieser Platz war schon zur Römerzeit befestigt. Im Mittelalter stand hier die Burg der Grafen von Namur; 1262 kam die Grafschaft zu Flandern, 1429 fiel sie an Burgund. In der viel umkämpften, oft belagerten und eroberten Stadt haben sich kaum alte Bauwerke erhalten. Mit Veurne, Knokke, Ypern, Menen, Warneton, Tournai und Dendermonde in Flandern sowie mit Roermond gehörte Namur zu den Barrièreplätzen, in denen durch den Barrièretraktat von 1709 den niederländischen Generalstaaten ein Besatzungsrecht in den Spanisch-Österreichischen Niederlanden eingeräumt worden war. Der Vertrag wurde 1781 wieder aufgehoben. — Namur ist viel stärker durch Verwaltungsfunktionen gekennzeichnet als durch industrielle Aktivitäten (vgl. Abb. 26), von einiger Bedeutung ist die Metall-, Glas-, Porzellan- und Papierindustrie, deren Standorte außer in der Kerngemeinde vor allem in der Gemeinde Jambes liegen, die mit St. Servais und Namur die eigentliche verstädterte Zone bildet. Einpendlerzentrum ist Namur für sein südöstliches und nördliches Hinterland, nach Westen und Osten macht sich im Talzug rasch der Einfluß von Charleroi und Lüttich bemerkbar, andererseits ist ein starker Auspendlerstrom zum Oberzentrum Brüssel hin ausgerichtet (Merenne-Schoumaker, 1968a u. b).

Nördlich von Sambre und Maas — in der Getreidebörde des südwestlichen Haspengaus — hat Gembloux (11 000 E) mit einem land- und forstwirtschaftlichen Institut die Funktion eines lokalen Markt- und Versorgungszentrums. Im Süden, im Condroz, liegen die größten Agrarbetriebe Belgiens. Etwa 40 % der landwirtschaftlichen Nutzfläche werden von Höfen mit mehr als 50 ha bearbeitet, Einzellage und Konzentration in Kerndörfern kommen gleichermaßen vor. Ackerland und Grünland halten sich etwa die Waage, aber da die fruchtbaren Lehmböden feuchter sind als die der Börde, ist eine Tendenz zur Vergrünlandung zu beobachten. Die alte Festungsstadt Dinant (10 000 E) liegt im abwechslungsreichen, mit Kalkfelsen reizvoll gesäumten Maastal als Mittelpunkt eines regen Fremdenverkehrs. Für die Andenkensammler wurde die im Mittelalter gepflegte Messing- und Kupferschmiedekunst neu belebt. Mitten in der flachwelligen condrusischen Landschaft ist Ciney (8000 E) eines der Kleinzentren, die für das Ardennenvorland und erst recht für die Ardennen selbst typisch sind. Sie versorgen in unteren Funktionen ihr Umland und haben sich zu Stützpunkten des Fremdenverkehrs entwickelt. In der Wald- und Weidelandschaft der Famenne übernehmen

Marche-en-Famenne (4500 E) und Rochefort (4300 E) derartige Funktionen, in den Ardennen sind es St. Hubert (3000 E), Libramont (3000 E), Bertrix (4500 E), Neufchâteau (2600 E) und Bouillon (3000 E). Schon die Einwohnerzahlen lassen erkennen, daß diese Kleinzentren gehobene zentralörtliche Funktionen nur höchst unvollkommen erfüllen können; andererseits beträgt die Entfernung Neufchâteau–Namur rd. 120 km. So wird von der Raumordnung die Schaffung eines echten Mittelzentrums für die wirtschaftliche Entwicklung der Ardennen und der Famenne als unabdingbar angesehen, nicht zuletzt deshalb, um der ständigen Abwanderung der Bevölkerung aus diesem Raum nach Norden zu steuern. Es darf aber nicht verkannt werden, daß es gerade die Abgeschiedenheit und die Bewahrung der Ursprünglichkeit in den Ardennenstädtchen und -dörfern ist, die ihre Anziehungskraft für den Fremdenverkehr ausmacht, neben der landschaftlichen Schönheit der von prachtvollen Wäldern umrahmten, vielfach gewundenen Flüsse des Berglandes, überragt von Schlössern in Spornlage.

Lüttich und sein näheres Umland wurden oben ausführlich vorgestellt. Wie bei Namur umfaßt das Hinterland von Nordwesten nach Südosten fünf mehr oder minder breite Landschaftsstreifen: den trockenen Haspengau mit Waremme (11 000 E, Arrondissementsitz) als Kleinzentrum in einem Obstbaugebiet, die industrialisierte Talfurche, wo auf halber Strecke zwischen Namur und Lüttich Huy (12 700 E) ebenfalls als Zentrum dritter Ordnung und als Hauptstadt eines Arrondissements fungiert, die Ausläufer des Condroz und der Famenne mit den Landstädtchen Aywaille (3800 E) und Barvaux (2000 E) ganz im Pendlereinzugsbereich von Lüttich sowie die Hochardennen mit den Fremdenverkehrszentren La Roche-en-Ardenne (2000 E) und Bastogne (6800 E). Beide Orte wurden während der Ardennenoffensive 1944 hart umkämpft. Gerade in landschaftlich reizvollen Gegenden kommt die Bindung an Lüttich dadurch zum Ausdruck, daß die Bewohner der Agglomeration hier zahlreiche Zweitwohnsitze, oft auf ehemaligem Allmendland, errichtet haben (Claude, 1972). Die agrarbäuerliche Wirtschaft des Waldgebirgstyps in kleinen und mittleren Familienbetrieben ist in den Ardennen durch die Modernisierung der Grünlandwirtschaft zwar rentabler geworden, jedoch schöpft die Abwanderung immer noch den geringen Geburtenüberschuß der Bevölkerung ab. Daran haben weder die Forstwirtschaft noch der Fremdenverkehr etwas geändert.

Ostbelgien besitzt mit Verviers (34 000 E) nochmals ein voll funktionsfähiges Mittelzentrum, Hauptsitz der belgischen Wollindustrie im dicht besiedelten Tal der Vesdre. Das Hinterland nördlich des Flusses bietet das Bild intensiver Viehwirtschaft mit dem höchsten Grünlandanteil in Belgien neben zahlreichen Obstkulturen. Der Ostteil um Eupen (14 800 E) gehört zur deutschsprachigen Region. Die Bevölkerung stagniert seit dem Ende des Zweiten Weltkrieges, weil nicht nur Pendelbeziehungen nach Verviers und

Lüttich, sondern auch die Abwanderungstendenzen bei den jüngeren Erwerbstätigen stark sind. Südlich der Vesdre dehnen sich die Wälder und Moore des Hohen Venns aus, an dessem westlichen Rand der Badeort Spa (9500 E) liegt. Um Stavelot und Malmedy (6500 E) sind Inseln des Offenlandes eingesprengt. Weiter nach Südosten, im Bütgenbacher Land, tritt der Wald wieder zurück, Fichtenstreifen umrahmen die Wiesen und Weiden. Erst im St. Vither Land gesellt sich zur Grünlandwirtschaft wieder in geringem Maß der Ackerbau.

In Südbelgien ist Arlon (13 700 E) Hauptstadt der Provinz Luxembourg und — nicht voll wirksames — Regionalzentrum. Die alte Stadt im keltischen und römischen Durchzugsgebiet von Reims nach Trier wird nicht nur durch ihre geringe Größe, sondern vor allem durch die ungünstige Randlage daran gehindert, die Rolle eines Zentralortes der Provinz zu spielen. Große Teile Luxembourgs tendieren daher zu Namur und zu Lüttich. So verbleibt Arlon als Hinterland nur der Saum der Südardennen und das lothringische Stufenland (Pays de Gaume), ein edaphisch und klimatisch begünstigtes Agrargebiet, dem Gutland verwandt. Flora und Fauna sind hier mit Arten vertreten, die sonst nirgends in Belgien vorkommen. Wo Semois, Ton und Vire sich durch Triften und Wälder schlängeln, findet man sogar Tabakfelder und vereinzelt Weingärten. Bis nach Athus reichen die Ausläufer des Minettegebietes mit Eisenerzgewinnung und Hüttenindustrie. Hier ist ein leichter Bevölkerungszuwachs durch Wanderung zu verzeichnen, während im Arrondissement Virton (Virton: 3500 E) die Abwanderung — wie in den Ardennen — ständig anhält.

4.3.5. *Luxemburg*

Das Großherzogtum Luxemburg als Hinterland seiner Hauptstadt fällt — was die Ausdehnung angeht — keineswegs aus dem Rahmen der zentralörtlich geführten Bereiche in den Beneluxländern. Die Fläche entspricht etwa den Regionen von Brüssel, Hasselt oder Utrecht, andere Regionen sind kleiner, aber diejenigen von Leeuwarden, Groningen, Namur oder Lüttich auch deutlich größer (vgl. Abb. 40). Viele primäre Regionalzentren in den Niederlanden und in Belgien sind freilich von der Einwohnerzahl her gewichtiger als das nationale Zentrum Luxemburg mit 78 000 E, dazu kommen noch 18 000 E in den Vororten. Indessen sind fast 70 % der Erwerbstätigen in der Stadt im tertiären Sektor beschäftigt. Sie ist Sitz der Landesregierung, nationaler und europäischer Behörden, der Börse sowie der Kammern des Handels und der Berufsstände. Die kulturellen Einrichtungen umfassen die Université Internationale de Sciences Comparées (gegründet 1958), zahlreiche weitere allgemein- und berufsbildende, technische und künstlerische Lehranstalten, Museen und Bibliotheken; 1953 wurde die erste europäische Schule gegründet. Erst recht führend als Einkaufszentrum, füllt Luxemburg also alle Funktionen eines Oberzentrums aus und erreicht, wenn man die Wertung von BUURSINK überträgt, die Höchstzahl der Skala. Zudem liegt die Stadt im Zentrum des Gutlandes und im Mittelpunkt eines radialen Straßen- und Eisenbahnnetzes. Sie ist mit Ausnahme der nördlichsten Öslinggemeinden von allen Landesteilen in weniger als einer Stunde Fahrt zu erreichen.

In der Nähe einer schon zu römischer Zeit wichtigen Straßenkreuzung wurde im 10. Jahrhundert die Burg der Luxemburger Grafen erbaut, davor entwickelte sich eine Marktsiedlung, die 1244 Stadtrecht erhielt und Hauptort der selbständigen, deutschsprachigen Grafschaft wurde, deren Herrscherhaus von 1308 bis 1437 vier deutsche Kaiser stellte. Mit dem Jahr 1443 begann ein neues Kapitel in der Geschichte Luxemburgs, als die Burgunder die Stadt eroberten, was die Jahrhunderte der Fremdherrschaft einleitete. Bis zum Jahr 1815 (bzw. 1867) sollte Luxemburg nun ein ständiges Streitobjekt zwischen den europäischen Großmächten werden. Seine wechselnden Besitzer bis 1815 waren die Österreicher, Spanier und Franzosen. Auf dem Wiener Kongreß wurde Luxemburg Großherzogtum, jedoch mit staatlicher Abhängigkeit von den Niederlanden und mit wirtschaftlicher Verflechtung mit dem Deutschen Bund, woraus noch heute die zwiespältige Lebenseinstellung der Luxemburger zwischen dem Deutsch- und Franzosentum herrührt. Erst 1867, während der Zuspitzung der deutsch-französischen Krise, erhielt das Land seinen gegenwärtigen Status als souveräner Staat, der von allen Großmächten im Vertrag von London garantiert wurde. Da auch die Neutralität garantiert worden war, wurden die Festungsanlagen im Norden und Westen der Altstadt niedergelegt, so daß sich hier heute großzügige Parkanlagen ausbreiten, während die in die Felswände getriebenen Kasematten im Süden und Osten erhalten blieben (Foto 33).

Auf dem hoch die Schlucht der Petrusse überspannenden ›Viaduc‹ (eine von fast hundert Brücken Luxemburgs) gelangt man von Süden her in die Altstadt. Während das Petrussetal gartenbaulich und als Grünanlage genutzt wird, ist das Tal der Alzette, das man von der alten ›Citadelle du St. Esprit‹ aus gut übersehen kann, baulich in das Stadtgebiet einbezogen. Die Besiedlung geht auf die Jahre 1683/84 zurück, als die Franzosen im Zuge eines Stadtausbaus in östlicher Richtung eine Mauer quer durch die Niederung zogen, die heute noch sichtbar ist. Im Schutz dieser Mauer entstand eine Handwerkersiedlung, abseits der eigentlichen Altstadt. Deren innere Differenzierung ergibt folgendes Bild: das Hauptgeschäftsviertel hat eine kreuzförmige Ausdehnung entlang der ›Grand Rue‹ in ost–westlicher Richtung und der ›Rue Philippe‹ in nord–südlicher Erstreckung mit einer flächenhaften Verbreiterung am Schnittpunkt beider Hauptgeschäftsstraßen unweit des zentralen ›Place d'Armes‹, der ebenfalls von Geschäften umgeben ist.

Vom Place d'Armes gelangt man zum Place Guillaume, dem Rathausplatz, auf dem zweimal wöchentlich Markt gehalten wird. Hier verkaufen Landwirte und Gärtner aus der näheren Umgebung Gemüse, Obst und Blumen. Der Verkauf von ausländischem Obst und Gemüse dagegen liegt in der Hand einer Großhandlung, die das ganze Land versorgt. Um das Geschäftszentrum legt sich ein Ring von Verwaltungseinrichtungen aller Art. Vor allem an den Eckpunkten der größeren Kreuzungen zeigt sich eine rege Bautätigkeit im modernen Stil (Büros, Banken und Kaufhäuser), während das am Grüngürtel gelegene Mischgebiet mit Hotels, Versicherungsgebäuden und repräsentativen Villen noch die Bausubstanz des ausgehenden vorigen Jahrhunderts erkennen läßt. Zum östlichen und südöstlichen Sporn der Altstadt hin konzentrieren sich das Großherzogliche Palais und die Regierungsgebäude. Das Europazentrum liegt außerhalb der Altstadt im Nordosten.

Sekundärzentrum im Südwesten des Landes ist Esch-sur-Alzette, mit 28 000 E die zweitgrößte Stadt Luxemburgs inmitten des Minettereviers. Die Stahlwerke der ARBED, in denen insgesamt rd. 14 000 Menschen beschäftigt sind, bestimmen das Stadtbild. 60 % der Belegschaft haben ihren Wohnsitz in Esch, während die restlichen Arbeiter teils aus der näheren Umgebung, teils als Wochenpendler aus allen Teilen des Landes kommen. Der Anteil der Ausländer bei der Belegschaft ist hoch. Franzosen, Belgier und Deutsche kommen meist als Pendler. Dagegen leben die Italiener, oft schon mehrere Generationen lang, mit ihren Familien in eigenen, kleinen Stadtvierteln, deren Bild sie prägen. Viele sind nicht mehr bei der ARBED beschäftigt, sondern haben sich als Händler und Handwerker selbständig gemacht, ohne Sprache und nationale Eigenart aufzugeben. Die eigentlichen italienischen Gastarbeiter in der Stahlindustrie arbeiten im Durchschnitt etwa 5 Jahre im Revier und kehren dann wieder in ihre Heimat zurück, da sie infolge der luxemburgischen Sozialgesetzgebung bereits nach diesem Zeitraum Anspruch auf Rentenbezüge haben. Seit einiger Zeit ist die Stadtverwaltung bemüht, die einseitige Wirtschaftsstruktur aufzulockern, indem neue Industrien zur Ansiedlung gewonnen werden, z. B. chemische Fabriken und General Motors.

Neben dieser industriellen Bedeutung hat Esch aber auch einen Grad an Zentralität in anderen Bereichen, der erheblich höher liegt als der seiner Nachbarstädte. Ein gut ausgestattetes Geschäftsviertel versorgt nicht nur die eigene Bevölkerung, sondern auch das nähere Umland. Wegen des preisgünstigeren Angebots kommen sogar nicht wenige Einwohner der Hauptstadt nach Esch, um hier Einkäufe zu tätigen. Auch in kultureller Hinsicht hat Esch zentrale Funktionen für das gesamte Revier. Es gibt mehrere weiterführende Schulen, darunter Gymnasien und Fachschulen für das Hüttenwesen. — Dudelange (14 700 E) und Differdange (18 000 E) haben demgegenüber nur untergeordnete zentrale Funktionen.

Kleine Sekundärzentren, die sich gegenseitig ergänzen, sind im Übergangssaum vom Gutland zum Ösling Ettelbruck (6000 E) und Diekirch (5300 E). Im Ösling selbst und auch in den Tallandschaften von Sauer und Mosel fehlen Sekundärzentren, denn Wiltz (4000 E), Echternach (4000 E) und Grevenmacher (3000 E) haben allenfalls die Bedeutung von Lokalzentren dritter Ordnung (NADASDI, 1972). Wiltz wird von einer mächtigen Schloßanlage überragt, es verkörpert den Typ des malerischen Burgfleckens im Ösling ähnlich wie Clervaux, Esch a. d. Sauer und Vianden. Bei Echternach, gegenüber dem deutschen Echternacherbrück, gründete Willibrord 698 eine Benediktinerabtei. Der Bau, der in seinem heutigen Zustand teilweise noch aus dem 11. Jahrhundert stammt, beherrscht das Stadtbild. Von hier ist es nicht weit zu den sagenumwobenen Höhlen und Grotten im Lias, Keuper und Muschelkalk der Luxemburger Schweiz. Grevenmacher, von Weinbergen umgeben, ist Distriktshauptstadt.

5. DIE POLITISCHE AUFGABE DER RAUMORDNUNG

5.1. Der allgemeine Rahmen

5.1.1. *Die prinzipiellen Probleme*

Es wäre für uns, die wir am Anfang des letzten Viertels in unserem Jahrhundert stehen, sicher interessant zu wissen, ob unsere Vorfahren in den siebziger Jahren des vorigen Jahrhunderts so auf das vor ihnen liegende Jahr 1900 gestarrt haben, wie wir uns das für die kommende Jahrtausendwende als den Fluchtpunkt von Perspektivlinien der Planung angewöhnt haben. Wahrscheinlich nicht, denn das Ende des 19. Jahrhunderts hatte parallel zur Industrialisierung und Urbanisierung, die damals die Lebensverhältnisse im westeuropäischen Kulturkreis mit einer bislang unbekannten Dynamik zu ändern begannen, auch die Entwicklung einer liberalistischen Staatsauffassung gebracht, deren Prinzip des ›Laissez-faire‹ wenig mit Gedanken über Raumordnung und Raumplanung anzufangen wußte. Demgegenüber besteht heute der dezidierte Anspruch der Gesellschaft an den Staat und seine nachgeordneten Körperschaften, eine raumgestaltende Leistungsverwaltung zu bieten. Und es ist sicher kein Zufall, daß gerade in den Niederlanden mit dem Beginn des 20. Jahrhunderts, d. h. um Jahrzehnte eher als in allen Nachbarländern, mit einem Gesetz — dem Wohnungsgesetz von 1901 — das erste Instrument zur Raumordnung geschaffen wird. Kein Zufall deswegen, weil die Bewohner eines kleinen, dichtbesiedelten Landes, die wertvolle Teile ihres Lebensraumes in langem Kampfe dem Meer abgetrotzt hatten, die drängenden Probleme von Raum und Bevölkerung früher empfanden und früher empfinden mußten als andere. In Belgien wurden die gesetzlichen Grundlagen für vergleichbare, gemeindliche Bauleitpläne im Zusammenhang mit dem Wiederaufbau erst in den vierziger Jahren gelegt.

Raumordnung in den Niederlanden und in Belgien — diese beiden Länder stehen im letzten Kapitel im Vordergrund — berührt notwendigerweise prinzipielle Probleme, wie sie in jedem dichtbesiedelten, industrialisierten und verstädterten Land, mit hohem Motorisierungsgrad, zunehmender Freizeit, wachsenden Ansprüchen an den Erholungsraum und — last not least — mit freiheitlicher Gesellschaftsordnung auftreten. Das Verhältnis zwischen Raum und Bevölkerung ist in einem Industrieland nicht von selbst optimal. Der Frage, ob das auf früheren sozialökonomischen Entfaltungsstufen je anders war, kann hier nicht nachgegangen werden. Auch ist eine spezielle

Länderkunde kaum der rechte Ort, eine Frage auszudiskutieren, die Raumwissenschaft, Anthropologie und Humanethologie in gleicher Weise angeht, die Frage nämlich, ob nicht die Menschen der urbanisierten, auf Wachstum programmierten Industrie- und Leistungsgesellschaft mit der von ihnen bis in die angeblichen Erholungsgebiete verfremdeten Umwelt sich einen Lebensraum geschaffen haben, in dem ihre angeborenen Verhaltensweisen und das Bedürfnis zu individueller Entfaltung verkümmern müssen, mit allen Folgen bedrohlicher Triebstauungen. Doch soll diese Frage, nicht ohne warnende Besorgnis, wenigstens gestellt sein. Jedenfalls nimmt in dem Maß, wie mit steigendem Wohlstand die Ansprüche an die Ausübung der Daseinsgrundfunktionen wachsen, deren Raumbedarf und die Schärfe der Interessenkollisionen zu. In den vorangegangenen Abschnitten sind viele Beispiele für solche Interessenkollisionen gegeben worden:

— im Kerngebiet der Städte verdrängt die Verwaltungsfunktion die Wohnfunktion;
— die ausufernden Stadtränder fressen landwirtschaftliche Nutzfläche, oft intensiv genutztes Sonderkulturland;
— Ansprüche an das Wohnmilieu im Umland verschärfen die Pendler- und damit die Nahverkehrsprobleme;
— Industrieflächen beeinträchtigen Erholungsgebiete;
— die Überlastung von Erholungsgebieten durch den Massentourismus führt deren Funktion ad absurdum.

Oft erklären sich diese Interessenkollisionen aus dem Widerstreit von kurzfristigen und langfristigen Bedürfnissen. Die Aufgabe der Raumordnung ist es, langfristig einen Ausgleich zwischen den den Raum beanspruchenden Interessen zu finden. Zur Lösung dieser Aufgabe bedarf es eines planerischen Gesamtkonzeptes, das einerseits durchsetzbar ist, andererseits verfassungsmäßige Ziele und Rechte beachtet, wie Freizügigkeit, freie Berufswahl, Eigentumsgarantie etc. Damit wird die Raumordnung zur politischen Aufgabe.

Ein wichtiger Grundsatz im Management lautet: optimale Entscheidungen sind nur auf Grund vollständiger Informationen möglich. Das gilt nun zweifellos auch für die Raumordnung und -planung, aber die notwendigen Informationen sind keineswegs immer in der gewünschten Vollständigkeit zu erlangen. So besteht ständig der Zwang, mit Hypothesen und Prognosedaten zu arbeiten. Sie betreffen das Bevölkerungswachstum, die Verlagerung der Erwerbstätigkeit zum tertiären Sektor, die Wanderungsrichtungen, die Lenkbarkeit von Industrieansiedlungen, das Wirtschaftswachstum und die Arbeitszeit, den technischen Fortschritt, die Änderung von Ökosystemen und wenigstens die Kanalisierung der steigenden Umweltbelastung, wenn schon eine Reduzierung nicht möglich ist, sowie die Wünsche und Ansprüche des Einzelnen, der Gruppe, der Gesellschaft an den Raum.

Aus der Einsicht heraus, daß in einer freien Gesellschaft die Mitwirkung und das Mitdenken der gesamten Öffentlichkeit für eine gedeihliche räumliche Entwicklung des Landes unerläßlich ist, wurde im niederländischen Raumordnungsgesetz der Beirat für die Raumordnung ins Leben gerufen, der keine unmittelbaren politischen Befugnisse hat, der aber den Gedankenaustausch zwischen den Behörden und der Bevölkerung fördern soll und der die politischen Instanzen berät. Ähnliches gilt für Belgien. Aber solche Grundsätze können nicht darüber hinwegtäuschen, daß hier — ganz abgesehen von den technischen und finanziellen Problemen der Durchführung — zwei grundsätzliche Schwierigkeiten der Raumordnung schon in den Voraussetzungen stecken. 1. Raumordnungspläne kann man offenlegen, jeder Betroffene kann sie frühzeitig kennenlernen, man kann Einsprüche berücksichtigen und die Rechtssicherheit durch Berufungsmöglichkeiten erhöhen — aber die endgültige Durchführung einer raumordnerischen Maßnahme wird nie die Zustimmung aller Beteiligten finden. Ob es sich um eine kommunale Neuordnung, ein Flurbereinigungsverfahren, die Neuansiedlung eines Industriebetriebes oder um die Festlegung einer Autobahntrasse handelt — immer treffen die Auswirkungen politischer Entscheidungen im Fall der Raumordnung Einzelne oder Gruppen besonders hart. Und immer wieder wird es Fälle geben, wo das Einzel- oder Gruppeninteresse doch den Sieg über ein noch so unabweisbares Interesse der Allgemeinheit davonträgt. 2. Im zweiten Raumordnungsbericht der Niederlande heißt es, daß die Raumordnung sich speziell mit dem physischen Milieu befaßt. ›Sie ist auf die bestmögliche Lebensentfaltung der Bevölkerung abgestimmt, sofern diese vom Daseinsmilieu abhängig ist‹ (S. 6). Selbst wenn man sich intensiv um eine Zusammenarbeit von Staat und Gesellschaft bemüht und vorausgesetzt, daß diese Zusammenarbeit auch reibungslos funktioniert, die Planung also optimal den Vorstellungen der Gesellschaft folgt — es bleibt die Frage, ob wir denn überhaupt in der Lage sind, heute für die Wünsche der Menschen im Jahr 2000 zu planen?

Der schlimmste Fehler der Raumordnung wäre, gesellschaftliche Entwicklungen, die noch gar nicht vorhersehbar sind, durch ein zu starres Planungsschema unmöglich zu machen. Offensichtlich stehen wir aber auch in einer Zeit des Umbruches im planerischen Denken überhaupt, nicht zuletzt hervorgerufen durch die apokalyptischen Visionen über ›die Grenzen des Wachstums‹. Dierkes (1975, S. 751) hat das so formuliert:

›Mit der zunehmenden Umorientierung der technologisch hochentwickelten Länder von der Verfolgung rein ökonomischer Ziele, gemessen am Leistungsindikator 'Steigerung des Sozialproduktes' hin zu einem breiteren Fächer gesamtgesellschaftlicher Ziele, erkenntlich in Form sozialer Indikatoren, wird die traditionelle Einstellung zum technischen Fortschritt mehr und mehr in Frage gestellt.‹

5.1.2. *Das Konzept der Raumordnung in den Niederlanden*

Die Raumordnung in den Niederlanden gilt als beispielhaft. Sie hat mit Recht über die Grenzen des Landes hinaus international Beachtung gefunden und Denkanstöße gegeben. Es gab und gibt aber auch Besonderheiten der Situation, die die Regierung in 's-Gravenhage geradezu herausfordern mußten, Ideen und Energien auf diesem Feld zu investieren. Solche Besonderheiten verdichten sich zu vier Komplexen: 1. Von einigen Stadt- und Inselstaaten abgesehen, sind die Niederlande mit ihren 13,6 Mill. E der am dichtesten besiedelte Staat der Erde mit etwa 400 E/km², und das bei einer für Industrieländer immer noch ungewöhnlich hohen natürlichen Zuwachsrate der Bevölkerung. 2. Der steigende Raumbedarf für Wohnungsbau, Industrieflächen, Verkehrsbänder und Erholungsräume macht sich in einem kleinen Land besonders gravierend bemerkbar, wenn Urbanisierung und Industrialisierung höchst ungleich über den Raum verteilt sind. 3. Fast die Hälfte des Landes ist nur bewohnbar und nutzbar, solange ein hochkompliziertes wasserbautechnisches System funktioniert. 4. Die Niederlande liegen im Spannungsfeld der Entwicklungsachsen des kontinentalen Nordwesteuropa.

Der erste Raumordnungsbericht wurde im Jahr 1960 vorgelegt, es war aber vor allem der ›Zweite Bericht über die Raumordnung in den Niederlanden‹ von 1966, der mit seiner aus vielen Komponenten resultierenden Strukturskizze für das Jahr 2000 Aufmerksamkeit erregte. SCHÖLLER sprach in seiner Rezension (ERDKUNDE, 22, 1968, S. 168) von einem ›Dokument, das in der Weite des Blickes über Zeit und Grenzen, seinen fundierten Analysen und klaren Zielvorstellungen in Europa ohne Beispiel ist‹. Wichtige quantitative Voraussetzungen des Berichtes waren Modellrechnungen für das Bevölkerungswachstum, die für das Jahr 2000 Einwohnerzahlen zwischen 18 und 21 Mill. lieferten; ferner die Annahme, daß die Verteilung der Erwerbstätigen dann nur noch 3 % im primären, 37 % in der Industrie und 60 % auf dem Dienstleistungssektor ergeben würde. Von diesen und anderen Prognosen ausgehend, zeichnete man im 2. Raumordnungsbericht Leitlinien für die Lenkung des städtischen Wachstums, den Ausbau des öffentlichen Verkehrs und seiner Netze, die Entwicklung und die Umstrukturierung der Industrie, die Anlage neuer Seehäfen und für die Reservierung von Flächen für die Freilufterholung. Das alles geschah unter zusätzlichen Annahmen über die Verbesserung des Wohnmilieus: Verkleinerung der Haushalte, Vergrößerung der Wohnflächen, Abnahme der Wohndichte, Wunsch nach Wohnungseigentum in überschaubarer Nachbarschaft.

Eines der wichtigsten Leitbilder war das der ›gebündelten Dekonzentration‹ als Modell zur Lenkung der Verstädterung (vgl. Abb. 42, 3), das die Nachteile einer zu starken Verdichtung mit ihren Überlastungsschäden für die Ballungsräume (Abb. 42, 1) ebenso verhindern soll wie die Zersiedlung des Raumes (Abb. 42, 2), die gleichermaßen unerwünscht ist. Die ›gebündelte Dekonzentration‹ läßt überschaubare Stadtgebiete mit gestuften zentralen Funktionen entstehen, die durch Grüngürtel oder agrarische Pufferzonen voneinander getrennt werden, so daß bei einem hohen Nutzungsgrad des Raumes doch gute Wohnqualität geboten und leichte Erreichbarkeit gewährleistet wird. In der räumlichen Strukturskizze für das Jahr 2000 spielen gerade die städtischen Kerngebiete dieses Modells eine hervorragende Rolle. Vier Typen wurden der Größe nach unterschieden: Typ A mit 3000—6000 E, Typ B mit 11 000—22 000 E, Typ C mit 45 000—90 000 E und Typ D mit 180 000—360 000 E. In Abb. 43 ist versucht worden, dieses Leitbild der Städtezonen und Freizonen über die Niederlande hinaus nach Belgien und Luxemburg, aber auch nach Nordfrankreich und in das westliche Deutschland hinein in vereinfachter Form zu erweitern. Weitere vordringliche Ziele des Raumordnungsberichtes waren: der Ausbau und die Differenzierung funktionaler Schwerpunkte im Nordosten des Landes und im Gebiet der Zuiderseepolder, die Ausbalancierung der Ansprüche von Seehafenentwicklung, Industrialisierung, Erholungs- und Wohnfunktion im weiteren Raum des Deltas und die Entlastung der Randstad.

Raumordnerische Maßnahmen müssen aber auch im rechtlich-organisatorischen Sinn durchführbar sein. Gesetzlich wird in den Niederlanden die Raumordnung durch das Raumordnungsgesetz von 1962 geregelt. Danach kann der Minister für Raumordnung zum Zwecke der Koordinierung Pläne auf nationaler Basis erstellen, die nach Anhörung des Staatsausschusses für Raumplanung beschlossen werden. Sie werden den Provinzen und Gemeinden bekanntgemacht, haben aber keine absolute Verbindlichkeit für die Regionalpläne, die weitgehend auf der Grundlage der Einteilung des Landes in die oben erwähnten 40 Regionen (vgl. S. 246) erstellt werden sollen; eine Aufgabe, deren Erledigung weit vorangeschritten ist. Wenn man sieht, wie etwa die Strukturskizze über die raumordnerische Entwicklung auf dem Gebiet der Freilufterholung große Teile der Niederlande mit flächendeckenden Signaturen überzieht, so wird klar, daß hier nur eine Groborientierung gemeint sein kann und eine strenge Bindung der Regionalpläne dadurch nicht beabsichtigt wird. Die Strukturskizzen sind ›indizierende Pläne‹ und nicht etwa Flächennutzungspläne auf nationaler Basis.

Die Regionalpläne werden von den Provinzialparlamenten genehmigt, sie müssen mindestens einmal in zehn Jahren überprüft werden. Aber die Durchsetzung der Raumordnung vollzieht sich dreistufig. Den Regionalplänen nämlich entnehmen die Gemeinden zwar die für eine größere räumliche Dimension entwickelten Konzeptionen. Sie können aber bei der Aufstellung ihrer allein verbindlichen Flächennutzungspläne von dieser Konzeption abweichen. Die Position der Gemeinden ist dabei so stark, daß es durchaus geschieht, daß die Provinzialregierung den Regionalplan abändert,

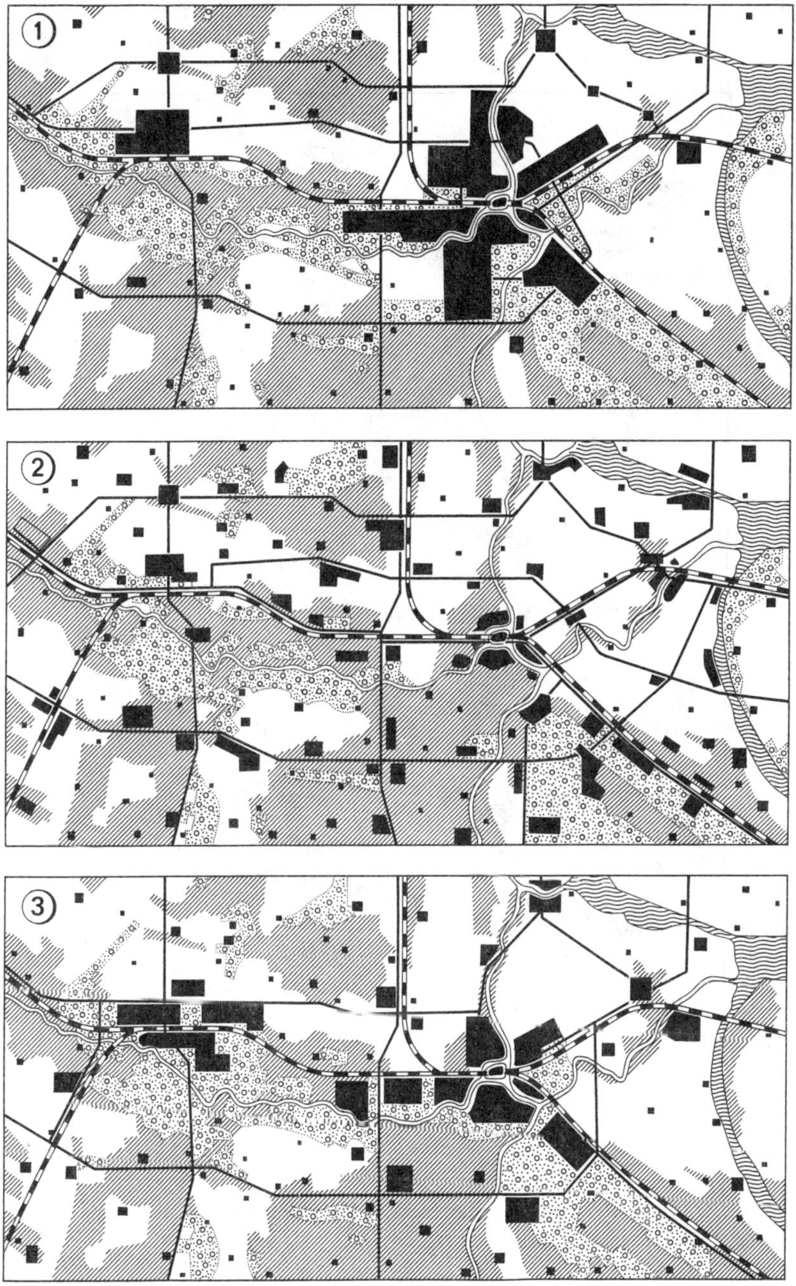

Abb. 42: Modelle zur Lenkung der Verstädterung (nach 2. Raumordnungsbericht für die Niederlande, 1966).
1 Konzentration, 2 Dekonzentration, 3 gebündelte Dekonzentration.

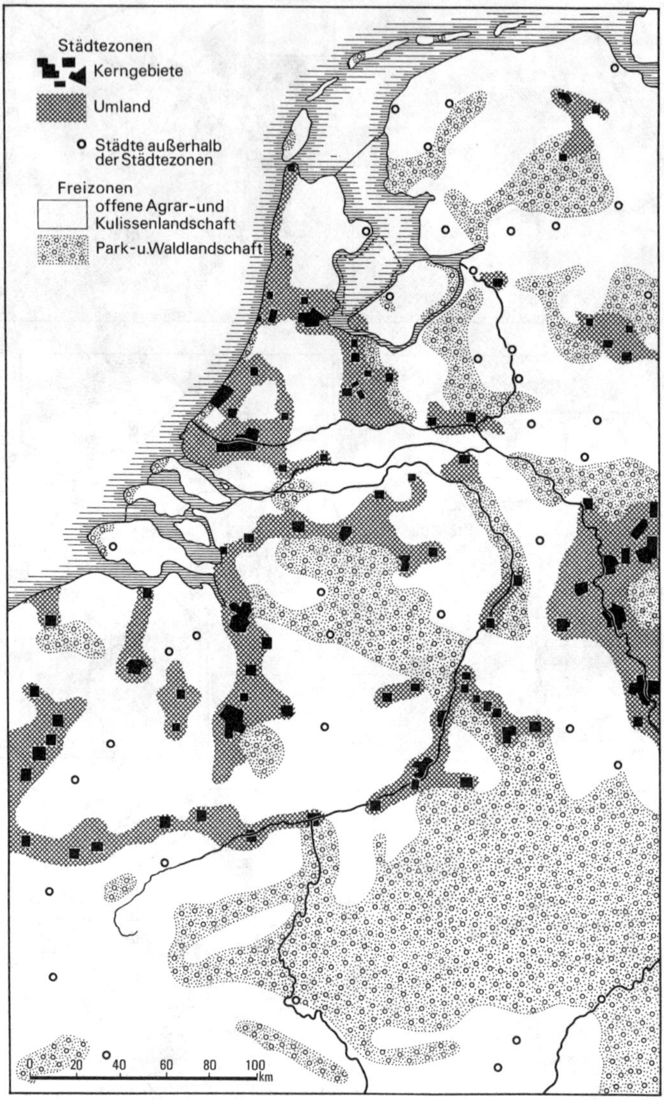

Abb. 43: Schema der Raumstruktur (nach 2. Raumordnungsbericht für die Niederlande, 1966, mit eig. Ergänzungen).

wenn die Argumente der Gemeinde überzeugen. Andererseits ist aber auch die Stellung des Ministers, also der Einfluß der obersten Ebene, nicht zu unterschätzen. Er kann die Provinzen anweisen, die Regionalpläne zu überprüfen. Die Provinz ihrerseits kann der Gemeinde auferlegen, die Flächennutzungspläne zu ändern. Weil aber jeder einzelne Bürger ein Einspruchsrecht in drei Instanzen gegen den Flächennutzungsplan hat (die Berufungsmöglichkeit geht bis zur Krone), kann ein Planverfahren im Einzelfall viele Jahre dauern.

Es liegt daher auf der Hand, daß die Durchsetzbarkeit von planerischen Maßnahmen ihre Grenzen hat, die nicht nur von der Finanzkraft gezogen werden. So konstatiert denn der 3. Bericht zur Raumordnung, dessen erster Teil 1974 zur Diskussion gestellt wurde, auch recht lapidar, daß viele der Ziele von 1966 nicht in dem erhofften Maß erreicht werden konnten. Wichtiger noch ist m. E. aber die Tatsache, daß einige Hypothesen des 2. Raumordnungsberichtes korrigiert werden mußten. Die auffälligste Korrektur war die der Bevölkerungsprognose, die auf 15 bis 16 Mill. E im Jahr 2000 zurückgenommen wurde. Es zeigt sich also: wenn auch der Kybernetiker die kompliziertesten Rückkopplungsschleifen in sein Bevölkerungsmodell einbaut, so haben doch generatives Verhalten und Wanderungstendenzen ihre Eigengesetzlichkeit, die sich der Berechenbarkeit letztlich entzieht.

Auch die Strategie der Raumordnung änderte sich. 1966 wurde die Milderung des Bevölkerungsdruckes in einer gezielten Streuung gesucht. Das Wachstum im Westen wollte man bremsen, im Norden und Osten dagegen fördern. Angestrebt wurde, daß im Jahr 2000 in den drei nördlichen Provinzen 15 % der Gesamtbevölkerung leben sollten, im dritten Bericht wird nur noch von einem Anteil um 9 % für den Norden gesprochen. Es ist fraglich geworden, ob die Verdichtungsprobleme im Westen und namentlich in der Randstad sich durch eine Streuungspolitik lösen lassen, ob sie nicht nur verschoben werden und in naher Zukunft die Stadtregionen anderer Landesteile dann vor den gleichen Problemen stehen. Sind Unterschiede im Verdichtungsgrad nicht einer landesweiten Nivellierung vorzuziehen? Hinzu kommt, daß das Streben nach industriellem Wachstum vor dem Hintergrund bedrohlicher Umweltbelastung überhaupt fragwürdig geworden ist.

Nüchtern stellt der 3. Bericht zur Raumordnung auch fest, daß trotz des Leitbildes der gebündelten Dekonzentration in vielen Fällen die Zersiedlung des städtischen Umlandes nicht hat verhindert werden können und dadurch das Konzept der Pufferzonen zwischen den städtischen Kernen beeinträchtigt worden ist. Ferner sind die Maßnahmen zur Stadterneuerung und zur Verbesserung der Verkehrsnetze hinter den Planzielen zurückgeblieben. Deshalb werden in der Bodenpolitik Gesetzesänderungen vorgesehen, die im Interesse der rascheren Durchsetzung von raumordnerischen Zielen die Möglichkeit der Enteignung und der Entschädigung auf der Basis des Gebrauchswertes verbessern sollen. Das Flurbereinigungsgesetz von 1954 soll durch ein neues Gesetz abgelöst werden, das die Koordinierung von infrastrukturellen Maßnahmen im agraren Raum noch effektiver gestalten wird. Und schließlich sind eine Reihe von Gesetzesnovellen dem verstärkten Umweltschutz gewidmet.

Im Frühjahr 1976 erschien der zweite Teil des 3. Berichtes zur Raumordnung, ausschließlich den Problemen der Verstädterung gewidmet (›Verstedelijkingsnota‹), der mit den neuen Prognosen für die Bevölkerungsveränderung durch natürliche Zunahme und Wanderungsbewegungen arbeitet. Interessant sind vor allem vier Alternativen zur Raumordnung im Bereich der Randstad; eines dieser Modelle greift den Innenraum, das ›grüne Herz‹, stark zugunsten der Bebauung an. Überdurchschnittliches Wachstum wird für die ›Groeisteden‹ Groningen, Zwolle, Breda und Helmond prognostiziert.

5.1.3. *Die Schwerpunkte der Raumordnung in Belgien*

Die belgischen Raumordnungspläne haben außerhalb des Landes nie den Bekanntheitsgrad der niederländischen erreicht, auch nicht in der geographischen Fachwelt, was erstaunlich ist insofern, als es oft Vertreter der angewandten Geographie waren, die in Belgien bei der Raumordnung mitwirkten. Andererseits ist es aber auch aus mehreren Gründen verständlich, daß Belgien hier im Schatten der Niederlande steht. Der Bevölkerungsdruck ist geringer, für das Jahr 2000 wird eine Einwohnerzahl zwischen 10 und 11 Mill. prognostiziert. Spektakuläre Planungsregionen wie die Zuiderseepolder oder das Delta fehlten. Weil die Raumordnung auf mittlerer Ebene im Vordergrund stand, hat es auch nie ein detailliertes ›Raumstrukturschema 2000‹ wie in den Niederlanden gegeben. Dazu mag der Gegensatz zwischen den Sprachregionen beigetragen haben, sicher aber auch eine Mentalität, der die futurologische Planungsgläubigkeit eher fremd ist.

Die Erarbeitung eines nationalen Raumordnungsplanes in Belgien wurde 1947 angeregt durch die vom Conseil Supérieur d'Urbanisme eingerichtete Commission du Plan National. Das führte im Jahr 1948 zur Gründung des Service du Survey National als Abteilung bei der Städtebauverwaltung, dessen Aufgabe darin bestand, die in den Staatsarchiven vorhandenen Unterlagen zu sammeln und Statistiken auszuwerten, um eine kartographische Darstellung des gegenwärtigen Zustandes und der Entwicklungstendenzen der für die Planung wichtigen Sachverhalte zu geben. Um das so entstandene Kartenwerk, den ›Atlas Général du Royaume‹, der nur als Manuskript vorhanden ist, allgemein zugänglich zu machen, wird seit 1954 der ›Atlas du Survey National‹ veröffentlicht; inzwischen sind weit über 100 Blätter des Werkes erschienen. Er ist als eine Ergänzung des vom Comité National de

Géographie herausgegebenen ›Atlas de Belgique‹ anzusehen, mit dem zusammen er die Grundlage für einen nationalen Raumordnungsplan darstellt. Dieser ist zwar im Raumordnungsgesetz von 1962 vorgesehen, wird aber dort nicht näher präzisiert. Weiter bildet die Kartensammlung eine wichtige Hilfe bei der Überprüfung der Raumordnungspläne durch die Administration de l'Urbanisme.

Die größte Bedeutung maß man in Belgien der Erstellung regionaler Raumordnungsstudien bei, die in die Kompetenz der Regierung fallen. Von 1948 bis 1956 wurden die beiden ersten Untersuchungen über die Agglomerationen Brüssel und Lüttich durchgeführt. Die dort angewandte Methode wurde bei den späteren Arbeiten übernommen. Zunächst folgten deren drei: 1954 über 20 Gemeinden im Raum Kortrijk, 1955 über den Hennegau und 1956 über Süd-Luxembourg. 1958 wurde dann das belgische Staatsgebiet von der Administration de l'Urbanisme provisorisch in zwanzig Regionen aufgeteilt, die bezüglich ihrer sozialökonomischen Struktur einen möglichst hohen Grad an Homogenität aufweisen. Berücksichtigt wurden dabei Kriterien wie Bevölkerungsentwicklung, Erwerbstätigkeit und Pendelbeziehungen, Arbeitslosigkeit, Industriestruktur etc. — Das 1959 gegründete Bureau de Programmation Economique übernahm im wesentlichen diese Abgrenzungen, so daß die Maßnahmen zur Förderung der wirtschaftlichen Entwicklung und zur Raumordnung von denselben Raumeinheiten ausgehen. Nach 1958 wurden in relativ schneller Folge die noch ausstehenden Regionalstudien angefertigt, die letzte konnte 1967 abgeschlossen werden. Damit verfügt Belgien für alle Regionen des Staatsgebietes über einen Planungsentwurf, bestehend aus der Raumanalyse, dem danach aufgestellten Entwicklungsprogramm und zumeist dem Raumordnungsplan.

Diese Regionalstudien wurden im Auftrag der ›Administration de l'Urbanisme et de l'Aménagement du Territoire‹ in Brüssel von zwölf privaten Planungsbüros oder Studiengruppen erstellt, die sich aus Vertretern verschiedener Wissenschaften zusammensetzten, hauptsächlich der Wirtschaftswissenschaft, der Geographie, der Soziologie und des Städtebaus. Als Beispiel sei das CEBL (Centre d'Etudes du Bas Luxembourg) genannt, eine interdisziplinäre und interuniversitäre Forschungsgruppe, an der Tulippe und Sporck vom Geographischen Institut sowie Vertreter des Instituts für Soziologie der Universität Lüttich, das Institut für angewandte Wirtschaftswissenschaften der Universität Löwen und Lahousse, Architekt von der Freien Universität Brüssel beteiligt waren. Das CEBL erarbeitete 1956—64 den Regionalplan für Süd-Luxembourg.

Die regionale Raumordnung, auf die sich das Hauptaugenmerk richtete, nimmt in Belgien eine Sonderstellung ein. Vergleichbare Fortschritte wurden trotz der bisher geleisteten, umfangreichen Vorarbeiten bei der Aufstellung des nationalen Raumordnungsplanes nicht erreicht. Erst recht muß man das von der Planung auf kommunaler Ebene sagen. Die gesetzlichen Grundlagen für eine bis auf die Gemeinden durchgreifende Raumordnung wurden mit dem Raumordnungsgesetz von 1962 geschaffen. Es verpflichtet grundsätzlich alle Gemeinden zur Aufstellung eines allgemeinen Planes, der die aktuelle Situation darstellen, einen Überblick über die Flächennutzung geben und Hinweise auf Veränderungen der Hauptverkehrswege enthalten soll — aber die Gemeinden mit weniger als 1000 E können von dieser Auflage befreit werden, und zu dieser Klasse zählt beinah die Hälfte aller belgischen Gemeinden!

In dem hierarchisch geordneten System der Raumordnungspläne stehen über den kommunalen Plänen die Sektorenpläne, die ihrerseits den Regionalplänen untergeordnet sind, deren Synthese letztlich dann der nationale Raumordnungsplan darstellen soll. Das ist nahezu die umgekehrte raumordnerische Strategie wie in den Niederlanden. Die Sektorenpläne werden, wie die regionalen Raumordnungspläne, im Auftrag der Regierung angefertigt. Die Gemeindepläne liegen in der Verantwortung der Gemeinderäte, bedürfen jedoch der königlichen Bestätigung. Da sie überdies an die Sektoren- und Regionalpläne gebunden sind, werden die Kompetenzen der Gemeinden weitgehend eingeschränkt. 1965 waren nur 229 Gemeinden im Besitz eines durch königlichen Erlaß bestätigten ›Plan général d'aménagement‹.

An der Spitze der im Gesetz vorgesehenen Organe der Raumordnung steht die nationale Raumordnungskommission, die dem Minister für Öffentliche Arbeiten als höchster Instanz verantwortlich ist und deren wichtigste Aufgabe darin besteht, allgemeine Richtlinien der Raumordnung zu formulieren. Die Kommission, die seit 1965 besteht, ersetzte den 1946 eingerichteten obersten Planungsrat, den Conseil Supérieur d'Urbanisme. Ihr beigeordnet sind Raumordnungskommissionen für die Regionen, die Agglomerationen Brüssel, Antwerpen, Lüttich, Gent und Charleroi sowie für die Gemeinden mit mehr als 10 000 E. Diese Kommissionen, von denen zuerst die der Agglomerationen Brüssel (1965) und Lüttich (1968) sowie des Küstengebietes (1967) eingerichtet wurden, besitzen lediglich beratende Funktion bei der Aufstellung der Raumordnungspläne.

Seit Fertigstellung der Regionalstudien haben die Sektorenpläne den Vorrang in der raumordnerischen Tätigkeit. In Kenntnis der allgemeinen wirtschaftlichen Bedürfnisse der Regionen soll nunmehr von den Sektorenplänen eine Konkretisierung geleistet werden, die zu praktischen Maßnahmen auf einer Ebene führt, auf der angesichts der weitgehend homogenen Wirtschafts- und Sozialstruktur einer Gruppe von Gemeinden eine gemeinsame Planung der Raumnutzung als gegeben erscheint. Das Ziel der Sektorenpläne, von denen etliche vorliegen, ist eine Ordnung und Strukturierung des Raumes, die sowohl den wirtschaftlichen als auch den sozialen und kulturellen

Bedürfnissen des Menschen Rechnung trägt, unter Abwägung der räumlichen Notwendigkeiten und Möglichkeiten und unter Berücksichtigung der zu erwartenden bzw. angestrebten Entwicklung — kurz: eine harmonische Nutzung des Raumes. Diesem Leitsatz folgend, wurde Belgien in 48 Sektoren aufgeteilt, wobei von dem Vorhandensein eines sog. Entwicklungspoles ausgegangen wurde. Eine Rangordnung dieser Pole ergibt sich aus der Bedeutung des sekundären und tertiären Sektors bei der Bereitstellung von Arbeitsplätzen und aus ihrer Ausstattung mit Versorgungseinrichtungen. Die Entwicklungspole der Stufen II und I als höhere zentrale Orte waren die Grundlage der Darstellung der belgischen Regionen im 4. Kapitel dieses Buches.

Das hervorstechendste Merkmal der funktionsräumlichen Gliederung auf dem Niveau II ist der Gegensatz zwischen der dichten und insgesamt recht gleichmäßigen Anordnung und Ausformung der Regionen nördlich von Sambre und Maas und der Zentrumsleere im Süden Belgiens, wo die Funktionsbereiche bei der fehlenden Netzbildung sämtlich eine sehr langgestreckte Form annehmen (dazu nochmals Abb. 40). Beträgt im Norden des Landes die maximale Entfernung vom Zentrum im Durchschnitt weniger als 30 km, so übersteigt sie in den Bereichen von Lüttich und Namur 100 km. Es besteht offensichtlich eine Diskrepanz zwischen den noch unentwickelten Raumstrukturen im Süden Belgiens und dem im Raumordnungsentwurf gezeichneten Leitbild. Um im Süden gleiche Entwicklungsmöglichkeiten wie im Norden herzustellen, wäre es erforderlich, das Netz der regionalen Zentren dort zu verstärken und zu verdichten. Der Raumordnungsentwurf erörtert die sachlichen Voraussetzungen einer Lösung dieses Problems, indem er die möglichen Polarisationsbereiche abgrenzt und die jeweils polarisierte Bevölkerung kalkuliert, er weist auf die Konsequenzen der möglichen Entscheidungen hin, ohne jedoch für eine bestimmte Entscheidung einzutreten. Ähnlich wie in den Niederlanden wird aber auch hier die Frage zu stellen sein, ob denn die Nivellierung historisch gewachsener regionaler Unterschiede ein unbedingt erstrebenswertes Ziel ist.

5.1.4. *Die internationalen Zusammenhänge*

Raumordnung im Bereich der Beneluxländer ist — wie in jedem anderen Land der EG — nicht mehr möglich ohne die Beachtung internationaler Tendenzen und Verpflichtungen innerhalb der Europäischen Gemeinschaft. Das ist an vielen Stellen zu zeigen versucht worden, ob es sich nun um die Freizügigkeit der Arbeitskräfte, die Hinterlandverflechtungen oder die Ansiedlungspolitik multinationaler Industrieunternehmen handelt, um nur drei Stichworte wieder aufzugreifen. Auf der 1975 nach Galway (Irland) einberufenen Konferenz des Europarates forderten die Regionalvertreter sogar eine europäische Regionalversammlung als Zweite Kammer in Brüssel, um eine europäische — und nicht länger eine national bestimmte — Raumordnungspolitik durchsetzen zu können. Zwar gehören die nördlichen Niederlande und Südlimburg, Westflandern und die Borinage, das Kempenland und Ostbelgien zu den von der EG geförderten Regionen, aber die großen Randregionen auf den Britischen Inseln, in Westfrankreich, in Italien und im Zonengrenzgebiet verlangen gebieterischer nach Unterstützung, und in der Schlußerklärung von Galway steht der deutliche Satz von der Kolonialisierung der peripheren durch die zentralen Regionen. Aus dieser Perspektive müssen die Beneluxländer eher der gebende als der nehmende Teil sein.

Die Notwendigkeit einer Zusammenarbeit in Raumordnungsfragen ist für das kontinentale Kerngebiet der EG früh erkannt worden. Im Mai 1955 wurde in Lüttich ein internationales Kolloquium mit dem Thema ›Europa und die einzelnen Wirtschaftsräume‹ abgehalten. Dazu hatte die Fédération Belge de l'Urbanisme et de l'Habitation und die Vereinigung ›Le Grand Liège‹ eingeladen, und zwar auf Anregung der 1954 in Metz tagenden ›Conférence nationale des Comités régionaux d'études pour le mise en valeur de la France‹. Die Vertreter der Beneluxländer, der Bundesrepublik Deutschland und Frankreichs beschlossen in Lüttich die Gründung einer privatrechtlichen Studiengruppe ›Ständige Konferenz für Raumordnung in Nordwesteuropa‹, deren Vorarbeiten 1958 auf einem zweiten Lütticher Kolloquium über ›Die Raumordnung, eine Grundlage der Europäischen Gemeinschaft‹ zur Diskussion gestellt wurden. Mehr als zweihundert Teilnehmer empfahlen in einer Schlußresolution die Fortführung der Arbeiten und die Bildung einer internationalen Vereinigung mit wissenschaftlicher Zielsetzung. Dem wurde 1959 in Lüttich mit der Gründung der ›Konferenz für Raumordnung in Nordwesteuropa‹ entsprochen. Seitdem sind im Auftrag der Konferenz wertvolle kartographische Unterlagen für die Planung zusammengestellt und auf mehreren Tagungen die Studien zur Kenntnis der inneren Struktur der verschiedenen Regionen vertieft worden, zuletzt 1971 in Calais-Dünkirchen und 1973 in Aachen. Sitz der Konferenz ist Lüttich, das Sekretariat leitet in Brügge Prof. Kormoss.

Besondere Aufmerksamkeit ist international stets den Entwicklungspolen und Entwicklungsachsen zwischen dem Ärmelkanal und der Rhein–Ruhr-Schiene gewidmet worden. Hottes (1971) sieht in den Entwicklungsachsen (vgl. Abb. 44) nicht nur Verkehrsadern, sondern Sammelschienen, ›auf denen sich dauernd gegenseitig anstoßend — einander aktivierend — räumlich zielgerichtet wirtschaftliche Vorgänge vollziehen und die vermittels ihrer Attraktionskraft neue Aktivitäten anziehen‹ (S. 103). Das bringt den Gemeinden längs solcher Achsen ein starkes Wachstum im sekundären Sektor, während die Entwicklungspole industriebezogene Zentralität kumulieren und im

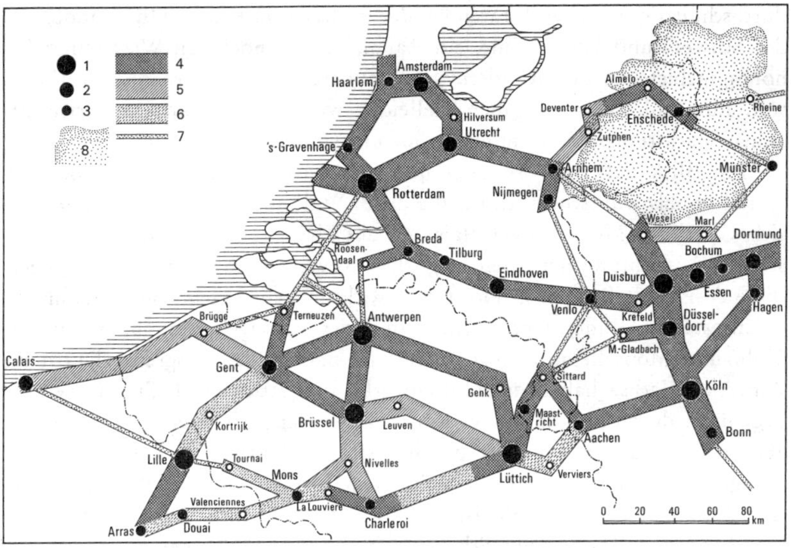

Abb. 44: Entwicklungspole und Entwicklungsachsen (nach HOTTES, 1971, mit eig. Ergänzungen).
1 Entwicklungspol 1. Ordnung, 2 Entwicklungspol 2. Ordnung, 3 Entwicklungspol 3. Ordnung, 4 intakte Achsen, 5 neue Wachstumsachsen, 6 stagnierende Achsen, 7 geplante und sich entwickelnde Achsen, 8 Euregio.

Wachstum auf dem tertiären Sektor führen. Freilich ging HOTTES damals noch davon aus, daß der Baubeginn des Kanaltunnels bevorstände und die ›Eingangszone Kanaltunnel‹ als Entwicklungspol die Raumordnung vor neue Aufgaben stellen würde. Dies Projekt ist inzwischen aber doch wieder in weite Ferne gerückt, ja, vielleicht sogar von englischer Seite endgültig aufgegeben worden, obwohl gerade englische Investitionsvorhaben diesseits des Kanals im Bereich der Randstad und am Gent–Terneuzen-Kanal als beliebten Standorten zugenommen haben. OTREMBA (1974) schließt seine Studie über die ›Kanalstadt‹ mit folgenden Sätzen:

›Im regionalen Sinne haben die Flanken des Kanals je nach ihrer natürlichen Eignung und in Anlehnung an das derzeitige Leistungsbild ihres jeweiligen Hinterlandes in ihren Teilabschnitten ihre Daseinsfunktionen des Verkehrs, der Erholungswirtschaft, des ständigen Wohnens und der Arbeit zu erfüllen. Planung an den Gestaden des Ärmelkanals sollte als europäische Großraumplanung verstanden werden‹ (S. 37).

Das bleibt ganz sicher richtig, auch wenn der Tunnel nicht gebaut wird. Denn die kontinentale Küstenflanke von Amsterdam bis Calais ist ein Raum mit hoher Bevölkerungsverdichtung, in den wegen der scharfen Kalkulation der Transport- und Umschlagkosten immer mehr Industrie drängt, mit überdurchschnittlichen Zuwachsraten bei der umweltbelastenden Hüttenindustrie, der Schwer- und Petrochemie, ein Raum, der dennoch den Wert seiner Erholungsgebiete an den Rändern von (sauberen!) Gewässern nicht verlieren soll. Eine unlösbare Aufgabe? Vielleicht, wenn das Denken in wirtschaftlichen Wachstumsraten nicht entscheidend geändert werden kann.

Ein Blick auf Abb. 44 zeigt übrigens, welche Bedeutung der Bau des Kanaltunnels wahrscheinlich für die durch Wallonien ziehenden Achsen Lüttich–Charleroi–Mons–Lille–Calais gehabt hätte. Nun wird eine verstärkte Ausrichtung der alten belgischen Reviere nach Antwerpen erfolgen, diese Achse, die Belgien in Nord–Süd-Richtung durchzieht, bleibt damit die wichtigste des Landes. Unter dem Einfluß des Mittelgebirges gibt es zwischen Köln und Mons keine einzige Achse, die nach Süden ausgreift. Durch die Albertkanalachse haben die Hüttenwerke in Lüttich einen Standortvorteil gegenüber denen im Duisburger Raum wegen der geringeren Entfernung zur Küste, längs dieser Achse ist der industrielle Ausbau im Kempenland im Gange. Die südniederländische Achse von Rotterdam über Breda, Tilburg und Eindhoven nach Venlo ist die kürzeste, voll intakte Verbindung der Randstad zur Rhein–Ruhr-Schiene. Ob der Anschluß über die Achse Utrecht–Arnhem nach Wesel gelingt, bleibt abzuwarten.

Mit Recht sieht Moll (1975) das Großherzogtum Luxemburg im internationalen Zusammenhang als Teil einer Großregion Mosel–Saar–Pfalz. Oberzentren und Entwicklungspole sind außer der Stadt Luxemburg auf deutscher Seite Trier, Saarbrücken und Kaiserslautern sowie Metz und Nancy in Frankreich. Die Entwicklungsachsen, die von Trier, Dinant und Metz kommend in Luxemburg sternförmig zusammentreffen sollen, sind aber noch keineswegs funktionsfähig; am wenigsten auf der Linie durch die Ardennen.

Bei der Kooperation in der Raumordnung ist neben der Naturparkplanung in der Eifel, im Hohen Venn und im Schwalm-Nette-Gebiet, ferner neben den mannigfachen Kontakten im Dreieck Aachen — Lüttich — Maastricht vor allem die Euregio zu nennen (Abb. 44). Drei Gebietskörperschaften — die Kommunalgemeinschaft Rhein-Ems, die Belangengemeenschap Twente-Oostgelderland und die Stichting Streekbelangen Oostelijk Gelderland — sowie die Gemeinden selbst haben sich in diesem Raum zwischen Lippe, Rhein, Ijssel, Vecht und Ems zu einer freiwilligen Zusammenarbeit auf dem Gebiet der Regionsentwicklung zusammengefunden. Freilich bereitet die Zugehörigkeit zu verschiedenen Bundesländern hier und zu verschiedenen Provinzen drüben manche Schwierigkeiten bei der Durchsetzung von Leitvorstellungen, wenn sie unter mehrere gesetzgeberische Kompetenzen fallen; was einmal mehr zeigt, wie steinig der Weg zu einem vereinten Europa ist. Problematisch erscheint auch, daß die Euregio teils zum Gebiet der Unterkommission Nord und teils zur Unterkommission Süd der seit 1967 bestehenden deutsch-niederländischen Raumordnungskommission gehört.

Gekennzeichnet ist die Euregio durch das zentrale Städteband der Twente, das mit seinen Ausläufern bis Gronau reicht, durch die Dominanz der Textilindustrie und durch die Notwendigkeit der industriellen Umorientierung, aber auch dadurch, daß Achsen erst ausgebaut werden müssen, nachdem die mittelalterlichen und frühneuzeitlichen Handelswege, die in dem Raum verbindend gewirkt hatten, Funktion und Leistungsfähigkeit verloren. In der Euregio lebten 1970 rd. 1,6 Mill. Menschen, 0,9 Mill. auf niederländischer und 0,7 Mill. auf deutscher Seite. Bis 1980 wird unter günstigen Voraussetzungen mit einer Zunahme auf 1,85 Mill. gerechnet, wenn sich das Wachstum der Periode 1960—70 fortsetzt. Die wichtigsten raumordnerischen Ziele sind die Ansiedlung neuer Gewerbebetriebe und vor allem die Stärkung des tertiären Sektors, um die in der Textilindustrie freigesetzten Arbeitskräfte aufzufangen und so den Arbeitsmarkt zu stabilisieren. Diesem Ziel ist man in der Twente bisher näher gekommen als in Nordhorn, Bocholt, Vreden, Gronau oder Ahaus. Die Bandstadt Twente mit dem Kern Enschede soll zu einem Oberzentrum ausgebaut werden, dessen Hinterland die Grenze überschreitet, was freilich gegen die Konkurrenz von Münster und Osnabrück durchzusetzen wäre. Die Agrarlandschaft, die auf beiden Seiten der Grenze so viele gemeinsame Züge aufweist — auch die Mundarten sind einander ähnlich —, soll stärker für Erholung und Fremdenverkehr erschlossen werden. Eine Verbesserung der Verkehrsinfrastruktur muß vor allem auf deutscher Seite erfolgen, und zwar nach einem einheitlichen, grenzüberschreitenden Gesamtkonzept. Längs der 150 km langen Staatsgrenze innerhalb der Euregio gibt es zwar 26 Straßenübergänge, aber nur sechs davon sind rund um die Uhr geöffnet. Sehr zum Nachteil der Region wird sie vom bestehenden Autobahnnetz nur tangiert, die Querverbindungen werden aber eher fertiggestellt sein als die nord–süd-gerichtete Emslandlinie auf deutscher Seite. Erst nach einer Verbesserung der Verkehrsnetze, wozu auch die Verknüpfung der Wasserstraßen gehört, könnte die Euregio das hochgesteckte Ziel erreichen, wirklich ein Entlastungsgebiet für die Rhein-Ruhr-Ballung und für die Randstad zugleich zu werden.

5.2. Raumwirksame Massnahmen in Beispielen

5.2.1. *Wasserbauprojekte und multiple Nutzung*

Beispiele für die Realisierung raumordnerischer Ideen und Pläne sind in diesem Buch an vielen Stellen gegeben worden. Zum Abschluß soll hier noch einmal die Verdeutlichung dessen versucht werden, was die politische Aufgabe der Raumordnung ausmacht: die abwägende Befriedigung der verschiedenen Ansprüche an den Raum sowie der Ausgleich widerstreitender Interessen. Der Begriff der multiplen Nutzung ist dem Verf. zuerst in ganz anderem Zusammenhang begegnet, nämlich in den US-amerikanischen Nationalforsten, dort, wo sie noch nahezu unberührt waren. Und darin liegt nun eine Parallele zu den niederländischen Neulandgebieten, die möglichst vielfältigen Nutzungszielen unter bestmöglicher Wahrung des ökologischen Gleichgewichtes dienen sollen.

Raumwirksam war diese Aufgabe besonders bei der Entscheidung über die Flächennutzung der Ijsselmeerpolder, sind doch der Nordostpolder (480 km^2) und Flevoland (970 km^2) zusammen größer als die Provinz Utrecht. Es ist inzwischen etwas in Vergessenheit geraten, daß 1956, als der Deich um Ostflevoland geschlossen worden war, eigentlich zuerst Markerward gebaut werden sollte. Für die gesamte Südwestecke des Ijsselmeeres hätte das ruhigere Wasserverhältnisse im Schutz eines Deiches von Lelystad nach Enkhuizen gebracht. Wenn die Entscheidung dann doch für Südflevoland fiel, so einmal, weil dieser Polder mit 44 000 ha wesentlich kleiner werden sollte als Markerward (60 000 ha) und damit die beschränkten finanziellen Mittel konzentrierter einzusetzen waren; es liefen ja nun auch gleichzeitig die gewaltige Summen verschlingenden Arbeiten im Delta. Vorrang für Südflevoland bedeutete aber auch, daß gegenüber der Nordflanke der Randstad schneller Land zur Verfügung für Wohnungsbau, Industrie und Erholung stehen wird und der Bau einer Straßenverbindung von Amsterdam in den Nordosten der Niederlande rascher erfolgen kann. Bisher muß die überlastete Route am Nordrand der Veluwe diesen Verkehr aufnehmen.

Die Planung der zentralörtlichen Versorgung im Neuland wurde im Abschnitt 4.2.5. dargestellt, und zwar unter Berücksichtigung der Anpassung an sich wandelnde Anforderungen in der langen Bauzeit. Auch die Vergrößerung der landwirtschaftlichen Betriebe von Polder zu Polder war eine Anpassung an geänderte Produktionsformen und -mittel. Hier soll jedoch die Bodenwidmung selbst noch einmal vergleichend gegenübergestellt werden (nach Angaben des Dienst der Zuiderzeewerken):

	Bodenverteilung (%)			
	Wieringermeer	Nordostpolder	Ostflevoland	Südflevoland
Landwirtschaftliche Nutzfläche	87	87	75	50
Wohnflächen, Gewerbegebiete	1	1	8	18
Wälder und Naturreservate	3	5	11	25
Kanäle, Deiche, Straßen	9	7	6	7

Schon bei der Vergabe der landwirtschaftlichen Nutzfläche, die nach der Urbarmachung zunächst fünf Jahre mit einem speziellen Fruchtfolgeplan durch die kulturtechnische Abteilung der Dienststelle für die Ijsselmeerpolder mit Hilfe eines riesigen Maschinenparks bewirtschaftet wird, spielen raumordnungspolitische Gesichtspunkte eine Rolle. In Ostflevoland wird im Interesse flexibler Nutzungsmöglichkeiten nur 25 % des Bodens in Erbpacht gegeben oder verkauft, drei Viertel werden normal verpachtet (im Nordostpolder gibt es nur Pachtbetriebe). Die Hälfte der Bewerber um einen Hof auf Ostflevoland, die berücksichtigt wurden, waren Bauern, die bei Flurbereinigungsmaßnahmen in anderen Landesteilen ihren Besitz abgetreten hatten, ein weiteres Viertel der Bewerber war an anderer Stelle durch Raumordnungsmaßnahmen geschädigt worden, und nur die restlichen 25 % der Bewerber hatten keine derartigen, besonderen Anspruchsberechtigungen. Bei der Auswahl der Pächter wird nicht nur auf fachliche Qualifikation und finanzielle Leistungsfähigkeit geachtet, sondern auch darauf, daß eine optimale Bevölkerungszusammensetzung in dem Sinn erreicht wird, daß der Aufbau eines Gemeinwesens auf sozialem, geistigem und kulturellem Gebiet gleichermaßen gelingt. Die Errichtung der Höfe und Wirtschaftsgebäude wird beschleunigt durch die Verwendung von Fertigbauteilen. Was die multiple Nutzung angeht, so wird aus den Zahlen deutlich, in welchem Maß Südflevoland Funktionen neben der Primärproduktion als Entlastungsgebiet des Nordflügels der Randstad übernehmen soll. Campingplätze, Sommerhauskolonien, Yachthäfen und Stützpunkte für den Wassersport und für Angler säumen die Randmeere. Naturschutz- und Vogelschutzgebiete sind eingerichtet worden, auch die Aufforstungen setzen sehr früh ein.

Ein gutes Beispiel für die multiple Nutzung im Kleinen ist der Plan für die Einrichtung der Lauwerszee. Ähnlich wie bei dem viel bekannteren Unternehmen der Abschließung der Zuidersee gehen Pläne für die Abdämmung der Lauwerszee bis in das vorige Jahrhundert zurück. Der endgültige Beschluß über die Abriegelung wurde aber erst 1960 gefaßt, 1962 begann der Deichbau, der 1969 beendet werden konnte. Neben den Vorteilen, die in der Verkürzung der Seedeichlinie und in der besser zu regelnden Entwässerung der angrenzenden Teile Frieslands und Groningens liegen, soll der Bereich verschiedenen Zwecken dienen (Abb. 45). Die guten Seekleiböden vor dem alten Deich sind für die agrare Nutzung vorgesehen. Die übrigen Areale der abgedämmten Teile — Kollumerwaard im Süden und Marnewaard im Nordosten — werden an verschiedenen Stellen aufgeforstet, um den attraktiven Randeffekt einer Kulissenlandschaft zu erzielen, im übrigen dienen sie der Freilufterholung, als landwirtschaftliche und bodenkundliche Experimentierflächen, aber auch zu bestimmten Zeiten als militärisches Übungsgelände, das in den Niederlanden ohnehin knapp ist. Die verbleibenden offenen Wasserflächen vor den Dämmen werden dem Wassersport zur Verfügung stehen. Auf den Sumpf- und Sandplatten soll sich eine natürliche Vegetation entwickeln. Gerade hier im Übergang vom Watt zur Marsch liegen die idealen Biotope mit Brut- und Futterplätzen für viele Vogelarten. Sie reihen sich in die große Zahl der niederländischen Naturgebiete ein, deren Sicherung und Erhaltung eines der Ziele der Raumordnung ist.

Ein herausragendes Beispiel dafür, wie durch raumverändernde Maßnahmen neue, vielfältige Nutzungsmöglichkeiten angeboten werden, ist der Deltaplan, der freilich in erster Linie aus der Not der Sturmflutkatastrophe von 1953 geboren worden war. Damals kamen in Seeland und den angrenzenden Gebieten fast 2000 Menschen ums Leben, 72 000 mußten aus dem Überschwemmungsbereich evakuiert werden, rd. 2000 km² Land waren überflutet, unzählige Gebäude zerstört worden, Vieh in Massen ertrunken. Wenige Wochen später wurde die Deltakommission ins Leben gerufen mit dem Auftrag, einen Plan auszuarbeiten, dessen Verwirklichung verhindern sollte, daß Seeland je wieder von einer solchen Katastrophe betroffen wer-

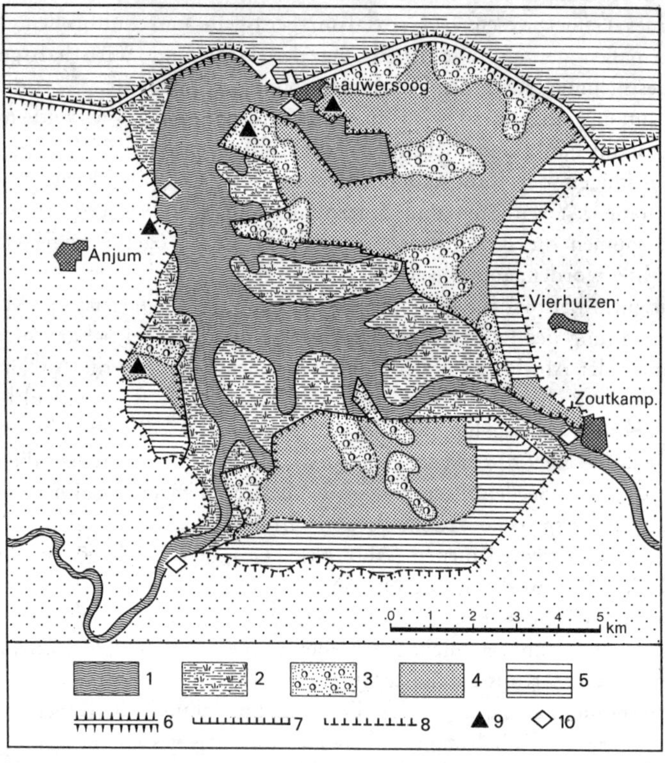

Abb. 45: Eindeichung der Lauwerszee (nach Atlas voor Flevoland, 1970).
1 Binnengewässer, 2 Sumpf und Sandplatten mit natürlicher Vegetation, 3 Wald, 4 multiple Nutzung: Erholungsgebiet, militärisches Übungsgelände, Experimentierflächen, 5 agrare Nutzung, 6 Seedeich, 7 Damm, 8 alter Deich, 9 Campingplatz, 10 Yachthafen.

den könnte. Als im Jahr 1958 der Deltaplan Gesetz wurde, war das große Sturmflutwehr an der Holländischen Ijssel östlich von Rotterdam bereits fertig, und die Bauten im Haringvliet auf einer künstlichen Insel hatten begonnen (Foto 4).

Zug um Zug wurden die Bauvorhaben fertiggestellt. 1960 schloß man am Zandkreek den binnenwärtigen Damm des Veerse Meer (Abb. 46, k). Das war nötig, um später bei abgeriegeltem Veerse Gat und offener Oosterschelde ufergefährdende Gezeitenströme zu verhindern. Um das Veerse Meer nicht vom Schiffsverkehr abzuschneiden, fügt sich in den Binnendamm eine Kammerschleuse ein, die auch als Spülschleuse zur Zufuhr von Süßwasser genutzt werden kann. Der Außendeich im Veerse Gat (Abb. 46, l) wurde weit seewärts gebaut, um möglichst viel Deichstrecke hinter seinen Schutz zu bringen und Erfahrungen über die Wirkung der Wellen am Dammkörper zu sammeln. 1961 konnte die letzte Strömungsöffnung verschlossen werden. Von 1958 bis 1965 wurde der Binnendamm des Grevelingenbeckens (Abb. 46, f) mit der Schiffsschleuse bei Bruinisse errichtet; 1965 konnte auch die 5 km lange Seelandbrücke (Abb. 46, h) über die Oosterschelde dem Verkehr übergeben werden. Die Arbeiten zwischen Volkerak (e), Hollandschem Diep (d) und Haringvliet (c) — 1970 vollendet — begannen auf der Sandbank ›Hellegatplate‹, wo ein kreuzungsfreier Verkehrsstern entstand. Dämme führen nach Overflakkee und Nordbrabant, eine Brücke über das Haringvliet. Bei Willemstad bewältigt eine große Kammerschleuse auch Einheiten der Schubschiffahrt. 1970 schlossen sich erstmals die Tore der Schleusen im Haringvliet. In genügendem Abstand von den strömungsstarken Schleusen befindet sich an der Seite nach der Insel Goeree auch hier eine Schiffahrtsschleuse. Seit 1963 waren die Abschlußarbeiten am schleusenlosen Brouwershavense Gat im Gange und wurden 1972 abgeschlossen. Der Küstenverkürzung wegen empfahl es sich, den Damm möglichst weit seewärts zu bauen, andererseits sollte aber das Naturschutzgebiet De Zouten Haarde im Salzwasserbereich verbleiben. So kam die endgültige Linienführung zustande, die auch aus strömungstechnischen Gründen optimal war, da sie nur ein Abschlußloch erforderte.

Nur der größte Außendamm, der in der Oosterschelde, ist noch im Bau. Er stellt zugleich wiederum unter Beweis, wie schwierig der Interessenausgleich bei gravierenden Eingriffen in den Raum sein kann. Ursprünglich war ein fester Damm vorgesehen, so daß nicht nur Hollandsch Diep, Haringvliet und Grevelingen, sondern auch Volkerak und Oosterschelde mehr und mehr ausgesüßt wären. Die Gewinnung von Süßwasserreservoiren ist ja eines der wichtigsten ›Nebenprodukte‹ des Deltaplanes, im Grevelingen wird ein großes Trinkwasserbecken angelegt. Nun stießen aber bei der Veröffentlichung des Schlußberichtes der Staatlichen Kommission Oosterschelde im Frühjahr 1974 die Argumente der Befürworter einer völligen Abdämmung

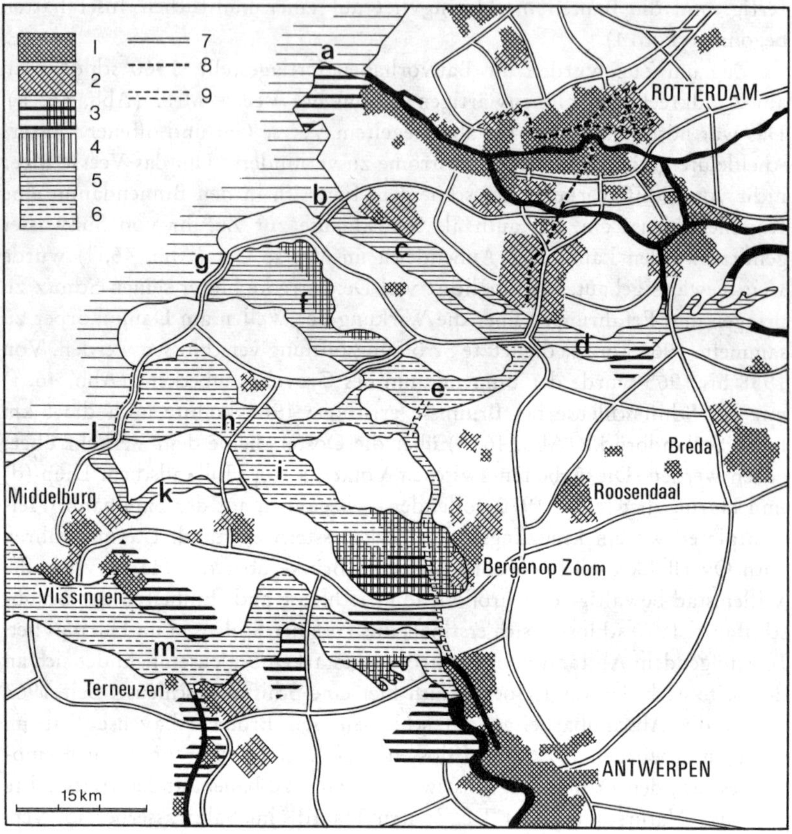

Abb. 46: Planung im Schelde-Maas-Delta (nach verschiedenen Planungsunterlagen). 1 bebautes Areal 1972, 2 Ausbauplanung für städtisches Areal, 3 potentielle Hafenindustrieflächen, z. T. durch Landgewinnung, 4 mögliche Landgewinnung, 5 Süßwasser, 6 Salzwasser, 7 Hauptstraßen, z. T. geplant, 8 Nahverkehr Rotterdam (U-Bahn) im Ausbau, 9 Kanalrinne Antwerpen — Rhein.

a Maasvlakte, b Haringvliet-Damm, c Haringvliet, d Hollandsch Diep, e Volkerak, f Grevelingen, g Brouwershavense Gat, h Seelandbrücke, i Oosterschelde, k Veerse Meer, l Veerse Gat, m Westerschelde.

zum Zwecke größtmöglicher Sicherheit auf die Einwände von Aktionsgruppen des Naturschutzes, der Fischerei und der Austernzucht. Es wurde vorgeschlagen, einen Teil des Dammes als bewegliches Sturmflutwehr zu konstruieren, so daß der Salzgehalt des Wassers und die Gezeitenströmung erhalten bleiben und das biologische Milieu nicht zu stark gestört wird, andererseits aber doch die Überschwemmungsgefahr gebannt bleibt. Im Sommer 1976 fiel die Entscheidung der Regierung. Danach wird die Oosterschelde ein Sturmflutsperrwerk mit 80 Toren erhalten, das bis 1985 fertiggestellt sein soll. Bei normalem Wasserstand bleiben in der Oosterschelde also Ebbe und Flut erhalten, die Tore werden nur bei Sturmflutgefahr geschlossen.

Die Auswirkungen des Deltaplanes sind vielfältiger Art. Zum Hauptziel der Sicherheit kommt der Vorteil, daß nur noch eine ungleich kürzere Außenlinie von Dünen, Dämmen und Deichen instand gehalten werden muß, was bedeutende Kostenersparnis bringt. Der Versalzung des Bodens wird entgegengewirkt, das ist wichtig bei der Umstellung der Bodennutzung auf intensive Gartenbaukulturen. Ein Chlorgehalt von 300 mg pro Liter ist für den Gartenbau allenfalls noch tragbar, bringt aber z. B. bei Tomaten schon Einbußen von 10—15 % des Ertrages. Beim Ackerbau verursacht ein Gehalt von mehr als 1200 mg/l spürbare Verluste, die Milcherzeugung geht bei mehr als 1500 mg/l merklich zurück: das Wasser der Nordsee hat aber einen Salzgehalt um 30 000 mg/l! Die verbesserten Straßenverbindungen zum Südflügel der Randstad als Absatzmarkt initiieren bereits die Hinwendung der Landwirte zu Sonderkulturen nach dem Prinzip der THÜNENschen Ringe. Für die im Ausbau befindlichen und geplanten Hafenindustrieflächen ist die Anbindung an ein leistungsfähiges Schnellstraßennetz ins Hinterland von ausschlaggebender Bedeutung. Sowohl für die Tages- wie auch für die Wochenend- und Urlaubserholung werden vor allem am Veerse Meer und rund um das Grevelingenbecken neue Einrichtungen geschaffen. Auftauchende Sandplatten stehen als unberührte Biotope unter Naturschutz, vor den Dämmen bilden sich neue Strände und Dünen. — Landgewinnung war nicht das vorrangige Ziel des Deltaplanes, jedoch ist sie in einer Größenordnung von 150 km² möglich.

5.2.2. *Industrieansiedlung*

›If one thinks away the national frontiers one will discover ... that the realization of an European unity can only be a valorization of the potentials of N. W.-Europe and, in addition, the union would make this area into an European counterpart of the North American megalopolis, in which the area from Amsterdam via Rotterdam, Terneuzen, to Gent could become the New York of Europe‹ (VERBURG, 1964, S. 149 f.).

Wenn man dies Zitat nach zwölf Jahren wieder aufnimmt, so stimmt es angesichts der europäischen Währungsprobleme und ständiger Querelen auf dem Agrarmarkt nachdenklich, wie mühsam der Weg zur europäischen Einheit ist. Aber noch ein zweiter Sachverhalt wird deutlich: tatsächlich ist das industrielle Potential des angesprochenen Raumes (vgl. Abb. 46) seit 1964 stetig gewachsen. Vor allem Schwerindustrie und Petrochemie haben wegen der Frachtraten die Tendenz, sich an der Küste niederzulassen. Das hatte zur Folge, daß die älteren Industrieareale im Rhein–Maas–Schelde-Delta, vornehmlich die von Rotterdam-Rijnmond und Antwerpen, voll besetzt sind. Nun aber stößt weitere Industrieansiedlung auf den wachsenden Widerstand der Bevölkerung eines dichtbesiedelten Gebietes, und an die Stelle der industriellen Konzentration auf engstem Raum tritt das raumordnerische Konzept größerer Streuung. Im weiteren Umkreis von Rotterdam ist außer der Maasvlakte nur noch das Areal zwischen Tonnekreek und Moerdijk am Hollandsch Diep als potentielle Hafenindustriefläche von vielen Vorschlägen übrig geblieben, 5 bis 10 km von allen größeren Entlastungswohngebieten entfernt.

Der Bedarf an Industrieterrain, der darüber hinaus befriedigt werden muß, wird an der Westerschelde bei Vlissingen und Terneuzen gedeckt werden. Wenn das Gelände hier voll ausgenutzt ist, soll der Bereich von Reimerswaal in der Oosterscheldebucht vor Bergen op Zoom zur Verfügung stehen. Man muß sich vergegenwärtigen, wie sehr diese Ordnungstendenzen, die z. T. in den Modellen des Rijnmondverbandes (Schets Ruimtelijke Structuur, 1970) vorgezeichnet sind, von den Ideen abweichen, die im Plan 2000+ der Gemeinde Rotterdam entwickelt worden waren. Darin war nördlich des Haringvliets von der Maasvlakte bis zur Hoekse Waard eine enorme Erweiterung des Hafen- und Hafenindustriegeländes vorgesehen, auf Goeree sollte mit ›Grevelingenstad‹ eine neue Ballung für 500 000 E entstehen. Ein solcher Plan mußte angesichts der bestehenden Industriedichte längs des Neuen Wasserweges und der damit schon verbundenen Luftverschmutzung und Wasserverunreinigung beängstigend wirken und stieß dann auch auf den entschiedenen Widerstand der Provinz Südholland. Der Interessenausgleich wird nun in einer Stärkung der Achse Rotterdam–Antwerpen und im Ausbau der Areale an der Westerschelde gesucht.

Abschließend für die Raumordnung im industriellen Bereich soll hier nochmals das Beispiel der Region Lüttich herangezogen werden, wo — relativ küstenfern — fünf Entwicklungsachsen zusammentreffen und wo die Société Provinciale d'Industrialisation (SPI) ein vorbildliches Erschließungsprogramm durchführt (vgl. nochmals Abb. 33). Die 1961 gegründete SPI zählt zu den im Regionalgesetz vorgesehenen Gesellschaften für regionale Wirtschaftsausstattung (Sociétés d'équipement économique régional), die sich aus den interkommunalen Zweckverbänden entwickelt haben. Ihre Aufgabe besteht vornehmlich im Ankauf und in der Erschließung von Industriegelände, wobei der Staat Zuschüsse gewährt. Bei Industriezonen von nationaler Bedeutung übernimmt er die gesamten Kosten, bei denen von regionaler Bedeutung einen Anteil von 65 %. Die SPI hat daneben zusätzliche Aufgaben übernommen, u. a. organisiert sie die Anwerbung ausländischer Investoren, sie unterhält eine technische Beratungsstelle und sie betreut die ausländischen Arbeitskräfte in der Provinz Lüttich.

Im Südwesten der Metropole hat die SPI 1970 die Industriezone Hermalle-sous-Huy–Clermont–Ehein mit 312 ha aufgekauft, die als Zone nationaler Bedeutung anerkannt ist. Dies Areal wird nicht parzelliert, sondern ist wenigen großen Firmen vorbehalten. In Jemeppe-sur-Meuse wurde von der SPI die Ausstattung eines 6 ha großen, ehemaligen Zechengeländes für Neuansiedlungen übernommen, das sich durch eine günstige Lage inmitten des Komplexes der Schwerindustrie auszeichnet.

Die übrigen Zonen befinden sich im Norden der Agglomeration, wo ein neues Zentrum der Schwerindustrie entsteht. In der Industriezone von Wandre (20 ha), die nördlich des Hafens von Monsin zwischen der unteren Maas und der Autobahn nach Maastricht erschlossen wurde, hat sich eine amerikanische Firma für die Legierung von Blechen mit NE-Metallen niedergelassen. Die anschließende Zone von Chertal (185 ha) zwischen Kanal und Maas wird ganz von den Stahl- und Walzwerken der S.A. Espérance-Longdoz eingenommen, die auch die 119 ha der Zone von Hermalle-sous-Argenteau auf dem rechten Kanalufer für sich reserviert hat. Man erwartet, daß die Firma ein Walzwerk, das sich inmitten der zentralen Zone der Metropole befindet, hierhin verlegt, so daß man die Möglichkeit zu einer Erweiterung der City erhält. Links des Kanals begann die SPI 1970 mit der Ausstattung der Zone von Haccourt (60 ha). Ein Teil des Geländes ist dort kleinen und mittelgroßen Betrieben vorbehalten.

Die Industrieflächen, die die SPI entlang der Autobahnen eingerichtet hat und einrichtet, liegen ausnahmslos am Rand der primären urbanen Zone. Die weiter entfernten Areale, die der Sektorenplan ausweist, sind bisher nicht zur Erschließung vorgesehen. Im Unterschied zu den in der Maasebene geschaffenen Terrains für die Schwerindustrie, die in der Regel nicht aufgeteilt werden, legt die SPI die Industriezonen an der Autobahn als Industrieparks an. Was dieser Begriff in der Metropole Lüttich umreißt, läßt sich am Beispiel des Industrieparks Hauts-Sarts (Herstal) darstellen, der als erster entstand und zugleich als der Prototyp der Lütticher Industrieparks erscheint.

Der Plan zur Errichtung des Parks, der seit 1955 bestand, wurde 1961 von der SPI aufgegriffen. Sie kaufte von 1962 bis 1964 das Gelände an der Abzweigung der E 39 nach Antwerpen von der E 5 (Brüssel–Köln) mit zunächst 185 ha auf und besorgte die Infrastruktur: Straßennetz, Kanalisation, Wasser- und Stromanschluß, Wasserenthärtungsanlage etc. Das vollständig ausgestattete Gelände wurde in Parzellen aufgeteilt und an Firmen abgegeben, die dort ihre Produktionsstätten errichteten. Diese zählen also nicht zur Ausstattung des Parks (das ist, zum Vergleich, in manchen englischen New Towns anders). Die SPI baute jedoch eine 1000 m^2 große Halle, die vorübergehend an Firmen, die sich niederlassen wollen, vermietet wird, bis deren eigene Anlagen fertiggestellt sind. So verfährt man übrigens auch in Lelystad. Anfangs siedelten sich im Industriepark der Hauts-Sarts hauptsächlich Betriebe an, die zuvor ihren Standort im Zentrum der Agglomeration gehabt hatten. Der Park spielte so eine wichtige Rolle bei der Strukturbereinigung der zentralen Zone Lüttichs. Der Nachteil dieser Entwicklung bestand darin, daß die Struktur der Industrie einseitig bestimmt wurde durch kleine und mittelgroße Betriebe der Metallverarbeitung. Aber dann kamen auch neue Firmen (elektronische Geräte, Magnetbänder) und brachten eine Diversifizierung. Der Industriepark übernahm damit voll seine Aufgabe, zur wirtschaftlichen Erneuerung der Region Lüttich beizutragen.

Das bedeutendste Unternehmen auf dem Industriepark von Alleur, der von 1967 bis 1969 zunächst mit 30 ha erschlossen wurde, ist ein Zweigwerk von Müller-Wipperfürth, es werden vorwiegend Frauen beschäftigt, für die Arbeitsplätze im Nordwesten der Agglomeration bis dahin knapp waren. Gerade deshalb wäre eine Erhaltung des Betriebes, der in finanzielle Schwierigkeiten geraten ist, dringend notwendig.

Eine sehr gute Verkehrslage besitzt der Industriepark Hollogne-aux-Pierre–Grace-Berleur–Loncin. Wie auch die Parks von Hauts-Sarts und Alleur wurde er als Industriezone von nationaler Bedeutung anerkannt. Mit den Arbeiten zum Ausbau der Infrastruktur wurde 1970 begonnen. Schon im ersten Jahr ließ sich ein Betrieb für elektronische Geräte nieder.

Eine weitere Industriezone von 44 ha plant die SPI direkt am Autobahnkreuz von Loncin im Anschluß an die im Jahr 1965 aus dem Zentrum Lüttichs dorthin übergesiedelte Firma General Electric Medical. Im Sektorenplan war dieses Gelände ursprünglich nicht als Industrieareal vorgesehen. Aber die Lage am Autobahnkreuz ist sehr werbewirksam und daher als Standort interessant. So gab die Initiative einer einzelnen Firma hier ausnahmsweise den Anstoß zur Gründung eines Industrieparks.

Als Mittel der Wirtschaftsentwicklungspolitik tragen die Lütticher Industrieparks zur Erneuerung der Struktur im sekundären Sektor und damit zur Schaffung neuer Arbeitsplätze bei. Gleichzeitig haben sie sich als eine Möglichkeit der Raumordnung erwiesen und bewährt. Indem sie zuvor verstreut angesiedelte Betriebe aufnahmen, förderten sie die Entflechtung der Funktionen in der Agglomeration.

5.2.3. *Stadtentwicklung*

Über Städte und Stadtentwicklung, Städtebau und Stadterneuerung ist so viel geschrieben worden, Nüchternes und Enthusiastisches, Kluges und Törichtes, Realisierbares und Utopisches, daß man sich scheut, dem noch etwas anzufügen. Konrad LORENZ hat in seinem Buch über ›Die acht Todsünden der zivilisierten Menschheit‹ ([5]1973, S. 29) eines der härtesten Urteile zur Stadtentwicklung gefällt, wenn er schreibt:

›Das histologische Bild der völlig uniformen, strukturarmen Tumorzellen hat eine verzweifelte Ähnlichkeit mit einer Luftaufnahme einer modernen Vorstadt ... Nicht nur die kommerzielle Erwägung, daß massenhaft herstellbare Bauteile billiger kommen, sondern auch die alles nivellierende Mode führen dazu, daß an allen Stadträndern aller zivilisierten Länder Massenbehausungen zu Hunderttausenden entstehen, die nur an ihren Nummern voneinander unterscheidbar sind und den Namen „Häuser" nicht verdienen, da sie bestenfalls Batterien von Ställen für Nutzmenschen sind, um dieses Wort einmal in Analogie zu der Bezeichnung „Nutztiere" zu prägen.‹

Ein vernichtendes Verdikt, und als Verallgemeinerung gewiß unzulässig, aber Einzelentwicklungen dieser Art gibt es schon. Das Modell der gebündelten Dekonzentration soll helfen, der ungeordneten, flächenhaften Stadtausbreitung entgegenzuwirken. Damit ist aber die Frage noch nicht beantwortet, wie das Wohnmilieu in den städtischen Kernen dieses Modells beschaffen sein soll. Die Ansprüche der Bewohner an die gebaute Umwelt lassen sich mit wenigen Worten zusammenfassen: nicht die Anonymität der Baublöcke, die Sterilität und Öde der neuen Wohnviertel ist das Ideal, sondern die Möglichkeit zur Kommunikation in überschaubarer Nachbarschaft, sobald man aus der privaten Sphäre herauszutreten wünscht. Nicht die Verplanung des letzten Quadratmeters ist wichtig, sondern der Spielraum im eigentlichen und im übertragenen Sinn, und das nicht nur für Kinder. Demgegenüber steht der Anspruch der Raumordnung, die Wohnkerne in die Nähe der Arbeitsstätten zu bringen, Anbindung an bestehende oder sinnvoll auszubauende Verkehrslinien zu suchen, finanziell realisierbare Pläne aufzustellen und offene Flächen für die Erholung zu reservieren.

Wenn man nun auch hier einige wenige, skizzenhafte Beispiele dafür sucht, wie der Interessenausgleich gefunden oder verfehlt wird, so ist zu unterscheiden, ob es sich um städtische Neuentwicklungen vom Reißbrett handelt, oder ob alte, gewachsene Bausubstanz bewahrt und sinnvoll erneuert werden soll. Ein Wohnhof in Lelystad (Abb. 47) mag hier als gelungenes Projekt erscheinen für familiengerechte Reihenhausgruppen in einer Geborgenheit vermittelnden Umgebung, abseits von der eingetieften Trasse der Hauptverkehrsstraße, und doch gut erschlossen. Aber es gibt auch andere Neuplanungen. Amsterdams Satellitenstadt Bijlmermeer, wie Lelystad mit einem Planziel von 100 000 E im zukünftigen Kern, ist charakterisiert durch

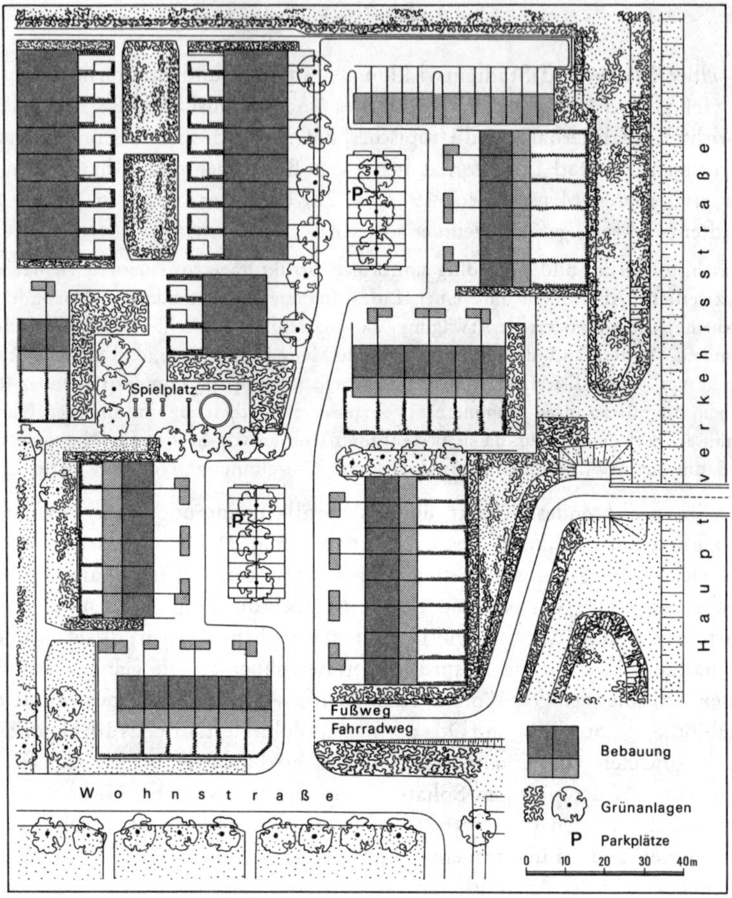

Abb. 47: Wohnhof in Lelystad (nach Atlas voor Flevoland, 1970).

die hohen, mehrfach abgeknickten Blöcke, die Foto 32 im Bauzustand zeigt. Es gibt mehrere Straßenebenen, die den motorisierten Verkehr von Fußgängern, Radfahrern und spielenden Kindern getrennt halten. Mit dem Wagen gelangt man nur bis zu Großgaragen, zu denen überdachte Wege führen. Für Grünflächen ist hinreichend gesorgt. Eine auto- und menschengerechte Stadt? 1975 waren von den 40 000 geplanten Wohnungen in dieser Südwestregion Amsterdams 17 000 fertig, mit 30 000 Bewohnern. Aber Bijlmermeer wirkt tagsüber und abends öde, die Mobilität ist hoch, alleinstehende Personen stellen mehr als 50 % der Haushalte, junge niederländische Familien ziehen meist rasch wieder aus, ein Fünftel der Bewohner stammt aus Surinam und von den Antillen; sie holen weitere Landsleute nach. Spuren mutwilliger Zerstörung sind zu beobachten, und man kann die weitere Entwicklung nur mit Skepsis betrachten, denn hier wird man nun wirklich an das Wort von LORENZ erinnert. Der Weg könnte zum Ghetto und zum Slum führen. Städtebauliche Fehlentwicklungen dieser Art gibt es nicht nur in Amsterdam, nicht nur in den Niederlanden.

Als eindrucksvolles Beispiel, alte Bausubstanz zu erhalten und mit neuem Leben zu erfüllen, ist dem Verf. ein Besuch im Beginenhof von Löwen in Erinnerung, dessen Häuser von der Universität als möblierte Appartements für Studenten eingerichtet worden sind. Die Bedeutung, die man der Erhaltung älterer, unterschiedlich strukturierter Viertel als ›Nachbarschaften‹ beimißt, hat VAN DER HAEGEN (1972) am Beispiel der Brüsseler Vorstadt Anderlecht deutlich gemacht (Abb. 48). Die einzelnen Nachbarschaften sind nicht nur mit Kindergärten und Grundschulen, sondern auch mit Grünanlagen und Begegnungsstätten für alte Leute ausgestattet. Sie sind auch nicht als ausschließliche Wohngebiete konzipiert. Allgemein ist zu sagen, daß in den Niederlanden und in Belgien für die großen Städte das raumordnerische Prinzip gilt, eine wirtschaftlich starke und lebendige Innenstadt unter Wahrung des Wohnelements zu erhalten, die mit ihren Kulturdenkmälern als Zuhause empfunden wird. Konsequent dient die Sanierung alter Stadtkerne, mit der in Maastrichts Stokstraatviertel, im Bergkwartier Deventers oder im Zentrum von Middelburg so Hervorragendes geleistet worden ist (ARBEITSKREIS HISTORISCHE STADTKERNE, 1975), stets in erster Linie der Erhaltung der Wohnfunktion. Wie schwer es aber ist, dieses Ziel nicht nur in Einzelfällen, sondern grundsätzlich und überall zu erreichen, wird immer wieder klar. In der Suburbanisation nämlich spiegelt sich ein anderes Ideal: das Wohnen in einer den Ansprüchen gerecht werdenden Vorstadt oder im Pendlerdorf. Umfragen bei der Bevölkerung Amsterdams haben gezeigt, daß 40 % den Wert der Innenstadt niedrig anschlagen. Auch die wirtschaftliche Stärke der Innenstädte ist nicht einfach selbstverständlich. Noch wird der Rückgang der Arbeitsplätze im sekundären Sektor durch eine Zunahme im tertiären Sektor ausgeglichen. Aber die Tendenzen, mit Einkaufszentren und Verwaltungen an die Peripherie zu ziehen, sind unübersehbar. Andere Institutionen folgen. Die Universitäten waren ursprünglich ein lebendiges Glied der Stadtmitte, der sie oft das Gepräge gaben. Aber nun beginnen sie, wie in Lüttich, auf den Campus abzuwandern, weil ihr Wachstum den alten Rahmen sprengt.

Wenn etwas vermieden werden muß, dann die Vorstellung, daß in der Raumordnung schon alles ›machbar‹ sein werde, um eine nicht eben schöne Wortschöpfung unserer Tage zu verwenden. Gerade die niederländischen Raumwissenschaftler wissen sehr wohl, daß nicht für einen Endpunkt ge-

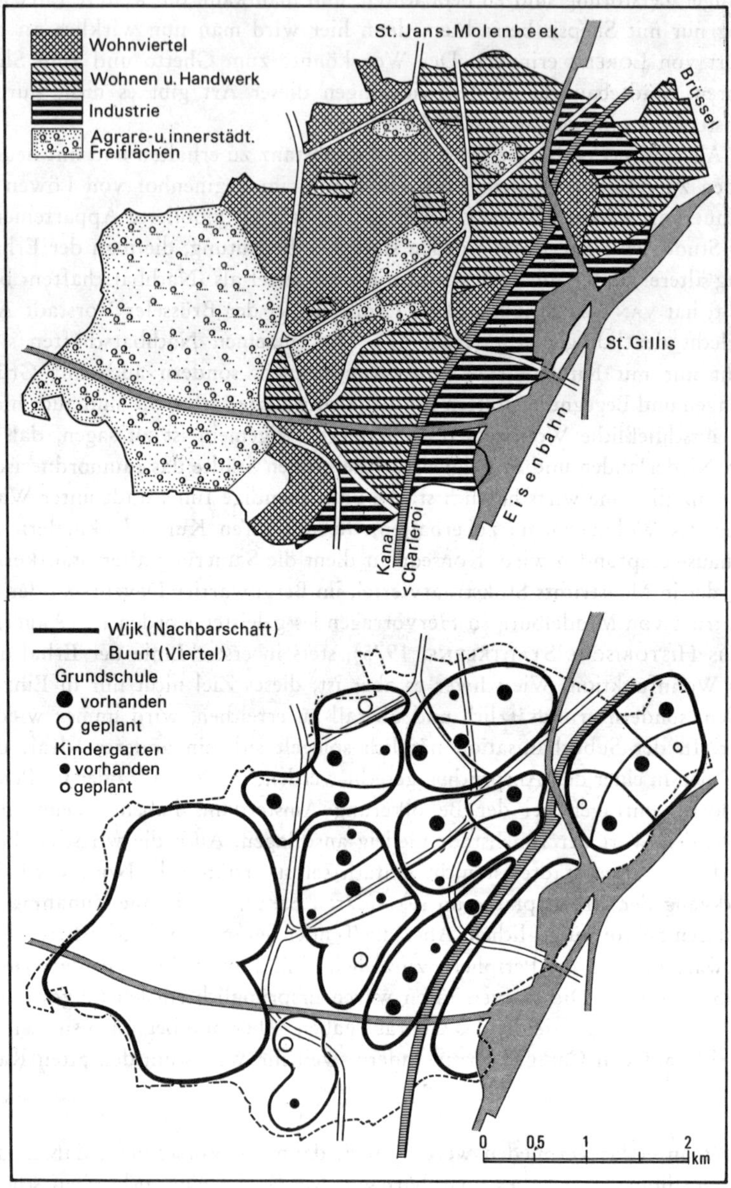

Abb. 48: Brüssel — Anderlecht, Planung im Nachbarschaftsbereich (nach VAN DER HAEGEN, 1972).

plant wird, daß im Jahre 2000 eine neue Generation vor neuen Planungsfragen stehen wird, daß Raumordnung flexibel sein muß und nichts Endgültiges bewirken sollte und darf. Aber aus Plänen erwachsen nun einmal Strukturen, die weit über die Generation der Planer hinaus in der Zukunft raumwirksam bleiben, nicht zuletzt deshalb, weil die Realisierung langwierig ist und weil wir mit Stahlbeton bauen. Planung also für welche Wünsche? Erinnern wir uns doch der Vorwürfe, die man den Städtebauern der ersten Stunde nach dem Krieg gemacht hat: sie hätten die Städte in einem falsch verstandenen Historismus rekonstruiert und die einmalige Chance vertan, einer weit vorausschauenden Verkehrsplanung zu dienen. Und heute? Heute soll die Stadt wieder bewohnbar und menschlicher werden. Bijlmermeer ist gewiß autogerecht, aber es ist nicht menschengerecht. Ein niederländischer Stadtplaner sprach einmal von der Gefahr, Städte zu bauen, die bereits nicht mehr den Normen entsprechen, bevor die Alleebäume ihr volles Wachstum erreicht haben. Aber wer setzt eigentlich die Normen?

Das Zusammenspiel der Daseinsgrundfunktionen in einer hochtechnisierten Massengesellschaft, in der wir leben müssen, ist ein derart kompliziertes und störanfälliges System geworden, daß die schwerfällige Planung meist hinter den Abläufen in diesem System herhinkt. Wir sind für ein Leben in einem solchen System vermutlich nur höchst mangelhaft angepaßt. Raumordnung im urbanisierten Bereich muß beachten, daß der Mensch sowohl eine individuelle als auch eine gesellige Sphäre seines Lebensraumes behalten will und muß, daß er die Funktion eines austauschbaren Elementes in der Masse nicht erträgt, daß Kabelfernsehen den lebendigen Kontakt in einer ›buurt‹ nicht ersetzen kann, daß Vermassung vielmehr zur Vereinsamung, vielleicht zur Aggression und ganz sicher zum Verlust der vielberufenen Lebensqualität führt.

ANHANG

TABELLEN

Tabelle 1: Areal und Landnutzung in den Niederlanden (in km²)

	1963	1968	1975
Landwirtschaftliche Nutzfläche	25 858	25 624	25 160
Wald	2 937	2 951	3 081
Ödland	1 730	1 629	1 687
Binnengewässer über 6 m Breite	2 919	3 237	3 138
Bebaute Flächen	2 716	3 181	3 882
Gesamtfläche, die unter Kommunalverwaltung steht	36 160	36 622	36 948
Nicht unter Kommunalverwaltung stehende Flächen	4 902	4 464	4 212
Gesamtfläche der Niederlande	41 062	41 086	41 160

Quelle: CBS, Stat. Yearbook, 1975.

Tabelle 2: Zeittafel zum Quartär

Abteilungen	Stufen	Absolute Chronologie	Weitere Unterteilung im nordwesteuropäischen Kontinental- u. Küstenraum
	Subatlantikum		Dünkirchen III
		1 000	Dünkirchen II
		0	Dünkirchen I
	Subboreal	1 000	Dünkirchen 0
		2 000	Calais IV
Holozän		3 000	Calais III
	Atlantikum	4 000	Calais II
		5 000	Calais I
	Boreal	6 000	
		7 000	
	Präboreal	8 000	
	Würm (Weichsel) Kaltzeit		Tubantien
	Eem Warmzeit	100 000	Eemien
	Riss (Saale) Kaltzeit		Drenthien
	Holstein Warmzeit		Needien
Pleistozän	Mindel (Elster) Kaltzeit	700 000	Taxandrien (i. e. S.)
	Cromer Warmzeit		Taxandrien
	Günz Kaltzeit		Taxandrien: Menapien
	Waal Warmzeit		Taxandrien
	Eburon Kaltzeit		Taxandrien
	Tegelen Warmzeit		Icenien
	Brüggen Kaltzeit	1 500 000	Amstelien
Pliozän			

Tabelle 3: Stationsangaben für die Tabellen 4 bis 8

Station	Breite (Nördl. Br.)	Länge (Östl. L.)	Höhe (m üNN)
Den Helder	52° 58′	4° 45′	6
Oostende	51° 14′	2° 55′	10
Eelde	53° 08′	6° 35′	5
De Bilt	52° 06′	5° 11′	3
Uccle	50° 48′	4° 21′	100
Beek	50° 55′	5° 46′	116
Botrange	50° 30′	6° 06′	694
Clervaux	50° 03′	6° 01′	454
Luxemburg	49° 37′	6° 03′	334
Virton	49° 33′	5° 34′	242

Tabelle 4: Mittlere Tagestemperatur (°C) (1931—1960)

Station	Jan.	Febr.	März	April	Mai	Juni	Juli	Aug.	Sept.	Okt.	Nov.	Dez.	Jahr
Den Helder	2,5	2,4	4,4	7,6	11,3	14,5	16,7	17,1	15,2	11,2	7,2	4,3	9,5
Oostende	3,5	3,1	5,6	8,3	11,4	14,3	16,5	17,0	15,1	11,4	7,4	4,5	9,9
Eelde	0,9	1,3	3,9	7,6	11,6	14,7	16,5	16,4	13,8	9,4	5,4	2,5	8,7
De Bilt	1,7	2,0	5,0	8,5	12,4	15,5	17,0	16,8	14,3	10,0	5,9	3,0	9,3
Uccle	2,2	2,6	6,0	9,2	13,0	16,0	17,5	17,3	14,7	10,3	6,2	3,3	9,9
Beek	1,6	1,9	5,3	8,6	12,5	15,6	17,2	17,1	14,4	9,8	5,8	2,8	9,4
Botrange	—2,1	—1,6	1,4	4,8	8,4	11,6	13,1	13,2	11,0	6,6	2,2	—0,6	5,7
Clervaux	0,0	0,6	4,3	7,4	11,8	15,1	16,6	15,9	13,3	8,7	4,3	1,1	8,3
Luxemburg	0,3	1,0	4,9	8,5	12,8	15,7	17,4	16,7	13,8	9,0	4,6	1,3	8,8
Virton	0,9	1,4	5,1	9,0	12,6	15,7	17,2	16,9	14,1	9,0	5,3	2,3	9,1

Quelle: WALLEN, 1970.

Tabelle 5: Mittlere tägliche Temperaturschwankung (°C) (1931—1960)

Station	Jan.	Febr.	März	April	Mai	Juni	Juli	Aug.	Sept.	Okt.	Nov.	Dez.	Jahr
Den Helder	3,9	3,9	4,7	4,9	5,5	5,5	5,3	5,4	5,2	4,7	4,0	3,8	4,7
Oostende	4,1	4,6	6,5	5,9	6,5	6,7	6,6	7,1	7,2	6,6	4,8	4,1	5,9
Eelde	5,0	5,7	7,6	8,9	10,0	10,0	9,3	9,4	8,9	7,4	5,6	4,8	7,7
De Bilt	5,1	6,0	8,2	9,1	10,2	10,3	9,4	9,4	9,0	7,5	5,5	4,8	7,9
Uccle	5,7	6,8	8,7	9,9	11,0	11,2	11,0	10,5	10,0	8,2	6,2	5,3	8,7
Beek	5,0	5,8	7,9	9,0	10,2	10,0	9,6	9,4	8,7	7,2	5,2	4,5	7,7
Botrange	3,3	4,3	6,5	7,0	8,0	8,2	7,4	7,5	7,4	5,8	3,8	3,3	6,0
Clervaux	5,6	7,0	9,2	10,5	11,2	11,0	10,6	10,1	9,8	8,6	5,4	5,0	8,7
Luxemburg	3,8	5,7	8,0	9,7	10,3	9,6	9,3	9,1	8,6	6,8	4,0	3,3	7,4
Virton	5,6	7,5	10,1	11,1	12,3	11,9	11,7	11,3	11,7	10,2	5,9	5,3	9,5

Quelle: WALLEN, 1970.

Tabelle 6: Extremtemperaturen (°C)

Station		Jan.	Febr.	März	April	Mai	Juni	Juli	Aug.	Sept.	Okt.	Nov.	Dez.	Jahr
Den Helder	Max.	12,4	14,9	20,0	24,3	28,5	30,8	33,9	32,8	32,6	24,8	17,6	13,0	33,9
1850—1960	Min.	—14,4	—18,5	—14,5	—3,7	—2,1	2,0	6,8	6,4	3,0	—4,6	—10,6	—12,3	—18,5
Oostende	Max.	12,8	17,2	19,1	26,8	29,6	34,8	34,8	34,2	30,0	24,8	17,8	15,0	34,8
1931—1960	Min.	—13,9	—14,8	—10,2	—5,2	0,4	2,1	5,3	7,9	4,3	—5,0	—9,7	—13,5	—14,8
Eelde	Max.	12,2	16,0	20,2	24,4	29,7	33,3	33,2	31,5	31,8	24,5	15,5	13,4	33,3
1945—1960	Min.	—18,7	—22,9	—15,6	—3,9	—3,3	1,5	3,7	3,6	0,8	—3,7	—7,6	—14,6	—22,9
De Bilt	Max.	13,0	18,5	22,5	27,4	33,6	36,8	35,6	35,8	34,2	26,6	19,3	14,4	36,8
1848—1960	Min.	—24,8	—21,6	—12,3	—6,0	—3,7	0,7	3,4	3,8	—0,8	—7,8	—14,4	—20,8	—24,8
Uccle	Max.	15,3	20,0	23,1	28,7	33,8	38,8	37,1	36,5	31,7	26,0	20,4	16,1	38,8
1931—1960	Min.	—18,7	—16,7	—9,4	—3,8	—2,2	0,3	5,2	4,8	0,2	—6,8	—6,4	—16,0	—18,7
Beek	Max.	15,9	19,1	21,6	28,4	31,0	37,3	36,0	34,1	33,1	24,2	20,4	16,7	37,3
1946—1960	Min.	—18,0	—18,5	—9,0	—3,7	—1,0	3,7	6,5	5,7	2,8	—4,6	—6,1	—16,7	—18,5
Botrange	Max.	15,9	16,4	19,8	26,2	29,2	33,0	31,5	33,3	33,0	22,7	16,4	14,8	33,3
1931—1960	Min.	—23,6	—23,1	—14,4	—7,4	—6,4	—1,5	1,2	2,9	—0,5	—9,8	—10,0	—20,7	—23,6
Clervaux	Max.	11,0	16,0	20,0	26,5	31,5	35,5	35,5	31,5	29,0	22,8	17,5	13,5	35,5
1931—1960	Min.	—18,2	—23,5	—11,5	—7,0	—3,5	0,5	1,6	1,0	—3,0	—4,0	—10,0	—10,5	—23,5
Luxemburg	Max.	11,7	17,2	22,5	29,4	30,2	36,8	36,6	33,8	33,0	23,5	17,0	14,0	36,8
1946—1960	Min.	—16,0	—19,6	—10,5	—3,9	—1,6	3,7	5,3	4,3	1,0	—4,5	—7,2	—15,2	—19,6
Virton	Max.	13,3	16,5	23,5	30,5	34,4	36,8	35,8	37,0	33,8	26,1	20,8	18,0	37,0
1931—1960	Min.	—22,8	—21,2	—15,5	—10,5	—5,5	—3,4	1,9	1,2	—1,3	—9,5	—10,8	—19,1	—22,8

Quelle: Wallen, 1970.

Tabelle 7: Mittlerer Niederschlag (mm) (1931—1960)

Station	Jan.	Febr.	März	April	Mai	Juni	Juli	Aug.	Sept.	Okt.	Nov.	Dez.	Jahr
Den Helder	65	46	39	40	38	37	64	71	75	90	83	65	714
Oostende	52	44	28	31	32	32	61	56	58	74	60	51	579
Eelde	67	49	41	48	53	56	91	87	73	74	73	65	776
De Bilt	68	52	45	49	52	58	77	88	71	72	70	63	765
Uccle	83	67	47	53	42	55	97	83	69	90	64	67	817
Beek	63	49	44	54	51	67	70	75	64	52	59	53	701
Botrange	145	141	85	93	114	116	161	150	133	128	96	148	1510
Clervaux	85	61	51	66	64	82	88	99	69	64	77	75	881
Luxemburg	73	56	43	54	60	64	66	74	63	55	64	68	740
Virton	97	82	60	67	74	59	79	88	76	72	61	87	902

Quelle: Wallen, 1970.

Tabelle 8: Maximaler Niederschlag in 24 Stunden (mm)

Station	Jan.	Febr.	März	April	Mai	Juni	Juli	Aug.	Sept.	Okt.	Nov.	Dez.	Jahr
Den Helder 1850—1960	83	27	36	52	30	57	49	80	55	67	52	37	83
Oostende 1931—1960	35	35	25	29	31	42	45	46	42	36	40	32	46
Eelde[1] 1850—1960	60	41	25	32	26	38	35	76	54	55	42	38	76
De Bilt 1848—1960	46	54	30	33	46	51	66	74	44	56	39	42	74
Uccle 1931—1960	38	24	24	38	39	42	75	43	48	34	62	34	75
Beek[1] 1852—1960	29	34	38	33	47	63	68	75	48	40	34	40	75
Botrange 1931—1960	61	48	61	56	81	77	101	73	77	128	63	73	128
Clervaux 1931—1960	27	29	41	27	25	45	67	39	31	29	26	28	67
Luxemburg 1931—1960	28	23	23	28	67	33	50	51	44	28	42	42	67
Virton 1931—1960	38	33	31	44	42	60	44	45	36	39	41	46	60

[1] Die Niederschlagsmessungen für Eelde wurden im benachbarten Groningen, die für Beek im benachbarten Maastricht gemacht.

Quelle: Wallen, 1970.

Tabelle 9: Relative Häufigkeit von Zirkulationstypen (in %) (1958—1963)

Typ	Frühling	Sommer	Herbst	Winter
Antizyklonallage	27	30	38	33
Zyklonallagen	68	61	58	62
Westlage	25	29	22	28
Nordwestlage	10	17	13	10
Südwestlage	6	5	12	7
Nordlage	15	4	2	7
Nordostlage	5	2	2	6
Ostlage	3	2	—	2
Südostlage	1	1	1	1
Südlage	3	1	6	1
Sonstige Lagen, unklare Fälle	5	9	4	5

Quelle: HUFTY, 1972.

Tabelle 10: Bevölkerungsbewegung

	Niederlande	Belgien	Luxemburg
1963			
Geburten	249 879	158 196	5 112
Sterbefälle	95 734	115 618	3 929
Natürliche Bilanz	+ 154 145	+ 42 578	+ 1 183
Einwanderer	55 127	72 586	11 112
Auswanderer	46 691	35 427[1]	9 152
Wanderungsbilanz	+ 8 436	+ 34 134[1]	+ 1 960
Gesamtbilanz	+ 162 581	+ 76 712	+ 3 143
1968			
Geburten	237 112	141 242	4 704
Sterbefälle	104 989	121 275	4 098
Natürliche Bilanz	+ 132 123	+ 19 967	+ 606
Einwanderer	64 486	57 122	6 882
Auswanderer	58 479	44 348[1]	6 222
Wanderungsbilanz	+ 6 007	+ 6 342[1]	+ 660
Gesamtbilanz	+ 138 130	+ 26 309	+ 1 266
1974			
Geburten	185 982	123 155	3 925
Sterbefälle	109 250	116 039	4 315
Natürliche Bilanz	+ 76 732	+ 7 116	— 390
Einwanderer	93 796	71 866	11 624
Auswanderer	60 655	40 808[1]	6 534
Wanderungsbilanz	+ 33 141	+ 24 542[1]	+ 5 090
Gesamtbilanz	+ 109 873	+ 31 658	+ 4 700

[1] Bei den Auswanderern in Belgien sind Personen mit unbekanntem Zielland nicht mitgerechnet, wohl aber bei der Bilanz, die daher rechnerisch abweicht.

Quellen: Amtliche Statistiken.

Tabelle 11: Außenwanderung, Niederlande

Herkunftsland / Zielland	1963 Einwanderung		1963 Auswanderung		1974 Einwanderung		1974 Auswanderung	
	Niederländ.	Ausländer	Niederländ.	Ausländer	Niederländ.	Ausländer	Niederländ.	Ausländer
EG-Länder [1]	7 864	10 129	12 185	7 530	12 195	14 248	15 409	8 273
Andere europäische Länder u. Türkei	1 631	7 739	2 785	3 357	2 350	17 997	3 361	9 056
Surinam / Antillen	5 551	32	3 492	151	21 189	112	3 948	43
USA	1 620	1 512	2 927	1 268	1 611	2 486	2 054	2 037
Kanada	1 813	327	2 339	247	1 001	461	2 154	592
Übriges Amerika	1 531	190	1 004	115	1 113	701	1 147	306
Indonesien	2 474	1 221	165	104	915	876	696	295
Asien	2 094	1 221	1 514	379	1 620	3 164	1 517	1 264
Afrika	3 045	486	3 250	305	3 973	4 460	3 870	1 176
Australien / Neuseeland	4 191	456	3 348	226	2 453	871	2 872	585
Summe	31 814	23 313	33 009	13 682	48 420	45 376	37 028	23 627

[1] Belgien, Luxemburg, Bundesrepublik Deutschland, Frankreich, Italien, Dänemark, Irland und Großbritannien.

Quelle: CBS, Stat. Yearbook, 1975.

Tabelle 12: Außenwanderung, Belgien

Herkunftsland / Zielland	1965 Einwanderung	1965 Auswanderung	1974 Einwanderung	1974 Auswanderung
Bundesrepublik Deutschland	3 813	2 879	4 405	3 008
Großbritannien	1 842	1 323	4 412	2 551
Frankreich	10 296	6 052	12 003	7 973
Niederlande	5 614	3 967	5 905	3 900
Luxemburg	743	786	631	777
Spanien	12 878	3 111	1 748	2 907
Italien	13 893	5 307	9 168	5 545
Übrige europ. Länder	6 583	3 552	5 222	2 812
Türkei	5 956	1 919	5 736	580
Kanada	1 178	1 117	697	635
USA	2 536	1 849	4 237	3 902
Übrige amerik. Länder	927	547	1 496	825
Zaire (Kongo)	3 855	4 527	4 185	1 790
Übrige afrik. Länder	9 310	2 522	9 168	2 311
Asien mit UdSSR	1 337	956	2 853	1 292
Summe	80 761	40 414	71 866	40 808

Quelle: Ann. Stat. de la Belgique, 1975.

Tabelle 13: Niederlande, Bevölkerung der Landesteile und Provinzen

Landesteil Provinz	Fläche (km²)	Bevölkerung 1974 (in 1000)	Dichte E/km²	Mittl. jährl. Zuwachs (%) 1960—1969	Zuwachs (%) 1969—1974
Nordniederlande	8 314	1 473,6	177	1,1	6,0
Groningen	2 326	532,6	229	0,9	3,6
Friesland	3 340	547,2	164	0,9	6,0
Drenthe	2 648	393,7	149	1,7	9,5
Ostniederlande	9 774	2 592,7	265	1,8	8,0
Overijssel	3 801	966,8	254	1,4	6,6
Gelderland	5 012	1 601,0	319	1,7	8,2
Südl. Ijsselmeerpolder	961	24,9	26	33,9	93,0
Westniederlande	6 854	6 150,5	898	1,1	3,2
Nordholland	2 656	2 282,7	859	0,9	2,4
Südholland	2 869	3 018,5	1 053	1,0	2,5
Utrecht	1 329	849,3	639	1,7	8,3
Südwestniederlande	1 790	322,9	180	0,8	7,0
Seeland	1 790	322,9	180	0,8	7,0
Südniederlande	7 082	2 948,6	416	1,8	7,4
Nordbrabant	4 915	1 910,3	389	1,9	9,0
Limburg	2 167	1 038,3	479	1,2	4,8
Niederlande	33 814	13 491,0	399	1,3	5,4

Quelle: Amtliche Statistiken.

Tabelle 14: Belgien, Bevölkerung der Provinzen

Provinz	Fläche (km²)	Einwohner 1974 (in 1000)	Dichte E/km²	Mittl. jährl. Zuwachs 1961—70 (%)
Antwerpen	2 861	1 555	544	0,6
Brabant	3 371	2 211	656	0,8
Hennegau	3 790	1 323	349	— 0,.
Limburg	2 422	679	280	1,4
Lüttich	3 876	1 020	263	0,2
Luxemburg	4 418	219	50	+ 0,.
Namur	3 660	388	106	0,3
Ostflandern	2 982	1 324	444	0,3
Westflandern	3 134	1 070	341	0,6
Belgien	30 514	9 788	321	0,5

Quelle: Ann. Stat. de la Belgique, 1975.

Tabelle 15: Luxemburg, Bevölkerung der Distrikte und Kantone

Distrikt Kanton	Fläche (km²)	Bevölkerung 1973 (in 1000)	Dichte E/km²	Mittl. jährl. Zuwachs (%) 1960—70
Luxembourg				
Capellen	199	22,3	112	2,0
Esch	243	115,9	477	0,6
Luxembourg	238	105,5	443	1,4
Mersch	224	14,6	65	1,4
Diekirch				
Clervaux	302	9,5	32	—0,8
Diekirch	239	20,4	85	1,1
Redange	268	10,5	39	—0,2
Vianden	54	2,7	49	—1,4
Wiltz	294	10,1	34	—0,7
Grevenmacher				
Echternach	186	10,2	55	0,1
Grevenmacher	211	15,5	74	0,4
Remich	128	11,0	86	0,6
Summe	2586	348,2	135	0,8

Quelle: Ann. Stat. Lux., 1973.

Tabelle 16: Landwirtschaftliche Nutzfläche (in 100 ha)

Kulturart	Niederlande 1971	Niederlande 1974	Belgien 1971	Belgien 1974	Luxemburg 1971	Luxemburg 1974
Wiesen, Weiden, Grünfutterbau	13 438	13 317	8 260	8 153	837	844
Getreide	3 499	2 605	4 574	4 358	449	425
Hackfrüchte (mit Zuckerrüben)	2 644	3 656	1 665	1 721	29	22
Industriepflanzen	337	464	161	122	1	2
Sonderkulturen	1 153	1 067	473	488	18	17
Sonstige Kulturen	136	127	110	93	5	3
Brache	107	54	53	32	5	5
Summen	21 314	21 290	15 296	14 967	1 344	1 318

Quellen: Amtliche Statistiken.

Tabelle 17: Betriebe in der Landwirtschaft

Größe (ha)	Niederlande 1970[1] Zahl	Niederlande 1970[1] %	Belgien 1970 Zahl	Belgien 1970 %	Belgien 1974 Zahl	Belgien 1974 %	Luxemburg 1970 Zahl	Luxemburg 1970 %	Luxemburg 1974 Zahl	Luxemburg 1974 %
unter 5	59 497	32,8	93 237	52,0	69 491	47,5	975	15,2	757	13,9
5 bis 10	39 155	21,6	33 059	18,4	25 121	17,2	994	15,5	726	13,3
10 bis 20	52 079	28,8	33 480	18,7	29 636	20,3	1 547	24,0	1 159	21,2
20 bis 30	18 357	10,1	11 281	6,3	11 615	8,0	1 355	21,1	1 020	18,7
30 bis 50	9 524	5,3	5 808	3,2	6 989	4,8	1 264	19,6	1 367	25,0
50 bis 100	2 283	1,3	2 222	1,2	2 758	1,9	298 (50 bis 100 und über 100)	3,6	429 (50 bis 100 und über 100)	7,9
über 100	224	0,1	375	0,2	470	0,3				
Summe	181 119	100,0	179 462	100,0	146 080	100,0	6 433	100,0	5 458	100,0

[1] Nach 1970 weist die Statistik in den Niederlanden keine Betriebe unter 10 Standard Farm Units mehr aus.

Quellen: Amtliche Statistiken.

Tabelle 18: Ausgewählte Daten zur Agrarproduktion
(1) = 1000 Tonnen; (2) = dz/ha

	Niederlande				Belgien				Luxemburg			
	1971		1974		1971		1974		1971		1974	
	(1)	(2)	(1)	(2)	(1)	(2)	(1)	(2)	(1)	(2)	(1)	(2)
Weizen	706	50	746	57	878	46	1004	55	39	32	34	32
Roggen	209	35	78	35	82	35	46	35	5	30	3	30
Gerste	373	38	315	43	588	39	699	44	53	33	51	31
Hafer	206	46	163	50	278	39	222	37	38	30	36	30
Kartoffeln	5749	373	6095	390	1373	341	1460	367	64	301	58	325
Zuckerrüben	5024	491	4911	450	4873	523	4465	425	38	575	23	600[1]

[1] Zuckerrüben in Luxemburg: einschl. Futterrüben.

Quellen: Amtliche Statistiken.

Tabelle 19: Ausgewählte Daten zum Viehstapel (in 1000 Stück), zur Milch- und Fleischproduktion (in 1000 t)

	Niederlande		Belgien		Luxemburg	
	1971	1974	1971	1974	1971	1974
Rinder	4201	4979	2643	2889	192	216
Schweine	6158	6719	3925	4666	106	91
Milch	8399	9386	3650	.	219	251
Butter	124	172	85	92	7	8
Käse	308	367	40	42	1	1
Rindfleisch	316	360	248	287	12	14
Schweinefleisch	809	916	484	604	10	8

Quellen: Amtliche Statistiken.

Tabelle 20: Waldflächen in den niederländischen Provinzen (1972)

Provinz	Waldfläche (km²)	Anteil an der Gesamtfläche (%)
Groningen	18	0,7
Friesland	90	2,4
Drenthe	270	10,1
Overijssel	366	9,3
Gelderland	874	17,0
Utrecht	186	13,3
Nordholland	112	3,8
Südholland	55	1,7
Seeland	18	0,7
Nordbrabant	661	12,9
Limburg	280	12,7
Südl. Ijsselmeerp.	64	5,9
Niederlande	2994	8,1

Quelle: Regionaal Stat. Zakboek, 1972.

Tabelle 21: Waldflächen in den belgischen Provinzen (1970)

Provinz	Waldfläche (km²)	Anteil an der Gesamtfläche (%)
Antwerpen	332	11,6
Brabant	319	9,5
Hennegau	472	12,5
Lüttich	1073	27,7
Limburg	340	14,0
Luxembourg	2079	47,1
Namur	1194	32,6
Ostflandern	129	4,3
Westflandern	68	2,2
Belgien	6005	19,7

Quelle: Ann. Stat. de la Belgique, 1974.

Tabelle 22: Waldflächen in den luxemburgischen Kantonen (1963)

Kanton	Forsten (ha)	Privatwald (ha)	Waldfläche (ha)	Anteil an der Gesamtfläche (%)
Capellen	3 557	2 180	5 737	28
Esch	2 373	2 147	4 520	18
Luxembourg	5 274	2 822	8 096	34
Mersch	4718	4 602	9 320	42
Clervaux	683	8 288	8 971	29
Diekirch	2 845	5 437	8 282	34
Redange	2 337	5 750	8 037	30
Vianden	410	1 526	1 936	36
Wiltz	1 524	11 799	13 323	45
Echternach	4 503	1 995	6 498	35
Grevenmacher	4 456	1 291	5 747	26
Remich	2 063	731	2 794	21
Luxemburg	34 743	48 568	83 311	32

Quelle: Ann. Stat. Lux., 1973.

Tabelle 23: Förderung von Primärenergieträgern

Niederlande	1963	1968	1972	1973	1975
Steinkohle (Mill. t)	11,5	6,7	2,8	1,7	0,8
Rohöl (Mill. t)	2,2	2,1	1,6	1,5	1,5
Erdgas (Mrd. m³)	0,6	14,1	58,4	70,8	83,7

Belgien	1966	1968	1969	1970	1973	1974
Steinkohle (Mill. t)						
Südflügel	9,0	6,3	5,2	4,3	2,6	2,0
Nordflügel	8,5	8,8	8,0	7,1	6,3	6,1

Quelle: Amtliche Statistiken.

Tabelle 24: Stahlproduktion (in Mill. t)

	1968	1971	1972	1973	1974
Niederlande	3,7	5,1	5,6	5,6	5,9
Belgien	11,6	12,5	14,5	15,5	16,2
Luxemburg	4,8	5,2	5,5	5,9	6,4

Quellen: Amtliche Statistiken.

Tabelle 25: Industriebeschäftigte (ohne Bauindustrie) (Anteil in %, 1970)

<table>
<tr><th></th><th colspan="2">Niederlande</th><th colspan="2">Belgien</th><th colspan="2">Luxemburg</th></tr>
<tr><td>Bergbau</td><td>1,6</td><td></td><td>4,9</td><td></td><td>3,7</td><td></td></tr>
<tr><td>Verarbeitende Industrie</td><td>94,4</td><td></td><td>91,6</td><td></td><td>93,4</td><td></td></tr>
<tr><td>Nahrungsmittel</td><td></td><td>14,2</td><td></td><td>5,3</td><td></td><td>6,1</td></tr>
<tr><td>Steine, Erden, Glas</td><td></td><td>4,1</td><td></td><td>5,2</td><td></td><td>4,7</td></tr>
<tr><td>Eisenschaffende Industrie</td><td></td><td rowspan="2">40,3</td><td></td><td>7,0</td><td></td><td>54,6</td></tr>
<tr><td>Metallindustrie</td><td></td><td></td><td>39,4</td><td></td><td>13,1</td></tr>
<tr><td>Holz und Möbel</td><td></td><td>3,8</td><td></td><td>4,4</td><td></td><td>0,4</td></tr>
<tr><td>Papier und Druck</td><td></td><td>7,4</td><td></td><td>3,2</td><td></td><td>1,8</td></tr>
<tr><td>Chemische Industrie</td><td></td><td>9,3</td><td></td><td>8,7</td><td></td><td>11,2</td></tr>
<tr><td>Textilindustrie</td><td></td><td>6,9</td><td></td><td>10,1</td><td></td><td rowspan="2">1,5</td></tr>
<tr><td>Leder, Schuhe, Bekleidung</td><td></td><td>8,4</td><td></td><td>8,3</td><td></td></tr>
<tr><td>Elektrizität, Gas, Wasser</td><td>4,0</td><td></td><td>3,5</td><td></td><td>2,9</td><td></td></tr>
</table>

Quellen: Amtliche Statistiken.

Tabelle 26: Belgien, Veränderungen im Anteil der Industriebeschäftigten nach Zweigen (%)

	1954	1973
Bergbau und Energie	17,7	6,2
Metallindustrie	7,6	9,5
Metallverarbeitung	21,3	39,0
Chemische Industrie	3,9	5,8
Erdölindustrie	0,6	0,8
Kautschukindustrie	0,8	1,0
Papierindustrie	3,8	3,0
Textilindustrie und Bekleidung	19,7	17,9
Baumaterialindustrie	7,0	4,7
Holzindustrie, Möbel	5,0	4,8
Lederindustrie	2,9	1,0
Tabakindustrie	0,9	1,0
Diamantenindustrie	1,2	0,7
Nahrungsmittelindustrie	7,4	4,5

Quellen: DE SMET, 1957; Ann. Stat. de la Belgique, 1974.

Tabelle 27: Niederlande, Anteil der einzelnen Industriezweige am Gesamtumsatz des sekundären Sektors (ohne Bauindustrie, 1973, in %)

Bergbau	3,4
Elektrizität, Gas, Wasser	4,2
Eisen- und Stahlproduktion	4,1
Metallverarbeitung, Maschinenbau, Elektronik	24,6
Chemische Industrie	19,1
Druck und Papier	6,4
Textilindustrie	3,7
Leder, Schuhe, Bekleidung	2,4
Steine und Erden	2,7
Holzindustrie	2,3
Nahrungsmittelindustrie	26,9
Sonstige Zweige	0,2

Quelle: CBS, Stat. Yearbook, 1974.

Tabelle 28: Beitrag der einzelnen Industriezweige zum Bruttosozialprodukt (ohne Bauindustrie)

	Belgien (1973) (%)	Luxemburg (1970) (%)
Bergbau	3,6	3,3
Elektrizität, Gas, Wasser	7,5	5,3
Eisen- und Stahlproduktion	7,9	59,3
Metallverarbeitung, Maschinenbau, Elektronik	29,9	7,0
Chemische Industrie	10,3	15,0
Druck und Papier	4,5	1,1
Textilindustrie	6,1	} 0,5
Leder, Schuhe, Bekleidung	3,5	
Steine und Erden	4,3	3,3
Holzindustrie	4,1	0,4
Nahrungsmittelindustrie	14,6	4,6
Sonstige Zweige	3,8	0,2

Quellen: Ann. Stat. de la Belgique, 1974; Ann. Stat. Lux., 1973.

Tabelle 29: Indexwerte der industriellen Produktion in den Niederlanden (1970 = 100)

	1964	1968	1972	1973	1974
Bergbau	66	73	148	168	191
Verarbeitende Industrie	70	84	107	113	115
Nahrungsmittelindustrie	78	90	108	113	115
Textilindustrie	94	94	97	96	93
Bekleidung	119	105	97	87	76
Raffinerieprodukte	57	68	115	123	108
Chemische Industrie	45	78	119	135	139
Metallverarbeitung	66	79	106	110	115
Elektrizität, Gas, Wasser	48	76	130	140	148
Gesamtproduktion (ohne Bau)	68	83	111	118	121

Quelle: CBS, Stat. Yearbook, 1975.

Tabelle 30: Indexwerte der industriellen Produktion in Belgien (1970 = 100)

	1969	1971	1973	1974
Bergbau	109,8	98,7	80,5	74,6
Verarbeitende Industrie	96,0	102,8	117,9	123,3
Nahrungsmittelindustrie	94,7	104,5	116,7	121,0
Textilindustrie	100,8	105,2	105,9	100,9
Bekleidung	98,6	108,3	113,9	115,6
Raffinerieprodukte	99,7	92,0	87,9	80,7
Chemische Industrie	96,1	109,4	137,5	141,9
Metallurgie	100,3	96,8	115,6	120,0
Metallverarbeitung	93,8	98,2	109,8	120,2
Elektrizität, Gas, Wasser	95,4	109,1	135,1	140,8
Gesamtproduktion (ohne Bau)	94,6	102,2	111,3	116,8

Quelle: Ann. Stat. de la Belgique, 1974.

Tabelle 31: Indexwerte der industriellen Produktion in Luxemburg (1970 = 100)

	1972	1973	1974
Bergbau	84,7	84,5	70,0
Verarbeitende Industrie	103,8	116,6	121,4
Nahrungsmittelindustrie	110,2	119,7	121,1
Textil und Bekleidung	131,0	148,2	145,2
Chemische Industrie	108,0	124,1	125,6
Metallurgie	100,1	111,1	117,0
Metallverarbeitung	118,7	130,8	134,6
Elektrizität, Gas, Wasser	99,3	100,6	98,2
Gesamtproduktion (ohne Bau)	102,8	115,1	119,1

Quelle: Ann. Stat. Lux., 1975.

Tabelle 32: Betriebsgrößen in der Industrie (1970)
(Nur verarbeitende Industrie ohne Bauindustrie)

	Betriebe mit ... Beschäftigten									
	10—49		50—99		100—499		500 und mehr		Summe	
	Zahl	%	Zahl	%	Zahl	%	Zahl	%	Zahl	%
Niederlande	6 360	66,8	1 574	16,5	1 306	13,7	289	3,0	9 529	100,0
Belgien	8 997	70,0	1 800	14,0	1 702	13,2	364	2,8	12 863	100,0
Luxemburg	60[1]	39,0	44	28,5	42	27,3	8	5,2	154	100,0

[1] Betriebe mit 20—49 Beschäftigten.

Quellen: CBS, Stat. Yearbook, 1974; Ann. Stat. de la Belgique, 1974; Ann. Stat. Lux., 1973.

Tabelle 33: Zahl der ausländischen Industrieunternehmen in den Niederlanden (1964)

	Norden[1]	Osten[1]	Süden[1]	Westen[1]	Gesamt
Nach Herkunftsländern					
USA	9	14	14	63	100
Großbritannien	4	5	5	19	33
Nordeuropa	12	1	3	7	23
BR Deutschland	2	3	8	3	16
Schweiz	2	1	2	7	12
Belgien	—	1	6	2	9
Frankreich	—	—	2	2	4
Kanada	—	1	—	1	2
Summe	29	26	40	104	199
Nach Industriezweigen					
Nahrungsmittel	—	1	4	4	9
Textil und Bekleidung	5	2	4	4	15
Chemie	3	3	6	25	37
Metall	1	4	5	16	26
Maschinenbau	6	7	7	18	38
Elektrotechnik	7	1	2	7	17
Fahrzeugbau	2	3	2	9	16
Instrumente	—	2	1	11	14
Andere Zweige	5	3	9	10	27
Summe	29	26	40	104	199

[1] Norden: Groningen, Friesland, Drenthe; Osten: Overijssel, Gelderland; Süden: Seeland, Nordbrabant, Limburg; Westen: Utrecht, Nord- und Südholland.

Quelle: DE SMIDT, 1966.

Tabelle 34: Städtische Gemeinden in den Niederlanden 1880 und 1950

	Zahl der Gemeinden, die sowohl 1880 als auch 1950 städt. Charakter trugen		Zahl der Gemeinden, die 1880 noch nicht städtisch waren, wohl aber 1950	
Groningen	5		—	
Friesland	3		—	
Drenthe	2		—	
Seeland	4		—	
Agrarprovinzen		14		—
Overijssel	6		2	
Gelderland	10		—	
Ostprovinzen		16		2
Nordbrabant	11		4	
Limburg	6		5	
Südprovinzen		17		9
Nordholland	9		10	
Südholland	13		7	
Utrecht	4		7	
Westprovinzen		26		24
Niederlande		73		35

Quelle: STEIGENGA, 1961.

Tabelle 35: Bevölkerungsentwicklung in den niederländischen Gebieten mit städtischer Konzentration 1880 bis 1950

	Städt. Bevölkerung in ‰ der Gesamtbevölkerung		Regionaler Anteil in ‰ an der städt. Gesamtbevölkerung	
	1880	1950	1880	1950
Randstad	244,0	352,4	576,9	598,2
Nordbrabanter Städtereihe	33,5	60,7	78,1	103,2
Twente	9,3	22,2	12,8	37,6
Südlimburg	4,3	19,1	10,7	32,7
Übrige Stadtregionen im westl. Landesteil	17,7	18,4	43,7	31,2
Übrige Städte in den Niederlanden	115,1	115,8	277,8	197,1
Summe	423,9	588,6	1 000,0	1 000,0

Quelle: Steigenga, 1961.

Tabelle 36: Bevölkerung und Urbanisationsgrad in den Niederlanden

Gemeindetyp	Bez.	Bevölkerung (1. 1. 73) absolut	%
Ländliche Gemeinden			
50 % und mehr agrare Berufsbevölkerung	A 1	354 805	2,7
40—49,9 % agrare Berufsbevölkerung	A 2	694 610	5,2
30—39,9 % agrare Berufsbevölkerung	A 3	1 099 792	8,2
20—29,9 % agrare Berufsbevölkerung	A 4	872 922	6,5
Summe: A-Typen		3 022 129	22,6
Verstädterte Landgemeinden			
Gemeinden mit weniger als 20 % agrarer Berufsbevölkerung			
Größter Wohnkern unter 5000 E	B 1	636 152	4,8
Größter Wohnkern 5000—20 000 E	B 2	1 775 918	13,3
Pendlergemeinden (mehr als 30 % der Erwerbstätigen sind Auspendler = Stadtrandgemeinden, Gartenstädte)	B 3	1 099 955	8,2
Summe: B-Typen		3 512 025	26,2
Städtische Gemeinden:			
Landstädte, städt. Wohnkern mit 2000—10 000 E	C 1	320 557	2,4
Kleinstädte, städt. Wohnkern mit 10 000—30 000 E	C 2	1 009 586	7,5
Mittelstädte			
städt. Wohnkern mit 30 000— 50 000 E	C 3	607 485	4,5
städt. Wohnkern mit 50 000—100 000 E	C 4	1 343 496	10,0
Großstädte, städt. Wohnkern mit mehr als 100 000 E	C 5	3 569 416	26,7
Summe: C-Typen		6 850 540	51,2
Gesamtsumme		13 384 694	100,0

Quelle: CBS, Bevolking der gemeenten van Nederland, B1, 1973.

Tabelle 37: Räumliche Bevölkerungsverteilung und Grad der Urbanisation in den Niederlanden (1972, in % der Gesamtbevölkerung)

Provinz	Ländl. Gemeinden	Verstädt. Landgem.		Städtische Gemeinden		
		Industrial. ländl. Gem.	Pendlergem.	Land- u. Kleinstädte	Mittelstädte	Großstädte
Groningen	34,3	15,1	3,3	14,6	—	32,6
Friesland	56,0	14,1	—	13,3	16,5	—
Drenthe	46,4	34,0	—	19,5	—	—
Overijssel	29,9	17,9	—	8,0	28,9	15,2
Gelderland	28,1	23,5	6,2	15,9	8,2	18,1
Utrecht	14,2	10,3	25,8	3,1	13,4	33,2
Nordholland	11,1	9,6	14,7	4,5	17,0	43,1
Südholland	16,0	9,9	10,7	7,1	16,6	39,7
Seeland	43,2	12,0	—	44,8	—	—
Nordbrabant	22,0	27,5	5,6	7,2	12,5	25,2
Limburg	16,0	35,3	—	12,4	25,3	11,0
Südl. Ijsselmeerpolder	100,0	—	—	—	—	—
Niederlande	22,3	17,6	8,2	9,7	14,9	27,3

Quelle: CBS, Regionaal statistisch zakboek, AZ 17, 1972.

Tabelle 38: Bevölkerung nach Gemeindegröße

Gemeindegröße (E)	Niederlande (1. 1. 74)		Belgien (1. 1. 75)	
	Zahl der Gemeinden	Anteil der Bevölkerung %	Zahl der Gemeinden	Anteil der Bevölkerung %
unter 5 000	309	6,5	1903	28,4
5 000— 10 000	221	11,6	250	17,6
10 000— 20 000	171	18,0	124	17,0
20 000— 50 000	100	21,5	65	20,0
50 000—100 000	26	13,8	10	6,9
über 100 000	16	28,5	7	10,1
Summe	843	100,0	2359	100,0

Quellen: CBS, Stat. Yearbook, 1974; Ann. Stat. de la Belgique, 1975.

Tabelle 39: Die Gemeinden Belgiens und ihre Bevölkerung 1880, 1947 und 1970

Gemeindeklasse (E)	1880 Gemeinden (%)	1880 Bevölkerung (%)	1947 Gemeinden (%)	1947 Bevölkerung (%)	1970 Gemeinden (%)	1970 Bevölkerung (%)
unter 5 000	93,5	57,1	87,0	37,3	81,3	29,1
5 000— 10 000	4,1	12,5	7,5	16,1	10,2	17,2
10 000— 25 000	1,7	11,1	3,8	17,0	6,1	21,9
25 000—100 000	0,5	8,7	1,5	19,1	2,1	21,2
über 100 000	0,2	10,6	0,2	10,5	0,3	10,6

Quellen: George et Sevrin (1967, S. 56); Ann. Stat. de la Belgique, 1974.

Tabelle 40: Kriterien der Typenbildung für die belgischen Gemeinden

Gemeindetyp	Anteil (%) der männl. Erwerbstätigen im primären Sektor	Anteil (%) der Auspendler an der Wohnbevölk.	Anteil (%) der Einpendler an den Beschäft.	Beschäft.-Koeffizient
A Ländliche Gemeinden				
1 Agrargemeinden	über 50			unter 100
2 Gemeinden agraren Charakters	30—50	unter 50		unter 100
3 Ländliche Mischgemeinden	20—30	unter 50		unter 100
4 Ländliche Wohngemeinden	über 20	über 50		unter 100
B Verstädterte Gemeinden				
1 Verstädterte Wohngemeinden	unter 20	über 50	unter 40	
2 Kleine Industriezentren und Arbeitergemeinden				
a)	unter 20	unter 50	über 40	80—100
b)	unter 20	unter 50	über 40	über 100
3 Verstädterte Mischgemeinden				
starker Pendelverkehr	unter 20	über 50	über 40	
geringer Pendelverkehr	unter 20	unter 50	unter 40	
C Städte und Agglomerationen				
1 Gewöhnliche Städte				
2 Regionalstädte	unterschieden nach zentralen Diensten und Einzugsbereichen			
3 Agglomerationen				

Tabelle 41: Bevölkerung und Urbanisationsgrad in Belgien

Gemeindetyp	Bez.	Bevölkerung 1961		Bevölkerung 1973	
		absolut	%	absolut	%
Ländliche Gemeinden					
Agrargemeinden	A 1	94 842	1,0	87 344	0,9
Gemeinden agraren Charakters	A 2	457 540	5,0	432 728	4,4
Ländliche Mischgemeinden	A 3	407 571	4,4	424 573	4,4
Ländliche Wohngemeinden	A 4	301 723	3,3	310 400	3,2
Summe: A-Typen		1 261 676	13,7	1 255 045	12,9
Verstädterte Gemeinden					
Verstädterte Wohngemeinden	B 1	1 863 388	20,3	1 956 866	20,1
Kleine Industriezentren	B 2	617 325	6,7	629 370	6,5
Verstädterte Mischgemeinden	B 3	1 103 548	12,0	1 204 865	12,3
Summe: B-Typen		3 584 261	39,0	3 791 101	38,9
Städte und Agglomerationen					
Gewöhnliche Städte	C 1	1 207 257	13,2	1 419 581	14,5
Regionalstädte	C 2	580 168	6,3	700 797	7,2
Agglomerationen	C 3	2 556 379	27,8	2 590 066	26,5
Summe: C-Typen		4 343 804	47,3	4 710 444	48,2
Gesamtsumme		9 189 741	100,0	9 756 590	100,0

Quelle: Ann. Stat. de la Belgique, 1974.

Tabelle 42: Räumliche Bevölkerungsverteilung und Grad der Urbanisation in Belgien (1961, in % der Gesamtbevölkerung)

	Gemeindetyp									
	A 1	A 2	A 3	A 4	B 1	B 2	B 3	C 1	C 2	C 3
Antwerpen	0,2	1,8	1,0	2,2	15,1	3,2	14,7	10,2	7,0	44,6
Brabant	0,3	3,4	1,3	5,0	19,1	5,1	5,3	8,0	1,6	50,9
Westflandern	1,1	9,7	9,9	1,9	16,3	5,7	20,5	19,6	15,3	—
Ostflandern	0,5	5,4	9,0	3,4	21,8	4,3	14,5	15,8	7,3	18,0
Hainaut	0,6	4,0	2,9	2,3	28,7	15,5	11,2	12,1	6,3	16,4
Lüttich	1,7	5,2	3,4	2,0	14,7	5,7	9,6	9,3	3,6	44,8
Limburg	0,3	3,7	6,6	7,1	29,9	6,7	10,8	28,5	6,4	—
Luxembourg	17,4	16,7	6,8	1,7	14,8	1,9	13,6	21,0	6,1	—
Namur	1,3	9,7	7,6	3,7	25,4	15,0	16,6	11,9	8,8	—
Belgien	1,0	5,0	4,4	3,3	20,3	6,7	12,0	13,2	6,3	27,8
Franz. u. deutsch. Sprachgebiet	2,3	6,0	3,9	2,7	22,7	11,2	11,9	12,7	5,3	21,3
Niederländisches Sprachgebiet	0,5	5,3	5,7	4,3	22,9	5,3	14,5	16,1	8,2	17,2

Quelle: VAN WAELVELDE u. VAN DER HAEGEN, 1967.

Tabelle 43: Entwicklung des Gütertransports in den Niederlanden (Mill. t)

	1963	1968	1973
Straßennetz			
national	220,1	276,4	321,1
international[1]	10,8	18,4	32,4
Schienennetz			
national	17,1	12,7	7,5
international	13,8	13,1	16,1
Binnenwasserstraßen			
national	62,6	94,8	94,8
international	90,7	147,4	159,1
Rohrleitungen (Erdöl)	7,9	17,3	48,6

[1] Ohne Transporte von und nach Belgien/Luxemburg.

Quelle: CBS, Stat. Yearbook, 1974.

Tabelle 44: Entwicklung des Gütertransports in Belgien (Mill. t)

	1963	1969	1973
Straßennetz			
national	187,6	249,3	319,0[1]
international	7,4	16,4	19,9[1]
Schienennetz			
national	27,2	23,2	23,2
international	38,2	46,0	52,3
Binnenwasserstraßen			
national	22,8	29,2	24,9
international	42,0	63,5	76,9

[1] 1972.

Quellen: Ann. Stat. de la Belgique, 1964 ff.

Tabelle 45: Niederlande, Internationaler Güterempfang über See 1970 (in 1000 t)

Güterart	Aus Ländern der EWG	Aus Ländern der EFTA	Aus den übr. europ. Ländern	Aus nicht-europ. Ländern	Gesamt
Landwirtsch. Erzeugnisse	93	755	652	7 954	9 454
Nahrungsmittel	82	244	368	9 102	9 796
Feste Brennstoffe	5	679	875	4 683	6 242
Erdölerzeugnisse	3 690	1 671	5 467	97 178	108 006
Erze, Schrott	217	8 814	1 948	30 788	41 767
Eisen, Stahl, NE-Metalle	77	322	208	422	1 029
Steine, Erden, Baustoffe	502	1 569	1 015	2 329	5 415
Düngemittel	7	42	883	3 568	4 500
Chem. Erzeugnisse	295	925	446	2 881	4 547
Fahrzeuge, Maschinen	245	3 394	1 049	6 710	11 398
Gesamt	5 213	18 415	12 911	165 615	202 154

Quelle: Blonk, 1974.

Tabelle 46: Niederlande, Internationaler Güterversand über See 1970 (in 1000 t)

Güterart	Nach Ländern der EWG	Nach Ländern der EFTA	Nach den übr. europ. Ländern	Nach nicht-europ. Ländern	Gesamt
Landwirtsch. Erzeugnisse	28	1 933	152	103	2 216
Nahrungsmittel	275	592	173	136	1 176
Feste Brennstoffe	3 650	153	196	290	4 289
Erdölerzeugnisse	12 294	16 948	2 157	24 454	55 853
Erze, Schrott	54	2 151	75	13	2 293
Eisen, Stahl, NE-Metalle	373	688	489	615	2 165
Steine, Erden, Baustoffe	214	939	279	63	1 495
Düngemittel	128	698	80	626	1 532
Chem. Erzeugnisse	483	1 156	449	546	2 634
Fahrzeuge, Maschinen	237	2 937	892	5 789	9 855
Gesamt	17 736	28 195	4 942	32 635	83 508

Quelle: Blonk, 1974.

Tabelle 47: Belgien, Internationaler Güterempfang über See 1970 (in 1000 t)

Güterart	Aus Ländern der EWG	Aus Ländern der EFTA	Aus den übr. europ. Ländern	Aus nicht-europ. Ländern	Gesamt
Landwirtsch. Erzeugnisse	44	140	702	2 824	3 710
Nahrungsmittel	10	168	99	1 143	1 420
Feste Brennstoffe	1	148	525	1 048	1 722
Erdölerzeugnisse	1 405	207	701	28 081	30 394
Erze, Schrott	37	9 288	212	5 442	14 979
Eisen, Stahl, NE-Metalle	47	376	339	944	1 706
Steine, Erden, Baustoffe	144	949	197	489	1 779
Düngemittel	16	7	140	1 736	1 899
Chem. Erzeugnisse	54	559	153	604	1 370
Fahrzeuge, Maschinen	32	661	135	494	1 322
Gesamt	1 790	12 503	3 203	42 805	60 301

Quelle: BLONK, 1974.

Tabelle 48: Belgien, Internationaler Güterversand über See 1970 (in 1000 t)

Güterart	Nach Ländern der EWG	Nach Ländern der EFTA	Nach den übr. europ. Ländern	Nach nicht-europ. Ländern	Gesamt
Landwirtsch. Erzeugnisse	60	433	47	183	723
Nahrungsmittel	45	231	115	795	1 186
Feste Brennstoffe	11	76	18	50	155
Erdölerzeugnisse	1 505	3 534	116	871	6 026
Erze, Schrott	149	18	36	11	214
Eisen, Stahl, NE-Metalle	276	1 289	975	5 947	8 487
Steine, Erden, Baustoffe	649	550	281	435	1 915
Düngemittel	225	413	610	1 311	2 559
Chem. Erzeugnisse	71	655	475	1 340	2 541
Fahrzeuge, Maschinen	38	750	213	4 615	5 616
Gesamt	3 029	7 949	2 886	15 558	29 422

Quelle: Blonk, 1974.

Tabelle 49: Außenhandel der Niederlande in räumlicher Differenzierung
(Anteil der Regionen in % am Gesamtvolumen, 1974)

	Import aus	Export nach
Bundesrepublik Deutschland	26,9	31,6
Belgien und Luxemburg	13,5	14,7
Frankreich	7,4	10,4
Übrige Länder der EG	9,9	17,3
Übrige Länder in Westeuropa	5,6	7,3
Osteuropa mit UdSSR	2,0	2,4
Afrika	6,1	3,7
Nordamerika	9,9	4,7
Lateinamerika	2,8	2,7
Asien und Australien	15,9	5,3

Quelle: CBS, Stat. Yearbook, 1975.

Tabelle 50: Außenhandel der Belgisch-Luxemburgischen Wirtschaftsunion (U.E.B.L.) in räumlicher Differenzierung

(Anteil der Regionen in % am Gesamtvolumen, 1974)

	Import aus	Export nach
Bundesrepublik Deutschland	22,2	21,6
Frankreich	17,3	20,1
Niederlande	16,2	17,3
Übrige Länder der EG	10,2	11,3
Übrige Länder in Westeuropa	6,2	8,9
Osteuropa mit UdSSR	2,0	3,1
Afrika	6,1	3,5
Nordamerika	7,4	6,2
Lateinamerika	2,0	2,7
Asien und Australien	10,4	5,2

Quelle: Ann. Stat. de la Belgique, 1974.

Tabelle 51: Außenhandel Luxemburgs in räumlicher Differenzierung
(Anteil der Regionen in % am Gesamtvolumen, 1974)

	Import aus	Export nach
Bundesrepublik Deutschland	38,6	25,1
Belgien	31,6	23,1
Frankreich	15,1	13,6
Niederlande	4,7	6,3
Übrige Länder Westeuropas	5,7	15,0
Osteuropa mit UdSSR	0,5	5,9
Afrika	0,2	2,1
Nordamerika	3,0	6,6
Asien und Australien	0,6	2,3

Quelle: Ann. Stat. Lux., 1975.

SCHRIFTTUM

Außer den üblichen und ohne weiteres verständlichen Abkürzungen werden für einige besonders häufig zitierte Periodika folgende Sigel verwendet:

GTNR = Koninklijk Nederlands Aardrijkskundig Genootschap: Geografisch Tijdschrift Nieuwe Reeks (ab 1967).

RBG = Société Royale Belge de Géographie: Revue Belge de Géographie.

SOBEG = Bulletin de la Société Belge d'Etudes Géographiques-Tijdschrift van de Belgische Vereniging voor Aardrijkskundige Studies.

TESG = Koninklijk Nederlands Aardrijkskundig Genootschap: Tijdschrift voor Economische en Sociale Geografie.

TKNAG = Tijdschrift van het Koninklijk Nederlands Aardrijkskundig Genootschap, Tweede Reeks (bis 1966).

Bücher und Zeitschriftenaufsätze

Achilles, F. 1967: Gegenwärtige und zukünftige Wasserstraßen für das Europaschiff. — In: Geogr. Rdsch., 19, S. 302—308.

Akker, A. M. van den; M. Knibbe & G. C. Maarleveld 1964: Het Sallandse dekzandlandschap. — In: TKNAG, 81, S. 287—296.

Albarre, G. 1968: Le reboisement des terres agricoles en Lorreine belge. (L'example de Saint Léger.) — In: RBG, 92, S. 57—90.

Alexandre, J. 1957: Les niveaux de terrasses de la Haute Belgique. Méthodes d'études récentes. — In: Ann. Soc. Géol. Belge, 80, S. 299—315.

Amersfoort, J. M. M. van; M. de Hond & J. A. Koetsier 1971: De betekenis van de tweede woning voor stedeling en dorpsbewoner. — In: GTNR, 5, S. 392 bis 408.

Amersfoort, J. M. M. van, & C. Cortie 1973: Het patroon van de Surinaamse vestiging in Amsterdam in de periode 1968 t/m 1970. — In: TESG, 64, S. 283 bis 294.

Ameryckx, J. 1961: La genèse des polders maritimes belges. — In: La Géographie—De Aardrijkskunde, 13, S. 5—18.

Andre, R. 1971: Evolution démographique régionale en Belgique. D'un recensement à l'autre (1962—1970). — In: RBG, 95, S. 217—245.

Angenot, L. H. J. 1965: Le phénomène de dépopulation du centre d'Amsterdam. — In: TKNAG, 82, S. 47—55.

Angerer, D. 1972: Fremdenverkehr und Fremdenverkehrsgebiet. Eine vergleichende Analyse zweier Nordseebäder (Ameland und Juist). — Diss. Münster. Mathem.-Naturwiss. Fakultät.

Annaert, J. 1956: Etude géographique des modes de faire valoir en Belgique. — In: Bull. Soc. Roy. Belge de Géogr., 80, S. 15—80.

ANNAERT, J., et alii 1972: Les zones d'influence des centres et la structure des acivités urbaines. = Commentaire Atlas de Belgique, Planche 28 A—C. — Gent.

Arbeitskreis „Historische Stadtkerne" der deutschen UNESCO-Kommission 1975: Sanierung historischer Stadtkerne im Ausland. = Schriftenreihe „Stadtentwicklung" des BM für Raumordnung, Bauwesen und Städtebau, Heft 02.002. — Bonn-Bad Godesberg.

BAECKEROOT, G. 1942: Oesling et Gutland. Morphologie du bassin ardennais et luxembourgeois de la Moselle. — Paris.

BARTELS, D. 1968: Zur wissenschaftstheoretischen Grundlegung einer Geographie des Menschen. = Erdkundliches Wissen, 19. — Wiesbaden.

— (Hrsg.) 1970: Wirtschafts- und Sozialgeographie. = Neue Wissenschaftliche Bibliothek, Bd. 35. — Köln/Berlin.

— 1975: Die Abgrenzung von Planungsregionen in der Bundesrepublik Deutschland — eine Operationalisierungsaufgabe. — In: Veröff. d. Akad. für Raumforschung u. Landesplanung Hannover, Forschungs- u. Sitzungsber., 94, S. 93 bis 115.

BÄUERLE, L. 1969: Verstädterte Siedlungen im Moor beiderseits der deutsch-niederländischen Grenze. = Forschungen z. deutschen Landeskunde, Bd. 174. — Bad Godesberg.

BAULIG, H. 1926: Le relief de la Haute-Belgique. — In: Ann. de Géographie, 35, S. 206—235.

BAUWIN, E. 1971: Le mécanisme et les causes de l'exode rural. — In: RBG, 95, S. 157—199.

BAUWIN, E., & J. ANNAERT 1973: La région industrielle bruxelloise. — In: La Géographie—De Aardrijkskunde, 25, S. 113—127.

BECKER , H. M., & B. D. ELZAS 1967: De haven van Vlaardingen. Ontwikkeling van functie en structuur. — In: TESG, 58, S. 292—305.

BEGUIN, H. 1964: Aspects géographiques de la polarisation. — In: Travaux Géographiques de Liège, 148, S. 559—608.

BENTHEM, R. J. 1964: De wijziging van het cultuurlandschap. — In: TKNAG, 81, S. 453—459.

BERG, G. J. VAN DEN 1966: Over de bruikbaarheid van het regiobegrip in de geografische planning. — In: TKNAG, 83, S. 24—39.

BERGSTRA, J. T. 1966: Recente ontwikkelingen in het Rijnmondgebied. — In: TKNAG, 83, S. 416—423.

BETHUNE, P. DE 1957: Le relief du Condroz. — In: TKNAG, 74, S. 220—233.

BINTZ, J. 1966: Carte géologique générale du Grand-Duché de Luxembourg 1 : 100.000. — Luxembourg.

BIRKENHAUER, J. 1966: Die Ardennen. — In: Geogr. Rdsch., 18, S. 95—105.

— 1971: L'évolution du peuplement dans l'Eifel et en Ardenne. — In: Bull. Soc. Géogr. Liège, 7, S. 3—21.

BLONK, W. A. G. 1974: Die Seehäfen in den Niederlanden und in Belgien. = Handbuch der Europäischen Seehäfen, Bd. IV/V (hrsg. v. H. Sanmann). — Hamburg.

BOBEK, H. 1927: Grundfragen der Stadtgeographie. — In: Geogr. Anzeiger, 28, S. 213—224.

BOER, D. DE 1974: Concentraties en randeffecten. — In: TESG, 65, S. 13—22.

BOERMAN, W. E. 1956: Post war development of the Netherlands. — In: TESG, 47, S. 144—149.

— 1957: Wirtschaftsgeographische Probleme der Rheinhäfen und ihres Hinterlandes. — In: TESG, 48, S. 102—112.

BOON-WOLTER, F. 1971: La hiérarchie urbaine de la Wallonie en 1961. — In: SOBEG, 40, S. 121—146.

BORCHERT, G. 1960: Bodenkundliche Forschungsarbeiten in den Niederlanden. — In: Z. f. Geomorphologie, N. F. 4, S. 307—310.

BORREMANS, R., & L. WALSCHOT 1967: Fysisch kader en historisch wegenet als elementen van de situatie en het site van Halle (Brabant). — In: SOBEG, 36, S. 37—78.

BOS, J. 1961: Spontane en geleide verbetering van de bedrijsfgroottestructuur in de Nederlandse landbouw. — In: TESG, 52, S. 46—51.

BOURS, A. 1963: Recreatie, stad en randzone. — In: TKNAG, 80, S. 34—47.

BOURS, A., & J. G. LAMBOOY 1971: Stad en stadsgewest in de ruimtelijke orde. — Assen.

BOUWER, K. 1975: Het drentse esdorp. — In: GTNR, 9, S. 297—309.

BOYER, J. C. 1968: La notion de „region" aux Pays-Bas. — In: Ann. de Géographie, 77, S. 323—335.

— 1970: Quotidiens regionaux et influence urbaine. L'example des Pays-Bas. — In: Ann. de Géographie, 79, S. 545—559.

BRAAK, C. 1929/1943: Het klimaat van Nederland. — In: Mededel. Verhand. Kon. Ned. Meteorol. Instituut, 32—34; 39—43 und 46—47.

BREUER, H. 1969: Die Maas als Schiffahrtsweg. = Aachener Geographische Arbeiten, Heft 1.

BRINKMANN, R. 1959: Abriß der Geologie; Bd. 2: Historische Geologie (8. Aufl.). — Stuttgart.

BROUWER, A. 1950: De glacigene landschapstypen in oostelijk Midden-Nederland. — In: TKNAG, 67, S. 20—32.

BRULARD, T. 1962: La Hesbaye, étude géographique d'économie rurale. — Louvain.

— 1967: La structure fonctionelle de la Hesbaye en 1961 et son évolution depuis 1947. — In: Acta Geogr. Lovaniensia, 5, S. 485—500.

— 1972: Woluwe-St. Lambert: aspects du developpement urbain dans une commune de l'est de l'agglomeration Bruxelloise. — In: Acta Geogr. Lovaniensia, 10, S. 375—404.

BUHLMANN, I. 1975: Die Landgewinnung im Ijsselmeer. = Wiss. Paperbacks Geographie (hrsg. von E. Meynen). — Wiesbaden.

BULCKE, D. VAN DEN 1971: De buitenlandse ondernemingen in Belgie. — Gent.

BURKE, G. L. 1956: The making of Dutch towns. — London.

BUURSINK, J. 1964: De Twentse industrieformatie. — In: TESG, 55, S. 233—241.

— 1971 a: Centraliteit en hierarchie; de theorie der centrale plaatsen in enkele Nederlandse industriegebieden. = Sociaal-Geogr. Stud., 11. — Assen.

— 1971 b: De Nederlandse hierarchie der regionale centra, een institutionele wijze van hierarchisering. — In: TESG, 62, S. 67—81.

CAMBIER, R. 1952: De haven van Gent. — In: TESG, 43, S. 189—203.

Celeghin, H. 1964: Contribution à la géographie industrielle de la basse Sambre. — In: SOBEG, 33, S. 125—166.

Centraal Bureau voor de Statistiek 1964: Typologie van de Nederlandse gemeenten naar urbanisatiegraad, 31 mei 1960. — 's-Gravenhage.

Christians, Ch. 1960: Un essai de délimitation des régions et des compartiments agricoles dans la Belgique du Sud-Est. — In: SOBEG, 29, S. 321—361.

— 1961: Contribution à l'étude géographique de la structure agraire dans la partie wallone de la Belgique. — In: SOBEG, 30, S. 257—465.

— 1965: L'aménagement foncier et les modifications du substrat agraire en Belgique. — In: SOBEG, 34, S. 335—370.

Claude, J. 1972: L'urbanisation des campagnes en Ardenne liègeoise. La commune de Ferrières. — In: SOBEG, 41, S. 133—156.

Cock, J. K. de 1965: Bijdrage tot de historische geografie van Kennemerland in de middeleeuwen op fysisch-geografische grondslag. — Groningen.

Comhaire, J. J. 1957: Die Industrie Belgiens, Grundzüge ihrer Struktur. — In: Geogr. Rdsch., 9, S. 1—11.

Constandse, A. K. 1960: Het dorp in de Ijsselmeerpolders. — Zwolle.

— 1964: Overheid en maatschappelijk ideaal als factoren in het agrarisch-geografisch patroon van Nederland. — In: TKNAG, 81, S. 53—62.

— 1972: The Ijsselmeerpolders — an old project with new functions. — In: TESG, 63, S. 200—210.

Contact-Commissie voor Natuur- en Landschapsbescherming 1967: De westelijke randmeren van de Ijsselmeerpolders. — Amsterdam.

Cools, R. H. 1950: Die Entwicklung und der heutige Stand der Sozialgeographie in den Niederlanden. — In: Erdkunde, 4, S. 1—5.

Cortie, C. 1972: Migration within and around Utrecht. A testing of some of Burgess's hypothesis. — In: TESG, 63, S. 315—330.

Dack, A. van't 1972: Het Leuvens hinterland op basis van migraties en pendel. Evolutie van 1829—1961. — In: SOBEG, 41, S. 105—132.

Daels, L. 1962: Landschapsontwikkeling in en rond het voormalige Bulskampveld. — In: SOBEG, 31, S. 191—228.

Daniels, P. 1965: Het Veluwemeer als recreatiegebied. — In: TKNAG, 82, S. 56 bis 63.

Davin, L. E. 1964: La politique belge de développement régional. — In: Rev. d'Economie Politique, 74, S. 195—221.

Debehault, C. 1968: Les terrils de charbonnage du Borinage. In: RBG, 92, S. 9—59.

Delschen, K. D.; H. Hambloch & W. Lüke 1972: Dienstleistungszentren und ihre Bereiche in den Niederlanden. Gravitationsmodelle in der zentralörtlichen Forschung. — In: GTNR, 6, S. 401—410.

Demangeon, A. 1927: Belgique, Pays-Bas, Luxembourg. = Géographie universelle, Bd. 2. — Paris.

Demeyere, J. M. L. 1964: L'aménagement du territoire et l'urbanisme en Belgique. — In: TESG, 55, S. 248—250.

Depuydt, F. 1972: De Belgische strand- en duinenformaties in het kader van de geomorfologie der zuidoostelijke Nordzeekust. = Verh. Kon. Acad. Wet., Letteren en schone kunsten, van Belgie, 34.

DETAILLEUR, W. 1967: De functionele uitrusting van de centra in West-Vlaanderen. — In: Acta Geogr. Lovaniensia, 5, S. 235—258.

DETHIER, L. 1962: Contribution à l'étude du réseau urbain de la Belgique. — In: SOBEG, 31, S. 229—256.

DEURLOO, M. C. 1972: De wet der urbane concentratie. — In: TESG, 63, S. 306 bis 314.

DIELEMANN, F. M., & R. B. JOBSE 1974: An economic spatial structure of Amsterdam. — In: TESG, 65, S. 351—367.

Dienst der Havens- en Handelsinrichtingen Amsterdam 1971: The management of the port of Amsterdam. — Amsterdam.

Dienst der Publieke Werken Amsterdam, Sector Stadsontwikkeling o. J.: Kurzer Überblick über die städtebauliche Entwicklung. — Amsterdam.

— o. J.: Stadsuitbreiding en -vernieuwing in Amsterdam. — Amsterdam.

— 1967: Town planning and ground exploitation in Amsterdam. — Amsterdam.

DIERKES, M. 1975: Planung des technischen Fortschritts. — In: Umschau in Wiss. u. Technik, 75, S. 751—756.

DOELAND, C., & A. C. M. JANSEN 1970: De ontwikkeling van de industriele werkgelegenheid in de conurbatie van Amsterdam. — In: GTNR, 4, S. 193 bis 207.

DRAAK, J. DEN 1966: De woonfunctie van de Utrechtse binnenstad. — In: TESG, 57, S. 179—185.

DREWE, P., et alii 1975: Segregation in Rotterdam. An explorative study on theory, data, and policy. — In: TESG, 66, S. 204—216.

DUIJN, J. J. VAN 1975: De doelmatigheid van het regionaal-economisch beleid in Nederland in de jaren zestig. — In: TESG, 66, S. 258—271.

DUMONT, M. E. 1951: Gent, een stedenaardrijkskundige studie. — Brügge.

DUSSART, F. 1957: Geographie der ländlichen Siedlungsformen in Belgien und Luxemburg. — In: Geogr. Rdsch., 9, S. 12—18.

DUSSART, F., & C. CHRISTIANS 1958: Le paysage rural et ses transformations dans la commune de Halma, aux confins de la Famenne et de l'Ardenne. — In: SOBEG, 27, S. 55—112.

EDELMAN, C. H. 1950: Soils of the Netherlands. — Amsterdam.

EDELMAN, C. H., & G. C. MAARLEVELD 1958: Pleistozän-geologische Ergebnisse der Bodenkartierung in den Niederlanden. — In.: Geol. Jb., 73, S. 639—684.

EDWARDS, K. C. 1938: The relations between urban and rural settlement in the Grand Duchy of Luxembourg. — In: Compt. Rend. Cong. Int. Géographie Amsterdam, Tome II, Sect. III a, S. 153—159. — Leiden.

— 1954: The geographical basis of the Benelux Union. — In: TESG, 45, S. 41—46.

EGBERS, G. J. J. 1968: De ontwikkeling van de tuinbouw in het Noorden des Lands. — In: GTNR, 2, S. 336—340.

ENGELSDORP GASTELAARS, R. VAN, & W. F. BEEK 1972: Ecologische differentiatie binnen Amsterdam. Een factor-analytische benadering. — In: TESG, 63, S. 62 bis 78.

ENGELSDORP GASTELAARS, R. VAN, & C. CORTIE 1973: Migration from Amsterdam. A discussion of the movement of employment and residential population away from the municipality of Amsterdam. — In: TESG, 64, S. 206—217.

ENGELSDORP GASTELAARS, R. VAN, & W. J. M. OSTENDORF 1974: De groi van kleine plattelandskernen in Nederland; een verkennend onderzoek over de periode 1947—1960. — In: TESG, 65, S. 162—173.

EVERS, W. 1959: Europoort. Ausbau und Bedeutung des neuen Hafens von Rotterdam. — In: Geogr. Rdsch., 11, S. 298—304.

FABER, F. J. 1942: Nederlandse landschappen. Boden, grond en geologische bouw. — Gorinchem.

FLEMING, D. K. 1967: Coastal steelworks in the Common Market countries. — In: Geogr. Review, 57, S. 48—72.

FLOHN, H. 1937: Das Luxemburger Land. — In: Z. f. Erdkunde, 5, S. 865—877.

— 1944: Zur Morphologie von Ösling und Gutland (Luxemburg). — In: Petermanns Geogr. Mitt., 90, S. 243—245.

FROMENT, A. 1968: L'ancienne économie rurale de l'Ardenne et son incidence sur la vegetation des Hautes Fagnes. — In: Bull. Soc. Géogr. Liège, 4, S. 23—39.

FROMENT, A., & F. ROBERT 1968: Un intéressant paysage de Landes à Spa: La Fagne James. — In: RBG, 92, S. 123—148.

GAEBE, W. 1969: Die räumliche Differenzierung der Ernährungsformen in den EWG-Ländern. = Kölner Forschungen zur Wirtschafts- und Sozialgeographie, Bd. 5.

GAMBLIN, A. 1960/1961: Géographie du Bénélux. 4 Bde. — Paris.

GANSÄUER, K. F. 1964: Lagerung und Verflechtung der eisenschaffenden Industrie der Montanunionsländer in räumlicher Sicht. = Kölner Forschungen zur Wirtschafts- und Sozialgeographie, Bd. 1.

GEORGE, P., & R. SEVRIN 1967: Belgique, Pays-Bas, Luxembourg. = Collection „Magellan", 10. — Paris.

GEYL, P. 1948/1949: Geschiedenis van de Nederlandse stam. 3 Bde. (2. Aufl.). — Amsterdam.

GIFFEN, A. E. VAN 1964: De ouderdom onzer dijken. — In: TKNAG, 81, S. 273 bis 286.

GILLMANN, H. 1949: Die Gewinnung von Erdöl in den Niederlanden. — In: Erdkunde, 3, S. 173—174.

GINKEL, J. A. VAN, & L. M. VAN WOERSEM 1973: Nederlandse bevolking in de zestiger jaren. Aspekten van groi en spreiding van de bevolking van Nederland en het Westen in de periode 1960—1971. — In: GTNR, 7, S. 94—107.

GLOPPER, R. J. DE 1962: Landaanwinning in Noord-Nederland. — In: TKNAG, 79, S. 258—263.

GOOSSENS, M. 1963: L'organisation urbaine du Nord-Est de la Belgique; confrontations de quelques méthodes. — In: SOBEG, 32, S. 93—164.

— 1967: The tertiary sector and the urban organization in North-East Belgium. — In: Acta Geogr. Lovaniensia, 5, S. 501—540.

GOOSSENS, M.; F. GULLENTOPS & G. VERFAILLIE 1968: Belgie in de Europese Gemeenschap. — Antwerpen.

GOOSSENS, M., & M. JANSEN-VERBEKE 1969: De stedelijke invloedssferen en de tertiaire sector in Belgie. — In: SOBEG, 38, S. 55—112.

GORKI, H. F. 1974: Städte und „Städte" in der Bundesrepublik Deutschland. — In: Geogr. Zeitschr., 62, S. 29—52.

GOTTSCHALK, M. K. E. 1953: De middeleeuwse Braakman. — In: TKNAG, 70, S. 184—194.

— 1956: Aspecten van de historische geografie van westelijk Zeeuws-Vlaanderen aan de hand van enige kaarten. — In: TKNAG, 73, S. 7—22.

— 1971/1975: Stormvloeden en rivieroverstromingen in Nederland. I: De periode voor 1400. = Sociaal-Geografische Studies, 10. II: De periode 1400—1600. = Sociaal-Geografische Studies, 13. — Assen.

GOUROU, P. 1958: L'agglomération bruxelloise. Elements d'une géographie urbaine. — In: SOBEG, 82, S. 3—83. Wieder abgedruckt in: RBG, 93, S. 371 bis 450.

GREGORY, S. 1959: Belgium, The Netherlands and Luxembourg. A geographical study of Public Water Supply. — In: TESG, 50, S. 225—234.

GRIEDER, A. M. 1967: Het vreemdelingenverkeer in Belgie. — In: GTNR, 1, S. 29 bis 33.

GULLENTOPS, F. 1954: Contribution à la chronologie du pleistocène et des forms du relief en Belgique. — In: Mém. Inst. Géol. Univ. Louvain, 18, S. 124—252.

GYSSELING, M. 1947: Le Namurois, région bilingue jusqu'au 8e siècle. = Bull. Comm. Roy. Toponymie et Dialectologie, 21.

— 1962: La genèse de la frontière linguistique dans le Nord de la Gaule. — In: Rev. du Nord, 44, S. 5—37.

HAANS, J. C. F., & G. C. MAARLEVELD 1957: Grindrijke strandwallen langs de oostrand van de voormalige Zuiderzee. — In: TKNAG, 74, S. 270—279.

HAAS, L. 1965: Sociaal-economisch structuurbeeld van de Nederlandse provincie Limburg. — In: TESG, 56, S. 32—37.

HAEGEN, H. VAN DER 1957: Brüssel. — In: Geogr. Rdsch., 9, S. 25—30.

— 1962: De Brusselse banlieue. — In: SOBEG, 31, S. 269—308.

— 1965/1966: De actuele toestand van de binnenlandse pendel in Belgie. — In: SOBEG, 34, S. 171—216 und 35, S. 79—99; 279—318.

— 1967: De Vlaamse steden en hun structurele evolutie van 1947—1961. — In: Acta Geogr. Lovaniensia, 5, S. 307—327.

— 1969: De pendel der arbeitskrachten in Belgie. — In: Esso-Magazine, S. 24—28.

— 1972: Anderlecht, evenwichtige multifunctionele voorstad van Brussel, zijn wijk- en buurtindeling. — In: Acta Geogr. Lovaniensia, 10, S. 337—367.

HAEGEN, H. VAN DER, & W. VAN WAELVELDE 1974: Bilans de main d'œuvre et mouvement des migrants alternants. — In: Bull. de Statistique, 3, S. 3—19.

HAEGEN, H. VAN DER, & L. WALSCHOT 1967: Het Pajottenland en de urbanistische ontwikkeling van Anderlecht. — In: SOBEG, 36, S. 317—334.

HAEGEN, H. VAN DER, & J. VAN WEESEP 1974: Urban geography in the Low Countries. The Netherlands and Flanders. — In: TESG, 65, S. 79—89.

HAGEMAN, B. P. 1968: Holocene excursion 1968 in the Netherlands. — Rijks Geologische Dienst, Haarlem.

— 1969: The western part of the Netherlands during the Holocene. — In: Geol. en Mijnbouw, 48, S. 373—388.

HAGEMAN, B. P., & H. KLIEWE 1969: Neue Forschungen zur Stratigraphie mariner und perimariner Holozänsedimente in den Niederlanden. — In: Petermanns Geogr. Mitt., 113, S. 125—129.

HAGGETT, P. 1973: Einführung in die kultur- und sozialgeographische Regionalanalyse (übersetzt von D. Bartels u. a.). — Berlin/New York.

HAHN, H.; W. KRINGS & W. ZORN 1970: Historische Wirtschaftskarte der Rheinlande um 1820. — In: Erdkunde, 24, S. 169—180.

HALL, P. 1966: The world cities. — London.

HAUBRICH, H. 1967: Moselschiffahrt — einst und jetzt. — In: Geogr. Rdsch., 19, S. 294—302.

HAUER, J.; G. A. VAN DER KNAAP & M. DE SMIDT 1971: Changes in the industrial geography of the Netherlands during the sixties. — In: TESG, 62, S. 139—156.

Havendienst Rotterdam 1969: Ontwikkeling noordelijke delta, Plan 2000 +. — Rotterdam.

HAZELHOFF, D. 1964: Physical urbanisation of the Netherlands. — In: TESG, 55, S. 202—204.

HECKE, E. VAN 1968: De agrarische struktuur in en rond het Kampenhoutse witloofgebied. — In: SOBEG, 37, S. 37—64.

— 1972: Afbakening van de morfologische Agglomeratie Brussel in dynamisch perspectief. — In: Acta Geogr. Lovaniensia, 10, S. 327—336.

HEIJKE, T. G. 1962: De ontwikkeling van de industrie in het noorden des Lands. — In: TESG, 53, S. 85—96.

HEINEMEYER, W. F.; M. H. M. VAN HULTEN & H. D. DE VRIES REILINGH 1968: Het centrum van Amsterdam. Een sociografische studie. — Amsterdam.

HEINEMEYER, W. F., & R. VAN ENGELSDORP GASTELAARS 1971: Urban core and inner city in Amsterdam. Processes of change in spatial structure. — In: TESG, 62, S. 207—216.

— 1972: Conflicts in land use in Amsterdam. — In: TESG, 63, S. 190—199.

HELIN, E. 1963: Le paysage urbain de Liège avant la révolution industrielle. = Documents et Mémoires, Fasc. 6. — Liège.

HESS, P., & H. BREZOWSKY 1952: Katalog der Großwetterlagen Europas. = Berichte d. Dt. Wetterdienstes in der US-Zone, 33.

HESSING, F. J. 1966: Rotterdam, Antwerpen und das Ruhrrevier. = Schriftenreihe Siedlungsverband Ruhrkohlenbezirk, 4. — Essen.

HOEKVELD, G. A. 1963: Het wonen. The urban living. — In: TKNAG, 80, S. 22 bis 23.

— 1972: The Netherlands in western Europe. — In: TESG, 63, S. 129—148.

HOFSTEE, E. 1957: Rural life and rural welfare in the Netherlands. — 's-Gravenhage.

HOOGHOUDT, S. B.; D. VAN DER WOERDT; J. BENNEMA & H. VAN DIJK 1960: Verdrogende veengronden en West-Nederland. — Wageningen.

HORSTMANN, J., & H. HAMBLOCH 1970: Die Auflösung des Christallerschen Modells der zentralen Orte im Nordostpolder. — In: Geogr. Rdsch., 22, S. 145 bis 147.

HOTTES, K. 1971: Entwicklungspole und Entwicklungsachsen zwischen der Rhein-Ruhr-Zone und Dünkirchen — Calais. — In: Konf. f. Raumordnung in NW-Europa, 5. Studientagung, S. 103—110.

HUFTY, A. 1972/1973: Les types de temps synoptiques en Belgique. — In: SOBEG, 41, S. 201—231 und 42, S. 125—172.

Huisman, E. A. 1965: Critische beschouwing van Nederlandse streekplannen. — In: TKNAG, 82, S. 4—33.
Huisman, L. 1967: De toekomstige drinkwatervoorziening van Nederland. — In: GTNR, 1, S. 269—285.
Hulten, M. H. M. van 1969: Plan and reality in the Ijsselmeerpolders. — In: TESG, 60, S. 67—76.
Hunke, H. 1960: Die Niederlande und Niedersachsen. Ein produktionswirtschaftlicher Vergleich und Möglichkeiten der volkswirtschaftlichen Strukturen, Entwicklungen. — In: Raumforschung u. Raumordnung, 18, S. 77—91.
Idenburg, R. 1971: Ein Blick in die Zukunft. — 's-Gravenhage.
Informatie- en Documentatie-Centrum voor de geografie van Nederland 1973 ff.: Bulletin. — Utrecht.
Isbary, G. 1960: Raumordnung und Raumpolitik in den Niederlanden — eine Vorlage der niederländischen Regierung an das Parlament. — In: Raumforschung u. Raumordnung, 18, S. 205—213.
Jaeger, D. 1966: Recente ontwikkelingen in het Ijmondgebied; historisch perspectief en geografische planning. — In: TKNAG, 83, S. 406—415.
Jäger, H. 1966: Bild und Funktion der niederländischen Städte in vier Jahrhunderten. — In: Geogr. Rdsch., 18, S. 256—264.
Jansen, A. C. M. 1972: Enkele aspekten van het ruimtelijke gedrag van grote industriele concerns in Nederland, 1950—1971. — In: TESG, 63, S. 411 bis 425.
Jansen, A. C. M., & M. de Smidt 1974: Industrie en ruimte. — De industriele ontwikkeling van Nederland in een veranderend sociaal-ruimtelijk bestel. — Assen.
Jong, J. D. de 1955: Geologische onderzoekingen in de stuwwallen van oostelijk Nederland. — In: Med. Geol. Stichting, 8, S. 33—58.
Jonge, D. de 1962: Suburbanisatie en woonmilieu. — In: TESG, 53, S. 120—125.
Jouret, B. 1968: L'influence du protestantisme dans l'économie douroise. — In: RBG, 92, S. 61—74.
Jurgons, R. 1969: Die Hüttenstandorte Dünkirchen, Ijmuiden, Bremen und Lübeck. Eine vergleichende Betrachtung. = Kölner Forschungen zur Wirtschafts- u. Sozialgeographie, Bd. 7.
Kaiser, K. 1961: Gliederung und Formenschatz des Pliozäns und Quartärs am Mittel- und Niederrhein, sowie in den angrenzenden Niederlanden unter besonderer Berücksichtigung der Rheinterrassen. — In: Köln und die Rheinlande, Festschrift zum 33. Dt. Geographentag, S. 236—278. — Wiesbaden.
Keeris, H. 1970: De invloed van de grens in het Benelux-Middengebied tussen Maas en Schelde. — In: SOBEG, 39, S. 113—170; 315—392.
Kersting, A. 1958: Das Textilindustriegebiet des westfälisch-niederländischen Grenzbezirks. — In: Westf. Forschg., 11, S. 86—105.
Keuning, H. J. 1946: De historisch-geografische landschappen van Nederland. — Gorinchem.
— 1950: Een typologie van de Nederlandse steden. — In: TESG, 41, S. 187—206.
— 1955: Mozaik der funkties. Proeve van een regionale landbeschrijving van Nederland op historisch en economisch-geografische grondslag. — 's-Gravenhage.

Keuning, H. J. 1961: De problematiek van de ontwikkeling van het Brabantse cultuurlandschap. — In: TESG, 52, S. 13—21.

— 1964: A provisional concept of a functional division of the Netherlands. — In: TESG, 55, S. 141—142.

— 1965: Het Nederlandse volk in zijn woongebied (2. Aufl.). — 's-Gravenhage.

— 1971: Spreiding en hierarchie van de Nederlandse verzorgingscentra op de grondslag van hun winkelapparat. — In: TESG, 62, S. 3—17.

Kienzle, M. U. 1968: Morphogenese des westlichen Luxemburger Gutlandes. = Tübinger Geogr. Studien, Heft 27.

Kiestra, H. 1967: De ontwikkeling van het werkforensisme. In zonderheid naar afstand op de grote stedelijke centra in het Westen des Lands gedurende de periode 1947—1960. — In: TESG, 58, S. 57—67.

— 1968: Lelystad in Oostelijk Flevoland. — In: GTNR, 2, S. 205—217.

Klaasen, L. H. 1968: Regionalpolitik in den Beneluxländern. — In: Regionale Entwicklungspolitik in Großbritannien und den Ländern der EWG. Materialien zur Raumplanung, 3, S. 1—56. — Münster.

Knaap, G. A. van der 1971: Een indeling van Nederland naar "economische gezondheid". Een verkennend onderzoek. — In: TESG, 62, S. 332—350.

Knops, G. 1972: De wijk Diependaal en haar bewoners: een sub-urbane bewoningskern uit het Leuvense. — In: SOBEG, 41, S. 93—103.

Knübel, H. 1957: Antwerpen. — In: Geogr. Rdsch., 9, S. 31—37.

Koch, A. C. F. 1957: Die Anfänge der Stadt Deventer. — In: Westf. Forsch., 10, S. 167—173.

Koebe, H. 1970: Neuere Veränderungen im industriellen Gefüge des Raumes Aachen—Lüttich—Maastricht. — Diss. Köln. Wirtschafts- und Sozialwiss. Fakultät.

Konferenz für Raumordnung in Nordwesteuropa 1965: Programm und Satzung.

Konferenz für Raumordnung in Nordwesteuropa, 5. Studientagung 1971: Die Achsen Calais—Rhein/Ruhr.

Koopman, J. 1956: Het deltaplan en zijn waterstaatkundige, economische en sociale aspecten. — In: TKNAG, 73, S. 113—133.

Kouwe, P. J. W. 1958: Die Raumsituation des Deutsch-Niederländischen Textilgebietes unter dem Gesichtspunkt des Europäischen Marktes. — In: Westf. Forschg., 11, S. 105—111.

Krabbe, G., & F. W. J. Mansveltbeck 1968: Zand en bovengrond in de open ruimten. Waardevolle elementen in het integrale ontwikkelingsproces van de groene ruimten van het West-Nederland. — In: GTNR, 2, S. 15 bis 25.

Kraus, Th. 1939: Die Landschaften zwischen Niederrhein, Maas und Schelde (Vorträge des Dt. Geographentages Aachen, 1937). — In: Geographische Probleme Westdeutschlands, S. 94—114. — Berlin.

— 1940: Die Ardennen. — In: Deutsches Archiv f. Landes- u. Volksforschung, 4, S. 77—92.

Kuiler, H. C. 1957: Nederland en de Europese verkeersintegratie. — In: TESG, 48, S. 218—227.

Kuipers, S. F. 1960: Een bijdrage tot de kennis van de bodem van Schouwen-

Duiveland en Tholen naar de toestand voor 1953. = De bodemkartering van Nederland, Deel 19. — Wageningen.

LAET, H. DE 1973: Bijdrage tot een geografische studie van de luchtverontreiniging in het Antwerpse. — In: SOBEG, 42, S. 313—332.

LAHR, E. 1950: Un siècle d'observations météorologiques appliquées à l'étude du climat Luxembourgeois. — Luxembourg.

LAMBERT, A. M. 1971: The making of the Dutch landscape, an historical geography of the Netherlands. — London/New York.

LAMBOOY, J. G. 1966: Het begrip 'regio' in de geografische theorie en methode. — In: TKNAG, 83, S. 15—23.

LANNOY, W. DE 1975: Residential segregation of foreigners in Brussel. — In: SOBEG, 44, S. 215—238.

LASPEYRES, R. 1969: Rotterdam und das Ruhrgebiet. = Marburger Geogr. Schriften, Heft 41.

LAWRENCE, G. R. P. 1973: Randstad Holland (Problem regions of Europe, hrsg. von D. I. Scargill). — Oxford Univ. Press.

LEFEVRE, M. A. 1926: L'habitat rural en Belgique. Etude de géographie humaine. — Liège.

— 1940: Carte de régions géographiques belges. — In: SOBEG, 10, S. 49—74.

— 1967: Conditions de l'évolution de la Flandre, région géographico-historique. — In: SOBEG, 36, S. 23—36.

LEHMANN, H. 1948: Periglaziale Züge im Formenschatz der Veluwe. — In: Erdkunde, 2, S. 69—79.

LENTACKER, F. 1968: L'influence de la frontière franco-belge sur l'aménagement des réseaux de circulation. — In: SOBEG, 37, S. 227—237.

LEYDEN, F. 1938: Belgien, Niederlande und Luxemburg. — In: Handbuch der Geographischen Wissenschaft, Bd.: West- und Nordeuropa (hrsg. von F. Klute). — Potsdam.

LIEKENS, R., & M. GOOSSENS 1969: De vestigingsfactoren bij de huidige industrialisatiefase in Midden-Limburg. — In: SOBEG, 38, S. 317—345.

LIETAER, M. 1974: Probleemstelling voor de theoretische verklaring van de lokalizatie van de industrie in Vlaanderen. — In: SOBEG, 43, S. 79—120.

LIGTERINK, G. H. 1954: De Hondsrug en het dal van de Oer-Eems. — In: TKNAG, 71, S. 105—121.

LIJN, P. VAN DER 1941: Zwei Vereisungen in den Niederlanden (nachgewiesen durch Geschiebezählungen). — In: Zeitschr. f. Geschiebeforschung u. Flachlandgeologie, 17, S. 191—209.

LINDEMANS, P. 1952: Geschiedenis van de landbouw in Belgie. — Antwerpen.

LINDEN, W. 1967: Die Verkehrsverflechtung des Ruhrgebietes mit den westeuropäischen Nachbarräumen. = Schriftenreihe Siedlungsverband Ruhrkohlenbezirk, 16. — Essen.

LINGSMA, J. S. 1966: Holland and the Delta Plan (3. Aufl.). — Rotterdam/'s-Gravenhage.

LOHUIZEN, C. W. W. VAN 1972: A geographical typology of the Netherlands 1960—1980—2000. — In TESG, 63, S. 226—231.

— 1974: Beheerste mobiliteit? Verkeers- en vervoersgeografische beschouwingen naar aanleiding van de orienteringsnota. — In: TESG, 65, S. 288—304.

Lucius, M. 1937: Die Geologie Luxemburgs in ihren Beziehungen zu den benachbarten Gebieten. = Publ. Serv. Géol. de Luxembourg, 1.

— 1951: Übersicht über die Geologie Luxemburgs. — In: Zeitschr. d. Deutschen Geol. Gesellschaft, 103, S. 178—208.

— 1957: L'évolution du relief de l'Oesling (Ardennes luxembourgeoises). — In: TKNAG, 74, S. 313—323.

Luyten, J. C. L., & J. G. A. van Rosmalen 1962: Noord-Brabant in West-Europa: bevolkingsdichtheid en sociaal-economische structuur. — In: TESG, 53, S. 15—21.

Maarleveld, G. C. 1953: Standen van het landijs in Nederland. — In: Boor en Spade, 6, S. 95—105.

— 1960: Glacial and periglacial landscape forms in the central and northern Netherlands. — In: TKNAG, 77, S. 298—304.

Macar, P. 1954: L'évolution géomorphologique de l'Ardenne. — In: SOBEG, 78, S. 1—23.

— 1965: Aperçu synthétique sur l'évolution géomorphologique de l'Ardenne. — In: La Géographie—De Aardrijskunde, 17, S. 43—51.

Malezieux, J. 1971: Signification géographique d'un projet d'investissement industriel. Un centre sidérurgique dans la Maasvlakte de Rotterdam. — In: Ann. de Géographie, 80, S. 428—439.

Marques-Nys, B. 1968: La propriété foncière urbaine dans le Tournaisis. — In: RBG, 92, S. 75—121.

Merenne, E. 1968: L'habitation rurale traditionelle en Ardenne et ses possibilités de survivance à l'ère industrielle. — In: La Géographie—De Aardrijkskunde, 20, S. 175—184.

— 1969: Le trafic ferroviaire belge dans la région située au sud du sillon Sambre-Meuse en 1967. — In: SOBEG, 38, S. 23—53.

— 1971: Tourisme et transports en commun. Le cas de l'Ardenne. — In: Bull. Soc. Géogr. Liège, 7, S. 69—83.

— 1973: Quelques considérations sur le flux de transport marchandises en Belgique. — In: SOBEG, 42, S. 227—268.

Merenne-Schoumaker, B. 1968 a: Structure et localisation des activités économiques de la région namuroise. — In: SOBEG, 37, S. 65—93.

— 1968 b: L'importance des mouvements de main-d'œuvre en géographie économique. Le cas de la région namuroise. — In: SOBEG, 37, S. 239—262.

— 1970: Evolution récente de la distribution et shopping centers. En example, le shopping center de Genk. — In: Bull. Soc. Géogr. Liège, 6, S. 91—119.

— 1972: Récession charbonnière et modifications de l'aire de recrutement de la main-d'œuvre des charbonnages campinois. — In: Bull. Soc. Géogr. Liège, 8, S. 69—79.

— 1975: Essai d'analyse des composantes du facteur main-d'œuvre. En example, les provinces de Liège et de Limbourg. — In: SOBEG, 44, S. 31—96.

Meynen, E., & J. Schmithüsen (Hrsg.) 1953/1962: Handbuch der naturräumlichen Gliederung Deutschlands. 2 Bde. in 9 Lieferungen. — Remagen/Bad Godesberg.

Mijs, M. 1973: De landschapsgeschiedenis van de Scheldepolders ten Noorden van Antwerpen. Bijdrage tot de historische geografie van de Scheldepolders. — In: SOBEG, 42, S. 39—124.

MINEUR, J., & P. LAMBERT 1960: L'économie de la région liègeoise. — Paris.

Ministère des Travaux Publics, Administration de l'Urbanisme et de l'Aménagement du Territoire (o. J.): Dossier de l'avant-projet de plan d'aménagement du Secteur de Liège. Rapport explicatif accompagnant les documents cartographique établis aux échelles du 1 : 10.000 et du 1 : 25.000. — Brüssel.

— 1968: L'aménagement du territoire en Belgique. — Brüssel.

Ministerie van openbare Werken, Hoofdbestuur van de Stedebouw en de Ruimtelijke Ordening 1970: Voorontwerp Gewestplan Antwerpen. — Brüssel.

Ministerie van Verkeer en Waterstaat 1966: Zeehavennota. Het zeehavenbeleid van de Rijksoverheid. — 's-Gravenhage.

— 1970: TP 2000 — op weg naar 2000, een toekomst projectie van Verkeer en Waterstaat. — 's-Gravenhage.

Ministerium für Wohnungswesen und Raumordnung 1967: Kurze Zusammenfassung des Raumordnungsgesetzes der Niederlande. — 's-Gravenhage.

— 1969 a: Einige Kernpunkte aus dem Raumordnungsgesetz. — 's-Gravenhage.

— 1969 b: Probleme der Stadterneuerung in den Niederlanden. — 's-Gravenhage.

— 1969 c: Die Niederlande. Raum und Dichte. — 's-Gravenhage.

— 1969 d: Das Wohnmilieu. — 's-Gravenhage.

— 1970 a: Die Randstad Holland. — 's-Gravenhage.

— 1970 b: Städtebau und Stadtsanierung in den Niederlanden. — 's-Gravenhage.

— 1970 c: Die Organisation der Raumordnung in den Niederlanden. — 's-Gravenhage.

MODDERMAN, P. J. R. 1955: De bewoonbaarheid van het rivierkleigebied in de loop der eeuwen. — In: TKNAG, 72, S. 30—38.

MOLL, P. 1975: Nordostlothringen und das Saarland — Kernraum einer Großregion Mosel—Saar—Pfalz. — In: Geogr. Taschenbuch Ausg. 1975/76, S. 216 bis 235.

MOLS, R. 1962: Les plus récentes transformations démogéographiques de la Belgique. — In: SOBEG, 31, S. 25—72.

— 1966: La mobilité bruxelloise. — In: SOBEG, 35, S. 35—66.

— 1969: La periphérie bruxelloise. Jalons statistiques pour aider à sa délimitation. — In: SOBEG, 38, S. 183—252.

MOOR, G. DE 1964: Bijdrage tot de kennis van de fysische landschapsvorming in Binnen-Vlaanderen. — In: SOBEG, 33, S. 329—433.

MOOSDIJK, J. VAN DE 1966: "Centrumvlieders" — Het verdwijnen van city-elementen uit het centrum van Amsterdam. — In: TKNAG, 83, S. 358—367.

MÜCHER, H. J. 1973: Enkele aspekten van de loess en zijn noordelijke begrenzing, in het bijzonder in Belgisch en Nederlands Limburg en in het daarangrenzende gebied in Duitsland. — In: GTNR, 7, S. 259—276.

MULDER, G. J. A. (Hrsg.) 1949/1959: Handboek der Geografie van Nederland. 6 Bde. — Zwolle.

MÜLLER-WILLE, M. 1965: Eisenzeitliche Fluren in den festländischen Nordseegebieten. = Siedlung und Landschaft in Westfalen, 5. — Münster.

MÜLLER-WILLE, W. 1942: Das Rheinische Schiefergebirge und seine kulturgeographische Struktur und Stellung. — In: Deutsches Archiv f. Landes- u. Volksforschung, 6, S. 537—591.

Müller-Wille, W. 1952: Westfalen. Landschaftliche Ordnung und Bindung eines Landes. — Münster.

— 1954: Agrarbäuerliche Landschaftstypen in Nordwestdeutschland. In: Tagungsber. u. Wiss. Abhdlg. d. Deutschen Geographentages Essen 1953, S. 179—186. — Wiesbaden.

— 1971: Nordwestdeutschland — seine Stellung und Struktur im Nordsee-Sektor. — In: Oldenburg und der Nordwesten = Westf. Geographische Studien, 25, S. 29—62. — Münster.

Nadasdi, J. 1972 a: Un essai de typologie des communes du Grand-Duché de Luxembourg. — In: Acta Geogr. Lovaniensia, 10, S. 207—217.

— 1972 b: Aspects géographiques du vieillissement de la population du Grand-Duché de Luxembourg entre 1900—1966. — In: Bull. Soc. Géogr. Liège, 8, S. 95—109.

Neesen, V. 1965: The Albert Canal as shipping artery and site for the location of industry. — In: TESG, 55, S. 172—177.

Nota inzake de ruimtelijke ordening in Nederland, 1960. — 's-Gravenhage.

Oldewage, R. 1963: Die Nordseehäfen im EWG-Raum, Fakten und Probleme. = Veröff. der List-Gesellschaft, Bd. 28. — Basel/Tübingen.

Openbaar Lichaam Rijnmond 1970: Schets ruimtelijkke structuur. — Rotterdam.

— 1975: Streekplan Rijnmond. — Rotterdam.

Orienteringsnota Ruimtelijke Ordening 1974: Derde nota over de ruimtelijke ordening in Nederland, Deel 1. — 's-Gravenhage.

Otremba, E. 1974: Die Kanalstadt. Der Siedlungsraum beiderseits des Ärmelkanals in raumdynamischer Betrachtung. = Rhein. Westf. Akad. der Wiss., Geisteswissenschaften, Vorträge G 193. — Opladen.

Otten, W. M. 1952: De Noordoostpolder 1942—1952. — In: TKNAG, 69, S. 300 bis 314.

Paffen, K. 1966: Die täglichen Temperaturschwankungen als geographisches Klimacharakteristikum. — In: Erdkunde, 20, S. 252—265.

— 1967: Das Verhältnis der tages- zur jahreszeitlichen Temperaturschwankung. — In: Erdkunde, 21, S. 94—111.

Pannekoek, A. J. (Hrsg.) 1956: Geological history of the Netherlands. Explanation to the general geological map of the Netherlands on the scale of 1 : 200.000. — 's-Gravenhage.

Penck, A. 1917: Über politische Grenzen. — Berlin.

Persoons, W. 1960: Economische aardrijkskunde van Belgie. — Brüssel.

Petri, F. 1937: Germanisches Volkserbe in Wallonien und Nordfrankreich. Die fränkische Landnahme in Frankreich und den Niederlanden und die Bildung der westlichen Sprachgrenze. 2 Bde. — Bonn.

— 1950/1951: Zum Stand der Diskussion über die fränkische Landnahme und die Entstehung der germanisch-romanischen Sprachgrenze. — In: Rhein. Vierteljahrsbl., 15/16, S. 39—86.

— 1943/1952: Beharrung und Wechsel in den historischen Räumen Nordwesteuropas. — In: Westf. Forschg., 6, S. 7—28.

— 1955: Stamm und Land im frühmittelalterlichen Nordwesten nach neuerer historischer Forschung. — In: Westf. Forschg., 8, S. 5—16.

— 1958: Die Anfänge des mittelalterlichen Städtewesens in den Niederlanden und dem angrenzenden Frankreich. — In: Studien zu den Anfängen des europ. Städtewesens; Lindau/Konstanz, Vorträge und Forschungen, 4, S. 227 bis 295.

— 1960: Deutschland und die Niederlande. — In: Westf. Forschg., 13, S. 21—35.

— 1969: Vom deutschen Niederlandebild und seinen Wandlungen. — In: Rhein. Vierteljahrsbl., 33, S. 172—196.

— 1970: Territorienbildung und Territorialstaat des 14. Jahrhunderts im Nordwestraum. — In: Der deutsche Territorialstaat im 14. Jahrhundert I, S. 383—483. — Sigmaringen.

Pfeiffer, G. 1951: Strukturwandlungen und Nachkriegsprobleme der Wirtschaft Belgiens. = Kieler Studien, 19.

Piavaux, C. M. 1971: Propositions de compartiments touristiques au Luxembourg belge et dans le Sud-Est namurois. — In: Bull. Soc.. Géogr. Liège, 7, S. 85—107.

Pirenne, H. 1900/1932: Histoire de Belgique. 7 Bde. — Brüssel.

Platt, R. S. 1958: A geographical study of the Dutch-German Border (deutsch von E. Bertelsmeier: Geographische Studie über den deutsch-niederländischen Grenzsaum). = Siedlung und Landschaft in Westfalen, Heft 3. — Münster.

Poel, X. van de 1972: The Antwerp Agglomeration and its structural subdivision. — In: Acta Geogr. Lovaniensia, 10, S. 259—279.

Poncelet, L., & H. Martin 1947: Esquisse climatographique de la Belgique. = Mémoires Inst. Roy. Météorol. de Belgique, 27. — Brüssel.

Pons, L. J., & A. J. Wiggers 1959: De holocene wordingsgeschiedenis van Noordholland en het Zuiderzeegebied. — In: TKNAG, 76, S. 104—152.

Prillewitz, F. C. 1970: Bodemkartering en ruimtelijke ordening. — In: TESG, 61, S. 255—266.

— 1972: Over de kwaliteit en kwantiteit van ons toekomstig agrarisch areaal. — In: GTNR, 6, S. 193—210.

Quasten, H. 1970: Die Wirtschaftsformation der Schwerindustrie im Luxemburger Minett. = Arb. aus dem Geogr. Inst. d. Univ. des Saarlandes, Bd. 13.

Rienks, K. A. 1958: De dijken in Friesland, alsmede hun beheer en onderhoud tot ca. 1500. — In: TESK, 49, S. 231—235.

Rijksdienst voor de Ijsselmeerpolders 1970: Flevoland — Fakten und Zahlen. — Zwolle.

Roemen, H. C. W. 1967: Industriele herstructurering in Zuid-Limburg. — In: GTNR, 1, S. 351—357.

Röll, W. 1963: Luxemburg — Grundzüge seiner Wirtschaftsstruktur. — In: Zeitschr. f. Wirtschaftsgeographie, 7, S. 201—206.

Rousseau, S. 1970: De Kortrijkse agglomeratie. — In: SOBEG, 39, S. 171—183.

Rühmann, P. 1968: Die regionale Wirtschaftspolitik Belgiens. = Kieler Studien, 93.

Ruiters, J. 1962: De industrialisatie in Belgisch-Limburg. — In: TESG, 53, S. 149 bis 155.

Ruller, H. van 1972: Agglomeratie-problematiek in Nederland. — Alphen.

Ruppert, H. R. P. 1972: Neue Entwicklungen und Probleme der Raumordnung im Bereich der Randstad Holland. — In: Geogr. Zeitschr. 60, S. 341—356.

— 1973: Bevölkerungsballungen. Analyse und Vergleich am Beispiel der Randstad

Holland, der Rhein-Ruhr-Ballung und der Rhein-Main-Neckar-Ballung. = Nürnberger Wirtschafts- u. sozialgeographische Arbeiten, Bd. 20.

RUPPERT, K. 1956: Kulturgeographische Probleme bei Neusiedlungen in Nordholland. — In: Mitt. Geogr. Ges. München, 41, S. 165—176.

SAEY, P. 1969: Demografische streken in West-Vlaanderen, een instrumenteel-nomologische bijdrage. — In: SOBEG, 38, S. 271—315.

SAGER, G. 1968: Die Abdämmung der Seegatten von Rhein und Maas. — In: Petermanns Geogr. Mitt., 112, S. 265—269.

SCHAMP, H. 1960: Die Niederlande gewinnen eine neue Provinz. — In: Geogr. Rdsch., 12, S. 463—468.

SCHEFFER, L. S. P. 1958: De opkomst en de ontwikkeling van de Randstad Holland. In: TESG, 49, S. 61—81.

SCHICKHOFF, I. 1974: Graphentheoretische Untersuchungen am Beispiel des Schienennetzes der Niederlande. — Diss. Münster. Mathem.-Naturwiss. Fakultät.

SCHLÜTER, O. 1952/1958: Die Siedlungsräume Mitteleuropas in frühgeschichtlicher Zeit. = Forschungen z. deutschen Landeskunde, 63, 74 und 110. — Remagen.

SCHMITHÜSEN, J. 1934: Der Niederwald des linksrheinischen Schiefergebirges. Ein Beitrag zur Geographie der rheinischen Kulturlandschaft. = Beiträge z. Landeskunde d. Rheinlande, Reihe 2, Heft 4. — Bonn.

— 1940: Das Luxemburger Land. Landesnatur, Volkstum und bäuerliche Wirtschaft. = Forschungen z. deutschen Landeskunde, 34. — Leipzig.

SCHMOOK, G., & H. VAN DER HAEGEN 1967: Hinterlanden en hierarchie der centra van Noordwest-Belgie. — In: SOBEG, 36, S. 79—171.

SCHMOOK, G. 1968: Wiskundig afgebakende ommelanden en hinterlanden van de Belgische steden op basis van geselektioneerde diensten uit de tertiaire sektor. — In: GTNR, 2, S. 302—307.

SCHNITT, P. 1973: Die Regionalstruktur des Außenhandels Belgien-Luxemburgs. = Wiener Geogr. Schriften, 38/39.

SCHÖLLER, P. 1953: Aufgaben und Probleme der Stadtgeographie. — In: Erdkunde, 7, S. 161—184.

— 1967: Die deutschen Städte. = Erdkundliches Wissen, 17. — Wiesbaden.

SCHREPFER, H. 1935: Der Nordwesten. = Bd. 1 der Landeskunde von Deutschland (hrsg. von N. Krebs). — Leipzig/Berlin.

— 1940: Das nordfranzösisch-belgische Grenzgebiet. Ein Schicksalsraum abendländischer Geschichte und Kultur. — In: Z. f. Erdkunde, 8, S. 537—561.

SCHULZE, H. 1975: Erdöl und Erdgas in der Nordsee. — In: Umschau in Wiss. u. Technik, 75, S. 442—446.

SCHWIND, M. 1972: Allgemeine Staatengeographie. = Lehrbuch der Allgemeinen Geographie, Bd. VIII (hrsg. von E. Obst u. J. Schmithüsen). — Berlin/New York.

SCHWINNEN, A. 1957: Das Großherzogtum Luxemburg. Geographische und demographische Grunddaten. — In: Geogr. Rdsch., 9, S. 19—24.

SEIDENFUS, H. St. 1968: Untersuchung der Notwendigkeit einer neuen Eisenbahn- und Wasserstraßenverbindung zwischen den beiden Wirtschaftszentren Ruhrgebiet und Antwerpen/Rotterdam. = Schriftenreihe Siedlungsverband Ruhrkohlenbezirk, 17. — Essen.

SERET, G. 1963: Essai de classification des pentes en Famenne. — In: Z. f. Geomorphologie, N.F. 7, S. 71—85.
SEUFFERT, O. 1967: Süd-Limburg. Wandlungen einer Landschaft. — In: Geogr. Rdsch., 19, S. 1—13.
Siedlungsverband Ruhrkohlenbezirk (Hrsg.) 1971: Integrationsprobleme der Regionalplanung in Verdichtungsräumen. = Schriftenreihe Siedlungsverband Ruhrkohlenbezirk, 42. — Essen.
SMET, L. DE 1950/1952: Steden van Zuidoost-Vlaanderen: Geraardsbergen, Zottegem, Oudenaarde, Ronse. — In: SOBEG, 19, S. 149—165 und 21, S. 113—144.
— 1957: Belgien in Zahlen. — In: Geogr. Rdsch., 9, S. 37—40.
— 1964: De lokalisering der nijverheid in West-Vlaanderen. — In: La Géographie—De Aardrijkskunde, 16, S. 93—105.
— 1967: Het veranderend gelaat van West-Vlaanderen. — In: Acta Geogr. Lovaniensia, 5, S. 293—306.
— 1971: Inkomen en geboortencoefficienten in Belgie. — In: GTNR, 5, S. 457 bis 467.
— 1974: De vestingsplaats van de buitenlandse industriele investeringen in Belgie. — In: TESG, 65, S. 102—109.
SMIDT, M. DE 1966: Foreign industrial establishments located in the Netherlands. — In: TESG, 57, S. 1—19.
— 1972: Veranderingen in het profil van het regionaal welvaartsbeleid in Nederland. — In: GTNR, 6, S. 11—32.
SNELLER, Z. W. 1951: Geschiedenis van de Nederlandse landbouw 1795—1940 (2. Aufl.). — Groningen.
SNIJDELAAR, M. 1972: Water management of the Netherlands. The struggle for water. — In: TESG, 63, S. 211—2.5.
SOEST, J. L. VAN 1928: Plantengeographische districten in Nederland. = De levende Natuur, 32.
SOUCHEZ-LEMMENS, M. 1967: Les altérations tertiaires de la Lorraine belge septentrionale et leur intérêt géomorphologique. — In: RBG, 91, S. 103—111.
SPORCK, J. A. 1957: L'activité industrielle dans la région liègeoise. — Lüttich.
— 1961: La localisation de l'industrie en Belgique. = Cahier d'urbanisme, 34 à 36. — Brüssel.
— 1963: Le rôle croissant des facteurs "humaine" dans la localisation des industries. — In: SOBEG, 32, S. 185—191.
— 1966: Hiérarchie des villes et leur structuration en réseau: Projet du programme national d'aménagement et de développement des régions 1967—1970. (Unter Mitarbeit von I. Nadasdi, C. M. Piavaux und J. Denblyden; hrsg. vom Ministère des Travaux Publics, Commission Nationale de l'Aménagement du Territoire). — Lüttich.
— 1967 a: La géographie appliquée aux problèmes industriels: Le zoning industriel de la métropole liègeoise. — In: Problèmes industriels; Rénovation urbaine et centres commerciaux. Colloque internationale de Géographie Appliquée, S. 3 bis 62. — Lüttich.
— 1967 b: La géographie appliquée à la rénovation urbaine et aux centres commerciaux: Réalisations et projets de rénovation urbaine à Liège. — In: Problèmes

industriels; Rénovation urbaine et centres commerciaux. Colloque internationale de Géographie Appliquée, S. 63—108. — Lüttich.

— 1968/1969: Le réseau urbain hiérarchisé base de l'aménagement du territoire et du développement économique. — In: Bull. Soc. Géogr. Liège, 4, S. 41—47 und 5, S. 1—17.

— 1970: La reconversion économique des régions industrielles wallonnes. — In: Inform. Géographique, 2, S. 1—16. — Paris.

SPORCK, J. A.; N. MALEVEZ & S. SPORCK-PELLETIER 1975: Le commerce de détail à Liège-Ville. — In: Bull. Soc. Géogr. Liège, 11, S. 5—88.

Stad Antwerpen Havenbedrijf 1972: Statistisch Jaarbericht 1950—1971. — Antwerpen.

STEIGENGA, W. 1955: A comparative analysis and a classification of Netherlands towns. — In: TESG, 46, S. 105—119.

— 1961 a: Sub-urbanisatie en decentralisatie in Nederland. — In: TESG, 52, S. 210 bis 222.

— 1961 b: De verstedelijking van Nederland, een voorbeeld van een gedecentraliseerd urbanisatiepatroon. — In: TESG, 52, S. 253—266.

— 1963: The urbanization of the Netherlands. — In: TESG, 54, S. 46—52.

— 1972: Randstad Holland. Concept in evolution. — In: TESG, 63, S. 149—161.

— 1974: Beheersbare toekomst? — In: TESG, 65, S. 262—273.

STEIGENGA-KOUWE, S. E. 1957: Het deltaplan: rapporten en problemen op sociaaleconomisch gebied. — In: TKNAG, 74, S. 490—517.

— 1960: The Delta-Plan. — In: TESG, 51, S. 167—175.

STEINBACH, F. 1926: Studien zur westdeutschen Stammes- und Volksgeschichte. = Schriften d. Inst. f. Grenz- und Auslandsdeutschtum a. d. Univ. Marburg, Heft 5. — Jena.

STEINBACH, F., & F. PETRI 1939: Zur Grundlegung der europäischen Einheit durch die Franken. = Deutsche Schriften zur Landes- und Volksforschung, 1. — Leipzig.

STEINBERG, H. G. 1973: Zum Begriff der Region in Wissenschaft und Praxis der Gegenwart. — In: Grundfragen der Gebiets- und Verwaltungsreform in Deutschland. Veröfftl. d. Prov. Inst. f. Westf. Landes- u. Volkskunde, Reihe I, Heft 16, S. 12—23. — Münster.

TAKES, C. A. P. 1962: Een structuurplan voor de zuidelijke Ijsselmeerpolders. — In: TKNAG, 79, S. 14—20.

— 1963: Recent rural development and problems in Holland. — In: TESG, 54, S. 34—41.

TAMSMA, R. 1964: The projected Antwerpen-Rhine-Canal. — In: TESG, 55, S. 150 bis 164.

— 1970: Der Norden der Niederlande, ein regionales Förderungsgebiet. — In: Geogr. Rdsch., 22, S. 134—143.

— 1972: The Northern Netherlands. Large problem area in a small country; small problem area in a large economic community. — In: TESG, 63, S. 162—179.

— 1976: Nederlands industrieen in Belgie. — In: La Géographie—De Aardrijkskunde, 28, S. 9—23.

TARLIER, J. 1963: Géographie et histoire des communes belges. 4 Bde. — Brüssel.

TAVERNIER, R. 1948: Les formations quaternaires de la Belgique en rapport avec l'évolution morpholigique du pays. — In: Bull. Soc. Belge de Géol., 57, S. 609 bis 641.

THOME, K. N. 1959: Eisvorstoß und Flußregime an Niederrhein und Zuider-See im Jungpleistozän. — In: Fortschr. Geol. Rheinld. u. Westf., 4, S. 197—246.

TIMMERMANN, L. 1951: Das Eupener Land und seine Grünlandwirtschaft. = Bonner Geogr. Abhdlg., Heft 5.

TOONEN, W. P. G. 1972: The economic restructuring of South Limburg between 1965 and 1971. — In: TESG, 63, S. 180—189.

TOYNBEE, A. J. 1949: Der Gang der Weltgeschichte. Aufstieg und Verfall der Kulturen. (2., erw. Aufl.; übers. von J. v. Kempski.) — Stuttgart.

TROLL, C. 1925: Ozeanische Züge im Pflanzenkleid Mitteleuropas. — In: Drygalski-Festschrift, S. 307—335. — München/Berlin.

TROLL, C., & K. PAFFEN 1964: Karte der Jahreszeitenklimate der Erde. — In: Erdkunde, 18, S. 5—28.

TUCKERMANN, W. 1931: Länderkunde der Niederlande und Belgiens. — In: Enzyklopädie der Erdkunde. — Leipzig/Wien.

TULIPPE, O. 1960: Les géographes au service de la planification régionale en Belgique. — In: TESG, 51, S. 129—133.

— 1961: Changements d'équilibre entre les villes et les villages. — In: Bull. Soc. Roy. Belge de Géogr., 85, S. 79—87.

— 1967: Le mouvement des frontaliers belges vers la France. — In: Acta Geogr. Lovaniensia, 5, S. 147—160.

Tweede Nota over de Ruimtelijke Ordening in Nederland 1966. — 's-Gravenhage.

UDINK, B. J. 1960: Rotterdam 1960. — In: TESG, 51, S. 103—108.

UHLIG, H. 1958: Belgien: Entwicklung, Struktur und räumliche Gliederung seiner Bevölkerung. — In: Geogr. Taschenbuch, Ausg. 1958/59, S. 373—389. — Wiesbaden.

— 1959: Revier über Grenzen. Das Aachen-Limburg-Kempen-Kohlefeld. — In: Berichte z. Deutschen Landeskde., 23, S. 255—278.

VANDERMOTTEN, C. 1973: L'urbanisation en Belgique. Evolution et tendances. — In: La Géographie—De Aardrijkskunde, 25, S. 157—169.

VANHOVE, N. 1965: De belgische kust: haar struktuur en klientel. — In: TESG, 56, S. 93—103.

— 1973: Het belgisch kusttoerisme — vaandag en morgen. — Brügge.

VANMAERCKE-GOTTIGNY, M. C. 1967: Geomorfologie en morfogenese van het leemplateau tussen Schelde en Dender. — In: SOBEG, 36, S. 335—350.

VANNESTE, O. 1961: Ekonomische struktuur, groei en mogelijkheden van West-Vlaanderen. — In: TKNAG, 78, S. 342—352.

VERBURG, M. C. 1964: The Gent-Terneuzen developmental axis in the perspective of the European Economic Community. — In: TESG, 55, S. 143—150.

VEREERSTRAETEN, J. 1970: Le bassin de la Meuse. Etude de géographie hydrologique. — In: RBG, 94, S. 5—339.

VERKOREN-HEMELAAR, S. G. M. 1974: Buitenlandse werknemers in Westeuropa: een macro-regionale verkenning. — In: GTNR, 8, S. 148—158.

— 1975: Mediterrane buitenlanders in Nederland. — In: GTNR, 9, S. 278—294.

VETTER, U. 1975: Entstehung der Gebirge auf der Erde. — In: Umschau in Wiss. u. Technik, 75, S. 293—299.

VINK, A. P. A. 1964: De natuurlijke gesteldheid als factor in de agrarisch-geografische situatie in Nederland. — In: TKNAG, 81, S. 20—29.

VINK, J. 1970: Fragen und Wünsche an die Raumforschung aus der Sicht eines niederländischen Raumplaners. — In: Raumforschung und Raumordnung, 28, S. 241—247.

VLASSENBROECK, W. 1975: Industriele dynamik in Oost- en West-Vlaanderen. Het effekt van nieuwe vestigingen op het spreidingspatroon. — In: TESG, 66, S. 6—20.

VRIENS, J. A. 1969: De groente- en fruitverwerkende industrie. Locatie en grondstoffenvorziening. — In: TESG, 60, S. 265—282.

VRIES, N. P. J. DE 1964: The Benelux Central Region: some results of a survey of two frontier regions. — In: TESG, 55, S. 164—171.

VRIES-REILINGH, H. D. DE 1954: Belgie — lotgenoot in de lage landen. — Meppel.

— 1960: Geographical planning for agriculture in overcrowded areas. — In: TKNAG, 77, S. 354—360.

— 1967: Deltaplan en Europoort. — In: GTNR, 1, S. 260—268.

— 1973: Belgie vandaag. — In: GTNR, 7, S. 2—10.

WAELVELDE, W. VAN, & H. VAN DER HAEGEN (Bearb.) 1967: Typologie des communes belges d'après le degré d'urbanisation au 31 décembre 1961. — In: Bull. de Statistique, 53, S. 722—775.

WALLEN, C. C. (Hrsg.) 1970: Climates of Northern and Western Europe. = Vol. 5 des World Survey of Climatology (hrsg. von H. E. Landsberg). — Amsterdam/London/New York.

WEBER, P. 1957: Histoire du Grand-Duché de Luxembourg. — Brüssel.

WEIGEND, G. G. 1973: Entwicklungsphasen der Häfen von Rotterdam und Antwerpen. — In: Geoforum, 13, S. 5—15.

WEIRICH, P. 1960: Die Entwicklung der Bevölkerungsverteilung und der Agrarstruktur im Großherzogtum Luxemburg seit dem Aufblühen der Eisenindustrie auf der Minetteformation. — Luxemburg.

WELSENES, C. VAN 1960: Enige aspecten van de groei der stad Groningen. — In: TESG, 51, S. 309—313.

— 1973: Farming problems and farming principles in the Dutch fen-colonies. — In: TESG, 64, S. 218—225.

WERLE, O. 1975: Das Weinbaugebiet der deutsch-luxemburgischen Obermosel. — In: Geogr. Rdsch., 27, S. 277—285.

WETTERE-VERHASSELT, Y. VAN 1965: Les frontières du nord et de l'est de la Belgique. — In: RBG, 89, S. 7—402.

— 1967: Huwelijkskringen, een voorbeeld van de sociale invloed der staatsgrenzen. — In: SOBEG, 36, S. 265—271.

— 1969: Aspecten van menselijke aardrijkskunde langsheen de Belgisch-Nederlandse grenz. — In: GTNR, 3, S. 409—418.

WEVER, E. 1966: Pernis-Botlek-Europoort, un complexe à base de pétrole? — In: TESG, 57, S. 131—140.

— 1974 a: Petrochemische complexen in West-Europa. — In: GTNR, 8, S. 408 bis 416.

— 1974 b: Seaports and physical planning in the Netherlands. Some comments on policy considerations relating to industrial activities in seaports. — In: TESG, 65, S. 4—12.

WIEBE, D. 1969: Neue Industriestandorte in Limburg. — In: Inf. d. Inst. f. Raumordnung, 19, S. 571—586.

— 1970: Wirtschaftsförderung und Raumordnung in Westflandern. — In: Inf. d. Inst. f. Raumordnung, 20, S. 607—622.

WIESE, B. 1969: Die Terrassen des Ourtales. = Publ. Serv. Géol. du Luxembourg, 18.

WILDE, J. DE 1968: Résidence secondaires et tourisme de week-end en milieu rural. — In: RBG, 92, S. 5—55.

WINSEMIUS, J. 1952: Industrialisatie van de zogenaamde ontwikkelingsgebieden in Nederland. — In: TKNAG, 69, S. 3—15.

— 1960: Urbanisation in the Western Part of the Netherlands ('Randstad Holland'). — In: TESG, 51, S. 188—199.

— 1963: The Dutch industrial development since the war. — In: TESG, 54, S. 52 bis 58.

WINTERBERG, A. 1957: Das Bourtanger Moor. Die Entwicklung des gegenwärtigen Landschaftsbildes und die Ursachen seiner Verschiedenartigkeit beiderseits der deutsch-niederländischen Grenze. = Forschungen z. deutschen Landeskunde, 95. — Remagen.

WISSINK, G. A. 1965: Enkele ontwikkelingen in de ruimtelijke structuur der Nederlandse steden. — In: TKNAG, 82, S. 34—46.

WRIGLEY, E. A. 1961: Industrial growth and population change. A regional study in the coalfield areas of NW Europe in the later nineteenth century. = Cambridge Studies in Economic History. — London.

ZAGWIJN, W. H. 1959: Zur stratigraphischen und pollenanalytischen Gliederung der pliozänen Ablagerungen im Roertal-Graben und Venloer Graben der Niederlande. — In: Fortschr. Geol. Rheinld. u. Westf., 4, S. 5—26.

— 1975: De palaeogeografische ontwikkeling van Nederland in de laatste 3 miljoen jaar. — In: GTNR, 9, S. 181—201.

ZONNEVELD, J. I. S. 1955: De kwartaire rivierterrassen van Zuid-Limburg. — In: TKNAG, 72, S. 329—343.

— 1956: Das Quartär der südöstlichen Niederlande. — In: Geol. en Mijnb., N. S. 18, S. 379—385.

— 1957: Der Biesbosch in der Provinz Nordbrabant. Die Landschaftsentwicklung und die Planungsaufgaben in einem Süßwassergezeitendelta. — In: Erdkunde, 11, S. 224—232.

ZUYLEN, G. F. A. VAN 1963: Luchtsoorten en circulatietypen in Nederland. — In: TKNAG, 80, S. 134—143.

Zweiter Bericht über die Raumordnung in den Niederlanden 1966. 2 Teile. — 's-Gravenhage.

Statistiken

1. Niederlande

Centraal Bureau voor de Statistiek (CBS), 's-Gravenhage:
— Statistical Yearbook of the Netherlands, 1971 ff., Kennzahl AZ 3.
— Regionaal statistisch zakboek, 1972 ff., Kennzahl AZ 17.
— Bevolking der gemeenten van Nederland op 1. januari, 1969 ff., Kennzahl B 1.
— Statistiek van de buitenlandse migratie 1969—70, Kennziffer B 3.
— Statistiek van de binnenlandse migratie 1969, Kennziffer B 6.
— Algemene volkstelling 31. 5. 1960, Deel 14: Voornaamste kengetallen per gemeente, Kennziffer B 27.
— Algemene volkstelling 31. 5. 1960, Deel 10: Beroepsbevolking, B. Voornaamste cijfers per gemeente, Kennziffer H 12.
— Algemene volkstelling 31. 5. 1960, Deel 11: Buiten de woongemeente werkenden, Kennziffer H 13.
— Statistics of agriculture, 1970 ff., Kennziffer J 2.
— Landbouwcijfers 1973.
— Statistics of the international goods traffic, 1970 ff., Kennziffer N 4.
— Statistiek van het binnenlands goederenvervoer, 1967 ff., Kennziffer N 34.
— Statistiek van de internationale binnenvaart, 1967 ff., Kennziffer N 35.
— Monthly bulletin of social statistics, 1973 f., Kennziffer V 1.

2. Belgien

Institut National de Statistique, Royaume de Belgique, Ministère des Affaires Economique, Brüssel:
— Annuaire Statistique de la Belgique, 85, 1964 ff.
— Bulletin de Statistique, monatlich.
— Recensement de la Population 1961.
— Recensement de la Population 1970.
— Recensement agricole et horticole au 15 mai 1969.
— Statistiques sociales, Enquête Socio-Economique, 1973.

3. Luxemburg

Service Central de la Statistique et des Etudes Economiques (STATEC), Ministère de l'Economie Nationale, Luxembourg:
— Bulletin du STATEC, 1964 ff.
— Annuaire Statistique du Luxembourg, 1970 ff.
— Recensement de la Population au 31. 12. 1966.
— Recensement de la Population au 31. 12. 1970.
— Recueil de Statistique par Commune, 1967 f.

Atlanten

Aubin, H., & J. Niessen 1926: Geschichtlicher Handatlas der Rheinprovinz. — Köln/Bonn.
Comité National de Géographie (Hrsg.) 1950 ff.: Atlas de Belgique — Atlas van Belgie (mit Kommentaren). — Brüssel.
Koninklijk Nederlands Meteorol. Instituut 1972: Klimaat-Atlas van Nederland. — 's-Gravenhage.
Ministère de l'Education Nationale 1971 ff.: Atlas du Luxembourg. — Luxemburg.
Ministère des Traveaux Publics et de la Reconstruction, Administration de l'Urbanisme 1954 ff.: Atlas du Survey National. — Brüssel.
Rijksdienst voor de Ijsselmeerpolders 1970: Atlas voor Flevoland. — Zwolle.
Sager, G. 1963: Atlas der Elemente des Tidenhubs und der Gezeitenströme für die Nordsee, den Kanal und die Irische See. — Rostock.
Stichting Wetenschappelijke Atlas van Nederland 1963 ff.: Atlas van Nederland-Atlas of the Netherlands. — 's-Gravenhage.
Stier, H. E., et alii (Hrsg.) 1956: Westermanns Atlas zur Weltgeschichte. — Braunschweig.

ORTS- UND SACHREGISTER

(Die Verweise führen in einigen Fällen nicht zum Stichwort selbst, wohl aber zu seinem Begriffsinhalt.)

BILDTAFELN

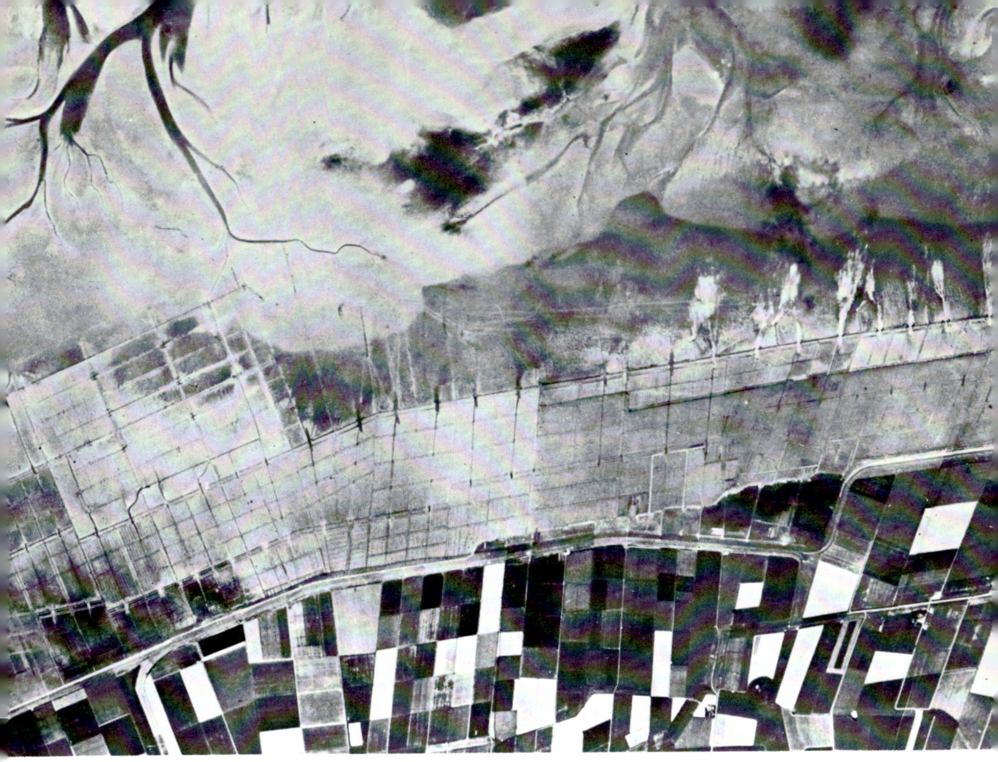

Foto 1: Friesische Küste. — Jungmarsch, Landgewinnung und Watt (KLM AERO-CARTO).

Foto 2: Nordholländische Küste. — Der Hondsbosse-Seedeich schließt die Lücke im Dünenwall (AERO-CAMERA).

Foto 3: Flandrische Küste. — Camping bei Blankenberge (INBEL).

Foto 4: Delta. — Abschlußdamm und Schleusen im Haringvliet, im Hintergrund die Maasvlakte (B. HOFMEESTER).

Foto 5: Betuwe. — Stauwehre am Neder-Rijn bei Amerongen (B. Hofmeester).

Foto 6: Südholland. — Die Reeuwijker Plassen (B. Hofmeester).

Foto 7: Delta. — Trinkwasseraufbereitungsanlage ›De Berenplaat‹ südlich von Rotterdam (AERO-CAMERA).

Foto 8: Nordöstliche Ardennen. — Talsperre ›La Gileppe‹ (INBEL).

Foto 9: Ösling. — Pumpspeicherwerk Vianden an der Our (T. KRIER).

Foto 10: Moseltal. — Staustufe Palzem bei Stadtbredimus (J. PROESS).

Foto 11: Friesische Marsch. — Kirchwurt Oosterwierum (B. HOFMEESTER).

Foto 12: Bourtanger Moor. — Stadskanaal, Verstädterung ehemals ländlicher Siedlungen (KLM AEROCARTO).

Foto 13: Ostflandern. — Agrarlandschaft (INBEL).

Foto 14: Westland. — Treibhäuser hinter dem Deich (B. HOFMEESTER).

Foto 15: Drenthe. — Geestdorf Anlo (B. Hofmeester).

Foto 16: Ijsselmeerpolder. — Ostflevoland und Brücke zum Nordostpolder, auf dem Vorsprung im Hintergrund liegt Urk (LUCHTFOTO AEROPHOTO EELDE).

Foto 17: Hennegau. — Vierkantgehöft (INBEL).

Foto 18: Haspengau. — Fallais, Herrensitz aus dem 14. Jh. (INBEL).

Foto 19: Zentralardennen. — Konturenpflügen bei La Roche-en-Ardenne (INBEL).

Foto 20: Südardennen. — Semoisschleife bei Frahan, Rumpfflächenmulde als Siedlungsstandort (INBEL).

Foto 21: Moseltal. — Weinbau bei Wintrange (J. PROESS).

Foto 22: Belgisch-Lothringen. — Jurastufe bei Chassepierre, durch bewaldete Hänge markiert (INBEL).

Foto 23: Groningen. — Erdgasfeld bei Slochteren (B. HOFMEESTER).

Foto 24: Hennegau. — Porphyrsteinbrüche bei Lessines (INBEL).

Foto 25: Südlimburg. — Kohlengrube vor der Stillegung (KLM AEROCARTO).

Foto 26: Minetterevier. — Jurastufe mit Zeugenbergen (ONT).

Foto 27: Hennegau. — Alte Bergbaufelder bei Flenu (INBEL).

Foto 28: Twente. — Moderne Industrielandschaft, Schwerchemie bei Hengelo (KLM AEROCARTO).

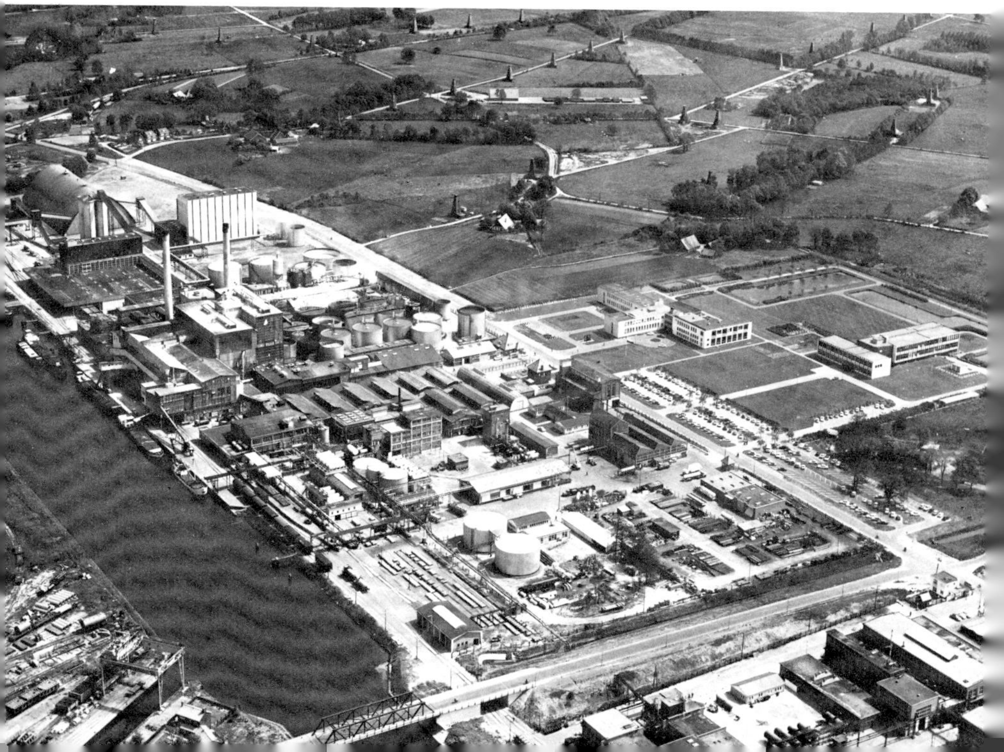

Foto 29: Charleroi. — Industrierevier an der Sambre (INBEL).

Foto 30: Antwerpen. — Teilansicht des Hafens (INBEL).

Foto 31: Amsterdam. — Kern und Ausbauten bis zur Mitte des 18. Jh.s (KLM AEROCARTO).

Foto 32: Amsterdam. — Satellitenstadt Bijlmermeer, Bauzustand 1970 (DIENST PUBLIEKE WERKEN).

Foto 33: Luxemburg. — Blick auf die Altstadt (M. SCHROEDER).

Foto 34: Brüssel. — Unterstadt und Oberstadt, vorn Rathaus und Markt, den Aufgang zur Oberstadt markieren moderne Bauten (INBEL).

Foto 35: Esch an der Sauer. — Burgflecken im Ösling (H. GEHLEN).

Foto 36: Willemstad. — Alte Festung am Hollandschen Diep (B. HOFMEESTER).

Foto 37: Gent. — Burg der Grafen von Flandern, alter Marktbereich an der Leie (INBEL).

Foto 38: Antwerpen. — Kern der Agglomeration, vorn: Autobahnverteiler am Ausgang des Scheldetunnels (INBEL).

Foto 39: Mons. — Wachstumsringe und Zersiedlung des Umlandes (INBEL).

Foto 40: Lüttich. — Blick über die Altstadt maasaufwärts (INBEL).

Foto 41: Eindhoven. — Junge Stadtrandsiedlungen (AERO-CAMERA).